Amor entre lágrimas

(La saga del Club del Crimen: Libro II)

B. Amann

I0615904

1

1ª edición, mayo de 2013.

ISBN: 84—616—3942—1.

ISBN—13: 978—84—616—3942—7.

Ilustrador: I. Amann.

Correctora: Joséphine Llorens.

Este libro es para dos personas inmensamente especiales.

Tía, gracias por transmitirme tu amor a los libros de romance siendo cría y por estar ahí, animándome, desde que tuviste entre tus manos la historia de amor de Mere y John. Por ser una mujer maravillosa, generosa, y la tía más amorosa que cualquiera pudiera desear. Por darnos amor, apoyo y calor sin pedir nada a cambio. Por ser sencillamente nuestra Abito.

Para Cooky, por no rendirse y abrirme los ojos cuando actuaba como un terco topo. Por decirme lo que tenía que escuchar, aunque no me gustara y me enfurruñara, pero sobre todo, por ser mi hermana. Porque sin ti nunca me hubiera lanzado de cabeza a la aventura. Por las risas compartidas en nuestros locos cursos, por las lágrimas, las discusiones y ese humor tan especial que te hace única. Por todo lo bueno, pero también por los malos momentos. Por tantos años siendo inseparables y por ese apoyo incondicional que me has regalado desde crías. Siempre juntas.

Las primeras que me dijeron, adelante.

Os quiero muchísimo. Tanto, que a veces cuesta expresarlo.

RECONOCIMIENTOS

Para aquellos que, incansables, han seguido mis novelas, capítulo tras capítulo, animándome y compartiendo conmigo el inmenso cariño que siento por todos y cada uno de los miembros del Club del Crimen.

Para las incombustibles, por creer en mí y en mis historias, sin dudar ni un fugaz segundo. Por ayudarme, escucharme y animarme, pero sobre todo, por compartir tantas risas hasta altas horas de la noche. Muchas gracias.

Para el Club de los Despojis. Para mí siempre seréis especiales. Se os quiere muchísimo.

Indice

Capítulo 1 _____ 7

Capítulo 2 _____ 40

Capítulo 3 _____ 77

Capítulo 4 _____ 114

Capítulo 5 _____ 142

Capítulo 6 _____ 171

Capítulo 7 _____ 202

Capítulo 8 _____ 237

Capítulo 9 _____ 275

Capítulo 10 _____ 312

Capítulo 11 _____ 346

Capítulo 12 _____ 377

Capítulo 13 _____ 411

Capítulo 14 _____ 443

Capítulo 15 _____ 477

Capítulo 16 _____ 500

Capítulo 17 _____ 519

Capítulo 18 _____ 543

EPÍLOGO _____ 566

Capítulo 1

I

Apartó de su mejilla un mechón rojizo con forma de tirabuzón mientras retiraba por enésima vez la mirada de la entrecerrada puerta. Esperaba con aprensión que él apareciera y una parte de ella lo deseaba. Últimamente no se reconocía. Ella, Julia Brears, toda una mujer adulta y experimentada en las cuestiones de la vida, independiente, terca, pesimista, asilvestrada y, en el fondo, una pusilánime cobardica. Sus temblorosillas rodillas eran testigos. Gracias al cielo estaba repantingada sobre su ancho y almohadillado trasero, por lo que no rodaría más abajo.

Iban a dar las seis, pero por muy tarde que fuera nadie en casa habría apreciado su ausencia. Ni su estricto y solitario padre, ni Bridget, la confiable criada, y mucho menos el loro de su madrastra o sus hermanastras. Le daba igual que no la echaran en falta, ya estaba habituada; aunque a veces su corazón se resintiera sin querer, sin darse cuenta. Y de forma incontrolable, al pensar en lo que no deseaba admitir, su cuerpo reaccionó encogiendo los hombros y llamando la atención de la menuda mujer sentada a su costado.

En realidad, a quienes sentía como su verdadera familia eran las personas que la rodeaban en ese momento en la espaciosa sala de la mansión Evers. Aprovechando que los padres de Mere se habían trasladado de nuevo al campo; según ellos, a descongestionarse de la agotadora y febril resaca londinense, el Club del Crimen había invadido con total descaro la casa a fin de reunirse en terreno neutral.

Miró a su alrededor y la inundó el cariño. La pequeña Mere, una de las mujeres más valientes e incontinentes verbales del universo, incorregible e incontrolable; la despistada y frágil Jules, que tampoco apartaba la vista de la entrada como si sintiera la misma o peor desazón que ella; la experimentada y fuerte abuela Allison; y Edmund Norris, la única figura paterna que al menos… le correspondía.

Una difuminada y lejana imagen surgió en su mente sin previo aviso. La de un delgado hombre entrado en años, de espesa barba blanca y hundidas mejillas, alto, enjuto y con una mirada que desde niña había sentido como lejana, desdeñosa y tan, tan fría…

Le costaba mucho hablar de ello a sus amigos. Tanto, que a veces hasta los pensamientos se le atoraban en la mente, como si una pequeña parte de ella quisiera esconderlos lejos, muy lejos, de la superficie donde no tendría más remedio que hacerles frente. Cobarde…

Cada vez con mayor frecuencia se refugiaba en el calor que no sentía en su desarraigado hogar, entre cálidas miradas, abrazos y amorosas sonrisas. Incluso a veces envidiaba el ambiente entrañable en el que se había criado Mere, aunque, en otras, agradecía disponer de la independencia y soledad de la que ella carecía, con seis posesivos hermanos y un obsesionado marido. Sonrió. Habían transcurrido más de dos meses desde que toda la investigación en la que se había visto inmerso el Club del Crimen sin llegar a prever el alcance del caos al que se lanzaban de cabeza, les había estallado en pleno rostro, como una salva de esos coloridos fuegos artificiales que tan en boga estaban en fiestas y celebraciones.

Si la única novedad fuera esa… Se miró las manos fijamente mientras su imaginación volaba. Se había agenciado un prometido. Bueno, no sabía explicar muy bien el turbio proceso a través del cual se encontraba atada, vigilada, y todas esas cosas que les ocurrían a las mujeres con pareja. Un verdadero tostón.

El apuesto rostro del hombre en cuestión circuló sin control por su contrariada mente. No negaba que era muy guapo, de pelo oscuro, casi negro, rasgos muy varoniles, simétricos, en donde destacaban a la legua unos ojos de un color excepcional, que de tan transparentes como eran, parecían plateados. Y para colmo con unas pestañas bastantes más largas y curvadas que las suyas. De lo hermoso que era, en la estrambótica pareja que formaban, él podría haber sido perfectamente la hembra y ella el macho, grandote e inoportuno.

Hacía rato que les esperaban y solo de estar al tanto de ello comenzaba el fastidioso e incontrolable bombeo.

Tan pronto sonaron los insistentes golpetazos en la puerta se le tensaron las piernas y los dedos de los pies se le enroscaron dentro de los gastados zapatos. Era una horrorosa reacción, al parecer imposible de contener. Había intentado de todo. Sacudir pies, piernas y rodillas, estirarlas del todo, chocarlas, taconear con furia acompasando el ruido con chasquidos de la lengua para disimular, y… nada. Una ruina de situación.

Se había planteado incluso graznar en alto para ver si espantaba al molesto hombre que aborrecía sobre todos los demás y que le estaba haciendo la vida totalmente imposible. Deshacerse de él era lo que buscaba con desesperación. Ni que fuera mucho pedir. No incapacitarle, claro, ni contratar a alguien para hacerlo. Eso lo había descartado al darse cuenta que se estaba entusiasmando como una completa chiflada con la idea de algún empacho o calentura. Había llegado incluso a dibujar bosquejos de sus planes y del hombre despatarrado en su lecho llenando una bacinilla totalmente descontrolado. Solamente, ¡puf!, que desapareciera de su vida y la dejara tranquila, diantre.

Tiesa como un garrote, como cada vez que percibía la mera, tan solo mera, posibilidad de que el hombre más insoportable y mandón de Londres apareciera ante ella, trató de destensar los dedos de los pies; pero ahí seguían, como témpanos de hielo, encogidos y enroscados. Ella era lógica, siempre lo había sido, y odiaba enrojecer, enfurecerse y derretirse cuando la…, cuando la hacía eso que se empeñaba en repetir el terco idiota. No llegaba a entender cómo no se daba cuenta de la horripilante pareja que formaban, ya que…

—Hola, prometida.

Lo tenía que hacer a propósito. No cabía otra explicación. Lo odiaba con todas sus fuerzas. Le contestó, ya que era una dulce dama, pero se negó en redondo a mirarle de frente, ¡ja!, para que intentara camelarla con esos hipnotizadores iris. Ni en un millón de años. Dijo lo que sabía que le iba a molestar sobremanera.

—Por *poco* tiempo, Doyle Brandon.

—Eso ya lo veremos, niña.

Todos, absolutamente todos, les miraban con sonrisas resabiadas en los labios, como si supieran algo esencial que ella desconocía. Odiaba esa sensación. Ya deberían saber que era una solterona por vocación. Bueno, y porque hasta ahora jamás había tenido un pretendiente al que no ahuyentara, espantado por su incontrolable sarcasmo, brusquedad y… graznidos.

Sabía lo que venía a continuación. Intentaría sentarse junto a ella, los muslos rozándose, roce por aquí, roce por allá. Volverla loca, eso era lo que pretendía el…, el bruto insoportable. Con presteza colocó la taza que conservaba el templado té en el asiento libre a su lado y también el plato con las deliciosas pastitas de mantequilla rellenas, ocupando todo el espacio disponible.

Una reacción portentosa, sí señor, que ¡no sirvió de nada! Con total descaro el hombretón se acercó dando un par de grandes zancadas, la miró retador y libró el mullido sillón junto a ella, tras ¡devolverle la taza y el plato! y plantarle ¡un beso! en lo alto de la cabeza.

—¡No puedes besarme cuando te plazca!

—¿Ah, no?

—¡No! ¡Es incorrecto!

—¿Por qué? Al fin y al cabo estamos prometidos y un prometido disfruta de ciertos beneficios.

Observó fijamente los interesados y variados pares de ojos que no le quitaban la vista de encima a la espera de sus próximas palabras o esperada protesta.

—Prometidos por una inoportuna proposición ajena a…, ajena a…

—¿A qué? —la sonrisa complacida en los labios del hombre que sin pudor alguno se inclinaba hacia ella, le estaba sulfurando a marchas forzadas y si se sulfuraba se ponía del color de la remolacha y odiaba parecer una hortaliza. Lo odiaba.

Abrió la boca para contestar pero le llegó una suave ráfaga de olor masculino. ¿Cómo era posible que oliera mejor que ella? Su olfato siempre, siempre, le jugaba malas pasadas con este hombre.

—¿No contestas, querida? —ya estaba ahí, esa sorna que la provocaba hasta lo indecible.

¡Aborrecía a ese hombre! Lo aborrecía hasta el punto de que le entraban ganas de darle un sorpresivo y satisfactorio cabezazo o un coletazo con su espesa melena. Su osadía la enfurecía hasta lo inimaginable. Y odiaba tener que alzar la cabeza para mirarle. Le irritaba que le sacara más de una cabeza de estatura cuando la gran mayoría de los hombres tenían que ponerse de puntillas para que sus ojos alcanzaran la altura de los de ella.

A punto estaba de contestar muy digna, cuando la puerta se abrió de nuevo dejando paso al hermano menor del hombre que no apartaba la empecinada mirada de sus labios. Ello le dio un pequeño respiro hasta que fijó la vista en el impactante hombre que acababa de cruzar el umbral. Ese sí era un hombre en todo el sentido de la palabra. Educado y encantador, apuesto hasta decir basta, y galante, pero se veía a la legua que estaba furioso y, si no erraba demasiado, el causante no podía ser otro que cierto hombre algo más bajo que él, rubio, con unos juguetones ojos azulones, que se encontraba ausente de la reunión: Robert Norris, uno de los hombres más dulces y traviesos que había tenido el placer que conocer. Si uno era la portada de un libro, el otro era la contraportada. Se complementaban de una manera indefinible e inevitable, como la luz y las tinieblas. Siempre juntos, aunque lo cierto era que, últimamente, cuando ambos estaban presentes, el aire entre ambos casi se podía cortar con un cuchillo de lo denso que parecía.

—¿Qué ocurre, Peter? —la pregunta surgió del mismo hombre que hasta hacía unos segundos intentaba desquiciarle los nervios, pero la sorna había desaparecido por completo de su voz. Sonaba inquieto, y todos, absolutamente todos, sabían la razón.

Rob había visitado, una vez más, la prisión donde se encontraba encarcelado Martin Saxton, el perturbado que obsesionado hasta lo indecible con él y con Mere, casi logra destrozarlos a todos. Una de las épocas más inquietantes y peligrosas vividas desde que fundaron el Club del Crimen, al verse todos ellos mezclados en la retorcida organización ideada por ese repugnante y demente hombre. Pese al enfado de Peter, de los sorprendentemente sabios consejos de Doyle, de su preocupado padre e incluso del inquieto grupo al completo, Rob había accedido a entrevistarse con ese animal.

Le angustiaba que cualquiera de ellos mantuviera un mínimo roce con ese demente, pero en cierto modo, ella lo entendía. Saxton se había llevado consigo demasiada información sobre los muchachos secuestrados como para no ceder algo con el fin de obtener datos respecto a su paradero, quiénes sobrevivieron, a quiénes torturaron hasta la muerte, dónde se les podía encontrar para que retornaran con sus familias al lugar al que pertenecían. Tanto dolor encerrado en esa mente y causado a manos de un desquiciado y mezquino hombre incapaz de olvidar que lo que deseaba estaba a su alcance, a cambio de información.

Por mucho que a otros les sorprendiera, ella lo entendía. Ese tragarte tu orgullo para lograr algo bueno, algo que valiera la pena. Lo entendía demasiado bien… Lo malo era lo que Rob dejaba atrás en cada entrevista, cada pedacito que se rompía en su interior cada vez que se enfrentaba de nuevo a ese monstruo. Eso solo lo sabía él. Y si hacerlo valía o no la pena, era cosa que solamente Rob debía decidir pese al evidente enfado de quienes le rodeaban.

—¡De nuevo ha ido a verle! El idiota ha vuelto a ignorarme y…

—¿Os habéis peleado?

—¿Tú qué crees? Por enésima vez esta semana. Estoy por secuestrarle, Doyle. Me falta poco, muy poco, para… —los impresionantes ojos negros del menor de los hermanos Brandon brillaron con una luz maquiavélica mientras aspiraba profundo tratando de sosegarse—. Mi paciencia llega hasta cierto punto y noto que está alcanzando su maldito límite.

Doyle Brandon, porque se negaba en rotundo a llamarle prometido, agachó algo su oscura cabeza, pensativo, y ello no cuadraba con la manera de actuar del hombre más engreído de la ciudad. Simplemente resultaba chocante.

Le daba igual, no pensaba apenarse por él; no, después del jaleo en el que la había metido al pedir su mano de forma espontánea y completamente unilateral. Todavía escuchaba aterrada los chillidos infrahumanos de su madrastra, entre ahogados sofocos y minúsculos saltitos, dando gracias a los dioses por el inesperado milagro de poder ¡deshacerse de ella!

Ya sabía que no la querían en casa pero no era necesario decirlo tan claramente. No lo era... Su pecho se constriñó por el dolor que ahora asociaba al hombre que lo había causado indirectamente y que en esos momentos tenía fija la mirada en su hermano menor.

—¿Cuándo?

—Esta mañana, y en seguida ha ido a hablar con el engreído superintendente ese, –tras pelearnos, claro–, para lloriquearle.

¡Vaya! Peter, el hermano menor del mandón, estaba, como poco, furioso; y al parecer su estado de ánimo se iba contagiando lentamente al mayor por la forma en que la tensión se iba aposentando en la enorme espalda.

Tocaba batirse en rápida retirada.

Sigilosamente, e intentando no llamar demasiado la atención del terco, se levantó del sillón e inclinó la cabeza hacia Mere hasta lograr susurrar en su oído que era hora de ir a casa y que si no le importaba, le gustaría emplear su coche de caballos. Le daba apuro, mucho apuro, estando delante los hermanos Brandon, darles a conocer que no disponía de medio de transporte y que se le había hecho algo tarde para hacer a pie el largo trecho hasta casa; que su delgado abrigo carecía de forro; que las desgastadas zapatillas que llevaba le calaban los pies y que no disponía de otras; o que le avergonzaba mostrarles los remendados guantes. Se negaba a que lo supieran. No podía permitir que él se enterara y que sintiera aún más lástima de ella, o que la mirara con simple desprecio. Ni aunque le pagaran una fortuna con la que comprarse cien pares de zapatos hablaría.

—¿A dónde crees que vas?

¡Por Dios! ¡Es que no se le pasaba una!

—A casa.

—Sola, ni en sueños.

—¡No voy sola!

Las oscuras cejas casi rozaban el negro y espeso cabello.

—Claro, querida mía, y dime ¿con quién vas a casa?

—Con el cochero —contestó con retintín y una sonriente mueca llenando sus labios.

A ver qué decía ahora el prepotente listillo. La mirada de los ojos transparentes dejaba bien a las claras que no estaba para nada contento con su actitud, ni con su pronta y descarada contestación. Pues tendría que aguantarse. ¿Sería ella mala persona? Estaba disfrutando de la rabieta del engreído.

—Yo te llevaré.

—No.

—Sí.

—No hace falta.

—Eso lo dirás tú, querida, pero no es oportuno que una joven y delicada dama recorra las calles de Londres al atardecer sin acompañante.

Julia bufó. ¡Delicada! El hombre estaba tonto además de ciego.

—He recorrido el camino a casa cientos de veces a pie y jamás me ha ocurrido nada, buen hombre.

Diantre, acababa de meter la pata. ¿Cuántas veces le habían repetido que daba más, mucha más información de la estrictamente necesaria, como si fuera un torrente incansable? Miles. Y obviamente, no aprendía; y menos con el metete presuntuoso ubicado junto a ella, que se creía con derecho a introducir las narices donde nadie le había dado permiso, por el solo hecho de ¡creerse su prometido!

Inconcebible. Los colores estaban abarrotando las marcadas mejillas del hombre, resaltando con ello los impactantes ojos claros, mientras fruncía con fuerza los labios al igual que un maestro ante una rebelde e incontenible criatura. Pues ella no era ninguna niña y no le debía explicación alguna al enorme hombre que la miraba mosqueado a más no poder.

—¡Marsden!

El ruido atronador hizo que todos botaran espantados.

Un hombre pelón, con tres ridículos pelillos residuales a cada lado de la cabeza, con aspecto de boxeador profesional, músculos que parecían a punto de rasgar la ropa que lo embutía y no excesivamente alto, entró como una tromba en el salón causando estupor en todos los reunidos, salvo en Peter.

—Mande, jefe.

—Prepara el carruaje. Salimos en cinco minutos.

—Hecho, jefe.

No tardó más de un minuto en salir por el mismo camino por el que había entrado, cerrando la pesada puerta con extrema delicadeza, extraña en un hombre con semejante volumen corporal, pero no sin antes realizar un gesto la mar de curioso. Tras mirar de frente a Julia y toquitearse los tres pelillos que le colgaban a los lados, ¡se había santiguado! Ella decidió ignorar el perturbador gesto y contraatacó.

—No puedes obligarme —se giró hacia Mere— ¿verdad?

En la mirada de su diminuta mejor amiga brillaba la picardía.

—No sé yo, cielo, pero no me arriesgaría. Quizá sea mejor ir por las buenas que…

—Por las malas.

Ya estaba ese vozarrón insufrible. Harta, eso era lo que estaba. Harta de que el hombre intentara mangonearla todos los días, casi desde el primer minuto en que se conocieron en la fiesta de los padres de Mere, cuando, impulsivamente, le recriminó por mirar descaradamente las enaguas lilas de esta. Debió morderse la lengua.

—Muy bien, permitiré que me acompañes, Doyle Brandon.

—¡Es… Doyle!

¡Por Dios! Qué susto. La estaba desquiciando. De otro modo no se explicaba el chillido descomunal que acababa de lanzar el mandón, causando a casi todos un buen sobresalto, y lo extremadamente colorado que se estaba poniendo. Diantre, acababa de localizar un punto flaco en su rígida armadura, ya que evidentemente no gozaba de demasiada paciencia. Glorioso. Runruneó sin poder aguantar las ganas. Ella agotaría con sus ocurrencias la poquita que parecía tener. Es que le superaba, tan digno, y ella tan, tan caótica. Totalmente incompatibles. Eso es lo que eran.

Oooh, se le acababa de ocurrir. Lo enloquecería, hasta que no pudiera más y explotara causando tal escándalo en sociedad que ella no tendría más remedio que romper su endemoniado y aterrador compromiso, por supuesto contra sus más fervientes deseos. Todos sus conocidos le darían el pésame y la felicitarían por haberse librado de semejante mastodonte. Sonrió plácidamente imaginando variopintas escenas. Disponía de tiempo de sobra para dar rienda suelta a su mente imaginativa y sumamente maquiavélica.

Si algo tenía más que claro era que no estaba dispuesta ni en esta vida, ni en la siguiente, a casarse con un varón al que le encantaba dar órdenes y le repelía recibirlas. Ella quería como esposo a un pánfilo comprensivo y pelele, no a esa torre musculada y perpetuamente enfurruñada, por muy apuesto que se creyera. Le ojeó de refilón, con enmascarado interés. En primer lugar, debía disimular, ya que la mirada que le estaba lanzando el mastodonte presagiaba que algo se estaba oliendo. Odiaba a los hombres perspicaces, a los escasos hombres perspicaces que pululaban por la faz de la tierra, y la mala suerte era que había ido a topar con uno de ellos. Se emocionó tan pronto su cerebro empezó a maquinar.

Demonios, Julia, diantre, Julia, controla las cejas. Asco de tic. Cuando se entusiasmaba le temblequeaban las cejas y los pies.

II

Era una figura tan impactante que le llenaba la mente y odiaba ser incapaz de sacársela de la puñetera cabeza. También le ponía de los nervios que no le obedeciera. No solo que no le obedeciera, sino que le retara, le ignorara y le hablara con ese afilado sarcasmo que la caracterizaba. Esa endiablada mujer lograba en un minuto, con una puñetera frase o un nimio gesto, hundir sin remedio lo que había tardado toda una vida en conseguir, controlar su condenado mal genio.

Incluso había logrado desquiciarle y que gritara delante de las restantes damas presentes. ¡Dios! ¿No decían que las pelirrojas te podían volver loco? Pues esa leyenda urbana era cierta y para colmo les tenía a todos ¡engañados! La creían toda dulzura. ¡A la fiera! Merecía una tunda, una consistente tunda.

No importaba. Para cuando terminara con esa fierecilla sería como barro moldeable entre sus manazas, suave, blando y brillante. Haría todo lo que quisiera y…

—Lo que faltaba, está sordo. Tengo un prometido achacoso y con sordera.

La furia llegó de nuevo en abrasadoras oleadas. O se controlaba, mordiéndose la lengua, o le levantaba, o mejor, le arrancaba la falda y le ponía el trasero como un tomate. Le acababa de llamar achacoso, ¡a él! ¡Si solo tenía treinta años! En la flor de su vida, o en la flor de su florida existencia, o como demonios lo dijeran los dandis peleles y presumidos que abundaban en sociedad. Por todos los infiernos que esa dulce boca se iba a tragar sus palabras.

—De achacoso nada, querida mía, y si lo deseas te lo demuestro gustoso de camino en el coche, los dos solos y sin interrupciones.

Le sorprendió la mirada que le dirigió el pelirrojo demonio.

—¡No me llames querida!

—¿Por qué no, *querida* mía?

—Porque ¡no lo soy!

Sabía que su sonrisa le iba a molestar pero le daba igual. Disfrutaba de sus enfados.

—Por ahora.

Suspiró la mar de satisfecho. Lo único bueno de su extraña relación era que le volvía loco provocar que se pusiera roja como la grana, y acababa de lograrlo de nuevo. Un punto a su favor. ¿Enrojecería igual por todo el cuerpo?

III

Menos de dos minutos en el suntuoso carruaje y ya estaba vociferando por la ventanilla al hombrecillo de los pelos, quien, sentado aferrado a las riendas, guiaba el coche ¡sin gorro! ¿Acaso no se daba cuenta, como conductor, de que el viento le podía arrancar los tres finísimos cabellos que permanecían clavados en su cuero cabelludo? ¿Nadie le iba a aconsejar que usara gorro? Alguien debería…

—¡Marsden!, dejaremos a la señorita Sullivan en su domicilio y después marcharemos hasta la casa Brears.

Ya estaba mangoneando. De eso nada.

—No es buena idea.

La inmensa figura sentada frente a ellas, se alejó de la ventana y se inclinó en su dirección. Posicionada a su vera, Jules no movió ni un músculo, como si lográndolo fuera a pasar desapercibida. Pues, a ella *nadie* le iba a tapar la boca y menos el búfalo que tenía enfrente.

—¿Por qué? —inquirió Doyle.

—Mi casa pilla de camino y lo lógico es ser lógico.

—Otro día. Hoy me interesa más tener unas palabras con el señor Brears.

—¡Está de viaje!

Las oscuras cejas se alzaron, interrogantes y suspicaces.

—¿Dónde?

—Lejos.

—¿Dónde?

—De Londres.

Notaba que la paciencia se iba difuminando en la inmensa figura, pero gracias a los dioses tenía a Jules junto a ella, de parapeto, bien pegada y sosegada.

—Algo me dice que estás esquivando mis preguntas.

—¿Yo? Ni se me ocurriría… —aleteó sus cortas pestañas— qué idiotez.

Frente a ella, su prometido apretó los gruesos labios.

—¿Me llamas idiota?

El mandón entrecerró los ojos logrando que esas larguísimas pestañas, lo parecieran aún más. Si pudiera se las arrancaría.

—Si tú lo dices, ¿quién soy yo para rebatir tus portentosas y agudas frases?

Como soltara la risilla atascada en su garganta igual la estrangulaba por el brillo empecinado que lucía de refilón en esos ojos.

—¿Me estás provocando, Julia?

—¿Yo? Dios me libre. No se me ocurriría.

Sentía el codo de Jules presionar cada vez con más firmeza en su costado, pero lo ignoró completamente. No podía permitir que ese hombre invadiera su casa y se diera cuenta de que lo veían como a su salvador. El salvavidas del caso perdido que era Julia Brears para el sacrosanto matrimonio. ¡Bah! Además, su padre, su madrastra y sus hermanastras llevaban un par de días algo indispuestos, y por añadidura, esa misma mañana, Bridget, la criada, también parecía haber caído con la misma enfermedad. La única que por el momento se había librado del malestar de estómago, náuseas, desgana y cansancio, era ella.

—El caso es que en casa se encuentran algo indispuestos. Han caído enfermos.

—¿Qué es lo…?

—Vomitan como surtidores. La casa da pena y no querrás embadurnarte esos lindos zapatitos tan relucientes, ¿no? Mira los míos.

Como un resorte, enderezó la pierna para mostrarle la planta de su viejo zapato, alcanzando por inercia con la punta de la zapatilla a la musculosa pierna doblada frente a ella en plena espinilla.

—¡Cuidado! Por Dios, eres peligrosa.

Bajó de inmediato la pierna, respirando para sus adentros. Parecía menos dispuesto a acompañarla tras tantos datos desagradables. Decidió cargar con la artillería pesada. Había llegado el momento esperado.

—Desde pequeñita soy algo propensa a los accidentes ¿sabes? Me suelen perseguir sin yo buscarlos, claro. Es un punto a tener muy, pero que muy en cuenta en una esposa, ¿no crees? Cambiando de tema, la enfermedad que se pasea por mi casa es contagiosa en alto grado y todos en la familia están sudorosos y... desmelenados. Eso. Deberías ver a Abby.

—¿Abby?

—Mi madrastra. Tiene pelos y mechones por todas partes, aunque, bien pensado, puede que oculte las greñas bajo voluminosos turbantes.

—Tú no has enfermado.

—Tengo un estómago de hierro. Puedo comer hasta piedras... Estoy sana como un roble.

—Estupendo. Una mujer saludable por esposa. Algo a tener muy, pero que muy en cuenta.

—Quiero decir un roble algo endeble y podridillo, claro —lo observó atenta y se atrevió a darle una palmada lastimera en una de las fuertes rodillas, mientras le llegaba desde su izquierda la incontrolada risa de Jules— ¡Jules!, Jules sabe de mis achaques constantes. Es que no te lo dije, qué despistada —rió como si estuviera alelada— no veo demasiado bien de lejos. Estoy algo topo, creo que en cualquier momento se me van a caer tres o cuatro dientes de los de delante, y por supuesto, otras cosillas que es mejor no entrar a detallar. Creo que me estoy pochando con la edad.

¡Madre mía!, qué satisfecha se sentía consigo misma. Al fin lo había espantado ¿no? Entonces, ¿por qué la seguía mirando con una retorcida mueca en los labios? Una mueca que ni siquiera al hablar desapareció.

—Nuestros hijos serán hermosos.

¿Qué diantre había dicho? Se giró bruscamente hacia Jules para confirmar que sus oídos no le habían engañado por sus ganas de escuchar lo que ella deseaba y no lo que surgía del mostrenco. Jules se tapaba la boca con la mano cubierta por el fino guante. Increíble. Su oído funcionaba a las mil maravillas. Lo que estaba como una carraca y muy mal engrasado era el cerebro del hombre. ¡Tenía por prometido a un chiflado! Aunque lo fuera temporalmente.

IV

Se escurrió de la cama para alcanzar su único abrigo y con él cubrir las finas y desgastadas sábanas a fin de intentar entrar en calor. Hacía tanto frío en la casa. Decidió remover los rescoldos de la chimenea ya que en plena noche, con la lluvia que había caído, era impensable salir en busca de leña seca. Pero con ello únicamente logró quedar más destemplada de lo que ya se sentía. El suelo estaba helado.

La cena, una vez más, había discurrido en medio de incómodos silencios, pullas, encontronazos e insultos velados hacia ella. Ya debería haberse acostumbrado a los desprecios de sus hermanastras, la hermosa Lizzie o la competente y bonita Emma. En cierto modo, su corazón había dejado de sentir pasado un tiempo, pero ello no impedía que le doliera el hecho de que su padre callara al presenciar la intencionada y dañina manera en que la atacaban, desgastando poco a poco sus ganas de pelear, y esa necesidad, que a pesar de todo todavía guardaba, de que la protegiera de quien le hacía daño. Siempre pensó que esa aguda sensación de abandono se iría apagando con el transcurrir de los meses, pero no era así. Había días en que no podía más, ni contestaba…, simplemente dejaba su mente volar a otros lugares hermosos donde nada ni nadie le causaba daño, donde era querida, apreciada, y allí permanecía, en ocasiones minutos, en otras una hora, hasta que ellas se cansaban y desaparecían dejándola por imposible. La situación había empeorado con la noticia de su compromiso. Parecía que la odiaran por el mero hecho de que un hombre bien formado y adinerado mostrara un mínimo de interés en ella. Si supieran…

Ahuecó la almohada en un velado intentó de retomar el sueño del que había despertado helada como un tieso témpano. No pudo. Se escuchó el angustioso ruido al que se estaba acostumbrando poco a poco. A altas horas de la noche, repentinamente, sin pasos que anunciaran la presencia de persona alguna al otro lado de la fina puerta, el girar silencioso del pomo… Se le cortó la respiración y se acurrucó entre las frías sábanas. Se sentía incapaz de acercarse a la madera y apoyar el oído contra los ásperos tablones. Saber que alguien estaba al otro lado, esperando, podía con sus nervios, y desconocer quién era el intruso la estaba consumiendo por dentro. Y la razón, no conocer la razón por la que lo hacían: atemorizarla, reírse de ella o quizá intentar acceder a su cuarto estando ella dormida.

De nuevo giraron el pomo forzándolo hasta su tope. Que aguantara, por favor, que aguantara la presión ejercida desde el exterior. Lo suficiente para parar a quien intentaba entrar. Quien fuera. Sentía el corazón bombeando en su garganta y la respiración entrecortada. Tanto miedo… El cerrojo tenso, al límite. Si entraban, si…

Cada noche agradecía haber aprendido de Norris la mejor manera de colocar una cerraja, aunque se hubiera dejado una uña y recibido un par de arañazos por el camino. Lo agradecía tanto.

Desistieron tras un último y angustioso intento, pero en esta ocasión se escucharon unos sigilosos pasos que se alejaban por el oscuro pasillo, demasiado distanciados unos de otros como para pertenecer a una mujer. ¿Su padre? Suspiró intentando relajar su cortada respiración. Ojalá supiera lo que estaba ocurriendo en su casa. Algo no iba bien, pero se sentía tan torpe, tan sola, acongojada y sin ánimo para averiguarlo por sí misma.

Mañana se atrevería, preguntaría y quizá alguien tuviera la deferencia de contestarle o de no ignorarla.

V

La brujilla endemoniada le había liado de nuevo y se había salido con la suya. ¡No, si al final le iba a mangonear en lugar de obedecer! Alzó la vista hacia la puerta del despacho. Llevaba rato esperando a Peter para hablar con él de su última obsesión, pero algo le decía que le estaba esquivando como un crío travieso que huía de una severa reprimenda.

Observó la montaña de papeles que debía revisar y se desinfló. Nunca había sido un hombre de números. Le espantaban, pero lo gracioso era que su cerebro tenía una habilidad y un talento innatos para los negocios. Si la gente supiera que había aprendido a leer de adulto, le ridiculizarían, y por ello prefería dedicarse a solas a despachar sus negocios. Ocasionalmente, todavía sumaba con los dedos cuando no tenía los muros izados o estaba cansado. Solo Peter y Liam, su socio, lo sabían y conocían de su pasión por los libros, de su ansia por aprender y conocer, y algún día, cuando no tuviera en sus manos el futuro de tantas personas, de tantos trabajadores, por viajar y conocer mundo. Algún día…

Estiró la espalda y de nuevo volcó la vista hacia la puerta. Muy bien, si Mahoma no iba a la montaña, la montaña iría a Mahoma. Con rapidez salió de la acogedora habitación, pasando frente al sorprendido mayordomo que parecía una gallina clueca por los cuidados que les dispensaba a él y a Peter, como si fueran incorregibles polluelos, y ascendió de dos en dos los escalones de la hermosa y lustrosa escalinata de madera hasta alcanzar la puerta del dormitorio de su hermano. No se dignó llamar. El único problema con Peter era su puñetera terquedad en negarse a hablar libremente con él del tema sobre el que se cerraba en banda, Rob Norris. Bueno, y a hablar de cualquier otra cosa que le costara controlar.

Nada más abrir la puerta y acceder al amplio y cálido cuarto, supo que no era un buen momento. Su inmenso hermano estaba sentado frente a la encendida chimenea, en su viejo y desgastado sillón orejero. Se apreciaba su perfil y únicamente vestía los holgados pantalones negros que solía emplear para entrenarse. Le extrañaba mucho que permaneciera descamisado ya que casi siempre ocultaba su torso a miradas ajenas y jamás mostraba su espalda desnuda.

—¿Pete?

No se giró.

—Pasa y siéntate.

Así lo hizo, ocupando la otra butaca, al calor de las candentes llamas. Tras un duro día se agradecía el calor y la tranquilidad.

—¿Qué hacías?

—Papeleo.

La mueca en los labios de su hermano reflejó a las claras sus propios sentimientos. Odiaba esa tediosa parte de sus innumerables negocios.

Formaban un dúo extraño. La aguda y afilada mente de su hermano inventaba, mejoraba o potenciaba artilugios mecánicos y él los comercializaba con una fiereza temida, además de respetada, en la ciudad y en el país. Era increíble la ingente cantidad de dinero que se podía ganar con inventos aplicables a la industria que desde hacía unas décadas crecía y se desarrollaba a pasos agigantados. La fortuna que habían ganado superaba sus expectativas, y pensar que el inicio de todo ello se logró con la modesta cantidad obtenida en las peleas clandestinas en las que había participado y convertido en campeón. Cerró los puños rememorando unos tiempos que era mejor dejar en el pasado, pero la dureza de sus nudillos a veces no se lo permitía, ni sus numerosas cicatrices. Quién se lo hubiera dicho hace años, desesperado por localizar a su hermano y ganándose la vida machacando a otros. Nunca perdería parte de aquella aspereza, aunque se rodeara de cosas bellas y delicadas.

—¿En qué piensas?

Suspiró, en parte de cansancio y en parte de alivio.

—En los viejos tiempos.

—¿Cuando peleabas?

Asintió.

—¿Lo echas en falta?

—A veces, sobre todo cuando me enfrento al jodido papeleo… —le guiñó uno de los claros ojos provocando una sonrisa en el hermoso rostro de su hermano, surcado por esa maldita cicatriz.

Habían sido demasiados años sufriendo, con un inmenso vacío en el interior que únicamente se podría llenar al localizar a las personas que les habían roto su juventud. Y lo habían logrado en parte. La mujer que había torturado a Peter y lo había retenido durante dos interminables años, estaba, al fin, muerta y enterrada. Jamás volverían a enfrentarla, ni tan siquiera en sueños. No lo permitiría. Pero *él*, el hombre que había disfrutado con ella, la había acompañado, animado, e incluso amado a su manera, seguía vivo. Encerrado pero vivo, y eso estaba carcomiendo a su hermano menor. No por sentirse amenazado de nuevo, ni amedrentado, sino por el hecho de que sabía que ese hombre no pararía hasta obtener lo que quería. Y lo que quería era al hombre que su hermano amaba, aunque ni ante sí mismo quisiera reconocerlo.

—¿Me vas a decir qué ocurre?

El hermoso rostro se contrajo levemente, pero fue suficiente para él.

—Pete, soy yo, hermano. Sabes que puedes decirme cualquier cosa. Cualquiera…

Esos negros ojos le miraron fijamente y se dulcificaron de repente, como si la pared izada frente al mundo no necesitara emplearla con él.

—Lo sé, Doyle. Lo sé. Cuando esté preparado. Dame tiempo...

No podía pedir más de lo que le estaba dando en este momento, al saber lo mucho que le costaba a su hermano reconocer tan siquiera que se sentía expuesto. Un mundo. Por ello y porque le quería, debía respetarlo. Una sonrisa asomó a los llenos labios de su hermano.

—¿Dónde dejaste a la fierecilla?

¿Fierecilla? Más bien salvaje y explosivo tornado.

—En su casa. Se niega a casarse conmigo y no llego a comprenderlo. Ni que fuera un ogro maloliente.

Suspiró frustrado.

—¿No me digas?

Al parecer hoy todo el mundo empleaba la ironía, intentaba provocarle y tomarle el pelo. Miró a su hermano de reojo.

—¿Cómo demonios la convenzo?

Las carcajadas surgieron naturales de la garganta de su hermano, en una de las preciadas y escasas ocasiones en las que había presenciado esa profunda y contagiosa risa. No pudo evitar acompañarle. Cuando surgía espontánea era hermoso el sonido.

—Hermano, solo te digo una cosa, te vas a tener que emplear a fondo con una mujer como Julia Brears. Y otra cosa, voy a disfrutar inmensamente de los altibajos de tu compromiso, y en primera línea, ni más ni menos.

—Eres un mal hermano. Lo sabías ¿verdad?

—Por supuesto, ¿para qué están los hermanos menores, si no es para fastidiar, incordiar y tomar el pelo a sus enfurruñados hermanos mayores?

—¡Para ayudarles a camelar a la mujer más terca e impertinente de Londres, demonios!

Una mordaz risilla surgió de la boca de Pete. Gruñó.

—¡Así no me ayudas!

—¿Y qué quieres que haga?

—Hablarle bien de mí. A ti te hará caso. Me es incomprensible, pero al parecer te ha cogido cariño, y a mí me odia a muerte.

—Doyle, tienes un genio endemoniado; tu principal afición es mandar desde que amaneces a primera hora de la mañana hasta que te acuestas a altas horas de la noche; tu primer amor son los libros; sueles decir lo menos conveniente en cada momento, y mejor no hablar de tu vena posesiva.

—¡Yo no soy celoso!

—Nooo, claro ¿Qué fue lo que le dijiste a aquel petimetre, que trató de bailar con Julia dos valses seguidos, cuando lo cazaste desprevenido en la última fiesta en la que coincidimos?

—Aquello no cuenta.

—¿Por qué?

—Fue un desquiciamiento momentáneo.

—¡Qué casualidad!

—Le estaba mirando los pechos, con descarada fijación.

—¡Es que estaban a la altura de sus ojos!

—Pues que mire al techo. ¡Son míos!

Los plateados ojos, de lo redondos que se pusieron, parecían dos brillantes bolas de Navidad.

—Vale, eso ha sonado un tanto raro —observó su hermano.

—¿Te estás riendo de mí, Pete?

—Sí.

Alargó el brazo para darle un mamporro pero, ágil como siempre, la altísima figura se le escurrió; y para colmo el descarado tuvo la desfachatez de revolverle el cabello hasta enmarañarlo por completo antes de escapar de sus garras. Mientras salía del dormitorio, echó un segundo la vista atrás y le agradó lo que vio: una pequeña sonrisa plantada en el rostro de su hermano mientras recuperaba su lugar frente al apacible fuego. Le agradó mucho. Sabía lo que le preocupaba y la razón por la que estaba tan ensimismado. Mañana acudirían a la mansión Aitor donde habían organizado una reunión matutina. Lo que ignoraba era el tema sobre el que se iba a tratar. Quizá el maldito tema vedado: Saxton y sus repetidas entrevistas con Rob; o puede que les sorprendieran como era habitual en ellos. Con el endiablado Club del Crimen nada había seguro salvo eso mismo, que absolutamente nada lo era. Podía surgir cualquier inmensa sorpresa en cada instante, y por regla general, siempre, siempre, terminaban hundidos hasta el cuello en unos jaleos de mil pares de demonios.

El grupo más heterogéneo y descalabrado del universo, pero fascinante y divertido. Y su irreverente prometida era parte integrante y prominente del mismo.

VI

Eran las primeras horas del día y no se explicaba por qué perdía el tiempo rebuscando en su pequeño ropero. Disponía de tres viejos y arrugados vestidos, aparte del que usaba en las fiestas, y uno de ellos era demasiado fino para finales de invierno si quería evitar fallecer de congelación instantánea. Las escuetas opciones eran el gris, el rojo o el verde musgo. Fue a alcanzar el rojo pero recordó en su cabeza la vocecilla de Mere y la frase que lanzaba cada vez que vestía la prenda: "El color se mata con tu cabello y causa escalofríos". Al final tendría que aceptar el regalo de Mere, los tres hermosos vestidos que había mandado hacer para ella.

Alcanzó el verde y repasó con las yemas de los dedos los gastados bordes. No pensaba malgastar más pensamientos inservibles con el dichoso tema. Lo que había era

24

lo que había. Con rapidez se vistió la ropa interior, se calzó y se colocó el vestido en su lugar. Con aprensión se dirigió a la puerta y colocó breves segundos el oído contra su superficie hasta que se percató de que no escuchaba sonido alguno al otro lado, por lo que descorrió el cerrojo y salió al iluminado descansillo del primer piso. Ya se alcanzaba a escuchar el murmullo del comedor. Estaban desayunando.

Padre había anunciado que el tío Jonas les iba a visitar la semana siguiente y ello le había llenado de una tremenda calidez. El único hermano de su difunta madre y en cierto modo quien rememoraba a la figura materna que tanto, tanto, echaba en falta. Su única pena era las limitadas ocasiones en que les visitaba aprovechando el diligenciado de sus negocios en la ciudad.

No se lo pensó. Bajó las escaleras y entró por la puerta abierta del salón donde no hacía mucho habían celebrado la sesión de ocultismo más impactante que esa habitación había presenciado. Tan diferente… Lo que entonces era penumbra, esta mañana era diáfano y repleto de claridad. Sus hermanastras aborrecían esta casa y reclamaban continuamente un traslado a un barrio más acorde con su posición social, pero a ella le encantaban los enormes ventanales por los que accedía la radiante luz diurna que le calentaba la piel incluso en invierno. Le gustaban sus vecinos, llanos y sin tontas pretensiones, en cuyas casas pasaba más tiempo que en la suya propia, ayudando a los pequeñuelos de los Cloover en el aprendizaje escolar mientras tomaban leche templada con bollitos. Justo el entrañable ambiente familiar que tanto echaba en falta.

Nadie se dignó alzar la mirada, pero todas sintieron su presencia por el firme retumbar de sus pasos o el roce de la falda al balancearse. Nada fuera de lo habitual. El frugal desayuno estaba prácticamente diezmado salvo un par de pequeñas y quemadas tostadas. Su estómago rugió provocando muecas de desprecio en las mujeres presentes.

—Julia, tu enorme estómago tendrá que contentarse con lo que queda. Como comprenderás, Bridget no puede estar a tu disposición continuamente.

—Es suficiente, madrastra. Gracias.

De reojo se dio cuenta de que Lizzie alcanzaba una de las dos tostadas y la untaba de mermelada antes de dar buena cuenta de ella. Sintió una leve congoja pero por nada del mundo iba a abrir la boca ya que era lo que estaban esperando, y menos estando su padre presente.

La estirada y enjuta figura sentada a la cabecera de la mesa nada decía, concentrado en leer la prensa matutina. Sus elegantes manos mantenían su templanza pese a su edad.

—Buenos días, padre.

Izó su cabeza, sorprendido, como si no se hubiera dado cuenta de su llegada y lo triste es que seguramente así era. En ocasiones guardaba la esperanza de que esa completa desatención se debiera a que le recordaba a su madre y le doliera incluso mirarla.

—Hija…

Tardó el tiempo imprescindible en engullir lo poquito que quedaba de comida cuando decidió lanzar al aire aquello que la inquietaba desde hacía un par de semanas.

—¿Alguien intentó entrar en mi cuarto a media noche?

Se mordió la lengua. Maldita sea, más que una pregunta había surgido como una velada acusación.

—No digas bobadas, muchacha —la cortante contestación brotó de labios de Abby, su madrastra, tras cruzar miradas con sus dos estiradas y emperifolladas hijas— ¿Quién querría entrar en tu cuarto? Ni que tuvieras algo de interés en su interior.

—No sé, pero alguien se quedó parado al otro lado y giró el pomo intentando entrar.

—No digas memeces, lo habrás soñado, muchacha.

Eso la irritó.

—No lo soñé. Ocurrió tal y como lo relato.

—Bobadas.

Dirigió la mirada hacia sus hermanastras y se dio cuenta de que no debía haber dicho nada, de que debía habérselo guardado para ella como tantas otras cosas. Estaban disfrutando de su incomodidad…

Le daba apuro volverse hacia su padre, mucho apuro, pero a pesar de ello lo hizo. Los claros y pequeños pero agudos ojos la miraban sorprendidos, pero por alguna extraña razón también le pareció apreciar preocupación y angustia a partes iguales en el fondo de esa azul mirada.

Le inquietaba algo, pero no lo compartía, como ocurría siempre desde que tuvo uso de razón. Secretos y silencio. La pregunta que su padre le hizo a continuación le sorprendió.

—¿A qué hora fue?

—¡Andrew!

El grito brotó de labios de su madrastra como si le resultara incomprensible que su marido hiciera caso de las inagotables rarezas de su hija.

—Calla, mujer —se giró directo hacia ella— ¿a qué hora ocurrió, hija?

—Hacia la una de la madrugada. El reloj de la entrada no había marcado aún esa hora.

Los finos labios de su padre se contrajeron.

—¿Ocurre algo, padre?

En esta segunda ocasión quien atacó como una fiera fue Emma, la dulce y generosa Emma para todo el mundo menos para Julia.

—¡Calla ya! ¿No ves que estás preocupando a padre? Deberías avergonzarte con esas locas ideas que metes en nuestras mentes. Con esas invenciones lo único que logras es inquietarle y todavía no se ha recuperado de su reciente dolencia.

—¡No invento nada!

Orientó la suplicante mirada hacia los ojos que hasta hacía unos segundos la habían mirado como si reconociera en ellos a la hija que había tenido abandonada durante tantos años, pero ya no estaban. Habían recuperado ese frío brillo que ella aborrecía y evitaba con toda su alma.

—Puede que tus hermanas tengan razón, Julia. Quizá conviniera que respiraras algo de aire campestre. Tu tío llegará en unos días y le ilusionaría llevarte con tu familia materna una corta temporada. Las calles de la ciudad cada día son más inseguras y también los interiores de las casas, pese a los cerrojos.

¿La estaban repudiando como a un ser apestoso? ¿Su… padre? No. Algo ocurría que no llegaba a comprender. Incluso creía percibir en el tono de voz de su padre una silenciosa súplica, pero ¿de qué? Las miradas de ambos se cruzaron como hacía años que no ocurría, los ojos de su padre reflejaban la ternura que había abandonado hacía demasiado tiempo. ¿Qué intentaba decirle? Fue a preguntar pero no le dio la más mínima opción.

—Te irás al campo con tu tío unas semanas, hasta que recuperes el sentido.

—Padre, por favor, preferiría…

—No. Es mi última palabra.

Dios. Cualquier cosa, debía ocurrírsele algo para impedir lo que parecía inevitable. Ya lo tenía y tan solo esperaba que funcionara la súplica contenida en la petición.

—Padre, Meredith Evers me invitó a pasar unos días con ellos en su mansión y creo que el fin de semana tenían intención de acudir a su casa de campo. Respiraré aire puro y mi mente se asentará. Lo prometo. No molestaré más, en una temporada al menos. Por favor, no es la primera vez que me permites acudir a su domicilio y creo que me vendría bien cambiar de aires. Su abuela reside ahora con ellos y por lo que parece seguirá una temporada instalada allí, por lo que puede actuar de acompañante y sabes que le tengo mucho cariño.

Todos estaban paralizados como si en la estancia se hubiera colado un aire fresco que nadie esperaba.

—¿Padre? Por favor…

Este entrecerró los ojos, sopesando ambas posibilidades, hasta que una chillona voz intervino rompiendo el silencio con estridencia.

—¡No lo irás a permitir, Andrew!

Este se giró, veloz y enojado, hacia su actual y entrometida mujer.

—Mujer, no eres quien para decirme lo que he de permitir o no en relación a mi hija. Ahora, calla.

Su entrometida madrastra abrió la boca para respirar a bocanadas, con la lengua fuera mientras sus dos hijas la rodeaban, dándole palmaditas en los redondos mofletes, e intentaban desabrocharle el embutido corsé. Parecía que fuera a estallar de ira. Julia las ignoró.

Era insólito, pero en el mirar de su padre apreció alivio, una especie de descanso que alejaba la preocupación que parecía haberle inundado los minutos que había durado la intrigante conversación. Las ganas por indagar le invadieron y su padre debió percibirlo, mientras a su lado sus hermanastras se dedicaban a abanicar y levantar las regordetas piernas de su abotargada madrastra hasta apoyarlas en el borde de la mesa y casi volcarla de espaldas.

—¡No! No quiero oír protestas, hija. Puedes visitar unos días a tu mejor amiga, pero únicamente hasta la víspera de la visita de tu tío y si este es favorable a que le acompañes una temporada, lo harás sin queja alguna.

—Pero, padre…

—¡Julia! Ya he hablado. Mientras tu madrastra se recompone de la impresión, ve a hacer la maleta. Tienes media hora. De camino al banco te dejaré en la mansión Aitor. Y no deseo oír hablar más del tema.

Julia inclinó la cabeza y asintió. No valía la pena gastar saliva ya que su padre nunca daba su brazo a torcer tras adoptar una decisión, por muy injusta que resultara. Al menos, tendría cinco días de libertad, comprensión, cariño y disfrute sin límite, e incluso después, en casa del tío Jonas le agradaría perder de vista las miradas despreciativas, la brusquedad, y sobre todo, el miedo por las noches, ese miedo que se le metía en los huesos y le impedía conciliar el sueño. Ese pavor hacia el desconocido que la asustaba a sabiendas. Entonces, ¿por qué sentía en su interior la sensación de que no debía abandonar a su padre, que su presencia aseguraba su bienestar, que algo iba a ocurrir, algo realmente malo, y que si desaparecía de la casa aceleraría aquello que irracionalmente temía que ocurriera? Aborrecía tener esas malditas sensaciones, desde pequeña le daban miedo y le hacían sentirse diferente a las demás niñas, apartada y rechazada.

Tragó saliva y respiró tras contener el aliento mientras sentía en su cuerpo las maliciosas miradas de las tres mujeres que disfrutaban atormentándola. Continuó ignorándolas y siguió con la mirada la delgada figura de su padre que lentamente se encaminaba hacia la puerta, la cruzaba y desaparecía de su vista. Su pecho se comprimió, como si algo le dijera que iba a ser una de las últimas ocasiones en que le viera. Prefería cerrar su mente a lo que intuía, cerrarla a esas sensaciones aterradoras.

Apretó los puños y en seguida, más tranquila, los aflojó, desviando su mente por otros derroteros más esperanzadores. También perdería de vista una temporadita a su acosador e insistente pretendiente y eso era un punto importante a tener en cuenta. Unos sonrientes ojos plateados surgieron en su mente pero los apagó como se apaga la llama de una vela, de un plumazo. Tocaba hacer la maleta.

VII

La despedida de su padre la alarmó. El suave beso en la mejilla la aterró. Hacía años que no recibía una caricia, que no sentía la mirada amorosa de su padre dirigida a ella. Le preguntó, porque no tuvo otra opción. Le pidió que le contara qué le contrariaba, aunque fuera para quedarse tranquila, pero nada obtuvo como respuesta, salvo una suave caricia de la arrugada mano en su mejilla, un *hasta pronto, hija,* y la imagen de su delgada espalda alejándose de ella, quieta en la escalinata de entrada a casa de Mere.

Diantre. Odiaba estar en la inopia. Escuchó abrirse la puerta a su espalda, llegando a ella la dulce y sorprendida voz de Meredith.

—¿Julia? ¿Maletas?

Se giró hacia la fachada principal de la hermosa mansión de corte clásico.

—Vengo de refugiada…

—Pasa, cielo, ya me lo contarás más adelante. Tienes preparada la habitación azul. Ya sabes, la de siempre.

La diminuta figura era un portentoso torbellino y la quería con toda su alma por su completa aceptación, sin preguntas, ni dudas…

—Ya están la abuela y los Norris en la sala. John y mis hermanos estarán a punto de llegar, pero faltan Peter y tu señor prometido, —torció el gesto— Jules ha mandado aviso de que llegará algo tarde. Al parecer su abuela se ha mareado…

—¿Está bien?

—En la nota nada ponía.

Esperaba que se recuperara ya que conocía el inmenso amor de Jules por sus abuelos quienes la habían criado desde que era una criatura. A veces les preocupaba pensar en lo que haría su amiga el día en que faltaran. Tan ensimismada estaba que entró en la casa de forma mecánica mientras Mere daba las órdenes para que llevaran al dormitorio sus dos maletas, una con sus pocas pertenencias, la otra llena de sus tesoros, sus libros.

La pequeña mano enlazó la suya, tras despojarse del abrigo, y se encaminaron hacia la salita que en las últimas semanas les servía de central de reuniones del Club del Crimen. Todavía estaban arreglando y habilitando la tienda de Norris tras el ataque que había sufrido hacía más de tres meses, cuando creyeron que había muerto. Lo cierto es que a ninguno le apetecía demasiado reunirse allí, en la trastienda. Demasiados recuerdos angustiosos… El anciano había contratado a un joven muchacho que le llevaba el negocio y lo hacía a las mil maravillas por lo que en ese sentido estaban tranquilos.

—Mere, ¿cuál es la razón de la reunión?

—No lo sé. Algo que tiene que ver con Rob.

—¿Por lo de sus encuentros con *él*?

Parecía un acuerdo tácito entre todos que ninguno había llegado a vocalizar. Se negaban a nombrar en voz alta a Martin Saxton, como si hacerlo les fuera a enfrentar a sentimientos que no estaban preparados para encarar. No de nuevo. Era simplemente *él*.

—Puede, pero algo me dice que es algo que va más allá. Quizá se trate del nuevo caso que han asignado a Rob en Scotland Yard.

—¿Qué ocurre?

—Norris está muy preocupado, la abuela de rebote anda angustiada, y ya no digamos los hermanos. Peter parece una fiera enjaulada, y tu prometido…

—Mere, no lo llames así.

—¿Por qué?

—Porque lo hace real.

La palma de una mano se posó en su mejilla.

—Cielo, es que *es* muy, pero que muy real.

—Así vamos por mal camino ¿sabes? Lo que necesito es ayuda para romper el endemoniado compromiso, no resignación y aceptación.

—Julia, es muy terco y no va a echarse atrás.

—Yo lo soy más.

Su pequeña amiga suspiró exasperada.

—¿No te agrada ni una pizquita? Lo cierto es que es tan guapo que impresiona, rico, bueno, según John, asquerosamente ricachón, valiente y tiene un trasero que…

—¡Mere! Pareces su abuela.

Eso logró una risa ahogada de su mejor amiga.

—Cierto —simuló un escalofrío— es que hacéis buena…

Rauda colocó su mano sobre la balbuceante boca del pequeño tornado que la miraba con esos grandes ojos castaños llenos de diversión y provocación.

—Como lo digas no te habló durante al menos diez minutos.

Ahora recibió una carcajada sofocada por la palma de su mano.

—Vale. Puede que sea guapo, —la castaña ceja de Mere se enarcó— endiabladamente guapo, pero es mandón, gruñón, metete, complicado y tiene la mala costumbre de provocarme y ¡reírse de mí! Cree que puede mandarme. En resumen, Mere, le aborrezco.

Ambas cejas se alzaron.

—¿Segura?

—¡Mere!

Esta alzo ambas manos en señal de rendición.

—Vaaale. Ya se nos ocurrirá algo —le dio un suave empujón en dirección al saloncito—. Nos esperan.

Julia dio dos pasos hasta que se le ocurrió indagar.

—¿Qué tal la vida de matrimonio?

—Uf, en estos momentos, fatal. Tengo al grandullón todo enfurruñado porque me niego a acompañarle de compras.

—¿No sabe que odias hacer compras?

—Sí.

—¿Entonces?

—Cree que con él será diferente y se ha empeñado en mantener, como buen terco que es, que un buen recuerdo tapa los miles que he tenido nefastos durante toda mi vida. Así que he optado por escabullirme en cuanto se me acerca.

—Tarde o temprano te va a pillar.

—Pues será tarde. Anda, vamos.

Antes de adentrarse en el cuarto sintió la necesidad de compartir algo de la angustia que la actitud de su distante padre le había provocado.

—Mere, antes de entrar, creo que algo va mal en mi casa.

Los cortos pero firmes pasos en dirección al salón se detuvieron de golpe y esta se volvió de inmediato hacia ella con el ceño fruncido.

—¿A qué te refieres?

—Están ocurriendo cosas extrañas y no me decidía a contároslo, pero hoy…

—¿Qué?

—Me asusté.

Ello provocó que los labios de Mere se apretaran.

—¿Asustarte? ¿Qué está ocurriendo, Julia? Tú no te asustas fácilmente.

Les llegó el murmullo de conversaciones en el saloncito. No era el momento. No ahora. Más tarde, tras la reunión, se explayaría.

—Después. Tras la reunión te lo cuento todo.

Esperó quieta a que su amiga aceptara la salida que estaba ofreciendo y tras unos instantes en que sintió la perspicaz mirada recorriéndole el rostro, Mere asintió.

—Está bien. Más tarde.

Se volvió de nuevo en dirección a la entornada puerta hasta que se giró como una tromba para soltar de sopetón, con voz aguda, una pregunta inquietante.

—¿Es grave?

Dios, ojalá lo supiera para tranquilizar sus nervios. Se encogió de hombros y se encaminó hacia el salón dejando tras de sí a la pequeña figura que, pronta, siguió sus pasos.

Mere tenía toda la razón del mundo. El aspecto de Norris era de agotamiento, y la abuela, por asociación, no le iba a la zaga, pero era Rob quien parecía llevar sobre sus hombros la pesada carga del universo. Como en cada ocasión en que lo tenía cerca, esos azulones y redondos ojos la impactaron. Salvo quizá los de Doyle, jamás había

32

contemplado semejante color. De un llamativo azul rodeado de un borde oscuro que causaba un mayor contraste si cabía. Vivos y curiosos, atraían las miradas, provocando una curiosa sensación de complicidad. Un rostro increíblemente agradable que se tornaba hermoso en cuanto sonreía. Una sonrisa que llenaba de hoyuelos esas mejillas y le daba una apariencia especial, muy especial. El bien formado cuerpo y el espeso cabello rubio, leonado, redondeaba el estupendo cuadro. Un hombre guapo, sí señor.

Como ocurría cada vez que entraba en esa mansión le esperaban las delicias cocinadas por el personal bajo la adorable y férrea dirección de Rosie, el ama de llaves. El hecho de que una diosa de la cocina trabajara en la casa bajo sus órdenes, solo ponía la guinda al pastel. Cada vez que se quedaba unos días engordaba un par de kilos, que para colmo siempre se instalaban en su enorme trasero.

Alcanzó, sentada junto a Mere en el mullido sofá de dos plazas ubicado frente al tresillo en que se habían aposentado los demás, dos deliciosas galletas de nata y comenzó a mordisquearlas con cierta desgana pese a estar sabrosas. Su vacío estómago lo agradecería…

Mientras masticaba escuchaba las diversas e inagotables preguntas lanzadas por Mere intentando sonsacar las razones de la convocatoria del Club, pero la única contestación obtenida era *esperemos a que lleguen los chicos*. Se notaba a la legua que la curiosidad la carcomía y no iba a negar que a ella le ocurría igual.

Así fue. Apenas unos minutos más tarde anunciaron la llegada de los hermanos Brandon. Por Dios, ya estaban sus traicioneros dedos encogiéndose como medrosos apéndices. Sintió la transparente mirada fija en ella y los colores comenzaron a ascender por donde no debían hasta la raíz del cabello. ¡Estupendo! ahora estaba toda entera color grana y como si un muelle guiara sus pasos, el mastodonte enfiló en su dirección con la intencionalidad de un sabueso captando el olor del asustadizo zorro. Tenaz y cabezón.

VIII

Recorrió con la mirada a los ocupantes del salón hasta llegar a la rojiza melena. Se dirigió a ella como la bala de un cañón, y de pasada, aferró una endeble silla que ubicó junto al sillón ocupado por Mere y su prometida, quien exhibía una más que evidente postura de rechazo y no paraba de mover ¿los pies?

Peter se ubicó frente a Rob, retador, logrando que este se pusiera a la defensiva. Faltaban John y los hermanos de Mere. También Jules. Resultaba curioso pero le daba la impresión de que nuevos miembros se habían incorporado al Club del Crimen y sus socios fundadores parecían no haberse dado cuenta, salvo quizá el padre de Rob.

El viejo Norris, como cariñosamente les agradaba llamarle a él y a Peter, se enderezó en el sillón que ocupaba entre Allison y su hijo, y comenzó a hablar algo dubitativo.

—Quizá deberíamos esperar a los demás…

—Tardarán en llegar, Norris. Ya les contaremos cuando se incorporen —comentó Mere

Nadie dijo nada, por lo que asintió y continuó.

—De acuerdo, no esperaremos. Me gustaría tratar dos puntos en la reunión, bueno, mejor dicho, tres, y el último… —se volvió hacia su hijo y en seguida hacia Peter— no va a agradar, pero no podemos seguir ignorándolo como si de un molesto fantasma que nos ronda se tratara.

—Sigue, Norris.

Las palabras surgieron, sorprendentemente, de Peter.

—Muy bien. El primer punto no creo que pille de sorpresa a nadie. El Club del Crimen se ha visto, por decirlo de algún modo y por circunstancias forzadas por la necesidad, ampliado. Lo considero la mar de beneficioso y propongo que así sea de ahora en adelante. La incorporación de mi hijo, los hermanos Brandon, el marido de Mere y sus hermanos ayudaría a lograr mucho más de lo que conseguíamos averiguar por nuestra cuenta y también beneficiaría en gran medida a mi salud mental y física. Son demasiadas mujeres para mí. Me agotan.

Las risas masculinas y las protestas femeninas distendieron el ambiente.

—¿Votos en contra?

Una mano temblorosa surcó el aire causando el asombro de los presentes.

—¡Julia!

—Solo una condición.

Los plateados ojos casi la perforaban, intuía que la protesta iba orientada hacia él.

—En caso de discrepancias, cada uno tendrá un voto y se hará lo que decida la mayoría.

Silencio fue lo que siguió, indicando la conformidad de la totalidad de los ocupantes de la habitación.

—Muy bien, aceptado. Solventado lo anterior toca adentrarnos en temas algo más tortuosos —se irguió en su asiento—. A Rob le están haciendo la vida imposible en comisaría.

—¡Maldita sea!

El exabrupto surgió del inmenso hombre vestido todo de negro sentado frente a la persona objeto de discusión. Peter no tardó en hablar.

—Lo sabía. Debiste decírmelo, Rob. Debiste hacerlo. ¿Qué ha ocurrido?

Por la manera en que contraía los labios, por un instante dio la impresión de que Rob se iba a cerrar en banda, pero un suave empellón de su padre le hizo cambiar de opinión.

—No creo que deba explicarlo con detalle. Nunca es bueno sacar a la luz trapos sucios, pero si esos trapos pertenecen a un par de jefes y agentes, la situación se descontrola un poco.

En está ocasión fue el padre quien arrugó el ceño.

—¿Un poco? —suspiró volviéndose hacia los demás—. Le han atacado en dependencias policiales.

Sonó un crujido seguido de una furiosa maldición. El plato de porcelana que Peter asía entre las manos se había roto en dos trozos y media docena de pastas se repartían entre el suelo y sus pantalones, mientras permanecía congelado, fija la vista en los azules ojos.

—¿Quién?

—Es lo de menos.

—¿¡Quién!?

—No me abronques, Pete. Yo no hice nada y no podría decírtelo ni aunque quisiera. Eran dos o tres, me pillaron por la espalda, me taparon la cabeza con una especie de capucha y dijeron lo que les vino en gana.

—¿Te golpearon?

—No.

—No te creo. Descúbrete el torso —se levantó tras sacudirse el pantalón y recoger los dulces desperdigados.

—¿Has perdido la cabeza?

—No, pero me falta poco, Rob, me falta realmente poco, y con tu actitud no ayudas —de forma abrupta se mesó los negros y alborotados cabellos, respirando profundamente mientras el destinatario de su enfado lo miraba boquiabierto—. Está bien, con lo que nos has contado tenemos dos problemas que en cualquier momento nos pueden estallar en plena cara.

—Tres.

De sopetón Peter se volvió en dirección a Rob.

—¿Cómo dices?

—Tres posibles problemas. El nuevo caso que me han asignado no es de los habituales —las caras que lo rodeaban parecían perdidas, despistadas— ya sabéis, hurtos, pequeñas peleas, timos de poca monta. Me está costando obtener resultados y se está complicando un poco.

—¿El de los hermanos que me comentaste el otro día? —indagó su padre.

Rob asintió.

—Estoy comenzando a pensar que lo han hecho a propósito para pillarme en algo que creen que me viene grande. Ya no sé qué pensar.

—Sigue.

—El escándalo de corrupción que destapamos con la organización de Saxton ha levantado ampollas en varias comisarías, pero una de las más tocadas es la mía. Cayeron mi superior y tres agentes, entre ellos unos de mis hombres, pero eso ya lo sabéis. Clive está llevando la investigación y se lo están poniendo difícil, *realmente* difícil colocándole continuos obstáculos y pegas. En general, todos conocéis, con mayor o menor detalle, lo que ha venido ocurriendo, pero lo resumiré en la medida de lo posible. No había pasado un mes desde la noche en que apresamos a Saxton y el nuevo inspector jefe ya me estaba asignando el caso de los hermanos Bray, Roland y Rupert Bray. A Clive le chocó tanta premura e indagó al respecto, pero como superintendente de otra comisaria hasta hace poco, casi nada ha podido averiguar…

—¿Qué tienen de especial?

—Todo. Son extremadamente peligrosos y no se paran ante nada. Sabemos que han matado al menos a una persona y estamos protegiendo a un testigo de los hechos, pero nos estamos jugando que descubran el lugar donde lo ocultamos. Dominan una de las zonas más conflictivas de la ciudad, prostitución, robos, estafas; controlan a los delincuentes de poca monta que trabajan en su cuadrante, pero sobre todo, de unos meses a esta parte se han especializado en el chantaje. No me refiero a chantajes de poca importancia sino a personas de renombre en sociedad. El problema es que nadie, absolutamente nadie, habla, y si se propone hacerlo no tiene tiempo para ello. Lo liquidan; y lo peor es que no estamos seguros de cómo descubren sus paraderos. Manejan mucho dinero y…

—¿Cómo son? —indagó Doyle

—¿Los hermanos? —Rob dudó breves instantes, quizá para elegir con precisión y así lo hizo—. Sádicos es la palabra que me viene a la mente.

La detallada y escueta descripción sorprendió a los reunidos

—Ambos son inteligentes y se han rodeado de personas afines a ellos y extremadamente leales, a los que sacaron de las calles, por lo que en cierto modo y a su manera, los socorrieron de una vida perra formando una singular familia, una familia completamente disfuncional, pero no para ellos. Son sus hermanos, hermanas, no de sangre, pero así se consideran. El menor, Roland, tiene algo especial, tiene carisma. Es un hombre bien plantado, en la treintena, con rasgos uniformes, y su carácter lo definiría como disciplinado. Rupert, el mayor, —el gesto de las manos reflejaba desazón— Rupert da miedo. Su capacidad de discernir está limitada por su disfrute al ocasionar dolor, pero no por ello deja de ser astuto. Se asemejan físicamente salvo por el color de sus ojos y porque Rupert tiene una reciente cicatriz de una pelea que instigó en prisión.

—¿Estuvo en prisión?

—Hace mes y medio ingresó en la prisión de Wandsworth. En ella compartía celda y descansos con otros reos, pero lo aislaron ya que provocó la muerte de otro recluso. Es listo, muy listo ya que no se manchó las manos, sino que lo hizo un idiota que le sirvió de instrumento.

—¿Por qué motivo ingresó en prisión?

Antes de contestar desvió suavemente las mirada hacia las tres mujeres que le observaban impertérritas.

—Por desfigurar el rostro de una prostituta y darle una paliza que la dejó en un estado…

—¿Cómo es que salió?

—Porque al único testigo de la agresión le cortaron la lengua, después de degollarle. Un maldito mensaje.

—¡Dios!

Peter intervino, los ojos brillantes y el inmenso cuerpo tenso.

—¿Crees que tu ataque tiene que ver con el caso?

Rob se arrellanó en el sillón y se pasó su mano derecha por el encrespado cabello, al tiempo que se encogía de hombros.

—No lo sé. Ya no sé nada.

Por primera vez en mucho tiempo Doyle vislumbró el desánimo en un hombre que ni en los peores momentos se había dejado hundir, y ello solo demostraba que estaba agotado, su espíritu debilitado y que su padre había hecho lo correcto al convocar la reunión. Debían impedir que empeorara, por él, por todo el grupo y también por su hermano menor quien, si ya estaba pasando una mala época negándose a hablar de sus sentimientos, según había ido transcurriendo la reunión la rigidez había comenzado a apoderarse de su musculoso cuerpo. Lo único que tenía claro era que no iba a permitirlo. Necesitaban organizarse.

—De acuerdo. Cubriremos más espacio si nos separamos. El Club tiene tres problemas entre manos…

Todos quedaron a la espera, una tensa e inquietante espera…

—En primer lugar el ataque a Rob en comisaría, que desconocemos a qué obedece, si al caso que Rob está investigando en estos momentos o a modo de advertencia de otros policías al descubrir lo que algunos piensan que no debió destaparse jamás. En segundo lugar, el caso de los hermanos Bray, en el que no le vendría mal nuestra ayuda. Y en tercer lugar… —los segundos se hicieron interminables, agotando la paciencia de Julia.

—¿¡Cuál!?

—Saxton.

Los que lo rodeaban, salvo Rob y Peter, le miraron con las bocas abiertas por lanzar lo que ninguno se había atrevido a mencionar so pena de provocar la explosión de furia de Rob.

—También hemos de contemplar otra posibilidad que no se nos ha ocurrido antes. Fue como si Julia leyera con una claridad inequívoca la mente del hombre sentado junto a ella, una sensación desconcertante. Mientras los demás no tenían la menor idea de lo que insinuaba Doyle, ella terminó su frase.

—Que el ataque a Rob lo haya organizado Martin Saxton pese a estar encarcelado. Tenía agentes de policía sobornados y puede que no todos hayan sido descubiertos…

Cinco pares de ojos observaban a ambos alternativamente. En parte sorprendidos y curiosos, pero por otro lado, llenos de comprensión, mientras ella y el mandón sentado a su lado quedaban a la espera del estallido de Rob en reacción al tema expuesto. Esas miradas le estaban erizando el vello de la nuca. Tampoco habían errado demasiado en sus expectativas, ya que el furioso estallido no tardó en aparecer.

*****

Capítulo 2

I

Salió disparado del lugar que ocupaba junto a su padre, con tal rapidez que a ninguno, salvo a Peter, le dio tiempo a reaccionar. El enfado que emanaba de Rob se centró, obcecado, en su mejor amigo quien lentamente ganaba espacio entre ambos.

—No te acerques, Peter, o tendremos la pelea que llevas buscando hace semanas.

Este se quedó quieto, sin mover un músculo, como si no quisiera espantar al hombre que, de forma intencionada, se alejaba otro par de pasos de él. Peter alzó ambas manos en dirección a Rob, quien parecía a punto de escapar por cualquier resquicio que encontrara disponible y despejado a su alrededor. A punto de saltar…

Doyle se ubicó entre los dos hombres con los brazos extendidos y los labios firmemente apretados, harto de tener que mediar entre personas que por su actitud se asemejaban a dos críos traviesos, rebeldes y extremadamente obstinados.

—Una pelea de nada sirve, de nada; así que callad de una puñetera vez y… ¡sentaos!

Le ignoraron totalmente. Resopló de forma audible.

—Pete, por favor, siéntate.

La perdida mirada de su hermano se hundió en la suya y sintió el dolor que se percibía en su fondo, la inquietud por el estallido esperado y al tiempo no deseado en el hombre por el que lo daría todo, absolutamente todo, pese a su pavor a reconocerlo.

No lo entendía. Se veía en los oscuros y agobiados ojos de su hermano menor que no lo comprendía, que no asimilaba que el hombre al que miraba con tristeza lo apartara a un lado, sin confiar en él, como había hecho toda su vida.

No fue necesario que lo repitiera. Peter tomó asiento en una silla en el extremo opuesto al tresillo en el que hasta hace unos segundos se encontraba sentado Rob.

Con su clara y penetrante mirada Doyle suplicó a su rubio amigo que siguiera el ejemplo de su hermano, y casi, casi, sonrió, pese a la irritante situación en la que se veía obligado mediar e intentar conciliar. No iba con su naturaleza enfadarse, ni estar amargado, no le era innato y jamás lo sería. Era un hombre que atraía con su humor, con su carácter, pero últimamente no parecía el mismo. Ninguno de los dos parecía el mismo.

Por ello, y porque el enfrentamiento velado causado por sus encontrados sentimientos comenzaba a hacer mella en el grupo, debían arreglar el desbarajuste en el que se estaban enterrando poco a poco sin apenas advertirlo. Alguien debía empezar y hoy le tocaba a él.

—Quietos, los dos. Comencemos por organizarnos en función de los problemas con los que nos hemos topado. El ataque a Rob.

—No va a ser sencillo protegerle ya que carecemos de acceso al interior de las dependencias policiales —sostuvo Peter.

—Ya —Doyle se volvió en dirección al hombre que seguía, más tieso que el palo de una escoba, junto a su disgustado padre— Rob, ¿sabe Clive Stevens lo ocurrido, lo del ataque?

A su costado sintió la inmediata tensión de músculos en la corpulenta figura de su hermano. Maldita sea, tenían un inmenso problema con su empecinado hermano menor y ese hombre. Cada vez que mencionaban a Stevens, Peter sacaba los dientes sin llegar a gruñir, pero tal y como evolucionaba la situación, todo llegaría.

—No.

—¿Tienes intención de contárselo?

La mirada lanzada con esos azulones ojos podría haber congelado el infierno de golpe.

—No voy lloriqueando a mis superiores como una enclenque niñita.

—No digo que vayas a lloriquear, idiota. Lo que digo es que debería saberlo, para estar preparados.

—¿Preparados? ¿Para qué? —Rob pareció confundido y cogido por sorpresa.

La furia sentada a su flanco, en forma de enorme hermano menor, estalló incontenible.

—Tú no tienes remedio —Peter parecía no encontrar una palabra que le satisficiera— ¡canijo insensato! ¿Acaso crees que se van a conformar con darte un pequeño susto?

Todo digno, Rob contestó con supina flema inglesa.

—No hace falta vociferar, Peter, no estoy sordo, y como me vuelvas a decir eso que me acabas de llamar, te ignoraré como si fueras un molesto grillo chillón batiendo alas, enfurecido, a mí alrededor.

La imagen lograda con la frase dirigida a su hermano hizo que se clavara las uñas en las palmas para evitar soltar la risa aguantada a fuerza de puro tesón, pero también motivó lo que todos imaginaron en sus mentes al escuchar las palabras vertidas con tanta ironía y desafío. Como una locomotora a vapor a máxima velocidad, el menor de los Brandon se levantó y se dirigió hacia el hombre que, impasible, se le enfrentó y aguantó la terrorífica carga hasta que ambas figuras quedaron a centímetros de distancia con las miradas embravecidas y la tensión rodeándoles.

—Inténtalo, canijo.

Los azulones ojos de Rob se entrecerraron, separó levemente las piernas para obtener mayor equilibrio y se cruzó de brazos con total parsimonia, sacando de quicio al hombre con el que se enfrentaba.

—Pues mira por donde, ahora no estoy de humor para cruzar golpes con un grillo. Prefiero no hacerte caso.

—No me llames eso —farfulló Peter con el rostro contraído.

—Pues no… actúes… como… tal —canturreó irónico Rob.

Súbitamente y sobresaltando a Rob, al encontrase prácticamente pegado a él, Peter se volvió al hombre mayor ubicado tras él, hacia Norris.

—Consigue meter sentido común en la dura mollera de tu hijo o lo haré yo. Y algo me dice que el medio a utilizar no se parecerá en nada al tuyo.

—¡No me amenaces, Peter!

—Y tú ¡no me llames Peter!

Eso sí que alucinó a Rob, por la boca abierta con la lengua fuera que mostró a todos sus amigos, pero en un par de segundos se recompuso al apreciar la sorna en la negra mirada de su mejor amigo. Doyle carraspeó, pero le ignoraron como si fuera una molesta mosquilla que aleteaba a su alrededor.

—Por si no te has dado cuenta, es *tú* nombre —recalcó altivo el hijo de Norris.

—No digas bobadas, canijo —masculló Peter.

—No, si ahora me pedirás que te llame Gandolfo, el grande —las risas descontroladas que siguieron a la frase, nada hicieron por aplacar el mal genio del mayor gruñón de la historia reciente del país. Su hermano menor inclinó la cabeza hasta casi quedar a la par de la del hombre con el que peleaba verbalmente. Doyle rogó para que la trifulca no llegara a las manos, y menos con las señoras delante, aunque también para no llevarse un golpe extraviado al intentar separarles, como era habitual que ocurriera.

—Rob, no me provoques… —Peter avisó con la mirada encendida.

—¿Yo? ¡El grillo eres tú!

Mientras se iban acercando de nuevo, extremadamente tensos, una mano se alzó como pidiendo la venia para intervenir. Todos los ojos se centraron en los dedos estirados a más no poder, descoyuntados casi del supremo esfuerzo por llamar la atención. La abuela Allison tuvo piedad y compasión del tirante índice que frenéticamente seguía moviéndose por el aire y también, quizá, en aras de la protección del grupo al completo, para evitar que Julia metiera el dedo en el ojo a alguien, ya que no sería la primera vez. Como por arte de magia todos se habían apartado ligeramente de su radio de acción.

—Hija, por Dios, di lo que quieras.

—Creo que nos estamos desviando del rumbo inicial y que la ordenada reunión se está yendo al completo garete —posó su mirada en cada una de las personas que la observaban, con enfado unos, con dulzona sorpresa otros, y de forma algo extraña e inquietante el mastodonte—. Rob tiene problemas en su comisaría ¿no? En ese caso, es cuestión de no dejarle a solas ni un segundo.

Todos, absolutamente todos, la miraron extasiados ¿Tendría restos de pastas alrededor de la boca o entre los dientes?

—Tengo algo en la cara ¿verdad? ¿Está sucia?

Frenéticamente y ante el pasmo de los reunidos, comenzó a frotarse los sonrosados papos, dejándose ronchones en frente y mejillas, hasta que una fuerte mano cesó los crispados movimientos.

—Cielo, estás…, bueno, estabas bien. Ahora te has dejado un poco roja con tanto frotamiento.

—Oh.

Con suma galantería Doyle sacó del bolsillo interno de su chaleco gris marengo un precioso pañuelo. Tras humedecerlo con algo de agua fresca que tenía a su alcance sobre la mesa, lo deslizó por la encendida mejilla de la mujer que le miraba con unos ojos llenos de congoja con inconcebible suavidad.

Por Dios, ¿cómo había podido obviar que la mujer que ante todo el mundo parecía segura y aguerrida, tenía en realidad un espíritu inseguro y resquebrajado por algo? Esos ojos no engañaban, llenos de titubeo e inseguridad…

—Puedo yo sola, Doyle Brandon.

¡Vale!, retiraba lo pensado hacía unos momentos. Era una endemoniada fiera. El bordado y blanco pañuelo surgió ante sus morros balanceándose aferrado por dos delicados dedos.

—Gracias, Doyle Brandon.

Dios, como le espetara de nuevo su nombre y apellido con voz cantarina, la iban a tener y gorda. Intentó expresarlo con la mirada y puede, tan solo puede, que resultara al ver lo grandes que se pusieron de repente esos preciosos ojos. ¡Vaya! como huevos y de los grandes. Se sintió sumamente satisfecho. Todavía imponía. Su prometida se giró ignorándole descaradamente. Demonios. No le imponía en absoluto.

—Bueno, a lo que iba. Hemos de buscar un medio para impedir que Rob esté solo en su trabajo, e indagar la mejor manera de ayudarle con el caso que le han asignado, el de los Bray. En cuanto a sus visitas a *él,* a Saxton, siempre he pensado que lo mejor cuando algo te corroe por dentro o has de hacer algo que aborreces y una pequeña parte de tu interior se rompe, es compartirlo con familia y amigos, con alguien que no te juzgue, que, simplemente, escuche.

Ahora sí que la miraban todos boquiabiertos incluso el grandote, quien le mostraba su dentadura en todo su esplendor. Vaya, hasta sus dientes eran perfectos y preciosos y… ¡blancos!

—¿Me he hecho entender o la he liado?

—No querida, has sido extremadamente concisa y acertada.

—Gracias.

Se sentía a puntito de reventar de satisfacción. Estaba inspirada, así que continuó más serena.

—De acuerdo, voto porque Peter se adhiera a Rob como una pegajosa lapa, aunque a este le enfade la mera propuesta. Quizá, incluso ayude a superar —miró a ambos intencionadamente, con una dulce y abierta sonrisa en los labios— el enfado que les tiene todo el día bufando y gruñendo. De ese modo su espalda estará plenamente cubierta y vigilada por alguien de total confianza.

Variadas manos, diferentes en tamaño y aspecto, se alzaron en contundentes votos favorables a la idea, entre gruñidos y protestas de Rob, suspiros más que satisfechos del menor de los Brandon, y el sutil aviso a este de su hermano mayor al susurrarle que controlara su evidente satisfacción si no quería terminar agredido por su mejor amigo.

Tras retomar todos sus posiciones después del aplastante recuento de votos, Julia prosiguió con su planteamiento.

—El único problema es idear el mejor modo sin que resulte demasiado chocante. Ahí me pierdo con ideas sin fuste alguno, por lo que lo dejo en vuestras preparadas y despejadas mentes.

Todos se permitieron unos segundos para urdir maneras factibles de introducir a Peter en el mundo de la policía metropolitana.

—Puede que tenga algo —susurró Norris— pero necesitaremos la connivencia de Clive Stevens.

II

Habían tardado media hora, una eterna y agotadora media hora, en resquebrajar las defensas de Rob, haciéndole ver las obvias ventajas que entrañaba la llamativa idea de su pelirroja y sorprendentemente sensata prometida.

El resto de la reunión discurrió sin mayores sobresaltos, hasta que al ir a retirarse y acercarse al tornado para despedirse con un dulce beso, Julia le había enseñado ¡los dientes! Ello plasmaba una realidad incontestable. Tendría que idear otra forma de camelarse a su renegona prometida ya que su firme intención era la de casarse con ella cuanto antes. Se complementaban de una forma serena a la vez que inquietante, y jamás le había ocurrido antes con una mujer. Le ponía a cien, le enfurecía, y de repente, le calmaba. Le divertía aturullarla, cada vez le apasionaba más besarla y sus pensamientos comenzaban a divagar por unos derroteros calientes, por decirlo suavemente. Esa melena, diablos. Esa melena lo estaba trastocando todo y las rosadas pecas que cubrían su suave piel… Una caja de sorpresas era su rebelde prometida, su caja de sorpresas, lista para ser abierta y descubierta, capa tras capa.

—¡Doyle!

Unos chasqueantes dedos ante sus narices lo devolvieron al mundo material. A la engorrosa y tensa realidad. Al oscuro carruaje en el que, apelotonados, se dirigían por las transitadas calles de Londres a toda velocidad en dirección a la comisaría. Los tres, Rob, Peter y él, como en los viejos y buenos tiempos. A su izquierda se había aposentado Rob, y el viento que entraba en el carruaje por la entreabierta ventanilla, no hacía más que tapar los claros ojos con alocados mechones de cabello rubio. El constante retirar del espeso cabello no parecía incomodarle.

—Átatelo.

La sorpresa brilló en los azulones ojos.

—¿El qué?

—El cabello. Te da demasiada guerra con el viento.

La sorpresa se tornó en picardía.

—Entonces no parecería yo, sin mi incontrolable y peleón cabello.

Por un momento pareció que el tiempo había retrocedido cuatro meses, los tres en el carruaje, lanzándose pullas y entonando charadas sin ritmo ni entonación alguna. Si alguien cantaba horriblemente mal era el hombre sentado a su vera. Berreaba y solía disfrutar de ello. Al menos en esta ocasión los cánticos habían brillado por su ausencia y las pullas, por el momento, también.

—¿Cómo lo vamos a hacer? —la grave voz les llegó del asiento de enfrente, ubicado en sentido contrario a la marcha del coche de caballos. Hacía unos meses, Rob y Peter se habrían sentado juntos y nadie ni nada se lo hubiera impedido. Ahora, las cosas habían cambiado y no hacían más que pelear, hasta que la tensión y la presión que se iba acumulando paulatinamente entre ellos estallara, lo que no tardaría en ocurrir...

—¿Tienes que concertar una cita o nos recibirá directamente?

—Nos recibirá.

—Por supuesto. Sois tan amiguitos... —las susurradas y retadoras palabras provocaron el inmediato enfrentamiento de Rob.

—Si tienes algo que decir, Pete, lo dices y ya está. No actúes como un crío.

—Lo único que digo es que te estás dejando guiar y confías demasiado en ese hombre, y apenas le conocemos.

—No, Pete. Vosotros no lo conocéis. Yo lo conozco de prácticamente toda la vida.

—¿De qué?

—¿A qué te refieres?

—¿De qué lo conoces?

Rob exhaló aire que se convirtió en vaho con el frío helador que inundaba el vehículo.

—¿Es eso lo que lleva molestándote desde que lo conociste? ¿Que no te hablara de él?

Peter apretó los labios.

—Ahora no vale echarse atrás. Dilo.

Debía intervenir o en caso contrario, algo para lo que aún no estaban preparados iba a brotar, brutal, en pleno viaje hacia la comisaria, y no era buena idea, ni tampoco el mejor momento.

—Chicos…

Rob insistió, tenaz.

—¿Es eso, Pete?

Dios, esto iba de mal en peor. Los dos rígidos, enfrentados, lanzándose puñaladas con los ojos y ninguno se echaba atrás.

—Chicos…

—¡No, Doyle! Debemos arreglarlo de una vez por todas y de alguna maldita manera, pero el bruto de tu hermano se niega a hablar de nada que lo incomode o lo ponga en un aprieto.

—¡Eso no es cierto!

—Demuéstralo, entonces. Dime, ¿qué demonios te ocurre? En cuanto Clive surge en cualquier conversación te pones a la defensiva. Es un buen hombre, Pete, un gran hombre y no merece tu desdén por razones equivocadas que tú consideras justas.

—No se trata de eso…

—Entonces, ¿de qué?

—*No* es eso.

—¡Dios! Eres como una mula. ¿No quieres hablar? Muy bien, no podemos obligarte, pero que sepas que yo sé lo que te pasa.

—¿Ah, sí? todopoderoso vidente —Peter inclinó el torso hacia adelante— ilústrame.

—Celos.

La palabra maldita que llevaba navegando por el cerebro de todos los presentes acababa de ser lanzada a la atónita cara de Peter. Fue como si le hubieran atizado un bofetón en pleno rostro.

—¡No digas idioteces! ¿Celos de qué? ¿De tu lerda actitud hacia un hombre al que casi pareces rendir pleitesía? —lanzó una agria risotada— . Venga ya, lo único que te resta es echarte al suelo para que te pise y así evitar que ensucie sus lindos zapatos y… ¡joder! —todo enfadado se cruzó de brazos y de un golpetazo apoyó la espalda contra el respaldo del asiento.

El retintín desbordaba la voz que surgió a continuación.

47

—¿Lo ves? Puros, simples y ridículos celos. Pete, pareces un niño al que le han quitado su juguete preferido y te aseguro que me estás enfadando. ¡Bruto!

—¡Que no me llames eso! —aún cruzado de brazos se arrebujó en el mullido asiento.

—¡Cállate, diablos! Maldita sea, eres mi mejor amigo, —se volvió hacia Doyle— sois mis mejores amigos pero Clive es especial. He compartido mucho con él y... ¡no frunzas el ceño, Pete! Si te molesta te aguantas, y por mí, lo tratarás con respeto.

—¿Y él a mí?

—¿Qué?

—Imagino que a él le pedirás lo mismo...

—¡Él no se comporta como un malcriado engreído que se cree el centro del universo!

Tenía que meter baza o de nuevo pelearían. Dios, le agotaban hasta la extenuación. Si pudiera darles una buena tunda...

—Chicos, ya está bien. Pete, mírame... ¡mírame! —los profundos ojos se volvieron con renuencia hacia él—. Rob tiene razón y lo sabes aunque te fastidie. No tienes razón para rechazar al hombre ya que no le conoces y en estos momentos Rob necesita nuestra ayuda.

Los negros ojos se abrieron como si la sola alusión le ofendiera.

—¡Y jamás se la negaría! Diablos, moriría por él, lo daría todo por él.

Peter se negaba a mirar al hombre al que iban dirigidas las palabras, como si hacerlo supusiera abrir su corazón a lo que no quería enfrentarse. Le miraba a él, pero esos ojos negros, transmitían tanto, lo decían todo al hombre que apenas respiraba, en el asiento de enfrente.

La forzada aspiración de Rob, inmóvil junto a él, le hizo apreciar de nuevo los profundamente arraigados y amarrados sentimientos que ambos cerraban bajo miles de cerrojos en sus corazones y mentes. ¡Tenía que doler tanto! Sentir eso y no poder expresarlo, no poder soltarlo por miedo al rechazo, a la burla, al desdén, al maldito encarcelamiento. Dios, tanto dolor. El mundo no era justo ni lo sería para los dos hombres que se miraban como si el mundo entero no les rodeara y estuvieran solos en el pequeño carruaje que les llevaba rápidamente a un destino incómodo, por los sentimientos que resurgían y que ambos creían tener bajo control. Maldita y equívoca creencia. Nadie podía esconder lo que sentía. Al final siempre surgía en una corta frase, en un comportamiento, en una mirada. Sobre todo, si el amor que se sentía era tan profundo como el que compartían los dos hombres que le rodeaban; y tarde o temprano lo soltarían, sin remedio. Maldita sea. Tan complicado. Y en un mal momento, con todo lo que se les venía encima…

—No digas eso, Pete. Maldita sea, no lo digas —la resquebrajada y suave voz surgía entrecortada de la garganta de Rob—. No puede ser —los azulones ojos se posaron breves segundos en los plateados, entre las sombras del carruaje, brillantes, aprensivos, como si hubiera estado a punto de liberarse de un ponzoñosos secreto que solo a ellos pertenecía— por favor, necesito vuestra ayuda. No quiero más. Con eso me vale y sabes que no podría superar que algo os ocurriera. Solo eso, que me ayudéis. El caso me está haciendo mella y las entrevistas con Saxton… —los claros ojos quedaron perdidos en las calles que, veloces, pasaban delante de sus ojos— son duras.

—Entonces, compártelas con nosotros. Es lo que comentó mi Julia, las penas compartidas son menos penas.

—Lo sé, amigo, pero cuesta mucho repetir o siquiera pensar en lo que hablamos.

—Eso no significa que no debas hacerlo —la grave voz de Peter también surgía algo temblorosa— sabes que te escucharé…

—Lo sé, amigo. Lo haré, pero dame algo de tiempo.

—Pero no demasiado.

Ello arrancó una traviesa sonrisa de Rob.

—Eres insistente.

—Contigo he de serlo, amigo. He de serlo.

La suave mirada se posó en los dos hermanos.

—Gracias.

El brusco empujón en el hombro que Rob recibió de Doyle, le hizo rebotar contra el lateral del coche.

—¡Ay!

—No seas lerdo. A los amigos no se les da las gracias. No es necesario.

—Sí lo es. En este caso, lo es.

III

No conseguía borrar la sensación de culpabilidad o disgusto por haber rechazado al mandón. Su descaro era lo que le provocaba, pero no debía sentirse como si hubiera

49

dejado escapar algo importante. ¿Y por qué diantre se notaba vacía y algo confusa por dentro?, ¿por qué unos transparentes y dolidos ojos eran capaces de ocasionar en su interior semejante tumulto de encontrados sentimientos?

Miró con un descomunal susto el plato que sostenía entre las manos. Se había zampado sin darse cuenta la docena de enormes pastas recubiertas de mermelada de melocotón que hacía media hora lo desbordaban. ¡Genial! Angustiada, inflada y empachada. Buena combinación para estallar en cualquier momento. A ello debía añadir que en un recóndito hueco de su cerebro se repetía con insistencia la misteriosa y preocupante conducta de su padre.

—¿Me lo vas a contar de una vez o también vas a engullir el plato que aferras con ansia tras chupetearlo?

—Muy graciosa, Mere, —chasqueó los pringosos labios— sabes que cuando algo me afecta me da por comer sin tino.

—¿Qué ocurre, Julia? Jamás has esquivado los problemas…

—Lo sé, pero más que hechos, lo que me preocupa son sensaciones.

—¿De las tuyas?

—De esas mismas.

—De acuerdo, comienza por el principio.

—Comenzó hace un par de semanas, o mejor dicho, entonces me di cuenta de que algo ocurría, pero no podría asegurar que no empezara antes y eso solamente logra inquietarme aún más.

—¿El qué?

—Recuerdo la noche a la perfección. No podía dormir por lo que, a la lumbre de un candelabro, comencé a leer los poemas de Keats. Estaba medio adormilada. Bueno, en mi mundo de fantasía, cuando lo escuché.

—¿Qué?

—El pomo, Mere. Alguien girando el pomo de la puerta. Era muy tarde y me extrañó. Desde el lecho pregunté quién era y si ocurría algo, pero nadie contestó. Un silencio escalofriante como si algo amenazador me rondara. Al principio pensé que era Lizzie intentando asustarme, pero…

—¿Pero?

—Se repitió.

—¿Cuántas veces?

—Cuatro o cinco noches a la semana.

La boca abierta de Mere mostraba a todas luces el asombro e inquietud que la información suministrada le causaba.

—Debiste decírmelo antes…

—No es fácil, Mere. No me he atrevido a abrir esa puerta. En cuanto escucho ese sonido me quedo congelada, y últimamente apenas concilio el sueño. Suelo estar a la espera toda la noche y mis fuerzas se están desgastando. Hoy al fin lo conté durante el desayuno. Delante de mi padre, Abby y mis hermanastras.

—¿Cómo reaccionaron?

—¿Cómo crees?

—Se burlaron de ti, ¿verdad?

Asintió ya que no sabía si las palabras brotarían. Estaba tan cansada… Respiró anhelante. Al menos esta noche dormiría segura, tranquila y sintiéndose protegida.

—No puedes volver a esa casa hasta que descubramos qué rábanos ocurre, Julia, y creo que deberíamos comentarlo a los demás.

—¡No!

—Julia…

—No. Creerán que soy una insulsa desvalida sin arrestos.

Los grandes ojos castaños la miraban atentamente, sin vacilar.

—¿Y qué más da?

—Me da vergüenza, Mere. Sé que no hay razón para ello pero no puedo evitarlo y presiento que algo va mal. Mi padre me besó y acarició la mejilla al despedirse.

Por mucho empeño que puso la voz le surgió quebrada, rota y la elocuente mirada en los hermosos ojos de su mejor amiga, la persona que mejor conocía su dolor, su búsqueda de cariño y aprobación en un padre que nada quería saber de ella, la hundió. Notó la odiada lágrima resbalar por su mejilla hasta que sus propios dedos pararon su curso. Hacía años que no lloraba y una sencilla caricia no iba a romper el muro que a fuerza de orgullo había alzado a su alrededor. No lo permitiría.

—Lo siento tanto, Julia.

—No es culpa tuya.

—Tampoco es tuya.

—Entonces, ¿por qué me rechaza? ¿Por qué me apartan todos? ¿Qué les hice?

Agradeció los cálidos brazos que la envolvieron, pero eran otros lo que necesitaba, los que llevaba esperando tantos años…

Una suave palma se ahuecó sobre su mejilla.

—Muy bien, quedará entre nosotras, por ahora. ¿Quién crees que puede estar al otro lado de la puerta?

Se sonó en un pañuelo que le pasó Mere.

—Ojalá lo supiera. Creo que es un hombre. Al menos los pasos que he llegado a apreciar, el sonido, parecen los de un varón.

—¿Tu padre?

—No. Al comentarlo en el desayuno quedó sorprendido y...

—Sigue.

—Me preguntó a qué hora había ocurrido. Por un breve instante pareció preocupado, genuinamente inquieto, y al comentarle que me habías invitado a pasar unos días en tu casa, pareció..., no sabría definirlo, puede que aliviado. Fue raro, Mere. Muy raro.

—Si no es tu padre, ¿quién puede ser?

—Lo desconozco. Puntualmente hemos contratado ayuda masculina en la cocina y en el mantenimiento de la caballeriza, pero salvo un reciente pretendiente que le ha surgido a Bridget, no sabría decirte.

—¿Has llegado a conocer a ese pretendiente?

—De refilón cuando he entrado a la cocina. Estaba acompañándola mientras Bridget cumplía con sus quehaceres diarios, pero nada fuera de lo normal llamó mi atención, aunque ya sabes que soy muy despistada. Podría tener colmillos, estar sin pantalón, ser verde, con joroba y pasaría de largo con la nariz metida en mis libros...

Mere sonrió indulgente antes de proseguir.

—¿Te inquietó o enervó algo en ese hombre?

—Mere, dentudo, verdoso y con joroba. Apenas le presté atención. Iba con mis libros, distraída. De todos modos, a esas horas dudo que Bridget le dejara acceder a la casa no estando mi padre.

—De acuerdo, tenemos unos cinco días para concebir algún plan, así que no te angusties. Si para el quinto día seguimos en blanco, se lo contaremos al resto del Club.

—Mere...

—No. No me arriesgaré a que vuelvas desprotegida a esa casa, aunque yo misma deba plantárselo a tu padre en plena cara.

No pudo evitar sonreír al imaginar el espectáculo. David contra Goliath. Alto y diminuta. Frío y amorosa. Hielo y cálido rayo de sol. Familia por nacimiento, familia por elección. Un sombrío nudo se le formó en el estómago y otro le atenazó la garganta. Su desgracia y su fortuna.

—Te quiero, Mere.

La aspiración brusca de aire de Mere no la esperaba porque tampoco estaba acostumbrada a barbotear lo que se le pasaba por la mente, pero en esta ocasión el impulso, la necesidad de expresarse, había podido con ella.

—Y yo a ti, cielo. Y yo a ti. Todo saldrá bien.

IV

Los grises ojos que lo miraban directamente desde el otro lado de la mesa del despacho exudaban inteligencia.

Los había recibido de inmediato pese a resultar evidente que estaba hasta el cuello de papeleo y problemas. Inmerso en la investigación de la organización de Martin Saxton.

—Lo que me pedís no es algo habitual —el ceño fruncido indicaba su desconcierto—. Los agentes no lo verán con buenos ojos y puede que conlleve una problemática que no estoy seguro de querer enfrentar en estos momentos.

Peter se inclinó apoyando los fuertes brazos sobre la pulida mesa.

—Rob corre riesgo si alguien de confianza no está junto a él.

Los grisáceos ojos se volvieron de inmediato en dirección al hombre al que se referían, que permanecía sentado y ensimismado frente a él.

—¿Qué diablos quiere decir?

Este apretó los labios.

—¿Rob?

—No iba a decírtelo.

—¿De qué hablas?

—Hace tres días permanecí hasta tarde trabajando y apenas quedaban compañeros, salvo los que guardaban las celdas. Calculo que eran las siete de la tarde y me dispuse a salir. Llegué hasta el rellano de las escaleras para enfilar la salida de la comisaría. Me cogieron por detrás y me empujaron hasta el lateral izquierdo, hacia el pasillo que lleva a la sala de interrogatorios…

—¿Qué demonios...?

—Me colocaron una capucha sobre la cabeza y me empujaron contra la pared con un brazo apretándome el cuello. Peleamos y solté un par de puñetazos. Traté de despejarme el rostro, pero recibí unos cuantos golpes y me afianzaron los brazos. Así me di cuenta de que al menos eran tres. Sentía dos a ambos lados y el que tenía de frente, el que creo que me golpeó.

—¿Los llegaste a identificar?

—Maldita sea, Clive, ¿crees que si así fuera estaría aquí?

No se escuchó ni un murmullo en el despacho.

—Tu padre tiene razón ¿sabes? Es difícil comprender cómo sigues entero siendo un completo insensato. ¿Qué te dijeron?

—Básicamente, que dejara de meter las narices donde no me incumbía o que la próxima vez no se quedarían en un par de insignificantes golpes.

—¿Únicamente eso? ¿No se refirieron al asunto en el que no querían que indagaras?

—No.

—¿Te sonaron sus voces?

—No.

—¿Conseguiste captar algo a través de la capucha?

—Nada.

Se notaba, por la forma en que los nudillos de sus manos resaltaban, que Stevens estaba comenzando a enfadarse con las escuetas, por no decir inexistentes, respuestas que estaba recibiendo, y no era el único.

—De acuerdo. Daré acceso a Peter Brandon como colaborador del cuerpo de la policía metropolitana, exclusivamente para el caso que estás investigando, dado los especiales y notorios conocimientos que ostenta y que pueden facilitar la investigación. Ya me sacaré algo de la manga a la hora de exponerlo a mi superior —se dirigió a Peter, serio—. Tendrá acceso a las dependencias policiales, salvo a las restringidas, y espero no arrepentirme de ello, Brandon. Cualquier metedura de pata caerá sobre mí, así que... —sus ojos echaban chispas— no lo fastidie. Esto es por él, no por usted.

La tensión rasgaba el aire. Ambos hombres enfrentaron la mirada hasta que Peter asintió suavemente.

—Daré la orden de inmediato para que adquiera efectividad a partir de mañana, y espero que no cause excesivo revuelo.

Permanecieron poco más de diez minutos en el interior de la comisaría, facilitando los datos requeridos y discutiendo si era oportuno que tras el ataque Rob permaneciera en su puesto. No hubo forma de hacerle entrar en razón ya que su intención era la de informar al pequeño grupo de hombres que cubrían el caso de los Bray de la nueva colaboración que se habían agenciado, y deseaba hacerlo solo, sin intromisiones. Doyle se llevó a Peter casi a rastras antes de que armara un descomunal escándalo y de que lo que en principio debía pasar lo más inadvertido posible, se convirtiera en el espectáculo del día.

—¡Debería quedarme!

—Claro y también podrías darle la manita mientras lo anuncia. Pete, por todos los santos, no es un crío desprotegido necesitado de supervisión.

—¡Ja!

Si seguían por el camino iniciado iban a terminar a pelea limpia y él tenía toda la intención de no perder más tiempo sosegando a su histérico hermano y acudir a hacer una visita al padre de su contrariada prometida. Una visita que debía haber hecho hacía tiempo a fin de presentarle sus respetos.

—Ve al despacho. Tenemos reunión con un par de clientes y seguramente yo me retrasaré.

—¿A dónde vas? Odio reunirme con los clientes, me temen, tartamudean y miran fijamente mi cicatriz.

—Te aguantas, ya te contaré más tarde.

—¿Me vas a dejar con la intriga?

—Sí.

—¡No puedes hacerme eso! No podré parar hasta que vuelvas y gruñiré a la clientela. Ya me conoces.

—¿Acaso tú me haces caso en lo tocante a Rob?

—A veces.

La mirada que lanzó a su hermano menor le coloreó las mejillas.

—Dame algo, una pequeña pista al menos.

—Voy a hablar de mi futuro.

La sonrisa se extendió por el hermoso rostro de su hermano.

—Ya era hora, hermano, ya era hora. Esperaré ansioso a que llegues con la fecha de la boda fijada, que los años no pasan en balde, tengo que colocarte con alguna preciosa dama y ninguna mejor que nuestra Julia.

—Te agrada ¿verdad?

—Mucho.

—¿Puedo preguntarte algo? —Peter asintió sin pronunciar palabra— ¿por qué?

La sorpresa apareció en los negros ojos.

—¿A qué te refieres?

—¿Por qué te agrada tanto?

Apenas necesitó tiempo para elaborar una respuesta.

—Es valiente, generosa, te provoca sin dudarlo, te reta, te ignora sin llegar a perderte de vista, te mira con ojos dulces aunque pretenda acuchillarte con ellos y creo que estáis hechos el uno para el otro…

Los plateados ojos parecieron los de un ternero ilusionado.

—Y tiene un cabello de enloquecer, además de ser hermosa.

—Ella cree que es grande y fea.

—¿Lo es para ti?

—¡No! Es hermosa. Para mí es hermosa.

Una inmensa manaza se posó en su hombro, dándole un suave y descuidado empujón.

—Tú mismo te has contestado a la pregunta que tienes en mente. Ve a por tu futuro, hermano. Yo estaré esperando para apoyarte en lo que sea.

—¿Y tú?

—Estaré bien, si al tontolaba que se ha quedado dentro no me lo muelen a palos. Ve tranquilo. Asistiré a la endemoniada reunión comedido y sin espantar a nuestros señores clientes, y luego me cuentas al dedillo lo ocurrido.

—Antes pasaré por casa de John y Mere para hacer una visita a mi futura mujer, así que no me esperes demasiado.

El empellón le sirvió de respuesta y ascendió al coche de caballos que permanecía aparcado en el lateral de la comisaría, en dirección a una entrevista con un hombre al que no conocía, pero al que no permitiría impedirle contraer matrimonio con la mujer que había elegido para él, con la mujer que se le había metido bajo la piel sin darse cuenta, su amazona. Y si era necesario, engatusaría a quien fuera.

Dios, le estaban mareando con tanto revoloteo de faldas y empalagando con los litros de perfume de rosas que las mujeres que le acosaban sin pudor alguno, se habían vertido por todo el cuerpo y por sus llamativos ropajes, sin mesura ni una mínima contención. Lizzie y Emma Brears, hermosas y bobas de solemnidad. ¡Llevaban hablando del tiempo diez jodidos minutos! ¿Cómo era posible? Lluvia, granizo, nieve, frío, llovizna y las, al parecer, miles de formas que podía adoptar el tiempo en la hermosa y lluviosa Inglaterra. Se parecían tanto a su Julia como el blanco del ojo al hermoso iris.

No podía refutar que Lizzie era una verdadera belleza clásica, de azules ojos y oscuro cabello, mejillas sonrosadas y labios de piñón. Por Dios, parecía uno de esos poetas majaderos ensalzando la belleza de una endiosada mujer que le importaba un bledo. Emma no le iba a la zaga, solo que su cabello era rubio, rizado en perfectos y elaborados tirabuzones, en nada parecido a la espesa, salvaje y alocada melena de su impresionante prometida. Ya comenzaba con el hormigueo de los dedos en cuanto imaginaba esa roja cabellera suelta y descontrolada.

Demonios, las tres cotorras guacamayos le miraban con febriles y tiernos ojillos tras haberle preguntado algo con esas chillonas voces. Algo a lo que ni remotamente había atendido.

—Discúlpenme señoras, ¿decían ustedes?

—¿Cómo conoció a Julia?

Y para colmo eran unas cotillas descaradas.

—En una fiesta en la que coincidimos.

—¿Y cómo es que terminaron…?

—En una fiesta en la que me cautivó. Espero contestar con ello a sus preguntas presentes y futuras.

Las bocas abiertas y los pucheros que recibió casi le dieron ganas de recular y disculparse, pero esas mujeres llevaban veinte minutos lanzando comentarios, no directamente dañinos, pero sí inoportunos, de su Julia y no estaba dispuesto a permitirlo. No lo estaba.

—¿Sabrían decirme si el señor Brears tardará en llegar?

No les dio tiempo de contestar cuando la puerta cerrada que daba acceso a la gélida habitación ubicada en el piso bajo del domicilio de los Brears, a la que le habían pasado nada más llegar de visita, se abrió dando paso a un hombre que en nada se asemejaba a su hija, salvo en la imponente altura.

Con pasos sosegados y cautelosos el anciano se aproximó mientras él se levantaba cortés del asiento en el que le habían ubicado. Estrecharon las manos, firmes, y el magro hombre, con parsimonia, le indicó brevemente que retomara su asiento mientras pedía a su mujer e hijastras que les dejaran a solas. Cerraron tras de sí la puerta.

—¿Quiere usted a mi hija?

Si algo no esperaba era semejante pregunta. Le pilló totalmente desprevenido y soltó lo que se le pasó por la mente…

—Me tiene desquiciado. ¡Perdón! No era eso lo que quería decir.

Rebuscó en su mente obsesivamente algo que tapara el desastre anterior, pero decidió cerrar la boca al apreciar la sonrisa que asomaba a los labios ocultos entre el poblado bigote y la blanca barba.

—¿La cuidará?

Demonios, el hombre iba en serio, como una bala bien dirigida. Se decidió por la cruda sinceridad, porque así lo prefería. No esquivaría las preguntas y que fuera lo que el destino quisiera.

—Se lo juro.

—Hábleme de usted, Doyle Brandon.

La risilla se le escurrió entre toses con las que intentó camuflarla pero la blanca ceja demostró que de nada había servido.

—Perdón. Por Dios, parezco un pecador penitente.

Eso sí que arrancó una agradable risa en su anfitrión.

—Creo que mi Julia ha elegido bien. ¿Qué le hacía gracia?

Dudó un momento pero decidió ser franco.

—Su hija pronuncia mi nombre exactamente igual que usted, como si me regañara.

—¿Sí?

—Sí.

—Les irá bien.

—¿Cómo lo sabe?

—Más tarde… Ahora dígame lo que un padre necesita saber del futuro marido de su hija.

Respiró profundamente antes de contestar. Se jugaba mucho con la respuesta. Se jugaba sus ilusiones.

—Vivirá cómoda, protegida, será querida y nunca permitiré que le hagan sufrir. Nunca. En la medida en que me sea posible, nada le faltará.

Un cómodo silencio se adueño brevemente de la conversación.

—¿Puede asegúramelo?

No dudó, no en esta ocasión.

—No puedo hacerlo, lo único que puedo prometer es que haré lo posible. Algo en su hija, algo en ella…

—Se le ha metido bajo la piel.

Demonios, ni que le hubiera leído la mente. El humor llenó la mirada del anciano.

—Mi mujer era igual. Ella y mi hija son como dos gotas de agua. Se parecen tanto que a veces, cuando la miró, me parece estar junto a ella y me duele. Duele tanto que por no sentir el pesar que ello me causa, le he ocasionado mucho dolor a mi hija y ya no sé pararlo… —frotó con las nervudas manos sus huesudas rodillas— no lo sé. Si está seguro de lo que va a hacer, le doy mi bendición, pero no olvide jamás que mi hija es una mujer que desde niña se acostumbró a darlo todo, cariño, compasión, amor, pero por mi culpa, poco ha recibido. Quizá usted pueda remediar lo que yo no pude impedir por miedo y por mi propio egoísmo.

Esos penetrantes ojos azules no apartaban la mirada esperando su respuesta y no admitiría otra que no fuera la que su hija merecía. Y él no estaba dispuesto a ofrecerle menos.

—Quiérala, porque lo merece, y cuide de ella porque ha crecido siendo una hermosa y generosa mujer —repentinamente la preocupación colmó los pequeños ojos que miraron al infinito, viendo algo que solo él percibía—. Me inquieta que quede desamparada si algo me ocurriera y mi mujer e hijastras no…

No le dejó seguir porque no era necesario.

—No quedará sola, no si puedo evitarlo.

Se sintió evaluado como jamás en su vida lo había sido. El delgado y nervudo hombre, con un peso encima que no conseguía aquietar, estaba decidiendo si confiar el bienestar de una hija, a la que evidentemente amaba, en manos de otro hombre que apenas conocía, y su única guía era su propio instinto. Una decisión angustiosa.

—Gracias, Doyle. Se lo agradezco. Antes de terminar quisiera pedirle algo.

Se irguió con dificultad y se acercó a un escritorio antiguo, algo descuidado en el que se apiñaban papeles y libros con las tapas gastadas por su repetida lectura. Sin necesidad de rebuscar alcanzó un sobre blanco, cerrado y lacrado, con aspecto desgastado como si lo hubieran tocado una y otra vez hasta doblar sus bordes. Volviendo sobre sus pasos, lo extendió en dirección a Doyle.

—¿Qué es?

Los azules ojos brillaban, emocionados.

—Contiene lo que debí decir hace tiempo y por cobardía no pude…

—¿Por qué no se lo entrega en persona?

—Eso desearía. No sabe cuánto, pero mi tiempo pasó. Si algo me ocurriera, déselo a mi Julia. Por favor…

¡Maldita sea! Eso sonaba a resignada despedida, y no le agradaba en absoluto, como si el anciano estuviera anunciando algo inminente y necesitara acabar con un asunto pendiente.

—¿Ocurre algo, señor Brears?

—No estoy enfermo, muchacho y no se inquiete, no se trata de algo que no espere poder enderezar en un par de días. Si le soy sincero me tranquiliza que Julia esté pasando unos días con sus amigos. Me da tiempo para arreglar unos asuntos que han surgido.

—¿Necesita mi…?

—No. Gracias, muchacho. Es suficiente con saberla segura y rodeada de gente que la quiere.

Se levantó repentinamente.

—Pongan una fecha para la boda, joven, y que sea pronto. A un anciano como yo la sonrisa de un bebé le rejuvenece el alma y mi hija merece ser feliz.

Doyle resopló en forma de resignada protesta.

—Si por mi fuera ya estaríamos casados, pero lo cierto es que me aborrece.

La profunda carcajada le sobresaltó.

—Entonces, alégrese, porque usted le gusta, joven. Su madre era igual. Cuanto más protestaba, más interesada estaba, aunque ni ella se diera cuenta. Si no le quisiera, le ignoraría. Créame joven, insista, y si eso no funciona, secuéstrela. Por supuesto, yo jamás le he dado esta idea, pero es lo que hice con su madre, ello causó que nos tuviéramos que casar y fue la mejor decisión de toda mi vida.

—¿Sabe, señor Brears? Hablamos el mismo idioma usted y yo.

El segundo apretón de manos que ese día cruzaron ambos fue lo opuesto al primero. Era el de dos hombres que se entendían y habían comenzado a respetarse y que ante todo, querían a la misma mujer. Nunca mejor expresado. Hablaban el mismo idioma.

VI

Llevaba por lo menos diez minutos acariciando la hermosa tela. Seda, suave y vaporosa seda, de un color indescriptible en tonos ocre. Ni queriendo podría describirlo, y lograba lo que jamás otro vestido había conseguido con antelación, ¡resaltaba su cabello y su paliducha tez! Se iba a desmayar del gusto y la encontrarían despatarrada, abrazada como una obsesa a la tela. ¿Y por qué tenía ganas de llorar? Estaba sensible, lo cual era la antesala a esos días odiados del mes. Sus pechos comenzaban a pesar, dolían, y hasta hacía diez minutos se veía como un espantajo, gigantesca, deprimida y enorme.

El vestido, que para su inmensa sorpresa, cubría el lecho al entrar en el cuarto para acomodarse, la tenía atolondrada. No aguantaba más sin probárselo. Se desvistió como una posesa hasta quedar en su desgastada camisola y enaguas, y se atavió el vestido por la cabeza. Descolocó completamente su pelo, alborotándolo, pero le era indiferente. Le quedaba maravilloso y la sensación al tacto era fascinante. Jamás había rozado algo tan liviano y suave. También tenía… ¡un inmenso escote! ¡No podía salir con todo al aire! Intentó tirar del corpiño para arriba y nada. Empujó sus rebeldes pechos para abajo pero resurgían como si desearan exhibirse descaradamente. Quizá una pequeña pechera sirviera para…

—¡Dios mío, estás despampanante!

La dulce y sorprendida voz rebosaba sinceridad.

—Brandon se nos va a desmayar.

Se acercó a ella, la giró y comenzó a atar el cordel posterior en pequeñas cruces, apretando pero no excesivamente.

—Mere, se me van a salir disparados, de golpe.

—¿El qué?

—Los pechos.

—De eso nada. Puede que te dé esa impresión pero se quedarán en su sitio, bien quietitos. Veamos.

La volvió con un rápido giro y los grandes ojos castaños se convirtieron en inmensos en ese dulce rostro.

—Dios mío. Lo vas a desmayar.

—¿A quién?

—A tu prometido.

—No pienso vestir así delante de Doyle Brandon.

—Lo harás y será ahora mismo. Ha llegado hace diez minutos y te lleva esperando ese tiempo, por lo que calculo que si se asemeja a los hombres de mi familia, ya estará completamente histérico, con la paciencia totalmente agotada, refunfuñando y desgastando la alfombra con sus paseos.

—¡Mere, no puedo salir así! ¿Y si explota el corpiño y se me salen?

—¿Los pechos? —a Mere le comenzaban a temblequear los labios— pues le pides que te ayude amablemente a devolverlos a su sitio. —La malvada risa que surgió de su diminuta amiga le hizo preguntarse si no habría planeado todo el encuentro.

—No me mires así. El destino es el que es, y la verdad, Julia, creo que tu destino, tu gruñón destino te está esperando abajo. Es la hora de ser valerosa y coger al búfalo por los cuernos.

Le aferró la mano y con una fuerza considerable comenzó a arrastrarla por el iluminado pasillo y escaleras abajo hasta alcanzar la entornada puerta de la habitación en cuyo interior retumbaban unos firmes pasos masculinos, entre juramentos y gruñidos. El sorpresivo empujón no lo esperaba, por lo que entró a trompicones, cerrándose la puerta a su espalda. La inmensa figura se volvió de golpe con la boca presta para protestar, pero lo único que surgió de ella fue un extraño, inquietante y… ¿femenino maullido?

VII

Era cuestión de plantearlo como un bien común. Necesario, vital. Bueno quizá fuera mejor no exagerar con la mujer a la que llevaba esperando ¡un cuarto de hora! Paciencia. Cultivar la paciencia era en sí su peor pesadilla y en nada ayudaba que cada vez que coincidía con su prometida se le resquebrajaran hasta sus mejores intenciones. La corriente que se desplazó hacia él indicó la entrada de alguien en la habitación y por el ligero tropezón que sonó, no le extrañaría que fuera su tornado, ¡al fin! pues nadie iba a acallar su gruñido por lo que se giró para berrear y su mente se le ablandó. Al completo. Irremediablemente blandengue.

Dios mío. Otra puñetera zona, embutida en sus pantalones, se le endureció como si hubiera recibido una llamada instantánea a la lujuria. La respiración cortada, los ojos como pegotes en esos…, esos portentosos y cremosos pechos. Si no se casaba pronto le iba a dar algo. Necesitaba agarrarlos y sopesarlos, manosearlos y, ¡diablos!, esperaba que su prometida no le mirara de cintura para abajo porque se iba a llevar un buen sopetón. Trató de apartar la mirada, pero ni queriendo lo consiguió. Eran grandes. Y llenos…

La mujer más impactante del mundo. La tenía ante él, con ojos de cervatillo a punto de salir disparada y se sentía físicamente incapaz de hablar. Lo había intentado, pero le había salido una especie de vergonzante sonido en un hombre de su tamaño. No se iba a arriesgar una segunda vez antes de carraspear un poco y otro poco.

—¿Te pica la garganta?

Negó con la cabeza y carraspeó otro poco más.

—¿Seguro?

Dios, Dios, Dios, se le estaba acercando. ¡Comenzaba a sudar!, a mares y ¿estaba casi babeando? ¡Su cuerpo se le estaba amotinando!

—Puede que tengas fiebre. Pareces un tanto congestionado o colorado.

Otro par de pasitos. Debía pararla.

—¡No te acerques!

Respiró hondo, muy hondo y entonces, solo entonces se dio cuenta de que ella parecía a punto de echarse a llorar. Le temblaba el labio inferior y esos hermosos ojos brillaban tratando de contener el llanto. No le miraba, como si de hacerlo fuera a romperse en mil pedazos diminutos e imposibles de recomponer.

Era un completo idiota. Ella creía que la estaba rechazando. Su freno saltó por los aires por ella, porque no podía destrozar por su propio y maldito ego el corazón de la mujer que parecía encogerse frente a él, inmóvil. Prefería hacer el mayor de los ridículos que dañarla.

—Eres la mujer más hermosa que he visto en mi vida.

La suave cara se alzó lenta, ladeada de costado, quizá imaginando haber escuchado la frase lanzada con ternura.

—Me oíste bien.

La clara voz de la acongojada figura temblaba.

—¿Dijiste hermosa?

Algo se le rompió por dentro, algo que no sabía que tuviera. Por la mujer que le miraba incrédula. Dios, ahora comprendía la conversación con el padre. Había crecido rodeada de frialdad, sin apoyo, y quizá jamás había escuchado elogio o palabra cariñosa alguna. Un padre, demasiado centrado en su propio dolor, que había abandonado a su hija en un lugar solitario y oscuro, sin amor ni confianza que apartara la inseguridad que toda persona siente en su interior. Quizá fuera su destino. Adorar a una mujer adorable, incapaz de apreciar su natural hermosura y generosidad. Que así fuera.

VIII

¿Había dicho hermosa? Se atrevió a levantar el rostro. No podía haber escuchado eso. No eso. Producto de su tonta imaginación como las ocasiones en que imaginó a su padre decir *te quiero, hija* o a Abby o a sus hermanastras darle un cálido abrazo o simplemente, sonreírle.

Se burlaba de ella. Se estaba burlando. Sintió congoja, un pesar hondo y fatiga. No podía luchar de nuevo para no hundirse o para no sentirse menospreciada o burlada. Tantos desprecios le vinieron a la mente que el frío la invadió por dentro. Decidió dejar volar a su mente, lejos, donde…

—Me oíste bien.

Su corazón paró. No podía ser. Necesitaba asegurarse.

—¿Dijiste hermosa?

Quedó callado, mirándola, recorriendo su rostro con esos plateados ojos rodeados de oscuras e inmensas pestañas y una dulce sonrisa asomó a esos carnosos labios. Entonces y solo entonces, supo que algo iba a cambiar en su vida. Algo que no tendría marcha atrás.

IX

Le habían tartamudeado cuando les dijo que él ideaba y su hermano negociaba. Padre e hijo, los Summers o Sanders o ¿Lincoln? eran la pesadilla de clientela con la que había cumplido reuniéndose durante una espantosa, tediosa e incómoda hora. El padre le había agradado al mostrarse serio y concreto. El merengue del hijo le había puesto de los nervios. Lo miraba como si fuera un bicho raro y juraría que le había olisqueado al despedirse. Lo que le faltaba, sentirse diferente como siempre le había hecho sentir la gente con sus emborronadas miradas, sus susurros, sus soeces muecas.

Presentía que lo que tenía intención de hacer no iba a sentar bien a Rob, incluso puede que se enfadara, pero prefería eso a que de nuevo lo pillaran desprevenido, desprotegido y a solas. No se arriesgaría de nuevo y mucho menos con la velada sospecha de que tras la traicionera agresión pudiera ocultarse la desquiciada mente de Saxton.

Se abrigó bien, acomodándose la fina bufanda negra y los guantes, pero no olvidó guardar sus cuchillos gemelos bajo sus ropas. No se descuidaba. Nunca, tras lo ocurrido tres meses atrás. Dejó aviso a Burrowers, el mayordomo, de que salía y tardaría en llegar ya que se dirigía a la comisaria, que así se lo hiciera saber a su hermano. Y partió rumbo a su destino.

El viaje se le hizo corto, llegando a la estación de policía en plena ebullición de actividad. Numerosos ojos le miraron con curiosidad, intrigados, y siempre terminaban en la irregular cicatriz que le recorría el rostro hasta terminar oculta bajo ropa. Se aproximó a un agente que atendía a los recién llegados tras un astillado mostrador de clara madera.

—¿El inspector Norris?

Algo en los ojos del hombre cambió. Se oscurecieron y sus negras pupilas se dilataron.

—No está.

No iba a recibir ayuda de ningún tipo. Maldita sea.

—¿Podría confirmarlo?

—Acabo de hacerlo.

Se le estaban hinchando las…

—¿Brandon?

El que faltaba para empeorar un día que parecía imposible que fuera a peor. El pedante finolis que a todos miraba con aire de superioridad salvo al tontolaba. Hacía que la sangre le bullera en las venas. Dios, pagaría unas cuantas libras por estamparle la recta nariz entre sus aniñadas pecas.

—¿Quería algo?

—No. Venía a darme un paseo tardío y controlar los alrededores... —era evidente que al hombre no le faltaba inteligencia ya que captó el sarcasmo al momento— para no perderme, claro.

—¿Le apetece visitar los calabozos y congraciarse con ellos?

Menudo cabrón. Una amenaza velada.

—Muy amable, pero por ahora me conformaré con las zonas comunes.

—Qué pena, quizá le hubiera gustado la decoración y la agradable compañía.

La mueca en la juvenil cara parecía una, pura y sin adulterar, provocación. Se mordió el labio inferior por dentro. No le podía atacar en su comisaría.

—Venía en busca de Rob.

El desconcierto cubrió los agradables rasgos del superintendente.

—Creí que ya estaría con usted.

—No estaría aquí, si así fuera, ¿no cree?

—La sorna sobra.

—También las preguntas idiotas.

Los labios del pecoso se apretaron y se aproximó un paso hacia él.

—Creo que usted y yo, Brandon, vamos a necesitar una larga conversación antes de que termine la semana, por el bien de ambos.

—Será por el suyo...

Una de las rojas cejas se alzó.

—Dígame algo, Brandon, ¿qué teme?

—A usted no.

—No lo dudo, pero no me refiero a mí. Me refiero a qué teme en relación a Rob.

¡Maldición! Entraban en arenas movedizas y que le cortaran la lengua, pero se negaba en rotundidad a hablar del canijo con el pelele prepotente que tenía delante.

—Nada.

—Por supuesto...

—¿Dónde está?

Los grises ojos de Stevens se achicaron, dudosos, antes de preguntar.

—¿Quién?

—La reina Victoria, ¿quién si no? Para tomar té y pastas con ella. Es que me adora.

Y el cabrón del superintendente tenía sentido del humor. ¡Maldita sea!, un punto a favor del pedante. ¿Por qué no podía ser un listillo seco y sin una pizca de gracia en ese cuerpo? Las comisuras del labio del pelirrojo confirmaron su suposición al izarse levemente. No tenían tiempo. Si no le hubiera encantado dejarle seco con su verborrea.

—Dejémonos de bobadas, Stevens. ¿Rob?

Este se volvió hacía el agente que de soslayo no había perdido detalle de su tirante encuentro.

—Agente Richards, ¿ha salido el inspector Norris?

Se notaba el respeto en los ojos del hombre.

—Hace unos quince minutos salió a la calle con algunos de sus hombres, pero no comunicó a dónde se dirigían.

—¿Con qué agente?

—Con Wilkes, señor.

Eso le tranquilizó un poco ya que Wilkes era de confianza como demostró durante el transcurso del caso Saxton. Al menos iba en buena compañía, pero había que tener en cuenta el gafe que le rondaba al canijo desde niño.

—¿Qué estará tramando?

—Imagino que habrá acudido a asegurar la custodia de una persona que su equipo protege.

—¿El testigo?

Los grises ojos es entornaron una minúscula pizca.

—¿Hay algo que Rob no le cuente, Brandon?

Sí. Quién diablos eres tú, maldito seas, y qué le une a ti.

No se dignó contestar.

—¿Sabe dónde le ocultan?

—No.

—¿Alguien que lo sepa?

—Sus hombres…

Abrió la boca como un muelle para indagar más.

—Y antes de que siga preguntando, sí. Sus hombres me lo dirán en cuanto dé con uno de ellos.

Eso era otra cosa. Comenzaban a entenderse. Dio un paso atrás y con la mano formó un arco que rasgó el aire indicando que le seguiría y que el superintendente guiaba, por el momento.

Solo por el momento y hasta que localizaran al tontolaba.

Lo había dicho. Esa palabra y esos ojos planteados no engañaban…

—¿Por qué?

Los transparentes iris seguían fijos en ella, luminosos.

—Jamás encontré una mujer que me hiciera sentir como tú. Sé que nos peleamos y seguramente lo seguiremos haciendo, pero creo que tenemos algo bueno entre los dos.

¡Maldita sea! la estaba haciendo llorar y él no sabía tratar con mujeres que lloraban, lo descuadraban totalmente y le volvían torpe, como si los pies y manos los sintiera repentinamente desproporcionados, al igual que la lengua.

Ella insistió.

—Dime por qué.

—No puedo.

—No, ¿por qué me llamaste hermosa? Ningún hombre me lo dijo antes, ni me miró como tú ,y me pones nerviosa y en ocasiones me invaden las ganas de…

—¿Atizarme?

—Eso mismo, me llenan, y entonces pienso que somos incompatibles y que eres muy mandón. ¿Y si seguimos adelante y es un desastre? ¿Y si tenemos hijos y les hacemos desgraciados?

—Julia…

—¿Y si en unos años descubrimos que no éramos el uno para el otro?…

—Julia… —Dios santo, ¿qué habían hecho con esta maravillosa mujer para que creyera que nada valía, que era un desecho inservible y que nadie la querría? Por un momento sintió tal furia en su corazón que debió reflejarse en su rostro porque la hermosa mujer que le miraba entre aterrada y sorprendida por lo que se había atrevido a decir, dio un corto paso atrás, inquieta— el futuro lo haremos nosotros y será tan hermoso como queramos que sea. Tendremos momentos buenos, felices, y otros malos. ¿Y qué? Yo estoy dispuesto a arriesgarme.

—Yo tengo miedo.

Eso no lo esperaba, no eso, y menos de la mujer que tenía frente a sí.

—¿De mí?

Dios, eso no. No podría aguantar que ella le temiera.

—¡No! Jamás de ti. Es solo…

Parecía que no iba a contestar y él necesitaba saber.

—¿Julia?

—Es tonto, lo sé, pero nunca he estado con un hombre. Ya sabes, con un hombre..., hombre. Y soy torpe, en eso nunca te mentí, y asusto a ciertos varones por decir lo que no debo, pero es que me sale así.

Algo se le estaba pasando por alto y presentía que era importante para ella. ¿Sería lo que se estaba imaginando?

—¿Jamás besaste a un hombre?

La femenina figura se cruzó de brazos, enfurruñada. Por Dios, ¿no podría dejar los brazos colgando a los lados? Otra vez estaba tenso como una piedra al centrar la atención en esos pechos y de nuevo ¡comenzaba a transpirar! ¡Ni siquiera en las peleas sudaba tanto!

—No hace falta decirlo con tal tono de satisfacción ¿sabes? Suena fatal —Julia apretó aún más los brazos—. Yo jamás besé a ningún hombre, aunque algún que otro hombre haya intentado robarme un beso y también...

—¿¡Quién!?

La acababa de sobresaltar.

—Eso no importa ahora, Doyle Brandon.

—Julia...

—Lo que importa es que puede que me sienta algo insegura y cuando eso me ocurre, suelo decir inconveniencias, y contigo no deseo que me ocurra, y si las digo, prefiero que sepas la razón.

Los hermosos ojos femeninos se agrandaron como si se le hubiera ocurrido algo inesperado.

—¿Tú has estado con alguna mujer?

Eso tampoco lo esperaba. ¿Sería esa una de las inconveniencias de las que hablaba la fierecilla? Si era hasta chistoso...

—Con unas cuantas.

—¿Y qué tal?

Sin duda, una de las inconveniencias. Diablos, iba a disfrutar de sus conversaciones con esta mujer.

—No me quejo, querida.

—No me importaría tener más detalles.

Demonios, parecía que nada la avergonzaba. Le encantaba su espíritu.

—¿Y no preferirías la propia experiencia?

Por un momento pareció que no captaba el alcance de la proposición contenida en la lasciva pregunta, hasta que todo el femenino cuerpo que relucía a la vista se puso color grana, un color que la favorecía muchísimo y con ello lo único que conseguía era potenciar su incontrolable obsesión por averiguar si se ponía colorada por todo el cuerpo. Una pícara sonrisa brotó en los preciosos labios femeninos. Sí, iba a disfrutar con esa mujer. Por ahora se contentaría con tranquilizarla. Las personas siempre le habían temido, dentro y fuera del cuadrilátero, y pese a intentar evitarlo, jamás lo había logrado. Durante toda su vida se había sentido odiado, temido y lejano al resto del mundo. Con ella no le ocurría. Desde el primer momento se sintió todo, menos alejado de ella.

—No tengas miedo, Julia. No conmigo, yo cuidaré de ti…

Quizá eso fuera lo que necesitaba escuchar, ya que ella se le aproximó lentamente. Su maldito corazón comenzó a bombear a mayor velocidad con cada paso que ella daba hasta que quedó a un palmo del lugar donde él se encontraba, quieto como una estatua. Era la mujer más hermosa. No pudo parar el maldito impulso, aunque la sobresaltara. Alzó las manos y rodeó el ovalado rostro fijando la mirada en los castaños ojos. El tiempo pareció detenerse. Sus inmensas manos le cubrían casi totalmente el rostro y sus pulgares acariciaban las suaves mejillas. Necesitaba besarla…

El beso fue todo lo esperado y todo lo que nunca imaginó. En cuanto posó sus labios en los de ella sintió que recibía el condenado beso más dulce de su vida y no supo reaccionar. Se quedó helado como un adolescente aterrado, hasta que sintió las manos de ella rodearle la cintura y se sintió en casa. Simplemente en casa. Su cuerpo se encendió y acaloró en un segundo y bajó las manos hasta los descubiertos y suaves hombros para acercarla. Necesitaba apretarla contra él y perdió la capacidad de controlarse. Completamente. Volvió a la época en que peleaba por sobrevivir y obtener lo que necesitaba. Ahora necesitaba esa boca y la tuvo. La saboreó como si fuera la última vez, recorrió los labios con la punta de su lengua y la empujó lentamente dentro. Sintió la leve rigidez en el cuerpo de ella pero ni queriendo podía parar. No podía… Recorrió esa boca, tan dulce, todos sus rincones y ella no quedó a la zaga.

Iba a explotar en cualquier momento.

¡Maldita sea!, no se había dado cuenta pero habían terminado arrodillados en el condenado suelo de la salita, apretados los dos, besándose, sus manos hundidas en esa melena que lo volvía loco. Les iban a pillar, pero no podía, ni quería, parar. Tenía un robusto mueble a su espalda por lo que se dejó caer arrastrándola con él, los muslos abiertos para ubicarla a ella y el dolor de sentirla apretada contra su duro miembro, lo estaba matando. Tenía que tocarle esos pechos, tenía que…

—¡Doyle Brandon!

¡Diablos! ¡Los habían pillado! Casi la izó en volandas por el maldito susto al escuchar el berrido, pero lo único que logró fue trabarse con las voluminosas faldas y rodar de costadillo, tirados en el suelo, él encima, a horcajadas sobre ella y el trasero alzado, quedando su rostro hundido entre esos llenos pechos. Poco faltó para que les diera un jugoso lametón, aprovechando el momento, pero sentía el cuerpo femenino tieso y las manos empujándole los hombros, así que se levantó ágil y agarró por la cintura a la figura despatarrada en el suelo, no sin antes echarle un buen vistazo que quedó clavado en sus pupilas para siempre y, ¡maldita sea!, en su tiesa entrepierna. Lo volvía loco y solamente de imaginar su futuro con esa impredecible mujer, se le erizó todo el vello del cuerpo. Lo iba a disfrutar, incluso las peleas.

—¿Qué hacéis?

Casi soltó una irreverente risa. Era evidente lo que hacían, pero al parecer a la pareja que los miraba con los ojos abiertos les había pillado por sorpresa. Mere y su marido, John.

—¡No podéis hacer eso! ¡Os pueden pillar! —la diminuta mujer estaba en un estado entre asombrado, alucinado y risible— Julia ¿no le aborrecías?

—Yo diría que no demasiado. Y cielo, ya les hemos pillado…

El vozarrón de John arrastraba abundante humor y socarronería.

La pareja que formaba el matrimonio que les observaba sin pudor alguno, incomprensiblemente pegaba, pese a ir en contra de las leyes del universo. Ella pequeñita, él gigante. Ella voluptuosa, él musculoso y bien formado. Ella de aspecto completamente normal, él asombrosamente apuesto, pero se adoraban y amaban con pasión. Unos buenos amigos que en estos momentos parecían aguantar la risa con verdadera dificultad … y disfrutar de lo lindo.

—¿Ya os habláis?

La suave pregunta surgió de su recompuesta prometida, salvo el rojo cabello. Eso no había quien lo arreglara. Le chiflaba verla toda descolocada.

—No —contestó Mere mientras su marido la miraba desde arriba y contestaba *por supuesto*. Eso enfureció a la pequeña figura que se giró en dirección hacia el hombre y alzó el rostro, con las cejas enarcadas, antes de lanzarse como una pequeña fiera a barbotear preguntas.

—¿Ya se te pasó la rabieta por lo de las compras?

—Puede.

—Eso es que no.

—Puede.

—¿Qué estas planeando, John Aitor?

—Nada que deba rondar esa preciosa cabecita...

—¡Lo haces a propósito!

La sonrisa que asomó a los carnosos labios del hombre era provocación, sin aderezos y en grado sumo. Lo hacía para desorientar a la furiosa mujer que con los brazos en jarras parecía a punto de darle una patada y así pareció apreciarlo su propio marido ya que reculó un par de pasos.

Una suave mano aferró la suya y le dio un pequeño tirón en dirección a la puerta. Gran idea, huir mientras el matrimonio estaba entretenido echándose rayos.

—Ni se os ocurra escapar...

La vocecilla se asemejaba a la de un general de todos los ejércitos y ocasionó que su prometida clavara los tacones en la esponjosa alfombra. Se giraron y le asombró el cambio. Lo que hacía unos segundos era una pareja centrada en sí misma, ahora se asemejaba a un escuadrón preparado para la batalla, y ellos eran el ejército enemigo al que debían aplastar. Mere no tardó en tomar la palabra.

—Algo nos dice que estáis cambiando de parecer en relación a la boda.

—Yo, no. Siempre lo tuve claro.

Tres interrogantes miradas, dos de color castaño y otra de un llamativo verde se clavaron en él. La presión se le hizo insostenible, por lo que se explayó, volviéndose en dirección a Julia.

—Con lo del casamiento. Además, tu padre me dio su bendición.

¿Qué? No lo podía creer...

—¿Fuiste a hablar con padre?

—Ajá.

El desasosiego comenzó a invadir la transparente mirada.

—Debí hacerlo hace tiempo, Julia.

—No me lo dijiste.

—¿Te hubieras enfadado?

—Puede.

—Entonces nos evitamos un enfado innecesario.

—¿Así va a funcionar nuestro más que dudoso matrimonio?

La confusión sustituyó al desasosiego en la masculina mirada.

—¿Dudoso?

—Los matrimonios deben compartirlo todo ¿no? —la temblorosa mirada se dirigió suplicante hacia el matrimonio que se sentía en parte responsable de lo que estaba ocurriendo. Su diminuta amiga no supo qué contestar ya que ninguna respuesta arreglaría la situación.

—No pensé que…

—Eso es lo malo, Doyle Brandon.

Demonios, volvía a las andadas con el puñetero nombre y apellido.

—¡El qué!

—No hace falta gruñir.

—¡No gruño!

—Lo haces.

—No. Expreso mí…

—Mal genio.

—¡No tengo mal genio! Tengo carácter.

—Un geniudo carácter.

—Vale, puede que tenga algo de genio.

—¡Ja!

—Pero es que *tenemos* que casarnos.

—¿Ah, sí?

—¡Sí!

—¿Y eso quién lo dice?

—¡Tu padre!

—¡A mi padre le importo poco!

Eso dejó boquiabiertos a todos.

—Eso no es cierto, querida —la ternura inundaba de nuevo la grave voz. La iba a volver loca con sus cambios de humor y lo que ella necesitaba era tranquilidad y un marido sosegado, aburrido y bien humorado que hiciera lo que a ella le daba la gana.

—¡No me llames querida, Doyle Brandon!

El desquiciado hombre de los ojos transparentes la observaba como si quisiera asegurarse de que no le habían dado el cambiazo por otra mujer.

—De acuerdo, prometida.

—¡Tampoco eso!

—Julia, estás siendo difícil y me vas a obligar a recurrir a actos extremos.

—¿Me estás amenazando?

—No, querid…, Julia. Te estoy avisando con cariño y gentileza.

—¡Ja!

John y Mere se habían sentado en el sillón de dos plazas como si presenciaran una entretenidísima obra de teatro. Les faltaba cogerse de las manos y repantigarse.

Su pelirroja se mesó el cabello como si estuviera desesperada y habló, casi farfullando, en tono bajo.

—No eres ni soso, ni feúcho, ni blandengue.

Diablos, parecían llevar dos conversaciones paralelas sin conexión alguna. No sabía muy bien cómo contestar a la insólita frase.

—¿Gracias? —Dios, sonaba tonto y algo raro.

—¡No!, de gracias, ¡nada! Todo lo contrario. Yo quiero lo que siempre faltó en mi casa, complicidad, ternura y confianza. Que me escuches y me hables. Si no me lo das, no te quiero por esposo. No te quiero y prefiero que seas… ¡feo, flojo y blandurrio!

Sin una palabra más Julia se giró como una tromba sobre sí misma y con rapidez abandonó la habitación, dejando tras de sí a dos pasmados hombres y a una comprensiva mujer que la entendía demasiado bien.

—¿Qué demonios acaba de ocurrir?

Si la mirada de la diminuta mujer que permanecía sentada junto a su marido pudiera matar, estaría bajo veinte palmos de tierra fresca. La palabra que acababa de susurrar Meredith parecía, para su total confusión, explicar la súbita y extraña reacción de su prometida: *hombres*.

XI

No tardaron en localizar a otro de los agentes que formaban la unidad especializada creada para investigar el caso de los hermanos Bray. Les indicó el lugar en el que ocultaban al testigo y las intenciones anunciadas por Rob.

¡Estaba loco! Solo a él se le ocurriría semejante idea. Mezclar familia y trabajo. Al menos su padre se quedaba unos días en casa de Mere y John aprovechando la presencia de la abuela en la mansión.

En el viaje Stevens y él no cruzaron una palabra. Ninguno estaba demasiado contento con el reciente plan ideado por Rob para evitar que asesinaran al testigo que custodiaban. Desconocía cómo reaccionaría Stevens al enfrentarse a su amigo o si su condición de agente subordinado primaría sobre la de viejo amigo. Lo cierto es que tampoco le preocupaba demasiado. Bastante tenía con evitar estrangular a Rob en cuanto su rostro asomara por la puerta de entrada a la casa, mientras planeaba la mejor forma de trasladarse al lugar sin llamar la atención o sin que el canijo se le desmayara de la impresión. Los dos solos en la pequeña casa, en un espacio en el que continuamente coincidirían, se rozarían y tendrían que convivir excesivas horas al día, enfrentándose al jodido tumulto de sentimientos que llevaba intentando ahogar tanto tiempo. Una maldita pesadilla. Una jodida tentación. Su único alivio sería que algún otro agente se instalara con ellos, aunque fuera el petulante estirado sentado frente a él en el coche de caballos.

Ya llegaban y su mente comenzaba a formar las palabras que lanzaría al tontolaba en cuanto lo tuviera frente a él; la mayoría comenzaba por la misma letra: irresponsable, inconsciente, insustancial… ¡idiota! Debió contarle su inconsistente idea y lo hubieran debatido hasta sacárselo de esa cabeza que a veces parecía estar llena de plumón y no de una bien asentada sesera.

El barrio en el que vivían los Norris era de clase media, con vecinos comerciantes y en el que residían familias en las que más de un miembro formaba parte de la policía. Casas adosadas de dos plantas con pequeños jardines al frente de cada una, en donde era habitual encontrar ropa blanca tendida en los diminutos patios traseros, al escaso sol que relucía últimamente. Muy semejante a uno de los barrios en los que ellos mismos residieron hace demasiados años, antes de enriquecerse.

Rob era un hombre orgulloso y tenía derecho a serlo. Se había labrado un futuro como inspector y era un buen hombre. Su casa estaba ubicada en uno de los extremos de la fila de adosados y el diminuto y embarrado jardín bordeaba todo su lateral. Para separar el edificio de la carretera de tierra que pasaba bordeándolo, habían levantado una valla de tablones de madera pintados de blanco. Era un detalle hermoso en un barrio gris y en cierto modo desolador.

El coche paró y descendieron uno tras otro, pero nada más cruzar la pequeña y endeble valla, el corazón se le paró completamente. La pintada puerta de entrada a la casa estaba entreabierta y una mancha oscura contrastaba en el claro dintel. Parecía sangre. A la carrera llegaron en un segundo. La maldita entrada estaba manchada de sangre, aún fresca. Se miraron asustados y aferraron sus armas, con cuidado. En completo silencio. Se jugaban demasiado como para cometer cualquier error.

*****

Capítulo 3

Actuaron al unísono, pese al temor a lo que pudieran encontrar en el interior del silencioso edificio. Se sentía helado. Si le había ocurrido algo... No podía pensar, no ahora. Debía concentrarse. Debía, serenarse.

Stevens empujó con suavidad la puerta entreabierta, sin ruido que alertara a quien pudiera permanecer en la casa, de quedar alguien. Le hizo un firme gesto. Él recorrería el piso inferior y el superintendente, el superior. Desconocía si el hombre estaba familiarizado con la distribución del piso, pero en caso contrario tendría que improvisar. Pese a la luz del día, el interior permanecía en penumbra. Se separaron con lentitud. Stevens comenzó a ascender las estrechas escaleras ubicadas frente a la puerta hasta que lo perdió de vista. A él le tocaba el pequeño salón que hacía las veces de desordenado y caótico, pero luminoso, despacho. Rodeado de altos ventanales estos llenaban de luz el cuarto repleto de libros, mesitas bajas y tres sillones orejeros de oscura piel, mullidos y desgastados. La estancia que empleaban de almacén vendría después. Todas las malditas entradas, salvo la de la cocina, permanecían cerradas. Se aproximó a la puerta más cercana, la del salón. Desde el piso de arriba no llegaba sonido alguno. Era sigiloso el cabrón... Extendió la mano y abrió la puerta con un fuerte impulso. Si era necesario, clavaría el cuchillo en la garganta de cualquiera, en un segundo. No fallaba y menos si la vida de Rob corría peligro. Un nudo le atenazó la maldita garganta, pero lo ignoró.

No se escuchaba respiración ni sonido alguno que alertara de la presencia de alguien, solo los jodidos muebles volcados y cristales rotos esparcidos por el suelo. Una pelea. Maldita sea, alguien había peleado en esa habitación. Recorrió con la mirada cada rincón, los muebles, las paredes. Estaba revuelto pero no había sangre. Sacó lentamente el otro puñal. Seguían sin oírse ruidos en el piso superior pero eso nada significaba. Debía estar preparado para subir rápidamente en caso de resultar necesario. El corazón le bombeaba incansable en los oídos, intentó tranquilizarse. Debía acallar todo ruido, todo sonido que le distrajera, aunque le costara. No podía fallar. En el pequeño almacén todo permanecía en su lugar por lo que se aproximó a la cocina, la familiar cocina donde habían pasado demasiadas horas comentando diferentes casos policiales o simplemente tomando una copa al calor del fogón. Ahora veía la cuadrada y espaciosa estancia con otros ojos. Como un lugar amenazante e inseguro. Catalogó los puntos débiles, que dejaban sin resguardo a quienes se encontraban en ella y dejó de sentirla acogedora. Nadie. Recorrió la habitación con la mirada. Nada, hasta alcanzar la forzada cerradura que daba al patio lateral. La zona por la que habían accedido. En su mente reconstruyó la escena con claridad. Dos hombres. Los juegos de huellas indicaban dos pares de botas intrusas que se encaminaban directamente a la puerta de la cocina que daba a la entrada de la casa, hacia el salón. Dios, Rob se había descuidado al no haber situado agentes en los puntos débiles. El primer error. No aprendía, demasiado confiado, demasiado… Su mano aferró el puñal con suavidad, preparado para matar, pero no era el enemigo quien le acechaba, por lo que aflojó el agarre.

—Entraron por aquí —indicó al hombre que se acercaba, a su espalda.

—El piso de arriba está limpio.

Se giró hacia Stevens. Era sigiloso, muy sigiloso, y en este caso lo agradeció. Sus ojos captaron algo sobre la pulida y usada mesa situada en medio de la cocina, rodeada de cuatro robustas sillas. Una jodida nota. El tontolaba le había dejado una puñetera nota de aviso. Sintió la adrenalina recorrer su cuerpo y una mezcla de intenso alivio e impactante furia lo inundó. Estaba a salvo y entero o eso esperaba, al menos. Vivo, sin duda, y tan insensato como siempre. Dios, iban a comenzar a salirle canas a destajo, en cualquier momento, con los jodidos sustos que le daba. Había tenido que enamor… La puñetera frase quedó congelada en su mente y ese dolor que comenzaba a conocer demasiado bien surgió de nuevo para recordarle lo que jamás tendría al alcance de la mano. Podría rozarlo, sentirse tentado por ello, tanto que en ocasiones creía romperse por dentro, pero la realidad siempre terminaba por asomar su larga y amarga faz.

—¿Qué dice? —la urgencia se notaba en la grave voz del hombre situado tras él. Le pasó la garabateada nota, tras leerla de corrido. El hombre la leyó en alto y al tiempo que lo hacía resurgía en él ese enfado que no conseguía aplacar.

Peter:

Como imagino que aparecerás por aquí en cualquier momento, hemos tenido una pequeña, torpe e inesperada visita. Todo está bien. Repito, BIEN. Nos llevamos a dos engendros, algo vapuleados, de vuelta a comisaría. Creemos que son matones de los Bray. Casi seguro, aunque se niegan a hablar pese a "haberles preguntado amablemente".

En cuanto los deje a buen recaudo, me paso por vuestra casa. Convoca a todos. Al Club. Cosas que discutir.

Si ves a Clive, dile que todo está bien y que ya le contaré, en detalle. No preocupes a padre al comentarle lo de la reunión, ni a Doyle, ni a las mujeres. Sobre todo a estas.

Bueno, a nadie. Eso. Recuerda que el enfado es malo para la salud.

Estoy bien. Repito, BIEN.

Rob

Suspiró entre resignado y aliviado, y con voz de extremo sufrimiento preguntó.

—¿Ahora me comprendes?

—¿Qué estés algo obsesionado? —el humor en la voz del superintendente que había surgido al leer las dos últimas frases de la endemoniada nota, tintineó de nuevo, contundente. Él no le veía la gracia. ¿Acaso era tonto el superintendente? No lo parecía aunque ocasionalmente las apariencias engañasen.

—Yo *no* estoy obsesionado, sino interesado. No interesado en un sentido extraño, quiero decir, sino como *amigo* interesado en el bienestar de... ¡Esto es ridículo! Ni que tuviera que dar explicaciones.

Al observar su ceño, Stevens se alejó un par de pasos liberando un espacio más que necesario entre ellos, mientras alzaba las manos en señal de rendición.

—No lo estoy —la mueca del superintendente le molestó sobremanera— simplemente nos conocemos desde hace demasiados años como para permitir que todos mis extenuantes esfuerzos por protegerle, hayan sido en balde.

—Claro. Si tú lo dices…

Ignoró la sonrisa asomada a los labios del otro hombre. Dios, ya recordaba por qué lo odiaba. Necesitaba alejarse de él antes de perder del todo los nervios.

—Convendría que nos separásemos.

—De acuerdo. Yo me dirigiré a comisaría. Puede que Rob siga allí, empapelando a los dos tipos a los que han capturado. En cuanto redacte el correspondiente parte podrá acudir a esa reunión que menciona en la nota. No sé si quiero saber a qué se refiere con lo de la reunión y lo de las cosas que discutir, pero creo imaginar que tiene que ver con el dichoso Club del Crimen ese, que no niego que ocasionalmente nos es realmente útil.

Bueno, puede que no fuera tan odioso.

—Gracias.

—¿Por qué?

—Por no ponernos trabas.

—¿Y quién ha dicho que no lo vaya a hacer si os inmiscuís en exceso?

—Tu expresión.

La sorpresa se plasmó sin ocultarse al ojo ajeno, en el aniñado rostro, hasta que se relajó llegando a soltar una suave y agradable risa.

—Cuida de él en la calle que yo lo intentaré en comisaría, no vendría mal que alguien le hiciera sentar un poco la cabeza.

—Eso sería posible si me hiciera caso, lo cual sería tanto como pedir peras al olmo.

Por Dios, parecía una esposa gruñona deseando pillar a su cónyuge para ponerle los puntos sobre las íes. Demencial. Se le estaba yendo la cabeza y todo por culpa del alocado canijo que le sacaba de sus casillas. Solo le faltaba echarse a llorar a moco tendido, colocarse un moño bien estirado y ponerse a hacer punto, a la espera del maridito. ¡Joder! La imagen le dio escalofríos.

Se puso en marcha de sopetón, impaciente, tras despedirse del superior de Rob. Después de todo, quizá tuviera razón el canijo y no fuera tan petulante el superintendente. Solo algo listillo.

II

—Julia, cielo.

La voz surgió tras ella pero había estado tan ensimismada que no había sentido abrirse la puerta del cuarto en el que se había refugiado tratando de acallar ese miedo irracional que había surgido incontenible. Sintió el suave movimiento del colchón al hundirse bajo el peso de Mere tras acercarse a ella, sin movimientos bruscos, y quedar sentada al borde del lecho. Las gastadas zapatillas colgaban, sin tocar suelo, frente al ventanal a través del cual se veían caer los esponjosos copos de nieve, lentamente, hasta cubrir poco a poco el estrecho alero de la ventana. Le relajaba ver caer la nieve y sintió ganas de extender la lengua imaginando que alguno quedaba posado en ella y se derretía suavemente. Algo con lo que desde niña había disfrutado, tendida en la nieve cuan larga era, dibujando ángeles. Sabía que distraerse con esos pensamientos, era intentar evadir el inicio de la conversación que llegaba y que, intuía, Mere no iba a comenzar. Esperaría a que ella estuviera preparada, como si ello fuera posible ¿Cómo tratar de explicar lo irracional?

—No sé qué me pasó, Mere, pero de repente sentí que me ahogaba y un enfado descomunal hacía el mastodonte me superó.

—Imagino que ese mastodonte al que amablemente te refieres es nuestro Doyle.

—Le estás cogiendo cariño ¿verdad? Si no, no emplearías términos posesivos.

—Yo no hice eso —refunfuñó Mere

—Acabas de hacerlo.

—¿Un pequeño lapsus sin importancia?

La miró enarcando las cejas hasta el infinito.

—Vale —reconoció entre protestas Mere— puede que me agrade el hombre —Julia arqueó otro poco más la ceja derecha—. De acuerdo, me gusta mucho y me recuerda algo a mi John. Es claro y directo, grandote, aunque algo bruto, honrado, trabajador, bueno, y muy, pero que muy, muy, muuuy guapo. Esos ojos son alucinantes.

—Y yo fea, descomunal y mis ojillos son de color barro.

Ya estaba dicho. Sus tontos miedos salían a la superficie como si una gigantesca burbuja los hubiera empujado desde el fondo del lugar donde se ocultaban con terquedad. La figura aposentada a su lado suspiró sonoramente. Tenía todo el aspecto de una maestra preparándose para dar inicio a una lección inolvidable.

—La belleza y la fealdad están en el ojo de quien mira, Julia, no lo olvides. Mí John me ve como a Cleopatra. ¡A mí! Y el pobre no se da cuenta de que Cleopatra era una belleza entre las bellezas y debía pesar cuarenta libras menos que una servidora. Él me cree hermosa y ¿sabes algo?, no pienso discutírselo. Creo que a Doyle le ocurre lo mismo contigo.

La risa genuina que surgió de la pequeña e inquieta figura sentada a su costado, se le contagió.

—¿Y si se arrepiente?

—Sería tonto.

—¡Mere!

—No. Sería tonto de baba. Eres una buena mujer, Julia. Una buena mujer y quizá eso mismo sea lo que ha visto en ti. Tu bondad. Puede que sea lo suficientemente inteligente como para no dejar pasar ante sus ojos un verdadero tesoro.

—Nunca he estado con un hombre.

—Yo sí.

—¡Mere!

Una pequeña mano cubrió las ligeramente más grandes, que enlazadas se retorcían sin descanso y siguió hablando.

—Si os queréis será maravilloso. No imagino compartir tanto con un hombre sin amarle, por lo que si te casas hazlo porque le quieres, Julia, porque no puedas imaginar tu vida sin él y cásate convencida de amarle.

—¿Cómo estar segura de…?

—No puedes. Hasta el último segundo tuve, no dudas, sino pánico en plena ebullición. Incluso me dio por pensar que podía llegar a tener trillizos o cuatrillizos y ello puede constituir una horripilante pesadilla en toda regla.

—¿Entonces?

—Mi madre me dijo que me callara y me dejara de bobadas, así que le hice caso.

Julia notó cómo el pasmo se le instalaba en el rostro.

—A voz en grito me dijo algo así como *bobadas, las justas y a tirar para adelante*. Tan simple como eso. Por una vez en la vida, le hice caso y descubrí que las madres tienen más seso de lo que parece.

La imitación medio gangosa que le salió a Mere de su propia madre borró de un plumazo la angustia que le invadía la boca del estómago. A punto estuvo de abalanzarse sobre Mere y achucharla, pero el miedo a asfixiarla o quebrarle algún huesecillo la contuvo. Pero nadie iba a impedirle…

—¡Señorita Mere, señorita Mere!

Era imposible hacer planes. Alguien gritaba desaforado y por los pasos que repiqueteaban se aproximaba a buena velocidad por el ancho pasillo, en dirección al cuarto en el que la habían instalado. Para cuando llegó el vociferante intruso, las llamadas se habían alternado entre sofocados avisos hasta roncos berridos, pero si la escalada seguía su curso, los siguientes serían chillidos a pleno pulmón, por lo que ágil como una ligeramente entumecida gacela, Mere se acercó a zancadas a la puerta y la abrió topando de frente con una joven doncella que parecía a punto de desgañitarse con la boca abierta de par en par y la campanilla a plena vista.

—Lily, por Dios, te va a explotar una vena.

—No se preocupe señorita, soy robusta.

—Es bueno saberlo pero a veces el silencio es aceptable. Un día te puedes hacer daño en la garganta. Irritarla y esas cosas…

—Claro, señorita —los segundos transcurrían y la chillona chiquilla no abría la boca. De repente estaba muda, como si debiera cumplir literalmente con lo indicado.

—Pero *no* ahora, Lily.

—Claro, señorita.

Y seguía… ¡sin hablar!, mientras los colores le subían por los redondos mofletes, los ojos enormes y los labios temblorosillos. Algo la mar de raro le estaba pasando, por lo que ella también se levantó con rapidez de la cama y se dirigió hacia la puerta donde permanecía Mere mirando asombrada, sin saber qué decir, a la criatura que, llorosa, miraba obsesivamente la pared con las manos cruzadas a la espalda y balanceándose de izquierda a derecha como un bolo inestable.

—Lily, criatura…

Los suspiros se tornaron repentinamente lloros desconsolados, con hipidos entrecortados incluidos, sobresaltando a ambas, mientras la joven se enjuagaba cada dos segundos los chorretones con la manga del vestido.

—Lily, hija, me estás… —Mere no parecía encontrar la palabra acertada para la situación.

—Asustando mucho —terminó Julia por ella.

—Eso. No llores, criatura que no pasa nada, por chillar un poco no te vas a quedar muda ni…, nada de…

Los sollozos se convirtieron en un llanto acongojante mientras intentaba soltar palabras incomprensibles entre hipo e hipo.

—Es que… —hipó de nuevo y se restregó la cara— se me olvidó lo que tenía que decir, señorita y era… urgente —una fresca oleada de lloros brotó junto con un par de berridos burbujeantes y babeantes.

—Julia, ve a por Rosie, por favor —lo siguiente intentó susurrarlo— que esto me supera. Si no la paramos se nos va a deshidratar o peor aún, a desmayar.

Gracias a los cielos y al hermoso volumen de voz de la jovencita que recorrió todos los rincones de la mansión, no fue necesario acudir en busca del rescate ya que este se presentó de sopetón en la forma de la gentil Rosie y tres muchachas asustadas por el escándalo. Casi a rastras se llevaron a la joven que seguía intentando hablar, mientras Mere repetía una y otra vez que un té todo lo curaba, incluso las pérdidas de memoria. Ello solo logró un nuevo arrebato incontrolable de llanto, al tiempo que Rosie se volvía hacia ellas y les informaba, con cierta inquietud reflejada en la habitualmente tranquila faz, que algo urgente había ocurrido y que habían atacado a unos de los jóvenes señores que solían visitar la mansión. El corazón le dio un vuelco.

En cuanto Julia escuchó esas palabras algo extraño le recorrió el cuerpo. Sintió tal opresión que creyó que se le paraba en ese mismo momento. Notó un mareo y solo pudo susurrar el nombre de Mere mientras apoyaba la mano en el marco de la puerta para afianzarse.

—¿Mere, me lo han herido?

Un regordete y cálido brazo le rodeó la cintura hasta que recuperó el equilibrio.

—¿Qué me ha pasado?

—Creo que casi te desmayas.

—Yo nunca me desmayo.

—Eso díselo a tu cuerpo, a ver si te hace caso.

—¿Le han atacado?

Mere no le contestaba.

—¿Mere?

La preocupación mantenía totalmente callada a su habitualmente parlanchina amiga y eso era una mala señal. Una nefasta señal.

—No nos adelantemos a los acontecimientos ya que desconocemos lo que ha podido ocurrir. Lo mejor es bajar y que la abuela nos dé más información.

Renqueantes descendieron los millones de escalones que parecían alejarlas de la fuente de información, hasta que los últimos los descendieron prácticamente de dos en dos. Se estaba poniendo histérica, y ella no se desquiciaba y menos por el mastodonte. Una espeluznante imagen brotó de la nada y se acomodó, como si de un dibujo congelado se tratara, en su descontrolada imaginación. El hermoso rostro del hombre que había creído odiar, ensangrentado. Las tripas se le revolvieron. Necesitaba parar un segundo. Solo un momento para que las náuseas cesaran.

—Mere, espera.

—¿Julia?

—Un segundo. Creo que le quiero...

—¿A quién? ¿Al mastodonte?

Se echó a sollozar como una loca aventada, dejando completamente patidifusa a Mere.

—Dios mío. Lily te ha contagiado la enfermedad esa del lloro.

Los sollozos pasaron a sonar desgarradores. Mere la sujetó firmemente de la mano, tirando de ella sin darle opción a protestar, mientras musitaba un *suenan a rebuznos,* y traspasaban el umbral ante los ojos comprensiblemente desorbitados de la abuela cuya taza de té había quedado congelada rozando sus labios. De un empujón Mere la sentó junta a esta, derramándole del susto algo del caliente líquido por la pechera del elegante vestido. Ni aún así reaccionó.

—Abuela, ¡reacciona, rábanos!

Los claros ojos se apartaron de la aturullada figura sentada a su costado y con los labios vocalizó la pregunta del millón, ¿se nos ha chalado?

—No abuela, simplemente está un poco sensible con lo del compromiso, y la sensación se acaba de acrecentar con las noticias que nos ha intentado dar la joven Lily.

—¿Otra vez se ha puesto a llorar la chiquilla?

—Ajá.

—Dios mío...

Tras mirar de soslayo la pelirroja cabeza desde la que emanaban continuos y variopintos suspiros entremezclados con algún suave graznido o rebuzno, no estaba muy segura, Mere no pudo aguantar la incertidumbre.

—Abuela, ¿qué diantre ha ocurrido?

—Acaba de llegar una breve nota de Peter Brandon, pero Edmund ha salido espiritado hacia el despacho de John, olvidándose de mí por completo, por lo que he optado por tratar de asentar el estómago con algo caliente antes de que vuelvan con las malas noticias.

—¡No tienen por qué ser malas!

—Hija, sé realista y recuerda nuestro historial de ataques y secuestros durante los últimos meses.

Un sudor frío cubrió el cuerpo de Julia mientras escuchaba la conversación que mantenían Mere y la abuela Allison. Se le había olvidado que estaban gafados.

III

Sentía la mandíbula desencajada, el costillar algo tocado y una herida, superficial pero molesta, le recorría desde la clavícula hasta el esternón. Desde luego, los tipejos que los habían asaltado eran torpes pero mantenían afilados sus cuchillos. Flexionó el puño derecho. Tenía los nudillos hechos puré y se le estaban inflamando por momentos.

Apenas habían obtenido información pero ya estaban indagando sobre la identidad de los dos hombres. Su única maldita duda era si habían asaltado la casa con la intención de liquidar al testigo que le había tocado en suerte mantener vivito y coleando o si también habían ido a por ellos. No le gustaban las palabras que había soltado uno de ellos, nada más posar la mirada en él: *más sencillo y limpio*. No conseguía olvidarlas y estaba convencido que las había pronunciado mientras le miraba. Algo en el maldito caso había comenzado torcido y no tenía aspecto de ir a enderezarse en el futuro más próximo.

Esperaba que Peter hubiera leído la nota y actuado como le había pedido. Apenas recordaba con exactitud lo escrito ya que casi lo había garabateado por las prisas. Lo que tenía claro era lo de la convocatoria de reunión del Club.

—Jefe.

Levantó la vista del papeleo originado con la captura de los dos idiotas ineptos que le habían destozolado la camisa con la cuchillada, ¡con lo que cuesta la ropa hoy día!

—Acaba de llegar el superintendente y pregunta por usted.

Genial. Clive. Llevaba buscándole un buen rato y nadie parecía saber en concreto por dónde andaba el hombre. Era un tanto extraño, pero con Clive todo era posible. Un alma independiente e inquisitiva, y un gran amigo.

Firmó el parte, lo entregó en registros, y se encaminó al despacho escaleras arriba. Llamó suavemente con los nudillos, lo que le provocó una dolorida mueca, se miró la desgarrada camisa y accedió tras escuchar un ¿gruñón?, *adelante*. Apenas tuvo tiempo para sentarse. Los grises ojos cayeron derechos en su pecho.

—¿Qué te ha…?

—Llegaron armados hasta los dientes y en la pelea la ropa terminó algo… —se observó su propio pecho que se entreveía con cada movimiento— rasgada.

—¿Estás herido?

—Algo dolorido, pero nada que un buen descanso no cure.

Los perspicaces ojos de Clive lo recorrieron de arriba abajo y pareció quedar medianamente satisfecho.

—Cuenta, en detalle.

¿Qué demonios? No se lo podía creer.

—¿Leíste la nota?

—No lo dudes, justo al lado de un gigante enfurecido al que no quisiera por enemigo.

—¡Joder!

—Nunca mejor dicho. Amigo mío, no quisiera estar en tu pellejo.

La grave voz de Clive resonaba con diversión no camuflada. Alzó los ojos entrecerrados. Sonaba fatal.

—¿Estaba enfadado?

—Nooo, solo le palpitaban, completamente desbocadas, varias venas por las zonas visibles del cuerpo, y la nota casi arde por combustión de la furia que emanaba de él.

—Pero, ¡si le dejé la nota para que no se preocupara!

—Pues creo que la referencia a que el enfado no es saludable, le sentó a cuerno quemado.

Se dejó caer del todo en la silla y se cruzó de brazos, como un crío ante una regañina, ocasionando que el hombre sentado tras la mesa del despacho apretara los labios, aguantando la traicionera sonrisa que notaba crecer en su expresión. Quizá fuera mejor distraerle y nada como el trabajo para lograrlo.

—Cuéntame, Rob.

—Creo que fui algo descuidado ya que…

—¿No me digas? ¿Tú?

—No hace falta ser tan irónico ¿sabes?

—Es innato. Sigue.

—Ya que no llevé suficientes hombres para cubrir todos los accesos a la casa. Debí hacerlo si hubiera tenido en cuenta lo difícil que es nuestro peculiar testigo y toda la atención que requiere de continuo.

—Vamos, que sigue sin dejarte en paz.

Gimió desesperado.

—Me supera, Clive. Completamente. Me tiene defenestrado física y mentalmente. No me deja en paz. Haré lo que sea, patrullar horas de más, rellenar papeleo, montañas de papeleo. Solo aléjame de esas garras.

—¿Sigue igual o ha empeorado?

La mirada azulada expresaba con claridad la respuesta a la pregunta.

—Pues lo siento, amigo pero eres tú o nadie. No testificará si le asigno otros agentes de custodia.

Los anchos y definidos hombros de Rob se desinflaron como un pastel poco hecho.

—Va a acabar conmigo. No me quita el ojo de encima.

—No será para tanto. Además, ten en cuenta que a partir de mañana vas a tener un compañero y pagaría por ver el encuentro entre esos dos.

—¿Eh?

—Dios, pagaría por verlo.

No se le había ocurrido. Peter y el testigo. Diablos, iba a arder Troya.

IV

Ya había logrado templarse cuando Norris y John entraron en la sala, después de convencerse, tras una buena sesión de sentido común y autocontrol resquebrajada únicamente en dos cortas fases debido a una tonta flojera, que estaba dejando volar la imaginación como una completa enajenada.

¿Era posible que se estuvieran reblandeciendo sus bien erigidas defensas? Un buen leñazo en la frente. Eso era lo que había sentido al creer que Doyle podía estar herido, lo cual solo podía significar que le importaba un poquito. Estaba aterrada, patidifusa, y no quería volver a verle y menos a besarle. Tenía que olvidar la oleada de calor que le había subido desde la planta de los pies hasta los labios, esos labios que el muy bruto le había devorado como un salvaje.

—Nos esperan en media hora. La nota apenas da información salvo que conviene que nos reunamos con urgencia.

Distraerse, eso era lo que necesitaba. Distraer la mente y evitar que divagara.

—¿Qué dice?

John desdobló el pequeño papel.

—La manda Peter. La leo literalmente: *Rob tiene problemas. La ha liado, para variar. Os agradecería que nos reuniéramos a las cuatro de la tarde en nuestra casa. Saludos afectuosos. Peter.*

—¿Nada dice de Doyle?

Viva la distracción planteada hace unos segundos. Su fuerza de voluntad era inexistente, diantre. Daba pena…

—No, ¿por qué?

Los verdes ojos de John se clavaron en ella intrigados y después se desviaron hacia su mujer. Algo debió leer en ellos ya que al volverse su expresión era pícara, muy pícara.

—Dejaremos un aviso a los hermanos de Mere en su casa, de camino, para que se acerquen y se vayan incorporando a la reunión en cuanto les sea posible.

Todos se sentían inquietos pese a tratarse de una sensación conocida en sus vidas, pero Norris estaba realmente pálido. Su único hijo de nuevo con problemas. El último medio año les había costado ajustarse a los cambios y ello les había pasado factura. A todos ellos, pero Rob sufría de pesadillas, apenas dormía, y no se abría para contarle lo que le ocurría. Lo peor era que se estaba distanciando y él se sentía incapaz de remediarlo. Su última y desesperada opción era un enorme hombretón, envuelto últimamente en grandes dosis de mal genio, que desde niño había sido el mejor amigo de su hijo; y lo cierto era que había agotado las restantes salidas. Totalmente agotadas. Le quedaba Peter y su brutal honestidad.

Había que moverse o llegarían tarde; y necesitaba posar la mirada en su descalabrado hijo, al menos para asentar su viejo corazón en su pecho. Se abrigaron y arremolinaron en la amplia entrada mientras Mere dejaba una breve nota para sus hermanos, y de inmediato ascendieron al coche de caballos, iniciando el camino hacia la casa de los hermanos Brandon.

Algo en la entrada a la sencilla mansión calmaba los sentidos de Julia y le recordaba a los hermanos. Seria, sencilla, robusta, sin demasiados ornamentos que desviaran la atención de las suaves líneas, pero elegante. Rodeada por un muro que ocultaba a la vista un verdadero tesoro, un maravilloso jardín cuyo césped estaba oculto a la vista por una hueca manta de nieve. Le encantaba ese jardín, le relajaba inmensamente. Tan pronto el carruaje paró su movimiento, la gruesa puerta principal de doble hoja se abrió de par en par, perfilándose a contraluz la inmensa e imponente figura de Peter dándoles paso al cálido interior. No esperaron a que les indicara, ya que conocían de sobra el camino. Ninguno podía indicar la razón pero tendían a reunirse en la casa de John y Mere o en la de los hermanos. Estos habían llegado incluso a modificar la distribución de los muebles para que los mullidos sillones rodearan una verdadera joya de marquetería en forma de mesita baja en la que casi siempre estaba dispuesto un servicio de té para servirse cada uno a su libre albedrío.

Las palpitaciones del corazón se ralentizaron al no encontrar en la habitación al hombre cuyos labios seguían invadiendo su mente. Esos labios. Ya estaba poniéndose nerviosa de nuevo. Tenía que parar antes de volverse grana del todo. Mere hizo la pregunta que le inquietaba.

—¿Doyle?

—Baja en un momento. Ha subido al piso superior, pero en seguida estará aquí.

Tenía un rato para sosegarse.

—Ya estoy de vuelta.

El sosiego al carajo, por Dios. Vale, actuaría como si no estuviera. Ni olerle, ni mirarle, ni siquiera de reojillo…

—Hola, querida ¿sigues enfurruñada conmigo?

Ignorarle, también al garete. Asco de día. Todo le salía torcido. Y el mastodonte carecía totalmente de delicadeza. Comenzaba a dudar que hubiera estado con tantas mujeres como había indicado, salvo que las hubiera espantado a todas con ese incorregible descaro. Eso sí que lo veía más que probable.

—No, bueno, sí —no pudo evitar el puchero que asomó en sus labios.

—¿Quieres volverme loco antes de contraer matrimonio?

—¿Te olvidarías entonces de nuestra dichosa boda?

—Lo dudo. Tengo fijación con la idea y soy terco.

Le había ido a tocar en suerte uno de los hombres más tozudos sobre la faz de la tierra. Ella y su torcida suerte.

De soslayo se dio cuenta de que Norris giraba constantemente la cabeza hacia la entrada a la espera de que apareciera su hijo, por lo que no era el momento para mantener una conversación medianamente seria con su prometido. Tampoco a este le pasó desapercibida la angustia del anciano.

—Si te parece, querida, me agradaría que habláramos a solas tras la reunión. Me gustaría mucho…

Esa voz grave había adquirido un tinte extraño, algo más ronca y susurrante, sensual, grave. Le estaba poniendo el cabello en punta. Asintió porque necesitaban hablar y no podían posponerlo más. Ni podían ni debían, pero él planeaba algo. Casi podía olerlo. El estómago se le llenó de mariposillas revoloteando inquietas.

El repiqueteo en la puerta que todos llevaban esperando unos cuantos minutos causó diversas reacciones en los presentes. Tensión, premura, intranquilidad, enfado. Lo que nadie esperaba era el aspecto desaliñado del hombre que cruzó la puerta. El bajo de una de las perneras del pantalón aparecía rasgado y vestía un chaquetón que a la legua se apreciaba que le quedaba ancho, como si se lo hubieran prestado. El rubio y leonado cabello, rebelde como era habitual en él, estaba desordenado, lo que le daba una inmensa viveza provocando ganas de hundir las manos en esa melena que rozaba el cuello del abrigo y que quedaba despejada del rostro, curvando sendos mechones tras las orejas. El rostro de rasgos finos y apuestos también estaba algo tocado. Un pequeño moratón comenzaba a perfilarse a un lado, las ojeras se marcaban bajo los impactantes ojos azulones y entrecerraba los ojos como si estuviera soportando un dolor de cabeza de caballo. Se le notaba agotado.

Entró con paso cansino y, ensimismado, posó la azul mirada en cada uno de las personas que, expectantes, esperaban a que hablara.

—¡Nos pueden salir canas con las ganas que nos traes, Rob! —Peter estaba tenso, sentado frente al único sitio que permanecía vacante— y otra cosa, después de terminar la reunión, ya hablaremos tú y yo.

La brusca exclamación y los inquietantes planes expuestos por Peter tras finalizar la reunión sacaron a Rob de su pasmo.

—Es complicado, así que no me agobies, Pete. Todos sabéis que llevo un par de meses con un caso, el de los hermanos Bray —con aire ligeramente derrotado se ubicó junto a su padre, en el lugar que habían dejado libre para que lo ocupara.

—Sí. Nos adelantaste algo de información el otro día.

—Bien. Allá va el resto en lo que a mí respecta —dudó un segundo apretando los puños—. No es una historia de ensueño, sino brutal. Parece una maldita pesadilla…

Era un aviso.

—Entonces comienza desde el principio —aventuró Doyle.

Los azulones ojos dudaron un segundo.

—Faltan los hermanos de Mere…

—He dejado aviso para que vengan en cuanto les sea posible —indicó esta.

—De acuerdo. Estamos hablando de un clan criminal y de los peores. Los hermanos nacieron en la ciudad y la conocen al dedillo. Tienen actualmente treinta años, Roland, y treinta y dos Rupert. Ya os adelanté algo sobre ellos...

—¿Quién es el testigo que custodias? —la grave voz de Pete estaba llena de impaciencia.

—A su tiempo —si las miradas hablaran el vapuleo verbal hubiera sido de impresión—. Los hermanos estuvieron en el ejército en su juventud, pero salvo generar problemas y confrontaciones, poco hicieron. Incapaces de someterse a las órdenes de los superiores les expulsaron de filas y comenzaron a hacerse un nombre en los bajos fondos de la ciudad. Un sangriento nombre. Aceptaban encargos para liquidar a personas, pero son listos, muy listos, y salvo unas breves incursiones en la cárcel, las autoridades carecían de pruebas para incriminarles.

—¿Por qué? —la suave pregunta provino de la callada Jules.

—Porque se encargaban de asesinar, amenazar o coaccionar a los testigos y funcionaba demasiado bien. Creo que en esa época fue cuando Rupert, el mayor, se aficionó a la sangre, a derramar sangre.

No se oía ni el revoloteo de una mosca, ni un mínimo movimiento. Paró un momento y se levantó del sillón para servirse un fondo de licor en un precioso vaso de cristal tallado. Tras darle un sorbo comenzó a pasearse por la sala.

—Hijo, me estás mareando. Vuelve al sitio, anda.

—No. Déjale, necesita moverse —las sorprendente palabras brotaron del oscuro hombre que parecía guardar en su interior un volcán mientras observaba con fijeza a su mejor amigo—. Sigue —indicó Peter.

Una pizca de ternura invadió la gélida mirada de Rob.

—En una de sus cortas visitas a su hermano en prisión, Roland, el menor y el cerebro de los Bray, hizo amistad con el cabecilla de una de las bandas con mayor arraigo en los fondos de la ciudad. Albus Drake, líder del clan de los Drake, que dominaba el West End de Londres. Por lo que sabemos le salvó de recibir una cuchillada de otro reo. En agradecimiento Drake le cedió la dirección del Diamond Barn y, poco a poco, Bray se fue haciendo con el liderazgo de la banda hasta que a día de hoy se ha convertido en el indiscutido cabecilla. Los suyos le adoran, las otras bandas le temen y odian, pero es con el clan de los Thompson con quienes tienen declarada una guerra abierta y cruenta.

—¿En qué sentido? —preguntó Doyle.

—Las cosas han cambiado. Antes los miembros de las bandas, de las principales, respetaban y se alejaban de los civiles. Evitaban bajas ajenas a la guerra. Ahora, se ha abierto la veda. Llevamos cuatro muertos, entre ellos una niña, que nada tienen que ver con la lucha salvo el haber tenido la desgracia de plantarse en medio de una confrontación.

—¿Cómo tenéis pensado pararles?

—Estamos barajando dos vías. La primera ante los tribunales y la otra infiltrándonos en la banda.

—No me gusta.

—¡No tiene que gustarte, Pete! Es lo que tenemos, ni más ni menos —se notaba por el tono de voz que estaba exhausto, cansado y desilusionado.

—Tranquilidad, chicos —la nota apaciguadora la puso Doyle— ¿Quién es ese testigo al que se refería Peter?

Antes de continuar, Rob se sirvió, en esta ocasión, una buena cantidad de fresca agua.

—Es difícil llegar a determinar el alcance de los tentáculos de las bandas. Tienen en sus filas comerciantes, médicos, banqueros, contables, incluso creemos que policías. Malditos policías corruptos. La pasada Navidad nos informaron de una trifulca en el Club Astor. Al parecer un asalariado del clan de los Thompson, el clan contrario a los Bray, un banquero idiota e insensato llamado Hamilton, George Hamilton, insultó a Rupert Bray.

—¿Qué le dijo?

Las palabras que susurró Rob, apenas fueron perceptibles.

—¿Qué?

—Gordo hilarante.

—Repite eso —la sorpresa expresada por la voz de Doyle se vio reflejada en los rostros que lo rodeaban.

—Sé que es ridículo, pero ese *gordo hilarante* abrió la veda para una de las guerras de bandas más sangrientas de los últimos años. Veréis, Rupert Bray es casi igual de inteligente que su hermano menor, pero disfruta causando dolor. Estimamos que ha podido llegar a asesinar a ocho o diez personas, y no hemos conseguido ni un maldito testigo hasta ahora.

—¿Quién?

—Demonios, Pete. Espérate.

—Lo haces a propósito.

—¿El qué?

—No contestar a esa simple pregunta.

—Claro, vivo para fastidiarte. Es mi mayor ilusión, enfadar a mi mejor amigo.

—Vale, hombre. Mira que estás picajoso hoy. Ya lo he captado. Tendré un poco más de paciencia, pero no demasiada.

—Por supuesto, eso sería impensable —los azulones ojos no se apartaban de los negros, profundos, y estos tampoco apartaban la mirada, hasta que un fuerte carraspeo les hizo volver a la realidad.

—Se me ha ido el hilo, demonios.

—Estabas con Rupert Bray… —la sonrisilla que exhibía Peter al indicarle dónde había dejado a medias el tema, hizo que el hermoso rostro se volviera impresionante e incluso todas las mujeres que estaban en la sala suspiraron sin poder evitarlo, recibiendo a continuación miradas sulfúreas de sus respectivos esposos, prometidos o parejas—, el sádico.

—Eso mismo —Rob se humedeció los suaves labios con la lengua ocasionando que el hombre que hasta hacía un segundo mostraba una provocadora sonrisa en los suyos, la borrara de golpe y tragara saliva sin que él se diera cuenta—. Es extremadamente peligroso y de reacciones totalmente imprevisibles. Sabe luchar y le gusta pelear. Es una de sus malditas aficiones y machaca a los contrarios. Una de las opciones que nos planteamos es tratar de infiltrarnos en el circuito de peleas clandestinas, pero ya llegaremos a eso. Como consecuencia del torpe insulto del banquero a Rupert, el mayor de los Bray, se inició una lucha que está en su momento más álgido. Han sido asesinadas numerosas personas en ambos bandos, se ha torturado, y por cada endemoniada muerte se ha respondido con venganza.

—¿No podéis hacer algo? Redadas o cualquier…

—En lo que va de mes llevamos tres redadas pero no logramos nada, absolutamente nada. Tenemos que soltarles ya que carecemos de prueba alguna. Nadie habla, bien sea por lealtad, por temor, o como consecuencia de amenazas. Estamos como al principio salvo en una cosa…

—¿El testigo?

—Sí Pete, sí. Me refiero al testigo al que tanto cariño pareces haber cogido.

De nuevo esa turbadora sonrisa en labios de Peter, dirigida conscientemente al hombre que le hablaba. Los ojos azulones parecían trabados en los carnosos labios, y los negros ojos de Pete recorrían con una expresión indescifrable el rostro del hombre que por inercia había quedado a unos pasos de distancia.

Se quedó observándoles desde el sitio que ocupaba junto a Mere y comenzó a jugar con uno de sus rojos mechones para tranquilizarse. Ahora lo entendía todo. Las peleas, las pullas que se lanzaban, la animosidad que parecía flotar entre ellos mezclada con una ternura que en ocasiones no podían esconder. Desvió la mirada hacia su Doyle preguntándose si este se habría dado cuenta de que su hermano menor quería a su mejor amigo. Sí. Lo sabía. Esa mirada entre afectuosa y dolida no podía ocultar que estaba al tanto. Por un breve momento le preocupó que se opusiera por puro convencionalismo. Le entraron ganas de gritarle que cualquier forma en que llegara el amor debía abrazarse, nunca rechazarlo, que eso dejaba una cicatriz imposible de curar. Que ella lo sabía de primera mano, que no los rechazara por ello, que lo que sentían era una bendición y no un pecado. Sentía la necesidad de decirle tantas cosas. Sorprendentemente no fue necesario. Los plateados ojos se desviaron de las dos figuras que seguían vueltas el uno hacia el otro, cerca, muy cerca y se clavó en la suya. Lo sabía y le daba la bienvenida…

Ello le hizo darse cuenta de que el hombre con el que seguramente iba a casarse tenía un caparazón duro, muy duro, pero un interior tierno, increíblemente tierno, y algo dentro de ella se rompió. El miedo, la duda, la aprensión desapareció como por ensalmo, dejándole un sentimiento de pura ternura por el hombre que aceptaba a su hermano con todas las consecuencias, que aceptaba el amor en la forma que este adoptara. Un hombre que valía la pena, aunque la enfureciera.

V

Se lavó las manos de nuevo. Era su ritual, así las purificaba y su alma volvía a estar limpia. Las extendió y estudió las palmas y el dorso de estas. Con ellas mataba y tras limpiarlas, las saneaba, convirtiéndolas en una herramienta mejor. Puras, eficaces, fortalecidas. Sonrió entre dientes. Él no era un asesino como intentaban definirle sus enemigos. Borraba de las calles la inmundicia, eliminaba sin piedad la suciedad que no tenía cabida en su mundo, en su territorio. Él decidía quién merecía vivir, quién debía morir.

Miró el reloj situado en la esquina del sombrío y espartano cuarto que solía emplear cuando deseaba distanciarse del mundo. Su refugio. Allí nadie, salvo su hermano Rupert, le localizaría. El lugar alejaba a los intrusos. Un exterior destrozado y un interior que tenía para él un efecto extremadamente calmante. Se aproximó al catre apoyado contra la pared. Comenzaba a sentir frío estando desnudo. Frotarse con un trapo para eliminar los restos de sangre y otros fluidos le vigorizaba, le gustaba, le satisfacía, era el momento de recordar los gritos, las súplicas de los insectos que lloraban sin darse cuenta de que sus ruegos le daban asco y que ello solo incrementaba su necesidad de limpiar, de borrar sus sucias facciones, de hacerles desaparecer. Él mandaba…

Deslizó sendas manos por el cabello negro, espeso, y se acercó al espejo de cuerpo entero, la única señal de vanidad que se permitía en la asolada habitación. Se observó con detenimiento, satisfecho. No le extrañaba que le adoraran. Su cuerpo era perfecto, de líneas increíblemente bien definidas, musculoso y proporcionado. Su rostro acompasaba a la perfección ese hermoso cuerpo. Le dio pena ocultarlo con los ropajes. Era un regalo para los ojos. Terminó de vestirse sin distracciones. Tras aferrar la vasija y los trapos que habían arrastrado consigo la suciedad que impregnaba la piel de sus enemigos, abandonó el cuarto cerrándolo con llave. Dentro tenía sus tesoros guardados celosamente. Las ofrendas de su gente por protegerles, por guiarles, por permitirles seguirle. Eran un regalo para la persona que se hiciera merecedor de ellos, para ningún otro. Entonces se daría cuenta de lo que valía, de lo que era en realidad. Ella los apreciaría. Estaba seguro. Era la única que estaba a su nivel, tan especial. Estaba excitado. Los gritos de sufrimiento siempre le causaban ese efecto, pero ahora no debía, no después de purificarse. Ahora era el momento de emplear la mente, no sus instintos. Quedaba pendiente la reunión para tratar del tema que no conseguían cerrar. Nunca mejor pensado, cerrar la boca de la persona que se interponía en sus planes, de la única persona que no se iba a dejar comprar ni amedrentar.

Cometieron el error de equivocarse. Era hora de rectificarlo…

VI

Al volver de su mundo particular de ensueño la reunión había degenerado en un completo alboroto. Peter gruñía e informaba, según él, en términos muy claros, que Rob no tenía capacidad para infiltrarse como luchador en el circuito de peleas, que los mejores candidatos eran ¡Doyle o él mismo! Rob le contestaba, según él, de manera aún más clara, que haría lo que le viniera en gana. Mere opinaba que era mejor planear que pelear y su marido le refutaba diciéndole que la sensación de un puñetazo bien dado en el momento oportuno causaba gran satisfacción. Su pequeña esposa parecía a punto de explotar mientras le miraba y decía en voz baja que se olvidara de la tonta idea de las compras que se le había metido en su terca mollera. Norris padre hablaba de que era suficiente con dos sustos al mes, confirmándolo la abuela enérgicamente con la cabeza, y Jules parecía estar rezando por el bienestar de todos. ¡Se había perdido un buen cacho de conversación!

—¿De qué habláis?

Todos los rostros se dirigieron hacia ella.

—Querida, comienzas a preocuparme…

—Oh, cállate, Doyle Brandon. Me despisté pensando.

—¿Me dirás en qué? —esos ojos plateados brillaban ¿Estaba intentando ablandarla?

—No.

—¿No, nunca; o no, por ahora?

—No, ni en tus más dulces sueños.

—Dios, tienes una vena malvada.

Soltó una traviesa risilla y juraría que un escalofrío recorrió al impresionante hombre que no le quitaba la vista de encima. Ella se lo causaba y eso le encantaba.

La puerta se abrió y accedieron al cuarto tres hombres demasiado apuestos para su propio bien. Siempre que alcanzaba a verles se quedaba boquiabierta. Los hermanos de Mere. Desde que los conoció la habían encandilado al cuidarla como si fuera su propia hermana. Con Jules habían tratado muy poco, pero con ella habían coincidido tanto como para tratarla como a un familiar más, y era entendible. Huía del pobre ambiente familiar cobijándose entre los Evers y la habían aceptado, compartido juegos, bromas, y ante todo, el cariño que necesitaba tanto como el aire que respiraba. Los quería muchísimo. Tres torres tan diferentes entre sí y tan unidos. Jared, con su hermoso cabello rojizo y un espíritu juguetón; Thomas con un espeso cabello negro y vívidos ojos azules, gruñón en la primera impresión, pero generoso al intimar; y Dean, el paciente y despistado Dean. Tímido y estudioso, con una vena jocosa, oculta a primera vista, pero que se intuía en esos preciosos ojos verdes.

Nada más entrar los hombres en la habitación, esta pareció encogerse al llenarse con su presencia. Saludaron a todos, pero a Mere, a la abuela Allison y a ella las besaron en la mejilla, uno tras otro, y por un momento los ojos plateados de su prometido parecieron saltarse de sus cuencas mientras sus cejas se unían sobre esa sorprendida e impactada mirada. Uy, uy, veía aproximarse preguntas por doquier ya que no se le notaba contento en absoluto con esos fraternales e insignificantes besos en la mejilla. ¡Hombres!

Mientras el mastodonte mantenía con empecinamiento su mirada fija en ella, pusieron a los tres hermanos al día con la información. Llegaba el momento de más. El salón parecía elástico de tantas personas como cobijaba, pero, quitando las protestonas miradas de su Doyle, el aire que se respiraba era agradable y la sensación de seguridad que sentía le agradaba y mucho. Se hallaba a salvo.

Todos se habían acomodado, salvo Rob, que seguía paseándose alrededor de los mullidos sillones y tresillos que rodeaban la baja mesita del centro en la que poco quedaba del té colocado al inicio de la reunión. Una joven criada entró sigilosamente para sustituir la vacía tetera por otra repleta, colocando a su lado una sabrosa tarta de manzana de la que apenas tardaron en dar cuenta. Estaba suculenta. El último trozo lo alcanzó Rob, mientras los demás le seguían con la mirada. Al sentirse observado se la zampó en dos mordiscos, casi atragantándose y chupeteándose los restos de los pringosos dedos.

—Lo siento. No me había dado cuenta del hambre que tenía —carraspeó algo incómodo— ¿dónde estábamos?

Inconscientemente dirigió su pregunta a Pete quien ya estaba abriendo la boca para contestar.

—Con el testigo, que empiezo a pensar que se trata de un maldito fantasma.

Rob respondió con un extraño ruido de exasperación.

—El insulto del banquero protegido por el clan de los Thompson a Rupert Bray, fue la llama que prendió la pólvora en una guerra sin cuartel. Este lo percibió como el mayor insulto y reaccionó en consecuencia. No le importó que las bajas se dieran en ambos clanes, ni la escalada de tensión, ni que mujeres, ancianos o niños cayeran. Las muertes se sucedieron y una de las siguientes víctimas fue la amante de Rupert Bray, una joven llamada Juliet Moore. La estrangularon en un club regentado por los Bray. Fue una doble ofensa. Matar a la mujer de uno de los cabecillas y hacerlo en su propia casa. Mal asunto —pausó un segundo pensativo— si el mayor de los Bray era un asesino en potencia, eso lo desequilibró completamente. En represalia, difundió la orden de acabar con la amante de Lionel Thompson, el líder de clan contrario. Ojo por ojo, diente por diente, pero pasaron los días y nadie le llevaba en bandeja a la muchacha. Nadie.

—¿Por qué?

—Es difícil de explicar. Los clanes funcionan de forma jerárquica y nadie se salta ese orden preestablecido. Nadie, salvo que quiera terminar con el cuello cortado de lado a lado, lo rompe. Es el equivalente a su propia ley, por lo que liquidar a la mujer del jefe, aunque lo fuera del clan contrario, no era algo que se atreviera a hacer cualquiera. Ello sin contar con que Lionel Thompson es un hombre peligroso. Incluso *eso*, es decir poco, —tras unos segundos sin hablar, Rob continuó— por los pocos datos de que disponemos, Rupert, en contra de las directrices de su hermano, decidió ponerse manos a la obra, pero por una vez en su vida metió la pata. Mató a la mujer errónea. Degolló a la cuñada de Lionel, no a su mujer, y ahí —miró directamente a Pete— es donde entra en juego el testigo que trae a Pete por la calle de la amargura.

—De eso, nada, canijo, es simple y llana curiosidad —provocó Peter—, así que la testigo es la mujer o amante del líder de los Thompson.

Rob resopló en contestación antes de continuar.

—¡Qué no me llames eso, demonios! —se volvió al resto ignorando con altivez a Peter, quién por la expresión del rostro estaba gozando del momento—. Sí, es la amante de Lionel Thompson. Esta presenció cómo Rupert Bray salía ensangrentado del domicilio de su hermana cuando ella llegaba, se cruzaron y reconocieron. Tuvo mucha, muchísima suerte. Por decirlo de forma clara, es una mujer que no se amilana ante nada. Es un tanto complicada de tratar, entre otras cosas, pero es lo que hay. Iba armada y se defendió hiriendo a Bray, pero desde entonces se ha convertido en la diana principal del clan de los hermanos ya que la consideran su llave de vuelta a prisión y no por una pequeña temporada sino de por vida, al menos en el caso de Rupert. Y me ha tocado en suerte custodiarla, para mí desgracia —esto último lo susurró. Las cejas negras de Peter y de algunos de los presentes se arquearon con curiosidad.

—¿Cómo se llama y qué diablos nos estás ocultando, Rob? —indagó Peter.

—Marianne Blair Thompson y... —carraspeó ligeramente— podría decirse que se ha encariñado algo...

No tuvo tiempo de terminar antes de que todas las miradas se dirigieran hacia el escándalo que provenía del otro lado de la puerta.

Rob juró de forma desesperada y repetidamente.

—¡Qué me sueltes, pomposo hombrecillo, o te doy un puñetazo en esa rechoncha carofla! ¡Necesito verle!

Se escuchó el ruido de una trifulca y un chillido que surgía de una boca masculina seguido de la rauda, torpe "in extremis" y farfullada explicación de Rob.

—Demonios… —en este caso no se dirigió al menor de lo Brandon sino al mayor— Doyle, amigo, es que la he de custodiar. No tengo otra opción, salvo arrastrarla conmigo allá a donde voy. Lo lamento. La dejé en manos de Burrowers, el mayordomo, un segundo de nada. Os juro que creí que podría contenerla, pero a esa fiera no hay quien la contenga.

La puerta se abrió de golpe descubriendo la espalda del rollizo mayordomo que dirigía la mansión con mano de hierro, completamente desmelenado, con la manga de la levita desprendida del hombro y los brazos en cruz, intentando impedir el paso a una de las mujeres más hermosas, si no la más bella, que había contemplado Julia en toda su vida. El cabello rizado en forma natural, largo y espeso, en diversos tonos de rubio brillante, bordeaba el rostro más exótico que había visto hasta entonces, en el que contrastaban los ojos oscuros, completamente negros, rodeados de unas pestañas largas y curvadas, pómulos perfectos y labios rojos, el inferior algo más carnoso dándole un aspecto totalmente sensual. Todos los hombres, salvo Peter, la miraban extasiados, ¡incluido su Doyle! Parecían aleladas estatuas de sal. ¡Hombres! En cuanto visionaban a una hermosa mujer, la baba se les reproducía a gran velocidad en la boca como si de bebés de tratara, solo que con la dentadura al completo.

Rob parecía querer empequeñecerse o alejarse, mientras la mujer recorría con la mirada tanto a los presentes como la distribución de los muebles hasta clavar esa oscura mirada en el hombre que trataba de rehuirla, Rob. La mirada cambio radicalmente en un segundo. Algo transformó esos ojos, algo extraño que no le agradó, para nada. Obsesión.

VII

Sintió un golpetazo en el pecho en cuanto presenció cómo la mujer se lanzaba a los brazos de su mejor amigo y la punzada se repitió varias veces. Él la recibió entre sus brazos, el muy flojo. Rob le abrió los brazos e intentó tranquilizarla. Diablos, era la mujer más hermosa que había visto en su vida y en lugar de admirarla, sintió un rechazo brutal hacia ella. Por él, porque él no había dudado en abrazarla, mientras que a él…

¡Basta! Se negaba a dejar que ese hilo de pensamientos siguiera su curso. Era agua pasada. Rob era sencillamente su mejor amigo y así permanecería. Observó con mayor detalle ya que, pese a la primera impresión, algo no cuadraba en la imagen. Era ella la que se colgaba de él mientras que él intentaba zafarse, agobiado. Con cierta curiosidad se dio cuenta de que Rob se sentía extremadamente incómodo, y en cierta malévola forma, eso le divirtió. Que se las apañara un poco por sí solo, que ya estaba bastante crecido.

La sonrisa se le borró del rostro de golpe. ¡Pero qué se creía la bruja esa! Acababa de palmearle el redondo trasero aprovechando un descuido y el único que se había dado cuenta de la tensión provocada como consecuencia de ello en el cuerpo de su mejor amigo, era él. Todos los demás estaban demasiado distraídos con las maneras y el histrionismo de la mujer como para atender a lo que subrepticiamente intentaba. Era el momento de meter baza y salvar, de nuevo, el manoseado pellejo del tontolaba. Pero se lo iba a cobrar, vaya si se lo iba a cobrar.

Se acercó a la pareja que parecía forcejear, una aferrando, el otro esquivando e intentando no dañar los sentimientos de la mujer. ¡Por Dios! Solo le faltaba a Rob desnudarse él solito y tirarse en el suelo para el uso y disfrute de la hermosa y desinhibida mujer que tenía ante sí. No tenía remedio. Por no faltar a una mujer un día iba a recibir un buen susto. Se movió con sigilo. Ella no se dio cuenta de que se le acercaba. Todos los demás parecían meramente expectantes, callados, presintiendo la tensión en el ambiente. Casi la rozaba, pero era persistente y melosa. Estaba demasiado concentrada en pegarse a Rob, hasta el punto de que la imagen de un sarnoso caracol, deslizándose, asediándole y dejando un monstruoso rastro de babas, asomó a su vívida mente; y el molusco, tenía la cara de la mujer, antenas incluidas. Maldición. Iba a tener pesadillas al paso que iba su fecunda imaginación. Eso y unos cuantos berrinches. Se serenó y recortó la escueta distancia que le separaba de la ensimismada pareja. Rob de inmediato se apercibió de su presencia. Los ojos azules se agrandaron, desprendiendo alivio y un punto de salvación en ellos. Esos ojos que reconocía como si fueran los suyos, reflejaban exasperación. Posó su inmensa manaza en el hombro de la mujer y arrastró las palabras, para que no hubiera lugar a confusión, ni con su significado ni con la velada amenaza que escondían.

—Señora o le suelta ahora mismo o me veré en la necesidad de amordazarla para que deje de cacarear.

La alta mujer se giró de golpe, enfadada, pero resultó obvio que ni por asomo esperaba encontrarse de bruces con un inmenso pecho que llenaba su campo de visión. Con lentitud fue moviendo la cabeza siguiendo el rastro de su mirada hasta quedar completamente torcida al alcanzar el varonil rostro. Se le paró la respiración y balbuceó un *Dios mío*. Tras dos intentonas, logró soltar un sonido un tanto chirriante.

—¿Quién eres tú? —intentó dar un paso atrás pero con ello lo único que logró fue pisotear a Rob, provocando un sonoro juramento a su espalda.

No importó. Ninguno apartó la mirada.

—Su compañero.

La sensual boca de la mujer se abrió sin saber muy bien qué preguntar y los hombres que les rodeaban se removieron inquietos en sus asientos. Vaya, la contestación definitivamente la enfadó. Giró el rostro hacia un lado, en dirección a Rob, que había logrado separarse un par de metros y respirar al fin.

—¡No me dijiste que tuvieras un compañero!

—Es que me lo asignaron ayer, de apoyo. Para cuidar de ti. Mano a mano. Sobre todo él —una sonrisa iluminó el rostro de Rob, provocando lo de siempre, que su apuesta cara se llenara de hoyuelos, volviéndose hermosa—. Verás, es un especialista en proteger, servir y esas cosas ¿verdad, Peter?

La mujer se tensó y por un corto instante pareció que se iba a abalanzar de nuevo sobre Rob, pero la inmensa manaza posada en su hombro lo evitó.

—Sin duda, y para vigilar.

Los negros ojos femeninos se entrecerraron. Entendió perfectamente el mensaje.

—Lo prefiero a él —nadie tuvo la más ligera duda respecto a quién se refería la rabiosa mujer.

—No lo dudo —le informó Peter— pero nos tendrá a los dos, así que no tiene que preocuparse, señora. Él la protegerá y yo les vigilaré a ambos —alzó la mano del femenino hombro, liberándolo—. Ahora va a salir de esta habitación y a quedarse tranquila en compañía de Burrowers hasta que haya decidido el plan a seguir —la mujer iba a protestar, pero Peter se inclinó amenazador sobre ella—. ¿Quiere vivir lo suficiente para testificar por el asesinato de su hermana?

Dios, Peter era brutal cuando deseaba serlo.

VIII

Optaron por dejar en manos de Peter y Rob el idear la mejor manera de proteger a la poco colaboradora y colérica testigo. Dos semanas, dos largas e interminables semanas, según Rob, era el tiempo durante el cual deberían protegerla, hasta que el equipo de reemplazo se hiciera cargo de custodiarla y preparar el juicio en el que supuestamente debía declarar. Al menos tenían cuatro agentes de apoyo, entre ellos a Wilkes. Ello presuponiendo que para entonces averiguaran dónde se escondía y capturaran a Rupert Bray quien parecía haber desaparecido de la faz de la tierra.

Rob sospechaba que para localizar al mayor de los Bray lo mejor era acceder a aquello que le obsesionaba, las peleas clandestinas en las que gustaba de participar como púgil, pero ni por asomo habían llegado a un mínimo consenso, ni en cuanto a quiénes debían intentar infiltrarse ni a cómo, cuándo o dónde. La discusión había comenzado a escalar por lo que decidieron dejarlo para la reunión del día siguiente, cuando las embravecidas mareas se hubieran amansado un poco. Había aprovechado ese momento para asir de la mano a su prometida y conducirla a la habitación contigua, lejos de curiosos y entrometidos oídos.

Lo mejor era organizar lo de la testigo y después comenzar con lo de la infiltración, aunque ya parecía perfilarse quién venía a ser la mejor opción. Todos conocían, aunque fuera muy por encima, su historia. Se hizo un nombre peleando y aún se hablaba de él en los suburbios y bajos fondos. Era un cebo demasiado jugoso como para pasarlo por alto y ninguno tenía duda alguna de que atraería a la superficie a Rupert Bray. Su hombría le obligaría a enfrentarse a quien fuera campeón de las peleas clandestinas durante demasiado tiempo y se había convertido en toda una jodida leyenda. El problema era tratar de explicárselo a Julia sin que le diera un berrinche. Necesitaba una bebida. Le tocaba infiltrarse en un sangriento mundo que creía haber dejado atrás, en su cerrado pasado.

—No me gusta, Doyle. La idea de que entres en ese mundo…

La suave voz le impactó. Su mujer era sincera y nada se dejaba en el tintero.

Dios, no la dejaría escapar. No si podía evitarlo…

—Lo sé. Tampoco a mí me convence, pero Rob necesita ayuda y podemos dársela, puedo dársela —ladeó la cabeza observando atentamente a la mujer que le había tocado en suerte, mucha suerte— ¿ya no estás enfadada conmigo?

¡Maldita sea! A veces le gustaría tener más control con lo que hablaba con esa mujer, pero parecía demasiado esfuerzo y era agotador. Con ella no parecía poder contener ni sus pensamientos ni su endiablado carácter.

—Lo estoy, pero por ahora hay cosas más importantes que tratar.

—No las hay, Julia. Créeme, no las hay.

—¿No? —el rostro femenino pareció sorprendido.

—No es sano guardar dentro la ira. Te lo dice un experto, querida. No hace mucho dijiste que deseabas sinceridad y confianza mutua —Dios, le iba a costar un triunfo soltar lo que tenía dentro. Él no era hombre de palabras pero estaba dispuesto a hablar si ella lo necesitaba— ¿por qué no quieres casarte conmigo?

Los castaños ojos se pusieron como melocotones, inmensos.

—Puede que sí quiera.

IX

¡Diablos! Loco, lo iba a volver loco. Nunca sabía qué esperar. Le decía siempre lo más inesperado y eso inflamaba su mal genio ¿Qué le estaba pasando? Su bien organizada existencia se estaba yendo al demonio y todo por una personilla de pelo rojo y pecas que le hacía desear lo que había dejado de soñar, que le hacía preocuparse, que le hacía querer, que le hacía… sentir. Respiró profundamente.

—¿Estás segura? Si ahora mismo dices que sí, no habrá marcha atrás, no la habrá. No me agrada que jueguen conmigo, Julia.

—No lo hago —susurró— nunca haría eso.

—Hablamos de matrimonio, para siempre. Soy mandón, carezco de delicadeza, soy bruto y posesivo.

—Puede, pero también eres bueno y tierno.

—¡Yo no soy tierno!

—Conmigo lo eres —musitó ella, bajito, pero alcanzó a escucharla.

La expresión en los ojos de Julia le recordó a la de su padre, por lo que supo que llegaba una maldita pregunta comprometida por parte de ella.

La voz femenina surgió temblorosa.

—¿Me quieres?

Diablos. Sabía que ella lo haría, que preguntaría sin medias tintas. De forma abierta y contundente. También sabía que, al contestar, él no iba a mentir. No podía, era tan simple como eso.

—No lo sé, Julia.

La hermosa mujer que le miraba con ojos comprensivos, sonrió y habló, suavemente.

—Gracias.

Cada minuto que transcurría su prometida le sorprendía más.

—¿Por qué?

Ella no dudó en responder.

—Por no mentirme, aunque pueda doler lo que dices.

¡Maldita sea!, había tirado todo por la borda. Debió, debió… ¿a quién quería engañar? No tenía ni la más remota idea de cómo acertar con esta mujer. Era y siempre sería un bruto, pero por Dios, que no pensaba callar. No esta vez.

—Pero te deseo mucho y creo que podríamos llegar a ser felices. Estamos sanos, tengo una posición holgada y te daría hermosos hijos a los que amar, y a mi hermano le encantas —¡maldita sea! parecía estar ofertándose en un mercadillo de segunda mano. Carraspeó un poco y lo siguiente lo dijo de forma atropellada y veloz, comiéndose alguna que otra sílaba—. Y te daría sexo abundante y frecuente…

Una juguetona risa alcanzó su oído. Algo debía de estar haciendo medianamente bien.

—¿Me darías sesos ahumantes y crujientes? Esa sí que es una oferta peculiar.

Qué horror, ahora entendía la muestra de hilaridad.

—No sé muy bien cómo adelantarlo, Doyle, pero aborrezco los sesos, incluso los albardados.

—¡No dije sesos! Dije, otra cosa.

—¿No? Ah, ya decía yo que la oferta era un tanto rara, pero como nuestras conversaciones se suelen salir de lo normal, ya parezco estar acostumbrándome.

La risilla traviesa ya estaba de vuelta.

—¿Me estás tomando el pelo, Julia?

—¿Yo? Dios me libre…

—Y otra cosa, querida. Nunca nos aburriremos entre peleas y chocantes conversaciones —se estaba acercando lentamente a ella, muy lentamente hasta que no pudo recular más. Aplastada contra la pared y el inmenso pecho del hombre que con una sensual sonrisa, la miraba desde arriba— y *sexo... abundante* y... *frecuente*. Muy, muy frecuente si te parece bien, claro.

Esos labios se acercaban de nuevo y todos sus planes de no dejar de nuevo que la besara, desaparecieron como si de insípida bruma se tratara. Es que besaba muy bien. Intentó decir que le parecía estupendo pero alcanzó a farfullar sin sentido, en el mismo momento en que le ¡mordisqueaba el labio inferior! e ¡introducía la cálida lengua en su boca!, aprovechando que ella no reaccionaba, como si estuviera tonta. Se estaba acalorando. Como en un horno. Mucho. Y no tenía la más remota idea de lo que estaba haciendo. Las piernas le pesaban y comenzaba a sentir flojera, hasta que un musculoso muslo se hizo un hueco entre sus piernas. El corazón casi se le paró. Madre mía. Esa endiablada lengua la estaba saboreando y por una vez en su vida se dijo que era hora de disfrutar del momento, del maravilloso momento. Se lanzó a la aventura ya que le costaba pensar. Mordisqueó esa dulce lengua que no paraba y pareció gustarle mucho. Se apretó más contra ella hasta que sintió una fuerte mano que aferraba de su muslo para alzarlo y curvarlo alrededor del masculino.

—Dios, mujer, me vuelves loco.

—Creo que me va a encantar el sexo contigo.

El hombretón que la tenía firmemente agarrada gimió apretado contra ella y por un segundo temió haber dicho una de sus inconveniencias y toda la seguridad que había sentido hacía unos segundos se fue a pique, irremediablemente a pique.

—Mujer, no me digas eso

No le había gustado. A él no le había gustado. Comenzó a sentirse invadida por un frío que aparcaba la calidez que le había llenado hasta hacía un segundo. Conocía lo que llegaba. No era lo suficientemente hermosa, no era lo que esperaban en ella, carecía de suavidad, era hosca y excesivamente honesta. No era lo que querían. Nunca la querían. No podía escucharlo, no en esta ocasión porque él era diferente, él valía la pena y comenzaba a sentir lo que jamás había notado con anterioridad, que quizá había encontrado un hombre con el que compartir su vida. Un hombre que no la desechara por ser demasiado grande, pelirroja o de rasgos demasiado comunes.

—Tendremos que casarnos cuanto antes —el cálido aliento le rozaba el cuello ya que seguían apretados y él no se movía un ápice como si estuviera dolorido.

Le acababa de decir algo pero no quería oírlo, no de su boca. Las palabras de rechazo dolían tanto.

—No pasa nada, Doyle. Lo comprendo ¿sabes? Lo entiendo y no es necesario que nos veamos de nuevo.

La oscura cabeza se alzó repentinamente y los plateados ojos se fijaron en ella.

—Vamos a tener que coordinarnos, querida, y te aseguro que nos vamos a ver a todas horas hasta el día de nuestra boda.

Sintió, de nuevo opresión, una tremenda opresión en el pecho pero no de dolor. No, esta vez ¡no la rechazaba! ¡no la despreciaba! Sintió unas ganas horribles de llorar, pero se las tragó por miedo a que pensara que era una loca llorona, y el peso que le atenazaba desapareció con esas palabras, con esas dulces palabras que llegó a pensar que no escucharía de labios de un hombre demasiado bueno para ella. A pesar de ello, debía asegurarse. Se sentía todavía tan insegura… Las palabras surgieron temblorosas.

—Entonces, ¿no te parezco grande, ni demasiado brusca o común, ni… —antes de dejarle terminar él ya estaba negando con esa hermosa cabeza— fea o grandota?

—Me pareces generosa, divertida, bajita… —ella fue a protestar pero él le colocó un dedo contra los labios impidiéndole que hablara— muy bajita, en comparación conmigo, y llena de vida. No quiero más.

—Gracias.

—No cielo, gracias a ti por no echarte atrás y por aceptarme pese a ser un bruto.

Ya estaba de vuelta la pícara sonrisa en el pecoso rostro femenino.

—Eso no quiere decir que no pueda cambiar de…

No tuvo tiempo de terminar la frase. La aplastó de nuevo contra la firme pared y se pegó a ella desde el pecho hasta las caderas, le rodeó la cintura con uno de sus brazos y la elevó en el aire, a pulso, sin esfuerzo, obligándola a posar sus manos en los inmensos hombros mientras él le susurraba que ya no valía cambiar de opinión, aunque quizá fuera mejor asegurarse de que no pudiera cambiar de opinión o que ¿siempre quedaba la opción del secuestro? Lo cierto es que no le estaba prestando demasiada atención ya que estaba centrada en los firmes labios que no paraban y en una de sus incansables manos que se estaba colando bajo sus faldas con una rapidez que la estaba mareando y causando ahogos.

Era enorme. Todo en él. Llenaba su campo de visión, la saboreaba, la mordisqueaba, le decía que sabía a gloria, que le iba a dar algo, que necesitaba tocarla. Contestó por instinto, que lo hiciera, que nada se lo impedía, que lo estaba esperando. La curiosidad la perdió. Sintió el firme apretón en la unión de sus muslos de forma repentina como si a él le hubiera resultado imposible parar, como si sus palabras hubieran roto un dique repletó a rebosar. Su primera reacción fue cerrar los muslos, por inercia, porque nunca nadie la había acariciado como lo había hecho él, en la parte interior de la rodilla, ascendiendo por el muslo, lentamente hasta que quedó rodeando su trasero hasta acariciarla de repente en su sexo, con fuerza. Llenaba toda esa zona con su enorme mano, frotando, ella totalmente abierta con el muslo rodeando el suyo, las faldas subidas hasta la cintura, siguiendo el movimiento de esa mano que estaba volviéndola loca con esos frotamientos, que la estaba…

Se tensó como si se hubiera convertido en un palo seco. Detrás de su prometido juraría que se había movido una sombra baja y regordeta que parecía dar saltitos como si con ello fuera a captar la atención del hombre pegado a ella, cuya boca se estaba acercando peligrosamente a su desnudo hombro, deslizándose hacia su escote. Carraspeó pero solo consiguió que él le dijera con esa endemoniada y sensual voz que ¡él tampoco podía aguantar mucho más! y que ¡abriera un poquito más las piernas! ¡Qué tenía las manos muy grandes! Si no se había desmayado del apuro cuando esas palabras brotaron roncas delante del hombrecillo que seguía dando saltos, es que podría sobrellevarlo todo. Empujó con su mano el musculoso hombro, y nada. Él seguía, insistente, cada vez más cerca de sus pechos y esa endiablada mano, intentando separarle aún más los muslos. ¡Como si ello fuera posible estando ya toda despatarrada!

—Doyle…

—Ya sé, cielo, a mí también me gusta.

Otro empujón más fuerte mientras intentaba ocultarse tras el inmenso corpachón, de los ojillos de Burrowers, el redondo pero ágil mayordomo, cuya barbilla llegaba al suelo de la impresión y sus ojos parecían lloriquear del nervioso parpadeo instalado en ellos. Dios santo, se iba a morir de la vergüenza y, ¡por Dios! ¿Qué demonios le estaba haciendo Doyle con los dientes?

—¡Doyle! Nos está mirando…

—Cielo, están muertos. Podemos seguir.

Un beso en plena boca no le dejó seguir protestando. Se separó, apretándose hacia atrás, mientras intentaba desligar la pierna del muslo masculino.

—Está vivo y creo que se va a desmayar de la impresión.

Al fin su prometido paró lo que estaba haciendo con boca y manos por lo que aprovechó para intentar que la soltara y deslizarse hasta dar con ambos pies en el firme suelo.

Doyle la miró extrañado.

—Los compramos con la casa y no nos miran, cielo, te lo aseguro. Están mu… er… tos. Aunque siempre podemos darles la vuelta.

—¡No me refiero a los retratos! —intentó susurrar pero le salió una especie de graznido. Se aclaró la garganta— está detrás de ti, con mirada de regañina —Julia asomó un poco la cara por un lado— es bajito, algo redondo, con pelo cano, ojillos azules y se parece a tu mayordomo.

—¡Joder!

Una de las manos de Julia se alzó y le tapó la boca hasta que Doyle la apartó con la suya. Los plateados ojos se veían enormes y rasgados, intentando maquinar algo, sin resultado alguno al parecer.

—¿Sigue ahí?

—Creo que sí —contestó ella.

—¿Está dando saltitos?

—Ajá.

—Vale. Tú quieta aquí.

¿A dónde creía que iba a ir toda desmelenada y desarrapada?

Con un brusco giro, él le dio la espalda volviéndose como una flecha hacia el pequeño mayordomo que seguía dando diminutos saltos e impidiéndole que pudiera observar lo que iba a ocurrir. Lo intentó pero de un firme empujón Doyle la colocó de nuevo tras él.

—Burrowers, ¿deseaba algo?

Durante un par de segundos nadie habló.

—Me mandaron en busca de la señorita, señor.

—Está por aquí ocupada… —el ligero puntapié que recibió en la pierna le hizo dar un respingo— en cosas importantes de que hablar. Eso, muy, pero que muy, esenciales.

—No lo dudo, señor pero hasta que contraigan matrimonio, me veré en la obligación de velar por la salud y bienestar de nuestra futura señora para que no se eche atrás en su decisión de casarse con usted, señor.

—¡No lo va a hacer!

—Nunca se sabe, señor, con usted nunca se sabe. Ahora, si me permite…

Con asombrosa firmeza la pequeña y ancha figura apartó de un medio golpetazo a la inmensa y tensa mole que seguía como una estatua delante de ella. Con una delicadeza aplastante se inclinó cortés, la sonrió gentilmente y asió suavemente su mano diciéndole que no se preocupara, que él cuidaría de ella hasta la boda y después de sus hijos, que el señor era un poco bruto pero en el fondo una alma cálida y generosa. Oh, se iba a arreglar a las mil maravillas con el hombrecillo que sin apenas despeinarse había dado una orden al mastodonte. De maravilla, sí señor.

Dejaron atrás los refunfuños de su prometido, sus repetidas protestas, bufidos, cuasi amenazas y por una vez en su vida se sintió protegida, querida y contenta. Se sintió en su hogar.

X

—¿Quién le asignó a mi caso, señor Brandon?

—No es asunto suyo, *señora.*

Rob suspiró desesperado. Incluso pensó en santiguarse para echar lejos las malas vibraciones que manaban de la mujer ubicada a su lado y del inmenso hombre sentado frente a ellos en el estrecho coche de caballos. Tenía la bronca gestándose a pocas pulgadas con todo el aspecto de ir a convertirse en una y bien gorda. Esos dos iban a llegar a las manos en cualquier instante y Peter la destrozaría. La sujetaría, la ataría y la amordazaría para que no le molestara. No se andaba con menudencias, jamás lo había hecho, y su instinto, ese mismo que había desarrollado con el paso de los años tratando con el ogro, le decía que en parte Peter estaba deseando lanzarse como una fiera sobre la mujer que se había ubicado frente a él y le lanzaba continuamente miradas retadoras. Para colmo la testigo tenía una innata vena maquiavélica en su precioso e impresionante cuerpo.

Diablos, sus ojos se le desviaban sin poder controlarlos hacía el asombroso y amplio escote que tenía a dos palmos de la nariz. Menudos pechos. Cremosos, llenos y rollizos. En cuanto habían ascendido al carruaje, Marianne se había deslizado poco a poco hasta arrinconarlo contra el lateral y le había colocado el escote en los morros. Alzó los ojos desviándolos de la suave tentación expuesta a plena vista y chocó con la gélida mirada de otros asombrosos ojos negros. Maldición, Peter estaba furioso y rabiosamente guapo. Se dio un sopapo mental ¿Qué idioteces estaba pensando? Esas estupideces eran el pasado y ahí se iban a quedar, congeladas en el tiempo y sin resurgir de nuevo.

—Cambiémonos.

Eso le pilló por sorpresa y también a la pegajosa mujer que permanecía sentada a su lado, ya que clavó la pensativa, brillante y oscura mirada en Peter.

—¿Qué? —empezaba a oír cosas extrañas.

—Cambiemos de sitio.

—¿Por qué?

Sentía a su lado el movimiento interesado de la cabeza de la testigo alternando su orientación de uno hacia el otro.

—¿Estás lerdo?

—No empecemos, Peter.

De reojillo, apreció que la mujer parecía disfrutar del encontronazo entre ambos. Lo que desconocía era que estos eran el pan de cada día entre ellos. No se enteraba la mujer…

—Levántate.

—¡No!

—Levántate o te levanto. Tú decides, y tienes diez segundos.

Con una mueca congelada en la cara Rob se volvió hacia la mujer.

—Está bromeando, Marianne, no te preocupes.

—Vaya, vaya, qué confianzas. Ya la tuteas y todo. Te quedan cinco segundos.

¿Estaría hablando en serio el ogro?

—¡Está bien! —la enorme manaza ya se dirigía hacia su pechera— si tanto te interesa, acomódate junto a ella. No hay pudor, hombre. Ninguno.

Se levantó del asiento y se lanzó para ubicarse en el sitio libre junto a Peter con tan mala suerte que el coche de caballos pegó un buen tropezón, lanzándole sobre el inmenso y enfurecido hombre. Extendió las manos para parar el impulso y las malditas fueron a dar en el último lugar que deseaban toquetear. La dura y ¿enorme? entrepierna de su mejor amigo. Vaya, era… enorme. El aire pareció congelarse o ¿eran sus torpes manos además de su cerebro? La sangre se le agolpó en la cabeza en el mismo momento en que Peter cerraba de golpe los inmensos y musculosos muslos, atrapando con ello su mano derecha mientras la izquierda quedaba firmemente apoyada en su dura cadera.

—¿¡Qué haces!?

—¡Nada!

Los rostros se rozaban y gracias a los cielos, en la oscuridad apenas apreciaba el perfil del ogro. Así evitaba morirse del bochorno. Para sumirle todavía más en la vergüenza máxima, la cantarina voz de Marianne surgió jocosa tras ellos.

—¿Se quedaron atascados, señores?

El aliento de Peter le acariciaba la cara al hablar.

—Saca… la… mano… de… ahí.

—¡Pues abre los muslos!

—¡Joder, Rob! Estás jugando con fuego. Quita… la… jodida… mano.

¿Cómo? Si cada vez que lo intentaba, los fuertes muslos apretaban más y más y juraría que aquello estaba cada vez más grande, si ello fuera posible. Tragó incontroladamente aire y comenzó a sudar. Esto era una pesadilla en plena vida real.

Lo intentó de nuevo, pero antes de lograrlo, una fuerte manaza rodeó su muñeca y arrancó de inmediato la caliente mano del lugar donde se había quedado completamente inmóvil y sin fuerzas, para después engancharle Peter de la pechera de la camisa, volverle a base de pura fuerza bruta y sentarle en el lugar que este había ocupado antes del espeluznante y horroroso fiasco que acababan de sufrir y que no lograría olvidar en una buena temporada. Gimió entre escandalizado y medio habituado a que esas cosas le pasaran a él y siempre con Peter. Comenzaba a pensar que le habían lanzado un mal de ojo de esos. No cabía otra explicación que fuera racional. No la había. Velas blancas. Necesitaba, velas a montones. Se colgaría una del cuello. No podía mirar a Peter, no podía después de tocarle los huev…, bueno, eso enorme que tenía ahí. Dios, parecía un crío balbuceante y había sido un simple tropezón. ¡No lo había hecho a propósito!

Peter no tardó en aposentarse junto a la entretenida mujer que los miraba embobada.

—Creo que voy a disfrutar estas dos semanas…

—¡Cállate! —ambas voces al unísono contestaron cortantes y algo ahogadas.

La cantarina risa se escuchó desde el exterior del veloz coche de caballos que circulaba por las concurridas calles de la ciudad.

XI

Seguía exactamente igual que el día en que se había girado dando la espalda a su hija, tras dejarla sana y salva en casa de los Evers. Había seguido un impulso que siempre había acallado anteriormente. Había besado a su hija en la mejilla. Algo en su interior se le rompió y se maldijo por haber perdido tantos, tantos años causándose un dolor tan agudo, y lo que era peor, ocasionándolo a la preciosa mujer en la que se había convertido el pequeño torbellino que solía juguetear incansable en los jardines de su vieja casa.

Sentía miedo. Desde que había descubierto lo que tenía dentro de casa había intentado forjar un cerco de seguridad que de nada había servido. Llevaba semanas sospechando, pero hasta el día de hoy no lo había confirmado. Le correspondía asentar las ideas en su mente, cotejar los datos de los que disponía, esquematizarlos y acudir con ellos a la policía. Poco le había faltado para comentar con Doyle Brandon lo que ocurría y una pequeña parte de él se arrepentía de no haberlo hecho, pero era agua pasada. Ya tendría tiempo de hablar…

Para mañana por la tarde, tras la jornada de trabajo, todo estaría arreglado y su mujer e hijas estarían a salvo, sobre todo Julia. Saber que la rondaba por la noche había sido el detonante para darse cuenta de que había llegado la hora de moverse y protegerles. Quizá a partir de mañana pudiera arreglar el desastre en que se había convertido su relación con ella, podrían hablar largo y tendido, sobre todo de la mujer que le dio la vida y que nunca logró olvidar ni sacar de su corazón. Hablar de su madre como cualquier padre e hija debían hacerlo.

El paseo le había sentado bien. Se sentía vigorizado. Hoy recibían la visita de su cuñado Jonas, quien pernoctaría con ellos aprovechando, como siempre, para atender sus negocios en la ciudad. Ello le agradaba inmensamente ya que le recordaba tanto a su difunta mujer… Mañana por la tarde tendría a Julia de vuelta en casa y estaba decidido a comenzar una nueva vida, sin secretos, sin miedos. Podrían tratar el tema de su próxima boda y le diría que le agradaba su prometido, que le agradaba mucho.

Con un suspiro satisfecho ascendió lentamente los escalones de entrada a su vieja casa ayudado de su bastón de madera con empuñadura metálica. Le pasaron completamente inadvertidas las oscuras figuras apostadas al otro lado de la calle, vigilando con atención todo movimiento en su casa así como en las colindantes, entradas y salidas de residentes e invitados, absolutamente todo. Llevaban varios días controlando. Nadie se había dado cuenta.

****

Capítulo 4

I

Debían moverse con ingenio y rapidez. Habían transcurrido años desde que se desligó del corrompido mundo de las luchas callejeras, pero dudaba que el sistema hubiera variado. Ciertas costumbres no desaparecían sino que arraigaban pese a que esa permanencia conllevara riesgos. El cerrado círculo de las peleas clandestinas era uno de esos mundos endogámicos.

Liam, su socio, lo sacó una vez de allí y seguía ayudando a otros a intentarlo, a lograrlo, pese a jugarse el cuello el muy insensato. Jamás hablaron del tema de nuevo pero era algo que Doyle, en su fuero interno, intuía que seguía ocurriendo. Un hombre como Liam no podía girar la cabeza al dolor de otros. Sentía la necesidad de luchar contra un maldito sistema que destrozaba a unos pocos hombres por el disfrute de otros muchos. Un maldito irlandés tozudo, honrado hasta la médula, brusco y con uno de los corazones más grandes, sensibles y amorosos que había conocido y conocería a lo largo de su vida. Su mejor amigo, su empecinado mejor amigo, el cual en esos momentos se negaba rotundamente a hacer lo que le pedía.

—Ni aunque me tiraras del bigote, ni aunque me rogaras o juraras enemistad eterna, lo que sé que jamás harías. Incluso, si me birlaras a mi Cooky, lograrías… —dudó un momento— bueno, en ese caso me lo pensaría, pero solo en ese caso aunque… —una sonrisa achicó los ojos color ámbar rodeados de las pestañitas más curvadas del universo— no te serviría de nada. Mi Cooky te comería vivo, se volvería conmigo y nuestros niños en un santiamén, tras escupirte, claro.

Pese a la trifulca que tenía organizada a cuenta del plan que había esbozado y planteado a Liam, no pudo evitar que una oleada de calidez ascendiera por su cuerpo. Pocas mujeres habían llegado a tocarle la fibra sensible como esa pequeña, rubia y regordeta mujer. Tan inteligente y perspicaz que asustaba, mandona al igual que cualquier general de un ejército, práctica hasta la extenuación y una completa gallina clueca en lo referente a todos aquellos cobijados bajo su ala. Lo cuidó y mimó cuando nadie daba un chelín por él, ni siquiera el médico que le atendió tras su última e infernal lucha. Ella le sacó adelante a base de puro tesón y desde entonces se convirtió en hermana, en madre, y con el tiempo también lo fue para Peter, que la adoraba.

Sobreprotectora y leal con sus seres queridos. Esos dos nunca podrían sobrevivir el uno sin el otro y a veces él mismo pensaba que tampoco saldrían adelante aquellos protegidos bajo la vigilante mirada del matrimonio, de faltar uno de ellos.

—Si me presentas a tu linda igual me lo pienso.

—¿Para qué me la espantes antes de la boda? ¡Ni soñar!

—Yo jamás te la espantaría. Simplemente le avisaría con bonitas y calmantes palabras del alocado círculo familiar en el que va a integrarse, aunque creo, por lo que has contado, que va a encajar a la perfección.

Dios, le encantaba oír eso de boca de su amigo.

—Yo también lo creo, Liam.

Los ojos color ámbar relucían.

—Me alegro, amigo, ¿cuándo la conoceremos?

—Pronto.

—¿Cuándo es pronto?

—No seas pesado.

Se encontraban medio tendidos en los butacones de cuero ubicados en uno de los laterales del despacho que tenían en el centro de la ciudad, a la espera de que llegaran Peter, Rob, John y los cuñados de este. Sus manos felizmente ocupadas con sendas jarras de cerveza negra elaborada por el propio Liam, para mantenerlos, según sostenía este, invencibles e indomables como contaba la vieja leyenda irlandesa.

Debían iniciar los preparativos para sacar a la superficie a Rupert Bray y cabrear lo suficiente a los hermanos como para que hicieran una locura, sin olvidar la protección de Marianne Blair Thompson. En otras palabras, hacer malabarismos. Al menos eran unos cuantos y podían dividir fuerzas.

—Va a ser peligroso... —la agradable voz de Liam se había tornado extremadamente seria— Sorenson sigue dirigiendo el maldito negocio.

Dios, hubiera dado una buena parte de su fortuna por no volver a escuchar el nombre de ese animal.

—Querrá terminar lo que comenzó. Lo humillaste delante de su gente, Doyle, y eso no lo perdona un hombre como ese.

—No evitaré una confrontación, ni huiré, Liam. No lo haré.

—Tampoco podrías aunque quisieras, amigo. Él controla las peleas, a gran parte de los luchadores y sigue rigiendo el circuito. Los locales donde se lucha los determina él y sigue tan loco como siempre —los cálidos ojos se clavaron en los plateados—. A

Peter no le va a agradar y querrá luchar en tu lugar. Con Sorenson en activo, no podrás pelear y lo sabes. Tendrá que ser Peter u otro al que no conozcan.

—No servirá. La forma de luchar de Pete llamaría demasiado la atención y bastante tiene con proteger a Rob y a la testigo.

Por un momento la sensata mirada de Liam se tornó juguetona.

—¿De verdad es tan fiera esa testigo como la pintas?

—Se enfrentó a Burrowers.

—Por los clavos de…

—Y Pete la odia.

—¿No la tiene que proteger?

—Bueno, yo diría más bien que además de protegerla la quiere mantener cuanto más alejada de Rob, mejor.

La mueca maquiavélica que mostró el rostro del mayor de los Brandon llamó la atención de su mejor amigo.

—¿Qué no me has contado? —indagó Liam

—Que creo que la tensa relación de los dos lerdos va a llegar a un punto álgido en estas dos semanas.

—Ya era hora.

—Brindemos por eso, porque reaccionen de una vez por todas y a ser posible, en esta vida.

Alzaron las jarras en el exacto momento en que la secretaria de Doyle, la gélida y estricta señora Wolsey, hacía pasar al amplio despacho a John y a los hermanos de Mere, seguidos unos de otros, y la expresión de su rostro valía su peso en oro. La bajita y recatada señora Wolsey, compuesta y sin novio, como su mente se empeñaba en identificarla, casi cayó al suelo mientras guiaba a los tres hombres, alcanzándola al vuelo Thomas. El gruñido que este lanzó a la mujer susurrando algo acerca de la torpeza y el desequilibrio innato de las mujeres, para sorpresa del gruñón, recibió en contestación una respuesta ácida y cortante, solo para sus oídos, que lo dejó plantado en medio del cuarto. La perdida mirada azul quedó unos segundos trabada en la hermosa puerta de madera de nogal que la contestataria acababa de cerrar frente a sus narices.

—¿Quién es esa pequeña mofeta? —preguntó Thomas, tan sutil y arisco como siempre.

Liam no tardó en contestar.

—Es el perro guardián de Doyle y de su jornada de trabajo. Lo controla al dedillo.

116

—Es una gruñona, ¿habéis escuchado lo que me acaba de decir?

—No —los gestos negativos se sucedieron— ¿qué ha dicho?

Por un momento todos callaron, curiosos, a la espera de más información. La hermosa cara de Thomas se puso de repente colorada y contestó, farfullando:

—Nada que os importe.

Su hermano Dean le dio un codazo mientras inclinaba la cabeza y le miraba atentamente.

—Vaya, te ha fastidiado ¿verdad?

—De eso nada.

—Te ha molestado y mucho. Admítelo.

—Que no.

—Lo veo en tus ojos. Sincérate, es sano para el alma.

—Dean, como sigas…

—¿Qué? —este ignoró descaradamente el aviso y comenzó a recitar canturreando— te molestó, te molestó, admítelo —se giró hacia los demás—, chicos, a nuestro Tom le ha tocado su inexistente fibra sensible una dulce mofetilla.

Un golpetazo en la parte posterior de la cabeza acalló la carcajada de Dean, mientras Thomas aprovechaba el desconcierto de este para atenazarle la cabeza con el brazo, rodeándola y alborotándole el cabello.

Joder, se parecían demasiado a ellos.

—¡Muchachos! —el berrido lanzado a la par por John y el otro hermano, Jared, los sobresaltó y se separaron renqueantes colocándose cada uno a un lado del hermano que quedaba, pero no tardaron en reubicarse, sentándose el uno junto al otro como un clavo a un imán.

—¿No vienen Peter y Rob? —la pregunta la lanzó John.

—No creo que tarden, pero es mejor comenzar. Ya conocéis a Liam de alguna de las ocasiones en que nos hemos reunido en mi casa —este alzó la mano a modo de saludo—. De acuerdo, también sabéis, por encima, que hace años peleé en las luchas clandestinas y gané por muy poco. La pelea final fue dura. Terminé destrozado y tardé en recuperarme un par de meses. Mi oponente fue un bastardo que me la tiene jurada desde entonces, Sorenson.

—¿Cuál es el problema?

—Que ese cabronazo es quien organiza y dirige las luchas.

Las maldiciones se sucedieron.

Intervino Liam.

—El problema es que si aparece de nuevo como luchador, Sorenson intentará jugárnosla. Dudo que le deje intervenir como púgil, y si lo permitiera, las zancadillas serían constantes. Por ello no lograremos sacar de su escondite a Rupert Bray. Debemos exhibir ante los ávidos morros de este un reto lo suficientemente suculento como para sacarlo de su ratonera, y las trabas de Sorenson a Doyle no nos lo permitirían. Organizaría encuentros de bajo nivel y ni por asomo dejaría que se erigiese en nuevo campeón. Nos daríamos de bruces con un jodido e infranqueable muro.

Era necesario buscar otra vía alternativa.

—Tenemos otra posibilidad —intervino Jared, con su loca melena y rasgos perfectos— ¿por qué no resurgir en el mundillo como si fueras el fiador y entrenador de un nuevo talento o incluso de dos nuevos talentos? Con tu nombre conseguiríamos suficiente atención como para acicatear al menos la curiosidad de Rupert Bray.

Todos se observaron atentamente, sopesando la idea. Sonaba viable.

La entrada se abrió de nuevo dando paso a los dos hombres que parecían no poder mantenerse alejados el uno del otro pese a todos sus endemoniados esfuerzos. Su hermano y Rob, al fin habían llegado y por lo visto se habían desprendido de su pegajoso paquete en algún lugar por el camino.

—¿La testigo?

—Oculta en un nuevo escondite —respondió Rob— la hemos dejado a buen recaudo con otros agentes hasta esta noche. Nos toca el relevo.

Peter enarcó una ceja mientras hablaba, la voz llena de sarcasmo.

—Se ha quedado chillando protestas, como un afónico cuervo, porque Rob se iba a alejar más de dos metros de ella. Peste de mujer. ¿Ya habéis empezado?

La negra mirada se paseó por cada uno de los asistentes.

—Sí. Estábamos ponderando la mejor manera de introducirnos en las luchas y Jared ha propuesto lo que, a mi parecer, podría ser una buena idea —comentó Doyle— teniendo en cuenta el ligero problemilla que debemos esquivar.

—¿Cuál? —pregunto Peter, la reticencia impregnando sus palabras.

—Sorenson sigue organizando las peleas, Pete.

La mirada de esos profundos ojos negros se hizo helada. Apretó los labios.

—Señor, estamos jodidos. No deberías acercarte a él, hermano. No juega limpio y te la tiene jurada. Prefiero infiltrarme yo de púgil.

—Maldita sea, Peter. Escucha y sé lógico.

El resoplido que surgió de la figura situada junto a Peter provocó que este se volviera a la fuente del sonido, hacia Rob.

—¿Algo que decir, canijo?

—Por ahora no; y como me llames de nuevo eso, tendremos un problema tú y yo.

—¿Otro más? —la sonrisa en los llenos labios del menor de los Brandon contagió a los demás junto con la reacción de su amigo. Rob balbuceó y calló como un muerto. Doyle continuó.

—No niego que posiblemente Sorenson nos de problemas, pero lo que ha dicho Jared podría ser una buena salida. Presentar a dos protegidos y apoyarles. Nos permitiría infiltrarnos y colocar un sabroso cebo a Rupert Bray. Le llamaría la atención, seguro, ya que presupondrá que quien ha sido campeón, no echaría por la borda su buen nombre apadrinando a dos peleles inservibles y nenazas. Únicamente faltaría decidir quién debe pelear.

—Yo —se lanzó Rob.

—¡Tú eres idiota! —los carnosos labios de Pete apenas se apreciaban de lo unidos que los mantenía. Ya estaban de nuevo…

—Déjale en paz, Peter.

La mirada de su hermano menor echaba chispas.

—¿Qué le deje, dices? Lo van a machacar.

—¡De eso nada! Aunque no lo parezca, sé pelear —el bufido en respuesta de Peter alteró a Rob, tensándose— el que no pelee como tú, con esas piruetas, saltos y cosas, no significa que no sepa defenderme a las mil maravillas con los puños, como los hombres curtidos. Si Doyle no puede infiltrarse como luchador, lo haré yo —se giró dirigiéndose directamente a Peter. Su rostro era una máscara de terquedad y ofensa— tú sí que no puedes. Tu forma de pelear, flotando por los aires, y esos extraños movimientos llamarían demasiado la atención.

—Yo también iré, —intervino Jared— he peleado y he boxeado. Soy bueno.

Ninguno de sus hermanos ni su cuñado lo discutieron por lo que parecía un hecho constatado. El segundo púgil estaba designado. De acuerdo, estaba resuelto. Dos luchadores, un entrenador.

—Está decidido.

—De eso nada —recalcó Peter.

—Maldita sea, Pete, es el mejor plan y lo sabes —expresó Doyle.

En esta ocasión no contestó Peter sino Rob.

—Además, yo os he metido en esto y la investigación de los Bray es mi responsabilidad. Si alguien ha de recibir una paliza, ese soy yo.

La mirada exasperada de Peter dirigida al techo indicó bien a las claras su grado de desesperación antes de rezongar:

—De acuerdo, pero con dos condiciones. No entraréis por vuestra cuenta, hermano, sino que seremos cuatro. Tú como entrenador, presentando a dos nuevos contendientes, y yo como masajista y acompañante o guardaespaldas o cómo diablos prefiráis denominarlo. Y la otra condición…

—No es por nada, Pete, pero pareces una señorita de la noche regateando y exigiendo condiciones… —la sorna y el desafío desbordaba la voz de Rob.

Si las miradas mataran, este no hubiera salido vivo de la reunión. Rob alzó las manos a la defensiva.

—Ya me callo, por Dios, qué mal genio… —bailoteó las cejas— y que sepas que con la edad esos genios se agudizan y ni siquiera yo, con mi infinita paciencia y temple, voy a poder…

Las palabras quedaron atascadas en su boca debido a la mano que se la había cubierto sin que pudiera evitarlo.

—Gracias, Doyle. Te lo agradezco en el alma —el tic que había comenzado a apreciarse en la mandíbula de Peter pareció aquietarse con la acción de su hermano mayor—. La otra condición es recibir lecciones de lucha. Puede que te interese apuntarte, Jared, —Peter se dirigió derecho a este— me refiero a sesiones intensivas de lucha conmigo.

—¡No! —el chillido medio ahogado surgió de Rob, quien había logrado liberarse del amarre de Doyle— la última vez me dejaste morado por los cuatro costados. ¡Morado! y tirado como un roído estropajo en el suelo. Mi autoestima se resintió tras esa sesión infernal.

—Pues prepárate porque esta vez será peor, canijo. ¿Jared, qué me dices?

Este se apartó el cabello del rostro antes de contestar; se le veía extasiado, como si le hubieran anunciado el adelanto de uno de los mejores regalos a escoger entre sus preferidos.

—Diablos, pagaría por aprender a luchar como tú, así que si recibo las lecciones gratis, no seré yo quien proteste, amigo.

Rob fue a abrir la boca pero todas las miradas se clavaron expectantes en él. Suspiró resignado y refunfuñando.

—Está bien, —resumió Doyle— nos dividiremos. Los cuatro empezaremos con las sesiones de entrenamiento y mejora física cuanto antes. Liam... —se volvió hacia este lentamente— tendrás que moverte y hacer correr la voz de que vuelvo al mundillo, pero apadrinando a dos luchadores, no como púgil. En cuanto el rumor circule, supongo que comenzarán a indagar. Me preocupa que se acerquen a nuestras familias, que descubran que estoy prometido en matrimonio. Sorenson es capaz de utilizar a Julia o a la familia de Liam para lograr sus fines. Es un cabronazo peligroso —se dirigió a John, Dean y Thomas— tendremos que vigilarlos a todos.

Los tres hombres estuvieron plenamente de acuerdo y quedó satisfecho.

—Conozco a Sorenson y querrá reunirse con nosotros cuanto antes para evaluar nuestras posibilidades, por lo que calculo que dispondremos de una semana para prepararnos. Si mañana Liam extiende el rumor, Sorenson querrá ver la calidad de mis luchadores y convocará una pelea con un púgil bastante mediocre. Será el momento de comenzar a tender la trampa al mayor de los Bray.

—Muy bien, —Peter tomó la palabra— esta noche nos toca vigilar a la testigo, pero está custodiada y segura, por lo que hasta dentro de dos días no relevaremos a los agentes que la guardan, gracias a los cielos. Dentro de dos días, por la tarde, convendría tener la primera e intensiva sesión de entrenamiento. Los cuatro.

El gemido de Rob alcanzó los cuatro costados del despacho.

—No seas crío, por Dios, solo te voy a vapulear, un poquito.

El gemido se convirtió en un balbuceo en cuanto escucho runrunear a Peter que estaba deseando que llegara el momento, que las ganas le quemaban la piel.

—¿Y qué vamos a contar a las mujeres? —apuntó John.

El balbuceo se hizo colectivo.

II

—Planean algo, lo presiento.

Las cuatro mujeres hicieron gestos de asentimiento ante la sospecha avanzada por Mere. En cuanto se dieron cuenta de la repentina desaparición de todos los seres andantes y pensantes del género masculino, quienes rara vez las dejaban completamente solas, se alzaron en armas, pasada la fase de alarma inicial.

—De repente, sin más, desaparecidos como por ensalmo, sin avisos ni consejos, sin órdenes, o mejor dicho, sin intento de dar órdenes de última hora. Ello me ha erizado el vello del cuerpo. John y mis hermanos juntos. Si sumamos a los demás, el desastre se acerca.

Un más que apreciable escalofrío le recorrió el diminuto cuerpo.

—Me barrunto que están reunidos hablando de lo de las luchas clandestinas y supongo que no tendrán la más mínima intención de ponernos al tanto de lo que decidan —refunfuñó Julia—; tendremos que tirar por nuestro lado, con medios más sutiles e inteligentes. Ingeniosos, quiero decir.

—Bien dicho.

Un aplauso colectivo brotó espontáneo, hasta que se dieron cuenta del absurdo aspecto que ofrecían, todas enrojecidas y palmoteando histéricas como si hubieran recorrido una milla al trote. Se miraron detenidamente, algo apuradas.

—¿Y qué diantre hacemos? —preguntó Jules, con una vocecilla tan tenue que las demás apenas captaron lo dicho.

—¿Por qué susurras? —Julia enarcó una ceja— ¿y por qué diantre susurro yo?

—¿Por inercia?

—Esto es algo ridículo. Nadie nos espía ¿no?

Las miradas de las cuatro mujeres se lanzaron a la cerrada puerta de la sala que daba a la entrada de la mansión Aitor y en seguida a la dueña de la casa. Esta no perdió un segundo. Con paso raudo Mere se levantó y se asomó para volver de inmediato a su sitio.

—Vía libre.

—Muy bien, si ellos tienen pensado infiltrarse, voto por hacer lo propio —propuso Julia—. Además, dos vías de investigación siempre son mejor que una ¿no?

Jamás se había acobardado por nada y no iba a comenzar ahora. Bueno, salvo las angustiosas visitas nocturnas en su casa, era una mujer con temple. Quizá si lograba convencer a padre de que tenía una ocupación entre manos, ayudar en algo a Mere y a la abuela, este no la enviaría con el tío Jonas. No deseaba dejar la ciudad, no ahora, y menos con lo excitante que se estaba poniendo todo.

Él quería casarse pese a que ella no era lo que venía a llamarse un gran partido, por su avanzada edad, excesiva altura o peso, y la idea de contraer matrimonio cada vez le atraía más, pero en parte temía que él se retractara si se alejaban el uno del otro por un tiempo. Le asombró el cambio sufrido en los pasados días. De aborrecer al hombre de los ojos plateados a sentirle como suyo. ¿Estaría perdiendo un poco su apreciada sensatez? Le daba igual. Se sentía como nunca antes, femenina, del tamaño adecuado y contenta. Suspiró antes de volver a la realidad.

—Votemos, niñas.

Cuatro manos se alzaron y sacudieron en el aire sin una mínima pizca de indecisión, provocando que se lanzaran a dar ideas. Desde apadrinar a un boxeador, contratar a un investigador para indagar si las mujeres tomaban parte en esas luchas –aunque desecharon la idea al no verse ninguna de ellas como púgiles adecuados–, hasta lanzarse a la aventura e intentar topar con una contienda en plena calle y de noche… Ninguna terminaba de convencerlas.

—Yo creo que en las peleas esas hay público y se pueden pagar buenas sumas por presenciarlas.

Eso sí que era nuevo. La abuela era un mundo de información.

—¿Cómo sabes eso, abuela?

—Las mujeres de mi edad disfrutan de cierta libertad, muchachas. En otras palabras, que hacemos lo que nos viene en gana siempre que sea de manera poco llamativa y sin excesivo escándalo, por decirlo de alguna forma.

Vaya, sonaba interesante. Cuando envejeciera pensaba hacer de todo un poco.

—¿Conoces a alguna dama que haya acudido a ver esas luchas?

—No solo acude sino que también apuesta.

—¿Se puede apostar? —farfulló Julia, llena de morbosa curiosidad.

—Eso creo.

—¿Quién es?

—Lilianna Orren.

—¿La monjil Orren?

La sonrisa de la abuela sorprendió a todas.

—La misma —las dispares lenguas de sus niñas les colgaban por las barbillas del atolondrado asombro— ¿cuántas veces os he dicho que las apariencias engañan?

—Nunca tanto, abuela. Jamás tanto como en este caso —sentenció Mere—. ¿Podría meternos en ese círculo la viuda Orren?

—Podemos intentarlo.

Julia ya estaba esbozando un muy, pero que muy sensato plan para dejar a los hombres, a su hombre boquiabierto de admiración. Lo expuso en voz alta.

—Vale. Con la ayuda de la viuda, entramos como ávidas espectadoras y seguidoras de ese tipo de entretenimiento y comenzamos a hacer amistades entre las restantes mujeres que acuden a ver las luchas; o si se tercia, de algún gentil caballero presente. Si como imaginamos Rupert Bray interviene en las luchas y es, como dicen, muy bueno en ello ha de tener seguidores o fanáticos que admiren su trayectoria, digo yo. No me extrañaría que estos tengan conocimiento de su actual paradero o de si va a pelear próximamente. Es cuestión de sonsacar información con cautela y pasando desapercibidas. En eso somos buenas, o mejor dicho, las mejores ¿no?

La duda que percibió en todos los rostros la desinfló un poco, pero no podía dejarlo pasar. Si conseguían datos sobre Rupert Bray sería impresionante y su prometido se daría cuenta de la maravillosa, inteligente, ingeniosa y sensata mujer que le había tocado en suerte. Eso. Nunca mejor pensado. Ya estaba lanzada como una flecha.

—Allison, ¿cuándo podrías concertar una cita con la peleona y sangrienta viuda?

III

Tras la reunión todos se separaron. John en dirección a su casa, acompañado de sus cuñados. Él y Liam debían concretar una serie de datos, por lo que Peter y Rob permanecieron con ellos, atando cabos, aunque sospechaba que su verdadera intención era postergar la vuelta al escondrijo donde ocultaban a la tigresa. A la testigo se le había quedado el apodo incrustado desde el momento en que se enfrentó a Burrowers, y lo cierto es que el dichoso mote le iba como anillo al dedo.

—Doyle, ¿vas a contar a Julia lo que planeamos hacer?

—¿¡Estás loco!? Ni aunque me desollaran vivo permitiría que se acercara a una milla de esas jodidas peleas.

La voz de Pete guardaba cierto recelo.

—Querrá saber.

—No querrá. A las mujeres no les interesan esas cosas. Son damas delicadas y educadas para…, para las labores de la casa, tener hijos, hacer tortas, pasteles y esas cosas.

El asombro parecía instalado en los rostros de los hombres que lo rodeaban, hasta que Liam se echó a reír a carcajadas.

—Te va a… —Liam apenas podía hablar de la risa— comer vivo, rellenito, asado y de un bocado.

¿De qué demonios estaba hablando? El pasmo en su cara debió de parecer a Liam lo más cómico del mundo porque casi se estaba ahogando con las carcajadas. Poco a poco se fueron suavizando. Muy poco a poco.

—Amigo mío. Has de aprender dos hechos esenciales en la vida de un hombre casado —de nuevo otra risa descontrolada—: las mujeres nos dan mil vueltas y hay que dar gracias por ello.

—Bromeas. Además, mi Julia es una mujer sensata que jamás se adentraría en semejante peligro, y menos a sabiendas.

Liam se le acercó y le posó la palma de la mano en la frente.

—¿Qué haces?

—Mirar si tienes fiebre. Solo un hombrecillo febril diría semejante memez.

—¡Quita de ahí! —con un leve empujón retiró la manaza de su amigo mientras le amenazaba con sentarse encima si no acallaba las endemoniadas risas.

Este levantó las manos en señal de rendición.

—Muy bien, que pesas como un tonel, pero luego no me vengas llorando. Yo ya te avisé.

Se volvió hacia su hermano y Rob. También sonreían los dos atolondrados.

—¿No teníais que ir a custodiar a la fiera?

—A la *tigresa* y no hacía falta recordármoslo ¿sabes? Ya me has fastidiado el momento —Rob se volvió refunfuñando y con cierta renuencia hacia el inmenso hombre que mantenía la mirada negra fija en el suelo— ¿nos vamos?

—Adelántate tú —contestó Peter.

Eso sorprendió sobremanera a Doyle. No era propio de Peter dejar que Rob fuera por su cuenta. Alguna pelea habían tenido de nuevo o quería evitar quedar a solas con este. Se decantaba por la segunda opción. Casi gruñó de frustración. Al paso que iban esos dos desastres jamás lograrían aparcar sus miedos si la sola idea de estar solos les apalancaba física y mentalmente. Necesitaban un empujoncito y bien fuerte.

—Ni hablar. Con todos los problemas que tenemos es mejor que trabajemos en parejas, en parejas que se conocen a fondo y casi se leen el pensamiento, como Liam y yo —se volvió hacia su tozudo mejor amigo— ¿a que sí, amigo? Juntos hasta el final, hombro con hombro. En resumen, que no es aconsejable que os separéis y si podéis dormir juntitos, mejor que mejor. Ya sabéis, para cubriros las espaldas. Yo lo haría con Liam, pero me daría miedo aplastar a Cooky.

Los redondos ojos azules de Rob parecían a punto de saltar de sus cuencas y los de Pete seguían imantados a la alfombra. Solo faltaba la puntilla de Liam y no tardaría en llegar. Lo presentía.

—Buena idea, —apostilló con guasa este— conviene hacer absolutamente todo unidos, sin perderse de vista ni un segundo, dormir incluido. Además, por lo que me ha contado Doyle, así evitamos que la tigresa acose a Rob, que al parecer ha adquirido cierta querencia hacia su bonito trasero.

Casi, casi, soltó la carcajada cuando Rob se tapó este con sendas manos, atrayendo la negra y ardiente mirada de su mejor amigo directa hacia esa redondeada zona.

—¡No hace falta que lo mires! —balbuceó Rob.

—¡Pues no te lo toquetees!

—¡No lo hago! Ha sido una reacción instintiva al pensar en ella.

—Claro, como ya te ha manoseado la zona a fondo.

Rob miró a Peter ofendido.

—No es fácil pararla ¿sabes? Es muy insistente y parece tener siete brazos.

Los oscuros ojos de Peter se achicaron.

—Pobre, qué penita me das. Claro que si quieres que te manoseen el trasero, solo tienes que pedirlo.

Pareció que a Rob se le iba a desencajar la cabeza por la rapidez con que la giró para mirar a Peter y la tensa mandíbula al abrir la boca del irremediable estupor. Su voz surgió rasposa y entrecortada.

—¿Has perdido la cabeza?

—Hemos hecho cosas peores, ¿no crees?

—Joder —Rob no sabía cómo actuar, miraba a Peter como si a este le hubiera salido un tercer ojo en plena frente, a Liam y a él como tratando de desviar su atención de las espinosas palabras de Peter, mientras daba pequeños pasos laterales que le alejaban del enorme hombre que no le quitaba la vista de encima, acercándole poco a poco a la cerrada puerta del despacho—. No está hablando en serio —una mueca parecía haberse adueñado de su rostro mientras una nerviosa risilla salía de su boca—. Es más, me parece una idea estupenda la de adelantarme por mi cuenta, solo, conmigo mismo.

Una gran, lúcida, idea hasta que tu cerebro se asiente un poco. Tranquilito y sin prisas, Peter, ¡qué haces!

Si aplastaba más la espalda contra la puerta, Rob la iba a atravesar de lado a lado. Sus ojos permanecían pegados a la enorme figura del hombre que acababa de abandonar su cómodo asiento.

—He cambiado de opinión y decidido acompañarte, los dos solos en el coche de caballos. Así aprovecharemos el tiempo.

—¿Para qué? Quiero decir… —Rob carraspeó y se atragantó incapaz de continuar. La dulzona y depredadora mirada de Peter seguía clavada en la de este.

—No te preocupes, amigo… —Dios, parecía un tiburón hambriento y por el aspecto desquiciado, aterrado y sorprendido de Rob, a este también se lo debía parecer— no te voy a morder, demasiado.

Diablos, quizá se habían pasado él y Liam acicateando a su hermano menor. Si no erraba demasiado, ante sus propias narices, Peter acababa de mandar a paseo todo su pudor, sus topes y sus dudas. Se había levantado resuelto y se dirigía derecho a grandes zancadas hacia su momentáneamente estático mejor amigo, quién tras lanzar una especie de balbuceo histérico y un ahogado *no se te ocurra acercarte*, se había escurrido como una anguila después de abrir la puerta lo suficiente para colarse por el hueco y salir disparado por ella, escapando del hombre completamente resuelto y decidido que lo miraba con hambre insaciable.

—Se te escapó… —insinuó Liam.

—No por mucho tiempo —se le veía relajado, satisfecho y al mismo tiempo excitado, vibrante, y lo extraño era que tenía su lógica. La mirada depredadora de los negros ojos incluso a ellos les puso nerviosos. Pobre Rob.

—Hazme un favor personal, hermano. No lo mates de la impresión.

Esos impresionantes ojos brillaron.

—Créeme, hermano, no es matarle lo que tengo en mente, aunque con lo del susto, nada prometo —los miró a ambos, a Liam y a él, con ojos tiernos—. Gracias a los dos.

—No hay de qué, chico. No hay de qué —respondió Liam con la voz llena de complacencia en sí mismo

Tras desaparecer la ancha espalda por el hueco de la puerta se volvieron el uno al otro y sonrieron. Se sentían extremadamente satisfechos. Eran unas geniales celestinas.

—Rápido, cochero.

¿Pero qué demonios hacía el hombre? Llevaba sentado en el interior al menos cinco segundos. Golpeteó de nuevo el techo del pequeño carruaje en la zona del conductor y respiró aliviado cuando comenzó a avanzar. Su corazón pareció responder a ello, los latidos bombeando más lentos. No podía haber ocurrido lo que creía que había ocurrido. El ogro lo había mirado como si se lo fuera a zampar de un bocado. Su maldito y traicionero cuerpo había reaccionado en consonancia, poniéndose a mil y saliendo por patas, completamente acobardado, en busca de la seguridad de la soledad y lejos del foco de su nerviosismo.

Le iba a dar algo. Desde lo de la maldita mano larga, ocurrido por la mañana, al ir a entregar a Marianne a sus hombres, una pequeña y endemoniada parte de su cerebro no podía olvidar la sensación de esos impresionantes muslos rodeando y atrapando su mano, el calor que desprendía el…, el… ¡Maldición! Tenía que controlarse o no podría mirarle de nuevo a la cara, a esa hermosa cara cuyos rasgos no conseguía borrar de su mente a ninguna hora. No estaba preparado para lo que fuera que intuía iba a llegar. Ni estaba preparado ni sabía qué demonios hacer. Con las mujeres todo era sencillo, las encelabas con dulces palabras, suaves caricias. Todo menos canturrearles. Con Peter todo se le iba al traste, se aceleraba, metía la pata, sudaba y palpitaba y, demonios, mala elección de palabra. Gimió en alto. Prisa, tenía que darse prisa, demonios. ¿Por qué diablos se habían parado de nuevo? La puerta del minúsculo coche se abrió de repente y la inmensa figura de la que intentaba escapar le miró fijamente, ávido de algo, de algo que casi asustaba. Su corazón se le fue a los pies y toda la sangre del cuerpo le acompañó presurosa.

—No te ibas sin mí ¿verdad?

Dios, estaba atrapado y se iba a desmayar. Él, un hombre hecho y derecho. Menudo horror.

Acababa de recibir una misiva en la que su incontrolable prometido le anunciaba que se iba a pasar por casa de Mere para visitarla y comenzar a tratar los preparativos de su *próxima y no cancelable, por mucho que cambiara de opinión, boda*. Esto último lo había subrayado varias veces. Tenía gracia, su caligrafía era algo torpe y con ciertos rasgos infantiles. Un hombre desconcertante y singular. La única duda que le surgía era si comentar a Doyle su nerviosismo por el intruso que de madrugada se acercaba a su cuarto y ahí se quedaba, como si supiera el pánico que con su mera presencia le causaba. ¿Y si era una nimiedad o resultaba que eran sus hermanastras intentando asustarla por el simple hecho de pasar un rato divertido? Si tuviera la suficiente valentía para abrir esa condenada puerta, pero algo, algo se lo impedía. Su instinto.

—Debes decírselo.

Su conciencia andante acababa de decidir por ella.

—Lo haces, en cuanto llegue o me reservo la dicha de contárselo yo misma. Tú decides —avisó Mere mirando el reloj situado junto a la puerta del salón en el que se habían instalado a la espera de la visita anunciada.

—¿Puedo pensármelo algo más?

—¡No! Algo está torcido en tu casa, Julia, y me angustia que vuelvas sin protección alguna.

Sentía la vacilación invadir su creciente convicción pero no iba a capitular. ¿Y si no era una tonta broma o imaginaciones suyas, un estúpido sueño, o nada más que un tablón descolocado en el suelo del pasillo que crujía porque estaba en su naturaleza hacerlo? Claro que eso no explicaba que el pomo girara repetidamente, y dudaba que las frías corrientes que pululaban por su casa fueran las responsables, pero es que se sentía como una cría pidiendo ayuda y escondiendo la cabeza, dejando que el entuerto lo deshiciera otro más capaz para ello. Odiaba esa sensación. La odiaba y se negaba a dejarse arrastrar por ella.

—No quiero hacerlo, Mere. Puede que mi fervorosa imaginación haya echado a correr desbocada. Con tanto libro, no sería extraño.

—Julia…

—No, escúchame. Dame de tiempo esta semana. Si se repite, no lo ocultaremos. Solo una semana para asegurarme de que todo va bien.

—No me gusta, Julia.

—Lo sé y no niego que me siento algo insegura, pero que no se diga que somos unas flacuchas endebles sin arrestos. Por favor, Mere, unos días tan solo.

Los dos pares de ojos castaños se cruzaron, unos suplicantes, los otros desconcertados y agitados, hasta que se dejaron convencer.

—Pero únicamente esta semana.

Una mezcla de alivio, incertidumbre y recelo se adueñó de ella, pero ya estaba harta de tener miedo, de callar y de sufrir en silencio. Que se prepararan los tres papagayos. No iba a permitir que la pisaran de nuevo. Nunca más.

Llamaron a la puerta de entrada, con golpetazos más que audibles e insistentes.

—Creo que llega tu futuro.

Ay Dios, ya comenzaban a tensarse los deditos de los pies. Tocaba taconear.

VI

Doyle no estaba de buen humor. Mejor dicho, estaba de un humor de perros. El futuro próximo y la trampa en la que se iban a meter de cabeza no le agradaba en lo más mínimo y no sabía si el hecho de que fuera acompañado, mejoraba o empeoraba esa impresión. Por un lado agradecía la ayuda, pero por otro le desagradaba que los demás se arriesgaran tanto como él. Podía mirarlo del derecho y del revés, que solo lograba ennegrecer su pésimo talante. Al menos su rojo tornado estaba sana y salva, controlada, y ante todo, bien localizada. Faltaba ponerle al día con sus recientes y arriesgados planes. No es que fuera a contárselo al dedillo sino a grandes rasgos, para no tener que mentir durante sus escapadas. Al fin y al cabo las mujeres tenían una imaginación calenturienta y vete tú a saber lo que podía elucubrar esa pequeña, sagaz e imaginativa mente.

Le hicieron pasar a la sala donde esperaba encontrar a solas a su prometida y poder achucharla un poco. Eso de que los hubieran pillado in fraganti en dos ocasiones era perjudicial para su salud y necesitaba acariciarle los pechos, qué demonios. Esos pechos que apenas había podido disfrutar cuando apareció el pequeño y sobreprotector Burrowers y que parecían obsesionarle. Desde crío, cuando algo le obsesionaba, necesitaba descubrirlo, estudiarlo, toquetearlo y a ser posible chupetearlo al completo. Demonios, ya se le estaba haciendo la boca agua solo de pensarlo e imaginarlo.

Rogó por encontrarla sola. Su entrepierna necesitaba con urgencia cierta tregua. En cuanto había atisbado la roja cabellera toda la sangre ubicada en la mitad superior de su cuerpo se había disparado hacia su sensible, duro y a punto de estallar miembro. ¿Qué demonios le estaba pasando? Era el maldito pelo rojo y esos pechos y el trasero. También esa mirada que lo derretía. Maldición, ¡se había convertido en un blandurrio!

Se tensó mientras se acercaba a la sentada mujer que centraba sus húmedas fantasías y se la veía para comerla a bocados. Diablos, tenía que controlarse. Podía hacerlo. Lanzó una atontada carcajada mientras su mente bullía repitiendo la tararira *aguanta, aguanta con estoicismo, aguanta.* Vale. Era fácil. No la miraría.

VII

¿Por qué se acercaba a grandes zancadas riendo solo? ¡Y no paraba! ¡Iba a caerle encima! Cerró los ojos hasta que los segundos pasaron y nada, salvo su propio susto, la aplastó. Abrió lentamente el izquierdo y todo su campo de visión quedó cubierto por la braqueta del pantalón de su prometido. La ¿abultada? braqueta de su Doyle, que parecía tener vida propia. No pudo evitarlo. Elevó el brazo con el dedo índice apuntando a esa cosa que parecía llenar el estrecho pantalón e indagó. Una sana curiosidad era una buena virtud ¿verdad? Se dejaría llevar, sin llegar a tocar, claro, no fuera que el bulto ese doliera, no porque le faltaran ganas. Quizá él no se había dado cuenta de lo que tenía expuesto.

—Tienes algo en el pantalón. Algo enorme atascado ahí.

Una aspiración brusca le llegó de lo alto, así que alzó la vista. Tenía los labios resecos por lo que los humedeció con la punta de la lengua. Ahora le llegó un gemido entrecortado y ¿dolorido? ¿Estaría enfermo su mastodonte? Desde luego, se le veía muy, muy colorado, como si sufriera de fiebre alta. Tenía todo el aspecto de haberse puesto mal la prenda o que se le hubiera colado algo dentro. ¡Qué curioso! Se inclinó para observar más de cerca y Doyle reculó como si le hubieran escaldado. A trompicones. A su derecha escuchó la risa ahogada de Mere, en seguida el revuelo de alguien grande, muy grande, moviéndose a toda velocidad y unas palabras dichas en voz grave y rasposa. Juraría que había sonado a *necesito aire, pero ya.* ¡Se iba casi corriendo! El mastodonte se volvía por donde había entrado, apenas dándole tiempo a ella para apreciar esa hermosa parte trasera. Vaya, nunca hubiera imaginado que con semejante volumen corporal fuera capaz de correr a la velocidad del rayo. Sin lugar a dudas algo que se le escapaba había ocurrido e intuía que Mere estaba al tanto. Se volvió hacia ella y fue a formular la pregunta pero un firme dedo ondulante se alzó ante su cara.

—Ni una pregunta. Lo que tengas que saber se lo tendrás que sonsacar a él.

—Vale pero es que…

131

—Es que nada. Las preguntas comprometidas, a él.

—¿Comprometidas? —Ay Dios, eso la inquietaba. Lo comprometido para Mere podría suponer un horror para ella. Con toda la parsimonia del mundo su pequeña amiga se levantó y se dirigió a la entreabierta puerta al tiempo que le anunciaba que iba en busca de su fogoso prometido, que se ¿preparara? para lo que se le venía encima y que le iba a encantar. Parecía estar hablando en un idioma extranjero, para el caso. Se le ocurrió sin más. ¿Le iría a regalar algo Doyle? Puede que el bolsillo del pantalón se extendiera hasta la zona frontal y guardara algo largo y voluminoso. Comenzó a sentirse un poco tonta según pasaban los minutos por lo que tras pasearse por la sala un par de veces se asomó a la ventana. Seguía nevando, copos esponjosos, lentos, hermosos.

Escuchó un ligero ruido a su espalda, prácticamente inapreciable. Ya volvía y la curiosidad de nuevo orientó su mirada hacia la abultada y apretada zona de antes. Sin duda habría recompuesto el pantalón ¿o no?

—Por Dios, mujer, ¿quieres dejar de mirarme la entrepierna?

Se puso roja como la remolacha.

—No puedo. La curiosidad me mata. ¿Qué escondías en el pantalón? ¿Un regalo? —los plateados ojos la miraron fijamente e inclinó la cabeza hacia un lado.

La explosión de carcajadas la sobresaltó. La inmensa figura del hombre más apuesto del mundo se acercó con pasos seguros hasta que ambos quedaron junto al alto ventanal. Dios mío, a la luz diurna esos ojos transparentes se volvían, si cabe, más impresionantes. Era asombrosamente hermoso. Sonreía de forma abierta y despreocupada, como si disfrutara de uno de los mejores momentos de su vida.

—Nunca lo habían llamado así, pero no voy a ser yo quien lo refute.

—¿Llamar el qué? —el mastodonte hablaba en clave, una clave desconocida para ella.

—Ya sabes...

—No.

Los ojos plateados se abrieron como huevos cocidos. De repente. El hombretón tragó saliva varias veces seguidas.

—¿Alguna vez has visto a un hombre desnudo?

Esa era una pregunta extraña, sin duda, pero fácil de contestar.

—Muchas.

—¡Qué!

—Claro, leo mucho.

Parecía confundido en extremo, por lo que Julia se decidió. Le sujetó una de sus inmensas manazas y comenzó a darle palmaditas intentando reconfortarle. Pobre hombre, no esperaba que su prometida fuera experta conocedora de la anatomía masculina.

—¿Lees? —la grave voz seguía repleta de asombro.

—Ajá.

—¿Te gustan los libros?

—Ajá. Mis tesoros. En ellos hay muchos hombres desnudos…

Fue asombroso. El apuesto rostro se transformó en hermoso. Una simple sonrisa tenía un poder inconmensurable.

—Dios, te adoro, mujer —un brusco beso cayó en sus labios— y dime, cielo, ¿cuántos hombres desnudos has visto?

—Unos cuantos —sonrió extremadamente satisfecha— al David, por supuesto, el olímpico representado en el discóbolo —súbitamente se aproximó para susurrarle— me encanta el Apolo de Belvedere y las esculturas de Policleto, tienen un algo especial. Como verás he observado a muchos, muchos hombres en paños menores o sin paños, vaya.

—Una vasta experiencia, sin duda, querida.

Una maravillosa sensación de gusto le rodeó hasta que apreció la sonrisa plantada en los labios de su inmenso prometido. ¿Le estaba tomando el pelo?

—¿Alguno al natural? —runruneó descaradamente Doyle, inclinando su apuesta cara para observarla directamente.

—Admito que mi educación anatómica tiene ciertos defectillos, pero son menudencias. Total, no puede haber mucha diferencia con la realidad ¿no?

Sin previo aviso, Doyle se volvió y encaminó raudo hacia la puerta.

—¿Qué haces?

Ese hombre la desconcertaba de continuo. Fascinante. Desde el otro lado de la habitación le llegó la respuesta.

—Seguir un consejo de una diminuta e inteligente persona… —con un suave movimiento de su mano giró la cerradura de la puerta— para evitar inesperadas interrupciones.

Ay madre, estaban encerrados, su mastodonte enfilando de nuevo hacia ella, sin un mínimo desvío y ya comenzaban sus dedos de los pies a tensarse estresados.

—Me pones nerviosa.

La caminata se detuvo repentinamente a dos minúsculos pasos de distancia y la expresión masculina se dulcificó. Recorrió la distancia que los separaba y con sus dos manos le rodeó el rostro. ¿Cómo alguien tan brusco por regla general podía ser tan tierno? Uno de los misterios del universo.

—No tienes por qué, no conmigo, cielo. Debes sentirte protegida... —otro suave beso en los labios. Ella se los humedeció de nuevo, respondiendo él con un suave y susurrado *por Dios, que me matas* para continuar respondiendo más alto— sentirte segura... —otro dulce y apenas perceptible beso— tranquila y deseada.

Separó sus labios de los masculinos, más llenos, y aspiró.

—Vale, sigo nerviosa.

Una suave risa la reconfortó. Él tenía razón, no había motivo para sentir esas tontas mariposas en el estómago. Las aplastaría con la fuerza de su mente. No le dio tiempo. El suave beso inicial ya no tenía nada de suave. Era apasionado, profundo y la estaba erizando todo el vello del cuerpo, incluso la cabellera. Le estaba recorriendo todo el interior de su boca, tanteando, acariciando, retirándose para volver a la carga. Se le estaban aflojando las piernas por las locas sensaciones que le estaban causando esa boca y esa, esa endiablada lengua. Una inmensa mano posada en su trasero la agarró y empujó contra el enorme cuerpo. ¡Vaya!

—Ha vuelto.

—¿Hum? —los besos estaban bajando por el cuello, lentamente, muy lentamente. ¡Demasiado lento, por Dios!

Olía tan bien... ¿Qué le acababa de decir? El tremendo bulto que notaba incluso a través de las faldas, le hizo recordar.

—El regalo del pantalón ha vuelto —apenas podía pensar, con esa mano masajeándole el trasero y la otra, ¡ay, que le daba algo!, le rodeaba el pecho completamente, el pulgar acariciando la parte superior, la que no cubría el escote. Se le estaba entrecortando la respiración, como si hubiera corrido una larga distancia sin detenerse.

—Lo que llevas oculto... en el... calzón, digo, ¡pantalón! Quería decir pantalón. Es que me distraes con...

El chillido reverberó por toda la sala hasta quedar apagado con la mano que hacía un segundo la estaba sobando el trasero. Su otra mano se había colado por el escote, empujándolo hacia abajo hasta liberar su generoso pecho.

—Dios, eres hermosa.

De nuevo la besaba y las embriagadoras sensaciones iban desde lo que le estaba haciendo a su boca, a esa cálida mano que le moldeaba y acariciaba el pecho, que aferraba el pezón con los dedos y suavemente presionaba, que lo sopesaba mientras repetía que eran preciosos y que, por supuesto, eran suyos. Fue a indagar, pero en un segundo su mente quedó en blanco. Un calor atenazante la arrollaba. Necesitaba participar. Simplemente lo necesitaba. Sus sentidos la estaban mareando, su olor, ese olor a hombre, fuerte, masculino, la estaba volviendo loca. La aturdía pero una pequeña parte de su mente buscaba saber, por lo que ella también apoyó una de sus manos en el firme y redondo trasero del hombre que la había escogido y lo magreó con el mayor descaro del mundo. Con el mayor acierto, si se atenía a la reacción del cuerpo que cada vez se inclinaba más y más hasta ¡pegar un lametón al pecho descubierto!

Un hormigueo le recorrió de la cabeza a los pies y pareció vagar hasta su entrepierna, que se humedeció, de repente, contrayéndose. Jamás, jamás había sentido su piel tan sensible, los sentidos centrados en la zona que lamía, que saboreaba, que mordisqueaba…

—Quieta, cielo, déjame. Dios. Me sabes a gloria…

Comenzó a darle suaves tirones para liberar el otro pecho pero la tela se resistía hasta que se escuchó el rasgar del tejido. Le dio exactamente igual ya que no podía parar. Dios mío, él tenía el trasero duro y musculoso. Redondeado. Su mano derecha comenzó a vagar mientras se escuchaba a sí misma gemir, con gemidos entrecortados y entremezclados con los de él, más roncos y profundos. Algo decía, pero no entendía, no podía…, tampoco importaba. Se dejó arrastrar por la marea incontrolable hasta que recordó. Quería saber. Bordeó su sólida cadera y presionó con un tierno golpe el tremendo bulto que se apretaba desesperado contra sus caderas.

—¡Diablos!

Apretó con más fuerza.

—Diablos, sí cariño, lo que quieras —sintió el trago de aire en la garganta masculina— haz lo que quieras…

Oh, le encantaba. Podía tocar y acariciar aquello que parecía tan duro, tenso y a punto de romper el pantalón.

—¿Puedo verlo?

Otro brutal gemido masculino. ¡Lo había asustado! Y paralizado. La boca, las manos, los ojos cerrados y respirando con dificultad. Así se había quedado su mastodonte. Congelado. Un escalofrío pareció recorrer el inmenso corpachón, que en silencio, parecía intentar controlarse a duras penas. No, no, no, había dicho una inconveniencia.

—Si es feo, no tienes que enseñarme el regalo. Puedo esperar a que estés preparado.

Sintió que apoyaba su frente contra la suya, mientras rodeaba su cara con sus cálidas manos, alzándola en su dirección. Una suave sonrisa brotó de los carnosos labios.

—Créeme, cielo, tarde o temprano lo vas a conocer, y a fondo.

—¿No me das ni una pista?

Los claros ojos quedaron fijos en ella. La cabeza de nuevo ladeada.

—Imaginaba que íbamos a mantener conversaciones interesantes, pero… —una sonrisa se instaló en su cara, dejando a la vista los hermosos dientes— no hasta tal punto —suspiró—. Veamos, querida, ¿qué tienen las estatuas entre los muslos?

—Un hueco.

Resopló impaciente.

—No, cielo, donde se juntan los muslos. Ya sabes…

Pero, ¿a qué rábanos se refería? O se explicaba como un ser racional o le iba a resultar imposible… Otro chillido descomunal brotó de su garganta y seguro que se había escuchado en toda la mansión. El muy bruto le había dado una palmadita entre las piernas, metiendo esa manaza bien dentro, introduciendo junto con el descarado apéndice, un remolino de faldas que de nada habían servido en su función de parapeto. ¡Entre las piernas y ahí la había dejado instalada! Le dio un cachetazo en la intrusiva y lanzada extremidad.

—¡No puedes hacer eso!

—Querer es poder, cielo, y yo quiero familiarizarme con esa suculenta zona.

—Pero…, pero…

Ni hablar podía. El mastodonte la miraba con el ceño fruncido, como si se sintiera ofendido. Se cruzó de brazos, enfurruñado y la miró desde su altura antes de hablar con toda la tranquilidad del universo.

—Tú querías toquetearme, así que yo también quiero lo mismo.

Por un segundo casi dejó que el humor la arrastrara. Parecía un crío malcriado al que acababan de regañar por tratar de tocar lo que estaba fuera de su alcance.

—De eso nada, yo solo quería ver el regalito.

—El regalito ¡es mi miembro!

Ya estaba el gruñón berreando a pleno pulmón.

—¿Te estás sulfurando, Doyle Brandon?

—¡No! Bueno, sí. Quiero sobarte un poco de nada y me…

—¿Un poco de nada? Si me has zampado entera.

Los ojos masculinos brillaron.

—El día que te zampe, niña, no podrás ponerte en pie en un buen rato.

¡Ja! A punto estaba de replicar cuándo rebobinó la estrambótica conversación o debate hasta su punto álgido. Eso, mejor llamarlo debate.

—¿Qué miembro?

Ahora la miraba ¿asustado?

—El miembro varonil de toda la vida, ya sabes o si prefieres, también denominado pene, sexo, órgano viril, falo…

La palma de su mano cubrió de inmediato la atrevida boca y susurró.

—Eso no se dice delante de una dama y… —ladeó la cara hacia la puerta— te pueden oír.

Lo que ocurrió a continuación se asemejaba a una dimensión de esas de otro mundo que pirraban a su estrafalaria madrastra. Los blancos dientes le pegaron un suave mordisco en los dedos y comenzó a canturrear *falo, falo, falo* seguido de *verga, miembro,* y de nuevo *falo.*

Esto no podía estar ocurriendo. Lo único que se le ocurrió fue chistarle y, gracias a los cielos, funcionó. El muy empecatado sabía que tenía ganada la partida y eso la ofuscaba hasta el infinito. El mastodonte inclinó, juguetón, la cabeza.

—Me callo si me prometes algo.

Qué mal sonaba eso. El recelo la inundó por completo.

—¿El qué?

Repentinamente la seriedad discurrió por el apuesto rostro masculino. Los juegos, las bromas habían desaparecido.

—Que te casarás conmigo, que no te retractarás.

Dios santo, parecía hablar tan en serio, los ojos sobrios, mesurados.

—¿Julia?

Decidió sincerarse.

—Una persona me dijo en una ocasión que de casarme lo hiciera estando completamente segura de querer hacerlo, de casarme amando a mi pareja —miró atentamente esos ojos reservados—. Nosotros no nos amamos ¿verdad? Disfrutamos estando juntos, puede que haya algo entre los dos, pero…

—Nada impide que lo hagamos con el tiempo.

—¿Tú crees? —la voz femenina contenía un punto de súplica que él captó de inmediato. Los transparentes ojos se enternecieron.

—Lo creo, cielo, lo creo… —una suave y ronca risa recorrió el enorme corpachón— ya empieza a costarme pensar en una vida en la que no estés tú volviéndome loco, y en el aspecto físico, créeme, querida, estamos más que cubiertos.

—Claro, los dos somos grandotes.

Una pronta carcajada fue la respuesta inicial.

—No cielo, lo que se torna grandote, más que grandote es mi miembro, en cuanto te atisbo.

—¿Qué miembro?

Los ojos del mastodonte de nuevo se achicaron, como si ella le hubiera provocado. En esta ocasión la explicación fue práctica, carente de palabras. Sintió que una manaza aferraba la suya y la colocaba, con firmeza en el frontal del abultadísimo pantalón, mientras la grave voz soltaba un *este miembro, querida*. ¿Le estaba tomando el pelo?

—Eso no es tu miembro viril.

—Lo es.

—No, no lo es. Eso es enorme.

—¿Y?

—En las estatuas es como un gusanito pequeño y arrugado. Me he fijado con mucha atención y tiene su lógica que sea tan chiquitín.

Por enésima ocasión, al menos, en lo que llevaban de conversación, el mastodonte soltó un torturado gemido.

—¿Lógica?

—Claro. Bueno, no debiéramos mantener esta conversación, pero como vamos a casarnos, no me opongo —sonrió toda satisfecha como si hubiera descubierto la cura del cólera—. Al fin y al cabo las parejas deben compartirlo todo. Si no fuera tan diminuto no podría dejar la semilla, ya sabes, en las mujeres.

Otro extraño gemido.

—Cielo, te va a dar un ataque cuando veas mi *diminuto* miembro.

—No te preocupes, Doyle Brandon. El tamaño es lo de menos, mientras funcione bien.

Los sonidos del hombre situado a su lado comenzaban a preocuparla. ¿Lo estaría espantando con toda su experiencia en materia de hombres? Debía tranquilizarle.

—Lo importante son los sentimientos. Eso y hablar mucho, confiar mutuamente y nunca, nunca mentirse.

—Y el sexo.

Chistó de nuevo pero en esta ocasión él la ignoró.

—Me encantaría tener mucho sexo contigo, Julia Brears, con mi diminuto miembro.

—Vale, pero después de la boda.

—¿Y un poquito antes?

—De eso nada. Ya veo que quieres liarme.

—Vas a acabar conmigo, futura esposa. Muy bien, mujer, por ahora lo dejaremos estar, pero un pequeño consejo, no te fíes en demasía de lo que muestran las estatuas. A veces se quedan, ¿cómo decirlo?, cortas.

La inmensa figura se alejó un paso, tras plantarle un inesperado y cálido beso, permitiendo que el aire circulara entre ellos libremente, lo que provocó que se diera cuenta, horrorizada, de que seguía teniendo el pecho descubierto. No le dio tiempo a taparse. Él se le adelantó. Una traviesa caricia y le colocó el corpiño en su lugar mientras murmuraba algo como que iba a disfrutar del matrimonio si ella no se desmayaba antes al ver al diminuto.

¿Tendría que preocuparse? Su instinto le decía que él le ocultaba algo esencial, algo que le iba a impactar. Daba igual, ya se enteraría.

VIII

Tenía todo preparado. La muchacha parloteaba sin descanso, por lo que resultaba extremadamente sencillo sonsacarle información. Con dos caricias no había dato que no estuviera dispuesta a dar. Tan simple que a otro hombre le hubiera provocado lástima. Tan ignorante que le daba incluso asco de la sencillez con la que se había dejado arrastrar y engatusar.

Habían avisado, amenazado y coaccionado al viejo, pero era duro de pelar y… tramaba algo. No se había acobardado ante la presión, al sentirse acorralado, salvo cuando mencionaron a sus hijas, sobre todo a ella, a su pelirroja. El correoso y orgulloso anciano seguía tan perdido que resultaba cómico. Había conseguido averiguar una pequeña parte de lo que se estaba tejiendo a su alrededor, pero se quedaba ensimismado deleitándose en la tela, sin adentrarse en el hermoso hilo, en el detalle, en la argucia del entramado. Le había decepcionado y por ello moriría, mañana. La elección del modo era su única duda y no podía ni quería postergarlo. Nadie saboteaba sus bien trazados planes y menos un amargado, artrítico y engreído viejo.

—¿Cuándo será?

Al escuchar su pregunta Roland dirigió su clara mirada hacia su hermano mayor. Rupert le estaba defraudando y comenzaba a sopesar si valdría más muerto y enterrado. En su mente se cruzó la imagen de su esqueleto siendo devorado por las alimañas y no le desagradó del todo. Desprendía cierta hermosura. ¿Era inhumano sentir tal desapego por un hermano? No en él. Rupert le obligaba a ello, al no cumplir como debía, al desviarse de lo indicado, al meter la pata en aquello que le encomendaba. Respiró profundamente. Empezaba a sentir de nuevo esa animosidad lenta, que emanaba desde el mismo centro del vientre. No debía permitir que su ira brotase del interior donde la ocultaba amarrada hasta que la dejaba libre y voraz. Solamente la liberaba a su elección. La ira lo debilitaba, lo hacía vulnerable, y su familia, sus hombres debían seguirle sin dudar, fieles. Desapego de cariño, de emoción, de amor fraternal. Quizá debería dejar en libertad un instante esa brutal ira y hacerle caso. Rupert comenzaba a cansarle y estaba resultando un foco de problemas. Dos frentes abiertos eran suficientes por ahora. El tercero quedaba pendiente de que ellos cumplieran su parte del trato, y él jamás faltaba a su palabra. Por ello estaba en la cima. El primer frente, incluso empleando la amenaza, no había dado fruto, por lo que tocaba eliminar el fleco surgido como consecuencia de ello. Era necesario acabar con los Brears. El primer intento fallido no había servido de nada salvo desatar las sospechas del patriarca de la familia.

—¿No me oíste, hermano? ¿Cuándo será?

Molesto. Un molesto e irritable ser.

—¿Roland?

Insistente. Su firme aguante se resquebrajó un poco. Esa imagen apareció de nuevo, el cuerpo de Rupert devorado. Desmembrado. Tan atrayente, tanto.

—Mañana.

—¿Lo harás tú?

Y en ocasiones estúpido. Quizá empleando la ironía captara que en nada le apetecía compartir sus decisiones.

—¿Acaso tiene otro acceso a la casa?

Percibió la ira en el duro cuerpo de su hermano. Sonrió. Rupert carecía de su voluntad, de su contención, pero también le temía, le respetaba. Por hoy lo dejaría pasar. Se sentía generoso.

—Los hombres han seguido sus pautas minuciosamente. Debido al veneno suministrado, el malestar no ha desaparecido aún, así que a media mañana volverá a la casa a descansar. La cita en la estación de policía la tiene tras la comida, por lo que el momento preciso es cuando llegue, hacia las once. Jamás logrará reunirse con el superintendente, ese niñato aficionado a meter las narices donde no debe.

—Creí que te ibas a encargar de ese.

—Todo a su tiempo, hermano, todo en su justo momento.

—¿Estará la pelirroja? —indagó Rupert— esa que vigilas.

—¡No la menciones! ¡Es mía!

Ahí estaba de nuevo la ira. Su hermano mayor se tensó al contestar.

—Claro, hermano. Solo era curiosidad. Es que me aburro escondido en esta maldita cueva sabiendo que la puta que mató a mi Juliet sigue viva ahí fuera.

—Estamos en ello.

—¡No es lo mismo! Quiero ser yo quien la mutile viva, quiero escuchar sus alaridos, sus huesos al romper, su lengua al cortársela —su respiración comenzaba a surgir entrecortada, excitada.

Le daba asco. Rupert le repugnaba. Cuando todo estuviera atado se encargaría de él.

*****

Capítulo 5

Se le veía en la oscuridad, tenso, aprensivo, y por un instante dudó si seguir adelante con sus intenciones o dejar escapar la maldita oportunidad de ser feliz o al menos intentarlo. El miedo a destrozar la amistad que los unía, que había crecido con ellos, retenía una parte de sus impulsos. Se jugaba tanto, tanto... Por su mente pasó la imagen de una vida sin Rob a su lado, sin peleas, sin risas, sin sus horripilantes cánticos. Muerte en vida. No imaginaba su vida sin él y esperaba que fuera algo más que su mejor amigo, pese a los tropezones, a la necesidad de esconder su relación, al miedo a que los descubrieran, tanto a él como al hombre que le miraba con esos vivos ojos azules, mientras él permanecía como un tieso palo a contraluz. Se lanzó de cabeza al abismo.

—¿Puedo?

—Si me aseguras que...

Le ignoró descaradamente. Si le dejaba seguir rebuscaría mil excusas para no hablar, para no quedar a solas con él o para esconder lo que sentía.

—No te aseguro nada.

Ascendió al oscuro interior sentándose en el asiento vacante frente a Rob, las rodillas rozándose ya que el coche era bastante estrecho. Sonrió provocando un respingo en el tontolaba. Los hados le acompañaban esta noche. Si hubiera sido un coche descubierto habría mirado al cielo y murmurado un suave gracias. Por la forma en que apretaba los labios y el tic de su rodilla izquierda, el canijo no mostraba la más mínima intención de hablar, de moverse, y como mucho se dedicaba a respirar sin llamar demasiado su atención. Estaba nervioso y ello solo podía significar que algo muy dentro le bullía sin control, que intentaba parapetar lo que sentía, ocultarlo. Era terco, tremendamente tozudo, el muy... En esta ocasión no le serviría y a él se le estaba agotando la poca paciencia que le caracterizaba.

Por un puñetero momento se le cruzó por la mente abalanzarse sobre Rob, abrirle los muslos, ubicarse entre ellos, apretándose contra él con fuerza y plantarle el beso más caliente y húmedo que hubiera recibido en su vida. El cuerpo se le tensó. Un instante angustioso, un breve instante en el que casi dejó suelto el impulso. La respiración se le aceleró. Le invadió el ansia y al mismo tiempo la pasión, una pasión que con nadie había sentido y eso que apenas se habían tocado últimamente, salvo el encontronazo en el coche de caballos, con esa exploradora mano que lo había puesto como una condenada piedra. Dios, sentir esa mano entre sus muslos… Ese aspecto ya lo había asumido. Su cuerpo se le había revelado en lo que a Rob concernía, y los sueños, diablos, esos sueños que lo mantenían desvelado por miedo a lo que pudiera ocurrir en el siguiente. No podía pensar en eso, en esos sueños en los que la figura central de los mismos se sentaba en ese momento frente a él, como un pétreo bloque de áspera piedra. Debía tranquilizarse. Si deseaba lograr un avance, aunque fuera minúsculo, en su bien trazada planificación debía templar los nervios.

El problema básico era su paciencia y su endemoniado mal genio.

—En algún momento tendremos que hablar, Rob, y no hay mejor momento que el presente.

La quieta figura ubicada en el otro asiento, se cruzó de brazos, a la defensiva. Paciencia, pensó al tiempo que apretaba los puños clavándose las uñas en las palmas.

—Y eso ¿quién lo dice? ¿Tú?

Quizá fuera necesario un acercamiento más frontal e invasivo.

—¿Cuánto tiempo me vas a rehuir?

Ahí estaba la reacción, en el brillo de los azulados ojos.

—¡No lo hago!

—Lo haces y lo sabes. Si no fuéramos a alta velocidad ya te habrías lanzado de cabeza a la calle aunque arriesgaras esa dura cabeza en la caída.

—No te rehúyo, simplemente…

—¿Qué?

—¿Evito encontronazos que nos desgastan la moral?

Dios, odiaba que Rob hiciera eso, le fastidiaba sobremanera.

—¡No lo hagas! —carraspeó, la emoción atascando el sonido de su voz.

Mierda, se estaba enfadando, y con Rob la furia no servía de nada.

—¿El qué?

—No emplees el humor como vía de escape, Rob. No ahora, y sobre todo, no me mientas.

Eso enfadó a Rob mucho. Le conocía demasiado a fondo como para no apreciarlo.

—Joder, Pete. O te miento o…

—¿O qué?

—O digo lo que no puedo, ni estoy preparado para admitir —en la oscuridad, al filo de la intermitentes luces que se filtraban en el interior al pasar cerca de alguna farola encendida, se vislumbró la desesperación en su cara— las malditas palabras que dije una vez …

—Dilas.

Parecía asustado y no le extrañaba. A él, el corazón le latía a mil. No le pasaba salvo por él, por su maldita debilidad, por Rob.

—No me pidas eso, Pete. No funcionaría…

—¿Por qué? ¿Por miedo? ¿Por cobardía?

Sintió esa mirada clavada en él, furiosa. Se mordió la lengua. Siempre decía aquello que no deseaba, las palabras equivocadas, las que peor encajaban con lo que sentía. Nunca las que se le trababan en la maldita lengua, las idóneas, las que necesitaba expresar para hacer que sintiera lo que tenía dentro y le costaba tanto, tanto explicar.

—Eres un cabronazo, Peter.

—Lo sé, pero te quiero.

—Dios santo, Peter.

—Te quiero. Siempre te quise aunque me costó darme cuenta.

—Peter…

—E imagino que siempre te querré, aunque a veces daría cuánto fuera por no sentir esto.

—No…, no lo hagas.

—¿El qué? ¿Decir de una puta vez lo que siento, tragarme mis miedos?

—No me jodas…

Una sonrisa nerviosa surgió del tremendo hombre que había abierto su inmenso corazón.

—Demonios, canijo, no escogería yo esa frase ante un hombre a punto de estallar.

—Dios, eres un bestia.

—Nunca dije que no lo fuera ¿verdad? Mi jodida vida me ha hecho así, pero me conoces demasiado para asustarte.

—Peter…

—No. No lo digas. Piénsalo, tan solo piensa en ello, piensa en toda una vida vivida a medias.

—No es justo, amigo. Creí... —Rob encogió suavemente los amplios hombros.

—¿Qué lo dejaría estar?

Los azules ojos contestaron sin necesidad de palabras.

—Ya me conoces, canijo. Cuando algo se me mete en la mollera y en el puto corazón, me cuesta dejarlo ir.

Una sencilla sonrisa apareció en el rostro de Rob, en parte resignación, en parte ansia, emoción.

—¿Sin presiones, ni roces a traición o miradas de esas que ya sabes?

Una ronca y tierna carcajada brotó del oscuro hombre que por primera vez en su desgraciada vida había abierto su corazón pese al miedo al rechazo del hombre que quería.

—Ni en tus más dulces sueños, canijo. ¿No sabes el dicho? —una pícara e impactante sonrisa apareció en esos carnosos labios—. En el amor y en la guerra todo vale. Todo. Ya me conoces, soy un descarado incorregible.

Los ojos negros se entrecerraron.

—Los besos los dejaré para la siguiente ocasión.

La suave risa mezclada con el suspiró que le llegó del lado contrario del carruaje, de Rob, le regaló lo que no había tenido hasta entonces. Un resquicio de esperanza. Ilusión por un posible futuro.

II

Le desagradaba la humedad que se filtraba por las grietas de las erosionadas paredes de roca. La oscuridad, el frío, pero le satisfacía el silencio, el monótono ruido de las goteras. Habló rompiendo ese acogedor mutismo.

—Me temo que tendremos que cambiar los términos del acuerdo.

Los gélidos ojos azules le recordaron a los que veía en su propio espejo reflejándose a diario. Se entendían, y quizá incluso se comprendían, pero era una verdadera lástima que sus intereses fueran tan dispares aunque se entremezclaran de continuo.

—Y eso, ¿a qué se debe?

La ronca voz del hombre con el que iba a mantener una extraña charla, cuadraba con el cuerpo, con el apuesto rostro al que solo una cascada mesa de madera separaba de él. Eso y unos roñosos grilletes casi imposibles de abrir. Sonrió captando la fría mirada del extremadamente peligroso hombre al que nada parecía exaltar salvo que se pronunciara un maldito nombre, el maldito nombre de un simple policía.

Le había costado una ingente cuantía de libras el soborno para que la entrevista tuviera lugar a solas, y le desagradaba arriesgarse salvo en casos de extrema necesidad. En este caso valía la pena el riesgo aunque puede que su interlocutor no pensara igual. Le generaba curiosidad tanta ansiedad y por ello había accedido a reunirse. El hombre prosiguió con su invariable y grave tono de voz.

—Cumplí parte de mi trato. Localizaciones, nombres, métodos… ¿Qué parte habéis cumplido tú y tu hermano? Ninguna.

—Paciencia.

Estaba disfrutando de la ansiedad que emanaba del hombre que había acudido a visitar. Los duros muros que los rodeaban encajaban con él. Hacían una atractiva combinación. ¿Quizá era un error privar a este lugar de su morador? Los grilletes chirriaron al tensarse el cuerpo que los portaba, al inclinarse hacia adelante, aproximando ese definido rostro al suyo para captar la atención de Roland.

—Os quedan tres semanas antes de mi traslado. Para entonces quiero toda la información recabada y tenerlo completamente localizado.

El hombre hablaba con una mezcla de codicia y anhelo. Quería saber más, le gustaba saber más y ostentar ventaja.

—¿Para qué lo quieres? —demandó Bray.

Los azules ojos del hombre brillaron de nuevo, la cadena tintineando con el sutil movimiento.

—No te importa, Bray. Localízale para mí y tendrás parte de lo que viniste a buscar. Tendrás a la mujer de la que depende la vida de tu loco hermano.

—Dime una cosa, ¿cómo supiste que le asignarían el caso de Rupert, que se lo darían al policía, a tu presa o a tu trofeo, como prefieras llamarlo?

La sonrisa no pudo ocultar la crueldad de la mueca anterior.

—Nunca olvides quién soy y de dónde vengo. El poder del hijo de un duque no desaparece fácilmente.

La sonrisa, que para otros hubiera sido inquietante, desapareció. De nuevo se dirigió a él, como si se creyera superior pese a estar encadenado. Despreciable ignorancia. Nadie estaba jamás a su nivel y el hombre que hablaba mientras permanecía inmovilizado por los grilletes ya debería saberlo.

—No falléis o en esta ocasión no protegeré a Rupert.

—Nunca fallo —aseveró Bray— tendrás lo que buscas al igual que nosotros —respondió al hijo del duque de Saxton—. Espero lo mismo de tu parte.

La amenaza iba implícita en la frase y por los ojos entrecerrados del hombre que quedó sentado, incapaz de moverse, atado pese a su ira, no le pasó desapercibida. Ahora se entendían. No se extendió más la reunión. El visitante abandonó la fría y desapacible celda mientras escuchaba el silencioso traslado del hombre con el que se había reunido. Ese arrastrar de cadenas era un dulce sonido para sus oídos. Siempre se había deleitado en su superioridad y en que todos se dieran cuenta de ello.

III

Nunca se había visto en semejante encrucijada con anterioridad. No sabía emplear la dulzura con las mujeres, ni regalarles el oído. Era brusco, directo, y muchas le habían definido como frío, racional. Claro que eso siempre ocurría cuando las abandonaba, no en la cama. Su hermosa pelirroja le había vuelto el mundo al revés y no quería espantarla y ser él quien saliera con el puñetero corazón roto. Dios, disfrutaba de su compañía y comenzaba a sentirse vulnerable como nunca antes en su jodida vida. También, por primera vez en mucho tiempo, su hermano estaba relajado, la tensión entre él y Rob no le había abandonado por completo pero sí había amainado. Lo que hubiera ocurrido entre ellos era bienvenido, más que eso, lo agradecía en el alma. La ira encubierta, la tensión, el desamor, marcaba no solo a aquellos que lo sufrían sino también a quienes les rodeaban. Agradecía la paz, la reducida tregua en curso asentada entre ellos, aunque fuera temporal.

Liam había concertado un encuentro con Sorenson. No lo habían comentado con las mujeres, por el momento. Ya llegaría la hora. Ahora debían mantener la sangre completamente fría si no querían terminar con un fuerte enfrentamiento entre manos. Era lo último que deseaba, pero Sorenson le provocaría. Siempre lo hizo y el muy cabrón disfrutaba con ello. Algo en él siempre sacó lo peor de ese animal y temía que la tomara con Rob y Jared. No le entusiasmaba enfrentarse nuevamente a esa enfermiza y colérica mente y menos conociendo el poder que el muy canalla había adquirido durante los años en que él nada quiso saber de las luchas.

—Ya estamos preparados.

Estaban los cinco reunidos. Los dos supuestos púgiles y Peter en calidad de ayudante; Liam, que no había parado de refunfuñar en todo el día a cuenta de que no le gustaba en absoluto el lugar concertado para la cita, y él. Se dirigió a los hombres sentados en mullidos sillones alrededor de la chimenea en el selecto club Reform del que eran socios Peter y él. En un principio el edificio concebido a imagen de un palacio italiano les había parecido incongruente, pero su estilo clásico había terminado por agradarles. Las amplias y bien decoradas estancias, no excesivamente recargadas, los cómodos muebles, y ante todo, la intimidad ofrecida a sus socios, lo habían convertido en un habitual lugar de reunión de negocios o simplemente de esparcimiento. Su amplia y hermosa biblioteca era un tesoro difícil de resistir. Habían reservado una de las salas en las que se jugaban verdaderas fortunas a los naipes. Tras prepararles las bebidas que había solicitado y dejarles las licoreras al alcance de su mano, el personal del club les había dejado solos. Al agradable calor de la chimenea podían hablar tranquilamente. Ya no había marcha atrás.

La taberna de Whitby, o del diablo, como era conocida en los bajos fondos, no era el lugar que él hubiera elegido para una primera reunión. Estarían en inferioridad de condiciones y rodeados de la gente de Sorenson. Un maldito callejón sin salida. El río Támesis a un lado, las callejas sombrías en las que abundaban fulleros y contrabandistas, al otro. Conocía bien el local, con sus vigas oscuras soportando los dos pisos superiores y la fachada de ladrillo. La entrada con las sucias cristaleras a ambos lados, llenas de mugre, de restos de comida o bebida lanzados en las frecuentes peleas que acogía el local, la barra sustentada por los grandes barriles de cerveza secos, astillados, y las grandes chimeneas alrededor de las cuales se encontraban hombres poco aconsejables para hacer negocios aún menos recomendables. Una parte de su vida pasada que estaba a punto de invadir de nuevo. No por ello iba a dejar de compartir lo que sabía.

—Liam y yo conocemos la taberna. Es un jodido agujero de ratas. La tasca es alargada en acceso con unas estrechas y oscuras escaleras hacia el segundo piso. Un lateral da al río, mediante un pequeño sendero descendente, y la entrada al local da a la calleja principal. Sorenson habrá preparado a fondo la zona. Si hemos de pelear lo vamos a pasar mal. Disponemos de una única ventaja, la marea. Está bajando y calculo que en un par de horas las orillas fangosas del río habrán quedado al aire. Si nos acorralan tendremos una posible vía de escape.

—Pero eso será en el caso de que la reunión se vaya a pique —una ligera vacilación invadía el tono de voz de Rob.

—Y la probabilidad de que eso ocurra es más que alta. Si se genera una trifulca, quiero dos grupos formados, vosotros tres por un lado, Liam y yo por el otro. No os perdáis de vista, cubríos las espaldas y evitad distraeros. Emplearán un par de rameras para intentar despistarnos. Todo dependerá de la codicia de Sorenson frente a sus ansias de venganza que son considerables.

—¿Por qué esa mortal enemistad con ese hombre, Doyle?

Ojalá la respuesta fuera sencilla, pero no lo era y carecían de tiempo para que lo relatara como le gustaría. Se tendrían que conformar con lo esencial.

—La hermana menor de Sorenson se enamoró de un buen amigo mío, otro luchador, Jimmy. Era joven, muy bueno peleando aunque no tanto como yo, y aguantaba los golpes como pocos. Un gran muchacho. Y disfrutaba de la vida, sin doblez, honesto, pero hizo algo imperdonable para Sorenson. Se enamoró de su hermana Annie… El muy cabronazo no lo aceptaba y de una brutal paliza casi, casi, lo mató. Lo destrozó por el puro placer de hacerlo. Eso pudo conmigo. Le reté ante sus hombres. Estaba furioso. Si él ganaba me tendría en sus filas pero si yo lo lograba yo, su hermana y Jimmy podrían salir de ese maldito y jodido mundo. Fue muy duro. La pelea fue dura. A muerte. Gané y le perdoné la vida. En su extraño código de honor, le humillé al no acabar con él. Para él, esa mancha perdurará hasta que volvamos a enfrentarnos.

El silencio fue sepulcral.

—Joder, está como una jaula de grillos —la grave voz de Jared, lo rompió destensando algo el ambiente, pero notaba la profunda mirada ámbar de Liam sobre él, penetrante.

Recordar dolía. A ambos. Tanto que parecía que hubieran transcurrido días, no años y que el dolor siguiera apelmazado y adherido al pecho. Demasiado dolor. Su mejor amigo tomó la palabra.

—De acuerdo, chicos. Sorenson es inconfundible. Mide más de uno noventa, rasgos marcados en los que destaca el pelo rapado al cero y un aro pequeño en su oreja izquierda. Aspecto de luchador. Grande, pero ágil. Su punto fuerte, la potencia en los puños. Si te da de lleno te deja sin sentido. Tan sencillo como eso. Evitad golpes directos.

—Dios, menuda pinta tiene el plan de marras —refunfuñó Rob, mientras se volvía airado hacia Peter— debimos haber empezado con las lecciones de lucha, ¡ayer!

—No te preocupes, canijo. Yo te protejo.

Rob torpedeó con los labios desechando la idea. Sonrió con guasa.

—Siempre puedo canturrearles.

A todos les recorrió el cuerpo un espeluznante escalofrío. Dios, eso si que era un arma infalible y destructora de tímpanos.

Con la mirada recorrió a los hombres que junto a él iban a arriesgar el pellejo por sacar de su escondite a un animal cuyo lugar estaba en prisión. Eran buenos hombres. Los mejores.

IV

El despacho de su colega seguía vacío y llevaba días así. Al parecer había avisado que se encontraba indispuesto, que en una corta temporada no se pasaría por el banco, por lo que por el momento nada podía hacer salvo seguir indagando para recopilar cuanta más información mejor. Leyó de nuevo la corta nota que hacía diez días alguien le había dejado encima del escritorio de su despacho indicándole que si en alguna estima tenía su apacible existencia y la de su familia, contactara con George Hamilton. Que entablaran amistad, le diera confianza y esperara nuevas instrucciones.

Le desazonaba tanto la presente situación. Jamás se había dejado arredrar y no estaba dispuesto a que a su avanzada edad las personas que lo estaban chantajeando lograran obtener lo que buscaban. Si no fuera por su Julia... No debía permitir que corriera peligro y esos intentos de entrar en su cuarto a altas horas de la noche eran un aviso. Un aviso para él. Nunca le dio buenas vibraciones el hombre con el que debía contactar tanto en las reuniones del consejo de dirección como en el despacho ordinario de los negocios. Tampoco sabía demasiado de su vida privada, salvo que era un solterón recalcitrante, lo cual parecía incompatible con su aprecio por las mujeres.

Investigando había descubierto operaciones bancarias turbias. Hamilton estaba vendido y era corrupto. Ahora estaba desaparecido por lo que le resultaría complicado cumplir con lo requerido por sus chantajistas. Solo le quedaba una opción. Acudir a la policía en busca de ayuda. Al principio le habían ignorado, pero finalmente un joven superintendente había mostrado interés. Solamente le había adelantado lo esencial pero hoy mismo tenían una reunión, por la tarde.

Estaba deseando librarse de ese peso, demasiado abrumador para un hombre de su edad.

—Podemos acudir a tomar el té en casa de Lilianna Orren mañana mismo. Acaba de llegar la misiva... —la abuela Allison sujetaba en la mano la delicada hoja entreabierta— y responde que estará encantada de cotillear incansablemente sobre todo y sobre nada, pero que de hombres seguro.

Todas abrieron los ojos asombradas.

—Abuela, ¿es rarita la viuda Orren? —preguntó algo dubitativa Mere

Los ancianos labios se apretaron como si fuera a dejar brotar una risotada.

—No sé yo. Define rarita.

La que se lanzó fue Jules, aunque era de esperar. Le encantaban los juegos de palabras, los sinónimos y antónimos y las múltiples palabrejas con las que las solía sorprender.

—Excéntrica, extravagante o también maniática o lunática.

Qué ufana se la vio de repente, incluso rellenita de lo hinchada que había quedado de pura satisfacción.

¡Allison pareció pensárselo detenidamente! lo cual era una aciaga, muy aciaga señal. Siempre comenzaban con situaciones raras y terminaban secuestradas e inevitablemente amordazadas. Un asco, vaya, pensó Julia. Pero ella soportaría estoicamente las rarezas de otros. Al fin y al cabo ella engullía libros, no literalmente, claro, pero no era algo que actualmente se pudiera definir como normal en mujeres de su edad. Ahora le había dado por los dramaturgos rusos y a todo el mundo parecía espantarle.

—Yo diría original.

Le comenzó a picar la curiosidad.

—¿En qué sentido?

—Ya lo veréis.

—No, no, no. No puedes dejarnos con la intriga. He descubierto que si algo me intriga y no me sacan de la inopia se me cae el pelo a mechones.

—Julia, hija, tienes más que suficiente como para que te preocupe perder algo.

—¡Allison! ¿y si me sale alguna pequeña y visible calva? Mi boda está próxima.

—Pues la tapamos con flores y santo remedio.

Refunfuñó sin que le hicieran caso alguno. Tendría que esperar a conocerla. Llevaban un buen rato haciendo tiempo para la hora de la comida, tras una densa mañana que había transcurrido ordenando la librería de Norris. Había recibido una nueva remesa de libros y a ella no había quién la separara de ellos hasta otear y clasificar el último. Eran verdaderas joyas, así que del achuchón que había dado a Norris casi cayeron rodando por el suelo. Finalmente, y tras agotar la paciencia de todos, se había agenciado un par que llevaba meses tratando de localizar desesperada, como una loca aventada.

—¿A qué hora nos ha citado?

—Hacia las once de la mañana.

—¿Le has avisado o comentado algo? —indagó Julia

—No.

—¿Nada?

—Eso mismo.

—¿Qué sabe? —intervino Mere.

—Que vamos las cuatro.

—¡Abuela!

—Me vais a marear si no os adelanto algo ¿verdad?

El sí colectivo fue más que efusivo.

—En realidad, no le dije demasiado, solamente que nos interesan las peleas clandestinas que suele presenciar. Lo cierto es que me ha sorprendido su rápida contestación —se quedó un momento pensativa pero pareció despejarse en seguida—. Bueno, niñas, tenemos una hora antes de que Edmund regrese de la tienda, los chicos de trabajar, y podamos comer. ¿Os apetece ir a dar un paseo?

La propuesta no recibió excesivo apoyo por lo que optaron por permanecer tranquilas en casa de Mere. Según esta así podrían aprovechar y hacer unos esbozos del vestido de novia de Julia. ¡Esbozos de Mere! El vestido de novia se asemejaría a un gigantesco adefesio, pero no le importaba. Se reirían un rato mientras su periodo de libertad se iba agotando inexorablemente.

Mañana almorzaría en su propia casa. Abandonaría el calor del hogar de Mere para adentrarse en el rencor, en el desprecio y en el silencio. En el triste y solitario silencio.

Habían decidido cómo proceder y estaban dando buena cuenta de los últimos tragos a las copas seleccionadas por cada uno. Los colores se habían instalado en el rostro de Rob, y Peter le observaba. Apartaba la mirada pero de nuevo volvía a la carga, como si ese apuesto rostro le atrajera irremisiblemente, y sonreía travieso. Rob se estaba enfurruñando por momentos.

—¿Quieres dejar de mirarme así? —estalló Rob

—Así ¿cómo?

—Como si fuera lo más interesante del mundo, solo soy un tipo bebiendo ron.

Peter no pudo retener la risa antes de contestar.

—Un tipo bebiendo ron medio adormilado del sopor y con el rostro lleno de coloretes.

—Pues menuda diversión, mirarme fijamente.

—No lo dudes, amigo, no lo dudes —respondió Peter con una voz que rara vez se le escuchaba, inmensamente tierna.

Era matemático. Tan pronto las palabras brotaron de boca de Peter, Rob se removió inquieto y lo que hasta hace un momento eran coloretes se convirtieron en llamaradas y no supo el porqué, pero algo le dijo que su hermano menor sentía por Rob la misma curiosidad que él sufría respecto de los sonrojos de Julia. Acerca de hasta donde se extenderían cuando estaban en su punto más álgido. Sí, sin duda Peter sentía la misma curiosidad por la forma en que esos ojos negros recorrieron el cuerpo más menudo de su mejor amigo hasta que este le lanzó un suave codazo que le dio en el vientre, farfullando algo sobre las reglas del juego y las calientes miradas. Optó por dejarlo pasar. Con esos dos cualquier cosa podía ocurrir, pero le encantaba que se les viera tan relajados después de dos meses infernales peleando.

Se giró hacia Jared y Liam. El primero estaba todo despatarrado en el sillón orejero, los ojos cerrados y un mechón de rojizo cabello cayéndole por el rostro. Casi rió. El pobre hombre tenía un cabello indomable y completamente salvaje. Le recordó tanto a su pequeña y aguerrida hermana. Liam estaba rumiando algo por la forma en que daba vueltas al vaso que tenía entre manos, y sin necesidad de leerle la mente supo de qué se trataba. Alguno tendría que plantearlo tarde o temprano, por lo que se lanzó de cabeza.

—¿Vamos a avisar a las mujeres?

La duda se reflejó en los rostros de los cinco hombres. El primero en contestar fue su mejor amigo.

—Si se lo digo a Cooky, querrá acompañarnos. Dejará a los niños bien protegidos, agarrará la pistola que le regalé por Navidad y... —una suave sonrisa asomó a su cara— lo cierto es que no vendría mal semejante puntería, —Liam se volvió inmensamente satisfecho hacia los demás— es infalible. Le daría a la cabeza de un alfiler a diez pasos de distancia. Claro que también puede intentar darle una patada en los huevos a Sorenson. Mejor no decir nada —recapituló en medio de un evidente escalofrío.

Jared fue el siguiente.

—Como diga algo, se me cae el mundo encima. Mejor dicho, se me caen las mujeres de mi familia encima. Mere y la abuela casi seguro intentarían drogarme para impedir que me moviera. Ya lo ha intentado en alguna ocasión la enana, pero drogó por error a Tom. Balbuceaba y se mordió la lengua —la risilla que soltó fue maquiavélica—. Además, seguro que la ardilla comienza a...

—¿Qué ardilla? ¿Tienes una mascota? —preguntó Rob, curioso como siempre.

—No, hombre. La ardilla es Jules Sullivan.

—¿Nuestra Jules, la del Club? —lanzó sorprendido Rob.

—La misma que viste y calza —la respuesta de Jared fue clara y firme.

Todos alucinaron ¿ardilla? No se habría atrevido a llamar ardilla a esa dulce y apocada mujer. Si era un verdadero encanto, un callado encanto, pero encanto al fin y al cabo, y Jared era un tremendo bruto. Iba a estar divertido lo de esos dos tan, tan, diferentes.

—Eres algo torpe con las mujeres ¿no? —indagó Liam—. A una señora no se le llama ardilla, sino bella, hermosa o pimpollo. Eso si quieres meterte bajo sus faldas, claro. Con lo de ardilla recibirás como mucho un buen tarisco.

La incertidumbre brilló en los verdes ojos de Jared seguida de llana satisfacción.

—¡Hombre!, gracias por el consejo, aunque podría haber llegado antes. Actualmente le desagrado un poco de nada, pero todo cambiará, sobre todo cuando le llame pimpollito —la duda circuló por su mente breves instantes pero la desechó en seguida. Sonaba bien, *mi dulce pimpollito, mi primoroso pimpollito.* Con su labia la iba a desmayar—. Gracias, amigo, se agradece todo tipo de ayuda con la ardill..., quería decir, mi estirado pimpollo —dio una agradecida palmada en el hombro de Liam.

Todos se volvieron hacia él.

—A mí no me miréis. Poneos en mi lugar. A punto de casarme, me planto ante mi prometida y le digo: *Querida, tengo la intención de ir a un enfrentamiento con un tipejo peligroso que me la tiene guardada, en su guarida, en los muelles, en la taberna con peor fama de Londres, pero no te preocupes que nada, absolutamente nada va a pasar.*

—Tienes razón. Suena fatal. Mejor no lo digas que igual te deja por idiota y nos ha costado un triunfo colocarte con una estupenda mujer.

Los murmullos de apoyo no se hicieron esperar.

Estaba prácticamente decidido. Todos a callar. Antes de continuar se le ocurrió una idea espeluznante.

—Esperemos que no nos hieran a ninguno porque en ese caso no nos libramos de que se enteren y de la consiguiente bronca.

—¿¡Y, si lo dejamos!? —la ansiedad desesperada en boca de Liam arrancó una carcajada en todos hasta que Doyle posó una mano en el fuerte cuello de su amigo.

—No te preocupes amigo, intercederé por ti.

—Más te vale, liante.

Un incómodo silencio los cubrió a todos hasta que la jocosa y grave voz de Peter surgió repentina.

—¡Os dan miedo las mujeres!

Los *claro, por supuesto* y *es que tú no las conoces, dan miedo*, se sucedieron entremezclados con risas de pura y simple aceptación. Es que las mujeres de sus vidas eran de armas tomar. Dejaron de lado las copas vacías, y lentamente, con pasos algo vacilantes, se dirigieron hacia la salida tras recoger sus ropas de abrigo.

¡Maldición! Se había pasado con el coñac, estaba bastante mareado. Solo esperaba que se le pasara parte del efecto antes de llegar a la mansión Aitor para hacer una corta visita a su Julia.

Peter y Rob debían acudir a la casa franca a relevar por dos horas a la pareja de agentes que, desesperados, habían solicitado un cambio inmediato, bajo amenaza de abandono del cuerpo policial en caso contrario. Ni idea de lo que se iban a encontrar cuando llegaran. Disponían de tres horas antes de reunirse los cinco en el punto indicado, preparados para acudir a los muelles. Liam tenía intención de recoger a Cooky en la escuela en la que impartía clases a críos pequeños para después disfrutar de una ligera cena en familia. Jared había quedado con sus dos hermanos varones y su cuñado John para concretar la mejor forma de proteger a Julia y a la familia de Liam. Estaban en las mejores manos. Él necesitaba ver a su hermosa pelirroja. Dios, se estaba convirtiendo en una maldita adicción.

Bajo el helado viento y los suaves copos de nieve se abotonaron sus gruesas ropas, se calaron los sombreros y cada cual se encaminó en su propia dirección. No veía el momento de posar sus ojos en ella. Demonios, estaba muuuy achispado por el coñac consumido. ¿Arrastraba en su mente las palabras?

VII

Estaban todas tiradas por el suelo de la salita a la que habían pasado tras degustar la fantástica comida elaborada por la cocinera. La jugosa tarta de fresa había acabado con su voluntad de no dejarse llevar por sus papilas gustativas. Los fresones habían ganado por mayoría aplastante. Se relamió los restos de mermelada. Disfrutar de la tarde era poco decir, y lo agradecía tanto. Las cuatro sabían de sobra que mañana iba a cambiar su situación y habían decidido aprovechar el momento.

Mere seguía a su lado, tirada en el suelo, dibujando horripilantes y chistosos diseños de vestidos de novia. A su izquierda permanecía Jules, al abrigo del fuego de la enorme chimenea. Allison las miraba indulgente desde el sillón estampado de dos plazas que se había convertido en su asiento favorito, y a su lado se arrellanaba Edmund Norris, quien las observaba con dulzura a todas ellas. Por su mente pasó fugaz la idea de que quizá el próximo vestido de novia fuera el de la abuela Allison, pero la desechó. Se les veía tan contentos y relajados. La segunda oportunidad, recibida tras sobrevivir Norris a la agresión de Anderson hacía tres meses, había sido bien aprovechada. Se les notaba felices. Ojalá ella a la edad de la abuela y Norris pudiera compartir ese mismo amor que sentían el uno por el otro.

—Julia, hija, la boda está cercana, y realmente, tienes que comenzar a pensar en el diseño del vestido de novia. Puede que tu madrastra esté organizando todo lo demás, pero eso es tan personal; cariño ¿has pensado en algo?

Desde el suelo Mere le giñó un ojo y sacudió el más horrible de los dibujos mientras le decía: *este, Julia, con él los dejarás a todos boquiabiertos.* Boquiabiertos no, aterrados. Una novia vestida con un saco de patatas lleno de volantes sin duda sería el centro de los cotilleos de la temporada londinense. Hacía tiempo que sabía lo que quería y optó por compartirlo con sus amigos

—Me gustaría llevar el vestido con el que se casó mi madre.

—Ay, cielo —intervino Mere desde el suelo, con voz algo ahogada. Julia no sabía si de emoción o porque tenía los pechos apretujados contra el suelo —seguro que le hubiera encantado y estarás tan hermosa.

En su pecho sintió una suave calidez. Sabía que la idea les agradaría. A punto estaba de comentarles los planes que había esbozado cuando anunciaron la llegada de su mandón prometido. Vaya, no le esperaba hasta mañana, habían acordado que acompañaría a Mere, a la abuela Allison y a ella cuando volviera a su casa, y así aprovecharía para hablar con su padre de la organización de la boda. Se volvió hacia la puerta y quedó con la boca semiabierta. Dios mío, estaba guapísimo y ¿algo tambaleante? La miraba, no raro, sino rarísimo, y parecía tener los hermosos ojos algo ¿achispados? ¡Estaba como una cuba! ¿No se iría a casar con un borracho beodo?

—Doyle Brandon, ¿estás bebido?

—Sí querida, encoñacado hasta las trancas.

La risa infantil que soltó mientras saludaba efusivamente a los presentes, ¡lanzando un par de besos al vuelo a las mujeres!, provocó cierta divertida consternación.

—¿Sueles beber?

Todos lo observaban pasmados, a la espera de una respuesta inquietante.

—No, mi hermoso, herrrmoso cielo —arrastraba ligeramente las palabras y tenía muchísima gracia. Mere se aguantaba la risa con la mano y Jules apretaba los labios. Prefería no mirar a la abuela ni a Norris—. Solo bebo si estoy inquieto y me suele sentar fatal. Y me da por besuquear a la gente cercana. A veces también llanto, digo… canto.

Dios santo, era demasiada información para una novia, ¿cantaba su Doyle? Julia sacudió la cabeza y se centró en lo importante.

—¿Estás inquieto?

En el mismo momento en el que iba a contestar, la abuela se irguió y agarró a Norris de la mano mientras hacía un gesto a Mere y a Jules para que se alzaran del suelo.

—Julia, hija. Al menos has descubierto antes de la boda que es un amoroso y sensual borrachín y que no le agrada beber. Un gran punto a su favor.

La abuela se le aproximó y plantó un cálido beso en su mejilla aprovechando para decirle que había tenido suerte con el hombre que había elegido y que estarían en la salita contigua por si necesitaba ayuda. Después se dirigieron todos a la puerta, sin una mirada de apoyo en su dirección y ¡dejándola a solas con el mastodonte!

¿¡Suerte!? ¡Si estaba medio bebido! ¿Qué se hace con un hombre medio bebido? Alimentarle. Eso, para llenarle el estómago y que el alimento absorba el alcohol o algo parecido. Lo empapuzaría de pastel.

—Espérame aquí, Doyle Brandon.

Se escuchó un ruido sordo como de un fardo al caer, por lo que sin perder el paso que la encaminaba a la puerta, se volvió. La enorme figura había caído despatarrada en el sillón de dos plazas, pero con el peso había desplazado el cojín, quedando plantado con el trasero en el suelo y los muslos todos estirados y separados. La ropa desarreglada, el pelo completamente despeinado, una sonrisa beatífica en los carnosos labios y esos alucinantes ojos posados como cola pegajosa en ¡sus pechos! Intentó incorporarse, con supremo esfuerzo, entre torpes equilibrios, pero a la tercera, Doyle optó por acomodarse en el suelo mientras repetía una y otra vez que no se preocupara, que en seguida dejaría de verla doble y algo borrosa, pero que aún así estaba tan hermosa toda ella, su mujer, su pelirroja, ¡su pimpollo! Pero, ¿de dónde habría sacado ese horror de piropo?

Se aproximó presurosa al hombre que la miraba fijamente y se ubicó entre sus muslos, de pie, para acuclillarse de inmediato, aplastándose contra él y rodeándole el pecho con sus brazos. Trató de darle impulso para conseguir sentarlo de nuevo en el sillón, pero era como intentar mover un menhir y el muy jamelgo aprovechó su descuido para hundir la cara, al completo ¡en su escote! y pegarle ¡un chupetón! De la impresión se echó ligeramente para atrás dándole mayor acceso a su escote y recibiendo un *gracias, cielo, hueles de muerte. No muerte mala, sino de la buena, claro.*

Sus encuentros no eran normales. Tenía que soltarse del obsesivo e insistente amarre, pero en parte lo que le estaba haciendo… ¡Ay, rábanos!, la estaba mordisqueando los pechos y sus dos inmensas manazas se había plantado directamente en su trasero. Le chiflaban las sensaciones que le provocaba ese calorcillo que la invadía. Entre mordisco y lametón farfullaba algo de una taberna y de que él tampoco quería que le diera una patada en los ¿huevos? al animal. Ay madre, el coñac aparte de encoñacarle hasta las cejas, le hacía hablar de forma totalmente incoherente. Sonaba tan gracioso.

—Doyle, querido…

—Me encanta —balbuceó, depositándole un húmedo beso en su pecho derecho.

—¿El qué?

—Me has llamado querido —de repente se separó de ella y alzó ese precioso rostro, esos impresionantes ojos plateados, para mirarla directamente y en ellos parecía leerse amor, cariño, algo que jamás nadie había destinado a ella—. Es la primera vez que me lo dices.

Su corazón comenzó a bombear frenéticamente.

—Si te molesta, no lo haré.

—¡No! —la apretó fuerte contra él, como si hubiera sentido la necesidad de que no escapara—. No, me agrada y mucho ser tu querido. Vaya, eso sonó un tanto raro... —lanzó una risilla de crío pequeño, enternecedora—. Es el coñac el que farfulla, cielo, no yo. Me refería a no en el sentido de amante sino de amado, ya sabes, media naranja, alma gemelas, y esas cooooosas bonitas que se dicen los matrimonios —apoyó la fuerte mejilla justo en medio de sus pechos y suspiró medio adormilado—. Yo nunca tuve eso hasta que te encontré ¿sabías eso? Jamás, hasta que llegaste. Eso, hum, hasta que te vi en la fiesta y me reñiste.

El nudo de su garganta parecía tener el tamaño de una inmensa pelota. Si pudiera decirle esas mismas cosas sin licor de por medio. Daba igual. Lo importante era que lo sentía y eso ya era un gran punto de partida para una pareja que desde un primer momento parecía estar abocada al fracaso. No era así. Ahora tenían un hermoso futuro entre manos. Acarició el negro y espeso cabello del inmenso hombre que se había quedado como un leño, la cara sobre su pecho. Se arrebujó lo mejor que pudo en el suelo, junto a él. Alcanzó unos cuantos almohadones y los ubicó entre los fuertes muslos masculinos para que su peso no lo dañará, y así se quedó, quieta, rogando que nadie entrara a la habitación y rompiera uno de los momentos más maravillosos de su vida, entre los brazos del hombre que había elegido, aunque estuviera como una cuba y comenzara a roncar suave y profundamente entre resoplidos. Era hermoso cuando dormía.

VIII

—¿Qué crees que nos encontraremos? La nota de Evans ha sonado, como poco, inquietante.

—Es que la tigresa es espeluznante y hoy he agotado gran parte de mi paciencia, así que puede que la ahogue en su propia saliva.

Se regodeó en silencio con la idea lanzada por Peter. Le encantaba esa mente sarcástica y llena de inventiva. Avanzaban caminando, dando un corto paseo, atentos a sus alrededores. No convenía que descubrieran la ubicación de la casa franca aunque con los estridentes chirridos que emitía la testigo, les extrañaba no haber sufrido un intento de asesinato sobre la mujer más odiada del mundo por el sufrido cuerpo policial. Les faltaban dos manzanas para llegar a la esquina donde habían acordado que siempre aguardara un carruaje para llevarles al escondrijo.

—Nos siguen —aventuró Peter.

—¿Dónde?

Tardó un segundo en responder.

—Por delante, Rob, y están esperando a ver si les alcanzamos y así poder presentar sus respetos, no te…

—No hace falta ser irónico, Peter.

Otro breve y aplastante silencio.

—Están a unos cincuenta metros en la acera contraria y no mires.

Dios, cuántas veces le había dicho que no le lanzara esa maldita frase. Decenas, cientos, miles. El hombre no aprendía. Con la edad estaba perdiendo su fuerza de voluntad y más si el ogro le decía lo que no debía hacer.

—Podríamos correr y despistarles —propuso Rob.

—Como abultamos poco…

—Serás tú el que abulta mucho, grandullón, no yo —la mirada aviesa que le dirigió Peter asentó la lógica en su cerebro—. Muy bien, tenemos dos opciones, enfrentarnos a ellos, noquearles, y pedir refuerzos para que se los lleven, pero no nos conviene centrar en nosotros más atención de la necesaria; o lanzarnos a la carrera, intentar despistarles, subir al coche de caballos y aguantar un par de horas al cuervo malhablado sin ahogarla en ningún fluido.

—Milagros, los justos, canijo.

—Qué no me…

—Vale, lo siento. Por un beso aguanto sin llamártelo de nuevo un par de días.

Era un cabronazo. Le miró de reojo y ese imponente rostro mostraba inmenso placer por aturullarle.

—Déjate de bobadas, so lerdo —giró la cabeza levemente hacia su izquierda— ¿qué hacemos?

—Prepárate para mover esas bonitas piernas… ¡Ya!

No tuvo tiempo de pensar, solo de reaccionar. Peter corría como si le llevaran los demonios, sorteando a los asustados paseantes. Era tarde y la gente se encaminaba del trabajo a sus hogares y por ello las calles no estaban desiertas. Maldita sea, iba a perder de vista esa inmensa espalda. Corría demasiado rápido. La ventaja en la altura conllevaba zancadas más potentes. A su izquierda vio moverse entre el gentío, zigzagueando, a sus perseguidores. Al carajo, ya había perdido de vista a Pete. ¡Maldición!

Una fugaz idea pasó por su agotada y abotargada mente, entrar en algún local; pero quedaría encerrado. No. No era buena idea. Prefería el aire libre con variadas vías de escape. Dios, jadeaba como un defenestrado anciano. Estaba perdiendo fuelle pero no le faltaba demasiado para llegar a la esquina del edificio. Por el rabillo del ojo ya no atisbaba movimientos veloces de otros corredores. Puede que los hubieran despistado. El tirón fue despiadado y le iba a dejar un buen moratón en el brazo izquierdo. Alguien le había desviado de su trayectoria tirando de él a un oscuro, tétrico callejón repleto de desperdicios. Plantó las palmas de ambas manos contra el amplio pecho de quien lo había arrastrado, pero con una extraña espiral lo giraron como a una redonda peonza, quedando la inquietante figura tras él. El fuerte brazo le seguía rodeando el cuello y con la otra le tapaban la boca, impidiéndole tan siquiera farfullar. El olor era inconfundible y la ronca voz que le susurró al oído también. Grave, apenas perceptible, Peter.

—No hables. Aún te siguen.

Lo aplastó contra la pared, descubriéndole los labios mientras con la cabeza le avisaba de que no emitiera sonido alguno. En este caso pensaba seguir su indicación. Apenas respiraba. Peter se colocó de espaldas a la pared al borde de la esquina y por la tensión del enorme cuerpo supo cuándo iba a golpear. Alzó el brazo y la figura que a paso veloz circulaba por la calle se topó contra este como si de un mazo de dura madera se tratara. No emitió ni un leve gruñido de sorpresa.

—Ayúdame a retirarlo de la vista.

Entre ambos le sujetaron de pies y manos y lo arrastraron al callejón. Observaron su rostro en el que nada fuera de lo común llamaba la atención salvo, quizá, una absurda perilla. Le entraron unas disparatadas ganas de arrancársela de raíz.

—Queda el otro —susurró Rob.

—Fue en dirección sur.

—Entonces, vayamos cuanto an…

Unos llenos labios se plantaron de sopetón contra los suyos, empujándole contra la pared sobre la que había rebotado antes. Por todos los infiernos. Lo hacía a propósito. Lo que le hacía con esa lengua o no era normal o bien él tenía muy poquita experiencia previa. Le mordisqueó el labio inferior y después el muy cabronazo se lo acarició con esta, humedeciéndoselo. Justo cuando se decidió a abalanzarse sobre el ogro para chupetearle, saborearle y mordisquearle ¡Peter se echó para atrás!, mientras decía que iban a llegar tarde. ¡Le importaba un cuerno llegar tarde! Quería más, pero lo único que pudo hacer fue seguirle a grandes zancadas recolocándose su maldito y traicionero miembro, que estaba totalmente descontrolado últimamente.

No tardaron en subir al coche y, gracias a Dios, Peter mantuvo las distancias. Lo agradeció porque a todos los efectos se sentía como una ruborosa vestal temblorosa, y los colores subiéndole o bajándole por todos lados de manera intermitente. Se sentía algo grotesco e inexperto. ¡Diablos! Se le acababa de ocurrir. ¿Tendría Peter experiencia con, bueno, con…? Le costaba incluso pensar en ello. ¡Dios!, no sabía si estaba preparado para esto. Observó a Peter en el asiento contrario y se le veía tan pancho y relajado. Quizá la procesión iba por dentro… Se sacudió mentalmente. No era momento ni lugar ya que debían mantener la cabeza fría para custodiar a quien le habían entregado para que protegiera, aunque ocasionalmente tuviera ganas de darle un buen cabezazo.

El coche de caballos paró y tan pronto descendieron escucharon las protestas. Menos mal que las casas más cercanas estaban a una buena distancia, la suficiente para que los dantescos berridos se difuminaran ligeramente.

Hoy habían despistado a los hombres de Bray, pero se estaban acercando. Al final intuía que habría confrontación. Se dirigieron a la casa recuperando fuerzas e intentando animarse. Dos horas pasaban volando ¿no?

IX

Estaba más que a gusto. Estaba en la gloria bendita y olía a melocotón y a flores. El aroma de su pelirroja. También le dolía la espalda y sentía el trasero dormido. Recordó vagamente. El puñetero coñac. Abrió un ojo y se topó con los redondos ojos castaños más cálidos y guasones del universo. Debía serenarse, como buenamente pudiera y rezar por que no hubiera cometido una insalvable indiscreción.

—Casi nunca bebo.

—Ajá.

—Y cuando bebo me sienta a morir.

—No hace falta que lo jures, querido.

—Me encanta…

Unos suaves labios se posaron en los suyos. Vale, no había ocurrido nada desastroso o irremediable ya que si no, en lugar de un beso, le hubiera caído un buen bofetón. Suspiró de alivio hasta que recordó la cita que tenía con los chicos. Se incorporó de golpe.

—Cielo, he de irme. ¿Cuánto hemos dormido?

—Querrás decir, cuánto has dormido —puntualizó Julia.

—Eso mismo.

—Algo más de hora y media. Creo.

—¡Diablos! He de irme, pero ya.

—Doyle Brandon. Se me han dormido brazos y piernas de sostenerte para que estuvieras bien mullido, así que al menos me dirás a dónde vas con tanta prisa.

—¡No!

El pequeño y dulce rostro ya no parecía tan dulce. Comenzaba a fruncir el ceño y eso era una mala señal. Se terminó de incorporar y estiró los atrofiados músculos. Al menos no sentía la cabeza como un bombo.

—Tenéis planeado algo ¿verdad?

Algo torpe su pelirroja se estiró y comenzó a sacudir brazos y piernas erráticamente. No pensaba hablar, ni contestar. Era muy capaz de seguirle si supiera a dónde se dirigía. Así que optó por la salida más fácil, desviar su atención.

—He de preparar una serie de puntos para tratar con tu padre mañana y se me hace tarde.

La sospecha empezaba a reflejarse en el rostro de su futura mujer. Era intuitiva, diablos. Tenía que sosegarla.

—Muy bien. ¿Y si te lo cuento cuando termine con el asunto que tenemos entre manos? De cabo a rabo —esperó a que ella contestara pero, nada—. Ahora no tengo tiempo de explicarlo, cariño. Después, sin falta, lo haré ¿de acuerdo?

—¿Es peligroso? —la vocecilla le oprimió el pecho.

—¡No! En realidad he quedado con un viejo conocido.

En realidad no le mentía, era una medio verdad.

—Como te pase algo, Doyle Brandon, te perseguiré hasta encontrarte y darte un buen leñazo.

Dios, le chiflaba esa mujer. Su mujer.

—Trato hecho, cielo. Podemos hacer una cosa, en cuanto termine la reunión os mandaremos una nota indicando que todo está bien ¿de acuerdo?

Dubitativa contestó.

—De acuerdo, pero promete que tendrás cuidado.

Eso podía hacerlo. Rodeó con sus grandes manos el preocupado rostro. No estaba acostumbrado a que alguien, aparte de su hermano, lo esperara en casa, a que alguien se preocupara por su bienestar. Era algo nuevo para él.

—Prometido.

Debía irse de inmediato por lo que le acarició suavemente esa preciosa cara y antes de arrepentirse se dirigió veloz a la puerta. Antes de alcanzarla, lo mandó todo al carajo, paró de golpe, se volvió hasta pillar a su pelirroja desprevenida y le plantó un beso que le iba a costar un triunfo borrar de su persistente mente. Si la noche terminaba mal al menos nadie le quitaría ese asombroso sabor y ese asombroso recuerdo.

X

El olor a suciedad, a humanidad, llenó su olfato. Liam se apostó a su derecha, sin perder detalle con esos ojillos perspicaces. Peter, Jared y Rob tras ellos, preparados para una buena contienda de taberna. Jared se había atado su rebelde cabello en una tensa coleta que le favorecía a rabiar. Peter y Rob, bueno, parecían ligeramente desesperados, enfurruñados y tensos, aunque siempre que volvían de tratar con la tigresa, se les veía en tal estado. Después les preguntaría qué había ocurrido. Rob tenía los labios levemente ¿hinchados? Puede que fuera mejor no preguntar más allá de lo estrictamente necesario.

Traspasaron sin vacilación la doble puerta. El lóbrego local se encontraba abarrotado de marineros que habían recalado en tierra buscando placeres que les faltaban en alta mar, borrachos unos, pendencieros la mayoría. Todos los ojos se giraron hacia ellos, como una manada bien coordinada. Estaban al tanto de su llegada y ello únicamente significaba que eran hombres de Sorenson o sabedores de los turbios entresijos que se cocían en los bajos fondos y de que algo se estaba gestando. Las miradas curiosas, expectantes, no perdían de vista el más mínimo movimiento. Un escuálido hombrecillo se abrió paso entre los sudorosos cuerpos apiñados, acercándose, hasta quedar frente a ellos. Se dirigió a él con cierta combinación de admiración y odio.

—Eres el viejo campeón.

No pensaba dar explicación alguna, no delante de tanta gente. Se sentía extremadamente observado. Que pensaran lo que quisieran.

—Tenemos una reunión con Sorenson y no nos sobra tiempo.

—No ha llegado el jefe, por lo que tendréis que esperar.

Tenía paciencia pero no esta noche. Deseaba que terminara cuanto antes.

—No esperaremos demasiado. Díselo a quien debas.

Los murmullos se silenciaron y las miradas se retiraron. Se aproximaron en grupo a la mugrienta barra y pidieron un par de pintas de cerveza, quedando a la espera, ignorando las desafiantes miradas y las muecas burlonas.

—¡Eh, tú!

Rezongó. Ya tenía que aparecer el fanfarrón de turno para alegrarle la maldita noche.

—¡Tú, el que fue campeón!

Siguió ignorando al idiota inflado de alcohol que apenas se sostenía en pie, balbuceando gangoso, pero la tensión ascendió en la ya de por sí caldeada atmósfera. La beoda voz destilaba malicia e inquina.

—Dicen por ahí que escapaste para no pelear con Sorenson.

Las risotadas no se hicieron esperar erizando el mal genio de su hermano menor.

—Diablos, Doyle, me falta la chepa de un piojo para partirle esos morros gangosos al ebrio atontado.

De inmediato, y sin pensárselo dos veces, reaccionó su alma gemela.

—Eso. Yo lo secundo —afirmó Rob, los brazos en jarras.

Por el rabillo del ojo vio tensarse a Liam, y si este lo hacía era por algo, siempre tenía una razón de peso: Sorenson. El tiempo no había pasado para esa mole. Igual de musculoso, fibroso y con aspecto furioso. La misma cabeza rapada al cero, un principio de barba, y esos ojos enfurecidos. Todos aquellos que se interponían entre ambos se hicieron a un lado, como si una corriente ardiente hubiera abierto un caudal imparable entre las posiciones en las que ambos se encontraban.

No podría impedir la pelea. No podría. Ese animal se la había tenido guardada demasiado tiempo y era rencoroso. Le culpaba entonces por haber perdido a su hermana y seguía haciéndolo. Sintió a Peter y a sus amigos prepararse. Tras Sorenson se colocaron al menos seis hombres y los asiduos del local no parecían estar dispuestos a perderse la diversión.

—Imaginaba que volverías, Brandon, pero no agachando la cabeza... —lentamente recorrió con la mirada a Jared y a Peter, a este último con interés— y agazapado tras esos dos.

Parecía escupir las palabras, ofensivo, pero no pensaba caer en la trampa, dijera lo que dijera.

—Al parecer sigues dirigiendo el circuito.

Una mueca repugnante se instaló en el marcado rostro y ladeó ligeramente la cabeza chasqueando la lengua.

—Y lo seguiré haciendo, Brandon. Me debes una pelea. O quizá sea mejor decir que me debes un final.

—¿Para partirte de nuevo los huesos? —inquirió Doyle, harto de las insinuaciones. La violencia latente se vio incrementada varios grados y con ello la rigidez en los cuerpos que rodeaban a ambos.

—Eso, lo veremos.

—No he venido a pelear, Sorenson, pero tampoco me amilano fácilmente. Tú decides, —llegaba el maldito anzuelo— batirnos los dos de nuevo y zanjar lo que queda entre nosotros de una puñetera vez, perdiendo la posibilidad de hacer una buena cantidad de dinero, o meter a mis chicos en el círculo de luchas, generar espectáculo y atraer gente e ingresos.

Se la jugaban. En ese momento crucial, se la jugaban, y ambos bandos lo sabían. Pura codicia frente a rabioso rencor. El animal decidía.

—Por esta vez, Brandon. Solo esta, quiero ver cómo pelean tus chicos. Si no sirven, no entrarán, y yo decido en exclusiva —estaba decidido, pero Sorenson parecía arrastrar las palabras como si su sentimiento no correspondiera con lo que emanaba de su boca. Pese a ello, lo habían conseguido. Pelearían.

—Bien.

Sorenson continuó con sorna.

—Aunque dudo que pasen el filtro, salvo el de la cicatriz. Ese puede valer, —parecía un alfa midiendo a otro alfa intruso.

—Los luchadores son los otros dos —aclaró Doyle.

La carcajada brotó sin contemplaciones y Sorenson habló altanero.

—Entonces, esas dos lindezas están muertos.

Rob se encrespó.

—Habla tras la pelea o muérdete la lengua, imb… —farfulló el resto de la frase debido al fuerte codazo recibido por Peter.

Los amenazantes ojos se centraron en Rob.

—Ata en corto a tu chico, Brandon, o lo haré yo, y no le va a gustar.

—De mis luchadores me encargo yo. ¿Para cuándo el primer combate?

—Te llegará con uno de mis hombres la fecha, hora y lugar. Media hora antes se os esperará en el sitio. Dos peleas, una para cada uno de tus chicos —la mirada se desvió intrigada hacia Peter— ¿Y ese?

—No pelea —respondió cortante Doyle.

—¿Por qué?

—No te importa.

La intriga en los ojos de Sorenson aumentó con la negativa.

—Tráelo o el trato está roto.

—No me…

—Déjalo estar, Doyle —Peter se volvió sereno hacia Sorenson— allí estaré.

Sorenson fijó la terca mirada en el menor de los hermanos, desviándola después hacia Doyle. No tardó en volver la vista hacia Liam y hablar incidiendo en cada palabra, retador.

—¿Qué tal está tu hermanito, mi tullido preferido?

El puñetazo lanzado por Liam directo al rostro de Sorenson no le dio por milésimas y generó lo que Doyle había esperado poder evitar, pero no por ello iba a recriminar a su amigo. Puede que por el contrario lo aplaudiera. Ese malnacido había tocado el punto que jamás debería haber mentado siquiera ante su mejor amigo, Jimmy. La cruda imagen resurgió. La brutal paliza que entre cuatro dieron a Jimmy, el hermano pequeño de Liam, por el mero hecho de haberse enamorado de la hermana pequeña de Sorenson y ser correspondido. Jamás pudo olvidar la desgarradora imagen del muchacho con la pierna destrozada, el hueso perforando la piel, el hombro dislocado y las manos destrozadas. A su alrededor, los secuaces que había enviado el animal a asustarle para que desistiera de sus intentos de verse con Annie, golpeándole sin cesar, hasta que una pequeña y frágil figura apareció. Esta se lanzó sobre él, cubriéndolo con su delgado cuerpo, recibiendo algunos de los golpes destinados al hombre derrumbado. Ese abrazo tampoco podría olvidarlo. Jamás. Los quejidos de ella, sin soltarse, abrazándole desesperada, gritando que pararan, que lo iban a matar, que hacían daño al hombre que amaba, y las carcajadas de los que dañaban, disfrutando. Los sonidos de angustia al tratar de proteger, de salvar, de evitar dolor a quien amas. Su llegada, la rabia infernal que sintió, que le dio fuerzas, fuerzas sobrehumanas, para evitar que los apalearan más y la sensación de impotencia por no haber llegado minutos antes.

La pelea estalló irremediablemente, rompiendo bruscamente sus recuerdos. A su izquierda se le abalanzó un energúmeno y aprovechó su propia inercia para atizarle un codazo en plena cara que lo tumbó. La taberna se había convertido en un campo de batalla. Un resquicio de violencia servía para exacerbar los ánimos de los asiduos al local y el abundante alcohol ayudaba. Pateó a otro hombre y recibió un fuerte puñetazo en la espalda que hizo que expulsara todo el aire de los pulmones y se encogiera levemente. Aprovecharon para darle otro en las costillas, pero tensó los músculos y golpeó un inmenso derechazo en el imbécil que había tratado de pillarle a traición dejándolo tirado en el suelo. Aprovechando el desconcierto y el semicírculo formado a su alrededor por tres hombres de Sorenson, se dio cuenta de que este había desaparecido. Maldito cobarde…

A su derecha atisbó a Peter despachando sin dificultad a los cabronazos que iban a por él, y por sus movimientos se dio cuenta de que trataba de acercarse a Rob, al que dos tipejos había acorralado contra la barra. Maldita sea, al otro lado de esta el camarero se acercaba esgrimiendo en la mano una botella rota, alzándola. Gritó a su hermano, avisándole. Estaba más cerca y Peter no dudó. Simplemente reaccionó. La trayectoria del puñal no se desvió, clavándose en el hombro del brazo que sujetaba la botella. Chilló como un cerdo, cayendo esta al suelo y el cobarde tras ella, encogiéndose en el suelo, intentando hacerse invisible. Peter se acercó en dos zancadas y se libró de unos de los que acosaban a Rob, encargándose este del otro. El aspecto que presentaban era desastroso. No podía mirar, no ahora. Se le acercaban los hombres de Sorenson buscando puntos débiles, acechándole, e intuía que atacarían al unísono. Así fue. Al primero le lanzó una patada que le alcanzó en el vientre lanzándole contra la pared, cayendo desplomado, y al segundo un golpe bien certero a la quijada, pero en ese momento sintió el golpe de calor en la parte superior del hombro. No se tocó pero lo supo. Algo comenzaba a resbalar. Sangre, sangre cálida. Quedaba el tercero y era mejor que los anteriores el muy hijo de mala madre. Dio y recibió golpes, en el torso y en la mejilla, un buen golpe en el lateral del cuello que le hizo tambalearse. Dios, una silla le había pasado rozando la cabeza y comenzaba a sentir cierto cansancio. Recibió otro fuerte golpe en la cadera pero no dejó que cayera un segundo. No podía caer, no podía. De un imprevisto cabezazo despachó al tercero.

No localizaba a Liam y su pecho se constriñó, imaginando miles de posibilidades. Tozudo cabezón. Era muy capaz de haber seguido a Sorenson sin cubrirse las espaldas. Tampoco sabía dónde estaba Jared. Pete y Rob peleaban, espalda contra espalda, con dos marineros que parecían demasiado borrachos como para sentir los golpes o como para importarles el jodido dolor. Jared. Dios, a Jared lo había perdido completamente de vista entre el destrozado mobiliario que volaba lanzado por el aire, los hombres apelotonados luchando, algunos caídos en el suelo y la escasa luz. Maldita sea, la escasa y tenue luz del local. Sintió a su espalda que se acercaban y esta vez no se la iba a jugar, por lo que aferró su puñal y se volvió preparado. Maldición, era ¡Jared!, por muy poco y ¡sangraba! ¿Y dónde demonios estaba Liam?

XI

Sentía agotamiento. El malestar estomacal que había comenzado hacía poco más de una semana no remitía y agotaba sus fuerzas. Últimamente se veía en la necesidad de volver pronto del trabajo para descansar y recuperar fuerzas. Estos días pasados incluso le había costado madrugar y ello no era propio de él. No lo era. Ayer noche había llegado su cuñado Jonas para pasar un par de días en familia, extrañándose por la ausencia de Julia pero se había conformado con su torpe explicación. Poco faltó para que le relatara todos sus descubrimientos, las notas amenazantes que estaba recibiendo y sus intentos de indagar en las razones por las que su colega en el consejo de dirección del banco parecía interesar tanto a los hombres que trataban de amilanarle. Finalmente no lo hizo. Al fin y al cabo, tras la comida acudiría a la policía y expondría todo lo acontecido y lo que había descubierto lentamente, sin ningún tipo de ayuda. Suspiró aliviado. Ya quedaba menos. Necesitaba tranquilidad, sosiego, dejar de sentir miedo por el futuro de su familia. Ver a su hija y asegurarse de su bienestar pese a haber recibido a diario noticias de que se encontraba perfectamente.

El carruaje se detuvo ante su casa, ante su cómoda y vieja casona. Su actual esposa no apreciaba el encanto que tenía, la luz que recorría sus estancias gracias a los hermosos ventanales o el calor que impregnaba su ambiente. Solo escuchaba los crujidos de la madera, las corrientes que a veces circulaban por la mansión, las cada vez más frecuentes grietas. Tras abonar al cochero el servicio prestado, asió el maletín en cuyo interior guardaba los papeles que tenía intención de entregar a la policía y ascendió con algo de dificultad los escalones de la entrada. Se hacía viejo y se notaba. Las articulaciones le fallaban a menudo y le molestaban. Se notaba tan cansado a veces. Golpeó la aldaba que colgaba de la puerta, pero nadie le abrió. Su hija Emma había acudido a un pueblo a unas millas de Londres a visitar a unas amistades e imaginaba que la doncella estaría realizando sus tareas, pero le extrañaba que su mujer o Lizzie no acudieran a abrir al oír los toques en la puerta.

Repitió la llamada y esperó otro poco hasta agotar su finita paciencia. Abrió él mismo y accedió al interior. Afinó el oído pero no escuchó ni un leve paso por lo que dejó el maletín bajo la mesita colocada a la entrada siguiendo con paso cansino hasta el salón. Le encantaba el olor floral del cuarto que desprendía el hermoso ramo que cambiaban a diario, ubicado en un jarrón junto a la ventana. Calculaba disponer de una media hora antes de dar inicio a la comida. Se descalzó para evitar ensuciar la tela del sillón con los zapatos embarrados y se desabrochó el abrigo pero no terminó de desprenderse del mismo. Estaba demasiado perezoso. Al fin unos minutos de silencio.

La figura no hizo ruido, no habló, ni avisó. Se movió despacio, disfrutando. Era un juego del que era un buen conocedor. Alzó el brazo esgrimiendo el arma ya ensangrentada y golpeó, brutal. Sin piedad

*****

Capítulo 6

Debía respirar aire puro con urgencia y salir de inmediato de la casa o vomitaría hasta el desayuno. Sentía la bilis ascender, empujando. Por todos los santos. En todos sus años de carrera en el cuerpo policial jamás había presenciado semejante carnicería. Los habían destrozado hasta resultar casi irreconocibles. La sangre, la espesa y oscura sangre salpicaba absolutamente todo.

Habían tratado de cercar la escena del crimen pero todo se había aunado para dificultarlo. La mayoría de los hombres disfrutaban de fiesta, al celebrarse la retirada de unos de los agentes más antiguos en el cuerpo y para cuando les dieron el parte del presunto homicidio, habían entrado y salido de la casa demasiados intrusos, ajenos a lo ocurrido, como para salvar algún indicio de lo que en esa casona había acontecido hacía unas pocas horas. Tantas pisadas, demasiados vecinos curiosos y asustados. Y la sangre. ¡Dios!, la sangre y las cabezas, las destrozadas cabezas. No las conseguía apartar de su mente, por mucho que tratara de templarla. Tan difícil de apartar la terrible imagen.

¿Qué demonios había ocurrido? No localizaban a la tercera hija de la familia y los que habían sobrevivido estaban tan impactados, tan perdidos en su mundo que los habían tenido que sedar. No habían conseguido apenas datos. ¿Se la habrían llevado? En cuanto el oficial de guardia entró apresurado en su despacho, junto a un barbilampiño y pálido agente con aspecto de estar a punto de desmayarse de la impresión, y le mencionó el nombre de la familia, supo que iba a presenciar algo que le impactaría. No imaginó cuánto.

Los Brears. Hoy mismo tenía concertada una cita con Andrew Brears. Algo en la manera en que el hombre casi suplicaba ser escuchado cuando se presentó y quedó sentado en los bancos de la entrada, callado, buscando ayuda desesperado con unos agudos ojos claros, negándose a abandonar la comisaría hasta que le atendieran, llamó poderosamente su atención y le llegó hondo, muy hondo. Parecía un hombre sin espíritu, resquebrajado. Ese anciano sentía verdadero pavor y angustia, pero no por él sino por su familia, por una de sus hijas. Ya no sufriría más ya que lo habían destrozado completamente. Nadie merecía semejante muerte y menos un padre tratando de proteger a sus hijos.

—Señor, ¡superintendente!

Se giró hacia el agente que trataba de llamar su atención. Maldición, estaba completamente distraído. El nombre de la familia, el maldito apellido le sonaba de algo, estaba seguro, pero no conseguía recordar, le era imposible ubicarlo en tiempo y espacio. Las imágenes se le colaban en la mente y le impedían concentrarse.

—Señor, hemos cercado la zona y apostado hombres para impedir la circulación de personas.

—Bien, ¿ha llegado el doctor?

—En estos momentos examina los cuerpos, señor.

—Cuando finalice, avíseme. ¿Han conseguido averiguar dónde puede encontrarse la tercera hija de la familia?

El agente parecía esperar algún gesto para continuar, por lo que lo hizo.

—Una vecina de la casa contigua al lugar de los hechos, nos ha informado que al parecer la señorita se fue a pasar unos días con unos amigos. Puede que eso la haya salvado, señor.

—¿Dónde?

—La mansión Aitor, en la calle….

No escuchó el resto ya que sabía perfectamente dónde era. ¡Maldita sea! No podía ser Julia Brears. La prometida de Doyle Brandon, ¡Dios!

II

El maldito hombro le ardía como si se lo hubieran marcado a hierro candente, y estaba calado, el frío le perforaba los huesos, le chorreaba agua enfangada por todas partes, alcanzando todos los endiablados resquicios de su cuerpo, había perdido una maldita bota en la orilla del río y apestaba. Apestaba como si hubiera dormido abrazado a una tonelada de desperdicios, por no pensar en cosas peores, y había perdido su reloj, ¡diablos!

Escuchaba la presión y succión del calzado de su hermano y de Rob al pisar el lodo que bordeaba el Támesis, mientras cargaban con Jared, uno a cada lado. La noche se había complicado y la pelea había resultado colosal. El desenlace: dos heridos, dos vapuleados y un atontado e incontrolado desaparecido. Para colmo una de sus malditas conclusiones era que estaba algo oxidado para luchar, otra era que debían dar inicio con la máxima urgencia las lecciones de Peter, y la última, que como no localizaran en cinco minutos a Liam, lo iba a estrangular lentamente, en cuanto lo atisbara. El muy hijo de puta le estaba dando uno de los mayores sustos de su vida…

Paró de golpe y el aire se le atascó en el pecho. Entre la endemoniada niebla matutina se reflejó un bulto desmadejado a orillas del río. La ascendente marea ya tocaba los calzados pies y esa forma, esa forma, Dios… Echó a correr, caía y se levantaba con las manos hundidas en el lodo, desesperado, y parecía no poder avanzar. Escuchaba las llamadas tras él, pero le importaban poco. Ya le seguirían por el sonido de sus pasos. Necesitaba llegar hasta él, necesitaba asegurarse de que estaba bien, que respiraba, que no había perdido a su mejor amigo, que no tendría que decir a Cooky, decirle que… Cayó de rodillas y un gruñido emanado de la grandota figura sentada de costado en el húmedo lodo, le dijo lo que buscaba ansioso y angustiado. Estaba vivo el muy idiota. Pero, ¿qué diablos hacía Liam tirado en medio de la nada, apenas visible por la niebla, mientras ellos habían estado buscándole histéricos toda la noche y parte de la mañana? Pura y simple ira comenzó a llenar su mente, su pecho y si no hubiera alcanzado a escuchar un leve gemido emanando de la encogida figura, se hubiera lanzado a estrangularle allí mismo, donde lucía tendido observando el infinito, ¿con las manos apretándose la entrepierna?

—¿¡Se puede saber qué diablos haces ahí tirado!? ¡Llevamos buscándote una eternidad!

Los patosos pasos y protestas de los tres hombres que le seguían apenas le distrajeron. Lo único que hizo su amigo fue balbucear un par de incomprensibles palabras y permaneció quieto como una roca endurecida por el helado viento que ascendía con la corriente. Se arrodilló junto al doblado corpachón.

—¡Liam! ¡Habla, hombre!

Los ojos color ámbar se clavaron todo enfadados en los suyos.

—¡Taparme la entrepierna!

¿Para qué demonios se la tapaba?

—¡Porque me han alcanzado con un cuchillo! —berreó Liam a pleno pulmón, medio incorporado, adelantándose a su airada pregunta. Ni que le leyera la mente.

—¿En la entrepierna?

—¿Qué te acabo de decir?

Es que era difícil de asimilar…

—¿En la mismísima entrepierna?

—Casi en la mismísima. Es más bien un rasguño en la ingle, creo.

—A ver.

—¡Y un carajo!

—¿Por qué no? No me voy a asustar, idiota. Además, yo la tengo más grande.

Los ojos de su mejor amigo desprendían una mirada que se asemejaba a afilados puñales bien dirigidos y él se estaba hundiendo cada vez más en el pútrido lodo. Casi le llegaba a medio muslo y lo sentía endureciéndose poco a poco. Solo le faltaba para rematar la desastrosa noche, quedarse atascado hasta la cintura. Debían ofrecer un aspecto lamentable.

—Eso es lo que tú te crees, idiota.

—Déjame ver, entonces.

—Que no, que prefiero que me vea mi Cooky. Hace milagros con las manos.

—¿Y si estás sangrando?

—¡Que no!

—¡No te haré daño!

—¿Con esas manazas? Y un cuerno. Ayúdame a levantarme —por un momento Liam desvió ligeramente la cabeza en dirección a los tres hombres que permanecían completamente desfondados junto a ellos, moviendo constantemente los pies para evitar hundirse más allá de los tobillos en el resbaladizo y maloliente fango.

—¿Está herido? —con un leve gesto de la cabeza que salpicó de fango los alrededores al desprenderse de su barba, señaló a Jared.

—Un pequeño corte en el costado. Molesto, pero no es de cuidado, salvo que se infecte y estamos en el lugar indicado para que ello ocurra.

La redonda cara de Liam palideció como si le hubieran lanzado una mortal maldición y se tapó con más fuerza si cabía, sus tesoros. Por todos los… Lo que faltaba, con lo aprensivo que era para las infecciones.

—Tendrás que soltarlos. No puedo izarte a pulso sin tu ayuda.

—Sí puedes.

—No. No puedo. A estas horas ya estarán más que mugrientos e infectados y por ello cuanto antes te los inspeccione y limpie un médico, mejor que mejor.

Liam aspiró bruscamente y le gruñó.

—Como se me caigan, te enteras.

—Por Dios, no seas melindroso —extendió el brazo hasta que Liam se decidió a dejar sus partes desprotegidas y asirle con fuerza dejándose levantar.

Ya podían acudir a tranquilizar a las mujeres, a lavarse y entrar en calor pues estaban ateridos de frío. La bronca a Liam tendría que esperar a que examinaran todas sus heridas. No tenía intención de ir a su hogar sin pasar antes por casa de los Aitor para cumplir con lo prometido. Sus ojos claros recorrieron la zona. La niebla comenzaba a despejarse lo que indicaba que era entrada la mañana y su pelirroja estaría angustiada. No permitiría que pasara más tiempo del necesario sin que supiera que estaban bien, ligeramente aporreados pero enteros.

—Vayamos a la mansión Aitor. Imagino que estarán reunidos a la espera, incluido tu padre, Rob.

Todos le miraron sorprendidos, salvo Peter.

—¿A qué? —preguntó Rob castañeando los dientes al hablar.

—A dejar a Jared al cuidado de Mere. No creo conveniente que sus padres le vean en tal estado, a que se avise cuanto antes a un médico, desde allí podremos mandar una nota de aviso a Cooky, enviar un carruaje en su busca y también tranquilizar a mí seguramente más que angustiada, prometida. No podré descansar sabiendo que me espera. No podré, y, chicos, estoy cansado de peleas por hoy.

Las últimas palabras las pronunció con cierta vacilación, casi esperando que fueran a tomarle el pelo. No lo hicieron.

III

Su cuerpo se tensó, como si un alambre lo recorriera. El ruido llegaba de la puerta de entrada a la mansión, por lo que solo podían ser ellos. Su mastodonte.

Intentó sosegarse, sin lograrlo. Supo que nada, salvo verle en pie, sano y de una pieza ante ella, lo lograría. Todos se levantaron disparados de sus asientos, pese al agotamiento que notaban por la noche transcurrida en vela, en cuanto escucharon los rápidos y sucesivos golpes en la puerta principal. Mere, la abuela, Norris, Jules y la mujer de Liam, Cooky, un rubio y apabullante torbellino de mujer, tanto o más angustiada que ellas, que de madrugada se había presentado preguntando desesperada si conocían el paradero de su, según ella, majadero e insensato marido. Así había conocido a la mujer del mejor amigo de Doyle. Le había dolido un poco que este no le hubiera hablado de sus mejores amigos como si una pequeña parte de él se avergonzara de ella, de sus lanzadas e irreverentes maneras, de su obvia brusquedad. Tenía tantas preguntas trabadas en la lengua, tantas, que si las hacía la pequeña y rubia mujer que la había mirado expectante se habría dado cuenta de que su relación con Doyle era poco habitual, y estaba tan hastiada de ser un bicho raro. La grandota que molestaba en las fiestas de las debutantes, a la que todo el mundo miraba con piedad mal disimulada. Ahora nada le importaba salvo fijar sus ojos en él.

Se precipitaron a la puerta que daba a la espaciosa entrada principal de la casa y observaron cómo Rosie daba un titubeante paso hacia atrás, dejando espacio y abriendo completamente la enorme puerta de madera tallada. Le extrañó muchísimo el gesto en la plácida mujer hasta que vio cruzar el umbral al primero de los hombres.

Rob, hecho un completo adefesio. Detrás entraron en fila india el resto de los desaparecidos y su corazón dejó de retumbar en su interior, siendo sustituido por pura estupefacción. Si no lo hubiera visto con sus propios ojos jamás lo hubiera creído. Su prometido parecía una figura de barro moldeado, sin esculpir del todo, resbaladiza y blandengue. Chorretones de cosillas repulsivas le deslizaban por las mejillas y lo que parecía ser un alga reseca le colgaba de la oreja izquierda, bamboleante, como si se tratara de un sobrecargado pendiente puesto al azar. Lo único que permitía identificarle eran sus irrepetibles iris. El resto quedaba cubierto por una capa reseca y ¿apestosa? de una sustancia indefinible e innombrable. El resto del grupo no estaba en mejores condiciones. Esperaba que no fueran detritos, pero por el espantoso olor dudaba que fueran rosas. Ahora entendía el paso atrás de Rosie. Legítima defensa nasal.

Apestaban. El olor resultaba hediondo. Escuchó una más que evidente arcada a su espalda seguida de otra y otra. El grupo de hombres que, al parecer, se habían acostumbrado al sobrecogedor aroma dio un paso adelante y la reacción de aquellos que habían esperado su llegada con ansia no se hizo esperar. Un paso no, una zancada en dirección contraria, alejándose sin disimulo alguno. Los hombres titubearon como si no entendieran el rechazo sufrido y quedaron inmóviles, balanceándose como peonzas sobre sus pies. ¿Le faltaba un zapato a su prometido?

Pero ¿dónde rábanos se habían metido durante toda la noche y parte del día? La mezcla de curiosidad y enfado hizo que lanzara la pregunta a borbotones.

—¿Qué os ha ocurrido?

Todos, absolutamente todos se miraron entre sí y después rehuyeron las miradas, contestando Doyle en nombre del singular grupo, tras lanzar una ligera tosecilla.

—Hemos topado con un pequeño e incontrolable contratiempo. Jared y Liam han sufrido un par de rasguños y los demás algún que otro doloroso golpetazo. Nada que no…

En cuanto escucharon la palabra rasguños y golpetazo las mujeres se olvidaron de olores y arcadas y se abalanzaron sobre ellos… Mere comenzó a lanzar órdenes y en cinco minutos tenía movilizado a medio personal de la casa, preparando suficientes habitaciones con sus respectivas bañeras bien repletas de sales, pétalos y gotas de perfume, pese a las protestas de Liam y Peter de que olerían como emperifolladas señoras. ¿Acaso no se daban cuenta de que era mejor oler a rosas que a nauseabundos orines? No había quién entendiera a los hombres.

Ya habían salido en busca del doctor Brewer por lo que siguiendo las instrucciones de Mere, Liam ascendió las escaleras seguido de su pequeña e inquieta esposa, mientras se señalaba con fogosidad la entrepierna repitiendo como un poseso las palabras infección mortal. Rob iba acompañado de su padre, sin quitar el ojo de encima a Peter que unos pasos por delante había comenzado a desprenderse de la chaqueta dejando al descubierto la húmeda y apelmazada camisa que se le pegaba como una segunda piel al impactante cuerpo. A Jared se lo habían llevado a rastras entre Mere y Rosie mientras la primera les anunciaba que a Doyle le estaban preparando una tinaja en el cuarto utilizado por Julia y que podía dar buen uso del mismo cuando lo deseara, a ser posible, cuanto antes.

Tapándose la nariz con índice y pulgar, Julia se acercó a su grandote.

—¿Vamos? —le preguntó.

Lo único visible en la enlodada cara se entrecerró.

—¿A dónde?

—A mi cuarto.

Una sonrisa asomó a esa cara, cuarteándose el reseco fango con el movimiento.

—¿Nos vamos a bañar juntos?

Era un descarado incorregible.

—De eso nada, Doyle Brandon. Te acompañaré al cuarto y te dejaré a tu libre albedrío para…

—También estoy algo herido y necesito asistencia inmediata.

Ay, rábanos, que se le podía morir su gigantón. De golpe los dedos de los pies se le relajaron y echó a correr hacia la puerta, desesperada, vociferando el nombre del médico.

—¿Julia?

Necesitaba localizar al médico, de inmediato.

—¡Julia!

Ni caso. Seguro que estaba herido en la cabeza y no regía muy bien. Bajo tanta ponzoña no se apreciaban heridas visibles y para empeorar la situación no hacía más que repetir su nombre como un poseso y cada vez más alto como si fuera lo único que su cerebro recordara. ¿Y si se lo había alelado con uno de esos golpetazos a los que había hecho referencia? Giró el pomo y tiró de la puerta pero no se abría. Le llegó una oleada de horripilante olor. Tiró de nuevo y seguía atascada. De nuevo estiró, con todas sus fuerzas hasta que sintió la enorme presencia y el penetrante olor tras ella, pegado a ella. Despegó los ojos del pomo y los alzó hasta que cayeron en la puerta cerrada frente a su rostro, en la inmensa y embarrada mano que apoyada tensa contra la puerta impedía que se abriera. Se cubrió la nariz y apretada completamente contra la puerta se volvió hasta quedar sus ojos a la altura del esternón del mastodonte, del enlodado pecho cuasi descubierto. Alzó lentamente los suyos hasta emparejarse con los plateados. Solo éstos y los blancos dientes sobresalían en el oscuro y tapado rostro.

—Cielo, estoy bien, te lo prometo. Solo algo vapuleado, nada que un buen baño y algo de ungüento para limpiar la herida no cure. Me lo podrías dar tú misma y así nos evitamos molestar.

¿Herida? ¡Ay, Dios mío! Se olvidó del olor, de la mugre, del horroroso aspecto que ofrecía y comenzó a recorrer el inmenso pecho con sus manos hasta que por el leve respingo que dio su prometido localizó la herida, en la parte superior del brazo. Lo empujó suavemente mientras él la miraba asombrado, sin palabras. Aferró la enorme mano del brazo que no estaba herido y tras abrir la puerta, ya libre, tiró de él como si de un niño al que llevan a un indeseado baño se tratara. Solo sabía que debía curarle, que no debía permitir que enfermara. Le entró una pizca de pánico por lo que apretó el paso hasta que llegaron al espacioso cuarto. Una de las doncellas terminaba de llenar el baño con el último barreño y rápidamente salió de la habitación con los ojos como platos. Ambos quedaron quietos, el uno frente al otro, junto a la repleta tina.

Él se dejaba hacer, mientras la miraba con ojos brillantes. Se puso de puntillas y con suavidad le apartó el rebelde pelo que le caía hacia los ojos, deslizándolo más abajo, recorriendo su fuerte mejilla con una caricia. Era como ella, igual que ella... No estaba acostumbrado a las caricias, a los gestos afectuosos. Sus dilatadas pupilas y la leve tensión en ese inmenso cuerpo lo delataban. Qué pareja hacían… Tan poco habituados a recibir cariño, que un poco les parecía un mundo.

Como si fuera la cosa más natural entre ellos empezó a desatarle la húmeda camisa que le colgaba fuera del pegado pantalón y él seguía dejándose hacer. Desprendió la camisa del pecho y la deslizó hasta que cayó al suelo. Era hermoso, sencillamente hermoso, más que esas estatuas que ahora le parecían frías, sin vida. Había tenido razón al reírse de ella cuando le relató lo de su afición por contemplar los bustos y esculturas. Por la sonrisa que asomó a los carnosos labios masculinos se dio cuenta de que sabía lo que ella pensaba y le respondió con una floja risa. Con el índice le recorrió el esternón hasta quedar parados en la cintura del pantalón al notar un apreciable escalofrío recorrer el inmenso cuerpo.

—Julia, te lo advierto cielo, si no quieres conocer ahora mismo al diminuto, los deditos mejor dejarlos quietos.

La risa brotó entre nerviosa, traviesa y coqueta. Estaba tonta, no tenía la menor idea de cómo actuar.

—¿Sería ello tan malo?

Por el corte brusco de la respiración de él, supo que lo estaba tentando, que le faltaba poco para que lanzara la prudencia al viento y la amara como un loco, pero también notaba por los puños apretados a ambos lados del inmenso cuerpo que no lo haría, que esperaría a que llegara el momento oportuno, cuando no oliera como un horror y estuvieran en su propio hogar. Por ella. Una ligera patina de sudor comenzaba a cubrir la despejada frente. Los ojos clavados en los de él, notó como sus manos eran cubiertas por las más grandes que temblaban ligeramente.

—No puedo… No puedo luchar contra lo que deseo, mujer, si no me ayudas. Si no te diriges ahora mismo al piso de abajo, no saldremos de este cuarto y no habrá marcha atrás.

Fue a contestar, a decir que estaba dispuesta, que estaba cansada de esperar y que le había dado el mayor susto de su vida y necesitaba sentirle cerca, tan cerca como pudiera, pero él no le dejó. Cubrió sus labios con los suyos y la giró en dirección a la puerta, dándole un ligero azote en el trasero mientras susurraba un *por favor, Julia*. Ese sonido suplicante le hizo obedecer, pero antes de salir por la puerta lanzó una última mirada. Él se había girado y comenzaba a desabrocharse el pantalón. Era impactante. Con planos duros y firmes. Una inmensa y musculosa espalda a juego con los largos y tensos muslos, separados por un redondo y precioso trasero. Se sintió fea en comparación, fea y grande al igual que cada vez que observaba una bella obra de arte, pero también tranquila y segura de sí misma, como jamás antes, y eso se lo debía al hombre que en esos momentos le daba la espalda mientras refunfuñaba en voz baja y ronca. Sonrió y salió lentamente del cuarto grabando en sus retinas la hermosa imagen. Había encontrado su esquivo destino.

IV

Estaba como una maldita piedra, el *diminuto* gigantón estaba como una roca. Respiró tan profundamente como pudo sin ahogarse en el hedor que le rodeaba. No entendía cómo a su pelirroja no le habían dado un centenar de arcadas. Diablos, ya estaba de nuevo. En cuanto su mente volvía a ella, su cuerpo se le alborotaba por completo. Se desnudó, apartando los inservibles ropajes, y se acercó a la alargada tina repleta de caliente agua en la que flotaban pétalos de rosas. Al salir iba a oler como un condenado rosal. Se miró el brazo. No parecía un corte excesivamente serio. Sus planes de que ella lo curara se le habían ido al traste, aunque debió imaginar que no funcionaría, pero le encantaba estar con ella.

Estaba tonto perdido. Suspirando por una mujer que, de acuerdo, era peculiar, inteligente, divertida, pero no destacaba por su belleza y sí por su naturalidad, y que le volvía irremediablemente loco. Le había faltado un suspiro para cogerla, saborearla y besarla, hasta que miró a su alrededor. En una casa ajena, hecho un asco, ella asustada, él dolorido. Un desastre de momento, y pese a ello, qué poco le había faltado. Se hundió por completo bajo la superficie mientras notaba que su cuerpo se iba relajando lentamente. Más tarde comenzaría a sufrir el efecto de los golpes. Alcanzó el jabón colocado a su izquierda. Más flores. Suspiró. Cuanto antes terminara, antes volvería a verla. Con una sonrisa se hundió de nuevo y se enjabonó con vigor. Tan pronto bajara se lo diría de sopetón. Lo de la boda. La obnubilaría con su bien fundamentada y lógica propuesta.

Se les echaba el tiempo encima y debían acudir a casa de la viuda Orren. Ellos ya estaban a salvo y ella podía respirar tranquila. Todas podían respirar tranquilas. Habían mandado aviso a John y a los hermanos de Mere para que regresaran a casa. Sabía que cuando bajaran o llegaran les desagradaría no encontrarlas, pero tendrían que aguantarse. Una imagen de su mastodonte con pétalos rojos en el pelo se le apareció en su cansada mente y sonrió. Le habría encantado observar su cara al captar el dulzón aroma del agua.

—¿Estáis listas, chiquillas?

Eran ella, Mere y la abuela. A Jules no habían conseguido separarla de Jared, aunque más que vigilarle, se podría decir que lo estaba aturullando con su parloteo. Era tan curioso. Apenas hablaba cuando estaban todos, en cambio con él no callaba, y hubiera jurado que a él le relajaba o encantaba el sonido de la voz femenina. Con Jared podría ser cualquier cosa.

Estaban tan agotadas que, salvo la abuela, dormitaron durante el corto trayecto. La casa se encontraba a las afueras de Londres, cercada con una alta y protectora verja. Las estaban esperando, y tras traspasarla, recorrieron un corto camino empedrado, bordeado por desnudos abedules y alisos, que imaginó frondosos en primavera, y un amplio jardín, apenas visible con el manto de nieve, al fondo del cual estaba ubicada una magnífica mansión de corte neoclásico, elegante y sereno.

Julia asomó la cabeza arrastrada por la curiosidad y su vista quedó centrada en una figura que, en pie, las esperaba moviéndose de un lado a otro en lo alto de la escalinata que daba entrada a la mansión. Una figura vestida completamente de un impactante amarillo canario, chillón a más no poder. Los aspavientos de los regordetes brazos los consideró un aviso del extravagante carácter de la mujer que parecía esperar su llegada con afán. Los efusivos besos de bienvenida, que a ella alcanzaron en la barbilla, dada la diferencia de altura, fueron la segunda indicación de que esa mujer era un auténtico espíritu libre.

—Bienvenidas a mi humilde hogar, queridas. Me alegra tanto vuestra compañía.

Se adelantó con paso ligero y se adentraron en una casa sorprendente. La decoración llena de motivos orientales, desde grabados japoneses, hermosísimas tallas, objetos lacados, cerámicas de todas las formas y tamaños y esculturas repartidas por doquier, daba un aire extraño y recargado a las sucesivas estancias. La habitación en la que finalmente se instalaron parecía ser de las pocas en las que se veía reflejado el estilo exterior de la mansión, mucho más clásico y sencillo, casi acogedor. No podía faltar el servicio de té y variadas pastas.

Liliana Orren se dirigió a la abuela con vitalidad.

—Dime, Allison... —sus ojillos de perro pachón descansaron momentáneamente en cada una de ellas para volver a la figura de la abuela, tenaz— ¿A todas os interesan los grillos, sapos y culebras?

Vaaale, estaban en casa de una chiflada... Como esperara una respuesta a esa pregunta, estaban apañadas.

—Nos encantan los reptiles, querida —respondió una serena voz.

Todas se volvieron sorprendidas hacia la abuela ¿reptiles? si a la abuela le horripilaban las serpientes y demás seres resbalosos. Los ojos de su anfitriona relucieron, desprendiendo una mirada obsesiva. Aplaudió a gran velocidad, apenas golpeando las redondas manos. Dios santo, la pequeña y regordeta señora estaba como un chirlo o puede que... Se le ocurrió de repente ¿hablaban en clave?

—¿Es una clave secreta?

Las dos mujeres la miraron con atención.

—Ellas no están al tanto, Lilianna —informó la abuela.

La viuda Orren se acomodó en su asiento.

—De acuerdo. Hay un grupo numeroso de mujeres de alta sociedad aficionadas a presenciar las peleas, bueno, más bien a hombres musculados que pelean. Es algo tan primitivo y excitante.

Daba algo de miedo la rechoncha mujer. Temblequeaba de la excitación...

—¿Podremos meternos en el grupo? —indagó Mere.

—Depende.

—¿De qué?

—Debéis agradar al hombre que organiza las peleas para que os permita presenciarlas.

Eso llenó a Julia de curiosidad.

—¿Agradarle?

La viuda chasqueó los labios indicando impaciencia.

—Sí, niña. Es un hombre inquietante.

Eso sonaba mal. Continuó la explicación.

—Yo puedo presentaros, pero lo que ocurra después, depende de vosotras. Le gustan las mujeres hermosas por lo que vestid en consonancia.

—¿Cuándo podrías presentarnos? —sondeó la abuela.

—La siguiente pelea de sapos es en dos semanas, por lo que espero poder organizar el encuentro en diez días. Os enviaré una nota indicando fecha y lugar, pero recordad lo que os he dicho.

¿Pelea de sapos? Julia vocalizó la pregunta en dirección a Mere, quien se encogió de hombros tan intrigada como ella.

—¿Cómo se llama ese hombre? —consultó Mere.

—Marcus. Marcus Sorenson.

Julia se regocijó para sus adentros. Avanzaban en la investigación y sin necesidad de ayuda. Su mastodonte se quedaría con la boca abierta. Sonrió plácidamente. Al menos ya tenían un nombre, pero lo que no conseguía quitarse de la cabeza era esa otra cosa.

—¿Qué son los sapos?

De antemano estaba disfrutando de todas las variables en la previsiblemente más que interesante conversación, pero la irrupción del elegante mayordomo de la viuda, interrumpió su esperada continuación. El buen hombre parecía apurado al acercar a su señora una labrada bandejita de plata con una pequeña nota en ella. Su anfitriona la desdobló y leyó, frunciendo los pintados labios.

—Queridas, lo lamento pero al parecer tendremos que posponer esta agradable reunión. Las culebras habrán de esperar.

Repentinamente calló. Esperaron, pero, pese al expectante silencio no continuaba, como si se hubiera quedado dormida con los ojos abiertos. ¿Le habría dado un pasmo? La abuela carraspeó para espabilarla logrando que la mujer prosiguiera como si nada hubiera ocurrido y el lapso silencioso hubiera sido fruto de la imaginación de las invitadas.

—Las requieren de vuelta en la mansión Aitor. Al parecer noticias apremiantes les aguardan en cuanto lleguen.

Su estómago le dio un vuelco y ello solo significaba una cosa. Malas noticias. Esperaba que los hombres no se hubieran visto inmersos en un nuevo jaleo ya que no se creía capaz de soportar más sobresaltos. No en el día de hoy. Estaba tan cansada...

Se sentía renovado tras el relajante y reparador baño, al menos en el aspecto físico. Se olisqueó. También desprendía un apreciable aroma a flores, lo cual le pareció de lo más incongruente en contraste con su rudo aspecto. En el mental, el cerebro le seguía bullendo, creando en su mente escenas en las que ella se lanzaba entusiasmada a sus brazos cuando le planteaba su fabulosa idea. Se le abalanzaba, se lo comía a besos y otras cosas. Tan pronto su imaginación se excedía con las sensuales imágenes, el diminuto despertaba de su letargo, negándose a adormecerse de nuevo, el muy condenado.

Estaba terminando de abotonarse el limpio juego de ropa que le habían dejado encima de una silla, con una sonrisa de oreja a oreja, cuando Peter entró en el cuarto, como una tromba de agua, incontenible y sorpresivo. Sin que llegara a entrar, ni decir palabra alguna supo que algo realmente grave había ocurrido, algo que colmaba de preocupación el rostro de su hermano.

—Hermano, conviene que bajes.

Maldición. El tono y las palabras retumbaron como una contundente condena a muerte. Por un momento, un breve momento se quedó entumecido hasta que se atrevió a preguntar.

—¿Julia?

—Maldita sea, Doyle…

Dios. No, por favor. No a ella, si le decía que ella…

—Es su familia, hermano. Su familia —le susurró, ronco.

Su mente pareció desdoblarse. Por un lado fue sentir tal alivio que sus pulmones parecieron expandirse para aspirar el aire que necesitaban, por otro, pensó en ella. Que él no estaba junto a ella y le necesitaría.

Rápidamente salió del cuarto y se adelantó a Peter, descendiendo las escaleras de dos en dos hasta adentrarse en el salón en el que solían reunirse cuando no quedaban en su propia casa. Detrás entró su hermano con la respiración agitada. Algo malo había ocurrido. Los rostros de los congregados lo demostraban. Rob y su padre, John, todos exhibían rostros apurados, tirantes. A su espalda escuchó a Peter decir que no estaba, que ella y el resto de las mujeres no se hallaban en la casa, que habían salido. Se volvió en su dirección para preguntar pero no fue necesario hacerlo.

—Han acudido a visitar a una conocida de Allison, aunque desconocemos el motivo. Hemos enviado a un mensajero para dar aviso de que retornen de inmediato. Ellos acaban de llegar.

Por ellos se refería a Clive Stevens y un joven agente que parecía tremendamente inexperto y los observaba con cara aterrada, como si temiera la reacción que las nuevas que portaban fueran a causar.

—¿Qué ha ocurrido?

Stevens se inclinó levemente en su dirección. Respiró antes de dar inicio, sus desperdigadas pecas resaltando en el agraciado rostro.

—A las doce del mediodía un agente ha informado de un homicidio en una casa familiar de un barrio no lejano del centro. No disponíamos de suficiente personal, por motivos que ahora no vienen al caso, por lo que se ha tardado en reaccionar. Hemos acudido al lugar y hemos localizado dos cuerpos sin vida.

—¿Quiénes?

—Brandon, no puedo...

—¡¿Quienes?!

Necesitaba saberlo.

—Andrew Brears y su esposa.

Una punzada de inmenso estupor y tristeza le invadió. Apenas podía creerlo. Ese sorprendente anciano, muerto. Su mente volvió al momento que habían compartido, su agudeza, esas endemoniadas preguntas que daban en el clavo y los azules ojos, esos ojos que por alguna extraña razón le impresionaron.

—¿Cómo?

—Sabes que no puedo dar detalles de la investigación en curso, Brandon.

—No te pido detalles, maldita sea, Clive, te pido una simple respuesta. Mi mujer va a cruzar de un momento a otro la puerta de entrada a esta casa y no vas a ser tú quien le diga que han matado a su padre y a su madrastra. Lo haré yo, me corresponde a mí.

El superintendente titubeó ligeramente hasta que se dirigió hacia todos los que escuchaban la conversación sin emitir un solo ruido.

—¿Nos permitirían un lugar en el que podamos hablar en privado?

Inmediatamente John les indicó una salita adyacente y a solas, sin perder tiempo.

—¿Vas a llevar el caso? —le extrañaba que Stevens asumiera la investigación y no la asignara a un agente.

—Sí.

—¿Qué demonios ha ocurrido?

Stevens no se anduvo con tonterías, ni distracciones…

—Es un asunto feo, Brandon, muy feo. Quien lo hizo se ensañó. A plena luz del día, con personas merodeando por los alrededores y una alta posibilidad de que le descubrieran; pese a ello, actuó con rapidez, con frialdad, apenas dejó pistas y las que dejara tras él, ahora son inservibles.

—¿Por qué?

—Para cuando llegamos por lo menos tres o cuatro personas habían alterado el lugar del crimen.

—¿Cómo le…?

No quería saberlo, maldición, no deseaba conocer cómo había muerto el anciano ya que le iba a doler. Le iba a doler si había sufrido. Stevens supo lo que preguntaba sin necesidad de insistir.

—Le machacaron el cráneo hasta hundírselo, de una forma despiadada, casi con rabia.

—¿Sufrió?

—Joder, Brandon, eso no puedo…

—Si ella me pregunta no puedo decirle que no lo sé, no puedo decirle eso, amigo y no le mentiría. No a ella.

—No lo creo. Los golpes fueron brutales y el médico, por la posición del cuerpo, la falta de marcas defensivas y las salpicaduras de sangre, cree que estaba dormido al recibir los golpes.

Golpes. Dios santo. Ojalá fuera una maldita pesadilla de la que pudiera despertar para apartar esa sensación angustiosa que le engullía. Un maldito nudo comenzaba a cerrarle la garganta.

—¿Golpes?

Stevens hizo un gesto de desesperación, extraño en él.

—Le destrozaron el lateral del cráneo, Brandon.

No podía escuchar más. No, sabiendo que ella estaba a punto de llegar. Más adelante recabaría todos los detalles y se juró que darían con el animal que había asesinado a traición a un frágil anciano, a un hombre que no merecía ese final.

—Tenemos que volver, Clive. Si ella llega, quiero estar ahí —la urgencia era cada vez mayor—. En cuanto me sea posible me reuniré contigo y, por favor, si ella te pregunta cualquier cosa, cualquiera, díselo con suavidad. Por favor.

Los redondos ojos del hombre que se iba a encargar de la investigación se llenaron de piedad. Sabía que lo que les esperaba iba a ser durísimo. Sobre todo para ella, para una mujer por la que daría cualquier cosa para evitar que tuviera que pasar por el horrible trago que no podría soslayar, sin sospechas o avisos que suavizaran el brutal golpe. Daría lo que fuera.

Se reunieron con los demás sin pronunciar palabra alguna y tampoco preguntaron. Su mente trataba de buscar las palabras, desesperadamente. La noticia la destrozaría. Muy dentro, ese tierno y generoso corazón se rompería. No lo expresaría porque la coraza que había conseguido crear para superar la frialdad que recibía en su hogar, le permitiría aguantar lo suficiente para huir, para esconderse, pero él comenzaba a conocer a esa sentimental y amorosa mujer. La maldita noticia la quebraría. Se había repetido una y otra vez que su padre no la quería, que su padre no la amaba e intentaría ampararse en ello, pero no le valdría, no a ella, no a ese blando corazón. Tenía que estar preparado para cuando llegara, tenía que protegerla, tenía que… Dios, era un bestia. No sabía qué hacer, no sabía ser delicado, no sabía decir las palabras necesarias, solo sabía actuar.

—Peter, necesito que mandes una nota a casa, con la máxima urgencia. Yo he de esperarla, he de decirle…, he de…

Una fuerte mano se posó en su cuello. Su bendito hermano que a veces parecía leerle la mente. Lo único que le preguntó fue si Burrowers sabía dónde guardaba el sobre que le dio el padre de Julia. En cuanto le contestó con un suave gesto, su hermano se puso en marcha. Su endurecido corazón le decía que ella iba a necesitar esa carta, esa maldita carta que él guardaba como un tesoro para ella, solo para ella, si algún día la necesitaba. Ese momento había llegado.

VII

Volvían con prisas. La congoja creada por la nota permanecía entre ellas como aire viciado y cada una imaginaba lo peor, aquello que más temía. En su caso, que los golpes recibidos en la pelea por su mastodonte hubieran sido más serios de lo esperado y se lo hubiera ocultado. ¿Y si había recibido alguno en la cabeza y se había desmayado en la tina y se había ahogado? ¡Podría haberlo impedido quedándose con él! Dios santo, debió ignorarle, no hacerle caso, quedarse con él… ¡Se estaba poniendo histérica! La respiración se le aceleró y en un susurro entrecortado suplicó que fueran más rápido. Debían llegar cuanto antes. El miedo le atenazaba el cuerpo, ese miedo que en ocasiones le recorría el cuerpo como una premonitoria corriente que sentía como una odiada invasión. Algo iba mal, su corazón lo notaba. Necesitaba contemplar esos ojos plateados y que, sonrientes, le indicaran que nada ocurría, que todo estaba bien y que seguiría así, que no había cambiado de opinión, que no...

El coche de caballos paró completamente y todas quedaron inmóviles, agarrotadas por el miedo. Descendieron lentamente y mientras ascendían los escalones de la entrada se abrió la puerta principal. La sensación de alivio y de paz que la invadió al reconocer la inmensa figura que se percibía a contraluz, fue maravillosa. Su bruto estaba a salvo. Lanzó una atontada risilla. No se le había ahogado y estaba tan guapo y entero como cuando lo había dejado tratando de desabrocharse el pantalón entre refunfuños. ¿Cómo podía su corazón partirse por un hombre que hasta hacía unas pocas semanas apenas parecía soportar? No le importaba ya que estaba a salvo.

Con una tonta sonrisa cruzó el umbral y el contraluz desapareció, dejando las facciones completamente a la vista. Esas apuestas facciones contraídas completamente. Tensas. Su corazón se echó a latir como un loco. Él se le acercó y casi, por instinto, dio un paso atrás. Doyle no paró hasta quedar pegado a ella, mirándola desde su inmensa altura. Ronco, susurró dolido y tierno su nombre, y lo supo. Sin saber cómo supo que él le daría la noticia que no quería escuchar. Apenas se escuchó a sí misma.

—No.

Las grandes y sorprendentemente suaves manos le envolvieron el rostro y el pulgar le acarició con tanta ternura la mejilla que entendió que debía prepararse. Sus ojos, esos hermosos ojos se lo decían sin palabras.

—Julia, cielo, es tu padre.

No.

—Julia...

No.

—Escúchame, cielo..., tu padre..., tu padre ya no está —las manos apretaron, con fuerza, como si ese apretón lo necesitaran ambos, y quizá así fuera—. Esta mañana, mientras permanecíais fuera ha venido....

Los labios masculinos se movían y surgían las palabras, pero su mente no escuchaba. Su mente solo veía la imagen de su padre dándole la espalda, alejándose tras darle el beso más dulce y la caricia más suave recibidos en su solitaria vida. No.

Sencillamente no. Lo necesitaba con ella, necesitaba... Él no la dejaría, no antes de que ella pudiera, de que ella le dijera...

—¿Julia?

¿Era de Doyle esa ronca y entrecortada voz?

—Julia...

—No es cierto ¿verdad?

—Cariño, por Dios...

—Dime que no es cierto. Por favor, Doyle, por... favor.

—No puedo. Ojalá pudiera.

Se ahogaba. Se ahogaba en sus pensamientos y se sentía rota, tan rota por dentro que el dolor, la opresión, la ahogaba. Sentía las manos de él apartándole el cabello de la cara, acariciándola, pero lo sentía lejano, al igual que a los demás, a todos los que la rodeaban angustiados. Su padre, su anciano padre, al que amaba con desesperanza, en silencio, sin palabras, sin quejas, y siempre esperando que algún día se le acercara y le dijera *yo también te amo, hija*, ya no lo haría, no podía... Su mundo se derrumbó. Y con él su corazón. Se le doblaron las piernas como si no las sintiera. Tan extraño. Pero no cayó, parecía que no le estaba ocurriendo a ella. Notó que la izaban en brazos, con facilidad, que la rodeaban unos fuertes y amorosos brazos, pero habría dado cualquier cosa porque esos brazos hubieran sido los del hombre que ya jamás la rodearía con los suyos. Su padre.

VIII

No respondía a nada. Maldita sea, se estaba asustando. La carita inexpresiva y esos hermosos ojos castaños perdidos en algún lugar desconocido para todos salvo para ella. La ciñó con sus brazos y la alzó suavemente, sin brusquedad, para no sobresaltarla, pero seguía sin reaccionar, helada. Apartó el sedoso cabello rojo que suelto le caía por el rostro, ocultándolo a su vista, y pronunció suavemente su nombre. Ella temblaba ligeramente. Aún envuelta en sus brazos se sentó en un butacón cercano al fuego, en la sala que habían ocupado con ella en su regazo.

—Julia, cielo, háblame.

Nada. Ni un pequeño ruido. El pecho comenzó a dolerle. Si no reaccionaba... Se volvió hacia el grupo que ansioso permanecía callado, casi tan asustado como él.

—Avisad al doctor Brewer, por favor. Que venga cuanto antes —giró el rostro hacia ella— Julia, tienes que hablarme. No me hagas esto, por favor.

Nada. Dios, era un bestia, pero no veía más salida. No permitiría que ella se refugiara en un mundo del que él no fuera parte.

Aún sentada en sus muslos, la sujetó con firmeza y la zarandeó. Al fin un resquicio de atención. Esos redondos ojos se centraron como si hasta ese momento hubieran deambulado tan, tan lejos, que no parecían saber dónde se encontraba al despertar. Ubicada de costadillo sobre él, le miró. Dos pozos de profunda tristeza lo miraron directamente a los ojos, al tiempo que con voz quebrada le preguntó.

—Es cierto ¿verdad?

—Sí.

—¿Cuándo?

—Hoy por la mañana, no hace mucho.

Aspiró con fuerza.

—Debí haber estado ahí. Quizá si hubiera estado, quizá…

—No.

—¡Sí!, tú no lo entiendes. Debí volver a casa hoy. Quizá nada hubiera pasado o… —quedó como un estatua— ¿qué ha ocurrido?

Ahí estaba la maldita pregunta y sabía que no podría mentirle, no a ella que solo ignorancia y silencio había recibido en su vida.

—Entraron en la casa cuando dormía una pequeña siesta antes de…

Los redondos ojos quedaron fijos en los suyos y ella susurró.

—¿Lo… mataron? ¿Mataron a mi padre?

—Sí. Lo golpearon mientras dormía.

—¿Le hicieron daño?

Por la extrema tensión en el cuerpo que sentía contra el suyo, se preparó para lo que llegara.

—No lo creen. Le sorprendieron dormido y no llegó a despertar.

El impulso fue tan repentino que casi logró que la soltara. La palma de la mano femenina empujó contra su pecho pero no la soltó.

—¡Suéltame, Doyle! He de ir allí. Estarán Abby y las niñas y…

—Julia… —ella se revolvía en su regazo.

—¡Que me sueltes! He de ir…

—Julia, escúchame.

Le ignoraba y seguía intentando ponerse en pie por lo que la rodeó con los brazos, aplacándola e impidiendo que se moviera.

—Julia, cielo, escúchame. Tu madrastra…

Ella lo entendió, al momento. De nuevo lo miró.

—¿A ella también la han…?

Solo pudo asentir. El rígido cuerpo se relajó, de repente, sin más, y apoyó la delicada espalda contra su pecho, la respiración agitada, como una estatua. Ni siquiera movía esos inquietos pies.

—Esto no es un sueño ¿verdad?

—Ojalá lo fuera, cariño. Ojalá lo fuera…

Depositó un suave beso en la pálida mejilla que tenía más cerca y aún rodeándola se acomodó en el asiento. Desde el lateral vio resbalar lentamente una lágrima, una lenta y silenciosa lágrima deslizarse y supo que trataba de retener el llanto, la angustia, el dolor.

—Llora, mi amor, conmigo llora todo lo que necesites.

Quizá necesitara oírlo o quizá no, puede que fuera suficiente con que la abrazara. Los frágiles hombros se estremecieron, toda ella se estremeció y se volvió con un movimiento desesperado hacia él, hundiendo la suave cara en su cuello, y lloró en silencio, sin apenas sonido, dejándose abrazar y acariciar, por todo lo que había perdido, por todo lo que le habían arrebatado.

Estaba completamente extenuada cuando llegó el doctor, pero los silentes sollozos se habían aquietado, suspirando de tanto en tanto. No supo cuánto tiempo habían permanecido en esa posición. El suficiente para quedar algo ateridos. Entró Mere avisándoles de la llegada del doctor y de que un mensajero preguntaba por él. Afianzó su carga entre sus brazos y sin decir palabra, pasaron entre todos sus amigos que seguían reunidos fuera del saloncito. Precedidos por Mere y seguidos por el doctor Brewer se dirigieron al primer piso, al dormitorio que ocupaba su Julia. Con un suave beso en los labios, la depositó en la cama.

—Cielo, deja que te vea el doctor. Yo he de bajar un momento, pero vuelvo en seguida.

Esperó a que ella le dijera algo pero solamente asintió. Tras darle otro suave beso se dirigió a la salida dejándola en buenas manos, con Mere y el médico. A él le esperaba la maldita carta. No se sentía capaz de dejarla sola demasiado tiempo. No solo por ella, también por sí mismo. Dios, se había colado al completo por ella, al completo y al verla así sentía que se rompía por dentro. En su cuarto, su derrotada pelirroja lloraría en silencio, como hacía tantas otras cosas, sin testigos y en soledad, acallando los desgarradores sollozos, y él sentía la necesidad de estar con ella. Era una sensación de tener que estar junto a ella, simplemente para abrigarla, para que en lugar de helado frío sintiera compañía, no la maldita soledad.

Descendió con rapidez las escaleras tras hacer un gesto dirigido a Peter que le esperaba junto al mensajero y quien le comprendió de inmediato. En cuanto Clive les adelantó la noticia había dado orden de que fueran a su casa en busca del sobre que únicamente Burrowers sabía dónde guardaba, del sobre que le pesaba en el alma como una losa, y se lo acababan de entregar. Julia pensaba que su padre no la amaba, que jamás la había amado, pero el hombre con el que se reunió le había demostrado todo lo contrario. Si el contenido de la carta se asemejaba a lo que él hubiera escrito en caso de encontrarse en la situación de Andrew Brears no dejaría a su Julia a solas mientras la leía. No lo haría ni aunque se lo pidiera.

Apretó con fuerza el desgastado sobre en su mano y por breves momentos quedó parado en lo alto de la escalera. Mere, la pequeña y dulce Meredith estaba apoyada en el marco de la puerta llorando en silencio, la mirada fija en un punto en el interior de la habitación, ante la puerta del cuarto que ocupaba Julia. Era una gran mujer, pero ahora le necesitaba su Julia. Se acercó y empujó suavemente la puerta, tras dar un cálido apretón en el hombro de la mujer que vigilaba inquieta, incansable y dolida. En un primer golpe de vista no la vio, hasta que apreció la inclinada y roja cabeza oculta tras el lecho.

Estaba sentada en el suelo, la espalda apoyada en el hermoso lecho, inmóvil, quieta y tan silenciosa. El médico se encontraba a su lado. Se acercó lentamente y solo cuando lo tuvo a su lado, sus botas rozándole las faldas, alzó esa maravillosa cara que le había robado el corazón.

—Yo me quedo con ella, doctor. No se preocupe.

Se agachó junto a ella hasta que escuchó cerrarse la puerta tras la alta figura del médico. Esos ojos. Dios, esos inmensos ojos llenos de agonía, doloridos. Una solitaria lágrima resbaló por su suave mejilla.

—Ya no podré decirle…, no podré…

No podía soportarlo, no podía. Le salió, instintivamente, del corazón. No lo pensó, simplemente su cuerpo se movió. La rodeó y se colocó tras ella. Lentamente se fue deslizando hasta hacer un hueco entre el cuerpo más menudo y la cama y al igual que ella quedó sentado, la espalda contra el lecho, rodeándola con sus piernas, la cabeza de ella contra su cuello y la rodeó, la envolvió con sus brazos, acariciándole la húmeda mejilla. Estaba tan fría.

—Se me murió, Doyle, mi padre se me murió…

—Lo sé, cielo. Lo sé.

—No me dio tiempo a decirle…

Dios, intuía lo que le iba a decir.

—No pude decirle que le quería, que nunca me importó que no me quisiera, que yo le extrañaba tanto —giró levemente el rostro, esos preciosos rasgos surcados por silenciosas lágrimas. Lloraba en silencio, sin apenas ruido. El pecho se le oprimió— ¿Por qué no me quería? ¿Por qué no…?

Apartó un suave mechón rojizo de la hinchada cara. Le podía contestar que sí la amaba, que a su manera su padre la quiso muchísimo, pero una vida de rechazos, de desdén, de dolor, no se borraba con unas simples palabras y menos del hombre que no debía decirlas. En su mano ardía el maldito sobre. Si el contenido, si el jodido contenido no era lo que esperaba, lo buscaría en las puertas de infierno, lo buscaría en el mismo infierno. Había llegado el momento.

—Cielo, debo decirte algo.

No pareció haberle escuchado por lo que suavemente se lo repitió. Lentamente, escogiendo con tanto cuidado como su brusquedad innata se lo permitió, le relató su inolvidable reunión con su padre, lo que le pidió y lo que él aceptó hacer. La suave voz estaba llena de incertidumbre, asombro y miedo. La apretó fuerte entre sus brazos.

—No tienes por qué leerla si no lo deseas, cielo, pero algo me dice que…

—Que necesito leerla —se volvió ligeramente ente sus piernas, acomodándose de costado, sus ojos fijos en el sobre color crema, llenos de tensión.

Por Dios que era un bruto, siempre lo había sido pero algo en esa mirada, algo en esa mujer le llegaba al alma, y sin entender cómo, supo que ella con todo su cuerpo, con su mirada desviada del sobre hacia él, se lo estaba pidiendo. Todavía envolviéndola entre sus brazos, abrió el viejo sobre y sacó de su interior otro de menor tamaño. Dios… con su propio nombre en la cubierta y cuatro hojas de fino papel, llenas de una firme y hermosa caligrafía masculina. Los separó y esperó a que ella cogiera el destinado a sus enormes ojos. Las temblorosas manos lo asieron y comenzaron a desdoblarlo, pero temblaban tanto que no pudo quedarse quieto, observando tanto dolor en su mujer. Con tanta suavidad como le fue posible colocó la pequeña espalda contra su pecho y sostuvo esas manos más pequeñas con las suyas.

Lo que jamás imaginó fue lo que ella hizo a continuación. Con una vocecilla emocionada, apenas susurrante, comenzó a leer en alto el contenido de la dolorosa carta, para los dos, también para él, comprimiéndole aún más su ya atrapado corazón. Apenas respiraba mientras las palabras comenzaban a invadir su mente. Con una tonta plegaria pidió que el hombre que tanto le había agradado dijera a su hija lo que toda su vida había esperado. La suave voz titubeó pero siguió adelante.

Hija mía:

Me es tan difícil escribirte esta carta, tan difícil, pero algo indefinible en mi viejo corazón me lo pide a gritos. Una necesidad cada vez más urgente de expresarte lo que siento como si no fuera a poder hacerlo, como si algo me empujara...

Incluso esto me cuesta escribir.

Solo soy un viejo tonto, hija mía.

Un anciano solitario, egoísta y miedoso que no supo ver aquello tan bello que le regaló la vida, tú. Año tras año mi corazón y mi mente se fueron endureciendo lentamente, no dejando paso a los sentimientos, a la ternura, al cariño, a ti..., alejando mi solitario corazón de aquello que debí amar y proteger causando el mayor dolor que un padre puede ocasionar a un hijo. Jamás quise que eso ocurriera, pero no supe impedirlo, no pude evitarlo, ni pararlo y me carcome lentamente por dentro. Lenta e inexorablemente y debo, no, necesito rectificarlo.

En ocasiones, en mi desolado cuarto, me levanto de mi hundido y viejo sillón y doy pasos, titubeantes pasos que me acercan al tuyo con la intención de decirte todo lo que ahora plasmo en una fría hoja de papel, porque necesito que sepas que lo que tú sientes como desamor, lo que siempre has percibido como desapego, no lo es. Nunca lo fue. Era miedo, era dolor, era cobardía, hija mía. Cobardía de un viejo bobo que perdió lo más maravilloso de su vida sin darse cuenta. Un viejo orgulloso e ignorante que advirtió demasiado tarde que quizá había perdido el mayor tesoro de su vida, el preciado amor de una hija.

Recuerdo a tu madre, a mi querida Mary, y siento miedo de reencontrarme con ella y no poder explicarle cómo pude perderte, cómo pude traicionarla después de jurar, el mismo día que la perdí, que nuestra hijita crecería rodeada de amor, de caricias, de abrazos, de juegos. Simplemente protegida y querida.

Decirle que os fallé a ambas.

Tengo miedo de que me odie, porque yo me odio por no haberte dicho que te amo, hija mía, que siempre te quise y siempre, siempre, te querré.

Por ello necesito pedirte que me perdones por no responder con una sonrisa a esas suplicantes miradas que de pequeñita me preguntaban por qué no te amaba como debiera, por no abrazarte fuerte cuando caías, por no cuidarte cuando enfermabas, por dejar que otros te criaran con frialdad, por no contarte cuentos cuando de noche temías a la oscuridad, por no acariciarte el suave rostro al acercarte a mi suplicando una amorosa caricia, por no saber ampararte como te merecías. Por tantas cosas pero, sobre todo, por callar.

No tengo excusas, hija, al menos excusas que un padre pueda dar a una hija a la que ha tenido abandonada e ignorada desde su infancia, cuando sus piernitas apenas la sostenían al dar pasos, pero necesito decirte la razón de que mi dolido corazón me impedía acercarme a ti.

Eres la viva imagen de tu madre, y verte era verla a ella, sus gestos, su sonrisa, esa forma que tenéis ambas de fruncir los labios o de mover incansables los piececitos cuando estáis nerviosas. Esa tierna y cálida mirada. Tantas cosas que te asemejan a ella y que a mí me apartaron por puro egoísmo, por no sufrir con su recuerdo, cuando en realidad su recuerdo era una bendición, era rememorar un inmenso y único amor.

El amor de mi vida.

Al dejarme sentí que lo perdía todo, todo aquello por lo que merecía vivir y me convertí en un hombre que olvidó lo que era amar, que olvidó sonreír, que olvidó a su pequeña hija. Mi mujer se había ido y no me había llevado consigo. No conseguía escapar de la ira, de la furia que me rodeaba y que se reflejaba en todo aquello que me recordara a ella, y tú, con tu dulce carita y tierna forma de ser, eres tan parecida. No puedo pedirte que no me odies por ello. No puedo, no después de tanto tiempo.

Te amo con toda mi alma y con todo mi corazón, hija mía. Siempre lo hice pero no supe o no pude demostrártelo. Y ese pesar me lo llevaré conmigo allá a dónde vaya. Si no pude decírtelo en vida, si no pude enseñarte que tenías este viejo y solitario corazón en un puño, lo lamento tanto, tanto, que siento que se me rompe en mil pedazos.

Tu madre era una hermosa e intuitiva mujer. Siempre me dijo que nunca era tarde para hacer aquello que se debía y que jamás dejara pendiente dar una respuesta necesaria, un beso lleno de amor, una caricia repleta de cariño. Tengo tanta emoción acumulada mientras escribo esta carta que no podría hablar ni aunque lo deseara con todas mis frágiles fuerzas. Mi pesar, mi dolor, mi honda tristeza serán mis compañeros de viaje, pero mi amor te lo dejo, hija mía. Lo dejo ahí contigo al igual que una parte de mi ser desearía no abandonarte nunca.

Las respuestas a tantas preguntas no formuladas, cariño, espero contestarlas en esta carta. En cuanto al resto, creo que lo único bueno que hice en vida fue despedirme de ti en las escalinatas del hogar de tus amigos con un beso y una caricia que desde ese día me llena el alma de algo de paz. Eso nadie podrá arrebatármelo. Nadie. Lo llevaré siempre conmigo, hija mía.

He dejado esta carta en manos de un hombre que me agrada. Tu prometido. Algo en él me dice que te hará sentir amada y querida y ello es suficiente para que este torpe corazón deje de sufrir un poco, hija, tan solo un poco de lo que debiera. Un regalo que ni siquiera creo merecer.

Pese a ello dejo una inmensa preocupación. Si esta carta te ha sido entregada, es porque he tenido que irme, hija, porque me han llamado de un lugar al que no se le puede decir que no, al que no puedes suplicar por quedarte un poco más, tan solo lo suficiente para envolver en tus brazos a tu hija al menos una vez y besarle la mejilla con dulzura, respirar cerca de ella, sentirla junto a ti, su manita en la tuya, simplemente abrazarla un poco más, tan solo un poco más.

Prométeme que no te angustiarás por no haber podido hablar, por no haber podido decirme lo mucho que me quieres, porque lo hiciste hija, siempre lo hiciste. Con tus miradas, con tus gestos, tu silencio y tu sonrisa dijiste todo lo que tu corazón sentía dentro, muy dentro, y yo lo supe. Yo siempre lo supe. Quien lo hizo mal fui yo, cariño, jamás tú.

Llenaste mi vida de alegría cuando pensando que nadie te veía, dibujabas ángeles en la nieve o correteabas tras los cachorros de los vecinos, cuando entrabas en la cocina a hornear ese pastel de manzana que siempre me hicieron creer que era comprado. No lo consiguieron. Nunca lo consiguieron porque yo sabía que era de mi hija, con todo su amor. Gracias por no rendirte y por luchar por un amor que creíste perdido, por esa tierna terquedad.

Si yo falto, por la razón que sea, y si tu corazón siente lo que intuyo que siente, síguelo sin dudar, hija. Aferra lo que te dice y no lo sueltes por nada del mundo. No dejes pasar la oportunidad de ser feliz. Cásate con él y no esperes a que tu vida pase ante tus ojos sin dolor, sin sufrir, pero también sin experimentar un profundo amor por el tiempo que dure. Aprovéchala como yo no supe hacer al perder a tu madre, por mí, pero ante todo por ti, mi amor, porque lo mereces.

Ahora, necesito que entregues la carta que acompaña a esta al hombre que quieres, sin hacerle preguntas. Tan solo entrégasela. Lo que él comparta contigo estará bien, hija mía. Solo quiero que sepas que todo lo que hice fue tratando de protegerte, porque te amo con toda mi alma, aunque jamás lo oyeras de mis labios.

Al menos mis manos no han temblado como lo hizo mi corazón al tener que aplacar el miedo a hablar, a expresar lo que sentía, y por ello siempre estaré agradecido. Por encontrar el valor al menos una vez en la vida.

Nunca lo olvides, Julia, mi amor. Nunca.

Te quiero con toda mi alma. Siempre lo hice.

Tu padre

La vocecilla que había comenzado a leer, se había resquebrajado completamente en los primeros párrafos, el pequeño cuerpo temblaba entre sus brazos y él lo único que podía hacer era abrazarla, darle cualquier cosa que necesitara. Dio gracias en su interior por un padre, que al final había sabido hacer lo correcto, que había apartado todo, su orgullo, su egoísmo, su frialdad para que su hija supiera lo mucho que la amaba.

Julia dobló con extrema suavidad la carta, casi con miedo de que fuera a desaparecer y la apretó con ansia contra su pecho, se volvió hacia él y mientras susurraba un *me quería, Doyle, mi padre me quería...*, hundió la abotargada carita en su pecho y rompió a llorar con un llanto desgarrador, profundo e intenso. Su camisa en seguida quedó húmeda de lágrimas.

Con voz ronca de la maldita emoción, de agradecimiento hacia Andrew Brears, le hablaba, le susurraba a ella, las palabras que le surgían, sin más, mientras le frotaba la pequeña espalda. Joder, era un torpe con los sentimientos pero no con ella. Con ella, lo sentía natural.

Por la languidez que sintió en el pequeño cuerpo que se negaba a soltar supo que ella se había dormido del agotamiento. No era de extrañar. Permaneció así un rato hasta asegurarse de que había entrado en un profundo y sosegado sueño. Sujetándola con tanta suavidad como pudo para evitar que despertara, consiguió alzarla en brazos y acostarla en el lecho, copiando la misma postura anterior. Él apoyado contra la cabecera de la cama, ella entre sus muslos extendidos. La carta destinada a él, a su lado.

Esperó unos minutos disfrutando simplemente de la placidez de tenerla entre sus brazos, pero su mente no conseguía olvidar la misiva que permanecía sin abrir. Con la mano más cercana, la aferró y empleando ambas, la abrió para comenzar a leer. Su corazón latía rápido, tan rápido que por un momento temió despertar a la dulce mujer que dormía ajena a todo, apoyada en su amplio pecho. Lentamente comenzó a leer sabiendo que lo que contenían las hojas que sujetaba lo marcarían, lo marcarían para siempre.

Estimado Señor Brandon:

Tuve dudas a la hora de decidirme a escribirle pero mi encuentro con usted las disipó por completo y le doy mi eterna gratitud por ello. Junto a esta carta he escrito otra dirigida a mi hija, la que le entregué para el caso de que algo me pasara. Si la está leyendo es que ha ocurrido lo que imaginé.

Mi única pena, mi único dolor es no haberme atrevido a decir con palabras a mi hija lo que cobardemente únicamente plasmé en letras. Si no le dijera, si no llegara usted a saber lo que le escribí, dígale que el día que nos reunimos le hice saber que siempre la quise con todo mi corazón y que fui un anciano tonto por no demostrárselo. Hágale sentirse amada, por favor, señor Brandon, porque ella jamás ha sentido calor, amor o cariño en su solitario hogar.

Déselo usted.

Si no me equivoco demasiado, joven, usted la ama. Como buen terco le costará reconocerlo pero un padre percibe si el hombre que pretende a su hija es merecedor de ella, y en este caso, creo que ambos están hechos el uno para el otro. Sería mi mayor deseo ¿sabe usted? que fueran felices, pero sobre el corazón no se manda. Si a pesar de lo que creo o deseo creer, no fuera el caso, he de pedirle algo, algo delicado que solo un padre angustiado solicitaría. Desconozco si mi muerte será natural, pese a desearlo con todo mi corazón pero algo profundo en mí interior me dice que no será el caso.

Mi viejo instinto me empujó a confiar en usted y si con ello logro proteger a mi hija, por Dios, que lo haré. Desde hace un tiempo he estado recibiendo amenazas dirigidas a mí y a mi familia. Al principio hice caso omiso. En las últimas semanas están ocurriendo incidentes inquietantes, pero el último fue el que disparó del todo mis alarmas. Hace unos días mi Julia nos preguntó, durante el desayuno, si alguno de nosotros acudía en plena noche a su cuarto tratando de entrar en él. Eso, si he de serle sincero, me asustó mucho, como pocas cosas lo habían logrado previamente. Mi hija, en el punto de mira de quien fuera que me estaba amenazando. No iba a aguantarlo. Acepté que Julia pasara unos días en el hogar de la familia Aitor y tenía ideado mandarla otra pequeña temporada al campo, lejos de cualquier peligro, con su tío Jonas, para protegerla. De inmediato acudí a la policía y he concertado una cita con un joven superintendente, el único que atendió a un pobre padre angustiado. Ese hombre se llama Clive Stevens y siempre se lo agradeceré. Siempre. Le adelanté unos pocos datos ya que por mi parte he intentado recopilar información, que he ido guardando con cautela y siempre porto conmigo en un viejo maletín de desgastada piel.

Si mi muerte no hubiera sido natural o accidental tengo dos peticiones que hacerle. Acuda a hablar con el superintendente Stevens, y la segunda, cásese con mi Julia cuanto antes, por favor. Protéjala y ámela como esa hermosa, dulce y generosa hija mía se merece. No deseo que permanezca en nuestro frío hogar con mi segunda mujer y sus hijas. Ellas no la quieren. Nunca la quisieron salvo cuando les convenía, y yo no supe evitarlo, no tuve las agallas suficientes para parar o aliviar el daño que le causaron. Un padre que no sabe proteger a un hijo... Ese dolor nunca podré borrarlo.

A mi niña nada le faltará, en el aspecto económico, ya que me he encargado de ello, pero me angustia que quede sola, que quede desprotegida. Se lo pido, pero no puedo obligarle. Solo usted puede decidirlo. En el caso de que no pudiera hacerlo, le agradecería que trasladara el contenido de esta carta a Edmund Norris o al matrimonio Aitor ya que sé que ellos ampararán a mi hija con todas sus fuerzas. Solo necesito que se encuentre a salvo hasta que le sea entregada su cuantiosa herencia para poder valerse por sí misma. Solo eso.

Aquello que decida, sé que lo hará con el corazón, joven, y estará bien. Si llegaran a casarse, dejo en sus manos la decisión de contar o no a mi hija el contenido de esta carta, pero le estaría eternamente agradecido si le diera a mi querida hija un abrazo, el

abrazo que debí darle en vida y mientras lo hace piense en mí, por
favor... Piense en mí, que allí donde esté, yo haré lo mismo.

Mi gran pena es haber perdido la oportunidad de hacerlo por
mí mismo.

Un afectuoso saludo de un hombre al que hubiera agradado
profundamente conocerle,

Andrew Brears.

Dios, ese maldito anciano le había hecho sentir en sus propias carnes el inmenso dolor de un hombre que se va sabiendo que deja algo tan, tan, valioso, creyéndolo desamparado y que desnuda su cerrado y endurecido corazón, sencillamente para protegerlo. Desearía tenerlo frente a sí con ese rostro inteligente y esos ojos tristes, para darle un puñetazo seguido de un jodido abrazo y asegurarle que ella estaría segura, que ella siempre estaría protegida y sería inmensamente amada. Si ese frágil y valeroso anciano le estaba viendo, allá donde estuviera, se lo hizo saber. Le hizo saber que podía estar tranquilo.

Miró enternecido la tranquila forma femenina y se inclinó en el lecho arrastrándola con él. El precioso tesoro que tenía entre sus brazos resopló suavemente por lo que cerró los ojos con un maldito nudo en la garganta y la carta firmemente apretada en su puño. Le dio un tierno beso en la coronilla. Ahora la dejaría descansar lejos de todo sufrimiento y pesar. Después hablarían. Tenían tanto de que hablar.

*****

Capítulo 7

I

Sus sueños habían sido inquietos como si la realidad los hubiera invadido pese a estar él tendido a su lado, rozándola y rodeándola con su brazo. Deseaba que despertara pero al mismo tiempo ello le traería dolor, mucho dolor. Le era imposible precisar cómo estaba tan seguro de que en unos segundos esa limpia mirada se iba a clavar en la suya. Simplemente así era.

Los preciosos ojos castaños aletearon y se abrieron algo hinchados y enrojecidos. No esperó a que estuviera completamente despierta.

—¿Te casarás conmigo hoy mismo?

Las adormecidas pupilas se dilataron.

—¿Por qué estamos en la misma cama, Doyle Brandon?

—¿Porque nos encanta dormir bien juntitos y apretujados?

Si conseguía distraerla algo, aunque fuera una migaja, era un poco de sufrimiento que le robaría a su roto corazón. La oscuridad veló los redondos ojos paulatinamente y su mano se dirigió hacia su pecho. Se incorporó angustiada.

—¿¡Dónde está!?

La mirada recorrió con ansiedad el cuarto, sus alrededores, buscando la carta de su padre.

—Yo la tengo, aquí al lado. La cogí para que no se estropeara.

La alcanzó del lugar donde la había colocado ya doblada y se la entregó a ella, quien la aferró y la acurrucó contra su pecho, temblando. De nuevo se tendió en el lecho, de costado, frente a él.

—¿Ocurrió de verdad?

—Sí, cielo. Así fue.

—¿Tendré que ir a ver el…?

—No. Yo me encargaré.

No le haría pasar por ello, él se encargaría de identificar el cuerpo del anciano.

—No lo soñé, mi padre me quería.

En medio del dolor sus ojos brillaban y ello se lo había regalado el anciano, el sorprendente anciano que supo rectificar al fin.

—No lo dudes, ni por un momento lo dudes, cielo.

Tendidos ambos de costado él le relató lo que había ocurrido el día en que se reunió con Andrew Brears y ella pareció absorber, saborear las palabras, como si lo necesitara más que el aire. Después se hizo un plácido silencio.

—¿Por qué?

—No lo saben. Clive Stevens ha asumido la investigación y por buenas razones, —intentó escoger con cuidado las siguientes palabras— Julia, tu padre también me dejó una carta.

—Lo sé.

—¿No quieres saber lo que dice?

—Me gustaría mucho.

Se la leyó en alto, lentamente, aguantando el nudo de emoción que le cerraba la garganta. No sabía lo que le ocurría últimamente. Él no se emocionaba, no se acongojaba ni sufría, pero la muerte del anciano le había afectado y el dolor que a ella le había causado parecía sufrirlo en sus propias carnes. No terminaba de comprender esos sentimientos, esas nuevas y en cierto modo, temibles sensaciones. Los enrojecidos ojos de su mujer no se llenaron de lágrimas sino de cierta paz. Quizá la paz que le faltó durante demasiado tiempo.

—Gracias por leérmela.

—Dice que debemos casarnos —no pudo evitar una sonrisilla—. Tu padre era un hombre perspicaz, mujer. Me caló en cuanto traspasé el umbral de tu hogar.

—¿Sabes algo? —interrumpió ella.

Intuyó que lo que fuera a decir era importante por lo que quedó callado a la espera.

—Ese no era mi hogar.

Acarició su pecoso rostro, ese precioso rostro que no conseguía apartar de su mente, mientras ella seguía hablando.

—Sí, me casaré contigo, Doyle Brandon, y formaré contigo un buen hogar, donde no haya mentiras, ni silencio, ni frialdad y en el que compartiremos todo. En el que nuestros hijos vivirán rodeados de cariño y amor. Un buen hogar.

—Me agradará eso, mujer. Me agradará mucho —depositó un tierno beso en esos suaves labios—. Ahora descansa algo más que nos espera un duro día. Yo me quedaré contigo, no me iré de tu lado.

La acercó más hacía él hasta que la abotargada carita quedó en el hueco de su cuello, las puntas de sus pies contra sus piernas y la acompasada respiración indicó que dormía de nuevo.

Debían casarse sin demora, hoy mismo a ser posible. Por nada del mundo permitiría que volviera a la casa en la que había corrido peligro, ni que sus hermanastras pusieran sus envidiosas zarpas en su vulnerable mujer. Organizaría la boda, se reuniría con Clive, Pete, Rob y los demás y atraparían a quien le había ocasionado tanto dolor. Era cuestión de tiempo.

II

Estaba agotado tras otra pelea con sus superiores, otra entre muchas, pero al final había logrado lo que quería, pese a la opinión de la mayoría de que lo oportuno era asignar el caso a un grupo de agentes y no que lo asumiera un superintendente. No le arrebatarían el caso Brears.

Su mente volvió a este. Nada encajaba. Absolutamente nada. Estudió atentamente las notas expuestas sobre la mesa de su despacho. Tan enrevesadas. La criada nada había escuchado desde su habitación en el ático, Julia en casa de sus amigos, la otra hermana, la morena, Emma, de visita en Bromley, un pequeño pueblo al sureste de la ciudad. La hermana que quedaba, Lizzie, tan desdeñosa y tan fría, le desconcertaba. Los vecinos no habían observado a extraños por las inmediaciones, no se había escuchado ni un mínimo grito y las casas se encontraban lo suficientemente cerca para que un chillido en pleno sobresalto llamara la atención a media mañana. Dos fallecidos y ninguno habían pedido auxilio, sobre todo la mujer, como si jamás hubiera esperado lo que le había ocurrido. El médico había sido claro como el agua. Así como a Andrew Brears lo habían asesinado estando dormido, no había ocurrido lo mismo con su mujer. La habían atacado por la espalda, en su propia habitación y nada estaba revuelto. Ello indicaba que quizá conocía a su atacante o que puede que confiara en él hasta el punto de darle acceso libre a su dormitorio.

Ni huellas, ni cerraduras forzadas. Eso le preocupaba sobremanera al acaecer los hechos en un día que había amanecido diluviando y en que las gruesas puertas de la casa se encontraban cerradas a cal y canto. ¿Un ladrón deseoso de no dejar pistas tras de sí? No, la manera en que se habían ensañado con los cuerpos denotaba furia, rencor, casi odio visceral. El asesino era alguien cercano, alguien familiarizado con la casa, con los movimientos de sus habitantes, o que se había habituado a ellos pero con la suficiente fuerza como para destrozar con absoluto descontrol. Algo, algún detonante, había provocado tal carnicería.

Esperaba sacar algo en claro de la conversación con Julia Brears, aunque fuera una nimiedad. Algo con lo que tirar para adelante, pero antes hablaría con Rob y los hermanos Brandon. El interrogatorio a Bridget, la joven y asustadiza criada, de poco había servido salvo para saber que su reciente pretendiente no había dado señales de vida desde que habían ocurrido los hechos. Ya estaba dada la orden de busca y captura, pero algo en su interior le decía que de nada serviría, que debían buscar en otra dirección. Si su maldita intuición tuviera labios para hablar…

III

Su futura esposa era una mujer serena y fuerte aunque pensara lo contrario de sí misma. En cuanto despertó la tristeza inundó de nuevo esa cálida mirada pero nada dijo. Tan cerca la tenía que presenció el velo de tristeza cubrir esos redondos ojos. Tras levantarse del lecho, ella se le acercó lentamente, de puntillas alcanzó a rodearle la cara con sus manos obligándole a inclinársele y susurró un quebrado *gracias* que hizo que su duro corazón se constriñera como solo ella lo conseguía, para darle a continuación un dulce beso en la mejilla.

Esa mujer lo derretía sin emitir una sola palabra.

Se arreglaron los arrugados ropajes y descendieron las escaleras firmemente agarrados de la mano hacia el tumulto que surgía del salón. Estaban todos, incluidos los padres y hermanos de Mere, sus amigos, y Peter. En un primer momento nadie habló, las miradas fijas en sus manos entrelazadas y en Julia, hasta que esta les dijo que estaba bien, que necesitaba tiempo, pero que todo iría bien y que no se preocuparan. El sosiego inundó la habitación paulatinamente. Contaron sus planes a familiares y amigos y dentro del dolor surgió algo bueno, algo a lo que todos dieron la bienvenida con los brazos abiertos. Agradeció todo lo que le dijeron, sobre todo por la mujer que no se separaba de él, los abrazos, los pésames, lo que les desearon, pero fueron las malditas palabras de su hermano las que le causaron un endiablado nudo en la garganta. Su hermano menor se dirigió con su imponente altura hacia Julia, la rodeó con sus brazos y le susurró un emocionado *bienvenida a la familia, hermana mía.*

Su atolondrado hermano que siempre sabía qué decir en cada momento, salvo con Rob. Hasta entonces su pelirroja había aguantado la emoción pero con esas simples palabras de Peter se resquebrajó su coraza completamente. Dos lágrimas resbalaron por las sonrosadas mejillas provocando que Peter quedara petrificado. No se dio cuenta de que acababa de dar a su pelirroja aquello que siempre le había faltado, aquello que siempre había añorado. Una familia...

Se acercó raudo a su hermano menor y le dijo que no pasaba nada, puso su mano en la mejilla de Peter, quien lo miraba completamente angustiado sobre la pelirroja cabeza y le pidió con los ojos que le entregara a la mujer que aún sujetaba entre sus brazos. Lo hizo sin dudar y fue tan natural como vivir.

Su mujer.

Todos comenzaron a hablar al mismo tiempo convirtiéndose la dócil reunión en un auténtico desbarajuste. El grupo en su salsa una vez más. A Julia la arrancaron de sus brazos tras disfrutarla unos pocos segundos y tras besuquearla y achucharla como si de un desprotegido polluelo se tratara, la situaron en medio del jolgorio. Por breves momentos sospechó que lo hacían adrede, para evitar que pensara demasiado en su padre, y el guiño que cruzaron la abuela y Mere se lo confirmó. Eran buenas mujeres y aún mejores amigas.

Necesitaban organizarse cuanto antes. La abuela Allison y Norris padre se ofrecieron para acudir a la parroquia a fin de celebrar la boda tan pronto como fuera posible. No dudaba que la inteligente y experimentada mujer podría camelar a cualquiera y enredaría al párroco, sin duda, hasta agotarlo mentalmente y que cediera a todo lo que le pidiera. Sonrió con la mera imagen.

Él tenía pendiente una tensa reunión con Clive Stevens. Rob le anunció que no se libraría de él. Peter nada dijo pero su intención resultaba evidente por su terco gesto. Los acompañaría.

Debía concentrarse en lo que discutían pero su mente se desviaba una y otra vez hacia lo que estarían haciendo las mujeres y sobre todo a si habrían concertado con el párroco la pronta celebración de la boda.

—Fue corta pero densa. Repetía constantemente que estaban en su casa, hasta tal punto que por un breve momento dudé de la cordura del anciano.

El ceño fruncido no casaba con el rostro de Clive. Sentado tras su mesa de despacho rebosando papeles, les había relatado su corto encuentro con Andrew Brears.

—No debí dudar —el pesar saturaba la frase—. Si hubiera insistido…

—No —intervino Rob— no vayas por ese camino que te conozco, amigo. No fuiste tú quien los mataste, fue otro, y encontraremos al cabronazo que lo hizo.

El superintendente suspiró.

—Clive, ¿encontrasteis algún maletín en la casa? —preguntó tenso Doyle.

—¿A qué te refieres?

Muy por encima les comentó la carta que el anciano le había dejado. Los ojos grises del policía relucieron, mientras los demás le observaban con asombro.

—Es… personal. Su contenido es muy personal por lo que preferiría no mostrarla, pero en ella hace referencia a que le estaban amenazando, que estaba recabando información que guardaba en un maletín. Sus palabras fueron *viejo maletín de desgastada piel.* Tampoco hacía mención a aquello sobre lo que indagaba.

—¿Amenazaron a Julia? —gruñó Peter.

—Sí. Al anciano le angustiaba no poder protegerla y en la carta hace referencia a que intentaron entrar en su habitación por la noche —se daba cuenta de la dureza con que hablaba pero no podía evitarlo.

Con voz tranquilizadora intercedió Rob.

—¿Por eso te urge tanto casarte?

—Entre otras razones.

—Te colaste del todo ¿verdad? —la sonrisa en el rostro de Rob era extremadamente pícara.

Bufó como un buey en respuesta.

—Vaaale. No me meteré dónde nadie me llama, aunque mi perspicacia suele servir de gran…

El siguiente bufido surgió de Peter ocasionando que Rob se volviera hacia él, como un rayo.

—¿Algo que decir?

—Eres un metete.

—¡No lo soy!

—Lo eres.

—¡Y un cuerno! y además nadie te ha dado vela…

Se les veía venir y con ellos su latente discusión, por lo que no dejó que empezara.

—¡Ya vale! —ambos se volvieron hacia él, callados al fin, y también Clive—. ¿Sospecháis de alguien?

El superintendente esperó unos segundos como si reordenara sus pensamientos.

—Es muy pronto para asegurar algo. Los médicos han calculado que las muertes ocurrieron alrededor de las once de la mañana. De lo poco que hemos recabado, fueron una serie de sucesos encadenados y ciertas cosas no cuadran.

—¿Cuáles?

Stevens suspiró descontento.

—Tened en cuenta que acabamos de iniciar la investigación y aún damos tumbos. Doyle, todavía no hemos tomado declaración a Julia ya que quisiera hacerlo yo. Imagino que una cara algo familiar es mejor que nada; y otra cosa, me la estoy jugando al haceros partícipes de la investigación pero, qué demonios, creo que vale la pena. De todos modos, os agradecería que fuerais prudentes.

Rob contestó de inmediato.

—Lo seremos, amigo. No te apures que lo seremos.

—De acuerdo —prosiguió Stevens—. Los indicios son los siguientes: Andrew Brears volvió pronto al hogar esa mañana ya que seguía algo indispuesto después de una semana sintiendo malestar generalizado. Esa información está corroborada ya que al parecer también su mujer y la criada, Bridget, cayeron enfermas del estómago. El día lluvioso ocasionó que sus zapatos estuvieran embarrados, por lo que se tumbó para echar una cabezada en la salita, reclinado de costado con los pies apoyados en el suelo para evitar manchar la clara tapicería. Le atacaron por detrás y desde arriba. El médico de la policía ha sido claro al exponer que duda que llegara a despertar dada la falta de lesiones de tipo defensivo y la dirección de las abundantes manchas de sangre. Creemos que con su mujer acabaron antes, pero nos estamos encontrando con muchas lagunas.

—¿Cómo entraron en la casa y cómo es que nadie se dio cuenta de que algo iba mal?

—Doyle...

—¿Dónde estaban la criada y las otras hijas?

—¡Doyle!, amigo, estamos en ello pero solo han pasado unas horas.

—Lo sé, pero a veces me parece una eternidad y ella necesitará respuestas.

—Te entiendo, de verdad que te entiendo, pero hemos de hacerlo bien. Lo primero es hablar con tu prometida. Cuanto antes pasemos por el mal trago, mejor, y prometo que trataré de ser delicado, lo más delicado posible. Supongo que querrás estar presente.

—Sí.

—Está bien —brevemente miró a Rob—. Hagamos una cosa. Cuando ella esté preparada, envíame una nota, pero no dejes pasar más de dos días o no tendré más remedio que acelerar todo. Estaré disponible para vosotros en cualquier momento —de nuevo se volvió hacia Rob—. ¿Qué tal la testigo?

La reacción de este fue risible. Pareció estremecerse y apoyó los codos en sus muslos, sujetando la cabeza entre sus manos.

—Es la medusa personificada y... —ladeó la cabeza y de reojillo miró hacía Peter que exhibía una expresión completamente neutra— no ayuda que aquí el ogro, la provoque.

—Yo no la provoco —contestó Peter, con la ceja arqueada— es ella que percibe absolutamente todo, hasta una nimia mirada, como una mortal provocación.

—Le dijiste que dejara de olisquearme...

—Es que le faltó darte un lametón...

—Eso sí que está en tu imaginación...

Rob se volvió hacia Doyle y Clive alzando las manos, pero de nada sirvió. El menor de los Brandon hizo caso omiso al expresivo gesto.

—No me digas que también inventó mi fecunda imaginación que la bruja esa te propusiera dormir con ella.

Los ojos negros despedían rayos y todos dirigidos a la figura que trataba de ignorarle.

—Lo dijo porque se sentía insegura...

—¡Ja! Si tanto miedo tenía podría habernos pedido a ambos que durmiéramos con ella y así... —se quedó callado como un muerto al percibir las miradas de asombro de todos los demás—. Retiro lo dicho.

Podía contar con los dedos en la mano las ocasiones en las que se le habían subido los colores a su hermano menor y esta era una de ellas. Puede que incluso la peor y más evidente ya que incluso la cicatriz del rostro resaltaba de forma llamativa.

Era un tanto chocante en Peter.

—Estás colorado, Pete, como un tomate madurito.

La cantarina voz de Rob y su provocadora risa generó la explosión de carcajadas que había intentado acallar con todas sus fuerzas, pero no le fue posible. En parte sentía necesitarlo para liberar la tensión que se había apilado en su interior los últimos días. Brotó incontenible.

De inmediato le acompañó la parca sonrisilla de Clive y ello solo consiguió enfurecer a su inmenso hermano quien, fija la profunda mirada en Rob, parecía estar maquinando una respuesta en toda regla. Este reculó en cuanto notó la enfurecida ojeada sobre su persona, pero ni por todo el oro del mundo hubiera callado.

—He de decirte que no es malo sonrojarse y si no, dímelo a mí que soy todo un experto en la materia.

Si no lo estrangulaba en ese mismo momento Peter era capaz de aguantar lo indecible. No le ahogaría pero se lo iba a hacer pagar. Conocía muy bien a su hermano y su agudeza e inventiva eran inagotables, sobre todo si estaba lanzado, y por la expresión de su rostro que ya había adquirido de nuevo tintes normales, este era el caso. Habló con total parsimonia y casi dio miedo…

—Prepárate, Rob.

La insolente sonrisa de este se cortó de raíz.

—¿Para qué?

—Tú simplemente prepárate, amigo mío.

Esa frase incluso a él le causó un ligero escalofrío por lo que no quería pensar en el estado de Rob, aunque su palidez ya indicaba que había dejado de ver el lado cómico del extraño sonrojo de Peter. Tocaba intervenir.

—Ya sois mayorcitos y tendréis que arreglároslas solos —se volvió hacia Stevens cuya boca aún formaba una curiosa sonrisa—. En cuanto hable con Julia, te mando una nota. Hay otro tema del que debí hablarte antes. Estamos a la espera de que nos indiquen la hora y lugar para intervenir en una pelea clandestina.

El corpachón del superintendente se tensó. Sus facciones se afilaron.

—Dios, ¿sabéis el tiempo que llevamos tras la organización de las peleas intentando infiltrarnos?

—Pues nosotros lo hemos logrado en un día.

El retintín de la grave voz ocasionó que Rob abrasara con la mirada a Peter y este tuvo el descaro de hacerse el sorprendido.

—¿Qué?

Lo ignoraron. Stevens continuó impertérrito.

—En lo que va de año han aparecido siete cuerpos en el río. Muertos a golpes. Es un secreto a voces pero nadie habla. Absolutamente nadie. Un cabrón peligroso las organiza y es escurridizo como una sanguijuela.

—Marcus Sorenson.

Stevens se viró veloz hacia Doyle al escuchar su respuesta.

—¿Cómo diablos lo sabes?

—Hace años fui luchador y, créeme, lo conozco bien.

Le pusieron al día con sus planes de sacar a la luz a Rupert Bray, de localizarle para que la policía lo pillara asegurando con ello, aunque fuera en cierta forma, la integridad de la testigo y con ello facilitar que esta prestara su testimonio en los tribunales. Escuchó atentamente y casi se divisaba la mente del superintendente hormiguear de exceso de actividad. Tras el resumen permaneció mudo hasta que rompió el opresivo silencio.

—Tened mucho cuidado. Si llegan a saber que Rob es de la policía, no lo perdonarán y menos aún si descubren que tiene asignada la protección de la testigo que puede enviar a prisión a Rupert Bray.

—Por eso lo voy a entrenar de forma intensiva a partir de mañana.

Entre el ruido de sillas al desplazarse cuando se levantaron, despedidas, indicaciones de que le informarían de cualquier novedad y estrechones de manos se escuchó claramente un bronco *maldita sea, me va a moler a palos*. En esta ocasión la risa maquiavélica surgió de Peter.

Un día. Quedaba un día para que se convirtiera en un hombre casado. A la salida de comisaría se habían dispersado. Peter y Rob en dirección al escondite de la incontrolable testigo. Él, a la mansión Aitor tras pasar por su casa para mudarse de ropa. Últimamente apenas paraba en su hogar. Norris le había enviado una nota dándole la buena noticia de su inmediato enlace y al leerla antes de subir a sus habitaciones había sentido tal satisfacción y nerviosismo que le había recordado la sensación que le recorrió el cuerpo el día que finalmente recuperaron a Peter. Tremendo y agotador regocijo. Se había pirrado por ella y todavía no sabía muy bien cómo, pero lo que tenía claro era que no debía asustarla, al menos no antes de haber cruzado los votos matrimoniales. Después sería inevitable, con su endemoniado mal genio, pese a que algo le decía que su rojo torbellino le iba a sorprender y desconcertar.

Ahora la tenía frente a él y sus ojos se desviaban constantemente a sus pies cubiertos por unas cuarteadas y desgastadas zapatillas, que inquietos no paraban de taconear. Mala señal. Su tornado le ocultaba algo importante.

—¿Me lo vas a decir? —indagó sin más preliminares.

—¿El qué?

—Lo que quieres decirme.

—¿Y cómo sabes eso?

—Tengo mis fuentes.

—¿Qué fuentes?

—Fuentes secretas.

Los castaños ojos se entrecerraron pero no tenía la más mínima intención de informarle de que la fuente secreta eran sus descontroladas extremidades. Su pelirroja se le estaba sulfurando.

—De acuerdo. Puede, y tan solo puede, que tenga algo que decirte.

Quedó expectante para nada. La muy brujilla no soltaba prenda.

—Creo que prefiero decírtelo tras la boda —la fina voz sonaba algo inestable.

Dudó. Sonaba ciertamente inquietante. Recordó que las mujeres habían estado reunidas toda la mañana mientras ellos permanecían en comisaría. Simplemente las posibilidades daban pavor. Podían haber planeado cualquier cosa, incluso que se volviera con sus dos hermanastras.

—¿No estarás pensando en trasladarte con tus hermanas a casa de esa amiga con la que se han instalado?

—¡No!

—Eso me alivia, querida. Por un momento pensé que…

—No. No me he planteado lo que va a ocurrir ahora que padre y Abby…

Se acercó a ella más de lo que ya estaba. En cuanto había llegado le habían dado paso a la salita y las restantes mujeres los habían dejado a solas. Se estaba comportando como se esperaba de un hombre educado, modélico, y esas cosas cursis pero, diablos, le estaba costando. Lo que le apetecía era agarrar a su amazona, arrastrarla hasta la vicaría y casarse de una puñetera vez, no se le fuera a escapar.

Agarrotó los músculos pensando que solo le quedaban unas horas de soltería y pegó su cadera izquierda a la de ella, acolchada con capas y capas de tela y más tela. Odiaba los modernos ropajes de las mujeres. Acercó la boca a su suave mejilla y susurró.

—¿No me lo contarás?

Dios esos ojos lo volvían loco, tan tiernos. Solo imaginarlos llenos de pasión… Maldición, ya estaba el diminuto irguiéndose. ¿Y por qué diablos le había dado por llamarlo diminuto, si en realidad era enorme? Sonaba ridículo. Torpedeó con los labios, llamando la atención de su precioso tornado. Paró de inmediato sin darse cuenta de que formaba un mohín con los carnosos labios.

VI

Cada día la sorprendía más. No tenía ni la menor idea de cómo era capaz de apreciar cuando algo la preocupaba. Le encantaría poder leerle la mente, sobre todo al observar alucinada el sensual movimiento de esos carnosos labios que parecían hacer pucheros, como si estuviera sosteniendo una conversación la mar de interesante consigo mismo. Lo hizo instintivamente. Alzó la mano y deslizó el pulgar por esos hermosos labios. La reacción fue inmediata. Su mastodonte se mordió el labio y se sofocó ligeramente.

—Ay, demonios, me pones nervioso.

La sonrisa no se hizo esperar.

—Antes era yo el manojo de nervios.

213

—Me lo has contagiado, mujer —sonrió con gesto travieso— dentro de nada me veo taconeando.

Le encantaba su humor. Podía ser un gruñón malhumorado en ocasiones y con una paciencia realmente limitada, pero le encandilaba su sentido del humor. Supo que las siguientes palabras no le agradarían, en cuanto apreció la transformación del gesto en el varonil rostro.

—Hemos tenido una reunión con Clive Stevens.

—¿Y?

—Desea entrevistarse contigo cuanto antes. He quedado en avisarle cuando estés preparada y... —se silenció unos segundos— me agradaría estar presente, Julia.

Era un buen hombre.

—Y a mí también me gustaría que así fuera.

—Con lo de tu padre tan reciente, ¿te sientes capaz de sobrellevarlo?

—Sí —ladeó suavemente la cabeza en dirección a Doyle—. Es una sensación extraña. Siento rabia por un lado, mucha rabia y tristeza, una pena muy honda, pero también tranquilidad, como si conocer lo que llegó a sentir mi padre, me hubiera asentado el corazón en cierta extraña manera. Es un sentimiento difícil de explicar y sobre todo, siento un gran deseo de que capturen al asesino, —tragó saliva— no creo que pudiera descansar sabiendo que está libre y por eso haré lo que sea necesario, lo que sea, para que lo encierre. Estaré preparada.

—Mañana nos casamos y no quisiera que el día de nuestra boda...

—Yo tampoco, Doyle ¿Puede esperar un día lo de la entrevista?

—Tendrá que esperar, cielo. Tendrá que esperar…

El suspiro de descanso fue suficiente para él. Fue a comentarle lo de la pelea que tenían prevista pero no le dio tiempo de abrir la boca. Las mujeres del Club retornaron a la habitación y casi lo despacharon informándole que debían acudir a la modista para elegir el traje de novia y otros vestidos y complementos necesarios para no sé qué. Abrió la boca para apuntarse al grupo pero fue como si olisquearan sus intenciones a la legua.

—Hombres… no… permitidos —chasqueó su pelirroja.

Menuda discriminación. Pues iba a pelear con uñas y dientes.

—Tengo muy buen gusto —comentó henchido como un pavo real.

—¿En qué? —preguntaron al unísono, insinuando que tenía una sensibilidad estética espeluznante.

—En mujeres —las miradas que le lanzaron todas desprendían un tinte peligroso—. Quiero decir, en telas de mujeres, faldas y enaguas ¡No enaguas, enaguas! sino cosas con volantes y…

Qué espanto. Con tanta mujer se aturullaba. Solo con ella se sosegaba. Se dirigió a ella, suplicándole con la mirada.

—¿Quieres venir?

¡Había funcionado!

—¡Julia! —vociferó Jules— trae mala suerte que un novio vea el vestido de boda. Su pelirroja se volvió hacia la poquita cosa que era su amiga y con una quietud envidiable le contestó, medio riéndose.

—No soy supersticiosa… —se volvió hacia él y supo, sin necesidad de palabras, lo que le preguntaba. Negó con la cabeza— y mi Doyle tampoco.

Su Doyle. En medio de su bruma de satisfacción particular escuchó de nuevo la voz de su mujer.

—Prepárate para experimentar lo que pocos hombres han presenciado, querido y no vale echarse atrás.

¿Se estaría metiendo en arenas movedizas? Esperaba no terminar vestido con pololos y corsé.

VII

Sentía los dos pares de ojos sobre él y se le estaba erizando la piel. La consecuencia de la constante tensión era sentir agotamiento mental en su estado más puro. Habían cambiado el turno a Wilkes y Curtis, su nuevo compañero, hacía escasamente media hora y ya estaba deseando que llegara el retén al amanecer.

La pequeña casa de una planta, a unas diez millas de la ciudad, en la que tenían escondida a Marianne Blair, no era lo suficientemente grande como para que no le desquiciara los nervios con sus comentarios subidos de tono o sus lascivas miradas. Un pequeño salón y un minúsculo cubículo, separado por una endeble puerta que servía de dormitorio, dejaban poco espacio para la intimidad. Les quedaban dos semanas de aguante y en parte daba gracias de que Peter actuara de parapeto con la mujer, pero por otro lado se sentía apurado por las intrigantes miradas que cada vez con más fijeza, clavaba en ambos.

—Deberíais tratarme con más consideración y delicadeza no vaya a ser que por vuestra culpa olvide lo que vi.

—¿Y por qué no un suave masaje? —la ironía en la ronca voz de Peter no escapó a ninguno de los presentes.

—Mientras me lo dé él y a solas, no objetaría, y quizá él tampoco —se dirigió derecha a Rob— ¿verdad querido? Puede que la actividad hasta refrescara mi reseca memoria.

Suficiente. Le había agotado la paciencia.

—Ni aunque se marchite ese taimado cerebro lograrás lo que quieres, así que, Marianne, déjalo ya. Es sencillo. Testificas y te vengas por el asesinato de tu hermana o te matan y su muerte fue en vano. No pretendas hacer ver que no te importa. Eres una mujer vengativa que no…

—¿Por qué rechazas acostarte conmigo, Robert? Dime… —Dios, era insistente, y para empeorarlo Peter no perdía baza de la agobiante conversación. La mujer no callaba— ¿acaso tienes un amante?

Los fríos ojos femeninos estaban clavados, no en él, sino en Peter, como si insinuara algo.

—No te incumbe.

—Vaya, vaya, lo tienes. ¿Está cerca? —una ladina sonrisa se aposentó en esos gruesos labios—, no me importaría compartirte, Robert.

Maldita sea, o salía de esa habitación o le daba algo. No contestó. Simplemente enfiló en dirección a la puerta dejando atrás la desagradable risotada, pero la chirriante y femenina voz le paró de golpe.

—¿Y si te dijera que quizá sepa de un escondrijo de los Bray que pocos, muy pocos conocen?

Podía ser una de las mujeres más hermosas que había visto en su vida, pero estaba enferma, completamente enferma por dentro, y para variar la había tomado con él. Parecía tener una atracción irresistible para los dementes. Por el rabillo del ojo observó a Peter enderezarse y retarla.

—No juegues con nosotros, Marianne. No estamos para bromas. Protegiéndote arriesgamos no solo nuestras vidas sino las de otras personas.

—¿Y?

No se lo podía creer. Le daba igual. En ese mismo instante alcanzó a comprender que esa mujer pasaría por encima de todo para obtener lo que se le antojaba, por todo, y no tenía la más mínima intención de caer en esa trampa.

—¿Dónde?

—Oh, vamos, queridísimo Robert, nunca des nada sin recibir algo a cambio.

Estaba disfrutando. La mujer estaba disfrutando de su incomodidad y de la quietud de Peter que intuía que solo podía significar que estaba rabioso.

—¿Qué quieres?

—A los dos.

—¿Qué?

—Me has oído. Os quiero a los dos a mis pies, haciendo aquello que os pida. Sobre todo, a él.

Los dos pares de ojos negros chocaron brutalmente. El enfrentamiento ya no iba con él, sino con Peter. Maldita sea, debió preverlo. Lo prohibido, lo sugerente, lo peligroso, siempre terminaba por intrigar y Peter enloquecía a las mujeres con su aspecto, su rostro y su desdén. Ahora lo veía, lo utilizaba a él para provocar a Peter y lo conseguía, vaya si lo conseguía, como si hubiera descubierto que él era su maldito punto débil.

—No.

La corta respuesta de este acicateó la ira de la testigo.

—¿Cómo dices?

La helada voz de Peter no daba pie a equívocos.

—He dicho, no. Es fácil de comprender, *querida Marianne*.

—Eso lo veremos —el desafío en el sonido de la voz femenina no parecía admitir derrotas.

El enfrentamiento no cedía un ápice.

—Rob, amigo, déjanos un momento a solas.

Abrió los ojos como platos. Fue a hablar pero Peter le cortó.

—No te preocupes, simplemente quiero mantener una conversación con la señora.

El gélido y limpio aire del exterior llenó sus pulmones. Peter tendría que manejar a la mujer y no dudaba que lo haría con ganas y contundencia. Se apoyó contra la pared exterior de la casa y esperó.

Lo sintió a su lado, pasado un rato. Quieto, silencioso, una presencia tranquilizadora.

—No le permitas que te enerve, canijo.

—Lo sé, Pete, pero odio cómo me mira, como si me desnudara, y las cosas que dice.

—La he noqueado.

—¿¡Qué!?

—No te apures que no se ha dado cuenta. Al despertar pensará que ha dormido como un bebé. He sopesado amordazarla pero es capaz de tragarse la mordaza para molestar y terminar ahogándose.

La sonrisa le surgió de forma espontánea.

—Podías haberlo hecho antes.

—Ya, pero pensé que protestarías y me gusta verte colorado. Dime algo, ¿te pones todo colorado?

—¡Eso no es asunto tuyo!

—Por ahora, canijo. Por ahora...

Se decidió a preguntar, en parte para saber, en parte para apartar de sus mentes pensamientos peligrosos.

—¿De qué habéis hablado?

—La conversación ha sido corta y la mar de productiva, aunque no para ella. Pero eso todavía no lo sabe.

La intriga le carcomía por dentro.

—¿Y?

—Y nada.

—Maldición, Pete, ¿te lo ha dicho?

—Sí.

—¿Lo del escondrijo?

—Ajá.

—¿Cómo lo lograste?

—Le dije que nos acostaríamos con ella.

Los golpetazos en la espalda para evitar que se asfixiara del ahogo, ¡le iban a dejar morado! Entre toses y babas consiguió sacar aire suficiente como para farfullar.

—¡Para! ¿¡Has perdido la cabeza, idiota!?

Los inmensos brazos se cruzaron sobre el pecho.

—No te preocupes, canijo. Ya te sacarás algo de la manga.

—¿¡Yo!?

—Claro. Era eso o la mataba, y pensé que no parecías tener demasiado ánimo para enterrar un cuerpo a estas horas de la noche. Hace frío.

Diablos. Lo estaba pasando de miedo, el muy cabronazo, con una sonrisa que le llegaba de oreja a oreja. Pues se iba a enterar, en cuanto se le ocurriera algo, claro. Hoy estaba demasiado cansado para pensar. Su maldito corazón comenzó a golpetear, veloz. Peter se había acercado sin que se diera cuenta. Tenía un peligro… y a él le aterraba meter la pata de nuevo.

—¿Te pongo nervioso?

Diablos, eso era decir poco, pero no podía admitirlo. No podía…

—No es eso, Pete.

—¿No lo es?

Se alejó unos titubeantes pasos de la inmensa figura y le pareció ver decepción en el hermoso rostro. Aspiró el frío aire que les rodeaba, profundamente.

—Volvamos dentro. Mañana es un buen día para tu hermano y conviene descansar.

—No.

—Venga, Pete, no me hagas esto. No ahora.

Ladeó la oscura cabeza y se apoyó contra la fría pared de la casita, cruzado de brazos, la penetrante mirada traspasándole. Maldita sea.

—¿Cuándo, entonces?

—Cuándo estemos ambos preparados.

—Yo lo estoy.

¿Qué decir a eso? a una pregunta directa, sin subterfugios. ¿Que le aterraba el camino que estaban tomando pero que sabía era inevitable y también desconocido? ¿Que él tampoco imaginaba una vida sin él? Podía decirle tantas cosas pero se sentía incapaz, en estos momentos, con su maldita vida patas arriba, con los Bray sueltos, con Saxton…

Las palabras no surgían por lo que se acercó a la imponente figura de su mejor amigo hasta quedar a un paso, hasta llegar a notar el calor que desprendía su cuerpo, tan cálido. Lo miró directamente a los negros ojos y habló, con voz queda.

—Cuando todo termine, Pete. Cuando todo esto haya terminado te diré todo lo que debí haberte dicho hace tiempo, pero no ahora con esa mujer dentro. No ahora. Por favor.

Se quedó unos segundos frente a él, quieto, hasta que con esa hermosa y ronca voz le susurró un *cuando todo haya acabado*. Su corazón se tranquilizó y con él sus fuertes latidos.

—Vayamos dentro antes de que se nos despierte la endiablada bruja. Tu descansa y yo vigilaré, que mañana será un gran día y conviene estar algo descansados —sonrió anticipando el hecho—. Al fin casamos a Doyle y tendremos que informar a Clive sobre lo del escondrijo de los Bray.

No era el momento de hablar, ni de sincerarse y mucho menos de hacer otras cosas. No lo era y los dos lo sabían. No podían dejar sin vigilancia a la mujer so pena de arriesgarse a perderla. Ambos se adentraron en la casa pero no sin antes deslizar un suave *gracias* en dirección al hombre que le había robado sin darse cuenta su maldito corazón. Solo por la sonrisa que recibió en contestación valió la pena, solo por eso.

Su mirada recayó sobre la mujer tendida, totalmente desfondada, en el catre que le servía de lecho, ajena a lo que había acontecido. Se jugaban demasiado y, gracias al cielo, la mujer estaba grogui.

VIII

Era un mundo inesperado, impresionante y aterrador para quien se tenía que probar vestido tras vestido y lucirse ante los demás. Para los espectadores novatos como él, una experiencia inolvidable, en todos los sentidos. Había resultado una idea nefasta y totalmente contraproducente. Su única concentración se centraba en aplacar su desaforada libido. Había valorado la posibilidad de escapar a la primera de cambio, pero ya no podía. En cuanto había surgido del otro lado del biombo con ese vestido de raso verde, con un escote que parecía llegarle a la cintura, casi se había desmayado de sopetón. ¡Maldición! Encajonado y rodeado de mujeres que no callaban dando variadas opiniones que le sonaban a un gutural idioma extranjero y él, como una endemoniada piedra, con dos cojines sobre su regazo para que no se dieran cuenta de su abultada erección. ¡Le sudaban las manos! y la culpable de tal estado lo miraba extasiada esperando algo.

—¿Doyle?

¿Le había preguntado algo? Se arriesgaría.

—Preciosa.

La mirada de sorpresa en los castaños ojos le hizo saber que la aleatoria respuesta nada, absolutamente nada, tenía que ver con la pregunta formulada.

—¿Te encuentras preciosa, Doyle Brandon?

—¿He dicho preciosa?

—Ajá.

Ahora incluso la estirada modista le observaba con el ceño alzado. Debían pensar que estaba tonto.

—Quería decir otra cosa.

—¿Qué cosa?

—Hermosa, que estás hermosa —quizá así arreglara el despiste.

La reluciente sonrisa le tranquilizó.

—Ahora toca el vestido especial —lanzó de repente Meredith, para recibir en seguida un codazo de Jules.

Eso le llamó la atención.

—¿Qué vestido especial?

—Ninguno —contestó de inmediato Julia, abroncando a Mere con la vista.

Tenía un olfato infalible para los secretos y esas mujeres le ocultaban algo.

—Julia, cielo, ¿no tendrás algo que decirme?

—¿Después de la boda?

—¿Y por qué no antes?

Las demás parecían aguantar la respiración.

—Porque no es tan importante.

Se le estaba erizando el vello del cuerpo.

—O sea, que es importante.

—¡No he dicho eso!

—No hace falta. Tu sonrosado rostro lo dice todo y el hecho de que acabas de echarte las manos a la cara aún más.

—¿Y si hacemos un trato?

—Déjame pensarlo…, ¡no! ¿Qué vestido?

Su mujer casi gruñó.

—Eres muy terco.

—No sabes cuánto, cielo ¿Qué vestido?

—Vale. Un vestido especial para una ocasión especial.

—No estarás intentando esquivarme.

—¿No?

—Julia…

—Es una sorpresa y creo que te gustará, pero prefiero contártelo tras la boda. No puedes verlo, por lo que tendrás que dejarnos a nuestro aire.

De nuevo estuvo a punto de protestar pero las atentas miradas femeninas no daban pie a discusiones. Con tanta mujer sus fuerzas estaban mermadas y sabía cuándo era hora de recular. Esa hora había llegado.

IX

—Sí, quiero.

La beatífica mirada del nonagenario párroco parecía ensimismada, mientras movía los finos labios, canturreando bajito. ¿Quizá no le había oído el buen hombre? A su lado, completamente espectacular, se ubicaba su pelirroja, y tras ellos, familiares y amigos aguantando las sigilosas risas.

—¡Qué sí, que quiero, Padre! —vociferó, provocando un sonoro eco en la iglesia.

Se encontraba a un exiguo paso de berrear un *tercer si quiero, Padre, por los clavos de Cristo,* cuando escuchó la temblorosa y pausada voz consagrar la unión, entre toses estranguladas, para sostener en seguida, firmemente, la mano de Julia en un estrecho apretón de manos y ¡besarle a él en la mejilla! Cuernos, a ese hombre había que retirarlo del oficio. Él era el enorme novio, no la virginal novia. Ni siquiera su boda podía ser medianamente normal.

Le daba igual. Ya que estaban atados por los lazos del sagrado, eterno e irrompible matrimonio y esas cosas divinas o humanas y su mujer ya no se le podía escapar. Había perdido la cuenta de las veces que se había descubierto con los ojos fijos y la boca abierta en su hermosa figura. Demonios, ni que jamás hubiera catado un buen par de pechos. No sabía lo que le ocurría con ella. Lo tenía loco, totalmente loco. Al terminar la ceremonia, entre abrazos, tomaduras de pelo, palmadas en la espalda y risas, el tiempo pareció transcurrir a una velocidad vertiginosa. Para cuando se dio cuenta estaban terminando la sabrosa cena rodeados de todos aquellos que habían presenciado el enlace.

La bienvenida a su mujer en su nuevo hogar había sido tremendamente cálida y Burrowers ya había extendido sus sobreprotectoras alas para cobijar bajo ellas a la nueva señora de la casa. Incluso la miraba con adoración y a él con una sana advertencia en esos ojillos mandones. El mensaje era inequívoco. Si la hace infeliz, señor, se las verá conmigo. El hombrecillo era muy capaz de cumplir con lo prometido. Cualquier desliz y lo achicharraría con los cocidos de verduras y legumbres que le espantaban. Los miembros del personal se habían alegrado y recibido con inmensa curiosidad a Julia, pero en cuanto los saludó uno tras otro, con esas maneras suyas, se los ganó para siempre. Incluso Marsden esperó a que ella se volviera para santiguarse. Tendría que hablar seriamente con él. El pelo rojo no era señal de mal agüero y aunque lo creyera el atontado insensato, no era el caso. Además, no podía pasarse su vida entera tocándose su propio cabello ralo y santiguándose para apaciguar lo que fuera que creía se le venía encima cada vez que oteaba el cabello de Julia.

Dios, su mujer iba a pensar que eran una panda de estrafalarios. Su pequeño y resguardado mundo había sufrido un portentoso vuelco. Los enseres de Julia ya habían sido trasladados a la casa y colocados junto a los suyos. La miró fijamente y se la veía relajada, disfrutando inmensamente de la celebración, como si no hubiera llegado a captar que esa era su noche de bodas. Su noche de bodas... El vello se le puso en punta.

X

Esos ojos transparentes no le quitaban la vista de encima y en cada ocasión parecían decididos a resistir inamovibles en su escote. El día había resultado discurrir con una mezcla de felicidad y melancolía, pero se sentía en paz consigo misma y con sus sentimientos. Sentía que había hecho lo correcto.

Una inmensa mano se posó en su cintura y la volvió hacia ella. Todavía le extrañaba la sensación de tener que alzar la cabeza para mirar el rostro de su marido y eso que llevaba tacones...

—¿Vamos para arriba? —los claros iris brillaban.

Ay, rábanos, con todo el jaleo no lo había pensado. La noche de bodas. Deseó tener un extenso manual práctico en la mesilla para echar mano de él, entre caricia y caricia. Se tensó levemente mientras asentía con la cabeza y todos se levantaban de sus respectivos asientos para desearles una maravillosa noche.

Estaba alelada y nerviosa. Para cuando se dio cuenta, estaba cruzando delante de su marido el umbral de su nueva alcoba. Se notaba que era un dormitorio masculino pero algo en la habitación le recordaba tanto al terco y sensual hombre que la seguía que le encantó y relajó hasta que su mirada se quedó clavada en la inmensa cama apoyada contra la pared. Su calma se la llevó el viento y como un tornado se giró hacia Doyle.

—Soy ignorante en estas cosas.

Los llenos labios de su señor marido se curvaron.

—¿Ignorante?

—Ya sabes, desinformada —se acercó a él como si fuera contarle el mayor secreto del mundo—. Intenté encontrar un libro del que oí hablar, pero es costoso y difícil de encontrar —bajó algo más la voz, saboreando su propia satisfacción ya que sabía que lo iba a impresionar. No muchos conocían de su existencia—, el *Samakutra*.

Lo que no esperaba era la amorosa risilla de su mastodonte.

—¿El qué?

—El Samakutra. Es un texto hindú.

—Cielo, no me extraña que no lo encontraras.

—¿No existe?

—Oh, sí, vaya si existe, pero con otro nombre y, cielo, yo lo tengo.

Oh, con las ganas que tenía de echarle las zarpas a ese manual de instrucciones.

—¿Podré leerlo?

—Mis libros son tus libros, cariño, y entre ellos está el *Kamasutra*. Lo podemos leer juntos y practicar juntos.

Diantre. Ya se había puesto grana hasta las cejas provocando de nuevo la malvada risa del grandullón que no le quitaba la mirada de encima hasta que habló.

—Hoy al fin descubriré un misterio que me tiene desquiciado.

—¿Cuál?

—Hasta dónde te llegan los colores cuando enrojeces.

—Te lo puedo decir.

Ay, Dios mío, esos ojos trasparentes jugaban con ella.

—Prefiero verlo por mi mismo…

Se habían acercado al pie de la cama y no sabía cómo. Tampoco le importaba. Estaba con un hombre maravilloso que en esos momentos le susurraba que era hermosa, que nada tenía que temer de él y se dio cuenta de que así era. Él jamás la dañaría. Le estaba recorriendo el cuello con livianos besos, lentamente, las enormes manos, tan suaves, hundidas en su cabello.

—Dios, me vuelve loco tu melena.

—Es solo… pelo.

¿Qué acababa de decir? Rábanos, menuda bobada, pero es que no sabía ni lo que decía con esos besos. Sintió las manos descender por la nuca hasta su espalda, rodeándola completamente con sus brazos hasta que notó aflojar su vestido, después el corsé y caer al suelo, desechados, quedando cubierta por la combinación y los pololos.

Él permanecía completamente cubierto.

—Estás vestido ¿puedo desvestirte?

El gemido de Doyle fue respuesta suficiente. Se sentía un poco vulnerable pero en seguida pasó. Lentamente comenzó a desabotonar la blanca camisa hasta apartar los dos bordes. Dios santo, era como las estatuas, increíblemente hermoso, pero por primera vez en su vida no se sentía fea ni grande en contraste, sino bella. Muy bella, porque eso, simplemente eso, le transmitían los ojos de su marido. El inmenso pecho que tenía frente a su rostro no carecía de marcas. Impulsivamente acarició las cicatrices, recorriéndolas con sus yemas hasta que una fuerte mano paró su recorrido.

—No es nada, cariño. Ya no duele.

—Tienes tantas.

La travesura invadió de nuevo esos ojos.

—De una alocada juventud.

No era cierto, las cicatrices indicaban sufrimiento. Alzó su mano para rozar ese rostro con la punta de los dedos pero no pudo acariciarle como hubiese querido ya que él rodeó su rostro y la besó, cauteloso al principio pero no tardó en desechar toda precaución. En seguida le estaba besando, como un poseso, devorándole, recorriendo el interior, mordisqueándole los labios y esa lengua que la volvía loca, por todos los… Esa lengua… Sus cuerpos pegados, completamente pegados. Lo sintió de inmediato, el tremendo bulto contra su vientre.

—Ha… vuelto.

—¿Hum?

Separó los labios y runruneó, casi pegando un chillido al notar las inmensas manos en su trasero ¡moldeándolo y apretujándolo! Repitió lo que había dicho entre palabras entrecortadas. Le estaba agarrando los glúteos como si estuviera desesperado.

—No amor. Más bien, no se ha ido desde que te conocí.

—¿Puedo verlo? —se separó con algo de esfuerzo de los brazos que la rodeaban hasta que Doyle separó los labios de los suyos.

—¿Qué? —susurraba tremendamente ronco.

—Me dijiste que podría verlo y quizá familiarizarme con él.

—¿Él?

—Sí, con… —bajó la voz sin saber muy bien porqué, mientras la boca masculina seguía con un suave reguero de besos enmarcando su rostro— el diminuto de la entrepierna.

Se le ocurrió algo, entre las brumas que parecían llenarle el cerebro.

—Te prometo que no diré nada aunque sea muy pequeñito.

—¿Nada?

¿Por qué le daba la impresión de que su marido no estaba atendiendo a lo que trataba de decir? Quizá fuera cuestión de insistir.

—¿Puedo desvestirte, marido?

—¡Dios! Me encantaría. Desnúdame, cuanto quieras.

El corazón le latió como un poseso. Lo iba a desnudar y le iba a observar entero, desnudo y eso, desnudo. A su marido. Las manos se le fueron casi solas hacia la cintura del pantalón e introdujo los dos índices tras el botón que lo cerraba. Sintió, más que escuchó, la aspiración brusca de aire, llenando el varonil pecho. El tremendo bulto presionaba tanto que apenas necesitó separar la tela. ¿Qué era *eso*? Eso no era…

—¡Estás mal hecho!

El suspiro de su mastodonte no le pasó desapercibido.

—No, cielo.

Era monstruoso y parecía mirarla a ella, ¡bamboleante!

—Pero…, no es un gusanito. Es… es…

—¿Grande?

—Si solo fuera eso. ¡Es enorme! y me está mirando —alzó con brusquedad la mirada ¿le había parecido oír una risilla de su marido? Esto no iba bien, pero nada bien—. No lo entiendes, no podremos acoplarnos. Es imposible —la curiosidad le podía, por lo que alargó la mano y con el dedo recorrió la gruesa longitud— es suave y cálido y sigue siendo enorme y… ¡está creciendo!

De nuevo esa risa de su mastodonte entre traviesa y malvada.

—Cielo, ¿confías en mí?

Lo miró fijamente. No debería hacerle esa pregunta, no a ella.

—¿Julia?

—Sabes que lo hago.

—Entonces, déjate llevar, cielo. Déjate llevar…

No supo qué tenía ese ronco susurro pero hizo lo que le pedía. Se dejó llevar. Con un sugestivo movimiento de las firmes caderas dejó que los pantalones se deslizaran hasta quedar arremolinados a su alrededor. Era impresionante y seguía sin poder apartar la mirada de esa inmensa cosa que surgía entre una mata de oscuro vello. De nuevo lo toqueteó con el dedo, pero lo que no esperaba es que la enorme mano de Doyle cubriera la suya rodeándola, deslizando ambas por toda su extensión, lentamente, sensualmente, familiarizándose con el tacto mientras la respiración de su grandullón se aceleraba. Una suave caricia de esos labios bajo el lóbulo de la oreja le aflojó las piernas y de repente se encontró en medio del amplio lecho, la espalda contra las almohadas y ese inmenso e impactante hombre, arrodillado a sus pies, en toda su natural gloria, los ojos brillantes. No podía apartar la vista ni queriendo. Toda su forma, todo su cuerpo eran duros y firmes planos. Lo contrario que ella.

¡No podía desnudarse! No podía… Se reiría de ella, tan grande, las caderas y pechos tan, tan pesados, la curva del vientre, los generosos muslos y él, en contraste, tan magnífico. Se escurrió ligeramente hasta quedar apoyada contra la cabecera sorprendiendo al hombre que quedó estático, en el mismo lugar.

—¿Julia?

Se encogió algo más, las rodillas contra el pecho. El gesto de Doyle al hablar demostró su total desconcierto.

—Julia, cielo, jamás te haría daño. Jamás.

La voz femenina surgió temblorosa.

—No es eso, no lo es. Sé que jamás me harías daño.

El inmenso cuerpo de su marido se acercó a ella, lentamente como si sopesara la posibilidad de que ella huyera.

—No puedo. Me da vergüenza.

Sus ojos quedaron calvados en los de su marido. No quería decirlo en voz alta, no quería, pero él no la entendería, no en esta ocasión.

—Eres hermosa, amor.

O quizá sí la entendía.

—Eres lo más hermoso del mundo para mí.

—No es cierto, eso…

—Lo eres. Para mí, lo eres.

Como un sigiloso e inmenso felino se había ido acercando hasta quedar sobre ella sustentado por los fuertes brazos mientras la miraba de forma indescifrable.

—¿No ves lo que me haces?

La voz inmensamente grave estaba ronca, profunda.

—Haces que pierda la cabeza, el rumbo, que mi maldito cuerpo se descontrole y que desee estar contigo simplemente disfrutando de ello. Jamás me había ocurrido esto antes de conocerte y ahora, ahora dudo que pudiera dejarte marchar.

Notó su enorme peso a lo largo del cuerpo hasta que se acomodó, quedando ambos tendidos sobre la cama. Con un suave movimiento de esas robustas caderas se hizo un hueco cada vez más grande entre sus muslos aún cubiertos por los finos pololos, pero parecía que nada los separaba. Nada. Los carnosos labios contra los suyos susurraron lo que pensó que jamás un hombre diría en esas condiciones.

—No te forzaré, cielo. No hasta que estés preparada para mí.

Presionó la frente contra la suya como si estuviera sufriendo, los negros mechones entremezclándose con los rojos de ella. Con sus manos rodeó ese rostro, tenso, rígido, y al mirar esos ojos plateados de cerca, a milímetros, se dio cuenta. No le temía sino que le quería, deseaba a ese hombre impresionante que anteponía su dolor, su miedo, sus tontas vergüenzas a sí mismo. Le besó porque así lo sintió y fue el beso más caliente que había recibido y dado en su vida. Tan caliente y ansioso. Como si ambos hubieran lanzado las tontas barreras al viento. Notó el desplazamiento de su peso y la retirada de la camisola, dejándola desnuda de cintura para arriba y las palabras de él, esas palabras la llenaron dejándole una sensación hermosa en su interior. *Tan hermosa como me había imaginado tantas veces.* Con las manos acarició sus grandes y llenos pechos, la transparente mirada fija en ellos como si de un regalo se tratara.

Dios santo, ahora la acariciaba con la lengua, cálida, hasta que sintió su cuerpo estremecerse, el vello erizado, descendiendo una corriente de algo indefinible hasta la unión de sus muslos que intentó cerrar pero no pudo, con las firmes caderas entre ellos ondulándose y volviéndola loca. Esas caderas la estaban volviendo loca y esos dientes, esos suaves mordiscos en los pechos, ¡succionando! Sintió calor por todo el cuerpo y sus rígidas manos, hasta entonces ubicadas a ambos lados de la cama, se elevaron y hundieron en el espeso cabello de su marido, tirando de él, provocando un ronco gruñido. La besó de nuevo como si fuera a ser la última vez, cada recoveco de su boca al alcance de esa lengua, tan erótico…

Era rápido. Su corazón comenzó a latir todavía a más velocidad. Impaciente, había sentido rasgar la tela de los pololos quedando completamente expuesta a la mirada de él. Totalmente. Esos plateados ojos la recorrieron con la mirada, con lentitud, tras alzarse un poco y sonrió.

XI

Era suya. Su mujer. Tan hermosa. ¡Dios! Estaba tan dolorido que en cualquier momento podía explotar. Nunca en toda su vida le había ocurrido que con solo mirar y saborear el suculento cuerpo de una mujer hubiera estado a punto de correrse, pero ella, diablos, ella lo ponía a cien. Ese lleno y voluptuoso cuerpo que se amoldaba al suyo a la perfección. Los pechos que llenaban sus manos como si los hubieran hecho para ellas, las generosas caderas y vientre y la maldita unión roja entre sus muslos, que le llamaba como una jodida obsesión ¿Cómo podía una mujer tan hermosa sentirse tan insegura? Por un instante su pecho dolió.

Su mujer. Con él jamás dudaría de su valor o de su hermosura. Nunca. Se lo susurró al oído mientras sentía esos llenos pechos contra el suyo, las caderas femeninas ondulantes contra las suyas, contra su miembro, contra su palpitante miembro. Tenía que tranquilizarla. Diablos, tenía que tranquilizarse a sí mismo pero apenas podía pensar, solo dejarse llevar y hundirse en ese apretado calor que sabía que le esperaba. Por primera vez en su vida deseó ser algo más pequeño, solo un poco ya que a ella le iba a doler. No podría evitarlo, por mucho empeño que pusiera. Lentamente recorrió su costado hasta descansar su mano en la curva y suave cadera pero en seguida siguió su camino hasta llegar al calor húmedo de ella. Sonrió satisfecho. Le iba a dar algo. Los ruidos, los gemidos que hacía ella parecían ir directamente a su miembro, hinchándolo aún más.

—No. No las cierres, amor. Ábrelas para mí.

Los enormes ojos castaños lo miraron directamente.

—¿Más?

—Más.

Los redondos ojos brillaban y respiraba entrecortadamente mientras acariciaba su sexo, pero también había una pizca de aprensión. Pese a ello separó los muslos dejándole más espacio. El maldito corazón de dio un vuelco. Confiaba plenamente en él. La vocecilla surgió apenas perceptible.

—¿Nos vamos a acoplar ahora?

No pudo evitar la risa. Dios, esa mujer lo sorprendía continuamente.

—¿Acoplar?

Antes de que ella contestara le depósito un firme beso en los sabrosos labios. Notó cómo el suave cuerpo se relajaba bajo el suyo.

—Ya sabes, para dejar la semilla.

—¿Puede?

La preciosa cara se ladeó y supo que llegaba algo que la inquietaba.

—No creo que entre.

No hicieron falta más explicaciones. Tampoco le dio tiempo a contestar antes de que ella se lanzara a una explicación más exhaustiva.

—El diminuto no es para nada diminuto, aunque puede que entre la puntita. ¿Valdría eso?

Demonios, no sabía si echarse a reír o a llorar. Él como una pura roca de lo excitado que estaba, a duras penas aguantando las ganas de hundir su diminuto en ella y ella preguntándole si era suficiente la puntita, y para colmo la extraña conversación lo estaba poniendo más a cien. Por un momento, un brutal momento, sopesó la posibilidad de dejarse llevar hundiéndose en ese calor, ese deseado calor con esos dulces ojos fijos en los suyos.

—No creo, cariño.

—¿No? ¿Ni siquiera la puntita?

—No creo que el resto se conforme.

La aspiración brusca de ella onduló esos impresionantes pechos, haciendo que gimiera, que le diera un repentino escalofrío y le dijera que por Dios, que no hiciera eso, que lo iba a matar de placer. Creyó que no la había visto pero de reojillo la vio sonreír, a la muy brujilla. Diablos, la iba a dejar como un flan con sus caricias. Tanto que para cuando se diera cuenta iba a estar enterrado en ella hasta el fondo. Gimió desesperado mientras el diminuto palpitaba incontrolable. Aspiró profundo. Debía controlar sus pensamientos.

Atacó como lo que era, un hombre hambriento y desesperado. Le saboreó incansable todo su cuerpo. Le volvía loco con sus suaves gemidos estrangulados, notaba cómo le tiraba del pelo pero solo podría concentrarse en lo que ese voluptuoso cuerpo le hacía sentir y en cómo respondía a él. Dejó de pensar y la amó, con ansia, con desesperación, con locura, sin pensar en nada. La amó hasta dejarla completamente blanda y satisfecha del placer recibido entre sus brazos. La había acariciado hasta lograr su primer orgasmo, entre sollozos y estremecimientos. La imagen más hermosa.

Se hizo hueco en su cuerpo, muy lentamente. La sentía tan apretada que lo envolvía como una cálida prensa. Tuvo que parar porque ella aún se convulsionaba tras haber estallado con sus caricias y notaba como lo apretaba, fuerte, una y otra vez. Siguió con leves impulsos de sus caderas hasta que la llenó completamente, hasta el maldito fondo. Se quedaron quietos, completamente quietos, él en su interior, tan profundo que casi le daba miedo moverse.

—Dios… mío.

Como le dijera que saliese, no iba a poder. Así de simple, su fuerza de voluntad había llegado a su límite y necesitaba bombear en ese cuerpo que lo rodeaba, necesitaba…

—Es…, Dios mío.

Alzó la cabeza provocando que sus caderas se unieran aún más y terminara de introducirse en su sexo, provocando un suave quejido en ella.

—Es inmenso. Lo noto inmenso y tan hondo, tan…

Los sintió a su alrededor. Los llenos muslos rodearon sus caderas, los talones contra los glúteos y eso lo perdió del todo. Completamente. Dejó de pensar para amarla, la cabeza totalmente perdida… Suavemente al principio, entrando y saliendo, llenando el cálido espacio que seguía apretándolo, más urgente, más fuerte después, con golpetazos rápidos, hasta el fondo. Las caderas de ambos chocando, separándose mientras se besaban. No supo cuánto duró el mejor sexo de su vida hasta que la sintió constreñirle con fuerza, una y otra vez, y estalló en su interior, muy dentro de ella.

Agotados y tan satisfechos que apenas escuchó el cantarín susurro de ella al oído dándole las gracias. Dios, las gracias. *Gracias a ti, amor. A ti por esta maravillosa noche de bodas* contestó antes de quedar abrazados, aún hundido en su interior.

XII

—¿Crees que ha dicho la verdad? —preguntó Stevens con la voz repleta de sorpresa y anticipación.

—Sí. Pete habló con ella… —Rob hizo un frugal gesto hacia su izquierda, indicando al menor de los Brandon— y la creemos.

Stevens le miró directamente, esos extraños ojos grises interpelándole. Asintió con la cabeza. Pese a la ligera resaca que sentía tras la celebración de la boda, esta había desaparecido de golpe al entregarle Burrowers la sucia nota en la que se les citaba en un viejo almacén en los lindes de la ciudad para celebrar la contienda acordada. Tras dejar una nota de aviso a su hermano, se había dirigido a casa de Rob de camino hacia el domicilio de Stevens a fin de recogerle e informarle de las novedades. La zona seleccionada para la pelea, en la zona portuaria, no le era conocida, pero no le extrañaba; y la hora, las doce en punto de la noche dentro de una semana. Las advertencias eran claras. Si no acudís no entraréis en el circuito de luchas.

No podían faltar. Localizaron a Clive Stevens en su hogar para concretar la mejor manera de capturar a Rupert Bray. El lugar indicado por la testigo se ajustaba a lo que se podía entender como un buen escondrijo. Una zona decente de la ciudad y una propiedad privada en ruinas, al menos de forma aparente. El aspecto alejaba a ladrones, maleantes y transeúntes. Nadie accedería intencionadamente y ese era el sucio truco.

—La zona suele estar muy frecuentada, por lo que la operación ha de ser en plena noche —adelantó Stevens—. Es un hombre peligroso y no se entregará fácilmente ¿Cuántos hombres necesitarás, Rob?

—Los cinco agentes que forman la unidad, yo mismo, y…

—Yo estoy dentro… —añadió Peter— y Doyle querrá meter baza.

—Está casado —la cautela invadió la voz de Rob.

—Ya ¿y qué?

—Que está casado ahora. Ya sabes.

—No tengo ni idea de lo que hablas —por la ojeada que echó a Stevens este estaba igual de perdido.

—¿Y si le hieren? Las mujeres casadas son vengativas y siempre, siempre, echan la culpa a los compañeros del marido.

—¿Le dirías tú que es mejor que ahora que está casado no venga con nosotros?

—Ni loco.

—Entonces esta conversación es inútil.

— Clive podría prohibirle que interviniera.

Los dos pares de ojos se volvieron en su dirección, unos suplicantes, los otros curiosos.

—Es un civil.

—¿Y? —acicateó Rob.

—Que es su decisión.

—Pues prepárate, su mujer es de armas tomar —avisó Rob.

—Y muy hermosa —puntualizó Stevens. Tres sonrisas se dibujaron atontadas en los tres rostros masculinos.

—Es un cabrón con suerte al que tendremos que informar de todo, así que lo mejor es ir esbozando un plan —planteó Rob.

Todos mostraron su acuerdo y comenzaron a plantear ideas. Unos días de vigilancia para asegurar que había movimiento en la casa en ruinas y, de verificarse, intervenir cuanto antes. Poco a poco comenzaron a hablar de la investigación del asesinato de los Brears ya que les inquietaba extremadamente la situación en la que se encontraba Julia y con ella, Doyle.

Lo que les adelantó Clive, les desagradó. Quedaba patente que cuanto antes hablara con Julia, mejor; podrían unir las pequeñas pistas que estaban recabando con mucho esfuerzo. Les preocupaba lo mismo que inquietaba al superintendente, lo que el anciano había adelantado en su conversación con él. Que Julia peligraba, que los que le amenazaban había accedido a su casa y, ante todo, que por el momento carecían de pistas a la hora de determinar la identidad del asesino.

XIII

La luz la despertó y por un momento se sintió desorientada y asustada. Hizo lo de siempre, respirar hondo y tantear a su alrededor. Su mano cayó sobre algo redondo, suave y cálido. Sonrió. El precioso trasero de su ya marido. Recordó la noche pasada y su cuerpo entró en ebullición. Se rió suavemente. La había enloquecido y no se habían acoplado una vez sino dos. Acoplar no era la palabra que usaría de nuevo para expresar todo lo que había sentido al amar a su marido. Amar. Sí, amarse era lo que habían hecho. Se giró de costado para observar la dormida figura mientras notaba su cuerpo algo dolorido. Todavía sentía entre sus piernas la tensión, el vacío. El diminuto. Lanzó una lela risilla que provocó un bronco gemido en el mastodonte, mientras susurraba adormilado ¡el nombre de ella! Soñaba con ella y por la sonrisa que mostraba era algo bueno. Otro ronco gemido. No. Algo muy bueno. Alargó la mano y con la yema del dedo recorrió la inmensa espalda, el firme costado, la marcada cadera y ese precioso trasero hasta que escucho un *hola, esposa, soñaba contigo*. Se giró rápido hasta quedar vuelto hacia ella, los ojos vidriosos, lamiéndose los labios.

—¿No me das un beso de buenos días?

Madre mía, su hombre era un oso amoroso en la cama. Se lanzó como una posesa hacia él, logrando una hermosa carcajada en respuesta, un sonido precioso.

—¿Siempre es así?

Notó como el rostro de Doyle se ladeaba hacia ella.

—No.

Guau.

—¿Puede ser mejor?

Sentía una de sus manos rondarle el trasero. Parecía tener querencia hacia esa parte de su anatomía.

—Lo dudo, pero entre nosotros puede pasar cualquier cosa. Dime algo, ¿estás bien?

Lo miró fijamente intentando averiguar a qué se refería hasta que aspiró entrecortadamente. La mano que acariciaba su trasero, se había lanzado y sondeaba entre sus piernas con unos de sus dedos.

—¿Te duele? Soy muy grande y quizá…

Dios santo, ese dedo no estaba quieto, sondeando suavemente. No pudo evitarlo separó un poco los muslos.

—Dios, mujer, no hagas eso o no saldremos de aquí en todo el día.

—No me importaría.

Con un par de movimientos la colocó sobre él, separándole con ambas manos los muslos, quedando totalmente abierta contra él, sus enormes manos sobre su trasero.

—Acércate, mujer.

No se hizo de rogar. Suavemente comenzó a darle livianos besos por el rostro, recorriéndole la fuerte mandíbula, áspera con un principio de barba que le favorecía a rabiar. Lentamente, sin prisa pese a sentir esa manos en su trasero cada vez más agarrotadas, se deslizó por el fuerte cuello, mordisqueó la clavícula que recorrió con la punta de la lengua, mientras él le suplicaba un bajo y enronquecido por favor, simplemente por favor.

Le encantaba aturullar a su marido y había descubierto que besarlo lentamente lo enardecía, sobre todo al llegar a la zona del vientre. Notaba al diminuto completamente erguido contra su pecho mientras ella seguía su tortuoso camino, notaba cómo se contraía sin control. Sonrió con total desvergüenza. Ella le provocaba ese estado, a él y a su diminuto. Sonrió otro poco más mientras disfrutaba del sabor, del olor, del firme tacto de su marido.

Diminuto… Era lo contrario, pero algo le decía que ya había sido bautizado. Un ronco gemido llamó su atención y otro más, pero de repente las manos que acariciaban su espalda pararon. Completamente paralizadas.

—Algo ocurre.

Fue tan veloz que apenas pudo reaccionar. La volvió con una suave oscilación, dejándola en medio del lecho, contra las mullidas almohadas y la tapó con sábanas y mantas hasta el cuello. En toda su desnuda gloria y completamente erecto se lanzó hacia sus desperdigadas ropas y entre juramentos se vistió, casi pillándose el diminuto, por el gruñido que lanzó. En dos pasos estaba en la puerta, todo enrojecido y resoplando como un toro embravecido y a punto de traspasarla, pero con la puerta ya abierta de par en par, se giró en su dirección. En tres amplios pasos se lanzó sobre ella, acorralándola contra la cabecera del lecho, le dio un brusco beso en los labios y antes de que consiguiera hilar una mínima palabra le ordenó que se estuviera quietecita y en cama, que en seguida volvía en su busca.

Hombre imposible…

Eso de quedarse en cama, ni por asomo. Agudizó el oído y ahora entendía la premura de su marido. Se escuchaba una especie de vibrante discusión o trifulca o quizá diversidad de opiniones, que llegaba del piso inferior. Voces tanto de un hombre como de mujeres y su innata curiosidad la llevaba a desoír lo aconsejado por su mastodonte y acercarse a indagar. Saltó de la cama, cayendo casi de bruces al enredarse con las sábanas y se vistió a marchas forzadas. Asomó la cara al pasillo y no había moros en la costa, por lo que decidió otear por encima de la robusta baranda. No se oían otras voces que la de su señor marido. Al parecer había mediado en la trifulca con extremo éxito.

Alcanzó a escuchar algo que emanaba de una voz chillona diciendo que eran unos ¿desalmados? si no las acogían ¿en la casa?

Ay madre, comenzaba a imaginar la escena con la que se iba a topar al descender las escaleras, por lo que por un breve instante ponderó la posibilidad de esconderse en su cuarto hasta que desaparecieran las especies invasoras, pero entonces imaginó el apuro de su marido y sus pies parecieron obrar por sí solos.

No se equivocaba. Los habían invadido a traición. Cinco inmensos baúles repletos de enseres y otras tantas maletas, abarrotaban la entrada a la mansión. Pero no era eso lo que la dejó atónita, ni las femeninas figuras que encogidas se enfrentaban a su marido, sino la rechoncha forma del bajito y relleno mayordomo que completamente despeinado y gritando como un poseso *ciérrate, condenada*, saltaba desesperado sobre una de las maletas, intentando con todas sus fuerzas cerrarla con la presión de su contundente peso. Su mastodonte más que mediar en la pelea parecía estar actuando de parapeto entre Burrowers y las recién llegadas. Sus hermanastras y Bridget, que no apartaba la asombrada vista de la cabeza del enfurecido hombrecillo, que surgía intermitente con cada salto tras la inmensa forma de su señor. Un crujido llegó hasta sus oídos y su origen estaba bajo los saltitos de Burrowers. La maleta cedió, desperdigando a su alrededor su contenido y ocasionando que el mayordomo cayera redondo al suelo, quedando un par de enaguas expuestas sobre sus rechonchos muslos.

—¿Hola?

Los cuatro ocupantes de la entrada se giraron hacia ella. Tras erguirse como una bala y con un pie aún en la rota maleta, Burrowers la saludó todo digno, al tiempo que retiraba el pololo que reposaba sobre sus extremidades con una agilidad impresionante para su edad. Sus hermanastras la recorrieron con altivas y desdeñosas miradas, su mastodonte la sonrió con cara de completa desesperación, y Bridget… bueno, Bridget estalló en descontrolados y más que audibles lloros, encogiéndose sobre sí misma y casi tocando con la frente sus propias rodillas.

Doyle dio un paso atrás a la vista del panorama y se volvió encogiendo los fuertes hombros.

—Hola, esposa. Tenemos un pequeño problemilla entre Burrowers, tus hermanastras y la joven que llora.

¿Pequeño? El enfurecido mayordomo parecía a punto de cargar contra ellas, y en parte no le hubiera importado que las placara con todas sus ganas hasta tumbarlas sobre sus señoriales traseros. Las ansias de espolearle se las tragó a duras penas, pero por la pícara sonrisa de su marido no le había pasado desapercibido su impulso inicial. Algo le decía que la tranquilidad y el sosiego de su nueva vida de casada estaba a punto de sufrir un buen revés.

*****

Capítulo 8

I

—No fastidies, hermano. Esas cotorras, por no llamarlas otra cosa menos amable, me enervan.

Se frotó el rostro mientras Peter se cruzaba de brazos en esa postura tan típica de él, cerrado en banda y a la defensiva. Llevaban no menos de media hora discutiendo la situación que les había estallado en plena cara. Esas dos brujas avinagradas y la pánfila de la doncella se les habían presentado a destiempo, de improviso, y con exigencias que habían provocado la frontal oposición de Burrowers. Para empeorar la situación, al llegar a casa en plena noche, Peter había topado con uno de los baúles y se había dado un buen leñazo. El rugido lanzado había despertado a media casa. Los berridos y gruñidos desde entonces habían sido contínuos e iban en aumento. Finalmente, hizo a Peter la pregunta que no quería realizar.

—¿Y qué quieres hacer, dejarlas en la calle?

—Con sus baúles.

—Joder, Pete. No seas animal.

—¿Qué quiere hacer Julia?

—¿Julia?

—Si hermano, ya sabes, tu Julia. La mujer que te espera arriba sabiendo que en este mismo momento estamos hablando de las brujas esas.

Se quedó de una pieza. Su pelirroja nada le había dicho, ni siquiera una pequeña indicación de lo que deseaba o de lo que temía. Tampoco se le había ocurrido indagar. ¡Era un marido horrible!

—No le he… preguntado.

La ojeada de su hermano menor le dijo todo lo que no transmitió de palabra. Su clara mirada se desvió hacia el piso superior imaginando a su mujer, desmelenada en medio del mullido y calentito lecho, tirándose de los pelos imaginando que eran los suyos.

—¿Le pregunto ahora?

El suspiro de desesperación emanado de labios de Peter le llegó al alma. Sin apenas respirar este continuó refunfuñando.

—Más tarde. Como te veo venir e imagino que las tendremos que acoger porque las brujas no quieren volver a su antiguo domicilio, lo cual en parte es comprensible, y carecen de efectivo hasta organizar lo de la herencia, en calidad de soltero no disponible para esas hambrientas fieras, me trasladaré una temporadita a casa de Rob, exclusivamente a dormir. Durante el día no tengo la más mínima intención de escapar de mi hogar. Como me importunen, las bufaré y como me lloren las ahogaré en sus lágrimas de cocodrilo.

¿A casa de Rob? ¿Con Rob?

—Sí, con Rob.

Dios, a veces su hermano menor asustaba de lo perceptivo que era.

—No me lo voy a comer, así que no te preocupes antes de tiempo — puntualizó Peter, y la mueca en esa hermosa cara no adelantaba nada bueno.

Pobre Rob. Que Dios lo cogiera confesado. En cuanto a la decisión a adoptar en relación a las cotorras de las hermanastras, prefería hablarlo con Julia. Después de todo estaban de acuerdo en compartirlo todo, no ocultarse cosas y demás ideas de esas tan propias de ella.

—Hablaré con Julia y por la mañana te doy su contestación. Lo que ella decida estará bien. ¿Cómo va lo de la testigo?

—He descubierto que con la edad, la paciencia disminuye, y esa mujer me la está agotando a pasos agigantados. Nos hemos reunido con Clive y…

—¿Clive?

—¿Me estás provocando? —las cejas fruncidas de Peter apenas tenían separación entre ellas.

—¿Yo? —se notaba la sonrisa recorrerle de oreja a oreja.

—Puede que sea menos pomposo de lo que parecía al principio. Tan solo puede. Volviendo al tema, dentro de dos noches está prevista la incursión al escondrijo indicado por Marianne Blair. Si tenemos suerte quizá localicemos el paradero de Rupert Bray y nos podamos olvidar de las peleas clandestinas. Lo hemos coordinado para que coincida el día anterior a nuestra cita con Sorenson para el caso de que no salga como esperamos y debamos acudir a la cita con este en los muelles.

—¿Cuántos somos?

—Rob, los cuatro agentes que forman su unidad y nosotros dos. Liam se une seguro ya que iría en contra de sus principios no ayudar y meter el morro, claro. John se quedará en casa con Mere, la abuela y Norris. Los hermanos de Mere pueden vigilar a Julia e imagino que Jared querrá unirse a la partida.

—¿Cuándo vuelve Guang?

—Tardará dos o tres semanas y te aseguro que desearía tenerlo a nuestro lado. Tengo un mal presentimiento, hermano. Una maldita sensación de la que no me puedo librar y hoy ha empeorado.

A él también le agradaría tener de su parte al silencioso y leal hombrecillo que casi siempre acompañaba a su hermano menor. Letal, eficaz y tal parecido a Peter en algunos aspectos que otras divergencias pasaban a segundo plano. Lástima que estuviera de viaje.

—¿La vigilancia de la testigo?

Peter no dudó al contestar.

— Stevens se encargará de ella.

Sus ojos se dirigieron de nuevo a la escalinata que daba al piso superior y que se veía a través de la entreabierta puerta. Se levantó del asiento junto a la chimenea del despacho, cuyos rescoldos aún desprendían una acogedora calidez, y estiró los agarrotados músculos.

—De acuerdo. Vayamos a dormir que mañana nos espera un día pesado.

—¿A dormir? —mientras hablaba Peter comenzó a bailotear las cejas.

Su hermano tenía una vena traviesa en el cuerpo. Siempre la había tenido y era parte de su condenado encanto. Recordó algo.

—¿A qué hora hemos de acudir a la sala de entrenamiento?

—Mañana a las cinco. Por la mañana quieren continuar con la vigilancia del escondite por lo que lo hemos dejado para más tarde.

—¿Los cuatro?

—Quizá se una Liam, y prepárate, hermano, porque va a ser intensiva, por decirlo suavemente.

Gimió profundamente.

—Joder, Pete. Recuerda que soy un agotado hombre recién casado.

La palmada en su espalda lo impulsó ligeramente hacia adelante mientras lo envolvían las suaves carcajadas de su hermano.

—Tendrás que sacar fuerzas de flaqueza para contentar a tu mujer. Que no se diga que los Brandon son unos flojos.

Al ascender los escalones la suave y cálida risa de Peter parecía seguirle. Abrió con extrema suavidad la cerrada puerta y el acurrucado bulto en medio del lecho no se movió. Se acercó y quedó parado simplemente recorriendo al detalle la plácida forma que se ocultaba bajo las sábanas. Era una sensación tan nueva para él acudir al lecho y tenerla a ella esperándole. Nueva y grata, como volver al hogar tras un frío día. En parte temía acostumbrarse a ello, le daba miedo acomodarse y no poder prescindir de la dulce mujer que no se guardaba nada para sí misma.

Apartó a un lado los suaves ropajes y se deslizó en su interior tras desprenderse de su ropa. Parecía que a su mujer no le molestaba que durmiera desnudo. Era todo un pozo de sorpresas y dormía como un verdadero leño, con profundas respiraciones y total relajo. Todo lo contrario a él, que siempre terminaba cubriéndola con su enorme cuerpo durante la noche. Lo bueno era que no parecía incomodarla y tendía a pegarse a él. Era evidente que estaban hechos para dormir el uno junto al otro. Se complementaban.

No le costó desplazarla hasta que quedó entre sus brazos. Tampoco la iba a despertar ya que necesitaba el descanso. Con las yemas de los dedos recorrió el contorno de su mejilla provocando que se revolviera hasta quedar apretujada contra él, tras lanzar un suave suspiro. Poco después también él cayó en un profundo sueño, rodeado de su fresco y familiar olor.

II

—¡Separa más las piernas! y relájate, por todos los diablos.

Se habían organizado en parejas y el quinto en discordia descansaba cada quince minutos, mientras observaba a los demás. Hubiera pagado la mitad de su salario por intercambiarse con Liam que con una juguetona sonrisilla y aposentado en una esquina, se estaba carcajeando de sus torpes y descoordinadas meteduras de pata tanto en ataque como en defensa. El problema es que no conseguía concentrarse. Le era imposible, no con Peter vestido de negro de la cabeza a los pies, descalzo, y con el cuello de la camisa dejando entrever el inicio de ese impresionante pecho. Se enderezó. Él podía con cualquier cosa, bueno, con casi todo. Es que olía de bien el condenado.

El contador iba en su contra de forma abultada y llamativa. Él había besado el suelo en cinco ocasiones, Peter ni una. Él sudaba como un pollo desmelenado al que persiguen para cocer en la cazuela, Peter no tenía un mechón fuera de sitio. A él se le estaban cayendo los pantalones y tenía desgarrada la camisa, Peter seguía con todo en su sitio y sin una mísera arruga. Su día estaba siendo un completo asco, el de su mejor amigo prefería no saberlo, pero la extraña mueca que no desaparecía de sus labios, le estaba poniendo de los nervios.

¿Separar más las piernas? ¡Ja!, para dejar desprotegidos sus tesoros y que alguien le pegara un buen agarrón. Ni en un millón de años.

Pegó un respingo en cuanto sintió la brusca corriente de aire. Ya venía la mole de nuevo a por él. Reculó con los brazos estirados y las palmas expuestas, a la defensiva.

—¡Alto! Pido tregua o paradita o cómo diablos se llame.

Dios, estaba sin fuelle y dolorido hasta las pestañas. Intentaba golpear una y otra vez, pero la inmensa mole, sencillamente desaparecía en el aire y surgía a su espalda para agarrarle con una llave de esas raras y estrangularle como a un pobre ternero sin resuello. Pese a ello, se sentía medianamente satisfecho al haber logrado pegarle un buen pisotón aprovechando un despiste. Suspiró contento dentro de la horripilante y prevista derrota.

—¿Ya estás cansado?

La sorna en la pregunta de Peter encendió su pisoteada y chamuscada hombría.

—Eso quisieras, pero soy inagotable.

—Entonces, ¿por qué resuellas?

—¡No resuello! Son técnicas actualizadas de lucha.

Joder, su mejor amigo tenía toda la pinta de ir a carcajearse en sus morros.

—Muy bien…

Peter retomó su avance. Por Dios, la mole sí que era incansable.

—¡Espera!

Peter paró de golpe con el ceño fruncido y gesto de exasperación.

—¿Y ahora qué?

—No hace falta gritar, Peter —observó de reojillo a Jared y Doyle quienes aprovechando el parón se estaban enjuagando el sudor junto a Liam para quedarse a continuación observándoles con atención—. Propongo organizar un…

—Nada de proponer. Intentas escaquearte.

Apretó los labios. Se iba a enterar.

—Muy bien. Me cansé de esta charada, prepárate para lo impensable.

La expresión de Peter denotó su sorpresa y eso le alegró. Era difícil sorprenderle, realmente difícil.

—¿Qué planeas, canijo?

La cautela brillaba en los profundos ojos negros y no se oía nada que no fuera su conversación. Sin un ruido o gesto de aviso, cargó en dirección al hombre que con la boca abierta seguía plantado en medio de la sala, con piernas y brazos en tensión y preparado para lo que fuera. Lo siguiente fue tener el techo de la sala frente a sus ojos, tirado cuan largo era el duro suelo. ¿Lo había volteado? Diablos, a veces odiaba a Peter. Iba a decírselo pero no tuvo la más mínima opción. Lo giraron en el mismo suelo en el que estaba tumbado tratando de recobrar la trabajosa respiración, hasta quedar boca abajo. Diablos, boca bajo, con las manos sujetas a la espalda y la enorme rodilla del bestia de Pete en su baja espalda, presionando ¿Se le estaban soltando los pantalones? ¡Maldita sea! ¡Se le iba a ver el trasero!

Empujó con las rodillas pero lo único que logró fue elevar la parte de su anatomía que deseaba que pasara desapercibida.

—¡Quieto, demonios! —el cachete en el trasero no se hizo esperar. Sería cabrón el muy… ¡Demonios!, se le estaba soltando la cinturilla del pantalón, la fina y endeble cinturilla del jodido pantalón. Trató de juntar los muslos para mantener el pantalón en su sitio pero una musculosa pierna se lo impedía—. Que te estés quietecito.

Otro cachete.

—¡Y un cuerno! —lo siguiente lo susurró para que los demás no le escucharan— se me están desprendiendo los pantalones.

Una risilla jocosa y medio burlona llegó a sus oídos, seguida de la ronca voz de Peter.

—¿Quieres oír algo que hará que se te desprendan del todo?

Ay Dios, ese tono de voz auguraba un verdadero desastre. No quería saberlo. Contra el suelo farfulló.

—Prefiero que no.

Sintió una amplia mano colocarse junto a su rostro, la fuerte rodilla liberarle y otro suave cachete en el glúteo, en el mismo momento en que las palabras sonaban junto a su oído.

—Me voy una temporadita a vivir contigo.

—¿¡Qué!? —con un fluido movimiento, se colocó de nuevo boca arriba mientras Peter se enderezaba hasta quedar mirándole desde lo alto.

—Lo que has oído.

—¡Pero tienes tu casa! ¡Tu espaciosa y enorme casa!

—¡La han invadido las brujas esas! —Peter bajó el tono de voz como si se avergonzara de lo que iba a comentar a continuación—. Y me miran extraño.

Rob se sentó tras escuchar la última frase.

—¿Extraño?

—Ya sabes.

—No, no sé.

—Cómo si fuera un apetecible pastel horneado. Se relamen. Las he visto. ¡No te rías, canijo! —se volvió hacia los otros tres curiosos espectadores— ¡vosotros, tampoco! —se giró hacia Rob con ojos implorantes— necesito asilo.

III

No eran horas para concertar una cita y menos con señoras acomodadas y en su mayoría viudas o casadas. Se mordió el labio inferior al tiempo que se dirigía al armario para sacar el vestido adquirido para la seducción del hombre ese, el tal Sorenson. Gimió solo de pensarlo. Como la pillara su mastodonte, la estrangulaba, pero habían prometido no decir nada hasta obtener algún resultado positivo.

Estaba a la espera de que llegaran Mere, la abuela y Jules. La viuda Orren les había enviado una nota anunciando que su carruaje pasaría a buscarlas por sus respectivos domicilios, que las habían citado antes de lo indicado ya que al parecer se había organizado una pelea entre un sapo y una culebra en un par de días. A saber lo que eso podía significar, sobre todo teniendo en cuenta que había subrayado la palabra culebra con insistencia y como mínimo tres veces.

Le costó un verdadero triunfo engalanarse ya que el vestido parecía un par de tallas más pequeño de lo que la comodidad y el decoro requerían. Se le desbordaba absolutamente todo. Miró su escote y la barbilla casi chocó contra sus elevados y más que generosos pechos. El apretado corsé y el ancho vuelo de la falda la daba una apariencia tan voluptuosa que asustaba. Le impedía respirar a gusto y como consecuencia estaba completamente colorada. Para colmo, los finos tacones le estaban destrozando los curvados empeines. Así no se veía capaz de seducir ni a un orangután. Ella parecía el peludo orangután debido a los colores que tenía apelotonados en su rostro. No podía salir así. Se iban a reír de ella.

—Vaya, vaya, mírala a ella, tan peripuesta. ¿Tienes una cita que tu apuesto marido desconozca, querida?

Lo que faltaba para que las molestias aumentaran a niveles desmesurados, Lizzie. No se iba a amilanar. No en su propio hogar. Sin dejar de observarse en el espejo, con el hermoso reflejo de Lizzie a su espalda, lanzó la primera advertencia.

—No entres en mi habitación sin permiso, hermana.

La respuesta le había sorprendido, por el gesto de estupor en el perfecto rostro.

—Hermanastra, querida Julia. No lo olvides.

Un nudo se le formó en el vientre. Jamás le permitirían olvidar que carecía de familia. Jamás. Se giró para enfrentarse a ella cuando una intensa calma la inundó. Una profunda y apaciguadora calma que en un segundo se transformó en hartazgo y rechazo hacia la mujer que, frente a ella, carecía de la prudencia de morderse la lengua en un hogar que no era el suyo sino el de la mujer a la que trataba de humillar y arredrar.

—Por supuesto, Lizzie. No te apures. Les diré a mi marido y mi cuñado que dada la falta de lazos familiares, convendría mantener el decoro y enviaros con el tío Jonas. ¡No!, que despistada soy. Tenemos un ligero problemilla ya que también es mi tío Jonas, no el vuestro.

Lizzie se aproximó un paso, con los puños cerrados a ambos lados del cuerpo, tras cerrar la puerta del cuarto a su espalda. Otro paso, los ojos furiosos, la musculatura del rostro plenamente rígida, distorsionando su belleza, y otro hasta que la distancia entre ellas disminuyó considerablemente. Diantre, parecía muy capaz de abofetearla y no sería la primera ocasión. Conocía la fuerza que se encerraba en ese pequeño puño, pero no iba a...

—¿Señora?

La voz llena de urgencia del mayordomo la sintió como un bálsamo de protección.

—¿Está usted bien, señora?

Las miradas seguían enfrentadas mientras el sonido de la voz de Burrowers al otro lado de la cerrada puerta incrementaba en apuro y preocupación.

—Señora, me contesta o tiro la puerta abajo en un segundo.

Por el tono de voz el hombrecillo que desde que se había instalado en la casa la seguía como un halcón vigilante y protector, se creía muy capaz de hacerlo y a veces la voluntad podía con cualquier impedimento, incluso con una robusta puerta. Fijó la mirada en la mujer que tanto daño le había causado a lo largo de su vida, que se interponía entre ella y la puerta. Entre ella y la seguridad.

—Apártate, Lizzie.

Su hermanastra dudó un segundo durante el cual Julia llegó a pensar que Lizzie la atacaría, pero al final esta lo hizo. Se alejó un par de pasos de la puerta. Se lanzó apresurada hacia esta justo en el momento en que recibía un tremendo empujón del exterior y se escuchaba el grito *todos a una*.

¿Qué rábanos…? Abrió la puerta y el panorama que se encontró la llenó de fascinación y algo de embarazo. Al otro lado se apiñaban Burrowers y al menos cuatro sirvientes, el palafrenero, y al fondo la señora Pitt, la cocinera, todavía limpiándose las manos en el blanco delantal. Por las pisadas que repiqueteaban por la escalera llegaba más ayuda. Burrowers se alisó el descolocado cabello y alzó las manos tras volverse en dirección a todos los demás lanzando un *todo está bien, nuestra señora está sana y salva, así que ahora todos a trabajar*. La fascinación se convirtió en pura calidez por el hombrecillo que la había acogido bajo su protección y confirmó lo que antes le había dado fuerza para enfrentarse a Lizzie.

Ahora tenía su propia familia y parte de ella la formaba el pequeño hombre que la miraba de arriba abajo, para confirmar que nada, absolutamente nada malo le había pasado. Con paso firme Burrowers cruzó el umbral del cuarto y se quedó tieso como un palo y todo digno en medio de la amplia habitación.

—Señorita Lizzie, es mi deber informarle que a mi señora le desagrada que se entre en su dormitorio sin autorización. Mi señora siempre está vigilada, siempre está protegida. Es *nuestra* señora, ¿comprende?

La boca abierta de su hermanastra no daba pie a equivocación alguna, no parecía poder reaccionar del pasmo y del atrevimiento que el hombre que no se movía un ápice le estaba causando, colocado de parapeto entre ambas mientras los demás les observaban desde el pasillo, prestos a intervenir; y hubiera jurado que la señora Pitt llevaba ¿un rodillo en la mano?

—¿¡Cómo se atreve!? —Lizzie se volvió hacia ella— ¡Julia!, ¿cómo permites que un sirviente…?

Era suficiente. Los claros ojillos de Burrowers se clavaron en ella…

—Cállate, Lizzie, ¿no lo entiendes, verdad? No es un sirviente. Es mi familia… —su mirada se clavó en la enternecida mirada del hombre que estaba segura hubiera hecho cualquier cosa por protegerla—. Es *mi familia*.

245

Si Burrowers hubiera tenido plumaje, se lo hubiera ahuecado en ese mismo momento. No dudó al hablar a continuación.

—Señorita Lizzie, haga el favor de salir de las dependencias de *mi señora*. También le aconsejo que atienda a su criada, cuyo estado es de nuevo lloroso e hinchado, por definirlo de alguna manera.

Con un ademán que no dio más opción a Lizzie que salir del cuarto, Burrowers la siguió, pero no antes de volverse y susurrarle un *gracias, mi señora*, pleno de calidez y cariño.

Cariño. Lo que tantos años había buscado desesperada y finalmente había encontrado.

IV

Todas se quedaron boquiabiertas. Desde la primera en pasar a la habitación hasta la última, que como siempre, fue Jules. Cuatro mujeres y todas con las extraviadas miradas fijas en un hombre difícil de definir, por no llamarlo de otra forma. Tenía todo el aspecto de un pirata. Era guapo. No, era extremadamente apuesto. Diferente, con el cabello extremadamente corto, increíblemente bien formado, muy alto, bastante más que ella, y con ¡un pendiente en forma de aro en la oreja izquierda!, que le daba un aire de asesino a sueldo de esos de las novelas de aventuras que tanto le chiflaban. La viuda Orren parecía a punto de reventar su brillante corsé y trataba de hundir los mofletes para parecer más esbelta. Y hasta la abuela se estaba atusando el cabello. Mere lo estaba recorriendo con la mirada con total descaro y Jules permanecía escondida tras la abuela, cada vez más encogida, pero sin lograr pasar desapercibida por la reacción del impactante hombre al que habían acudido a visitar.

—No me la voy a comer ¿sabe?

La ronca voz iba en total consonancia con la figura. Impresionante. Bronca, sensual y profunda. Rábanos, menuda voz. Tan inquietante, y parecía dirigirse a Jules.

El lugar para la reunión había resultado ser un clásico y amplio despacho en una zona acomodada de la ciudad y no en un tugurio de esos que su desarrollada imaginación había visionado durante el corto viaje hasta su llegada. Lo cierto es que la decepción se había entremezclado con una buena dosis de tranquilidad. Claro que el sosiego se había evaporado con la imagen de los dos hombretones que custodiaban la entrada al edificio que no sería de extrañar fuera propiedad de Marcus Sorenson. Uno se había quedado atrás. El otro las había acompañado hasta el primer piso, al despacho que ocupaba el hombre al que había acudido a visitar y agradar para obtener aquello que venían buscando. Un lugar cerrado no se ajustaba al hombre que las miraba con unos serenos ojos verdeazulados y una curiosa expresión en la apuesta y dura cara.

—Señorita… —esos ojos no apartaban la vista de Jules, al menos de la parte que era visible, tras la abuela— no tiene por qué temerme. A día de hoy no me he comido a ninguna joven, al menos no literalmente.

—No le temo, buen hombre.

La voz surgía de detrás de la alta figura de la abuela.

—¿Buen hombre? —Sorenson parecía a punto de lanzar una sonora carcajada y el hombretón que se erguía a su lado parecía realmente sorprendido por el atrevimiento de Jules.

—No debería hablar con tanta ligereza, muchacha.

—Entonces no pregunte, buen hombre.

Ay madre. Esto no estaba yendo en la dirección supuesta sino todo lo contrario. Se habían vestido para impresionar y no había duda que al otro hombre, lo habían dejado seco y sin habla. Sin embargo la atención de Sorenson permanecía fija en la única mujer tapada hasta la barbilla, el cabello en un estirado moño, gesto terco y parca en palabras. No le sentó bien la brusca contestación de Jules pero apretó los labios e hizo un gesto para que se acomodaran en las sillas colocadas a su alcance. Esperó a que todas se hubieran situado y a Jules le mostró los dientes, en una clara señal de advertencia o desdén que únicamente recibió otro sutil gesto de desaire y reprimenda, por parte de esta. Los rasgados ojos verdeazulados de su anfitrión se abrieron ligeramente desconcertados hasta que se giró hacia su hombre, que no había sido capaz de ahogar una chirriante risilla. Esta se le cortó de raíz. Sentado tras la sencilla mesa de despacho, se cruzó de brazos resaltando los musculosos antebrazos.

—Muy bien, señoras. La viuda Orren, aquí presente, me ha informado que sienten curiosidad por los *encuentros* que solemos organizar cada cierto tiempo.

—Sí.

Su contestación atrajo la aguda mirada hacia ella y vaya si no eran inquietantes esos ojos. No perdían detalle de lo que les rodeaba y por el brillo reflejado en ellos, le gustó lo que vio al observarla.

—¿Por qué?

¿Por qué? ¿Cómo que por qué? Desde luego no esperaba semejante pregunta y no tenía la más remota idea de qué contestar.

—Nos gusta ver a hombres musculosos y semidesnudos darse tortas.

La vocecilla de Jules no había vacilado, salvo hacia el final de la frase.

Sorenson apretó de nuevo los firmes labios pero era realmente difícil discernir si de enfado o diversión.

—¿Tortas?

La pregunta estaba dirigida exclusivamente a Jules, a ninguna otra. Dios santo, por el brillo en la mirada de Jules, se imaginó lo que se avecinaba.

—Eso mismo, o también mamporros, tortazos, cachetes, sopapos, bofetadas, soplamocos…

Por tercera ocasión los ojos verdes se ampliaron descontrolados y no parecía Sorenson un hombre fácil de sorprender.

—Muchacha, eres un tanto peculiar ¿no?

—Y usted, un tanto descarado.

Alguien les había cambiado a su Jules. En algún momento entre la salida de su hogar hasta que se enfrentaron a Sorenson, había desaparecido la tímida mujer y había surgido la deslenguada fiera. Observó a Jules y a Sorensen. Vaya, la tensión emanaba de ambos y casi se palpaba en el entorno. Alguien debía cortar el cargado silencio.

—¿Nos permitirá acudir como público?

—Depende.

—¿De qué?

—De lo que me ofrezcan a cambio.

El bufido de la desconocida Jules pareció fascinar sobremanera a Sorenson. Con una extraña sonrisa en los labios y esos rasgados ojos clavados en ella, especificó aún más con esa ronca voz.

—De lo que *ella* me ofrezca a cambio.

El bufido de Jules se transformó en un gruñido ahogado.

—¿¡Yo!?

—Sí, linda, usted, ¿o le parezco demasiado… descarado?

—Puede jurarlo, buen hombre.

Antes de contestar, la dura mirada recorrió una a una a las mujeres que extasiadas seguían la conversación.

—Como vuelva a decirme buen hombre, le demostraré, niña, que soy todo menos justamente eso —la boca masculina se curvó provocando un colectivo escalofrío en las mujeres—. Una cena.

—¿Qué?

—Es sencillo. Una cena a cambio del acceso que tanto les interesa a todas.

—¿Con quién?

—¿Tú con quién crees, muchacha?

—¿¡Conmigo!? —Jules parecía medio alelada— pero…, pero soy una mujer educada y usted…, usted…

Los verdes ojos se helaron, repentinamente.

—Es eso o nada. Cuando me convenga, una cena a solas.

El choque de voluntades fue inmenso y el silencio que se mantuvo parecía impenetrable.

—Muy bien, una cena, buen homb…, quiero decir señor Sorenson. Comer, beber y hablar de ser necesario —carraspeó un par de veces antes de continuar—. Nada más.

—¿Y su espíritu aventurero, muchacha?

—Inexistente.

La carcajada brotó profunda. Ese hombre tenía muchas capas sobrepuestas: complejo, curioso, provocador y por sus poros exudaba sensualidad en estado puro. Lo opuesto a Jules.

—Trato cerrado entonces. Señoras, tienen acceso libre a nuestros encuentros a partir de este mismo instante. A sus respectivos domicilios llegará un aviso con la indicación de fecha, hora y lugar de reunión. El día indicado un carruaje pasará a buscarlas a todas ustedes y las dejará en el punto concertado. Una vez allí las acomodarán en el lugar preparado para presenciar la contienda.

La curiosidad de la viuda Orren no se hizo esperar.

—¿Cuándo está organizada la próxima?

—Pasado mañana. A partir de las ocho de la noche pasarán a recogerlas a sus domicilios, comenzando por usted, querida.

Ay Dios, se refería a ella. Si pasaban por su casa no habría manera de ocultárselo al mastodonte. Necesitaban un plan B.

—Preferiríamos que nos pasaran a recoger a la mansión Orren, si ello no les supone demasiada molestia.

—¿A todas?

Asintió con la cabeza.

—Así será. Y ahora ¿necesitan que atienda algún otro asunto con ustedes, señoras?

Las estaba despachando con una mezcla de rudeza y sutileza que le recordó en cierto modo a su marido. Ninguna contestó, por lo que se levantó del lugar que ocupaba, ordenando al otro hombre que las acompañara a la salida, pero no sin antes dirigirse a Jules para recordarle con un tono bajo y repleto de provocación que no olvidara que las señoritas bien educadas mantenían sus promesas a toda costa, so pena de caer en el infierno de los pecadores y mentirosos. Incluso le guiñó el ojo, despertando los dormidos instintos depredadores de Jules.

Jamás la habían visto tan enfurecida. Decididamente se la habían cambiado o estaba poseída. Entre la abuela y ella tuvieron que retenerla ya que de nuevo parecía más que dispuesta a contestar al hombre como si la vida o su tocado orgullo le fuera en ello.

Al bajar las amplias escaleras alcanzaron a escuchar la profunda risa del hombre y ello terminó de enrabietar a Jules.

V

—No puedo cenar con ese hombre horrible y mucho menos cuando le convenga. ¡Menuda desfachatez! ¡No puedo!

—Mujer, lo que se dice horrible, horrible… no es. Es demasiado guapo y atractivo y peligroso…

—¡Abuela! que le sacas al menos treinta años.

—Pero no estoy ciega —se volvió hacia Jules— hija, mi consejo es el siguiente: disfruta del momento. Hombres como ese no abundan y mi instinto me dice que estarás segura con él.

El carraspeo de Mere sonó como un claro aviso en el interior del carruaje que las llevaba a casa.

—¿Más o menos segura? —rectificó la abuela con una enorme sonrisa agarrotada en los finos labios— quizá debieras ir armada.

—Abuela, ¡por Dios!

—¿¡Qué!?

—¡No le metas miedo! Al menos, no antes de tiempo.

Mientras las demás hablaban a trompicones, pisándose las unas a las otras, y Jules seguía rezongando, la desazón comenzó a invadir a Julia. Tenían que solucionar varios problemas y no iba a resultar sencillo, sobre todo la tarea de despistar a sus respectivos maridos, parejas o familias. Sin olvidar a los protectores miembros del personal de sus respectivos hogares. Solo pensar en Burrowers o Rosie se le ponía el cabello de punta. Eran como sabuesos.

—Chicas, debemos organizarnos, pero no hoy. Es bastante tarde y puede que ya nos estén esperando. Lo primero es lo primero ¿dónde hemos pasado hoy la tarde?

—Conmigo —contestó la viuda Orren.

Con tanto debate se habían olvidado de que la redonda mujer estaba presente y por lo visto no había perdido detalle pese al caos formado. La expresión de su cara anunciaba que estaba disfrutando como una niña con un juguete nuevo. Por lo menos la mujer les facilitaba una coartada.

—De acuerdo. Hemos pasado la tarde en casa de Lillianna y se nos ha hecho algo tarde. Vamos, nada fuera de lo habitual, pero mañana tendremos que reunirnos para planear todo al dedillo. ¿Dónde quedamos?

—En mi hogar, imposible. John está preparando un proyecto y suele aparecer continuamente por casa. Es imprevisible y últimamente más de lo habitual. Mis hermanos también actúan un tanto histéricos desde que lo anunciamos hace un par de días.

De reojillo Mere observó a la viuda Orren. Algo en ella daba confianza pese a su estrambótico aspecto e incongruente mente. En realidad se parecía bastante a ellas. Un espíritu libre...

—¿Anunciar?

La pregunta de Jules sí que ocasionó un silencio sepulcral en el interior del coche donde se escuchaba tan solo la fricción de las ruedas sobre el empedrado y las voces del cochero animando a los robustos animales. Julia centró su mirada en Mere. ¿Sería lo que comenzaba a imaginar? Se la veía tan feliz y más redondita de lo normal.

—¿Estás esperando un bebé, Mere?

Las sonrisa que cubrieron los labios de esta y de la abuela fueron contestación suficiente.

—¡Mere! —sin poder controlarse le dio un codazo a Jules, que seguía la conversación con la boca abierta, olvidado completamente el tema anterior—. ¡Vamos a ser tías!

Las risas y la ternura inundaron el pequeño espacio del que disponían. El lugar no era el mejor para anunciar una noticia semejante, con la viuda Orren delante que lo festejó con ellas como si fuera una más, el frío entrando por las rendijas de las ventanas, a oscuras y sin apenas poder apreciar los rostros de las demás, pero por alguna extraña razón Julia lo sintió perfecto. Simplemente perfecto y hermoso. Un rato de felicidad en el que habían desechado todo lo demás. Hablaron de tantas cosas, de los planes de Mere, de los posibles nombres del bebé, carcajeándose con algunos de los propuestos, de los antecedentes de mellizos en la familia, lo cual parecía obsesionar a John y por ello no dejaba a su mujer a sol ni a sombra. Hablaron incansables de todo y de nada durante el camino que las acercaba a sus hogares, no deseando que terminase hasta que el carruaje se detuvo en la esquina de la mansión Brandon.

Julia se sentía como una gallina clueca que ha de dejar a sus polluelos seguir su camino, por lo que las besó a todas, incluida la viuda Orren quien palmoteó agradecida y se abalanzó sobre Mere provocando en esta esa risa cantarina tan hermosa que tenía, mientras le decía que desayunara bien mañana antes de acudir a su casa hacia el mediodía. Calculaba que para entonces Doyle ya habría salido a trabajar hacía horas y de esa forma podrían protegerla de las lenguas viperinas de Lizzie y Emma. Quedó parada un momento observando el coche de caballos alejarse en la oscuridad, completamente satisfecha por cómo había transcurrido el día y se giró para…

—Quieta.

El cálido aliento que acompañaba la grave voz, le erizó el vello de la nuca, quedando completamente paralizada.

—No haga una estupidez, señora. No deseo dañarla, pero lo haré si es necesario…

VI

Su padre estaba completamente relajado, despiezando con sus arrugadas manos la manzana que iba a ingerir de postre. El bombazo de Peter en plena sesión de entrenamiento lo había desequilibrado, tanto en lo corporal como en lo mental. Había seguido con el trasero pegado al suelo de pulida madera y se había puesto como una histérica parturienta al romper aguas.

Compartir casa con Peter. Mala idea. Muy, pero que muy mala idea, tal y como estaban las cosas y tal y como su traicionero cuerpo reaccionaba a su cercanía. Demonios, le temblaban las manos mientras ponía a calentar en el fogón un poco de caldo. Las apretó con rabia. ¿Qué diablos le estaba ocurriendo? Un hombre adulto perdiendo los nervios porque su mejor amigo iba a pasar unos días en su casa. Por todos los santos, ni que fueran a organizar una bacanal. Joder, debía controlar su mente y su desbocada imaginación. Peter cuasi desnudo, con túnica y sandalias. Gruñó descontrolado, provocando un breve silencio en la animada conversación que mantenían su padre y Peter.

—¿Te pasa algo, hijo?

No se volvió, limitándose a realizar un gesto indicando que nada ocurría al tiempo que pensaba que daría lo que tuviera porque la señal coincidiera con la realidad. Sentado en la mesa su padre hablaba incansable mientras Peter permanecía sentado a su lado de esa manera tan peculiar, relajada y desenfadada. Apenas atendía a lo que hablaban y se negaba a girarse hasta que el caldo estuviera hirviendo. Lo removió tirando del asa.

—Podéis compartir la cama hasta que te vuelvas a casa. Es bastante amplia y no sería la primera vez ¿no?

El caldo chisporroteó al desbordarse con el brusco e incontrolado tirón, quemándole el dorso de la mano.

—¡Joder!

Escuchó a su espalda el ruido de sillas al deslizarse en el suelo mientras su padre le recriminaba por el juramento. No se lo podía creer. Vivía una pesadilla. Su padre no había dicho lo que habían escuchado sus oídos. Estaba soñando y en cualquier momento despertaría, pero el maldito dolor de la mano no desaparecía y era muy real. Trató de taparse con un paño.

—No —la voz de Peter surgió a su derecha, suave, tranquilizadora, al apartar la tela con la que intentaba cubrirse la quemadura—. Tan torpe en la cocina, como siempre.

Lo empujó suavemente hasta que quedó sentado en la misma silla que había ocupado él antes.

—Pero, hijo, deberías tener más cuidado. ¿Sabes? últimamente estás algo distraído. Es mal de amores, ¿verdad?

Gimió horrorizado hasta que escuchó la risilla malvada de la mole que en esos momentos les daba la espalda llenando un cuenco de fresca agua.

—Hijo, todo tiene solución aunque parezca imposible. Hazme caso que más sabe el diablo por viejo que por diablo.

—¡Padre!

—¿Sí?

Si no fuera por el brillo travieso de los ojos que lo observaban hubiera caído como un lerdo al ver la cara inocente de su padre. ¿Inocente? ¡Un cuerno!

—No es nada ¿ves? Un poco rojo, pero no me duele.

—Entonces, ¿por qué te muerdes el labio y te palpita la vena del cuello?

—¡Porque tengo hambre, carajo!

—Hijo, esa lengua.

A punto estaba de contestar cuando la inmensa forma que seguía pululando por la reducida cocina, rozándole al pasar y poniéndole de los nervios, se ubicó, gracias a los cielos, en la mesa frente a él.

—No te preocupes, viejo. Siempre se pone así cuando tiene hambre. Ve a dormir que es tarde, que nosotros nos arreglaremos solos.

Los penetrantes ojillos de su anciano padre, dudaron un momento hasta que respiró tranquilo, tras observar con fijación a Peter. Se levantó de la mesa entre crujidos de doloridos huesos.

—Hasta mañana, hijos. Dormid bien.

Sintió en su cabello el suave beso de despedida y después su padre dio un apretón en el amplio hombro a la figura que despatarrada en su diminuta silla, parecía estar disfrutando del momento.

—Lo estás disfrutando ¿verdad?

La sonrisa no desaparecía del hermoso y oscuro rostro de Peter.

—¿El qué?

Le iba a obligar a decirlo el muy…

—Mi apuro.

—Puede.

—Eres un cabronazo ¿lo sabías?

La silla casi cayó al suelo del brusco movimiento que hizo Peter al levantarse. Diablos, era tan rápido. Para cuando él logró erguirse ya lo tenía a su costado.

—Pero me quieres como soy.

Esos ojos negros llenos de una ternura tan, tan dulce, tan ajena al hombre que lo miraba fijamente.

—Puede.

Lo iba a besar. Dios, lo iba a besar. Suavemente la oscura cabeza se inclinó hacia la suya y solo pudo cerrar los ojos, su corazón martilleando como loco hasta que sintió que le agarraba su herida mano y la hundía lentamente y con gran suavidad en la fría agua del cuenco que había colocado a su alcance.

—Abre los ojos, canijo. Ábrelos.

Esa mano subía pausadamente por su antebrazo, hasta llegar a su hombro y colocarse quieta en el lateral de su cuello. Abrió los ojos. Lo tenía a un centímetro, pegado a él, fuerte, complicado, gruñón, leal hasta la muerte, su mejor amigo. El hombre sin el que su vida jamás funcionaría. Los labios de Peter se amoldaron a los suyos, apenas una leve presión, tan dulce como la forma en que le había hundido la mano en el agua. Los separó y de nuevo los unió a los suyos.

Cálidos, húmedos… Se habían besado antes, pero no como en esta ocasión. Nunca antes como en esta ocasión. Lentamente, disfrutando, sin miedo, conociéndose, poco a poco, saboreándose. Una de sus manos seguía en su mandíbula, la otra se había dirigido a la cadera, apretando, acercándole a ese inmenso cuerpo hasta que quedaron completamente pegados. Lo sintió de inmediato, su dureza contra su vientre y la suya contra la de él. No podrían escapar de sus sentimientos, no podrían jamás. Sintió cómo tiraba de su camisa para sacarla del pantalón, esa mano recorriéndole la espalda bajo la ropa, bajando lentamente, apenas acariciándole con las cálidas yemas de los dedos, muy despacio, hasta llegar a la cinturilla del pantalón y seguir su camino más abajo, otro poco más. Su pecho retumbaba e hizo lo mismo. Ambas manos dirigidas a la enorme espalda mientras seguían besándose, la dulzura desaparecida, con ansia, casi con brutalidad, tambores retumbando en su mente, cada vez más insistentes, una y otra vez hasta que escuchó el gruñido de Peter seguido de un juramento.

—¡Dios, no me lo puedo creer! ¡Joder!, en peor momento imposible.

Se dio cuenta entonces. Alguien aporreaba incansable la maldita puerta de entrada a la casa.

No le permitió girase en ningún momento y no se atrevía a hacer movimientos bruscos, no con el bulto que sentía apoyado en su espalda. No le había visto la cara, no reconocía la voz y nadie circulaba por la calle, por lo que gritar por ayuda quedaba descartado. ¿Qué podía hacer? El vuelco en el estómago al ver el coche de caballos aparcado al otro lado de la oscura y desierta calle, casi le hizo desmayarse. Si subía a ese carruaje, estaba perdida.

Era ahora o nunca. Con un brusco giro sorprendió al hombre que mantenía la constante presión sobre su temblorosa espalda. Lo suficiente para echar a correr, pero el frío, el tiempo, el helado pavimento, por Dios, su torpeza, su maldita torpeza, le hizo fallar y resbalar. Era torpe, tan torpe. Cayó sobre manos y rodillas, sintiendo los rápidos pasos que la estaban alcanzando. El nudo en la garganta impidiéndole gritar pese a intentarlo. Como en sus pesadillas, solo un ahogado susurro salió de su atorado cuello. La iba a matar. Sentía el ruido de los pasos casi a su lado, tan cerca, hasta que las punteras de los negros y embarrados zapatos entraron en su campo de visión entre los rojos mechones que en su alocada carrera se habían desprendido y colgaban a ambos lados de su congestionada cara. La iban a matar. Cerró los ojos y esperó al golpe, al estallido, al disparo. A la nada.

Entreabrió con lentitud los ojos para abrirlos desmesuradamente a continuación. Una huesuda mano se extendía ante ellos, pálida y envejecida, con descoloridas manchas negras desperdigadas por la piel que la recubría.

—¿Señorita Brears? Levántese, por favor. No tengo intención de hacerle daño.

Llena de asombro, obedeció porque era la única opción. Necesitaba saber lo que estaba ocurriendo. Recorrió el viejo rostro que la miraba a su misma altura, tan desconocido como en el primer vistazo, pero en la anciana mirada relucía el reconocimiento. ¿La conocía este hombre?

—¿Quién es usted y por qué me ha obligado a acompañarle?

—Siento haberla asustado —la huesuda mano efectuó un solitario gesto de desamparo, en cierto modo protector—. Créame que no era mi intención.

—Entonces dígame quién es.

El anciano suspiró agotado. Le costaba respirar, jadeaba levemente.

—Me llamo George Hamilton y era colega de su padre en el banco.

Su memoria comenzó a funcionar a pleno rendimiento pese a los nervios, pese al frío y al angustioso susto que había soportado. Le estaba costando hasta que recordó. Era él. El detonante de la guerra de bandas. El hombre que insultó a Rupert Bray. ¿Qué estaba ocurriendo y por qué se había acercado este hombre de forma subrepticia a ella en plena noche? ¿Tenía acaso que ver con el asesinato de su padre? Tragó saliva con verdadera dificultad.

—Mi padre murió...

—Lo sé y lo lamento, de verdad que lo lamento. Su padre era un hombre valiente. Más que yo, e hizo lo que yo no tuve el coraje de llevar a cabo, pero a su vez, era un hombre precavido. Me dejó una nota.

—¿Una nota? ¿Qué está ocurriendo?

La helada mano del anciano aferró la suya y la apretó.

—No lo entiende ¿verdad?

—¿A qué se refiere?

—Fue su padre quien recopiló toda la información y creo que por eso lo mataron. No podían permitir que hablara.

Se estaba enfadando. Las palabras del hombre eran confusas y estaban agotando su paciencia. Estaba cansada, helada, mojada, y quería volver a casa. Iba a proponer la idea de refugiarse en algún lado pero él se le adelantó.

—Llevo escondido más de un mes, de todo el mundo. Verá usted, por razones que no creo que le interesen, realicé trabajos para una familia bastante conocida que se dedica a negocios algo turbios.

—¿Los Thompson?

Decir que la sorpresa invadió al hombre que la miraba boquiabierto era quedarse corto. Parecía una estatua sin vida, pálida y rígida.

—¿Señor Hamilton?

—¿Cómo sabe eso?

—También es algo largo de explicar y no es este el mejor lugar para hacerlo. Por favor, acompáñeme a mi hogar.

—¡No!

—Por favor, estarán preocupados…

Los pequeños ojos se ablandaron un poco pero no cambió de opinión.

—Hemos de movernos ¿no lo entiende? En movimiento les costará más localizarnos y emboscarnos.

¿Emboscarnos? Miró de soslayo al hombre y a su alrededor. ¿Y si había perdido la razón o creado una fantasía en su mente? Debía tranquilizarle y quizá de rebote lograra sosegarse también ella.

—Cuénteme lo que ocurre.

—¡No! ¡La pondría en riesgo!

—¡Ya lo ha hecho al secuestrarme! ¿Qué cree que habrán hecho en mi casa en cuanto hayan descubierto que me dejaron en la puerta de entrada hace una hora por lo menos y no he aparecido aún? ¿Quedarse cruzados de brazos?

El anciano se mesó el escaso cabello plateado mientras susurraba que no lo había previsto, que estaba cansado, muy cansado, y le costaba demasiado pensar con claridad. Julia apretó los puños recopilando fuerzas de flaqueza. Ese hombre estaba a punto de resquebrajarse ante sus ojos y algo en ella no podía permitirlo. Quizá el recuerdo de su padre, el sencillo hecho de saber que ese hombre le conocía o que pudiera saber la razón de su muerte.

—Si los hombres que le persiguen son los mismos que mataron a mi padre necesito saberlo ¿entiende? Necesito saberlo.

—Usted no los conoce.

—Pero usted sí y si juntamos fuerzas al menos dejará de estar solo —la triste y hastiada mirada del anciano se rindió, completamente—. Una vez en mi casa, mi marido podrá…

La inclinada cabeza se irguió.

—¿Es su marido Doyle Brandon?

Quién se quedó sin habla en esta ocasión fue ella.

—¿Cómo lo sabe?

—Gracias a su padre, jovencita. Gracias a su padre. Muy bien. Usted gana. Su padre me orientó en dirección a su marido por alguna razón, pero antes de entrar en su hogar prefiero que conozca de mis propios labios lo que creo que le ocurrió a su padre.

Eso terminó de descolocarla completamente.

VIII

La velocidad con que el coche de caballos los llevó a la mansión batió todas las marcas existentes en rapidez. Fueron suficientes las dos primeras palabras que pronunció Marsden, tras abrir la puerta de casa de Rob, para comprender que había problemas. Cruzó la elegante entrada en la dirección indicada por Burrowers, seguido de Rob, quien permanecía callado e inquieto. Era peor de lo esperado. El aspecto de Doyle no engañaba. Parecía estar perdiendo los nervios a pasos agigantados.

—¿Doyle?

Esos plateados ojos sufrían como jamás habían padecido antes. Se leía el miedo, el terrible miedo, en ellos. Nunca había visto a su hermano mayor en ese estado, angustiado, perdido, desesperado y enfadado. En cuanto la transparente mirada se posó en la suya, algo de su calma pareció invadirle y dejó de pasearse como una fiera enjaulada por el amplio despacho en el que solían trabajar juntos.

—Alguien se la llevó, hermano. Alguien se llevó a mi mujer.

Doyle se estaba colocando el abrigo y se dirigía al armario donde guardaba las armas. Se acercó a él presuroso.

—Doyle… —no le atendía— ¡hermano! ¿qué vas a hacer?

—Ir en busca de mi mujer. Necesito saber que…

Debía sacarle la información antes de actuar o no lograrían nada. Su hermano balbuceaba.

—No lo sabía, no lo sabía…

—¿Qué?

—Que si ella me faltara… —cayó sentado en unos de los sillones, el rostro oculto en sus fuertes manos—. Si le ocurriera algo…, Dios, Pete, ¿qué puedo hacer?

—Quedarte aquí, esperándola.

—¡No! No puedo. Si está sufriendo o la han dañado, o…

—No —miró brevemente a Rob quien con la azulada mirada le dijo lo que necesitaba— escúchame hermano… ¡Escúchame! He enviado a Marsden en busca de Mere, John y los demás.

—Eso ya lo hice, Pete. Están reunidos en el salón azul, tan asustados que he tenido que salir de ahí. No podía más. Así me enteré de que la dejaron en la puerta de casa hace unas tres horas. ¡Tres horas, Peter! Tres malditas horas y mi mujer ha desaparecido.

—¿Han salido partidas de búsqueda?

—Sí. También avisamos a la policía. Yo he esperado a que llegarais y ahora me voy en su busca.

Se levantó de improviso arrollando casi a Peter quién le cortó la salida del cuarto.

—Así no lograremos nada. Hemos de pensar, Doyle. ¿Quién querría secuestrarla?

—Joder, Pete. Es una mujer hermosa, pelirroja y llena de vida. Cualquiera podría encapricharse de ella y llevársela.

El inmenso pecho respiraba acelerado y sus plateados iris se dirigían obsesivamente hacia la salida, sabiendo que ella estaba ahí fuera, en algún lugar donde él no podía alcanzarla y decirle que estaba a salvo, que siempre estaría a salvo. Los claros ojos se clavaron de nuevo en los suyos, con pavor, brillantes.

—No, no es tan sencillo. Nadie se arriesgaría a tanto. Tiene que tratarse de algo que se nos ha pasado. ¿No dijiste que en su casa ocurría algo?

—Sí, su padre estaba preocupado por ella. Creía que alguien trataba de entrar en su habitación por la noche.

Doyle parecía algo más calmado, no del todo, pero sí algo. En estos momentos necesitaban estar serenos y pensar.

—¿Has hablado con las hermanastras?

—Esos malos bichos han escuchado la noticia como si no fuera con ellas y se han vuelto a sus cuartos. Me ha faltado un suspiro para echarlas a la calle, a las muy…

—Que bajen ¡Burrowers!

No hizo falta una segunda llamada de Peter. El rechoncho mayordomo parecía leerles la mente.

—Con extremo gusto las despertaré, señor —dio dos pasos y se volvió ligeramente dubitativo— ¿he de ser delicado con ellas, señor?

—Lo dejo a tu elección, viejo amigo.

—No sabe el gustazo que me da, señor. En seguida vuelvo con las *señoritas* esas.

Salió del cuarto dando gritos y órdenes. En esos momentos le surgía al mayordomo, en toda su gloria, su áspero pasado marinero.

No conseguía tranquilizarse. En cuanto terminaran de hablar con las hermanastras, nadie, absolutamente nadie, ni siquiera Peter, le impediría hacer lo que su cuerpo le pedía a gritos. No estaba habituado a esperar sentado, no lo estaba, y se sentía carcomer por dentro. Los minutos parecían horas.

Le pareció escuchar un suave golpe en la puerta de entrada, muy suave, quizá el toque que daría una mano pequeña. El corazón comenzó a bombearle a gran velocidad. Se giró hacia Peter que estaba ubicado junto a la chimenea hablando con Rob y se dio cuenta de que ellos nada habían escuchado. Quizá su acelerada imaginación. De nuevo un par de pequeños golpes. No era su imaginación, no lo era. A grandes zancadas se lanzó fuera de la habitación llamando la atención de Peter que le siguió gritando su nombre. Era ella. Algo le decía que al otro lado de la pesada puerta estaba la mujer que le había dado el mayor susto de su vida. Pese a ello, jamás le tembló tanto la mano como cuando la extendió para girar el metálico pomo. Si no era ella...

Sintió fuego recorrer su cuerpo, puro y ardiente calor. Por mucho que quisiera no podría explicar la sensación que le recorrió el cuerpo al tener ante sus ojos la mojada y temblorosa figura de su pelirroja, embarrada y completamente despeinada, los ojos inmensos en esa preciosa cara. Las palabras se le atascaron en la garganta, la respiración en el pecho pero su cuerpo se movió por inercia. Se acercó a ella sin darle tiempo a que pasara al interior, la rodeó por la cintura y la alzó, acoplándola a su propio cuerpo, pegada a él, apretándola, una mano en su nuca, la otra agarrándole la cintura, los pequeños pies sin llegar a tocar el suelo.

Se notó a punto de gritar. Olió su cabello, la olió a ella, su aroma que creyó perdido, tantas cosas que su mente había temido. Y la ira, la furia, su maldito mal genio comenzó a comer terreno al alivio y al sosiego. Con ella aún pegada a él se adentró en su hogar, le dio una buena palmada en el redondo trasero y tras respirar profundamente, la separó con brusquedad, depositándola con un único y fluido movimiento frente a él. A su alrededor se habían concentrado todos tras salir del salón al escuchar el alboroto, pero los percibía lejanos, su mundo centrado en la mujer que nada decía. Sintió unas incontrolables ganas de sacudirla pero se limitó a mirarla con el ceño fruncido.

—¿Hola?

¡Dios! Le paraban o la estrangulaba. Tres horas desaparecida y le salía ¡con un hola! Sintió el sofoco ascender a gran velocidad por su pecho.

—¡Hola!..., ¡hola! —sofocos. Le estaban dando sofocos del berrinche y del escaso autocontrol que mantenía a duras penas. Lo que sus sentidos y deseos le pedían era cogerla como un saco, echársela al hombro y hacerle ver que no podía darle semejantes sustos, que su corazón resistía hasta cierto punto al igual que su endemoniado mal genio—. ¡Tres horas, mujer! ¡Llevas desaparecida tres malditas horas!

—¿Estás enfadado?

Aturullado. Así se sintió de repente ¿Cómo era esa estupidez que le aconsejaba Liam para apaciguarse? Contar ovejitas e imaginarlas saltando vallas blancas. Llegó a la tercera y estrelló al pobre bicho contra la verja. Evidentemente con él no funcionaba ese tonto sistema, y mientras tanto su mujer lo miraba con ojos como platos, sin mover ni un párpado, y detrás de ella, la figura de un anciano con los claros ojos todavía más abiertos que los de su esposa, lo cual de por sí podía considerarse un triunfo.

—Intenté convencerle para venir antes a casa, pero se nos echó el tiempo encima, hablando.

Casi le rechinaban los dientes.

—¡Hablando!

—Sí, ya sabes, moviendo los labios e intercambiando información mediante sonidos y…

—¡Julia! ¡No me provoques!

—¡Pues no me riñas!

—¿Qué no te…?

Entonces se dio cuenta. Una solitaria lágrima resbalaba por la sucia carita. Era un bruto y un irremediable egoísta.

—Dios, Julia…

Otra lágrima rebosó y fue deslizándose lentamente hasta alcanzar las manazas que alzó para rodear ese suave rostro que lo miraba disgustado.

—Me asusté mucho. Iba a entrar en casa y apareció a mi espalda apoyando algo en ella. Pensé…, pensé que era un arma e intenté escapar pero…

—Julia, cielo…

—…no había nadie e intenté gritar…

—Julia…

—…pero no me salió más que un ahogado graznido y soy torpe, muy torpe porque…

—Cielo…

—…me caí de morros y quedé a cuatro patas en el barro.

No se le ocurrió otra cosa. Con el índice colocado sobre los temblorosos labios la impidió hablar y a continuación le dio un beso en el que quiso con toda su alma transmitirle lo que sentía, simplemente eso. El tranquilo suspiro que lanzó su mujer aligeró en algo su culpa, esa culpa que sintió al ver caer esas dos lágrimas.

—¿Qué ha ocurrido, cariño?

El cuerpecillo tembloroso y tenso de su mujer se volvió hacia el hombre que se había apartado dos pasos y tenía todo el aspecto de ir a escapar en cualquier momento.

—Doyle, este hombre es George Hamilton y lo que tiene que narrar es increíble.

Al pronunciar el nombre todas las personas que poco a poco los habían ido rodeando hasta cercarles lanzaron exclamaciones, de reconocimiento unas, de sorpresa otras, de inquietud la mayoría.

¿Qué demonios hacía su mujer con ese hombre? Las preguntas comenzaron a llover de todas partes y sintió la necesidad de aislarla, de protegerla, pero sabía que debía escuchar lo que le había ocurrido y también lo demás. Indicó en voz alta que pasaran al salón. Avanzaron las mujeres primero. La pequeña Mere, la abuela Allison y Jules. Pese a la intempestiva hora, todas se habían personado en cuanto supieron que Julia no había entrado en casa. Sus maridos las acompañaban, en parte agradecidos de que sus mujeres estuvieran a salvo, en parte preocupados porque uno de los suyos no había dado señales de vida durante más de tres horas. Peter y Rob no se habían separado de él en ningún momento. Le conocían demasiado a fondo.

Sujetó con su mano la de su mujer, siendo los últimos en acceder al cuarto tras indicar al ojeroso invitado que les precediera. No pasaron más de un par de minutos y todos miraban expectantes al anciano que parecía temblar como una húmeda hoja mecida al viento, sentado tenso en la esquina de una silla, cerca del fuego. Con un leve gesto indicó a su hermano que preparara una copa rebosante de licor, pero se le adelantó Rob, quien se la colocó en las trémulas manos. Esperaron pacientes a que diera un sorbo y estuviera dispuesto a hablar. La voz sonaba seca, rasposa, como si hubiera estado sin ejercitar un tiempo.

—Les agradezco todo lo que hacen. No esperaba ayuda. Llevo una temporada escondido y mirando constantemente a mi espalda. Creo que dieron conmigo en un par de ocasiones, pero logré…

Estaba divagando algo, la brillante mirada perdida, por lo que decidió intervenir.

—Señor Hamilton, ¿de quién se esconde?

—De la familia Bray.

No le pilló de sorpresa, pero tampoco imaginó que el hombre llegara a ser tan honesto de entrada. Quizá leyó en su expresión lo que pensaba por las palabras que pronunció a continuación.

—No me andaré con rodeos. Llevo demasiado tiempo escondiendo lo que sé y ocultándome a mí mismo que la situación en la que me encuentro no tiene una fácil salida. Hace un par de años me aficioné a los naipes. Me creí un buen jugador y ello lo único que me trajo fueron deudas, inmensos problemas, y adentrarme en un mundo para el que no estaba preparado. Fui tan ingenuo que no me di cuenta de que era la pieza que les faltaba.

—¿En qué?

—Llevo trabajando muchos años en el Banco Nacional Provincial —se volvió momentáneamente hacia Julia— junto a su padre, señora Brandon. Verán ustedes, este banco tiene la capacidad de emitir papel moneda, billetes, hasta cierto límite, pero está excluido de realizar cualquier negocio bancario en la ciudad de Londres en compensación por ello. Su casa matriz está ubicada aquí en la ciudad y en ella se encuentra la administración general de todas sus sucursales. En ella trabajo como directivo.

—¿Qué tiene que ver todo eso con los Bray?

—En la actualidad, la casi totalidad del capital del banco lo controlan los hermanos.

—¿Qué? —indagó Mere.

—Quizá sería más exacto decir que el capital está formado por las aportaciones de los socios y que los Bray controlan a la mayor parte de los socios.

—¿Cómo?

—Chantaje, coacciones, amenazas, de todo. No se coartan por nada, y su finalidad es controlar el banco, al consejo de administración que lo rige, y lo han conseguido.

—¿Para qué?

—Porque el banco puede emitir papel moneda. De tan asombroso que es su plan, nadie se lo había planteado.

La inquietud comenzó a invadir a los presentes ya que no alcanzaban a comprender la relación entre el agotado hombre que trataba de explicarse, los Bray, y su clan rival, los Thompson. El anciano debía percibir esa desorientación por las palabras que dijo a continuación.

—Antes les comenté que me endeudé ocasionando mi completa ruina. Mi mala suerte no quedó ahí ya que mis deudas fueron saldadas por la familia Thompson y mi vida se convirtió en un infierno, un verdadero infierno desde entonces. Hacía lo que me pedían o estaba muerto.

—¿A qué se refiere?

—Desconozco cómo llegó a oídos de la banda de los Thompson que los Bray estaban adueñándose del banco en el que trabajo. Eso es algo que no pude llegar a averiguar.

—¿Cuántas personas lo saben?

—No podría decirles, pero los que lo hacen no hablarán, por puro miedo.

—¿Por qué los Thompson le eligieron a usted, George? ¿Por qué pagaron sus deudas? —indagó Doyle.

—Porque trabajo en el banco, formo parte del consejo de administración y a la banda de los Thompson le interesaba tener a una persona infiltrada que les pasara información sobre los planes y movimientos de los Bray en relación con el banco. El resto…

—Comenzamos a vislumbrarlo… —susurró Doyle.

El suspiro del anciano bordeaba el alivio.

—Me obligaron a indagar en los motivos por los que los Bray estaban intentando hacerse con el control del banco y eso hice. Era eso o estaba muerto.

—¿Por qué?

—Al principio me dio igual. Solo quería saldar mi deuda y acabar con todo, pero supe que nunca podría librarme de ellos. He llegado a saber demasiado de los turbios negocios de los hermanos Bray. Más tarde descubrí que estos y los Thompson luchan por controlar los bajos fondos de la ciudad, la zona portuaria, y ninguno de ellos podía permitir que el otro le llevara ventaja. Por eso los Thompson querían estar al tanto de lo que se mascaba en el banco. Los dos clanes se odian a muerte hasta el punto que… —por un breve instante la clara mirada se oscureció como si recordara un horrible suceso—. Da igual. Con el tiempo me di cuenta de que los Bray no podían permitirme contar lo que había descubierto y de que si no lo contaba, mi cuello lo cortaría el clan Thompson. Un callejón sin salida.

—¿Qué descubrió? —insistió Doyle.

—Que los Bray se habían fijado como plazo límite para hacerse con el completo control del banco el principio de este año, pero todo, absolutamente todo se ha vuelto en su contra y su planeada estrategia pende de un hilo.

—¿Por qué?

—Ya les he hablado de la capacidad del banco para emitir billetes de curso legal. Poco después de iniciar mis indagaciones descubrí que habían estado emitiendo, sin pausa, pequeñas cantidades de billetes sin posibilidad de seguimiento durante largo tiempo y estaban tranquilos. Controlaban el banco, controlaban la información, las posibles fugas de esta y creían disponer de todo el tiempo del mundo. Hasta ahora.

—¿Qué ha cambiado?

El anciano aspiró profundamente.

—El problema es que antes de que los Bray fijaran sus miras en el banco, el anterior consejo rector acordó que el banco, en una fecha concreta, iniciara sus actividades en Londres renunciando con ello a su derecho a emitir papel moneda, y ahí es cuando surge el gran problema.

—¿Cuál?

—¿Cuándo?

Las preguntas estallaron al unísono. Todos se estaban impacientando aunque ya comenzaban a apreciar la dimensión de lo que estaba en juego. Antes de contestar el nervudo anciano sorbió otro poco de alcohol.

—Dentro de un mes exacto, el banco inicia sus actividades en la metrópoli, por lo que ese mismo día se les acaba el plazo para poner en circulación papel moneda no autorizado.

—Pero hay algo que no entiendo —inquirió de repente Rob— ¿por qué la repentina urgencia?

—Es sencillo. No tuvieron conocimiento del problema hasta hace un mes, momento en el que se enteraron del acuerdo alcanzado por el anterior consejo de administración. Por eso las prisas. Desde ese mismo momento disponían únicamente de dos meses para fabricar una ingente cantidad de dinero en billetes, sin levantar sospechas. A día de hoy les queda un mes para lograrlo.

—Estarán desesperados —susurró Julia.

—Sí y saben que yo dispongo de los datos necesarios para hundir sus planes.

—Por eso le buscan.

—Sí. En cuanto se enteraron del problema que se les venía encima y de que la gallina de los huevos de oro dejaría de ponerlos, se desquiciaron.

—No están dispuestos a pararse ante nada que les prive de afianzar su poder en las calles de Londres, incluido usted —insinuó Doyle.

—Exacto, pero lo que llega no tiene nada que ver con lo anterior. Nada. Es una operación a gran escala. Tienen comprada a mucha gente para que haga la vista gorda y me he pasado los últimos meses recabando datos e información, pruebas, declaraciones manuscritas, de todo, para entregar a la familia Thompson en pago de mi deuda.

—¿Por qué no lo hizo? —indagó Rob.

—Porque debe ser entregado a la policía y no a quienes no son mejores que los Bray.

—¿Pero? —indagó Rob con el ceño fruncido.

—Pero la policía no es ajena al chantaje o a la coacción. Ya no sabía a quién recurrir, y ahí es donde entra Andrew Brears.

—¡Mi padre! —exclamó Julia

—Sí. Supe que estaba siguiendo mis huellas e imaginé que no tardaría en dar con el entramado con el que yo mismo topé, así que una tarde hice que se le entregara de forma anónima información útil sabiendo que tiraría del hilo y obtendría muchos más datos. Desconozco la razón por la que comenzó a investigarme pero lo que jamás imaginé fue que eso ocasionaría su muerte. No le avisé. Fui un tonto insensato al no hacerlo, sabiendo que tras de mí estaban dos familias de asesinos bien adiestrados.

Rob se adelantó un paso dejando de apoyarse contra la pared.

—¿Qué le ocurrió con Rupert Bray?

—¿A mí?

La sorpresa se reflejaba en el arrugado y viejo rostro.

—Por la información de que disponemos, al parecer tuvo una trifulca en la que insultó a uno de los Bray, dando inicio a una guerra entre los clanes.

—¡No! ¿No lo entienden? Hicieron correr el bulo de que había cometido un pecado imperdonable al insultar al cabeza de la banda, pero no fue así. Nadie, absolutamente nadie sería tan estúpido para insultar a la cara al mayor de los Bray. Extendieron el rumor y pusieron precio a mi captura. Los Bray, para poner freno a la información que impediría que lograran su propósito; los Thompson, a fin de parar los pies a los Bray.

—¿Dónde guarda los datos de su investigación?

—En mi cabeza. Salvo aquello de lo que disponía, lo que plasmé en papel y que entregué a Andrew Brears, lo demás lo guardo en mi memoria. Datos que todos necesitan de una u otra manera y que me hacen imprescindible, por el momento.

—¿Estaría dispuesto a denunciarlo ante la policía?

El anciano frunció los labios y recorrió a los asistentes con la mirada, fijándolos finalmente en Rob.

—¿Me ofrecerían protección?

—Sí. Mi unidad se encargaría y le aseguro que mi superior está limpio.

Sentado y encogido sobre sí mismo, con la descuidada ropa aún húmeda, Hamilton se asemejaba a un hombre completamente descarriado sin otra salida que aceptar la vía de escape ofrecida. La triste voz surgió agotada, pero no quedaba resquicio de agitación en ella.

—Si fueran otras personas no me arriesgaría, pero confío en el instinto de Andrew Brears.

—¿Por qué dice eso? —indagó Doyle.

—Porque antes de morir escondió una nota en el escritorio de mi despacho, bien oculta, en la que indicaba que si algo le ocurría, acudiera a hablar con usted, señor Brandon.

Por alguna extraña razón la información no extrañó a Doyle.

—También me indicó el lugar dónde escondía toda la información recopilada.

Antes de preguntar Doyle ya conocía la respuesta, pero necesitaba aseverarlo.

—¿La llevaba siempre encima?

Los claros ojillos del anciano se abrieron.

—Sí, en un viejo maletín del que nunca se separaba.

El desgastado maletín al que hacía referencia en su nota y que había desaparecido del lugar del crimen. Maldita sea. Un apelmazado silencio cubrió la habitación hasta que el anciano prosiguió.

—Contaré todo lo que he descubierto. Todo. Estoy tan cansado, pero antes debo decirles que descubrí algo más. La prisa de los Bray, aparte de la fecha límite a la que me he referido antes, la causaba algo que tenían entre manos, algo de grandes proporciones. No dudo que el plan de colocar en la calle todo ese dinero se debía en parte a hacerse con una posición dominante en relación con otras bandas, sobre todo con los Thompson, pero otra parte, la mayor parte, estaba destinada a algo que se llevaba en extremo secreto.

—¿Sabe qué puede ser? —preguntó Peter.

El anciano negó con la cabeza antes de hablar.

—No, pero indagando di con una persona que parecía dispuesta a hablar. Se llama Adam Cudler. Concerté una cita con él, pero entonces surgió el rumor de mi pelea con Rupert Bray y no tuve más remedio que esconderme —recorrió con la cansina mirada a todos los presentes—. Entendería que tuvieran sus dudas, ya que parece una completa locura.

Los hermanos cruzaron miradas y de inmediato comenzaron a planificar. A Julia no le pasó inadvertida la expresión de su marido por lo que se adelantó.

—Prepararemos una habitación para que nuestro invitado, tome un baño y descanse.

Los ojos del anciano refulgieron al escuchar la palabra baño.

—Gracias, señora. Por todo.

Con una suave sonrisa Julia le pidió que la llamara por su nombre de pila y que acompañara a Burrowers que estaba a la espera junto a la puerta de entrada del saloncito. Tras él revoloteaban Lizzie y Emma, estirando los cuellos a más no poder, tratando de observar lo que ocurría entre tanta gente. Los claros y fríos ojos de Lizzie se clavaron en ella, entrecerrados.

—Veo que volviste de tu escapada, querida.

La ironía encendió tanto a Burrowers, que se infló incontenible, como a Doyle quien, a paso lento, la esquivó para acercarse a sus hermanastras, pegarse prácticamente a ellas, inclinarse sobre las repentinas tensas figuras y susurrarles algo al oído que no alcanzó a escuchar pero que debió sentarles fatal al estómago por el mal color que sus caras exhibieron al momento. Con una sonrisa satisfecha su mastodonte las observó ascender a la carrera la escalinata y esconderse como ratones asustadizos en sus respectivos cuartos. Tenía que preguntar.

—¿Qué les has dicho?

—Nada que no supieran ya.

Supo que por el momento nada más iba a decir por el encogimiento de los amplios hombros, pero ya le sonsacaría más tarde. Sintió un escalofrío recorrerle el cuerpo y su cuñado le dio un leve empellón hacia su grandote.

—Hermano, haz el favor de cuidar de tu mujer que la noche ha sido bastante movida.

Doyle asintió y se volvió hacia los demás.

—Id todos a vuestras casas y descansad. Por el momento Hamilton está seguro ya que entre todos lo vigilaremos. Mañana planificaremos con Clive y concretaremos el plan a seguir —con lentitud felina se volvió hacia el anciano que lo miraba entre asustado y admirado—. Aquí permanecerá a salvo, pero no puedo prometerle que sea así en todo momento. Si disponen del poder que indica, si tienen comprada y coaccionada a tanta gente, tarde o temprano le localizarán, así que debe estar seguro de lo que hace y de si vale la pena arriesgar su propia vida por sacarlo a la luz.

Eran crudas, pero tan reales las palabras dichas, que escocían y el anciano lo sabía. Intuía que ya no valía huir ni esconderse, que tras él dejaba en el camino personas que no lo merecían. Los claros ojos mostraron por primera vez una formidable decisión.

—Estoy harto de huir, cansado de que esos hombres se salgan con la suya. Estoy listo.

—De acuerdo.

Hamilton se irguió y con torpes pasos se aproximó a Doyle estrechando su inmensa mano y alzando la cabeza para mirarlo directamente a los ojos.

—Gracias a usted y a su señora por escucharme.

Sin otra palabra o gesto se giró en dirección al mayordomo quien le acompañó hacia el piso superior. Doyle desvió los ojos de la delgada figura que encorvada ascendía los escalones con dificultad y se volvió hacia Peter, pero este, antes de que un solo sonido brotara de su hermano mayor, le indicó que subiera tranquilo con su mujer, que después hablarían.

John había acordado acompañar a Mere y a la abuela junto con Norris a casa y habían decidido que el último pasara la noche con ellos para evitar que se quedara solo. Jules había mandado una nota a sus abuelos avisando que pernoctaría en casa de Mere y Rob estaba redactando una nota, poniendo en antecedentes a Clive, para que se la entregaran a primera hora por la mañana.

IX

Pequeños temblores recorrían el destemplado cuerpo femenino.

—Debiste decirme que estabas helada, mujer.

Húmedo vapor ascendía por el borde de la repleta bañera de hierro que los sirvientes habían colocado junto al calor de la vibrante y cálida chimenea.

—Dios, tienes los dedos congelados.

La soltó brevemente tras besarle los ateridos dedos, para librarse a toda velocidad de su oscura ropa quedando a su lado tan desnudo como llegó al mundo, el reflejo de las llamas perfilando los planos y duros músculos de su inmenso corpachón. Sus enormes y calientes manos no tardaron en dejarla igual de desvestida.

Curvas frente a firmeza. Firmeza frente a voluptuosidad. Sin darle opción la asió del antebrazo y le dio una suave palmada en el trasero, indicándole con el gesto que se metiera en la bañera, pero le costaba tanto dar incluso un pequeño paso, como si lo vivido esa noche le hubiera extraído totalmente las fuerzas. Le dio tiempo de apoyar una palma en el borde de la bañera cuando sintió unos brazos rodearla por la cintura y la calidez del cuerpo de su esposo hasta que fue sumergiéndose en la líquida calidez.

Al fin entraría en calor. La fue hundiendo lentamente hasta que quedó sentada en medio de la bañera, con él aún a su lado, tan familiar y seguro, entre la ardiente agua que desbordaba casi. Grandes charcos inundaron los alrededores de la tina en cuanto el cuerpo masculino se hundió tras el de ella, rodeándola con sus muslos y brazos. Sonrió dulcemente.

—¿Por qué sonríes, cielo?

De nuevo soltó una traviesa risa.

—Va a estallar la bañera y rodaremos por el suelo.

El amplio pecho contra el que se apoyaba, se sacudió al reverberar una profunda risa.

—¿Me llamas grandote, mujer?

Se giró lentamente para que no cayera más agua, hasta reposar la cara en ese inmenso pecho.

—Me encanta que seas grandote.

—Me alegro, cielo, porque lo que se dice encoger, no creo que a mi edad vaya a reducir de tamaño.

—¿Ni siquiera el diminuto?

Los carnosos labios se curvaron.

—A ese… ni tocarlo, mujer.

No se había dado cuenta por la naturalidad con que lo hacían. Mientras sujetaba una de sus enormes manos entre las suyas, se dio cuenta de que la relajaba acariciarle lentamente, pasando sus yemas por sus nudillos, por sus duras palmas, entre los dedos, la piel áspera en algunas zonas, cicatrizada en otras y en contraste, extremadamente suave, en otras. Paró un momento de acariciarle y casi soltó una risa cuando él sacudió levemente la mano que ella sostenía, para que no parara.

Al parecer a su mastodonte le gustaba tanto o más que a ella que le hicieran suaves cosquillas en la mano o el antebrazo, y al paso que iban y por la desaparición de la tensión de los muslos, de los brazos que la rodeaban y el relajo en las respiraciones del pecho contra el que se reclinaba, su hermoso grandote se le iba a quedar dormido.

Se arrellanó contra él, tan a gusto y resguardada de todo. No quería sentir de nuevo la sensación aterradora de esa noche, de creerlo todo perdido.

—Me diste un susto de muerte, mujer…

La voz surgió extremadamente ronca al tiempo que la mano que había estado acariciando se soltó, colocándola sobre el corazón de ella, al mismo borde del agua.

—No quiero que te quedes sola en ningún momento, al menos hasta que descubramos quién mató a tu padre y si está relacionado con quien intentaba entrar en tu cuarto.

Ahora era ella quien sentía las suaves caricias en su pecho, con esas manos que podían ser duras como el pedernal o mimosas como las de un amante.

La volvió de repente. En un segundo estaban ambos orientados en la misma dirección y al siguiente la había izado y colocado arrodillada entre sus abiertos muslos, sus rodillas rozándole, las manos de él en su cintura y las de ella contra su fuerte pecho.

—No puedo pasar por lo mismo otra vez, mujer. Te metiste bajo mi piel y no sé cómo. Eres una pequeña bruja.

Esas manos no le dieron opción. La acercaron a él hasta que quedaron pegados, hasta que sus bocas se encontraron, las manos resbalando bajo el agua, delineando la caída de sus costados, alcanzando su trasero donde quedaron quietas. La besó con ferocidad como si temiera no volver a hacerlo y necesitara reunir en ese posesivo beso el miedo, la rabia, el enfado, la angustia o el tumulto de desconocidas y asfixiantes sensaciones que por primera vez había sentido en su interior. Fue un beso húmedo, apasionado y acalorado. La levantó sujetándola del trasero hasta que fue ella quien lo rodeaba con sus muslos, sintiéndolo apretado contra su vientre.

—No sé qué diablos me haces, mujer.

—Nada…

Un suave apretón en el glúteo.

—Eso, díselo a mi diminuto. Ven aquí.

La acercó más, pero sus muslos rasparon contra el lateral de la bañera provocándole un suave quejido. Con las piernas aún rodeándolo, su mastodonte se irguió salpicando agua por todas partes mientras le susurraba un gutural *rodéame las caderas con los muslos, amor,* y manteniendo el precario equilibrio salió de la estrecha tina mientras murmuraba un *no puedo aguantar mucho más* o un *me tienes loco de atar* o quizá todo eso y más. Mucho más. Mojados, entrelazados y besándose como locos, uno de los pies de su grandote fue a dar contra algo, provocando que casi cayeran al suelo, pero ni aún así dejó de besarla pese a notar en su propia boca el gruñido de su marido. Bruto amoroso.

La lanzó contra el mullido lecho, empapando las sábanas. Sentía esa endemoniada boca, sinuosa, deslizándose por su cuerpo. Su nublada mente ya no sabía dónde estaba. ¡Dios santo! entre sus piernas, ahí estaba de nuevo, en ese lugar que la volvía loca con sus caricias. Comenzó a respirar entrecortadamente y a agitarse, pero una de sus manos presionó contra su cadera inmovilizándola al tiempo que le decía que estuviera quieta, que le iba a gustar. ¿Había dicho gustar? ¡La iba a matar del gusto! Por favor. Su lengua y su boca la estaban enloqueciendo, besando, mordisqueando sus pechos y esos dedos que la estaban invadiendo, el pulgar insistente, tan insistente en sus caricias. Estalló presionando los muslos contra esas firmes caderas que en cuanto notaron lo que ella sentía, se pegaron a ella, el inmenso diminuto, palpitante invadiéndola lentamente, y pese a ello causándole algo de dolor debido a su tamaño. Un dolor entremezclado con inmenso placer. Tan dulce, tan fiero, tan lento, hundiéndose hasta el fondo, repitiéndolo una y otra vez, mientras seguían besándose, perdidas todas las inhibiciones y el control, girando sobre sí mismos hasta que también él explotó en su interior.

Su esposo la agotaba y le encantaba que lo hiciera. Rodeó con sus manos el hermoso rostro del hombre que le había dado un hogar, que le había dado el único amor conocido en su vida y se lo dijo. Le dijo las palabras que quizá no estaba preparada aún para que él escuchara, que si lo hubiera pensado seguramente no habría pronunciado por temor al rechazo, pero su tonto corazón pudo con su mente. *Te amo*. No esperó contestación, le valía con haberlas sacado de su pecho, libres, y que él lo supiera. Respiró profundamente. *Lo mismo digo, amor. Lo mismo digo…* Sus latidos parecieron cortarse de golpe. Él…, él… En esta ocasión fueron las manos masculinas las que le rodearon el rostro, esos ojos casi plateados los que brillaban, el ceño tan relajado, los labios curvados y en paz como si él también se hubiera librado de una pesada carga al hablar.

—Yo también te amo, mujer —por un instante esos ojos se entrecerraron como si sintiera algo de pudor—. No sé decir cosas bonitas, soy un bruto ignorante y malhablado, pero si hay algo tan seguro como que estamos vivos, es que no podría vivir sin ti, sin tu compañía, tu humor, tu sonrisa y tu amor. Nunca sentí esto, nunca antes y me asusta. Me asusta perderte y no poder hacer nada —se giró arrastrándola con él, tumbados en el lecho, y la miró, parando con su índice la lágrima que comenzó a recorrer su solitario camino—. No me llores, amor o creeré que te he espantado.

—¡No! —de una palmada se borró todo rastro de lloros— jamás me asustarías y aunque lo fueras, serías mi bruto —con un dedo retiró un húmedo mechón negro de su frente—. Nadie me quiso antes jamás pero no importa ¿sabes? No importa, ahora. Ahora te tengo a ti, mi gruñón. Te tengo a ti…

Un suave beso cayó en su sien.

—Duerme ahora, cariño, que has de estar agotada. Te despertaré por la mañana.

Medio adormilada y acurrucada en brazos de su marido creyó escucharle decir un *nos tenemos el uno al otro, amor… el uno al otro,* y la sensación de caer dormida con esa frase retumbando a su alrededor fue maravillosa. Sencillamente maravillosa.

*****

Capítulo 9

Una suave caricia recorriéndole la espalda, sin detenerse en su parte inferior, la fue sacando lentamente del agradable sopor en el que estaba inmersa, al tiempo que notaba la leve inclinación del colchón hacia su derecha, hacia él, hacia su marido. Se sentía dolorida y satisfecha. Sonrió suavemente hasta que recibió una palmadita en pleno trasero para sentir de nuevo esas suaves yemas deslizándose, ahora en sentido inverso, hasta apartar su melena a un lado y sentir posarse en su hombro los cálidos labios de su amodorrado señor marido.

Le encantaba una cualidad suya que jamás hubiera imaginado en un hombre tan activo. Remoloneaba en la cama y lo disfrutaba como si la vida le fuera en ello. Despertaba, se desperezaba, se estiraba ocupando toda la extensión del lecho y finalmente siempre rodaba hasta quedar pegado a ella. Había descubierto tras una jugosa conversación que siempre despertaba temprano, pero no abandonaba nunca el lecho de inmediato sino que dejaba asomar una faceta que no parecía encajar con semejante hombre.

¡Era mimoso en la cama! Mimoso y sensual, juguetón y travieso, le encantaba retozar con ella por la mañana. La iba a volver loca cualquier día. En ocasiones los juegos se convertían en puro fuego, en otras, en pura diversión. A su marido le encantaba leer en el lecho y disfrutaba como un niño pequeño con los juegos de mesa de todo tipo. Si perdía se enfurruñaba y eso era su total perdición, aflojándose toda entera ya que el enfurruñamiento siempre iba acompañado de pucheros y sabrosas conversaciones. Tras un aspecto hermoso, pero duro y en ocasiones temible, se escondía un hombre curioso y rebelde, sentimental, con una mente sagaz, que adoraba a su hermano y se sacrificaría sin dudar por los suyos.

Su hombre. Sonaba a sus oídos a las mil maravillas. Los dedos seguían con su interminable caricia.

—Me debes la revancha, mujer. Ayer me vapuleaste con esa peligrosa reina tuya.

Le pudo el buen humor. Por la noche, tras amarse con descuido, revolcándose desinhibidos, acalorados y plenamente satisfechos habían jugado al ajedrez, completamente desnudos, apostando un largo masaje para aquel que resultara vencedor; y por primera vez, el jaque mate había salido de sus labios, para horror de su gruñón.

Cinco minutos más tarde había descubierto que las inmensas manos de su grandote eran mágicas y que si quisiera podría ganar una fortuna entre las envaradas y encorsetadas damas de la alta sociedad. Mágicas y plenamente conocedoras del cuerpo femenino. La habían dejado como un flan hasta el punto que había tenido que arrastrarla bajo las sábanas entre risas y besos robados. Nunca hubiera imaginado durante su solitaria vida de soltera que se pudiera disfrutar tanto de la compañía y contacto con un buen hombre.

—Esta noche te reto a las damas y el que gane…

Algo en la postura rígida de su marido la hizo callar y observarle atenta.

—¿Qué ocurre?

—No podrá ser. Al menos, no esta noche.

El tono era fúnebre, por Dios.

—¿Por qué?

—Tenemos un encuentro planeado para obtener información sobre las andanzas de los Bray.

Girándose con toda su atención centrada en las palabras que surgían de boca de su marido, se sentó e hizo caso omiso a la ardiente mirada de este recorriéndole el cuerpo y a su *tápate, cielo, que me pones algo nervioso*. Qué importaba un poquito de desnudez si parecía que iban a lograr un ligero avance en el caso que tenían entre manos. ¡Hombres!

—¿A qué hora salimos?

Los asombrados ojos de Doyle contestaron a su inocente pregunta. Ni siquiera había pensado que ella pudiera querer formar parte de aquello que tenían planeado después de lo que Hamilton les había narrado acerca de su padre. Comenzaba a enfadarse. Su esposo debió imaginar que todo lo referente a los Bray se había convertido para ella en una prioridad. Al fin y al cabo podían ser los responsables de la muerte de su padre. Observó el rostro de su marido y la lenta progresión en el fruncimiento de sus oscuras cejas y la tensión en los anchos hombros. ¡No se atrevería a enfadarse con ella! ¡No era ella la que hacía planes por su cuenta! Bueno, al menos no esa noche. Balbuceó medio enfadada.

—¡Ni te lo has planteado!

Imaginó la siguiente frase sin necesidad de sonido alguno, al presenciar la mezcla de soplido y gruñido que emanó de la tensa figura cada vez más inclinada sobre ella.

—Tú no vienes.

—Sí voy ¡era mi padre!

—Y tú, mi mujer…

¿Y eso qué rábanos tenía que ver con lo que hablaban?

—…por lo que me obedecerás.

¡Ja! Si a veces ni conseguía obedecerse a sí misma, mucho menos a él. Mandón y obcecado. Así estaba actuando su grandote.

—¡De eso, nada! ¡Eres ilógico!

Estuvo a punto de toquetearse la cabeza por la manera en que su marido no le quitaba la vista de encima, como si le hubieran brotado un par de cuernos donde la naturaleza no los había colocado. Ni que pensara que había perdido el rumbo o estuviera desquiciada. Podía ser de gran e inestimable ayuda. Sabía apretar el…, el…, ¡diantre!, no le salía el nombre de esa cosa curva de las armas que causaba el disparo si la presionabas.

—No vendrás y punto.

Rígido y cruzado de brazos. Esto iba de mal en peor.

—Sí iré, porque tengo que averiguar quién…

Ay madre. Se mostraba extremadamente tenso, con los brazos aún cruzados y colocado en pie desnudo junto al lecho, como un torreón inexpugnable mirándola con cara de pocos amigos. Inmenso, enorme y furioso.

De acuerdo, su torpe intuición le decía que una confrontación directa conllevaría únicamente a una aplastante derrota y algo más que prefería no experimentar, así que era sencillo. Tan sencillo que se aplaudió mentalmente. Aplacarle y después hacer lo que le viniera en gana. No se ovacionó mentalmente porque le pareció un tanto exagerado.

—Vale. Puede que me haya emocionado con la idea de averiguar algo.

—¿Puede?

Terco hombre. Terco e intuitivo.

—Pero quiero ayudar y además, ¡es lógico que lo haga!

—No, mujer. Lo lógico es que evites los líos, pero claro, eso sería impensable.

—¿Estás siendo irónico?

—Noooo, ¿Yooo? ¿Cómo iba a pensar yo eso, con tu historial desastroso y repetitivo de riesgos innecesarios?

Eso sí que no lo aceptaba.

—¡Solo me han casi secuestrado una vez!

—Más que suficiente.

Inconcebible. Se estiró muy digna hasta que los plateados ojos de su grandote se clavaron, obsesivos, en sus desnudos pechos, tras relamerse los labios. Optó por taparse hasta la barbilla con su típica y más que torpe naturalidad. ¡Qué espanto! A pesar de todo, nadie, absolutamente nadie, la iba a silenciar. Ni siquiera su mastodonte. Era una mujer hecha y derecha, dura, correosa y si tan solo pudiera parar el tic nervioso de los pies, demonios. Carraspeó y habló decidida.

—He de decirte, marido que soy cuidadosa, cautelosa y sorprendentemente ágil. Bueno, cuando las circunstancias lo exigen, quiero decir.

Una ligera mueca apareció en los gruesos labios de su señor marido, una sonrisilla que le encrespó todo el vello del cuerpo.

—Demuéstramelo y me replantearé mi decisión para la próxima ocasión que se presente.

La boca abierta. Se dio cuenta de que la tenía así cuando el índice de la mano derecha de su marido le empujó la parte inferior de la mandíbula para cerrársela. Se había quedado como boba mirando esos pícaros ojos. Algo tramaba.

—¿Cómo?

—Es fácil. Si consigues esquivarme durante unos minutos demostrando que ante una situación arriesgada podrías salir ilesa, lo hablaremos.

La prudencia aconsejaba disponer de más información, de mucha más información.

—¿Qué significa situación arriesgada?

—Cielo, desde luego, no hacer ganchillo.

Aún tapada hasta el cuello se cruzó de brazos. Las oscuras cejas de su marido se alzaron ante la contrariada postura de ella. ¡Lo estaba disfrutando! Su mastodonte se lo estaba pasando en grande y la estaba retando descaradamente.

—Digamos que si logro sorprenderte y dejarte acorralado, ¿me escucharás con tranquilidad y sin enfurruñarte?

El entrecejo se frunció.

—Yo no... me... enfurruño, mujer.

—¿Y no me bufarás…?

—¡Yo no bufo!

—¿Como ahora?

Con una sonrisa traviesa fue ella, en esta ocasión, la que cerró esa carnosa boca que se había queda ligeramente abierta de la sorpresa, tras sacar el brazo del revoltijo de sábanas que la rodeaban. El brillo en los transparentes ojos recorriendo el mullido bulto que formaba tapada hasta el cuello por finas sábanas y mantas, debería haberla hecho recular y todavía más las palabras de su grandote, unidas a la curvatura de sus labios, pero debía tener un puntito morboso en el meñique de su dedo que la empujaba a retarle desvergonzadamente.

—Trato hecho, pero para eso tendrás que salir de tu confortable y protector nido, ¿no crees, cielo?

—De eso, nada. Estoy desnuda.

La risilla de su grandote la calentó por dentro.

—Mejor para mí. ¿Qué tal un piececito?

—Ni hablar.

—Anda, cielo, dame gusto o me veré obligado a tomar medidas drásticas.

—Define drásticas.

Parecía hambriento mientras tensaba el inmenso cuerpo. El gesto de su marido al contestar totalmente ronco le puso los pelos de punta de pura anticipación.

—¿Radicales, incontenibles e inmediatas?

El chillido descomunal en cuanto se le abalanzó debió despertar a todos los habitantes del mismo piso, pero lo cortó en cuanto trató de escurrirse, pese al inmenso peso que la cubría desde el pecho a los pies dejándola bien atrapada. El beso inicial le impidió hablar, los siguientes le impidieron pensar con claridad. Solo se le quedaron grabadas las palabras de su marido diciéndole entre risas y pequeños mordiscos *ya no te escapas de mí, mujer. Ríndete.*

¿Quién no se rendiría a semejante hombre y a lo que tenía planeado? Desde luego, ella no.

II

Comenzaba a irritarle el ruido de fondo de la posada y el movimiento de la clientela entrando y saliendo en las habitaciones que se percibía desde el segundo piso. El sonido de sus molestas pisadas, los susurros, los trozos deshilachados de insufribles conversaciones que captaban sus oídos, pero nada podía hacer al respecto salvo volver a su santuario tan pronto terminara de dar las órdenes oportunas.

Los planes trazados se les habían torcido al no encontrar lo que buscaban desesperados. Demasiados datos apuntando hacia ellos, demasiadas lenguas sueltas, pero todo tenía remedio. En primer lugar habían evitado que el decrépito viejo hablara con la policía por segunda vez, eliminándolo, pero no era suficiente.

Comenzaba a saborear la idea de aniquilar a ese agente que empezaba a estorbarle. Stevens se llamaba. Un gesto suyo y le arrancarían la lengua. No permitiría que su trabajo se desperdiciara, sobre todo llegado al punto en el que estaban, a unos días de entregar el último paquete a su correspondiente dueño.

Lo que era perfecto no debía fallar y él lo era. Lo que ideaba era impecable, sin trazo alguno de error, y si no fuera por su maldito trato con el retorcido duque también daría la orden de deshacerse del otro, del policía rubio. Tampoco perdería demasiado la ciudad ya que era un necio ignorante al no haber hecho caso a la advertencia previa, al haber hecho caso omiso a los golpes que había recibido en la estación de policía por un par de compañeros vendidos por unas podridas monedas de oro. Quizá debieran darle otro susto más serio. Sí. Eso le agradaba. Amedrentar como preámbulo de una limpieza cada vez más necesaria y liberadora. El duque no tendría por qué enterarse de que su juguete, como acostumbraba a definirlo, se había visto algo vapuleado y manoseado. Podría hasta ser entretenido y levantaría la moral de sus hombres.

Alzó la vista en cuanto escuchó abrirse la puerta de su silencioso y frío despacho. Solo podía ser Rupert. Nadie más osaría entrar. Nadie. Estúpido ignorante.

—Hola, hermano.

Le desagradaba que hiciera alusión a su parentesco. En su interior sentía que estaban tan alejados como dos extraños y en el fondo eso eran, la luz y la oscuridad, el centro y la periferia. Fijó la vista en los rasgos que se asemejaban a los suyos.

—Te dije que no te movieras del refugio.

Su hermano apretó los finos labios.

—Odio estar encerrado.

—Me importa poco. Si alguien te ve, te detendrán y de nada servirá lo que ella está haciendo ¿entiendes? De nada.

Rupert se encaminó hacia la ventana, escudriñando la calle y dándole en todo momento la espalda le habló pausadamente.

—No soy tonto, Roland. Nadie me ha seguido y ella te importa lo que yo. Nada. Somos instrumentos para un fin ¿verdad?

El musculoso cuerpo de su hermano Rupert estaba rígido, la fuerte espalda recta y extremadamente tensa, pero jamás se enfrentaría a él. Dependía de él, siempre lo había hecho y pese a su brutalidad, a su carácter violento, se sentía incapaz de sobrevivir sin él. Era tan sumiso que le ocasionaba inmensa repugnancia. No se dignó contestar ¿para qué? En el silencio iba la respuesta.

—¿Qué sabes de la otra?

—Está donde debe estar, vigilando y a la espera.

—¿Sabes, hermano? Nadie es infalible.

—Yo lo soy.

—Si tú lo dices, hermano.

Le pareció captar un velado sarcasmo en las palabras de Rupert, pero en cuanto este se dio cuenta de que lo observaba con extrema atención, bajo la cabeza como lo que era, su marioneta. Parecía luchar contra sí mismo por atreverse a hablar, por atreverse a contradecir.

—Esa mujer es diferente. Te traerá problemas.

—Ella no es asunto tuyo. No la menciones sin mi permiso.

—No, no, no digo que lo sea… —le gustaba ese punto. Aquel en el que Rupert comenzaba a tartamudear como un ser aterrado, sin personalidad, totalmente incapaz sin su guía— pero tarde o temprano se enterará de que ni la quieres, ni la deseas, que solo es otra sucia pieza en tu ambicioso juego.

Rupert se giró lentamente, alzando la cabeza y las miradas similares en color y forma chocaron.

—Roland, ¿qué harás cuando se entere? ¿Me dejarás matarla, me permitirás jugar con ella y cuando me canse, tirarla al río como a las demás?

Había llegado la fase de las súplicas. Era gracioso como la pauta se repetía entre ellos a diario. Llegaba, hablaba, suplicaba, se arrastraba ante él, y el círculo comenzaba de nuevo.

—Puede. Si te portas como debes, lo pensaré.

La locura anegó el fondo de los claros y trastornados ojos de su hermano mayor como siempre que presentía la mera posibilidad de dar vía libre a sus instintos animales.

Era la mejor forma de controlarle. Proveerle de inservibles e ignorantes mujeres una vez agotada la finalidad de estas, después de haber acabado con sus coaccionados maridos y el uso que también se les daba a estos. Las ansias de sangre de Rupert eran difíciles de contener. Al fin y al cabo, tan sencillo y satisfactorio para ambos. Extremadamente cruel para quien no alcanzaba a comprender su hermosura y limpieza, tan purificante.

Pese al tropiezo con Hamilton al perderle de vista, había ubicado con asombrosa facilidad a sus peones en los lugares oportunos, y si todo iba según el plan trazado, la pieza suelta y descontrolada del engranaje que era ese viejo no tardaría en dar señales de vida y quedaría aplastada para siempre. Intuía que George Hamilton ya se había enterado de la muerte de su colega Brears y, aterrado, habría asomado la hueca cabeza para evitar hundirse más en el lodo. Eso jugaba a su favor. Al igual que la previsibilidad de las torpes tácticas policiales. Con su torpeza, escasez de medios y personal, se lo servirían en bandeja sin necesidad de ir a buscarlo. La trampa estaba colocada a la perfección y nadie, absolutamente nadie, sospechaba. Entre sus labios escapó una cruenta y ácida risa que captó la atención de su brutal hermano. Idiotas, ni siquiera lo imaginaban.

Se les agotaba el tiempo para sacar el dinero, tal cantidad de dinero que los convertiría en los dueños de los bajos fondos, de la prostitución, del tráfico de mercancías, del opio, de la policía y sobre todo, de la organización del duque, como le gustaba ser llamado a su reciente e inquietante socio. Esto último a cambio de un solo hombre, a cambio de poner en sus garras a un insignificante policía demasiado inútil como para darse cuenta de que era vigilado, de que era rastreado como un perro y de que le quedaba poca libertad para disfrutar. Esto era lo que todos veían en la superficie. Lo que nadie apreciaba o imaginaba era lo que importaba, lo que solo él y Rupert conocían.

Si no fuera porque él mismo tenía su elegida, se habría reído de semejante debilidad por parte de su socio. Pero una parte a la que apenas prestaba atención lo entendía. Ella era su única debilidad y la tendría. Tarde o temprano sería suya y no permitiría que nadie, salvo él, la tocara. Nadie, y una vez la consiguiera no tardaría en adorarle como todas las demás, en postrarse a sus pies, y cuando su plan llegara a su fin se alegraría de estar a su lado como su consorte. Para ello debía eliminar antes a todo aquel que se interpusiera en su camino, comenzando por su sucio marido. Sus manos se agarrotaron. En cuanto desviaba su atención hacia el hecho de que ella, su otra alma, se había casado sin su permiso perdía su frialdad, y sabía que no debía permitírselo o fallaría. Él no fallaba. Era un dios para su gente.

Su escogida sería suya.

III

—¿Cómo lo hacemos?

Se habían encerrado a cal y canto en el caldeado despacho tras prepararlo Burrowers con el fin de acomodar a unos cuantos hombres agotados y hambrientos, a la espera de la llegada de Clive y de poder dejar al anciano Hamilton en buenas manos. Al pobre hombre lo habían dejado completamente azorado, rodeado de mujeres que no paraban de arrullarle y atosigarle como si de un abandonado cachorrillo se tratara. Sonrió sin poder evitarlo. Le costaría unos días olvidar la mirada implorante que les había lanzado Hamilton al descubrir horrorizado que quedaba bajo la atenta mirada de demasiadas mujeres para la tranquilidad de cualquier hombre medianamente equilibrado. Se volvió hacia Jared para contestar a la pregunta. Estaban todos los miembros masculinos del Club, Norris padre y los añadidos a posteriori, lo cual significaba, el resto. Su hijo, Peter y él, John y sus tres cuñados. De estos últimos faltaban Thomas y Dean ya que se habían adelantado para continuar con la vigilancia del escondrijo de los Bray facilitado por Marianne Blair.

Comenzaban a notar algo de cansancio debido a los turnos fijados, pero se la tenían que jugar. Era simple. Si localizaban a Rupert Bray de una maldita vez lo entregarían a la policía y respondería por sus crímenes. Lo único que no le terminaba de agradar era lo que imaginaba que se avecinaba. Poca información les había adelantado Clive salvo que tenían sobre la mesa siete cuerpos molidos a palos, y todo apuntaba a las luchas clandestinas. Suspiró tratando de centrarse en el momento. Ya lo hablarían.

Escucharon el suave sonido de la llegada del hombre que esperaban quien saludó a todos de forma escueta nada más entrar en el cuarto.

—Buenos días, señores. Nada más recibir la nota he salido de comisaría. ¿Dónde está?

Sobrio en palabras y directo al grano. Cada vez le agradaba más el hombre aunque eso exasperara a Peter.

—Con las mujeres.

Los grises e indagadores ojos se centraron en él.

—¿Entero?

283

—Físicamente así lo dejamos hace un rato. Mentalmente puede que haya empeorado con tanto mimo.

Las suaves carcajadas y carraspeos no se hicieron esperar, incluso por parte del recién llegado. Stevens comenzó a hablar, tras desviar la mirada de la cerrada puerta que daba a la habitación contigua.

—Llevamos unos días vigilando el lugar descrito por la testigo. La zona portuaria es extensa y difícil, por no decir imposible de controlar, y como sabéis disponemos de poco personal. Ahora tenemos apostados a dos de mis hombres, a Dean, a Tom, y no es suficiente. En esa zona los hombres han de trabajar como mínimo en parejas y aún así hemos sufrido un par de ataques. Es un lugar peligroso.

—¿Qué tenemos?

—Poca cosa. Movimiento inapreciable salvo rateros y vagabundos, pero hace unas horas algo nos llamó la atención. Mucho. Un conocido hombre de los Bray accedió al edificio por la parte trasera y no tardó en salir. Al hacerlo, llevaba un par de bultos en brazos. Desde que mantenemos la guardia, eso se ha repetido un par de veces.

—¿Los seguisteis?

—No.

—¡Joder, Stevens!

El exabrupto de Pete sorprendió a todos y la rabia en los grises ojos del hombre al que recriminaba centelleó un segundo.

—¿Crees que no me hubiera gustado seguir a esos hombres, Brandon? Dime, ¿lo crees?

Nadie contestó.

—He suplicado por que refuercen la unidad, pero mis superiores se niegan en rotundo. Creen que damos palos de ciego y para ellos prima la seguridad de la testigo. He tratado de hacerles ver que no estamos seguros que sea… —casi gruñó—. Da igual. Era seguirlos y perder de vista el escondrijo o permanecer en el lugar y poder localizar a Rupert Bray. No hubo opción.

—¿A qué hora entraremos?

—En unas cinco horas. Con noche cerrada —contestó Stevens.

—De acuerdo —intervino Doyle— en total somos doce hombres.

El superintendente frunció el ceño. Se le sentía pensar.

—¿Qué propones? —lanzó Doyle.

—Por el momento a la testigo la custodian dos agentes —todos asintieron— me llevo a Hamilton conmigo y recojo a la testigo para trasladarlos a otro emplazamiento más seguro. El maldito problema es que al menos deberán quedarse vigilando y protegiéndoles cuatro hombres, por lo que para atacar el escondite de los Bray nos quedaremos con tan solo ocho hombres.

—Suficientes —medió Rob.

El superintendente recorrió con la mirada a todos los hombres que le observaban impertérritos.

—Está bien. En cuanto traslade a los dos testigos, una vez instalados y protegidos, iré para allá. Tengo tiempo suficiente. Conocéis la zona, la ubicación del edificio, su posible distribución, pero poco más. Esperadme. Si Bray está dentro quiero una detención con todas las formalidades.

—¿Algo nuevo que debamos saber? —indagó Doyle.

—¿Que todo esto es una nefasta idea?

—He dicho nuevo, amigo.

—Que si la jodemos, me cuelgan de los huevos y a vosotros conmigo.

—Eso tampoco es nuevo.

Una exasperada y curiosa sonrisa apareció en el juvenil rostro de Stevens.

—Ya, pero ahí lo dejo por si se os había olvidado.

Situado junto a Peter, Rob se colocó las manos en la cintura.

—Diablos, eres único en animar al respetable, Clive.

Stevens se encogió de hombros y en seguida se dirigió a Doyle.

—He de hablar con Hamilton.

Doyle se adelantó mientras este quedaba a la espera de que lo condujeran a la habitación adyacente. Quedaba un tema por tratar.

—¿Y si damos con Rupert Bray y lo cogemos vivo? ¿Qué ocurrirá después?

La comprensión brilló en los grisáceos iris.

—No podemos obligaros a continuar si no estáis dispuestos, pero no por eso tengo intención de dejar de investigar. Tenemos siete cuerpos en la morgue. Vete a saber cuántos más han muerto.

—Sorenson es peligroso, Stevens. Extremadamente imprevisible y también inteligente. No lo deseas de enemigo, créeme.

—Algo se está cociendo en los bajos fondos, algo gordo, y andamos perdidos. Y todo parece girar en torno a los Bray. ¿Qué quieres? ¿Que haga oídos sordos a algo turbio?

—No digo eso, amigo, digo que tengas cuidado.

Una suave sonrisa brotó de nuevo en los suaves labios del pelirrojo.

—Siempre tengo cuidado.

Un bufido descontrolado sonó en el silencioso despacho provocando que todos se volvieran hacia Rob, y Clive reaccionara con un *oh, cállate, demonios, ni que fueras mi niñera,* mientras echaba a andar hacia la puerta que lo separaba del hombre que había acudido a buscar.

IV

Daban miedo. No, mejor dicho, daban pavor. Su mirada se desviaba continuamente hacia la habitación de al lado en la que sabía que estaban reunidos los hombres. Habían huido de las mujeres y lo habían dejado abandonado aunque no le extrañaba lo más mínimo. Lo que había escuchado durante la última media hora le había puesto los pelos de punta, pero había jurado solemnemente al grupo de señoras que nada de lo que alcanzara a escuchar en esa habitación saldría de su boca. Tras dos frustrados intentos de hacerles ver que lo que planeaban era una locura había optado por callar como un muerto y así seguía desde entonces. Silencioso, sosteniendo en sus huesudas manos una taza achicharrante repleta de té y con la vejiga a punto de reventar de todo el líquido que había ingerido. Uno de los peores suplicios de su larga y ajetreada vida. Con lo bien que había estado escondido de todo el mundo sin beber té a raudales. Resopló provocando un leve tintineo de la tacita sobre el fino plato que la sujetaba y un espeluznante *¿desea otro poco más de té, señor Hamilton?*

Las piernas se le aflojaron del alivio y con ellas casi su hinchada vejiga al escuchar abrirse la puerta. Llegaba el rescate en forma de masculino escuadrón. Se olvidó completamente de las buenas maneras, casi lanzó la vajilla sobre la mesa y de sopetón gritó un *estoy listo para lo que sea, ¿entienden? ¡para lo que sea!* Lo examinaron con una mirada de total comprensión en reacción a su exabrupto como si se congraciaran con él y su sufrimiento. No dio opción a más. Ni esperó a que las señoras extendieran delicadamente sus manos para despedirse de ellas. Las aferró de un tirón y las besó a toda velocidad para colocarse, como un temeroso conejo, entre los hombretones que habían acudido a salvarle. En un primer momento no se dio cuenta de que había una nueva incorporación al grupo. Más sosegado, se fijó en el hombre pelirrojo y grande que lo observaba con unos afilados y penetrantes ojos grises, de un extraño y llamativo color. Ese era un hombre a tener en cuenta y por alguna razón se alegró de tenerlo a su lado. Extendió su mano que fue engullida en un firme apretón.

—Señor Hamilton, soy el superintendente Stevens y he acudido en su busca.

El alivio lo llenó por completo. Al fin lo alejarían de esas incontrolables y atolondradas mujeres. Por un momento se preguntó si los hombres tenían la menor idea de lo que planeaban sus señoras. Lo dudaba. Pobrecillos.

—Ha de acompañarme.

¿Salir de esa casa? ¿Del primer lugar en que se sentía seguro desde hacía tanto tiempo que le resultaba imposible recordar? No le gustaba la idea.

—¿A dónde?

—A un lugar más seguro. Custodiamos a una testigo que presenció como uno de los Bray cometía un asesinato, y para aunar fuerzas, es preferible vigilarlos a ambos a la vez. Así lo han ordenado mis superiores repetidamente.

—¿Quién?

—Mis variados superiores.

—No, me refería a qué testigo.

—La mujer de Lionel Thompson.

—¡Dios mío! Yo conozco a esa mujer.

—Entonces, será todo más fácil.

—¡Fácil! —el anciano lo miró con ojos vidriosos— ¿Acaso no conoce a esa mujer?

—Para mi desgracia sus gritos aún resuenan en mi mente.

—Manda mucho y es…

—¿Protestona?

—Entre otras cosas —la arrugada nariz del anciano expresó mejor que cualquier palabra su desagrado por la señora— ¿por qué no puedo permanecer aquí?

La gris mirada no dudó a la hora de contestar con firmeza.

—Porque pone en peligro a esta familia.

Dios santo, no lo había pensado. Ponía en riesgo a los que le rodeaban al igual que ocurrió con Andrew Brears.

—¿Cuándo salimos?

El hombre que había venido en su busca lo agradeció con un simple gesto antes de responder.

—Ahora mismo.

V

Sentía el nerviosismo aumentar con el transcurrir de los minutos. Sabía que su marido y el resto de los hombres planeaban algo e iba a ser esa misma noche. Doyle no se había explayado más y no parecía tener intención de hacerlo, mientras le observaba atentamente desde la cama en la que permanecía aposentada mientras su mastodonte terminaba de vestirse todo de negro, con ropa cómoda y holgada. Lucía impresionante. Llevaba contadas tres armas que con extremo mimo había sacado, preparado y casi acariciado antes de ocultarlas bajo su ropa en diferentes lugares. Una cuarta. En esta ocasión un fino cuchillo cuyo filo frotó suavemente con la punta de los dedos como asegurándose de su mortal eficacia.

Elevó la mirada hasta encontrarse con la de su mastodonte clavada en ella, en su reflejo. Decidió volver al ataque dados los improductivos frutos cosechados por el momento. Tenía que practicar sus capacidades innatas de persuasión porque estaban algo atrofiadas. Bueno, muy, muy anquilosadas. Se irguió toda fina pero su grandote frunció el ceño y achicó los claros ojos. Al menos era una reacción. Allá iba.

—No me vas a decir nada más ¿verdad?

Silencio absoluto.

—¿Y si es una trampa y caéis de lleno en ella?

Ni un sonido salvo el rozar de la ropa y la suave respiración de su marido.

—Si yo planeara algo, ¿querrías saberlo?

Eso sí que captó su atención. El ceño casi le tapó los plateados ojos.

—¿Acaso planeas algo, mujer?

¡Ella no había dicho eso!

—No hablamos de mí, sino de ti.

—Eso era antes. ¿Qué planeas en esa revoltosa cabecita tuya?

No, no, no. Esto iba muy mal. Quería sonsacarle datos sobre sus planes nocturnos y sin saber muy bien cómo, ya se habían cambiado las tornas y era ella la interrogada. Ni queriendo serviría de espía siendo semejante desastre. De cualidades innatas, nada de nada.

—¿Julia?

Su Doyle se había vuelto completamente y se apoyaba indolente, de brazos cruzados, en el espejo de cuerpo entero frente al que se había estado vistiendo.

—Tarde o temprano me voy a enterar.

Ahora era ella la que callaba como una momia.

—Y no querrás que me enfade ¿verdad, querida?

—¿Cómo yo ahora?

—¡No es lo mismo, mujer! Y no me líes.

—¿Yooo? Dime marido, ¿quién es el que parece que va a la guerra, armado hasta las cejas, preparado y todo dispuesto? Evidentemente yo no. Yo soy pacífica.

—¡Ja!, y esto no es la guerra, cielo, es una pequeña contienda.

—Te podría ayudar.

Se le estaba acercando, provocando que ella se irguiera y deslizara una pierna fuera del lecho. La mirada plateada quedó fija en la desnuda extremidad al quedar las faldas atascadas a media pierna. Su sonrisa lo decía todo, esa ardiente sonrisa.

—No lo dudo, amor.

Julia inclinó suavemente la cabeza, esperando la siguiente frase de su marido.

—¿Sabes qué me vendría de perlas?

—¿Compartir información y así liberarte de ese gran peso que te invade?

—No.

—¿Seguro? Te escucharía con suma atención.

—No lo dudo, cielo, pero no. No era eso lo que tenía en mente.

La intriga pudo con sus reservas.

—¿Qué es?

—Relajarme y otras cosas.

Pero, ¿de qué diantre hablaba el mastodonte? Ay Dios, su respiración se le aceleró al observar las fuertes manos de su esposo dirigirse hacia la botonadura de su negra camisa y comenzar a desabrocharla poco a poco mientras susurraba un *tenemos una hora, cielo, una larga y provechosa hora,* dejando entrever ese impresionante pecho que la traía por la calle de la amargura. Bueno, por la calle de la locura. Sacudió su cabeza y con ella su espesa melena. Le pareció escuchar un suave rugido ¡Quería distraerla de su bien planeada meta!

—¡Ni se te ocurra acercarte, Doyle Brandon!

La curvatura en los labios masculinos se acrecentó.

—Pero, mujer, no puedo hacer lo que tengo planeado en la distancia. Acércate un poquito, solo un poquito.

—De eso nada, Doyle Brandon.

Meta, meta, meta importante. ¿Cuál era esa dichosa meta, diantre? ¡Se le había olvidado completamente con el asedio en toda regla de su mastodonte! Saltó disparada de la cama por el lado contrario al que se acercaba su grandote. Cada uno de los pasos masculinos se veía contrarrestado por uno de los femeninos, algo más cortito, pero impedía que la distancia se redujera dramáticamente hasta que su espalda topó con la firme puerta. Empujó con el trasero, pero no cedía y no conseguía aferrar el pomo pese a tantear por todas partes.

—Ya no tienes a dónde ir, mujer.

Esa voz, baja, susurrante, característica de su marido, propia de un amante. se encontraba cada vez más cerca. Si no fuera porque estaba angustiada y malditamente preocupada por el testarudo de su señor esposo ya estaría derretida y apalancada entre sus brazos. Lo observó acercarse sinuoso, disfrutándolo, siempre tendría una parte de depredador en él, una parte impactante y sensual que a ella le chiflaba, pero ahora le podía el pensar que dentro de unas horas estaría en peligro. Aplastada cuan larga era contra la puerta soltó lo que le pasaba por la mente.

—Si te ocurriera algo y por no haberte acompañado te…

Inclinado sobre ella y con las palmas de sus enormes manos a ambos lados de su cabeza contra la madera de la puerta, no le dejó continuar. Se inclinó y la besó como si él también estuviera ansioso, preocupado, aunque nada dijera, recorriendo el interior de su boca con esa endiablada lengua, que le aflojaba las piernas. Un breve instante se separó para decirle que nada le iba a ocurrir, que volvería con ella a casa, siempre con ella. Alzó la cabeza y la apretó contra la madera, los ojos fijos en los de él.

—¿Me lo prometes?

La besó, mordisqueando su labio inferior sin emitir palabra alguna, sin pronunciar las palabras que ella necesitaba escuchar.

—Prométemelo.

—Volveré contigo aunque sea lo último que haga, mujer. Siempre volveré a ti.

Las miradas de ambos se cruzaron, tanto calor, tanto sentimiento, tanto miedo, que se dejaron llevar. Compartían su amor, su pasión pero quizá el miedo convirtió estos en una salvaje pelea amorosa. No le dio tiempo a desatarle del todo la camisa antes de que él mismo se la arrancara de cuajo, quedando colgando del negro pantalón.

Se aplastó contra ella hasta notar esas inmensas manos en su trasero, alzándolo, izándola a ella pegada a su duro cuerpo, separándole los muslos para que rodeara sus musculosas caderas. Sentía su enorme miembro contra su entrepierna, tan rígido que se apretó contra él arrancando un ronco gemido de boca de su marido, de esa boca que ahora ella devoraba.

Sintió una de sus manos tirar de la cinturilla de su enagua, rasgarla completamente hasta que una parte se deslizó a lo largo de su pierna hasta el suelo, la tela que tapaba su otra pierna atrapada por la cadera de él, por el firme vientre pegado al suyo. Lo notaba temblar mientras desesperado trataba entre juramentos de soltar su pantalón. Ella le arañaba la espalda, se la recorría dibujando esos asombrosos músculos, se la acariciaba, mientras él le recorría el cuello, mordisqueándola, una de sus manos apretando uno de sus pechos hasta que esa boca que la estaba volviendo loca, se cerró a su alrededor, succionando. Cada succión lanzaba una ráfaga de sensaciones a la unión de sus muslos, donde sentía su miembro frotarse contra ella, suavemente, intentando entrar y retirándose, cada vez más, con más urgencia. Los dedos abandonaron sus pechos siguiendo un camino ardiente, hacia abajo, hasta apartar los restos de tela que la cubrían, adentrándose en ella, húmedos, hondos, cada vez más y más, enloqueciéndola con un movimiento amplio, circular dentro de ella, tocando zonas desconocidas, buscando el espacio necesario, desesperado por facilitar su entrada.

—Agárrate fuerte a mí, mujer, fuerte. No puedo aguantar mucho más.

Hizo lo que le pedía y le agradeció el aviso al sentir la tremenda entrada, el dolor, el placer y la lujuria. Los golpes contra la puerta de resistente roble no disminuían, no paraban. El tempo era salvaje, el sudor resbalando por sus cuerpos, por la espalda de su marido todavía a medio vestir. Sentía la tensión aumentar entre sus piernas, poco a poco, aprisionándole, notando cada vez más hasta la última vena que recorría el hinchado y palpitante miembro. Tan hondo que casi lo sentía en su vientre. Sabía que murmuraba palabras, a él, a sí misma, pero no conseguía retenerlas, estallando con él. Entonces lo sintió, el calor en su interior en el mismo momento en que se contrajo a su alrededor, envolviendo ese temblor del inmenso cuerpo, los húmedos besos que no cesaban. Su espalda, aún cubierta por el vestido, se deslizó hacia abajo hasta que él quedó arrodillado en el suelo, pegado a ella, todavía besándose, lentamente, y descubriéndose poco a poco, cada vez un poco más. Ella aprisionada por él contra la madera, sus muslos a ambos lados de la cintura masculina, su sexo hundido todavía muy hondo en su interior, deslizándose en un suave vaivén que parecía imparable.

—Si no vuelves sano y salvo, no te hablaré en un año.

Su mastodonte se separó un poco de ella, solo el torso semidesnudo, apretando contra ella esas caderas con el sutil movimiento, provocándole un placentero gemido.

—Si vuelvo sano y salvo me recibirás y amarás como has hecho ahora.

Dios mío, haría lo que fuera por que volviera con ella, a sus brazos. Por un segundo le dio miedo sentir tanto, con tanta fuerza. Sabía que la promesa arrancada tenía únicamente el valor de lograr que se tranquilizara, pero le era bastante con saber que su marido haría todo lo imposible por volver con ella. Lo imposible.

Sellaron el trato con un tierno beso.

VI

Tenía razón Stevens. La zona era un endiablado callejón sin salida. La estrecha calle en la que se ubicaba el edificio de ladrillo descascarillado, que supuestamente cobijaba el escondrijo de los Bray, daba al helado Támesis. Más que de casa, tenía todo el aspecto de un abandonado antro con agujeros en sus muros y finas paredes. La parte trasera daba a una calleja inmunda, repleta de palés, cajas y carros de rota madera, abandonados y repletos de basura. El olor era indescriptible, nauseabundo, y para colmo la corriente lo colocaba en primera línea de fuego.

Diablos, con lo a gusto que estaría en estos momentos entre los amorosos brazos de su mujer y no en el jodido río, a millas de su casa, esperando a que Rob y su hermano terminaran de ubicarse de una puñetera vez en el lugar que habían fijado de antemano a fin de controlar todo el perímetro. Ya era noche cerrada y ni un alma había entrado en el agrietado edificio, por lo que por un segundo sopesó la posibilidad de que se hubieran confundido de lugar. La oscuridad los sitiaba y la poca luz que llegaba de la luna se cortaba con el paso de apelmazadas y tormentosas nubes. Lo único que les restaba para completar el plan de marras, una estruendosa tormenta.

Dean y Thomas vigilaban la parte trasera. John y Jared patrullaban los alrededores. A la espera de que llegara Clive, Rob y Peter vigilaban uno de los extremos de la calle, y él, el otro lado. No disponían de más hombres para vigilar el río ya que Rob había enviado a los dos agentes de apoyo a las tareas de protección de los testigos, pero tampoco deseaban formar un grupo que llamara la atención lo suficiente como para que un alma caritativa y demasiado cívica diera aviso a la policía y todo se les fuera al traste.

Escuchó un silbido semejante al de un búho, que reconocería en cualquier parte. El aviso de Peter de que algo o alguien se aproximaba en la dirección de la calle que ellos guardaban.

Un carro descubierto con la parte trasera llena de la paja ocupado por un solo hombre. El único sonido era el de las ruedas rodando sobre el muelle, lentas, cada vez más próximas, y el viento. Ese helado viento que se te metía entre los huesos. De nuevo gimió pensando en el cálido y blandito cuerpo de su pelirroja. Si la pudiera agarrar en ese momento, la haría cumplir al dedillo su parte del pacto.

Se ocultó inmóvil hasta que el sonido se detuvo, joder, justo en frente del maldito edificio. Pese a la oscuridad, se perfilaba la figura del hombre a la luz de la luna. Era alto y de aspecto muy corpulento. De un salto se bajó del pescante del carruaje y se encaminó lentamente hacia la parte trasera, agarrando con descuido dos pequeños bultos, de uno de los cuales surgió un extraño maullido.

¿Qué demonios? No tardó apenas en acceder al edificio, casi descuidadamente, como si no esperara que alguien osara atacarle, por lo que sus planes tendrían que variar. Se precipitaban los hechos y no podían permitir que escapara el hombre que acababa de entrar. Tampoco podían esperar a Clive, si querían obtener cualquier tipo de información sobre el paradero de Bray y terminar de una vez por todas con ese cabrón. Dio la señal, dirigida a Peter y Rob para que se unieran a él. En cuanto estuvieran preparados tocaba entrar y descubrir qué diablos estaba pasando, aunque su instinto le dijera que Rupert Bray no estaba dentro de esa condenada casa.

VII

Mantenía la compostura porque era eso o chillar a pleno pulmón. Su pecho golpeteando errático, su mente en el hombre que vete tú a saber dónde estaba en esos momentos y en qué lío se estaba metiendo, y sus hermanastras hablando y hablando, tras terminar de cenar, de los maravillosos planes que habían preparado y que tenían intención de llevar a la práctica en cuanto les fuera entregada su suculenta parte de la herencia. Si hasta Emma había engordado de la satisfacción un par de kilos por lo menos.

Cuervos… Eso eran, cuervos avariciosos y egoístas a más no poder. Fríos cuervos sin alma ni dolor por sus fallecidos.

Notaba su pie temblequear de las ansias de meterles la zapatilla en la boca pero la mirada de aviso de Mere la contuvo. Las siguientes palabras de Emma en referencia a la triste situación en la que se habían visto obligadas a vivir, en una destemplada y andrajosa mansión tan poco acorde con su posición social, la sacó totalmente de sus casillas.

—¡Buitres!

Todas, absolutamente todas las femeninas miradas se orientaron hacia el lugar que ella ocupaba junto a Mere y la abuela, frente a las dos peripuestas figuras que no paraban de engullir las exquisiteces preparadas por la señora Pitt. Si no hubiera tenido la boca tan reseca de la preocupación por su marido, quizá hasta se le habría escapado un poco de saliva en su dirección acompañando al acertado insulto.

Mere gimió y la abuela soltó una risilla nerviosa. Sus hermanastras se quedaron con las bocas abiertas medio llenas de trocitos de pastas en un caso, de esponjoso bizcocho en el otro. Le entraron ganas de ahogarlas con un buen trozo de pastel.

—¿Cómo podéis ser tan frías?

Emma se levantó con lentitud, tras tragar y retirar con altivez un par de migas del frente de su vestido.

—Me ofendes, Julia, aunque no me extraña. Ahora que tienes lo que deseas ya no te interesamos, como si…

El rostro de Julia mostraba completo desconcierto.

—¡Por Dios! mataron a Abby. ¡Mataron a vuestra madre! y parece como si nada hubiera ocurrido. ¿Acaso carecéis de sangre en las venas? No lo…

La dura bofetada la pilló por sorpresa. Notó el agudo dolor que le indicó un corte en el labio inferior. La mano de su hermanastra se alzó de nuevo, alta y repleta de joyas que podían causar mucho dolor, pero no llegó a alcanzarla una segunda vez. Estiró el puño como un muelle y le dio en medio del rostro. En la punta de la chata nariz. Justo en medio. Fue tan, tan extraño, como si ocurriera ralentizado. El golpe fue suave, la fuerza la suficiente para evitar el tremendo tortazo que iba a recibir de Emma, pero le dio tiempo a apreciar con sus alucinados ojos la horrorizada mirada de esta al ver acercarse el pequeño puño directamente enfilado hacia ella. Del sorpresivo impacto cayó al suelo cuan larga era y comenzó a patalear y chillar como un berreante lechón, llamándola asesina sangrienta, perdida, y otros epítetos que jamás hubiera esperado escuchar en público en labios de una dama y menos a Emma, quien jamás perdía la compostura.

En esta ocasión la compostura echó a volar junto con su posición vertical. Casi ahogada del esfuerzo por enderezarse, agotados todos los insultos que se le pasaron por la mente y con la mano cubriéndose el bello rostro, le pareció escucharle susurrar algo parecido a que *él era suyo, solo suyo por mucho que creyera lo contrario. Que estaba atrapado.* ¿Se habría desequilibrado Emma con todo lo ocurrido y el puñetazo había sido la gota que colmaba el vaso?

Todas tardaron en reaccionar lo suficiente como para que con tanto escándalo se presentara en el saloncito más de la mitad del personal de la mansión; Burrowers con la mirada de un Bull Terrier preparado para protegerla, y la señora Pitt, de nuevo armada hasta los dientes, con diferentes enseres de cocina. Sus hermanastras no dispusieron de otra opción que recorrer el inquebrantable pasillo que formó el personal de la casa en dirección a la puerta. Lizzie acompañó a Emma mientras esta se retiraba echando chispas por los ojos, la mirada asesina fija en ella y la bella cara deformándose por momentos por la abultada inflamación de la nariz y los pómulos. Al menos no parecía haber alcanzado a la barbilla, aún.

Quizá rayara en maldad pero por primera vez en su vida no se arrepintió del dolor causado a otra persona, y por las caras de satisfacción de Mere y la abuela, que se habían quedado con ella a la espera de que regresaran los hombres, estaban más que de acuerdo con ese pensamiento.

Se remojó los labios resecos y soltó un suave y lastimero sonido. Le dolía el labio debido a la pequeña herida causada por Emma y que le sería imposible ocultar a su mastodonte. Suspiró insatisfecha. Esa noche tendrían traca. Entre lo ocurrido y las extrañas y desquiciadas palabras de Emma no iba a dormir demasiado. Eso dando por sentado que su grandote retornara a casa sano y salvo.

Prefería no pensar que cabían otras posibilidades. Diantre, odiaba esperar.

VIII

Descendieron del carruaje al menos a media milla de distancia del lugar al que le llevaba el joven superintendente. El recorrido por las oscuras callejas les dio tiempo a hablar algo más.

—Entonces, no lo sabe —insistió el joven policía.

—No. Solo sé que tuvo que descubrir algo más de lo que yo averigüé y no podían permitir que hablara.

—Dígame, señor Hamilton, ¿por qué entonces no se limitaron a matarle a él? ¿Por qué a su mujer?

—Quizá sorprendió al asesino.

—No. La mataron en el piso superior, antes que a él.

—Puede que le relatara todo a su esposa.

—No. Por las declaraciones de las que disponemos, hacían vidas prácticamente separadas y el mayor interés de la señora radicaba en los espíritus.

El anciano trastabilló ligeramente.

—¿Cómo dice?

—Fantasmas.

La duda inundó los claros ojillos del viejo hasta que se decidió a preguntar.

—¿Y si la muerte de Brears nada tiene que ver con los Bray, y se trata de un robo casual en su hogar?

—No crea que no me lo he planteado, pero estoy seguro de que no es así. La forma en que murieron, la falta de huellas en el interior de la casa, cerraduras sin forzar, todo en su lugar y la desaparición del maldito maletín indican lo contrario. Conocían el lugar y la distribución de la casa.

—¿Cómo?

—Eso es lo que me preocupa, justamente eso.

Ya se encontraban frente al lugar indicado. Por las cercanías había movimiento de gente dada la proximidad de una fonda a dos calles de distancia, por lo que no llamaron excesivamente la atención. Aunque así fuera, nadie parecía interesarse por los asuntos ajenos apartándose de su camino.

El estrecho edificio al que iban a acceder mostraba dos alturas. Adosado a otros, disponía de pequeñas ventanas resquebrajadas que daban a la calle, tapadas para impedir cualquier tipo de acceso. Un ventanuco en cada piso. No se apreciaba luz en el interior, pero eso nada significaba y menos conociendo quién lo ocupaba. Se colocó tras el superintendente por indicación del mismo. Este fijó la penetrante mirada en todas las direcciones, hundió la mano en su costado donde seguramente portaba su arma y pegó unos suaves y rítmicos golpes en la quebradiza puerta, que no tardó en abrirse. El agradable rostro de un hombre que rondaba la cuarentena, con una rala barba y espeso bigote, asomó por la rendija abierta con cautela. De inmediato la puerta se abrió completamente dándoles acceso al oscuro interior.

—Wilkes… —la mirada del policía que les había dado paso se trabó en la figura encorvada y temblorosa del anciano— este es George Hamilton.

La expresión en la mirada oscura del agente y el gesto asertivo indicaban una clara identificación.

—Ferron custodia a la testigo, señor.

—¿Y?

—Gracias a los cielos está dormida ahora, señor. Agotada de tanta protesta, chillidos e insultos hacia el inspector Norris y el señor Brandon —se inclinó levemente hacia ellos— sobre todo a este último. Los oídos le deben estar pitando como locos.

—¿Descansando voluntariamente?

Una sonrisa irónica asomó al rostro del interpelado.

—Sí. El señor respondió a nuestras plegarias y al fin la calló.

—Muy bien, Wilkes. En lugar de una persona, tendremos que proteger a dos. Yo me quedo aquí con el señor Hamilton para acomodarle hasta que despierte la señora.

—Necesitaremos al resto de los hombres, señor, pero están vigilando el escondite de los Bray.

—Lo sé. Quiero que acuda lo más rápido posible a comisaría en busca de otro par de hombres. El inspector Norris ya está al tanto de la nueva situación y enviará aquí a Ackles y Middon. Tan pronto estén de vuelta, trasladaremos a los dos testigos a la casa protegida del Norte. Mientras tanto al señor Hamilton le vendrá bien descansar algo.

—Sí, señor. Las ventanas siguen trabadas, la señora ocupa la habitación del segundo piso, mientras Ferron controla la puerta que da al pasillo. Yo hacía guardia a fin de vigilar las dos entradas a la casa, la principal y la trasera.

—De acuerdo. Salga ahora y no se entretenga. Espero su vuelta, como muy tarde, en una hora.

El agente no se hizo de rogar y marchó presuroso sin una mirada atrás. Stevens cerró la puerta principal, verificó la trasera que daba al otro lado y las atrancó con firmeza, indicándole a continuación que lo siguiera arriba. Ascendieron por una estrecha, oscura y maloliente escalera, cuyos escalones crujían a su paso, hasta que llegaron al minúsculo rellano del piso superior. Un joven agente apuntaba con su arma en su dirección, algo tembloroso y con las piernas posicionadas bien separadas. Se le veía agotado y demasiado inexperto para asumir el trabajo de custodiar a un testigo, mucho menos a un par.

Suspiró descontento. Esto no iba a terminar bien. Lo presentía, por mucho empeño que pusiera el hombre que lo precedía. En ese mismo momento supo que no saldría vivo, pero por una extraña razón la idea no le angustió. Su conciencia estaba tranquila al fin. Observó cómo el superintendente se acercaba al muchacho y le ordenaba con calma que bajara el arma, que apuntara al suelo, antes de preguntar.

—¿Sigue dormida?

—Eso creo, señor, pero no he entrado a asegurarme.

—Está bien. Baje y posiciónese alerta, asegurando ambos accesos a la casa. Yo me quedaré aquí con ellos.

El sonido de los pasos se fue alejando al tiempo que ellos accedían en silencio al interior de la habitación que olía a cerrado. Era muy pequeña. La sensación se acrecentaba por las ventanas cruzadas por viejos tablones y el hecho de que estuviera ocupada únicamente por una silla de aspecto incómodo y un pequeño catre en el extremo más alejado a la ventana. Un relajado cuerpo femenino que les daba la espalda se había adueñado del minúsculo lecho. Suaves y hondas respiraciones indicaban un profundo sueño. Marianne Blair Thompson. Había coincidido por lo menos en diez ocasiones con esa fiera de mujer mientras recibía instrucciones de los Thompson para espiar a los Bray. Era una mujer inquietante, peligrosa, y nunca le llegó a agradar. Extremadamente ambiciosa. En estos momentos solo apreciaba su estilizada espalda.

—Siéntese, Hamilton y quede tranquilo. Saldré fuera y vigilaré la entrada hasta que lleguen los refuerzos. Intente descansar algo y… —la gris mirada se volvió brevemente en dirección a la mujer— si ella despierta, avíseme de inmediato.

Estaba agotado, completamente agotado. Posicionó la silla cerca de la ventana mientras sus ojos permanecían fijos en el bulto tirado en la cama y cubierto por un grueso abrigo negro. Hacía frío en la casa pero era lógico. No podían llamar la atención y encender las chimeneas, solo lograrían lo que no deseaban. Acomodó la espalda como buenamente pudo y se cruzó de brazos para guardar algo más de calor corporal. Lentamente se le fueron cerrando los ojos, cada vez durante lapsos más largos entre ojeadas dirigidas a la figura femenina que no se movía salvo para respirar. Hubiera dado lo que fuera por un duro catre. El silencio lo reconfortó hasta quedar adormilado.

—No debiste hacerlo, viejo.

No supo qué fue lo primero que lo sacó de su ensueño, si la voz de la mujer o el dolor de su atrofiado cuerpo tras estar encogido y medio adormecido un buen rato. Sin que se diera cuenta, la mujer con la que compartía el cuarto había despertado mientras él había caído agotado de sueño. Apenas se vislumbraban formas en la oscuridad hasta que el reflejo de una pequeña lámpara de luz recién encendida, bordeó a la mujer que todavía permanecía de espaldas. Un pico de ansiedad proveniente de su pecho le inquietó. La puerta permanecía cerrada pero puntualmente se escuchaba el crujir de un tablón indicando que alguien se movía en el otro lado. El joven superintendente. La luz comenzaba a inundar el tenebroso cuarto. Marianne Blair se giró, dándole en la cara la lumbre. La respiración se le congeló en el pecho. Abrió la boca para gritar, para dar la alarma, lo que fuera pero en dos ágiles pasos la mujer estuvo a su lado y apoyó en su frente el cañón del arma que sujetaba firmemente en su estilizada mano.

—Un solo ruido y estás muerto, viejo.

Los habían engañado a todos y los hombres que los rodeaban nada sabían, nada habían intuido. Él tampoco. La exótica mujer que le miraba con helados ojos negros no era Marianne Blair. Dios santo. Tenía frente a él a la amante de Roland Bray y él había caído en una maldita trampa. Todos habían caído en una maldita trampa. En todo momento había permanecido en la misma habitación con Brenna Bray, la guardia totalmente baja, vulnerable, y creyéndose a salvo. Estaba muerto.

—Escucha atentamente, viejo. Levántate —por Dios, ni siquiera se había dado cuenta de que seguía sentado. Lo único que sentía era ese frío metal apretado contra su acalorada frente, tan frío. De reojillo vio reflejarse algo brillante en la otra mano de la mujer—. Vas a llamar a nuestro querido superintendente y avisarle de que ya he despertado. Sin avisos, sin gritos excesivos o te haré tanto daño como pueda y puedo hacerte mucho. ¿Me comprendes, viejo?

Le costaba hablar, incluso susurrar. Un cuchillo. Lo que brillaba en su otra mano era un cuchillo. Por favor…

—¿Qué quieres de mí?

—Ya lo sabes.

Tragó saliva al sentir el filo del cuchillo sobre el lateral de su cuello, bajo el lóbulo de la oreja

—Ya no tengo nada que podáis querer. Nada. No conté absolutamente nada a nadie, ni siquiera a los Thompson.

—El maletín.

¿El maletín de Brears? ¿Qué diablos estaba pasando?

—No lo tengo. Lo juro, no…

La punta del cuchillo apretó contra la carne.

—Llama al superintendente. Ahora.

La presión del arma se incrementó hasta sentir un doloroso corte que le abría la piel. Hizo lo que le pedía, y el cañón del arma se separó de su cabeza, orientándose hacia la puerta por donde iba a entrar el hombre que intentaría protegerle, que trataría de salvarle.

No podía permitirlo. No podía. Abrió la boca para prevenirle en el exacto segundo en que la figura masculina terminaba de cruzar la puerta y abría enormes los grises ojos al ver la pistola dirigida hacia él. Reaccionó sutilmente, echándose hacia un lado, justo en el instante en que el arma detonaba y le alcanzaba de lleno haciendo que cayera de espaldas por el impacto. Su espalda chocó brutalmente contra la pared del pasillo, deslizándose hacia el suelo donde quedó tirado y desmadejado. La sangre manaba en abundancia de su pelirroja cabeza cubriéndole el suave y aniñado rostro, completamente laxo, que empalideció rápidamente, como si la vida se le fuera escapando de su poderoso cuerpo. Dios santo, lo había matado. La mujer lo había matado.

Se escuchó un angustiado grito desde el piso inferior, un grito llamando a Stevens que no recibió respuesta. Pasos apresurados acercándose. De nuevo fue a advertir pero la mujer lo tenía bien agarrado. Fría y calculadora, lo había colocado de parapeto frente a lo que apareciera por el acceso al pasillo. Era alta, tanto como él, por lo que desde atrás lo rodeaba con un brazo, manteniendo el filo del cuchillo firme contra su cuello, y con el otro extendido sostenía por encima de su hombro la humeante pistola. Cerró los ojos como el maldito cobarde que había sido toda su vida.

El muchacho no tenía opción alguna, no frente a semejante asesina. Los dos disparos sonaron al mismo tiempo. Percibió el silbido casi rozándole y nada. Ni dolor, ni presión, ni fuego en su cuerpo. Elevó la vista. El joven se había quedado tan quieto, tanto, ambos brazos a los lados con el arma colgando de una de sus flácidas manos, que lo supo. Se resistía a caer pero estaba muerto, los últimos latidos hacían que aguantara. Incluso trató de apuntar de nuevo, pero lo único que se escuchó fue el ruido de algo metálico contra los tablones de madera. El arma al caer. Un ronco sollozo. Una tos gorgojeante y unos labios ensangrentados. El joven dio dos vacilantes pasos hacia ellos y otro más hasta apoyar el hombro contra la pared. Dios mío, esa nublada y dolida mirada no apartaba la vista de él, hasta que apoyó la palma de su mano en la pared y la otra en su herido y desgarrado pecho. Se le doblaron las piernas pese a sus esfuerzos, hasta quedar encogido contra la sucia pared. Una de las imágenes más angustiosas de toda su vida. No se volvió a mover y rezó una plegaria por la joven vida que se había perdido ante sus propios ojos.

—Vamos, viejo, y no sufras que pronto llegará tu hora.

IX

El hombre permanecía en el interior del almacén pero no disponían de mucho tiempo. Con los ojos entrecerrados percibió las dos oscuras sombras acercarse. Peter y Rob.

—Yo entraré primero y me dirigiré al primer piso. Pete, controla el sótano. Rob, tú el piso bajo —observó cómo preparaban las armas. Rob la pistola y su hermano los cuchillos que siempre portaba consigo—. Evitad hacer ruido que llame la atención. Al menos, el hombre sigue en el interior. Si hay pelea, haced lo que sea necesario, pero debemos capturarlo vivo.

Los tres se miraron y lentamente se adentraron en la oscuridad. Dejó atrás las formas de los demás al ascender lentamente las escaleras tratando de distribuir el peso en los peldaños, pero la jodida casa era un desgastado y quebradizo caserón. No conseguiría pillarle por sorpresa salvo que estuviera sordo como una tapia. Llegó al descansillo del piso superior, en el extremo de un corto y ancho pasillo al que daban tres puertas cerradas. Otro paso y otro audible crujido del carcomido suelo. ¡Maldición! Un sonido chirriante llegó al mismo tiempo de tres ubicaciones diferentes al abrirse de golpe las tres puertas que hacía unos segundos permanecían cerradas. Maldita sea. Era una jodida trampa. ¡Una puñetera ratonera! No se permitió pensar en nada salvo en reaccionar y salir de allí entero para volver con ella. Mentalmente agradeció la obsesión de su hermano por que llevara siempre encima un par de cuchillos y su empeño en que supiera lanzarlos con precisión. El lanzamiento alcanzó al primer hombre en el pecho. No reaccionó salvo para mirar la curvada empuñadura que sobresalía de su cuerpo y caer redondo al suelo. Los otros dos se lanzaron como fieras contra él, uno tras el otro. Les esperó y en el último momento se apartó del camino con un giro que lo colocó a la espalda del primero, empujándole e incrementando la inercia que dio con sus huesos rodando por la escalera. Un par de gritos, el sonido de un brutal golpe, un crujido y silencio. En ese momento se dio cuenta. Se escuchaba pelea en el piso bajo. Gritos, tropiezos y un tiro. Joder, un maldito disparo.

Sintió el puñetazo en su costado, seguido de otro. Soltó un codazo hacia atrás, que alcanzó a su agresor en la cara pero era grande, muy grande el animal. Más que él, y sus puños parecían mazos por la fuerza que imprimían constantes en los golpes. Recibió un puñetazo en la mandíbula y saboreó su propia sangre en su boca. El corte en su lengua. Se sintió aprisionado contra la pared, ese animal aplastándole la tráquea con su antebrazo, cada vez más fuerte impidiéndole respirar, impidiéndole… El rodillazo cayó donde más dolor causaba. El aullido del cabronazo que creía haberle ganado recorrió todos los rincones de la casa, mientras cerraba los muslos con ambas manos cubriendo sus doloridas partes y cayendo arrodillado ante él. El resto fue sencillo. El siguiente golpe con la rodilla le dio en plena cara, dejándole inconsciente. Tenía vía libre.

Si había tantos hombres era porque les esperaban y si les esperaban era porque protegían algo o querían acabar con ellos para que dejaran de indagar. Los sonidos de pelea también habían cesado en el piso de abajo. No había terminado de dar dos pasos en esa dirección para cerciorarse del estado del resto, cuando apareció la cabeza de Peter mientras ascendía lentamente las escaleras. Detrás llegaba un renqueante Rob, aferrándose el costado con una mano.

—¿Estáis heridos?

—Rob tiene un ligero corte en el costado y un buen golpe en la espalda.

—¿Tú?

—Estoy bien.

—¿Seguro?

Su hermano observó a Rob y después se dirigió de nuevo a él.

—Lo estoy. Abajo no queda nadie en pie.

—¿Cuántos?

—Siete. Acabamos con tres cuando se unieron a la fiesta los demás. Están repasando toda la casa, sótano incluido, y hemos subido a echarte una mano… —los negros ojos repasaron las caídas figuras— pero veo que te arreglas bien solo.

Se miraron sonrientes y doloridos cuando escucharon, de nuevo, el extraño maullido que ya comenzaba a serles familiar. Provenía del cuarto del fondo. Era un sonido desconocido para ellos e inquietante. Una débil tos.

¿Qué diablos estaba ocurriendo delante de sus narices? Peter le hizo un gesto para que se colocara a un lado de la puerta mientras él se ubicaba en el otro. La puerta estaba entornada y el olor que se percibía desde fuera era herrumbroso y dulzón, a cerrado, pero también a algo más, indefinible. Otro quejido y de nuevo ese debilitado y frágil sonido.

Cruzaron atónitas miradas, desconcertados por lo que les esperaba en el interior del cuarto. Peter se adelantó a él y cruzó la puerta en una zancada. Su reacción fue poco habitual en él mientras lanzaba un elevado juramento. Algo iba mal. Siguió de cerca a su hermano hasta colocarse a su lado y la escena con la que toparon fue algo que ni siquiera en su imaginación cabía. Un sucio lecho cubierto de ensangrentadas telas. En el mismo centro estaba tendida una pálida y enfebrecida mujer, balbuceando entre gemidos. Era ella la que emitía esos sonidos, esos gemidos de angustia. En el otro costado del cuarto otro cochambroso catre con otro cuerpo tendido sobre él. Se acercaron presurosos mientras hacían caso omiso a las preguntas de Rob quien se había quedado apoyado en el quicio de la puerta sujetándose el costado. Se aproximó lentamente al lecho y se inclinó sobre la mujer que respiraba con verdadera dificultad, entre sibilantes sonidos. Apoyó su palma en la ardiente frente para volverse en seguida hacia Peter.

—Joder, Pete, está moribunda.

Desde el otro extremo la bronca voz de su hermano dijo lo que no esperaba.

—Aquí hay otra mujer, hermano, pero ha muerto hace muy poco. Aún está caliente.

Con inmensa suavidad Peter cubrió el blanco rostro con las arrugadas y sangrientas sábanas que la tapaban parcialmente y se acercó a él, quedando a su costado, fijando una mirada llena de inmensa pena en la pequeña figura que se retorcía, cubierta por un andrajoso camisón.

—Tenemos que sacarla de aquí cuanto antes.

Bruscamente Doyle apartó las desgastadas sábanas que la cubrían para descubrir unos delgados y pálidos muslos cubiertos de reseca sangre.

—Por Dios, Pete, esta mujer acaba de parir no hace mucho y no aguantará tanta pérdida de sangre.

—¿Parir?

—Eso mismo.

—¿Y el bebé?

No se lo podía creer.

—No importa ahora. Maldita sea, ayúdame.

—¡Sí importa! Sí importa, hermano.

Fijó la mirada en Peter. Sabía que le era duro no poder proteger a los más indefensos, no casaba con su carácter, pero no tenían tiempo. No lo tenían, si querían salvarla. Se inclinó sobre el encogido cuerpo de la mujer, que por un instante abrió unos oscuros y vidriosos ojos, para cogerla en sus brazos. Una de sus manos se apoyó sobre su vientre en un gesto tan antiguo como el mundo, tratando de proteger lo que era suyo. Lo que ahora ya no estaba en su interior…

—¿Mi… bebé?

¿Qué decir? ¿Qué contestar a una mujer que pregunta por lo que le es más preciado?

—Ahora está a salvo. Nosotros la cuidaremos.

Esa mano se alzó y cubrió la suya, apretándola con la poca fuerza que pudo reunir.

—Por favor…, mi… bebé. Busque a mi bebé.

Esa mirada le caló tan hondo. El sufrimiento y la fortaleza unidos por el puro amor de una madre.

—Lo haré, se lo prometo ¿Cómo se llama?

Los párpados aletearon, cerrándose.

—¡No! No se duerma.

Maldita sea, se les iba, la poca vida que le quedaba se les escurría entre los dedos. La alzó entre sus brazos, tras envolverla con sumo cuidado con su propio abrigo. Apenas pesaba. Con supremo esfuerzo los enfebrecidos ojos se abrieron tras un lento parpadeo.

—¿Cuál es su nombre?

—Rose… Rose Holmes. No deje que se lo lleven. Se… lo… suplico.

Sintió la rigidez desaparecer del menudo cuerpo.

—¡Señora! Por su hijo aguante un poco más. Solo un poco más…

Los redondos ojos se abrieron y lo miró con una dulzura que no esperaba, que jamás imaginó en una moribunda. Una tristeza tan profunda que le formó un inmenso nudo en la garganta. Lentamente abrazó fuerte, muy fuerte, a una desesperanzada mujer que sabía que estaba muriendo, pero que había aguantado lo suficiente para intentar proteger a su hijo, a una desconocida que no moriría sola si él podía evitarlo.

—Solo un poco más.

La suave y femenina voz llegó a sus oídos.

—Gracias...

Una acongojante sonrisa apareció en los pálidos labios tras hablar. Tal y como había hablado, calló. Tal y como había luchado, se rindió... Él solo pudo mantener la vista en el suave pecho que había dejado de respirar y sintió ganas de gritar al mundo, de destrozar a los hombres que habían acabado con una madre y que la habían dejado desangrarse como un animal. Sentía a su espalda la inmensa presencia de su hermano quien posó su fuerte mano en su hombro.

—Ya no puedes hacer nada, hermano.

Sintió tal rabia, tanta, que le quemaba por dentro. Le sofocaba.

—Puedo destrozar al hombre que la mató. Y buscar a su hijo. Se lo prometí, Pete.

—Lo haremos, hermano, lo haremos.

No soltó el liviano cuerpo. Se irguió y se encaminó con su triste carga hacia la puerta, pero algo le hizo detenerse, algo que aunque quisiera no podría explicar. Una maldita sensación que le pedía que no abandonara la habitación, que esperara, que retardara la salida. De nuevo el tenue maullido paró su avance.

—¿Oíste eso?

Peter le miró con la cabeza inclinada, prestando atención. Con dulzura entregó a su hermano menor el inerte cuerpo de la joven, quien la asió con la misma suavidad que había empleado él y se volvió de nuevo hacia el interior de la habitación. Oía tras él a Peter preguntando qué hacía, a Rob haciendo lo mismo pese al dolor que emanaba de su voz. Recorrió cada rincón con la mirada. Puede que sus ojos le engañaran pero no su instinto, ni su oído. En una esquina del cuarto, tirada en el suelo, una montaña de mugrientas ropas pareció moverse. Pensó que era una ilusión óptica pero ocurrió de nuevo. Extendió el brazo llamando la atención de Peter, pidiendo silencio y se aproximó lentamente. Nada indicaba que no fuera un roedor por lo que con precaución, alzó el borde de la roída y agujereada tela.

No supo reaccionar hasta que el gorjeo lo impulsó a moverse. Con miedo, con tanta delicadeza como le fue posible sujetó a la pequeña y temblorosa forma que ni siquiera había vivido lo suficiente para abrir los diminutos ojitos. Tan suave, fina pelusa cubriendo la diminuta cabecita. El bebé de Rose. Quienquiera que hubiera desechado a ese bebé y dejado morir a la madre no tenía alma. Ni alma, ni corazón. La grave voz de Peter llegó hasta él rompiendo su ensimismamiento.

—¿Doyle?

—Está vivo, hermano. Vivo.

—¿Qué diablos está pasando?

La pequeña boquita se abrió y de ella surgió un sonido tan indefenso que pudo con sus propias defensas. Pudo con su duro corazón. Tragó saliva y se giró hacia Peter.

—No lo sé, pero no me gusta nada. Avisa a los demás y adelántales lo que hemos descubierto. Esto es una jodida carnicería y por mi vida que no va a morir nadie más si puedo evitarlo.

Rob intervino en ese momento.

—Tenemos a dos de los hombres de Bray heridos pero vivos. Clive se va a enfadar cuando se dé cuenta de que no le hemos esperado.

—Tendrá que resignarse, tampoco podemos esperar más. Este bebé necesita cuidados urgentes y por todos los infiernos que se los vamos a dar.

Con extremo cuidado apoyó la cabeza del recién nacido contra su pecho. Era tan, tan pequeño que por un momento temió hacerle daño con sus manos, con su fuerza. ¿Temblaba levemente o era él, de los nervios? Ya no lo sabía. A punto estuvo de pedir auxilio a su gigantesco hermano pero se contuvo. Joder, si era más grande que él.

—Tranquilo, pequeño, estás a salvo ahora…

En el fondo de su mente se preguntó si lo decía para sosegar a la pequeña forma que parecía amoldarse a él como si fuera lo más natural del mundo, o a sí mismo. Sin una mirada atrás dejaron a sus espaldas la desolada habitación y descendieron con sus cargas hasta el piso de abajo donde quedaban los restos de una buena pelea. Cuerpos tirados por el piso y dispersas manchas de sangre en suelo y paredes. No contó las bajas, ya daba igual. Se la habían jugado a vida o muerte, tanto ellos como sus atacantes, y habían ganado.

Todos les observaban con rostros repletos de puro asombro. Doloridos, tocados algunos, magullados otros, pero vivos y con la vista clavada en el pequeño bulto que sostenía incómodo y aterrado de dejarlo caer. Afianzó su agarre desesperado. El bultito se arrebujó bajo su abierta camisa cuyos bordes había entrelazado como si fuera un pequeño saco. Desde arriba veía la pelona cabecita y no pudo resistirse a acariciarla. Dios, ¿qué coño le estaba ocurriendo? Estaba perdiendo la sesera desde que se había casado. Necesitaba a su mujer. Aspiró profundamente, de alivio, de gratitud, de tristeza por lo descubierto, de rabia por lo perdido, de desconcierto por lo encontrado y de gratitud por lo salvado. Sobre todo por esto último. Miró la dulce, tranquila y diminuta forma que se acurrucaba contra su pecho, al abrigo de su calidez. Cumpliría su promesa por encima de todo. La mantendría a salvo.

La extraña partida formada por un grupo de duros hombres y un recién nacido se adentró en la noche, en la niebla, rumbo a la calidez. Rumbo al hogar.

X

Ya eran las dos de la madrugada y no habían vuelto. La abuela había tratado de enviarla a la cama y a Mere a su propia casa, pero la miraron como si hubiera perdido completamente su sensata cabeza. Norris se paseaba incansable por el saloncito y el personal al completo permanecía despierto, con Burrowers al frente de todo. Pese a estar ocupado se le notaba tremendamente inquieto. Había atizado el fuego al menos veinte veces y el ambiente caldeado de la habitación se estaba tornando asfixiante. Le daba igual lo que hicieran Emma y Lizzie en estos momentos. Seguramente mirarse al espejo y atusarse el cabello.

A través del alto ventanal se escuchó el golpeteo de cascos y el alto lanzado por un conductor a un tiro de caballos. Salieron disparadas como si tuvieran muelles en las piernas, pero incluso así se les adelantó el mayordomo quien presuroso abrió de un tirón la enorme puerta. Casi se echó a llorar como una tonta. Estaba sano y salvo, entero aunque algo mugriento. Lo recorrió con la mirada para asegurarse nuevamente de su estado, pese a que parecía renquear un poco y su postura era algo forzada y temerosa, aferrando algo contra su pecho como si estuviera totalmente desesperado. Esa impresión se acrecentó al percibir la mirada de alivió que inundó los plateados ojos al posarse en ella mientras le lanzaba un *hola, cielo, te dije que volvería*. Se acercó pronta y fue a lanzarse como un rayo a sus brazos pero se quedó tiesa en el lugar al fijar la vista en la inmensa figura ubicada tras su marido. Su cuñado. La sombría cara de su cuñado seguida del resto de los hombres tan serios como el anterior. Pero no fue eso lo que la dejó paralizada. Peter cargaba el cuerpo de una joven y por su extrema palidez parecía muerta. Tan joven y delicada. Interrogó con la mirada a su grandote y este le contestó con otra tan triste que supo que lo que iban a narrar, lo que habían vivido era una desgracia.

Un suave sonido llamó su atención y brotaba de su marido, pero eso no era posible. Parecía el llanto de un recién nacido. ¡Era el llanto de un recién nacido! y surgía de su pecho. El silencio repentino solo lo cortó el sonido hermoso y balbuceante de un bebé. No supo cómo, pero Doyle se encontró de repente a su lado, retirando con una de sus manazas la sucia tela de la cruzada camisa que le cubría el inmenso pecho, descubriendo lo que ocultaba o quería proteger. Y ocurrió. Se enamoró por segunda vez en su vida. Clavó sus ojos en los de su marido y entendió que le acababa de ocurrir lo que ya había sentido él mismo en sus carnes. Amor a simple vista por una criatura que el destino había cruzado en su camino. No supo cómo, ni por qué pero el instinto le dijo que la madre era la hermosa joven que cargaba Peter y que no habían llegado a tiempo de salvar. Su intuición le dijo simplemente que cuidarían de ese bebé, con todas sus fuerzas. Fue tan sencillo como sonreír a su Doyle, y un suave calor la recorrió entera. El impulso le surgió como si le arrastrara una corriente contra la que luchar era imposible, acercándola a él y a la pequeña vida que los fuertes brazos cercaban. Los rodeó a ambos con sus propios brazos, se alzó de puntillas hacia su grandote, obligándole a inclinarse y le dio un dulce beso en esos labios que tan bien conocía. Un precioso gorjeo pareció darle la bienvenida. Era tan, tan hermoso. Piel suave de melocotón, con apenas una pelusilla en la cabecita y sonrosadas mejillas, los ojitos cerrados y una pequeña burbuja en la comisura del entreabierto labio con el que chupeteaba un minúsculo puño. Tan frágil y perfecto.

—Vamos arriba a abrigarlo y acomodarlo.

La hermosa sonrisa que asomó a los labios de su marido la enterneció. Los siguientes minutos discurrieron entre carreras, órdenes lanzadas al azar, búsqueda de cunas por todos los rincones de la mansión, llamadas urgentes al médico, al servicio funerario. Finalmente habilitaron una de las habitaciones para preparar y velar a la desgraciada mujer que había entregado su hijo a unos desconocidos en los que había confiado ciegamente.

El reencuentro de Mere y su John fue fugaz, intenso, y tan parecido al suyo, beso incluido, que hubo de sonreír antes de que abandonaran la casa y se dirigieran a la suya, acompañados de la abuela y de sus hermanos. En cuanto a los demás, antes de partir también ellos a su hogar, optaron por esperar a que el doctor examinara a Rob para verificar si estaba en condiciones según el médico o bien debía permanecer en la casa a fin de reunirse a la mañana siguiente si le recetaba un buen descanso.

Les dejaron ultimando los detalles y lentamente ascendieron la escalinata tras indicar que mandaran arriba al médico en cuanto terminara de examinar a Rob y a los restantes heridos. Su marido subía los escalones tieso como una vara, con miedo de dejar caer su pequeña carga, por lo que optó por colocar sus manos en las firmes caderas. La relajación fue instantánea.

—Gracias, cielo. Me aterra que se me escurra.

Madre mía, adoraba a su esposo. Entraron en su acogedora habitación y su marido depositó, con mimo, al dormido bebé en medio de la amplia cama. En cuanto le soltó comenzó a retorcer las arrugadas y sonrosadas manos en el aire como si algo le faltara. Un suave lloro inundó la habitación.

—¿¡Qué hago!?

El terror en la ronca voz le indicó el mal rato que había pasado y el pavor en sus transparentes ojos mostró el desconocimiento y absoluto desconcierto que sentía.

—Acerca tu dedo.

—¿A dónde?

—Colócalo junto a su manita.

—¿No le haré daño?

Dios santo, al fin había encontrado otra horma en el zapato del gigantón aparte de ella. La diminuta personita que sacudía las regordetas piernas, apenas cubierto por un pañal de empapada tela.

—No, cariño, tan solo acércalo.

Dubitativo, tras lanzarle una mirada insegura y mordiéndose el labio inferior, hizo lo indicado aguantando la respiración. La soltó de golpe en cuanto esa mano, que apenas alcanzaba a rodear el fuerte dedo, lo agarró con fuerza. Nunca olvidaría la mirada de embeleso y satisfacción en esos abiertos y plateados ojos. Tan especial.

Apenas unas ásperas ropas cubrían el cuerpecito pero las fue retirando una a una. Para su asombro a su derecha comenzó a sonar un canturreo rítmico y bajo, tan relajante, que fascinaba. Tan hermoso. Una nana, una preciosa nana. Adoraba a su marido, con su hosquedad y su inmensa ternura. Desvió la mirada en cuanto él calló al percibir que ella le observaba. Pasados unos segundos el sonido no tardó en brotar de nuevo, grave y suave.

—¿Qué ha ocurrido?

El tarareo paró pero no las distraídas caricias del pulgar en el terso bracito a su alcance.

—Nos dieron el soplo de un posible escondrijo de los hermanos Bray en los muelles y optamos por atacar. No estamos seguros de si nos esperaban o simplemente guardaban el lugar.

—¿Cuántos?

—Un grupo numeroso. Nos dividimos y peleamos. Acabamos con ellos y al menos capturamos a dos.

—¿Hablarán?

—Eso espero porque lo que encontramos no lo esperábamos. Creímos poder pillar a Rupert Bray.

—¿Pero?

—Una de las habitaciones la ocupaba la mujer que hemos traído con nosotros. Otra la acompañaba, pero cuando llegamos había muerto. La que rescatamos acababa de dar a luz y no la habían atendido, Julia. La habían dejado como un desperdicio para que muriera sola y…

¿Cómo había podido alguien definir a este hombre como frío e insensible? Soltó un segundo al bebé, que de nuevo se había dormido, para apoyar la palma de la mano en el tenso rostro de su esposo quien lo inclinó levemente en su dirección, recibiendo en seguida un liviano beso en la palma de su mano.

—Aguantó lo suficiente para darnos su nombre y pedir que cuidáramos del bebé. Julia, sé que es mucho pedir para una mujer, pero… —suspiró profundamente— le prometí que…

Con el dedo índice le tapó la boca impidiendo que formulara las palabras que presentía que diría.

—No lo es, marido. No lo es. Tus promesas son las mías. Siempre lo serán.

Nunca más dudaría del amor de su marido hacia ella, no después de verlo reflejado en toda su persona y en la manera en que se lo dijo. Con su mirada, con la inclinación de su cuerpo, con su preciosa sonrisa. No necesitaron palabras. Ya no hacían falta. Suspiró antes de apartar la mirada y dedicarse de lleno a la personita que si no erraba comenzaba a tener hambre por la manera en que empezaba a removerse inquieta.

—Es una niña.

—¿Qué?

Lanzó una suave risa al apreciar que su mastodonte seguía mirándola embobado, sin dejar en ningún momento de acariciar los minúsculos deditos.

—Es una preciosa y hambrienta chiquitina.

Su marido gimió con el seso totalmente sorbido por el pedacito de vida hacia el que se había vuelto y al que miraba alelado en el exacto momento en que escucharon el acuciante anuncio de la inminente llegada del doctor. Pareció relajarse del todo.

—Al fin. Después de reconocer a Rob y a nuestra pequeña, quizá convendría que te examinara también a ti, mujer.

Alzó las cejas, sin comprender lo que insinuaba su grandote.

—¿A mí?

—Ajá.

—Yo no peleé.

—¿Estás segura?

En cuanto la manaza que no arrullaba al bebé se arrimó a su dolorido y olvidado labio, recordó y gruñó, aguantando las ganas de darse a sí misma una buena regañina.

—Bueno, puede que sí me haya peleado un poco. Pero ella salió peor parada que yo.

—Me alegro, cielo, pero no creas que por eso vas a dejar de explicarme lo ocurrido.

Fue a protestar pero por la expresión taciturna de su señor marido supo que sería malgastar energías que probablemente necesitara más adelante, así que mientras esperaban la llegada del médico le relató lo acaecido con pelos y señales y no disfrutó, en absoluto, describiendo su concienzudo y acertado puñetazo y la atontada expresión de Emma al recibirlo.

*****

Capítulo 10

I

Trasladaron a los dos únicos hombres que habían salido medianamente ilesos al cuarto adyacente a la sala de entrenamientos, donde los dejaron custodiados por Marsden y otros cuatro hombres de confianza, amordazados al completo e incapaces de emitir un triste sonido hasta que los liberaran. Más tarde emplearía los medios necesarios para que abrieran esas bocazas y sondear lo que había ocurrido en esa casa antes de que llegaran. La sensación de pesadumbre y agotamiento, de tratar con verdaderas alimañas no conseguía ahuyentarla. Estaba tan cansado de pelear contra el maldito mundo y contra sí mismo, de ver a su alrededor desgracias que le recordaban demasiado su condenado pasado, que el dolor llegaba a ser físico. No conseguía calentarse después de entregar al ama de llaves el cuidado del delgado y destrozado cuerpo que había guardado con respeto. Sentía que se lo debía a la mujer que no habían podido salvar. Estaba frío por dentro y por fuera. La única persona que hacía que ganara en esa maldita lucha diaria contra su infierno particular era el quejoso y protestón hombre que al otro lado de la habitación era reconocido por el paciente y flemático médico. El único.

Sonrió al escuchar como Rob trataba de explicar el origen del corte en el costado y los moratones en su espalda, cintura y trasero, sin dar excesiva información, entre las apuradas toses de su padre que trataba de distraer la atención del facultativo del completo desastre que era su hijo cuando intentaba mentir descaradamente.

—¿Cómo que con qué me he hecho los golpes? —los azulones ojos de Rob se dirigieron a su padre para que le confirmara que el médico no era idiota por querer saber lo que no le incumbía.

—Eso mismo.

—¿Y para qué necesita saber eso? Cúrelos y santas pascuas.

—Por si el objeto con el que le causaron la herida estaba sucio o limpio, roñado o no.

—A ver doctor, imagine lo peor y multiplíquelo por cien.

La expresión del médico fue un poema.

—¿Y la espalda y los glúteos?

—Es evidente… —los almendrados ojos del doctor mostraban inseguridad impropia en él, entremezclada con inmensa curiosidad e impaciencia— me caí sobre el puño de alguien.

Por todos los… El galeno iba a pensar que Rob estaba atolondrado como resultado de un buen golpetazo oculto bajo la espesa pelambrera rubia de su mejor amigo. Dios, le costaba tanto llamarle otra cosa. Tanto. En ocasiones era mejor ir al meollo y dejarse de evasivas.

—Nos metimos en una pelea, doctor. A él le alcanzaron con un cuchillo con el filo curvo, sucio y horadado. La herida no creo que sea demasiado profunda a la vista del poco cuidado que se empleaba en mantener el arma a punto, lo cual agradecemos infinito. ¿Desea saber algo más?

Los dos Norris le miraron con cara de susto y ya no digamos el doctor. La apreciación apareció en la vieja cara sin otras muestras de interés que enturbiaran su sincera evaluación.

—No. Le agradezco su sinceridad —expuso el médico tras volverse hacia Rob con cara de pocos amigos.

—¡Por qué me mira así! Yo también fui rotundo en mis contestaciones.

El mordaz *por supuesto* del médico brotó al tiempo que lo giraba alzándole el brazo izquierdo para facilitar el acceso al corte que ya ofrecía mal aspecto.

—¿Estaré en condiciones de moverme y trabajar? —trató de sonsacar al médico el abochornado herido.

—No en un par de días.

—¡Tengo que luchar!

—No en una temporada.

—¡Mañana por la noche!

La sonora carcajada del médico fue cesando paulatinamente al enfrentarse a la voraz mirada del hombre que trataba de remendar.

—No le veo… la… gracia, doctor. Mañana tengo una pelea inaplazable así que cósame y punto.

Rara vez se enfurecía el tontolaba y si lo hacía la mejor opción consistía en apartarse de su camino, pero eso el buen doctor, como mucho, podía suponerlo. Él notaba a la legua las señales, y estas llevaban un buen rato avisando de su próxima y abrupta aparición. O mediaba, o alguno de los dos, médico o paciente, saldría peor parado del estado actual que mostraban. Se adelantó un paso para intervenir.

—No se preocupe, doctor. Dígame cómo hacer las curas.

—Pero es mi paciente.

—¿Quiere seguir tratándole?

—Mi juramento como médico me…

—¿Escucharle quejarse? ¿Quiere oír gruñidos y berridos no siendo estrictamente imprescindible?

Los ojillos entre pesarosos y templados se centraron en los vendajes que ya cubrían el superficial corte, y susurró sin resultado alguno si lo que quería era que solo él le escuchara.

—No demasiado, la verdad.

El bufido ofendido de Rob reverberó por cada recoveco del cuarto.

—Pues todo arreglado.

Se acercó hacía el avejentado doctor y le dio un leve empellón en dirección a la puerta.

—¡Un momento!, un momento. Hay que aplicarle este ungüento en la espalda con una frecuencia de tres veces diarias, mañana, tarde y noche, antes de acostarse, y realizar un suave masaje para distender el área dañada en la baja espalda y en toda la extensión del *musculus gluteus maximus*.

—Esté tranquilo, doctor. Yo lo haré con mucho gusto.

Volvió la cabeza en el exacto momento en que la horrorizada mirada azulada de Rob se posaba en el traspaso del tarro de manos del médico a las suyas, mientras vocalizaba en dirección a su padre el latinajo empleado por este último.

—Pero deberá hacerlo ahora, quiero decir, cuanto antes.

—Repito lo dicho, doctor, tranquilo que yo haré encantado la relajación esa del *gluteus*.

Comenzaba a escucharse un leve balbuceo a su espalda y solo imaginar las angustias que le estaban entrando al canijo simplemente de anticipar la situación que no podría obviar, le entretenía sobremanera. Le encantaba sacarle los colores. Y el pesado del doctor se resistía a salir pese a su renuencia inicial a quedarse.

—Doctor, hay un bebé que necesita de sus cuidados.

Al fin algo obró el milagro. La reacia mirada se tornó complaciente y casi le arrojó el verduzco tarro con la viscosa pomada en su interior para desaparecer por la puerta en dirección a su diminuto paciente.

Tocaba ponerse manos a la obra y no iba a hacer caso de protestas, súplicas, lamentos, ni de intentos de camelo. Pero antes debía evacuar el cuarto para quedarse a solas con el canijo. Un escalofrío le recorría el cuerpo y las palmas de las manos le ardían. En su mente emergió con brutalidad una imagen grabada en sus retinas que creyó haber enterrado en lo más hondo de su imaginación. El curvado, pálido y suave trasero del hombre que con ojos redondos como platos no le quitaba la vista de encima. Nada más resultó necesario, simplemente el resurgir de una clara imagen, para que se pusiera tenso como una piedra, y supo por el movimiento espasmódico en el cuello de Rob, que se había dado perfecta cuenta del vuelco en su actitud. Lo conocía demasiado bien. Si no hubiera sido malditamente doloroso o no les estuviera ocurriendo a ellos, hubiera resultado una escena irrisoria a más no poder.

Con solo imaginar sus manos deslizarse por esa redondeada superficie, por esa espalda, se sentía como un excitado adolescente manteniendo a duras penas el control sobre sus impulsos. No conseguía apartar los ojos del hombre que le había robado la razón y el alma, quien tampoco desviaba la azul y brillante mirada de él, mientras el padre recalcaba, enumerándolas entusiasmado, las abundantes ventajas de tener un amigo que se ofrecía a darle masajes pese al apestoso olor que más que seguro desprendería el bálsamo casero ese. Se las ingeniaba para que el padre de Rob los dejara a solas o hacia una completa locura delante de él. El canijo debió de captar su estado de ánimo.

—¡Padre!

El bote que dio este al escuchar el grito les sobresaltó a los tres más incluso que el berrido de Rob.

—Hijo, no estoy sordo ¿sabes?, y hay un bebé en las inmediaciones.

Los azules ojos refulgieron.

—Eso mismo iba a comentar… —por todos los diablos, el viejo iba a darse cuenta, por la forma en que resollaba el canijo, que algo se cocía— podríamos ver qué tal está, ¿no?

—¿Ahora?

—¿Por qué no?

—Pues no sé, es tarde y además hay que ponerte la crema esa.

Demonios, así no iba a llegar a ninguna parte.

—Norris, le da vergüenza enseñar el trasero a más de uno —recalcó Pete, dando énfasis a la cruda palabra referente a su trasero.

Rob se volvió hacia él espiritado.

—¿¡Pero qué dices!?

Decidió hacer caso omiso y seguir su conversación con el lógico y experimentado padre sin dar pie a que el hijo lo enredara todo sin necesidad, como era usual en él.

—Claro que siempre puedes untarle el repugnante ungüento a tu hijo, aunque el olor no se vaya ni restregando con limón crudo. Pensándolo bien, siempre podríamos rociarte las manos más tarde con el perfume ese que usan a litros las hermanastras de Julia. Eso lo tapa todo.

En cuanto vio el espanto reflejado en la cara del viejo Norris al mencionar la espeluznante coletilla, supo que no se iba a arriesgar por mucho que sospechara que lo que estaba comentando era una mentira descarada y vergonzosa.

Se giró levemente hacia el canijo. Tenía la lengua colgando del estupor. Le guiñó un ojo y la campanilla asomó al fondo de la abierta boca. Dios, no tenía precio su aspecto. Mantener el rostro serio le supuso un verdadero esfuerzo de concentración y aguante.

—Bien pensado, hijo, lo dejo en tus capaces manos. Eso mismo. Pensándolo bien, quizá lo mejor sea dejaros solos a los tres.

—¿Qué tres? —preguntó Rob sorprendido.

—Tú, Peter y tu trasero, ¿quién va a ser? Hijo, a veces me preocupas…

Tan complicado como parecía al principio, todo se tornó sencillo. Con paso tranquilo el padre de Rob abandonó la habitación con una suave despedida, indicándoles que les esperaría abajo descansando en cuanto se hubieran librado de todo residuo oloroso. La puerta se cerró tras la encorvada figura. Se regocijó. Había llegado su hora.

—Bájate los pantalones, canijo.

—¿Lo dices en serio?

Destapó el tarro que le habían entregado.

—¿Huele muy mal?

—No. En realidad tiene un aroma mentolado bastante agradable.

La risa de Rob retumbó a su alrededor y poco le faltó para unirse a él

—Dios, no tienes una idea sana.

—Para verte el trasero, mi cerebro vuela.

Tenía toda la razón del mundo. Tenía una vena traviesa y ocasionalmente le era imposible controlarla, y por supuesto, era pura casualidad que siempre coincidiera con Rob. Pura e irremediable casualidad.

—Tiéndete en la cama.

Su corazón le dio un vuelco nada más pronunciar la frase y por el gemido que le llegó desde el otro lado de la habitación, Rob no se quedaba atrás. Desconocía cómo iba a terminar el día de hoy, pero por todos los santos que valdría la pena lo que fuera.

Con los ojos entrecerrados y apretando desesperado el tarro, saboreó la imagen de su mejor amigo, de su compañero, desprendiéndose lentamente de la floja camisa. Jamás le habían atraído los cuerpos masculinos, al fin y al cabo eran como el suyo, pero algo en el hombre que a una corta distancia le devolvía la mirada, le hacía perderse en esos ojos, le hacía desear, le empujaba a proteger y a querer su contacto. Era hermoso. Amplio, proporcionado, con marcados y largos músculos. Diferente a él, más menudo pero no por ello más débil.

—También el pantalón.

La cálida sonrisa del hombre que con toda la tranquilidad del mundo había quedado con el definido torso desnudo lo desarmó. Las amplias manos se dirigieron al pantalón y al mismo ritmo con el que desataban los pequeños e invisibles botones frontales del mismo, se le aceleraron los latidos del corazón como en una carrera contrarreloj, violenta y brutal. Pese al ardor que sentía recorrer su cuerpo no pudo dejar de sonreír. Llevaba sus puritanos calzones bajo la ropa.

Por el temblor de las mismas manos que no habían dudado en desprenderse del ajustado pantalón, lo supo… Supo que Rob estaba tan nervioso como él, que no se los iba a quitar y quedarse desnudo ante él. Le iba a corresponder a él atreverse. Asir la cintura del elástico calzón y exponer a su ávida mirada todo ese cuerpo que solo había alcanzado a acariciar con la mirada. Pequeñas gotas de sudor comenzaron a cubrir su frente, su rígida espalda y sus agarrotados muslos. Comenzaba a sentir dolor por la inmensa presión de su rígido miembro contra la costura de su propio pantalón. Relajó las manos. Apretaba tanto el tarro con el ungüento que podía explotar en cualquier momento y la excusa para poner sus manos de una vez sobre Rob, de recorrerlo con algo más que con los ojos, desaparecería de nuevo.

Los pantalones cayeron con un susurro audible y Rob los apartó de su lado con la pierna antes de volverse de espaldas casi con brusquedad y aparatosamente tumbarse boca abajo en el estrecho lecho. Sonrió de nuevo. Entendió la rapidez y la brusquedad de Rob. Estaba tan excitado, aterrado y nervioso como él. ¡Diablos!, su propia camisa se le pegaba a la espalda del calor que emanaba de su cuerpo. Se aproximó al lecho. Escuchaba el bombeo de su pecho en sus propios oídos. Aprisionó las rodillas contra el borde del bajo lecho, decidiendo la mejor manera de obrar. Nunca se había sentido tan inseguro y al mismo tiempo tan ansioso.

II

Su mente no se apartaba de la pelea en la que tenía intención de intervenir la noche siguiente. Roland no esperaba que fuera a pelear, pero llevaba demasiado tiempo fuera del ring. Una eternidad. Ya ni siquiera se desfogaba con las palizas que les daba a los hombres que no tenían otra salida que luchar cuando su utilidad se había agotado. Ni siquiera la advertencia de su hermano de que no peleara le iba a parar. Necesitaba sangre en sus manos.

Seguía en el cuartel principal de la familia, a dos puertas del despacho de Roland donde lo había dejado pensativo. De nuevo tenía esa mirada. La misma que tenía de niño el día antes de que desapareciera su pequeña vecina o el perro de su tercera familia. Esa mirada.

Tendido en el sofá de dos plazas se incorporó. Algo ocurría. Con dos zancadas alcanzó la puerta y la abrió con rapidez. Se escuchaban gritos pidiendo ayuda. Pasos de gente corriendo que ni el ruido de la posada en el piso inferior mitigaba, otros pidiendo trapos y ordenando que se calentara agua en abundancia. Se asomó a la baranda. Dos de sus hombres permanecían completamente estáticos en la pequeña y lujosa entrada que daba al piso. Escuchó a uno de los hombres de confianza de su hermano decirles que tendrían que contarlo, que era peor, mucho peor callar. Incluso desde la altura en la que se encontraba vio la progresiva palidez en sus rostros. Daba igual. Era tarde para querer ocultarlo. Se regodeó en su temor, en su miedo, al sentir la presencia de Roland tras él. Frío, impenetrable e inhumano, su aguda mente ya habría imaginado lo ocurrido, planeando las consecuencias de ello y eso solo significaba una cosa para él. Sangre.

—Que suban.

Las órdenes de su hermano eran ley. Lanzó uno de sus cuchillos con tal eficacia que quedó incrustado en el quicio de la puerta que acababan de traspasar esos dos gusanos. Cuatro pares de ojos siguieron la trayectoria del arma hasta clavarse en él. Dos pares, ansiosos. Los otros dos, aterrorizados.

Fue suficiente hacer un gesto. Esperaron a que entraran en el despacho. Con parsimonia Roland, con apetito él. Casi olía el sufrimiento que se avecinaba. Ubicados tras su hermano en las dos esquinas situadas a su espalda, ellos. Odiaba extender la mano para que le olieran en cuanto se aproximaba a Roland. Entrenados para proteger a su hermano, pero también para atacar a una mera señal o indicación de este, incluso a él se le revolvían las entrañas cuando cercaban a su presa, cuando la miraban llenos de anticipación. De líneas elegantes, musculosos, con la cabeza en forma de cuña, observados desde arriba, esos malditos perros dóberman siempre le inquietaban. Entrenados para defender a su hermano y destrozar a un simple gesto de este. Jamás les daba la espalda y nunca acudía desarmado si coincidía con ellos. En estos momentos parecían estatuas, inmóviles. Una quietud tan engañosa.

—Hablad.

Estaban muertos, los desgraciados, y ni siquiera lo sabían. La única duda era si él acabaría con los dos hombres que rezumaban pavor a raudales o les tocaría a los perros. Parecía como si quisieran hacerlo, como si necesitaran con todas sus fuerzas hablar, pero el terror se lo impedía. Roland nada decía y él se estaba impacientando.

—¡Hablad!

Los abiertos ojos se centraron en él, en el arma que acariciaba con sus manos. Su inseparable compañera, la que jamás fallaba.

—Jefe, le juro que hicimos todo lo posible.

El rostro de Roland no varió un ápice.

El hombre más atrevido siguió pese al acusado temblor en su voz.

—Llegaron primero tres, jefe, después cuatro más.

—¿Quiénes?

—No lo sabemos, jefe. Eran…

—¿Eran?

—…rápidos. Intentamos sorprenderles pero no funcionó. Eran grandes, todos grandes, como luchadores. Quizá hombres de Sorenson. Algo se huele y sus hombres llevan haciendo preguntas desde hace un par de meses. Jefe, por favor, tuvieron que ser ellos. Solo nosotros salimos con vida.

—Descríbelos.

—Muy altos, sobre todo uno de ellos.

—Sigue.

—De los tres que entraron primero, me pareció escuchar el nombre de uno, Boyle o Doyle, jefe, eso creo. Sí, casi seguro… —una leve rigidez invadió el musculoso cuerpo de Roland pero nadie salvo él lo apreció—. Este era moreno, con unos ojos muy raros. Una bestia, jefe, lo juro. Creo que mató a Lumis, Halt y Edgar. Los otros dos parecían complementarse. El más alto tenía una cicatriz cruzándole el rostro. Impresiona, jefe. El más bajo era el único rubio y creo que salió herido. Llevaba las de perder, pero el moreno de la cara marcada impidió que lo mataran. A los demás apenas llegamos a verlos.

—¿Por qué?

—Jefe, estaban furiosos y acabando con todos nosotros, uno tras otro y alguien debía avisar de lo ocurrido ¿no? Pensamos que era lo mejor. Sobrevivir para contarlo.

—¿Las mujeres?

—Se llevaron a una con ellos. A Rose.

—¿Algo más?

—Creemos… —los desgraciados se miraron como dudando si atreverse a decir lo siguiente— que cogieron al bebé de Rose.

Muertos. Definitivamente muertos. El gesto apenas fue perceptible pero los gritos se escucharon definidos, agudos, chillidos suplicando ayuda. Fuertes al inicio, sin fuerza más adelante, perdiéndola al fluir libre la sangre. Al ser despedazados.

Era tan hermosa la escena. Los perros estaban entrenados a la perfección. Voraces y dañinos. No mataban sino que destrozaban. A Roland le gustaba escuchar los gritos, los chillidos desesperados, y era en esos momentos en los que se sentía más cercano a él. Entonces entendía esa odiada dependencia. Entonces, amaba y disfrutaba de esa conexión con su hermano. Tan bello. Lástima que hubieran sido los canes los elegidos esta vez. Lástima que les hubiera tocado a los perros saciar su ansia.

III

Le iba a dar un ataque. Sentía la inmensa presencia, a su derecha, a su lado. Estuvo a punto de gritar que comenzara de una maldita vez, que dejara de mirarle como hipnotizado, que necesitaba sentir sus manos, que... ¡Dios!, no sabía lo que quería.

Estaba simplemente asustado. Iban a dar un maldito paso para el que desconocía si estaban preparados.

Olvidó todo pensamiento en cuanto notó la inclinación provocada por el tremendo peso que imprimía la rodilla colocada junto a su muslo, después la balanza creada por el posicionamiento de la otra rodilla al otro lado. Dios, Dios, Dios… Se había colocado a horcajadas sobre él y la tela del calzón era casi transparente, una barrera gastada e inapreciable entre ambos cuerpos. Tragó espasmódicamente y fue a hablar pero le salió un rasposo gallo de su agarrotada garganta. Lo sintió en toda la extensión de la espalda, las manos, inmensas a ambos lados de sus hombros, rozándole, sin tocar, desprendiendo inmenso calor sin contacto, el ronco sonido de esos carnosos labios junto a su oído, pegados a él, un mechón de negro pelo unido al suyo.

—¿Te comió la lengua el gato, canijo?

Joder era un cabronazo, incluso en la cama. No pudo detener su cuerpo. No pudo. Separó las caderas del colchón, sintiendo un tremendo alivio contra la presión pero nada le preparó para el bronco quejido que soltó Peter al golpear su trasero contra su dura pelvis. Dios, Dios, era enorme. Enorme… Lo sintió tras él, incluso a través del pantalón. La tensión de esos muslos que parecían a punto de reventar la tela. Le estaba entrando el pánico propio de una sosa y virginal novia y si no paraba se iba a desmayar, a ahogar él solito, sin jamás descubrir lo que era ser amado por la persona que había esperado toda su jodida vida. Le entraron ganas de tirarse de los pelos pero temió moverse de nuevo. Y aunque lo hubiera deseado la manaza que se había colocado sobre su baja espalda se lo hubiera impedido.

—Estate… quieto, demonios.

¿Estaba temblando o era Peter? Diablos, ¡eran los dos! Casi soltó la risa atrapada en su tenso cuello. La manaza en su espalda se desplegó, el pulgar quieto entre los dos glúteos hasta que inició un sinuoso movimiento hacia un lado y hacia el otro. Alguien gemía… Sintió el atenazante peso sobre la parte superior de sus muslos. Peter se había sentado con suavidad sobre ellos en la zona donde dejaban de serlo para llenarse y redondearse. Maldita sea, le estaba provocando con un suave vaivén de las caderas, rotando, haciendo que su miembro rozara contra sus glúteos de tanto en tanto.

—¿Vamos a ello, canijo?

Su corazón botó descontrolado. No sabía qué hacer, relajarse, tensarse, girarse para enfrentarle, era enorme… enorme y él jamás había estado con un hombre. O sea, estado en el más amplio sentido de la palabra. Su mente se colapsó y abrió la boca para pedirle que parara, que esperara, que…, cuando sintió los dedos en la cinturilla del calzón. La adrenalina corrió furiosa y potente, por todo su cuerpo. Se refería al… puñetero masaje.

Desesperación y deseo. Eso fue lo que le traspasó el acalorado cuerpo pero se dejó hacer. La tela se deslizó exponiendo la parte superior de sus glúteos, cediendo al suave pero firme tirón, dejando al descubierto los endemoniados hoyuelos que siempre le habían avergonzado, pero que adoraban las pocas mujeres con las que se había acostado. Esperó a la chanza, a la risa, pero lo que llegó fue una suave caricia bordeando las distintivas marcas. Se escuchó el repentino abrir de un bote, la ráfaga a penetrante mentol y el inmediato calor cubriendo su espalda, lentamente. Le iba a dar un ataque de nervios y el hombre que lo mantenía contra el lecho parecía de lo más relajado, recorriéndole con sus manos, apretando aquí, distendiendo algo más lejos, como si lo conociera perfectamente, como si lo hubiera estudiado sin apercibirse de ello, dibujando formas con las yemas de sus largos dedos.

Se preguntó cuánto tiempo habría sentido Peter lo que sentía, cuánto tiempo habría luchado contra ello. Quizá tanto como él. Demonios, no iba a resistir mucho más. Las manos se dirigían lentamente hacia abajo. El ungüento estaba siendo absorbido por la piel, despacio, creando una oleada interminable de calor acrecentada por esas endiabladas manos. La tela fue retirada otro poco, hacia abajo, hasta dejar casi al descubierto su trasero. Sentía la ronca respiración de Peter sobre él, rápida, cada vez más, y el lento recorrido de uno de sus dedos, acercándose a la hendidura entre sus glúteos. Iban muy rápido, muy rápido y necesitaba serenarse. Necesitaba verle frente a él. Se volvió de costado obligando a esos inmensos muslos a elevarse para facilitar su movimiento.

De frente. Completamente erectos, enrojecidos, respirando con dificultad chocaron las bocas haciéndose casi sangre. Mordiéndose, saboreándose el uno al otro. El tremendo peso le aplastaba contra el lecho y esas manos le aferraban del cabello, mientras él aferraba los muslos abiertos, frotándolos, llegando a esa zona que le llamaba y azoraba al mismo tiempo. Desde el maldito tropezón en el carruaje no había conseguido apartar su obsesionada mente de la manera en que se sentiría al romper con la vergüenza, con los prejuicios, y tocarle. Su abultado miembro aprisionado aún por la ropa, vibró contra su mano mientras notaba el ronco gemido de Peter en su boca.

En un recóndito hueco de su mente pensó en la pomada manchando las sábanas pero se le fue en cuanto el enorme cuerpo se frotó contra el suyo, sus miembros chocando, palpitando incontrolados.

—Dios, canijo. No puedo…, espera…, espera…

Sendas manos de Peter se introdujeron entre sus cuerpos, derechas a la cinturilla del pantalón que parecía a punto de estallar, al igual que su claro calzón. Mientras Peter maniobraba farfullando entre juramentos y protestas contra el universo, él comenzó a soltarle la camisa que se pegaba a su impresionante pecho, sacando los sujetos faldones del pantalón contra el que parecía pelear desesperado su mole. Dios, ese pecho parecía esculpido en roca, duro, plano, el vientre marcado por músculos, las caderas bien delineadas. Perfecto.

Suavemente dejó que sus manos resbalaran por los fuertes antebrazos hasta alcanzar los inmensos hombros bajo la camisa que todavía los cubría y trató de apartarla, empujándola hacia la amplia espalda para que rodara con la gravedad. Le dio la sensación de que esos anchos hombros se tensaban bajo sus manos. Lo necesitaba tan desnudo como él. Trató de retirar de nuevo la blanca camisa ya desatada, pero Peter le agarró de golpe de las muñecas mientras susurraba un ronco *no*. ¿No? ¿No a qué?

—¿Peter?

Susurró de nuevo, la voz templada, la mirada diferente y lejana como si se hubiera desplazado a millas de distancia.

—No…

—No te entiendo, Pete, ¿qué…?

Peter soltó abruptamente sus muñecas, apartándolas con brusquedad hasta ubicarlas a ambos lados de sus cuerpos y empujándole contra la cabecera del lecho, se levantó de golpe, con inmensa aspereza, dejándole tendido, apurado, asombrado y algo humillado. La mirada fija en el hombre que hacía unos segundos parecía querer meterse bajo su piel y ahora parecía creer que apestaba. No podía ser… No otra vez. No soportaría un nuevo rechazo sin saber la razón.

—¿Qué… ocurre?

—Nada.

La velocidad con la que trataba de devolver la ropa a su sitio, de controlar su respiración gritaba a voces un todo lo contrario a nada.

Tragó su orgullo porque valía la pena, porque él lo merecía… Se arrodilló en el lecho y alzó una de sus manos en un gesto que supo que parecería suplicante. Por un momento la mirada de Peter fue de dolor, se llenó de rabia y aún más dolor, pero apretó los labios con ese gesto tan suyo. Tan tenaz.

—No me lo dirás ¿verdad? —los negros ojos se apartaron como si no soportaran la visión de él. Como un crío, sintió por primera vez desde que habían entrado en el cuarto la necesidad de taparse, de ocultarse— me vas a rechazar ¿verdad? Pete, háblame.

Esos negros y profundos iris le recorrieron el rostro, como si estuviera memorizándolo.

—Ojalá pudiera.

—Necesito saber.

Los carnosos labios se comprimieron.

—Nada tengo que decir.

No se lo podía creer. Comenzaba a enfurecerse. Estaba tirando todo por la borda por algo que solo él sabía, sin preguntar, sin titubear, sin importar el dolor que causaría. No dejaría que le diera la espalda. No esta vez. Hoy quería respuestas. Saltó de la cama, descalzo y medio desnudo pero la angustia que sentía podía con todo, con su vergüenza, con su maldita humillación, con la rabia que comenzaba a bullir en su interior. Se colocó de espaldas contra la cerrada puerta.

—Apártate de mi camino, Rob.

El choque iba a ser duro pero no saldría de allí sin conocer la razón de su reacción.

—No. Dime por qué me rechazas.

—No estoy para juegos, Rob.

Recorrió la enorme y rígida figura, ya completamente vestida, ubicada a tres pasos de él. No lo entendía. No entendía sus palabras ni su distante actitud.

—¿Crees que esto es un juego?

Peter apretó los labios pero nada dijo. Insistió aunque la respuesta pudiera doler.

—¿Lo crees?

—Apártate.

Se mantuvo firme hasta que se le acercó, pecho contra pecho, la negra mirada inclinada hacia él.

—No quiero hacerte daño, Rob, así que no me obligues a apartarte a la fuerza.

Tragó saliva y dudó. La mirada negra estaba llegando al límite de su aguante. Le conocía demasiado para ignorar la advertencia, pero antes debía saber.

—¿He sido yo?

Lo observó cerrar esos negros ojos, con fuerza, como si no solo no pudiera responder sino tampoco mirarle directamente. El corazón le dolió, como si se le fuera a romper en diminutos pedazos. Quizá su historia, su… lo que fuera, no tenía futuro por mucho que lo deseara. Quizá estaban destinados a no estar juntos, a verse sin tocarse, a vivir juntos sin convivir. A ser infelices por sus propios miedos.

Se apartó a un lado pero antes alzó la mirada clavándola en el rostro que tenía grabado a fuego en su memoria y vio anhelo y miedo, deseo y tristeza, tantas cosas, pero sobre todo leyó un mundo de soledad en su mirada.

—Cuando estés preparado estaré esperando.

—No te lo he pedido, Robert.

—Lo sé, aún así…

La frialdad se instaló en el hermoso rostro de Peter.

—Estaré abajo.

Si así lo quería, así lo tendría. Comenzó a dar pasos de vuelta al lecho, hacia el revoltijo que formaba su ropa, esperando que le llamara, que le dijera lo que ocurría, que se había equivocado, pero lo que escuchó fue el golpe de la puerta al cerrarse suavemente tras el hombre que se llevaba con él sus ilusiones.

IV

Fue cerrar la puerta y ahogarse en emociones. No creyó que le fuera a ocurrir con él. No con Rob pero la oleada de recuerdos lo saturó, rompiendo todas sus intenciones y hundiéndolas junto con el corazón del hombre que había dejado en el interior de esa habitación. En cuanto sintió las suaves manos en sus hombros, en dirección a su marcada espalda, se encontró de nuevo en la cueva, las manos tocándole, acariciándole, sin posibilidad de escapar, ahogando sus gritos. Cuando las yemas de los cálidos dedos trataron de deslizar su camisa y dejar su espalda al descubierto, sintió la rigidez apoderarse de él, la oleada de odio asentarse en su interior… Rabia, dolor, injusticia, miedo de hacer daño al único hombre, junto con su hermano, por el que lo daría todo. Por ello había matado lo que estaba naciendo entre ellos, porque quizá nunca se sintiera lo suficientemente libre de dejar su pasado atrás o sencillamente puede que nunca fuera capaz de hacer feliz a un hombre que lo merecía todo, absolutamente todo.

Que le esperaría…

No lo dudaba. Era testarudo, cabezón y demasiado bueno para él. Por eso lo dejaba ir. Se enderezó, pero antes de encaminarse al piso inferior, a la sala en la que habían dejado a los hombres de Bray, posó la palma en la madera que los separaba y la deslizó suavemente por su superficie como si lo que tocaba no fuera barnizada madera sino el franco rostro del hombre cuya mirada le perseguiría allá a donde fuera.

La dejó caer e inició su camino lejos de Rob. Le costaba dar cada paso, mucho, pero era lo que había elegido. Sentía la ira a punto de reventar en su pecho. Terminó de bajar los escalones cuando sonaron unos golpes en la puerta de entrada. Una bendita distracción. La abrió con prudencia pero el hombre que estaba en pie, vestido de policía, no le dio opción a preguntar.

—¿Es esta la mansión Brandon, señor?

Era joven, muy joven y la aprensión surgía a oleadas de su huesudo y delgado cuerpo. Presentía problemas y un nombre, una aniñada cara sonriente le vino a la mente, Clive Stevens. Maldita sea, Clive no había vuelto tras acudir al traslado de los testigos y nadie se había percatado de ello. El joven continuó:

—Quizá le parezca extraño, pero vengo del domicilio de los señores Norris pero nadie me abrió la puerta. Mis indicaciones eran que si no los localizaba allí, acudiera en seguida a este domicilio.

—Yo soy Peter Brandon y los señores Norris están aquí.

Una mueca de alivio se extendió por el imberbe rostro.

—Es muy urgente, señor. Necesito hablar con el inspector Norris cuanto antes.

Cada vez resonaba más aguda la preocupación en la joven voz por lo que abrió la puerta para que traspasara el umbral. Tras él estaba preparado Burrowers quien, con una breve indicación, lo pasó al despacho. Él se dirigió al salón donde imaginaba que se habría refugiado el padre de Rob. Asomó la cabeza con rapidez y despertó al pobre anciano de una corta pero bien merecida cabezadita.

—Viejo, despierta, tenemos problemas.

Le costó reaccionar por lo que tuvo que repetirlo. Esos ojos tan parecidos al hombre que había dejado arriba y en el que no quería pensar, se abrieron agitados.

—¿Rob?

—Está bien.

—¿El bebé?

—También —antes de que preguntara de nuevo, le facilitó la información— Tenemos a un agente de policía que acaba de llegar. Quiere hablar con tu hijo…

—Qué raro. ¿Avisaste a Rob?

Diablos, pagaría por no tener que hacerlo. Negó con la cabeza.

—¿Le diste el ungüento?

¡Demonios!, pagaría aún más por no pensar en eso.

A veces desearía que le leyeran la mente para dejar de recordarle aquello en lo que no deseaba pensar.

—¡Peter!

Para redondear el asco de situación se le iba la cabeza al completo en cuanto le mencionaban... a él. Se giró en dirección al mayor de los Norris para pedirle que fuera él quién avisara a Rob, pero supo que le extrañaría esa petición.

—Venga, hijo, ve a por Rob que yo os espero abajo con ese agente al que te refieres. Y avisa también a Doyle y a Julia.

Maldición, estaba tan gafado como el hombre al que había abandonado escaleras arriba. Hizo de tripas corazón, y tras presentar al viejo Norris al agobiado agente recorrió de nuevo los escalones que empezaba a odiar. Llamó a la puerta del dormitorio de su hermano y su cuñada y de inmediato le abrió la puerta un arrebolado y sonriente Doyle. Tras él, el doctor dándoles indicaciones y Julia con el bebé en brazos, arrullándolo.

—Es una bebita.

Se volvió a su hermano que acababa de pronunciar la frase más extraña lleno de orgullo, como si hubiera descubierto una potente fuente de energía desconocida hasta el momento.

—¿Quién?

—El bebé.

Se sentía observado por tres pares de ojos como si fuera un bicho raro y así se sentía hoy.

—Más tarde me lo contáis —notó el cambio de postura de su hermano, de relajado a alerta—. Tenemos abajo a un agente y parece ansioso.

—¿Qué pasa?

A su espalda su cuñada se aproximó hasta quedar junto a Doyle, ambos expectantes.

—Os esperan abajo. El viejo Norris ya está con él.

No dudaron. En compañía del doctor se dirigieron raudos abajo, bebé incluido. Aspiró profundamente y se dirigió tres puertas más allá.

Con los nudillos golpeó la tallada puerta de cedro. Nadie abrió. Reiteró el suave toque y ni un mero ruido llegó del interior. Aspiró de nuevo y giró el pomo de la puerta. La habitación estaba a oscuras, ordenada y fría, muy fría. Buscó inquieto el origen de la helada temperatura y se dio cuenta. La amplia ventana estaba completamente abierta.

Una locura se le pasó por la cabeza. Su corazón se le paró. Los pies se movieron veloces pero le pareció que tardaban una eternidad en reaccionar, en llegar a la ventana. Los accidentes ocurrían, a veces ocurrían. Rezó algo, no supo qué y aterrado miró, miró abajo con los oídos pitando, el corazón bombeando y helado por dentro. Solo la blanca nieve...

Escuchó un sollozo y buscó a su alrededor hasta que se dio cuenta que había surgido de él. ¿Qué estaba haciendo? Dios, ¿qué estaba haciendo alejándolo de su lado si no podía vivir sin él?

Escuchó el aviso de que bajara, que Rob ya estaba con ellos y la flojera que le recorrió entero casi le hizo desmayarse en el lugar. A salvo. Él estaba a salvo. Apretó los temblorosos puños, los labios, las extremidades, todo su cuerpo, para apagar el alarido de alivio que pugnaba por escapar.

V

Llevaba razón Peter, el joven agente parecía pronto a estallar con la necesidad de soltar lo que fuera que debía relatar. Mientras Peter había acudido en busca de Rob, este volvía de un pequeño paseo por la cocina, con la arrugada ropa descolocada como si se hubiera vestido con prisa y desprendiendo un extraño aroma mentolado, con un fresco vaso de agua que engulló de un trago. Lo cierto es que su cara presentaba una extraña palidez. Peter no tardó en reunirse con ellos tras darle una voz por la escalinata y estaba todavía más verduzco que Rob. ¿Qué demonios? Algo iba fatal entre ellos de nuevo cuando las cosas parecían haberse arreglado. Cruzó miradas con su mujer y en esos castaños ojos apreció el mismo desconcierto que en los suyos. Como los cangrejos, dos pasos hacia adelante, tres marcha atrás. Casi soltó un juramento.

Pese a tener todo el aspecto de necesitar un buen trago, el muchacho lo rechazó y comenzó a hablar, una vez se ubicaron todos.

—Hace un cuarto de hora dieron aviso en la central de un código negro.

La postura tensa de Rob se multiplicó en consonancia con la tensión en su rostro.

—¿Quién?

—Lo siento, señor. El superintendente Stevens.

La reacción fue impresionante. Rob cayó como un fardo en el sillón y apoyó los codos sobre sus rodillas, la cabeza entre sus manos. No hablaba, nadie hablaba, por lo que Doyle se dirigió al joven que oteaba de reojo a Rob, casi con miedo.

—¿Qué diablos es ese código?

—Una baja, señor. La baja de un agente.

Los oscuros y entristecidos ojos del agente, se posaron en él, pero habló para todos ellos.

—¿A qué diablos se refiere con una baja? —indagó el padre de Rob.

El susurró brotó bajo pero tremendamente diáfano, de entre las manos de Rob.

Un agente caído en acto de servicio...

Todos lo intuían pero nadie quería creerlo. Ninguno presintió lo que ocurrió a continuación.

VI

Abrió los párpados con lentitud. Le pesaban mucho y la presión que sentía tras las cuencas de los ojos iba a acabar con él. Fue a levantar los brazos para frotarse las sienes en círculos relajantes, como en otras ocasiones en que las jaquecas hacían su aparición, pero no se le movieron. No solo estaban quietos sino que sentía las manos adormecidas. Llevaba demasiado tiempo huyendo.

Los recuerdos le abarrotaron la mente como flechas dirigidas a causar el mayor daño posible. La muerte de Andrew Brears, el abandono de su escondite, el encuentro con la hija de Brears y su familia, el intento de actuar por primera vez en su vida de forma coherente y honrada.

Una mano brutal agarró un mechón de su escaso cabello y tiró de él quebrando casi su cuello. Estaba viejo, demasiado viejo para resistir, demasiado cansado para el dolor. Lo tenía detrás por lo que cerró los ojos y esperó a que todo acabara. El murmullo llegó del fondo del lugar. Dos voces, masculina y de mujer. No, tres voces. Las dos varoniles muy parecidas.

—Tienes cinco minutos para contar dónde estuviste, viejo.

Entreabrió los ojos pero frente a él únicamente se extendida una resquebrajada y descascarillada pared. Lo había repetido hasta la saciedad. Nada. Sentía adormecida la cara de los continuos golpes y los ojos hinchados. Como en un sueño notó que le soltaban la cabeza pero no pudo moverla y en ese mismo momento recordó la conversación de las mujeres en la mansión. Pero debía callar. Debía evitar que se enteraran. Sintió el chasquido y el espeluznante dolor en la mano, sin aviso. Escuchó de su propia garganta surgir incontrolable el escalofriante grito, el sudor frío manar por todo su cuerpo, la caída de sus defensas, los sollozos, y lo peor, oírse a si mismo hablar de aquello que había jurado mantener en secreto. Narrar lo que planeaban las mujeres y que Dios le perdonara por traicionarlas.

VII

Enfilaron con la mayor velocidad posible hacia la puerta por la que había desaparecido Rob como una exhalación. Peter le siguió de inmediato y casi le dio alcance, pero se le escurrió de entre los dedos. Antes de cruzar la puerta él se volvió hacia el alucinado agente de policía, el padre de Rob y hacia su pelirroja con su bebé en brazos, indicándoles que esperaran, que no se movieran. Dios, si iba a ocurrir lo que imaginaba, ellos no debían presenciarlo. No debían…, Rob había estallado.

Tendría que dejar momentáneamente en manos de su hermano que parara a su mejor amigo. Él debía asegurarse de que las personas que permanecían en el saloncito se quedaran en el lugar, protegidos. Una ligera opresión se apoderó de su pecho mientras miraba a la hermosa mujer que lo observaba con inmensos ojos asustados rodeando a la pequeña en sus brazos. Se acercó rápido, sin movimientos bruscos, hacia ellas y depositó un tierno beso en la roja coronilla y luego en la suave pelusilla que cubría la diminuta cabeza. Se giró hacia Edmund.

—Viejo, cuida de ellas.

—Yo lo haré, señor.

La joven voz del policía no titubeó por lo que lo miró con aprecio, agradeciéndole con la mirada. La angustia se reflejaba en la anciana mirada del padre de Rob, por lo que le puso la mano en el frágil hombro.

—Cuidaremos de él, viejo. Pete y yo cuidaremos de él —trató de sonreír para que no se dieran cuenta de su preocupación, y puede que funcionara con el anciano, pero no con ella. Nunca con ella—. No os mováis de aquí.

Ambos asintieron inseguros. A su espalda sintió entornarse la puerta y aparecer la rechoncha figura de Burrowers. Cierta calma lo inundó. Su fiero mayordomo y viejo amigo no los dejaría sin vigilar. Se encaminó hacia la puerta dejando tras de sí una clara orden dirigida al hombre que acababa de entrar y que le había entendido a la perfección, y nada más cruzar el quicio de la puerta echó a correr, los pies apenas tocando el suelo.

La distancia de unos cien metros entre el saloncito y la sala de entrenamiento la recorrió más rápido que nunca, pero ya a unos veinte metros alcanzó a escuchar la algarabía y los gritos. Accedió al cuarto que era el refugio de su gigantesco hermano y al otro lado, al fondo, se apelotonaban cinco de sus hombres, agitados, con las miradas centradas en la cerrada puerta que daba al interior de la habitación adyacente que hacía las veces de almacén. Uno se giró al oírle llegar y le siguieron los demás, Marsden al frente. Este habló a gran velocidad, casi farfullando.

—Señor, gracias a los cielos. No sabemos qué hacer. El señor Norris está dentro peleando con el señor, quiero decir, con su hermano. Este entró y cerró la puerta en nuestras narices y se escuchan golpes, mobiliario cayendo y eso que no abundan las cosas en ese cuarto salvo los dos cabrones de los Bray.

Respiró antes de hablar. Cuernos, pintaba fatal.

—Vuelvan a la casa. Yo me encargo.

—Señor, dentro hay una bronca tremenda.

Los ruidos lo atestiguaban. Gritos sin alcanzarse a comprender las palabras exactas, la voz de Peter, profunda. La contestación de Rob, enfurecida.

—Lo sé, Marsden. Hagan lo que les he indicado. Vigilen la casa y a quienes la ocupan.

Los hombres se cuadraron, más tranquilos.

—Ahora mismo, señor.

En cuanto quedó despejada la sala, abrió la puerta de acceso al cuarto. Dios… se habían dado. Peter y Rob se habían golpeado y las huellas se apreciaban recientes en su cuerpo. Rob sangraba de la comisura de la boca. Peter mostraba la apretada mandíbula enrojecida.

Las baldas habitualmente repletas de recuerdos de viajes, armas no convencionales, trapos, material para el cuidado de la colección de armas de Peter, estaban desordenadas. Todo por el suelo y desperdigado, al igual que uno de los hombres que aún permanecía atado a su silla. Esta se había volcado y el hombre, desesperado trataba de alejarse de las dos moles que seguían luchando como titanes, sin darse cuenta de su llegada. El otro hombre de los Bray los miraba completamente aterrorizado, el cuerpo entero temblándole.

—¡Ya basta!

Estaban tan ensimismados que le ignoraron. Peter había conseguido agarrarle por detrás con una de sus llaves. Le rodeaba el torso con uno de sus brazos, la cabeza la mantenía quieta contra su hombro, presionando la palma de su mano contra la frente del hombre más menudo, pese a la furia con la que Rob trataba de sacudirse, y Peter lo mantenía aprisionado contra la única pared libre de la habitación. Había conseguido abrirle las piernas y mantenerlo contra la pared cuan largo era, empleando como tope sus propias piernas entre las de Rob. Este no podía moverse, no podía golpear, no podía atacar, pero podía gritar.

Su mirada se desvió hacia los hombres de Bray, y no podría decir si estaba más aterrados por la fuerza y furia de Peter o por las palabras de Rob. Joder, tenía toda la intención de matarlos, como ellos había hecho con Clive. El odio destilaba de su voz, temblando de la ira, empecinado en los hombres que trataban desesperados de alejarse del peligro que intuían en él. Se adelantó dos pasos pasando por encima del hombre tirado en el suelo y puso la mano en el compacto hombro de su hermano. Le pareció sentir cierta distensión. Lo siguiente fue un gruñido de Rob, que paró de golpe de vociferar al recibir el doloroso empellón con toda la extensión del cuerpo de Pete. Pero no duró. De nuevo comenzó a revolverse rezongando nuevas amenazas. Así no solucionarían el maldito problema.

—Sácalo de aquí, hermano, hasta que se calme de una puñetera vez.

Peter giró levemente la cara en su dirección, las manos sujetando con fuerza al hombre que seguía furioso contra el mundo.

—¿Estás seguro?

—Lo estoy.

Peter iba a hacer algo drástico. Lo notó por la fuerza, por la tensión que pareció acumular el enorme y ágil cuerpo de repente. Soltó a Rob con un solo movimiento causando el desconcierto de este que se quedó pegado unos segundos a la pared donde le había empujado. Los segundos necesarios y suficientes para que asiera su hombro, lo volviera en su dirección y le diera un certero puñetazo no excesivamente potente, que hizo que Rob quedara paralizado como una estatua, se le pusieran los ojos en blanco y cayera desplomado contra el hombre que lo cogió sin dificultad.

—Diablos, Pete, no hacía falta dejarlo grogui.

—Sí lo hacía, créeme. Hoy, hacía falta.

—Estará furioso cuando despierte.

—No más de lo que ya lo estaba, al menos conmigo.

Las palabras de su hermano sonaron tan extrañas que lo paró en cuanto comenzó a dirigirse a la puerta con el peso de su mejor amigo echado al hombro.

—¿Qué ocurre, hermano?

El suspiro de derrota le llegó claro.

—Fantasmas del pasado, Doyle. Mis malditos fantasmas que no me dejar vivir.

Peter prosiguió su camino sin otra palabra, cuidando de que la cabeza y el cuerpo que manejaba con dulzura no golpearan contra nada.

Se orientó hacia los hombres que parecían respirar con algo más de tranquilidad tras sus mordazas. Se agachó y colocó en su lugar al que había volcado. Al otro lo ubicó espalda contra espalda. Retiró el trapo hundido entre los labios del que mostraba síntomas de estar más asustado, el que se había orinado encima. Se humedeció los resquebrajados labios, sin apartar su mirada de él. Esperó un rato a que retornara Peter, pero se le agotó la paciencia.

—¿Nos estabais esperando?

La cabeza se inclinó levemente hacia su espalda, hacia su otro prisionero.

—Él no puede ayudarte y conviene que hables cuanto antes. Los dos hombres que acaban de salir no tardarán en volver y si lo que me dices no me agrada os dejaré en manos del rubio. A solas con él.

Del hombre salió un rasposo *no, por favor*.

—En una hora estaréis muertos si no habláis.

La nuez de Adán del hombre que tenía frente a él, mirándole con vidriosos ojos, no paraba de moverse como en una macabra danza.

—Repito ¿nos esperabais?

La sucia cabeza se inclinó.

—¿Qué has dicho?

—Sí. Las órdenes eran que estuviéramos alerta. No nos dijeron a qué pero nos turnábamos para estar en guardia.

—¿Qué más?

—Una noche escuchamos a uno de los jefes hablar.

—¿Y?

—Hablaban de que ella no tardaría en enviarlos.

—¿Qué significa eso?

—Por lo que sabemos, que habían tendido una trampa a la policía.

—¿Cuál?

—Todo fue idea del jefe.

—¿Cuál de ellos?

El hombre lo miró como si creyera que le estaba tomando el pelo.

—¿Cuál de los hermanos Bray?

La sorpresa llenó la extrañada mirada.

—Roland. Él manda sobre todos.

A su espalda escuchó abrirse la puerta y olió el aroma inconfundible de Peter. Antes de seguir se dirigió a él.

—¿Rob?

—Sigue dormido. Le dejé una nota para cuando despierte.

—¿Solo?

—No. Lo dejé con su padre.

—¿Mis mujeres?

Una suave sonrisa cubrió los labios de su hermano.

—Con Burrowers y la señora Pitt. Se aposentaron en la cocina, tomando algo caliente. No te preocupes, hermano, no les quitarán la vista de encima.

Más sosegado se centró de nuevo en la amigable charla.

—Quiero datos.

El hombre tragó saliva convulsivamente.

—Si hablo estoy muerto.

Peter intervino.

—También si no lo haces. La diferencia estriba en que si hablas ahora, sales vivo y con un pasaje en la mano con el destino que desees y una cantidad de dinero para empezar de nuevo.

Una pequeña esperanza salió a relucir en la opaca mirada. El hombre a su espalda comenzó a revolverse. Peter no le dio opción. De un golpetazo en el cuello, lo dejó inconsciente. El hombre de Bray apretó los ojos, permaneció un segundo en ese estado y los abrió, límpidos, diferentes.

—Todo el mundo cree que la mujer que custodia la policía es Marianne Blair.

—¿Y?

—No lo es ¿no lo entienden? La mujer que protege la policía es Brenna Bray, la mujer del jefe.

Los juramentos de los hermanos brotaron ocasionando un bote en su prisionero.

—Sigue —indicó Doyle.

—No conseguíamos localizar a Hamilton, por lo que al jefe se le ocurrió. Fue la propia Brenna quien mató a Juliet Moore, la amante de Rupert, y este desconoce que fue su propio hermano quién ordenó que mataran a la mujer que quería.

—¿Cómo sabes eso?

—Yo mismo acompañé a Brenna esa noche, pero les juro que fue ella la que la mató. Yo esperé fuera.

La exclamación se le escapó. Dios, ese hombre, Roland Bray era un jodido loco. Ordenar el asesinato de la amante de su hermano, que la orden la cumpliera su propia mujer y sin que este lo supiera para que reaccionara vengándose. El resto comenzaba a intuirlo.

El hombre prosiguió, más calmado. Una vez decidido a hablar, ya daba igual. Solo le quedaba arriesgarse con lo que ellos le ofrecían.

—A Rupert le dijeron que a su mujer la había matado el clan Thompson. Cuando Rupert se vengó asesinando a la mujer y cuñada de Lionel Thompson, Brenna usurpó la identidad de Marianne Blair. Contó a todos, policía incluida, la historia de que Rupert había errado al matar a su hermana y no a ella, que le había visto salir ensangrentado del lugar del crimen y que ella había escapado, pero que estaba dispuesta a testificar contra Rupert. De esa manera lograba acercarse a la policía y esperar.

—La policía solo encontró un cuerpo.

—El de Monica Blair, la cuñada de Lionel Thompson. Lo que no sabe es que también murió asesinada Marianne Blair porque el jefe se deshizo del cuerpo.

Maldita sea, Clive había caído de cabeza en la trampa urdida por Roland Bray, y como había vaticinado, habían entregado a Hamilton a los Bray, sin esfuerzo alguno por parte de estos. Nadie dudaría de la identidad de una testigo dispuesta a hablar y al estar protegida y oculta, el riesgo de que alguien que conociera su verdadera identidad diera la voz de alarma era ínfimo. Un macabro plan y extremadamente efectivo. Peter medió:

—¿Por qué los Thompson no lo denunciaron?

La expresión en el rostro del hombre mostró una extraña determinación.

—Los asuntos de los clanes se resuelven entre ellos. Es nuestra ley.

Ambos hermanos cruzaron miradas. Era inconcebible.

—¿Por qué querían acercarse a la policía?

—Para pillar a George Hamilton. El jefe es listo, muy listo.

Lo decía casi con orgullo, encarándose, hasta que Peter se aproximó susurrando un *cuidado*. Retornó el constante temblor a su amarrado cuerpo.

—Continúa.

—El banquero tenía que aparecer tarde o temprano y acudiría a la policía. No sé demasiado del tema pero al parecer mataron a otro viejo.

Una sensación como de fuego líquido recorrió el cuerpo de Doyle al oír mencionar a Andrew Brears en labios de esa alimaña. El secuaz de los Bray no se dio cuenta de su reacción y continuó con el relato.

—Esas fueron dos semanas extrañas. Todo pareció precipitarse. Por algo que desconozco les urgió de repente matarlo. No sé. El caso es que dio resultado. El banquero asomó el morro y todo fue como la seda.

—Explícate.

—El hecho de que ustedes atacaran la casa lo demuestra. Es como dijo el jefe. Imaginó que en cuanto apareciera Hamilton lo llevarían con la otra testigo, con quienes ellos creían que era Marianne Blair. Dijo no sé qué de que con los pocos hombres de los que disponía la policía, no les quedaría más remedio que vigilar a los dos a la vez.

Maldita sea…

—Dijo que en cuanto los juntaran, Brenna, haciéndose pasar por Marianne Blair, buscaría la ocasión de atrapar al viejo y mataría a unos cuantos polizontes por el camino.

El imbécil que hablaba junto a ellos soltó una risilla hasta que la inmensa manaza de Peter le rodeó el cuello, un cuello que de repente pareció el de un niño, frágil y delgado, bajo esa mano.

—Ríe de nuevo y mueres.

Los ojos casi se le salieron de las órbitas. Ahora entendían lo que había ocurrido, por qué Clive no había vuelto. Se le formó un nudo en medio del estómago. Solo quedaba una cosa por aclarar.

—¿Quiénes son las mujeres y el bebé que encontramos en ese agujero?

—Hijo ¿estás bien? Me diste un susto de muerte.

Tenía la cabeza llena de soldadillos tamborileando junto a sus sienes y la mandíbula como un inflado pudding ¿Qué diablos había ocurrido? Le llegó a ráfagas todo lo acontecido por lo que se incorporó, pero el empujón de su padre lo tumbó de nuevo en el mullido sillón.

—Se me fue la cabeza.

—Y que lo digas, hijo. Peter tuvo que noquearte y traerte como un fardo; y antes de que preguntes, te dejó una nota para cuando recobraras la consciencia...

—Pues no quiero leerla.

—...además de tu sentido común, momentáneamente desaparecido.

—No voy... a... leer... nada que haya escrito la mole.

—Hijo...

—¡He dicho que no!

Trato de incorporarse por segunda vez. Los soldaditos pararon, pero las nauseas se hicieron un buen hueco en su estómago. Clive... ¡Maldita sea! No se lo podía creer.

—No ha muerto, hijo. Está gravemente herido, pero vivo. Al joven agente que ha traído la noticia, no le dio tiempo a explayarse antes de que salieras disparado a no sé dónde. Más tarde nos dijo que le habían alcanzado en la cabeza y que los dos testigos habían desaparecido. Que un joven agente que les protegía sí murió en el cruce de disparos.

Sintió tal descanso, el pecho aflojarse como un globo, que incluso las náuseas remitieron. Entonces se le ocurrió.

—¿Cómo demonios los localizaron?

—No lo sé, hijo.

Tenía que levantarse y bajar de nuevo. La fuente de información seguía en ese maldito cuarto y no tenía intención de perder más datos de los que había dejado atrás mientras estaba inconsciente por culpa de...

—Ayúdame.

—¡A qué!

—A volver abajo.

—Pero hijo, estás atontado.

La mirada azulada se clavó, enrabietada, en la ligeramente más oscura de su padre.

—Atontado, no en el sentido de tonto abobado, sino de mareado, quería decir.

—Da igual.

—No. No da igual, hijo. Apenas puedes sostenerte.

Vaya si podía. Se irguió como pudo sin caerse de cabeza hasta enderezarse como un poste y exhibió la sonrisa más orgullosa e implacable del universo. A ver qué le decía ahora.

—Tienes la bragueta abierta, hijo.

Maldita sea, como bajara un poco la cabeza se iba de morros, así que obvió la frase.

—Me ayudas o voy por mi cuenta.

El suspiro de resignación de su padre le indicó que había ganado la partida. Con el transcurso de los segundos iba ganando en estabilidad y recobrando el equilibrio. Demonios, menudo mamporro le había lanzado la mole.

Poco a poco dejó de apoyarse en el delgado hombro de su padre. Se cruzaron por el camino con los hombres de Doyle y Peter, escaleras abajo, en la cocina y en el desnudo y largo pasillo, elegantemente decorado, que finalizaba en la sala de entrenamiento, guardando y recorriendo incansables la casa por parejas, como soldados bien entrenados. Todos les dejaban pasar sin una mirada de extrañeza. Habían recorrido la mitad de la extensa sala de entrenamientos cuando una pregunta les llegó desde el interior del cuarto donde habían dejado a Doyle: *¿Quiénes son las mujeres y el bebé que encontramos en ese agujero?*

Alguien balbuceó, pero no llegó a entender lo que dijo. Se acercaron lentamente y su padre empujó la entornada puerta. En su interior seguían Doyle y Peter, los hombres de Bray sentados en sendas incómodas sillas, uno todavía amordazado como una salchicha, inconsciente y de espaldas a la entrada, y el otro parecía no poder callar por la manera en que barboteaba las palabras. Todas las miradas que pudieron virarse se dirigieron hacia la entrada, entre ellas la del hombre que lo enfurecía hasta perder la razón. Se negó a mirarle.

—No estamos seguros.

Doyle afianzó una silla que estaba en una esquina cerca del hombre que hablaba, colocando el respaldo en su dirección y se sentó con esta entre sus abiertos y musculosos muslos, extremadamente calmo, dándole la oportunidad de que hablara por su cuenta.

—Di lo que sepas.

El hombre intentó posicionarse más cómodo.

—Las traen embarazadas cuando ya están a punto de parir. Nuestras órdenes son vigilarlas.

—¿Cuántas mujeres?

—Por lo menos cinco que yo haya visto.

En la puerta de entrada se escuchó un suave juramento.

—¿Quiénes son?

—No lo sé, lo juro. Solo sé que los bebés son importantes, muy importantes para ellos. Más que las mujeres. A los bebés los necesitan para algo.

—¿Qué demonios sabes entonces, para que nos sirvas de algo? Para que no te matemos y evitemos malgastar nuestro precioso tiempo.

El malnacido que los miraba uno tras otro, se tensó.

—Una vez…, una vez entablé conversación con una de ellas. Se llamaba Emily y la secuestraron de su casa. Al menos eso dijo, pero apenas le pude sacar información ya que estaba aterrada. Completamente asustada. La tenían amenazada con algo. Mencionó solo una vez a un marido, así que era casada.

—¿Con quién?

—Con un estibador del puerto. Se negó a decir más después de aquello.

—¿Qué ocurrió con el marido? ¿No denunció la desaparición?

—No lo sé, pero en una ocasión dijo algo extraño. Dijo que por ella estaba atrapado en sus garras.

—¿Qué fue de ella?

—Lo desconozco. Parió un niño y desaparecieron sin dejar rastro.

—¿Quién se los llevó?

—El mayor de los Bray, Rupert, pero deben entender algo.

—¿Qué?

—Que Rupert solo actúa si se lo ordena su hermano. Roland es…, es…, da miedo, maldita sea. Verdadero miedo. Reina con terror.

—¿Reinar?

—Sí, reina en los bajos fondos, y el que protesta aparece degollado en unas pocas horas.

Todos cruzaron las miradas. Se habían buscado un buen enemigo. Doyle se inclinó de nuevo hacia el tipejo.

—¿Por qué mataron a Andrew Brears?

—Porque había descubierto algo e iba a hablar con la policía. Solo sé lo que se decía, que si hablaba todo se tambalearía. Eso es lo que se escuchaba, lo que se rumoreaba.

—¿Qué es todo?

El hombre pareció a punto de derrumbarse.

—Le juro que no lo sé. Ya no sé más y si le dijera algo, me lo estaría inventando. Solo los hermanos Bray están al tanto de todo. Únicamente ellos.

Doyle se echó hacia atrás dejándolo respirar, tras clavar la transparente mirada unos segundos en él. Se levantó después de colocar de nuevo la mordaza en su lugar, indicándoles que convenía salir para hablar en privado. Contra la pared de la sala de entrenamiento esperaba Marsden con dos hombres de su confianza, quienes en cuanto ellos salieron de la habitación, tomaron su lugar. Los cuatro se situaron en círculo.

—No sacaremos más de lo que ya tenemos y dudo que nadie salvo los hermanos Bray y quizá la amante de Roland, Brenna, sepan lo que ocurre.

Eso llamó poderosamente la atención de Rob y de su padre. En ese momento cayó en la cuenta de que estos solo conocían parte de la truculenta historia de los turbios asuntos de los Bray, pero nada del error en la identidad de Marianne Blair. Los pusieron al tanto de inmediato. Edmund hizo un par de preguntas, pero Rob parecía que ni respiraba de lo quieto y apagado que se mostraba. Era tan, tan poco usual en él. Tampoco se dirigía ni miraba a Peter, y este rehuía sus ojos como si transmitieran la peste bubónica con el mero contacto. Todas las alarmas de su cerebro estallaron, pero no era el momento de mediar. Ni hoy, ni mañana. Quizá no tendría ocasión de hacerlo hasta que acabaran con los Bray.

—Clive no está muerto. Está herido pero ha sobrevivido.

La clara voz surgió de Rob. Lo primero que decía desde su vuelta, y la sorpresa fue descomunal. Algo bueno en un día excepcional y singular en todos los sentidos. Incluso en su hermano asomó una silenciosa sonrisa de plena satisfacción. La agradable cara del hombre que era buen amigo de Rob apareció tan nítida en su mente como si lo tuviera delante. Agradeció el respiro, la suerte, el destino, lo que fuera que hubiera preservado su vida. Era una gran noticia y sonrió ampliamente, soltando la rabia que al pensar en su muerte había sentido en su interior. No lo hubiera merecido, no semejante hombre. Soltó el aire acumulado.

—Esa es la mejor noticia que he escuchado en este jodido día.

—Lo mismo digo, amigo. Lo mismo digo.

Había algo más de vida en la monótona voz de Rob. Algo bueno para todos, sin duda. Tocaba decidir la mejor manera de actuar.

—Debemos organizarnos. Con lo que tenemos no localizaremos a Rupert Bray. Tienen a George Hamilton y allá dónde esté imagino que encontraremos a Brenna Bray —continuó Peter.

—Pero, ¿por qué tantos esfuerzos en pillar a Hamilton?

—No estoy seguro, pero creen que sabe algo más de lo que nos contó o creen que esconde algo que necesitan.

—Pero, ¿el qué?

—No lo sé, pero estará muerto si no lo localizamos cuanto antes...

Peter se frotó el hermoso rostro centrándose en la cicatriz, como si le molestara más de lo habitual, antes de continuar.

—Lo único que nos relaciona con Bray son las peleas. Si siente tal obsesión con ellas, acudirá mañana a la contienda y tendremos la oportunidad perfecta para echarle el lazo. Una vez lo tengamos, tendremos a Roland y a Brenna. Descubriremos para qué quieren a los bebés, qué demonios hacen con las madres y a qué se refería el hombre de los Bray con eso que dijo una de las mujeres sobre el marido, que le tenían atrapado por su culpa. Algo en las tripas me dice…

—¿Qué? —indagó el padre de Rob.

—Que todo está relacionado, que los Bray están detrás y que son extremadamente peligrosos. Me recuerdan a…

Calló de golpe y en esta ocasión ni siquiera él pudo impedir el movimiento de su cabeza hacia el hombre rubio que miraba fijamente el suelo y que susurró sin dirigirse a nadie en particular. *A Saxton...*

Doyle paseó la vista sobre cada uno de los hombres que lo rodeaban. Estaban agotados, doloridos y desencajados. Era de madrugada, el momento de descansar para continuar al día siguiente. Habían quedado en reunirse todos de nuevo a media mañana. El Club al completo, su mujer incluida. Su única duda, que sabía que conllevaría consecuencias indeseadas con su pelirroja, era si comentar con las mujeres el siguiente paso a dar. El hecho de que tenían planeado acudir a la pelea clandestina. Mañana lo decidirían.

Con rapidez Rob se dirigió a su padre y le comentó con una voz plana, ajena a él, que era hora de irse a casa y que prefería dormir en ella, asintiendo sorprendido el anciano mientras fijaba la atenta y atónita mirada en Peter. Todos presintieron que iba a preguntar a Peter si les acompañaba, pero se le adelantó su hijo diciendo que Peter tenía su propio hogar.

El mazazo fue inmenso. Peter trató de que no se notara, pero su cuerpo, su rostro y sus manos gritaban a voces que le estaban desgarrando, que no esperaba semejante rechazo. Doyle miró a los dos hombres que habían dejado de cruzar miradas o palabras e intentó decir algo, pero la manaza de su hermano en su hombro se lo impidió, desesperado, apretando con fuerza. Con el duro apretón brotó un gentil *hasta mañana* lanzado al aire al tiempo que padre e hijo se encaminaban hacia la salida de la sala. Doyle se dio la vuelta.

—¿Pete?

La fuerte mano le dio un leve empujón hacia la puerta.

—Ve con tus mujeres, hermano. Ellas te necesitan.

—Tú también.

—Yo estoy bien o estaré bien…

—¿Qué os ha ocurrido?

—No importa ahora.

—Sí. Sí importa. A mí me importa.

En ese momento apareció en los negros y profundos ojos de su hermano una de las miradas y sonrisas más hermosas y tiernas que jamás había presenciado y se encontró repentinamente envuelto por su inmenso cuerpo rodeado por su duro y fiero hermano. Unas palabras en su oído dichas tan bajo que apenas se hubieran entendido de no haber estado abrazados: *te quiero, hermano.*

La congoja le cerró la garganta y solo pudo apretar ese cuerpo tan fuerte como Peter había hecho antes. Fuerte, sin un gramo de vergüenza, mostrando todo el amor que sentía por un hermano que siempre estaba ahí, un hermano por el que lo daría todo, un hermano que merecía ser tan feliz como él. Se separaron tras una mirada que dijo todo lo que sus cuerpos habían transmitido, depositó un suave beso en la mejilla de su hermano menor y se giró dejando a Peter en el sitio, en la sala donde solía lamerse sus heridas, en la sala dónde necesitaba estar a solas en esos momentos. En su refugio.

Él se encaminó en busca de sus mujeres. En busca de su corazón.

IX

La habitación estaba a oscuras y la recorría un olor indefinible, dulce y desconocido, mezclado con el aroma fresco, que conocía tan a fondo, de su pelirroja. Estaba cansado mental y físicamente. El golpe de creer muerto a Clive había sido despiadado y había horadado las fuerzas de todos ellos. El saber que estaba vivo le había devuelto las ganas de pelear, pero el cansancio persistía.

Se aproximó con cautela hacia un lado de la cama y encendió un candelabro que dejó con sumo cuidado en la mesilla que daba a su lado del lecho. Posó la vista en este y una sensación de plenitud lo embriagó. Estaba perdido para siempre. Sorbido el seso y el corazón por las dos dulzuras que dormían, tranquilas y satisfechas en su cama. Su mujer y su bebé.

Dios, tenía una familia por la que mataría.

Se desnudó con rapidez y se deslizó en la cama, en su lado, frente a su esposa, cuya suave mano reposaba protectora sobre la llena tripita del bebé. Ese olor tan especial emanaba del bebé, dulce, como a galletas de nata. Sonrió satisfecho y esperó no despertarla, pero el ansia de tocarla le pudo. Posó su propia mano encima de la de su mujer, protegiéndolas a ambas. Las rojizas pestañas aletearon hasta que esos castaños ojos que lo traían por la calle de la locura se abrieron adormilados. Habló en susurros.

—Hola, cielo.

—Hola, mi grandote.

Sonrió porque esa mujer siempre le sorprendería, pero calló como una tumba cuando la bebé se removió y se orientó en su dirección, agarrando de repente con su diminuta mano su pulgar. Su pecho dio un bote. No dejó de percibir la pícara sonrisilla de su mujer.

—Perdiste el corazón por ella ¿verdad? Por la pequeña.

Sintió un apretón en el pulgar, sorprendentemente fuerte, como si la diminuta cosita que no le soltaba entendiera la importancia de su respuesta.

—Sí.

Los ojos de su mujer brillaron.

—Me gustaría criarla y amarla como si fuera nuestra. No creo que pudiera permitir que se la llevaran. No podría…

Su corazón se encogió solo de pensarlo e imaginó que lo mismo sentía su pelirroja.

—No se la llevarán. Es nuestra. Su madre antes de morir me pidió que la cuidara, que la protegiera y no permitiera que se la llevaran, y eso haremos, amor. Eso haremos.

—¿Te dijo su nombre?

La pregunta le desorientó y su mujer debió notarlo.

—Su madre, ¿te dijo como la llamó?

Miró el pequeño bultito que en medio de ellos dormía plácidamente, sintiéndose protegida.

—No. No le dio tiempo.

—¿Rose?

De nuevo se había perdido en la conversación. Por Dios, una de sus mujeres lo volvía loco, pero al parecer las dos unidas, lo dejaban alelado e inservible para seguir una simple conversación. Tendría que acostumbrarse.

—¿Te gustaría que la llamáramos Rose, como su madre?

Amaba a su mujer y su tierno corazón.

—Me gustaría mucho.

La sonrisa le alcanzó de lleno en medio del pecho. Rose Brandon. Su hija. Pasó su inmensa manaza por la pelona cabecita, tan suave y frágil hasta que la alcanzó su mujer y entrelazaron los dedos en una danza que encantaba a ambos. Con su pequeño pulgar comenzó a hacerle suaves cosquillas en la suya. Le conocía demasiado bien. Lo que le relajaba, lo que le chiflaba…

—¿Ha sido duro?

En esta ocasión el hilo de la conversación era claro.

—Algo. Uno de los hombres ha hablado a cambio de un pasaje al lugar que desee y la posibilidad de empezar de nuevo de cero.

—¿Qué os dijo?

Le relató entre susurros las noticias recibidas y en un par de ocasiones sintió cómo su mujer le apretaba la mano, sobre todo al hablar de las mujeres y sus bebés.

—Descubriremos qué ocurre y conseguiremos que los encierren, amor. No merecen otra cosa.

—¿Te dije que te quiero?

La pregunta le sorprendió.

—No hace falta.

—Sí. La hace. No soy una mujer que te lo vaya a decir a menudo porque siempre he pensado que las acciones valen más que mil palabras, pero esta noche, aquí, con nuestro bebé en medio, necesito decírtelo ¿sabes? Lo necesito. Te amo, marido. No pensé cuando te conocí que jamás fuera a pronunciar esas palabras —soltó una risilla traviesa—. Lo cierto es que te aborrecía, pero te metiste dentro de mi corazón. No sé cómo, pero lo hiciste.

Sintió que se soltaba de su mano y a punto estuvo de protestar pero de inmediato la notó acariciar su áspera mejilla hasta que la cubrió.

—Te amo, mi grandote.

—Lo mismo digo, mujer, y gracias.

—¿Por qué?

Las miró a ambas.

—Por darme lo que jamás creí que tendría —la sonrisa amorosa de su pelirroja fue respuesta suficiente—. Durmamos ahora.

Sobre el pequeño cuerpo de su bebé se besaron, con ternura, con dulzura, las manos entrelazadas y lentamente cayeron en un apacible sueño, acompañando el de su indefensa hija, protegida entre sus propios cuerpos.

Una familia.

*****

Capítulo 11

I

Había dejado a la pequeña Rose, entre balbuceantes gorjeos y babeando incansable, en las capaces manos de la madre de Mer y sin apenas perder tiempo había redactado una escueta nota dirigida a su marido indicando que no se preocupara, ya que había quedado en reunirse con el resto de las mujeres por lo que en esencia no le había mentido del todo. Al igual que reos fugitivos habían escapado de las vigilantes miradas de los varones y decidido que era hora de agarrar las riendas de la situación ya de por sí bastante maltrecha y fuera de rumbo.

Les había llegado durante el día la deseada noticia de que Clive se recuperaría completamente pese a la seriedad de la herida recibida en el cráneo. Esta le había causado una sustancial conmoción y una ligera pérdida de memoria que había dejado perplejos a sus amigos como consecuencia de su reacción al verlos, cuando habían acudido a hacerle una corta visita. Había confundido a Rob con su difunto padre y a Peter con su abuela Clotilde, una anciana arrugada, tacaña, centenaria y al parecer con bigote, que lo había criado con mano de hierro. Las carcajadas de Doyle a la acertada comparación, según él, casi habían provocado una pequeña trifulca con su hermano, hasta que Clive pretendió que a Doyle lo detuvieran al creer identificarlo con una fogosa y famosa *madame* que regentaba varios prostíbulos y tugurios en la zona sur del río, lo cual fue jaleado con provocadora efusión por Peter.

Pese al inmenso susto que el superintendente les había causado, le hubiera encantado presenciar las expresiones de los hombres, sobre todo las de la gigantesca abuela y la experimentada *madame*. Hubiera pagado unas cuantas libras y habría merecido la pena hasta el último penique.

El doctor había recetado descanso, tranquilidad y ningún esfuerzo físico o mental, pero con un hombre como Clive no estaba segura de que fuera a funcionar semejante prescripción.

La mala noticia era que poca información podía facilitar de la desaparición de Brenna Bray, la mujer que a todos había engañado. El superintendente sostenía que esa parte estaba rodeada de una espesa neblina en su mente, recordando únicamente el redondo y oscuro cañón de un arma de fuego, el inmediato fogonazo, los aterrados ojos de Hamilton carentes de esperanza y dolor, ardiente dolor.

Para regocijo del Club, los superiores de Clive no podían actuar contra él ya que este había aconsejado por activa y por pasiva, incluso por escrito, que se asegurara la identidad de la testigo con carácter previo a proceder a su protección, siendo ignorado en cada ocasión en que se permitió sacar a relucir el tema, desoído, desatendido y objeto de burla. Una posible sanción por la pérdida o desaparición de sendos testigos estaba zanjada ya que dejaría en ridículo a sus inútiles jefes.

Lo que ellas tenían claro era que no podían permitir que otra persona resultara herida, y desde que habían descubierto lo del secuestro de las mujeres y que algo hacían con sus bebés recién nacidos, su voluntad de proceder con el plan inicial se había reforzado. Si conseguían salvar aunque fuera a una sola mujer o recuperar a una criatura, capturando a Rupert Bray o localizando su escondrijo, no cabrían en sí de gozo. Tenían una sola ventaja por el momento. Los hombres les habían anunciado que tenían gestiones urgentes que resolver con la policía a lo largo de toda la noche y ello les concedía tiempo suficiente para engalanarse, acudir a la mansión de la viuda Orren, presenciar la pelea e indagar sutilmente por los alrededores.

Una idea que tenía en mente tras partir de la mansión Orren donde un hermoso coche de caballos las había recogido, resurgió con fuerza. Se volvió suavemente hacia su izquierda.

—No estoy segura de que debieras haber venido, Mere.

Los castaños ojos de esta se agrandaron todavía más de lo que estaban.

—¿Por qué?

—Por tu estado.

—¿Qué estado?

—Hambrienta y gruñona, no te digo… —torpedeó Julia con los labios antes de proseguir— ¡embarazada, Mere! ¿Qué otro estado podría ser?

—Pero si no vamos a hacer nada, salvo preguntar, curiosear y elucubrar. ¡Nadie se va a lanzar al cuadrilátero a pegarse!

—Nosotras no, pero no pondría yo la mano en el fuego por la viuda Orren —canturreó Jules— esos ojillos dan miedo.

La sonrisa relajó el rostro de Julia. La viuda había resultado ser una mujer ingeniosa, divertida, tan curiosa y extravagante como ellas. Le agradaba su manera franca de hablar, de disfrutar de la vida, y la forma en que con una sonrisa de oreja a oreja las contemplaba desde el asiento de enfrente, ubicada junto a la abuela Allison. Gozaba de un sabroso sentido del humor.

—Ay, queridas, si fuera más joven… —mientras hablaban le dio un codazo a la abuela y las dos se derritieron en jocosas y preocupantes risas, más propias de crías que de todas unas señoras maduras. De vuelta al caso de Mere, Julia decidió actuar con sensatez.

—Mere, si John se entera se va a enfadar y a tus hermanos les puede dar un síncope de la impresión

—Ya lo está. Enfurruñado, quiero decir, y mis hermanos me tienen agobiada. Les falta meterme en una burbuja de algodones para prevenir caídas, tropiezos y demás cosas que se les han metido en la cabeza.

—¿Sigues sin ir de compras?

—Ajá y con lo inflada que estoy ni loca tengo intención de ir a comprar ropajes. ¡Odio probarme vestidos! Y odio que me digan que estoy muy redonda, aunque sea cierto —comenzaba a temblequearle el labio—. ¡Miradme! Engullo como si la comida estuviera racionada y repito los desayunos. Mis posaderas están inmensas y los pechos, bueno, mejor ni mencionarlos, son una historia aparte. Y me echo a llorar por todo, ¡por todo! Ayer, porque nevaba. Mi John lleva un arsenal de pañuelos encima y últimamente también pastelitos, pastas, y el otro día, ¡gelatina! Hasta que se le derritió y se escurrió por toda la pernera del pantalón, y aún así me entraron ganas de darle un buen lametón para que no se desperdiciara.

Todas se miraron inquietas.

—Eso sonó raro, Mere —indicó Julia.

—¡Veis! y hablo sin pensar.

—Pero eso lo hacemos todas, cielo.

El suspiro de Meredith se escuchó incluso con el traqueteo del coche.

—Vaya, eso es cierto, —alzó los brazos con gesto de desesperación— ¡ya estoy hambrienta de nuevo!

Julia le dio unos golpecitos de consolación en la mano.

—Nosotras también, cielo. Siempre tenemos hambre.

La sonrisa que le dirigió Mere fue de puro alivio, como si acabara de descubrir que no había enloquecido con el embarazo.

Julia asomó la cabeza por la ventanilla. No tenía la más remota idea de por dónde andaban circulando, pero la zona, al menos lo poco que se intuía desde donde estaban, tenía un aspecto un tanto raro. El nerviosismo hizo acto de presencia. Se puso a taconear, desesperada.

Era cuestión de actuar con inteligencia y de tranquilizarse ya que se habían asegurado de acudir bien armadas, con cosas puntiagudas y camufladas, a la pelea que tenían intención de presenciar dentro de media hora como mucho, para hacer frente a cualquier adversidad, cualquier imprevisto extraño, no esperado, y esas cosas que les solían ocurrir con frecuencia. Con preocupante asiduidad, ahora que lo meditaba. Ay, Dios mío, estaban atontadas y eran unas osadas. Su mastodonte la iba a estrangular como descubriera lo que había hecho. Menos mal que estaba lejos y la mar de ocupado.

El obsesivo taconeo cubrió incluso el ruido del coche sobre el empedrado, hasta que Mere le dio un golpetazo en la rodilla y Jules le sujetó la mano con la suya. También estaba helada.

Se habían agenciado dos armas de fuego algo polvorientas y embadurnadas de grasa, de aspecto un tanto raro y emperifollado, que estaban colgadas en la pared de la mansión Orren. A su limitado arsenal habían incorporado cuchillos de cocina, de los de postre, puesto que los más grandes habían resultado imposibles de ocultar entre sus apretujados vestidos, ya que pinchaban.

Eso sí, parecían gallinas cluecas en época de celo. La abuela lucía elegante, de gris. La viuda Orren causaba impacto con su vestido plateado y brillante con una emplumada cola que arrastraba ligeramente y que les había dado problemas al subirse al coche de caballos y quedarse trabada en la puerta. Lo cierto es que le recordaba algo a un orondo pavo real, pero se la veía tan emocionada que brillaba hermosa, llena de satisfacción. Ella llevaba un vestido de tonos verdes con toques anaranjados, con un escote que casi le llegaba al ombligo y Mere estaba hermosa con un ajustado vestido rojo sangre. Jules era la nota discordante. Totalmente de negro, parecía el anuncio andante de una funeraria de tercera generación. También había descubierto que por mucho que presionara con su pulgar hacia abajo, sus pechos resurgían rebeldes. Al final, lo había dejado tal cual porque, según Mere, se estaba irritando y en cualquier momento se iba a provocar un llamativo y chocante sarpullido. ¡Ja!, como si no lo tuviera ya, de los nervios.

Lo suyo no era sonsacar información. No sabía preguntar. No era sutil y tartamudeaba si se sentía pre… presionada… aunque fuera solo un po… poco. ¡Qué horror! Ya estaba haciéndolo en su men… mente. Y ¡aún no habían llegado a su destino!

El frenazo la sobresaltó. ¡Se tenía que haber callado o no haber pensado en lo que se avecinaba! El carruaje acababa de parar en el lugar previsto de llegada. Ninguna se movía ni mostraba intención de hacerlo.

—Tenemos que bajar —aventuró Jules.

Todas asintieron pero ninguna hizo ademán de moverse. Seguían con la vista pegada a la puertilla del carruaje.

—Es hora de moverse, señoras —insistió de nuevo Jules, acompañando las palabras con un delicado gesto en dirección a la calle.

—Lo que pasa es que tú quieres ver al guapo señor Sorenson —canturreó Mere.

Incluso a la tenue luz se notaron los repentinos coloretes en las habitualmente pálidas mejillas de Jules.

—¡Eso no es cierto! Ese hombre me resulta…, me resulta…

—¿Atrayente?

—¡No! Es un descarado ¡manipulador!

—Un guapísimo descarado manipulador —añadió Lillianna Orren.

Con un bufido exasperado Jules abrió de golpe la puerta, sacándola casi de sus goznes, para trastabillar y dar con sus huesos en el suelo, como si de un doblado guiñapo de trapo se tratara, a los pies del altísimo hombre que la observaba totalmente perplejo desde lo alto, Marcus Sorenson.

—Hola, querida. No hacía falta arrodillarse a mis pies con tanto ímpetu.

Increíble. El hombre conseguía sacar de sus casillas a Jules hasta el punto de que al levantarse como una loca aventada para refutarle, resbaló de nuevo, patas arriba, alcanzándolo casi en la entrepierna. Solo la rápida reacción de él impidió el golpe, pero por la extrema travesura en sus ojos, se notaba que estaba pasándolo en grande.

—¿No estamos estables hoy, querida? —casi atragantándose la risa, Sorenson se volvió hacia ellas que permanecían alucinadas en el interior del coche—. ¿Se nos dio a la bebida mi muy educada y recatada señorita Sullivan?

La referida se irguió como una digna reina, alzó la barbilla en un ángulo retador y lo fulminó con la mirada, sin que pareciera afectar en lo más mínimo al hombre que la seguía mirando con infinita sorna, hasta que habló.

—Yo… no… bebo, buen hombre.

Los verdosos ojos masculinos se achicaron levemente.

—¿De nuevo con el epíteto, mujer? Preveo que vamos a *disfrutar* de una cena de lo más entretenida.

—Siempre puede dejarlo pasar. Al fin y al cabo, dudo que tengamos algo en común usted y yo.

—No cuente con eso, muchacha, ¿o acaso la asusto?

El bufido de incredulidad de Jules provocó en el hombre una sonrisa que a cualquier mujer hubiera puesto los pelos de punta, pero Jules estaba en la inopia, como casi siempre.

—Ni en un millón de años me asustaría alguien como usted.

Los ojos masculinos se entrecerraron aún más. La tensión se podía palpar en el aire. De los dos emanaba provocación, emoción, reto y confrontación. Se le ocurrió repentinamente. Pobre hombre, Jules lo iba a sorprender ya que su aparentemente modosa y suave amiga parecía ermita pero en realidad, era catedral. Una inmensa y demoledora catedral.

Tras unos segundos con las miradas trabadas Jules pegó un nuevo resbalón al recular un pasito y Sorenson trató de estabilizarla con rapidez, pero esta le dio un veloz golpetazo con uno de sus guantes en pleno pecho, aconsejándole que apartara sus manos de donde no era aceptable que las colocara, en sus hombros recubiertos de tela y más tela. El impasible hombre, tras lanzarla otra torva mirada, arrancarle el guante de la mano femenina a una velocidad asombrosa y adelantarle que no sufría de ninguna enfermedad infecciosa que pudiera afectar a su aristocrática piel, se inclinó como un toro embravecido sobre ella y le indicó cortésmente que le siguiera hacia la entrada de acceso al lugar de celebración del evento. El sonido de su voz provocó la obediencia inmediata de todas. El hombre estaba rabioso. Jules lo había sacado de sus casillas.

Julia alzó la mirada. El edificio en el que iban a adentrarse mostraba un aspecto sencillo, sin adornos que atrajeran al ojo curioso. A la luz de la luna llena se apreciaban sus líneas rectas, y a ambos lados, a una distancia de unos cinco a diez metros, se ubicaban los que tenían todo el aspecto de ser edificios de almacenamiento de mercancías. Un lugar bien seleccionado para pasar desapercibido y una organización exquisita y sin fallo alguno. Se lograba lo esperado. No captar ningún tipo de atención indeseada.

Precedieron a Marcus Sorenson, tras dejarles el paso libre al interior, dos de sus impactantes y atemorizantes hombres, y el contraste resultó impresionante. La espaciosa entrada estaba ricamente decorada con lámparas de gas entremezcladas con candelabros que iluminaban de forma acogedora las bajas mesitas dispersas por la habitación, cubiertas de dulces, entremeses y variados tipos de alcohol, sobre alfombras de hermosos coloridos y dibujos.

Julia se sintió ligeramente apurada al darse cuenta de que conocía a varios de los caballeros y damas presentes, muchos de los cuales se volvieron como una coordinada jauría en su dirección, recorriéndolas de los pies a la cabeza.

La raquítica reverencia al sentirse observada, le surgió mecánica y torpe. Hacer el movimiento y sentirse lela sobrevino al mismo tiempo, pero la grave risa del hombre que las acompañaba aligeró la sensación de atontamiento supino. Por Dios, ni que estuvieran en un baile de alta sociedad. Observó a las demás y se dio cuenta de que habían sacado pecho a la defensiva y fue a copiarlas, pero le dio miedo que le estallara el corsé y brotaran sus generosos pechos.

Al fondo de la sala había una inmensa puerta de doble hoja flanqueada nuevamente por dos brutos que imaginó formaban parte del personal de Sorenson. Enfilaron hacia allí, alcanzando de pasada algún más que necesario panecillo. Mere agarró al menos cuatro. Era eso o desfallecer de nervios y hambre. Lo engulló entero.

La sala a la que pasaron no se parecía en nada a lo imaginado o esperado. Parecía un espacioso patio interior cubierto. Las paredes estaban ocupadas por lámparas de parafina hermosamente decoradas, logrando una fantástica iluminación, pero nada de lo que ocurría en el interior trascendía, al carecer de huecos abiertos a la fachada exterior. En el centro se ubicaba una zona cuadrada, amplia, bien delimitada por una gruesa separación formada por recios paneles de madera horizontales que alcanzarían el pecho de un hombre adulto. A su alrededor, tarimas de hermosa madera situadas a diferentes alturas, ocupadas por mesas preparadas en las que podían sentarse varios comensales, y en otro escalón superior, unas balconadas con separaciones formadas por exuberantes plantas y preciosos biombos.

Mere le dio un codazo al haberse quedado embobada con la boca abierta. Estaban ante un exitoso y fructífero negocio en toda regla. Sorenson las dejó tras asegurarse de que estaban cómodas, y algo le dijo a Jules que la arreboló completamente, pero no hubo forma de que soltara prenda antes de que un hombrecillo bajo y vestido como un enterrador surgiera en medio del cuadrilátero, diera la bienvenida a toda la audiencia con un asombroso volumen de voz y anunciara el inicio de la primera de las tres luchas programadas para la noche. De tercer nivel, de segundo, y finalmente, la esperada contienda de nivel superior. Julia se giró hacia la viuda para preguntar, pero no hizo falta.

—La primera de grillos, la segunda de sapos y al final las culebras.

Vaaale… No pudo aguantar el ansia por saber.

—¿No iremos a ver grillos peleando? —la misma alucinada curiosidad se reflejaba en los rostros de Mere y Jules.

—No, hija, —aclaró la abuela Allison—. Los grillos son los principiantes, los sapos los luchadores mediocres y las culebras los púgiles profesionales. Es un código para hablar en los bailes y para que los aficionados a las luchas se identifiquen entre ellos. Es eso o guiñar los ojos, pero esto último suele dar más problemas que otra cosa. Aclarado.

Su mirada se desvió al centro al que se aproximaban dos grupos de personas desde direcciones opuestas. Cada grupo accedió a una esquina y se dispersaron hasta que dos enclenques figurillas ¡en calzones!, se colocaron en el centro, la una frente a la otra, casi rozándose. ¡Pero si los grillos estaban escuchimizados! Con un mamporro incluso ella los tumbaba.

II

Se escuchaban los rugidos del público desde el cuarto que Sorenson les había asignado para que se prepararan. La pelea era a puño descubierto y Liam se había empeñado en embadurnar con una especie de líquido, según él, calmante, los nudillos de Rob y Jared. Había tratado también de untarle el rostro a Rob pero los ojos y la nariz le habían comenzado a lagrimear y lloriquear. Solo le faltaba estornudar. Estaban a medio vestir, en oscuros calzones y las camisas desabrochadas. Y actuaban raro. Sacudían las manos con aspavientos.

—¡Se me están durmiendo las manos! —chilló Rob.

—Pues ¡sacúdelas!

—Y también me arden como el demonio.

Se las miraba como si no fueran suyas y lo cierto es que parecía que comenzaban a enrojecer. La grave voz de Peter brotó clara.

—Quizá no deberías pelear.

Rob ni siquiera se volvió y mucho menos contestó. Todos se giraron en su dirección, a la expectativa. La profunda voz surgió de nuevo con cierto tono de enfado dirigido a quien se negaba a hacerle caso.

—Es de buena educación contestar si a uno se le pregunta.

—No.

La breve respuesta descolocó al menor de los hermanos pero no tardó en entrar al trapo.

—No —Peter chasqueó la lengua y se acercó un paso hacia el foco de su enfado—. Con eso ha quedado todo taaan claro. ¿No a pelear? ¿No a estar bien educado? Puedes explayarte, si quieres, claro.

—No.

—Mira, Rob. No me toques los huevos, que estoy de un humor de perros…

En esta ocasión contestó alto y claro.

—No te apures, hombre. No te tocaré los huevos, no sea que te dé un sofoco y caigas redondo al suelo.

—Mira, canijo, el hecho de que anoche…

—¡Que no me llames canijo!

—¡Te llamaré como quiera, que para eso eres mi…!

—¡Tu nada! Eso es lo que soy. Nada. Al menos eso decidiste ayer mismo.

Las venas del cuello de Pete se hincharon al triple de su tamaño.

—No… digas… eso.

Rob lo miró fijamente, sonrió y se cruzó de brazos.

—Na… da.

Peter se aproximó otro paso.

—Demonios, estás jugando con lo que no quieres jugar, Robert.

Este siguió con los brazos cruzados aunque dio un breve paso atrás.

—¿No me digas?

—Te digo.

—Pues yo te digo esto: pienso hacer lo que me dé la gana, y si quiero jugar, Peter, jugaré y si tú no quieres jugar, jugaré con otro.

El inmenso cuerpo de Peter pareció convertirse en piedra, una solidez que Doyle reconocía demasiado bien, previa a una explosión de genio descomunal. No sabía de qué diablos hablaban los dos pero era algo realmente serio y la última frase había sacado totalmente de quicio a su hermano menor. Completamente.

Esa quietud en Peter era más peligrosa que cualquier grito.

—Eso ni en broma —la bronca voz de Peter, la forma en que pronunció la frase, el tono, el aviso que desprendía, los paralizó a todos salvo a Rob quien se dirigió de nuevo hacia él sin dejar de calentar los músculos, retándole, mirándole de frente.

Los demás repartían las miradas de uno al otro, ida y vuelta.

—Hoy no me apetece hacer bromas, Peter.

Por un instante pareció que Peter no iba a poder hablar de la ira concentrada.

—Deja… de… joder, Rob.

—¡No!, deja tú de mandar y de decidir por los dos.

—¡No lo hago! —berreó Peter.

—Nooo, claro. Ayer fui yo quien escapó como alma que lleva el diablo —suspiró profundamente antes de continuar—. De hoy en adelante yo haré lo que me dé la gana.

Peter se mesó los negros cabellos, pasando una de sus manos entre los desordenados mechones, como si no supiera cómo hacer entrar en razón a su mejor amigo, como si fuera un extraño que se le enfrentaba y no consiguiera entender sus reacciones. Súbitamente pareció darse cuenta de que estaban rodeados de ojos curiosos y embelesados con la discusión.

—Ya hablaremos tú y yo.

Rob se giró de nuevo hacia Peter antes de hablar y apuntarle con el dedo.

—En tus sueños.

—No podrás rehuirme eternamente, maldita sea. No podrás…

—Ya me oíste. En tus dulces sueños.

Los negros ojos se achicaron. Parecía a punto de cargar contra el hombre más menudo y Rob debió intuirlo ya que se alejó un par de metros. Los azulones ojos se abrieron como platos cuando alcanzó a escuchar la susurrada respuesta de Peter: *puedes jurarlo*. La conversación comenzaba a introducirse por derroteros inesperados y muy privados; iban a terminar en una buena tangana y no era el mejor momento ni de lejos. Sutilmente se colocó entre los dos y dio la espalda a Peter, quien no apartaba la acalorada y vidriosa mirada de Rob, mientras este le ignoraba y comenzaba a hacer estiramientos como le había aconsejado Jared. Era necesaria una distracción, pero ya, antes de que Peter explotara.

—¿Se te fue la sensación de las manos?

Todos se volvieron hacia él, como si se le hubiera ido la cabeza. Liam le miró con el ceño fruncido como diciéndole que callara, que la conversación de los dos tórtolos era la mar de entretenida y la había cortado en la parte más suculenta. Por Dios, su mejor amigo era el rey de los dramones amorosos. Fijó su atención en Liam. Si no supiera lo contrario habría sospechado que el líquido ese que les había dado había sido para provocar la reacción causada, pero la mirada de ¿fingida? inocencia que le lanzó, le hizo dudar. Liam llevaba tres días agotadores investigando y buscando información sobre las peleas, y conociéndole, necesitaba desfogarse.

—Están mejor.

Se centró en Rob, quien parecía haberse sosegado. Peter seguía hirviendo a su espalda aunque algo menos tenso.

—Muy bien, ¿quién peleará primero?

Liam no tardó en responder pese al puchero en protesta por cortar de raíz la sabrosa conversación.

—Está previsto que peleen dos hombres al final. Uno de nuestro grupo y es casi seguro que el otro sea Bray. El primero que caiga y no se recupere en tres segundos, será eliminado. Si aguantan el enfrentamiento, las rondas durarán un minuto, hasta un máximo de diez, intercaladas por descansos de veinte segundos. Presuponemos que Bray saldrá el último, pero hasta que aparezca no lo sabremos con seguridad.

Doyle se volvió hacia los dos hombres que estaban calentando músculos.

—¿Quién se enfrentará a Bray?

—Yo.

Las respuestas surgieron al mismo tiempo de Rob y Jared, mientras Peter lanzaba un *Jared, claro,* que provocó la aviesa mirada de Rob y un *tú no mandas* enrabietado en respuesta.

Los gritos y el jolgorio se escuchaban con claridad. Se aproximaba el momento y ni siquiera habían decidido cuál de ellos se iba a enfrentar a Bray. Una llamada desde el otro lado de la puerta les hizo decidirse.

III

A la viuda Orren le iba a explotar una vena de la sobreexcitación. Piropeaba a los no tan escuchimizados peleones sapos, tras haber finalizado el enfrentamiento de los delgadillos grillos, y no hacía más que chillarles con berridos desgarradores y totalmente descontrolados, animándoles a destajo a mostrar ¿sus atributos? La dama se había evaporado y había dado paso a la desbocada yegua, con cada vaso de oporto que bebía. Parecía una absorbente y reseca esponja. En un momento de suprema exaltación se había deshecho el moño y lanzado al cuadrilátero los enganches de su pelo, en ofrenda a los que consideraba verdaderos y modernos gladiadores, pero lo único que había conseguido era golpear con ellos en la cabeza a uno de los caballeros sentados dos mesas más allá. Un bebido y ligeramente escorado caballero que ni se había dado cuenta de que una pequeña peineta con forma de mariposa, brillante y colorida, había quedado agarrada a su espeso pelo. Parecía un esperpento en toda regla.

Por lo menos el resto del público parecía igual de desinhibido y en algunas zonas los hombres de Sorenson se veían apurados al tratar de controlar a la exaltada masa.

Aprovechando tal situación de desfogue, ellas habían comenzado a charlar con los vecinos de las balconadas situadas a sus lados, pero sin resultado alguno por el momento. Las ignoraban tras insinuarles sutilmente que menos charla y más disfrutar del sangriento espectáculo. Estaba resultando más complicado de lo esperado, pese a los insinuantes vestidos, las melosas sonrisas y la soberana paciencia empleada para acallar su creciente mal humor.

Repentinamente los chillidos se convirtieron en espeluznantes alaridos femeninos con la aparición de un nuevo grupo de hombres que la viuda Orren, en un lapso de vuelta a la olvidada civilización, identificó como los favoritos, los mejores, los más hombres. En resumidas cuentas, las culebras.

Rábanos, su apreciación de la viuda estaba decayendo por momentos junto con la completa falta de contención de esta. La abuela Allison la miraba como si se tratara de Atila, el huno, y no una dama inglesa de avanzada edad.

La algarabía era monstruosa y alcanzó a oír comentarios subidos de tono sobre los hombres que formaban uno de los grupos. Muy subidos de tono. Intentó de nuevo iniciar un monólogo con lady Carrigan, situada en el cubículo contiguo, para ver si derivaba en un fluido diálogo, pero lo único que obtuvo fue un susto cuando esta se levantó como una posesa y apostó una ingente cantidad de libras a favor de los luchadores del hermoso hombre de los ojos claros.

A ese ritmo no iban a lograr absolutamente nada. Ni a Bray ni un mínimo de retazo de información sobre su oculto paradero.

El aullido sonó tan cercano que se tapó los oídos del sobresalto. Con los ojos como platos todas se volvieron en dirección al lugar que había ocupado la viuda hasta hacía un segundo, vacante ahora, al haberse lanzado la redonda figura a portentosa velocidad hacía el cuadrilátero, tras saltar, no sabían muy bien cómo dada su escasa estatura, la altura que las separaba del centro del local, chillando *os quiero a todos, hermosos,* con obsesiva insistencia. Se tapó los ojos para no ver la grotesca carrera.

IV

El ruido que los envolvía generaba la impresión de estar en el interior de un enjambre y por las frases insinuantes que recibían, su público no los percibía ni como obreros ni como zánganos, sino como viriles soldados. El problema residía en que los rodeaban demasiadas descontroladas y hambrientas reinas.

La plataforma en la que se luchaba estaba elevada, por lo que accedieron a ella tras ascender por unos tres escalones. Primero pasó él, le siguieron Liam, Jared, Rob y cerraba la fila Peter quien seguía opinando que Rob no era la mejor opción para luchar contra Bray. Las sarcásticas contestaciones de este solo parecían lograr sacarle más de sus casillas. La decisión de que peleara Rob la habían adoptado por mayoría, aunque por un breve instante creyó que iban a tener que placar entre los cuatro a Peter. No había quien entendiera a esos dos.

De reojillo se dio cuenta de que Rob se ponía como un tomate con el efusivo y entrecortado ánimo de una rolliza señora de mediana edad que, excesivamente engalanada, se aproximaba a la carrera y como una flecha en su dirección, por el pasillo situado entre las mesas de la zona central, esquivándolas con asombrosa agilidad pese a su tambaleante discurrir. Para su total estupefacción la dama trató de saltar con un inservible impulso la altura hasta el cuadrilátero y escurrirse por el espacio libre entre el suelo y el primer tablón, pero un hombre gigantesco la aferró de los tobillos. Este tiró de ella provocando que quedara sobre sus manitas exhibiendo momentáneamente un cuadro chocante al dar la impresión de que el hombre llevaba una oronda carretilla humana que se deslizaba un pasito adelante, un pasito atrás, sobre sus cuartos delanteros hasta que este soltó sus extremidades traseras entre estruendosas carcajadas del entretenido público. Al verse privada de poder tocar al rubio gladiador, como insistía en berrear, se echó a llorar como una posesa con sus posaderas bien plantadas en el suelo. El pobre hombre comenzaba a mirarla desde su altura, con precaución, como si estuviera manejando a una completa chiflada. Agotada la paciencia y colocando a la bajita mujer como un fardo a la altura de su cadera, se encaminó hacia el lugar del que había surgido la espontánea figura. La situación era estrambótica, por decirlo suavemente.

Observaba con atención la entrada por la que sabía que accedería, en cualquier momento, el otro grupo de luchadores, pero intermitentemente y por una alguna extraña razón, no podía dejar de seguir con la mirada a la disparatada señora porque le sonaba de algo y odiaba cuando le era imposible ubicar a alguien en su mente. Siguió con la mirada el camino de la arrebatada dama, colocada en la cadera del bruto, hasta alcanzar una especie de balconada ocupada por un grupo de mujeres hermosamente ataviadas, sobre todo una alta y… ¡por todos los diablos!

V

Las carcajadas despertaron su curiosidad. Se estaba perdiendo algo interesante. Separó los dedos que le cubrían los ojos y del estupor, bajó las manos. La imagen de la viuda colgada de costadillo, lloriqueando, siendo trasladada como un saco a la cadera de un gigantón la dejó estupefacta, hasta que su mirada pasó de largo sobre las figuras que se acercaban y se topó con unos iris plateados. Unos iris plateados, coléricos, furibundos, y que conocía demasiado bien.

Tragó la poca saliva de la que disponía. ¡Le había mentido! Su mastodonte le había mentido. Frunció los labios sintiéndose traicionada y se cruzó de brazos, dándose cuenta de inmediato que no había sido buena idea al atraer los ojos de su marido sobre su vestimenta, bueno, su escasa vestimenta.

—Julia, ¿son esos…?

—Sí.

—Te mira furioso.

—¡Si me ha mentido! Yo soy la que debería enfadarse.

—Julia…

—Y sentirse ofendida y…

—Julia, creo que viene hacia aquí.

No supo por qué lo hizo. Se tiró al suelo como una cobardica, boca abajo, pese a casi asfixiarse con el sofocante corsé y desde allí preguntó a Mere si estaba segura de que su marido la había visto y si seguía acercándose.

—Sin duda te ha visto, cielo. Desde aquí se le ve temblar de la rabieta que tiene; y no, no se acerca, ya que entre Peter y Rob le han parado antes de que consiguiera bajar del sitio ese de la pelea.

Con extremo cuidado asomó los ojillos por el borde de la barandilla para encontrarse con el dedo acusador de su marido señalando en su dirección y las palabras vocalizadas que perfectamente podían significar: ¿Qué diablos haces aquí?, ¿te has vuelto loca? o, ya puedes prepararte para cuando te pille. Optó por hacer frente a la situación como una jabata.

—Tenemos que irnos ya. Ahora, mientras está ocupado,

—Pero si ya te ha visto.

—No me ha visto del todo. Puede haber sido una ilusión de su ferviente y calenturienta imaginación.

—¿A los demás hombres también les dirás eso? —acicateó con sorna Mere.

—Claro, una ilusión conjunta de su colectiva imaginación.

—Algo me dice, cielo, que esta vez no lo vas a camelar —adelantó la abuela.

Con un ruido de saco al ser arrojado desde cierta altura, la viuda Orren fue depositada en la silla que había abandonado en su loca carrera hacia los músculos que según ella le llamaban a gritos. Por Dios, la situación se les estaba escapando de las manos, por lo que a gatas se dirigió hacia la puerta de la balconada. Las demás la siguieron como lo que eran, un cobarde escuadrón unido frente a la adversidad.

VI

Temblaba de furia. Una furia que jamás había sentido con anterioridad. Una ira que le había lanzado, contra toda lógica, en dirección hacia la endemoniada brujilla que tras mirarle con ojos extraviados y enormes había intentado esconderse, agachándose tras la baja baranda para asomar esa carita pasados unos segundos. ¡Dios! la iba a dejar el trasero como un pimiento. Rojo chillón. Recibió un fuerte codazo de Pete.

—Maldita sea, Doyle, has de concentrarte.

—¿Concentrarme? ¡Concentrarme! ¡Eso díselo a tu insensata cuñada, que está… —le costaba apartar la vista del lugar donde se había acuclillado la brujilla— ¡tratando de escaparse a hurtadillas! Dios…

—Ya vienen —susurró Peter a su lado.

¿Y qué diablos le importaba a él eso? Ahora lo que ocupaba su mente como una palpitante obsesión era acercarse a la mujer que lo desquiciaba desde que la había conocido para explicarle en detalle que a un marido no se le engañaba, que a un marido no se le ocultaban cosas. Infiernos, que a un marido… ¡se le obedecía!

¿Por qué demonios se movía la sala? Se lo fue a preguntar a Peter cuando se dio cuenta de que era él quien se movía oscilando su peso de una pierna a otra de la inmensa furia que sentía arder en su cuerpo. El balanceo era el primer síntoma de un berrinche en toda regla. Desvió la mirada de nuevo a la cercana balconada. Habían huido de la quema por el momento, pero por todos los santos que no se iba a librar fácilmente al llegar a casa.

—Maldita sea, ese no es Bray.

Esa frase sí desvió momentáneamente la atención sobre su atolondrada mujer.

—¿Qué dices?

—Que el que se nos acerca en medio del otro grupo, vestido de púgil, no se asemeja para nada a la descripción facilitada de Rupert Bray.

Doyle gimió en voz alta. Peter tenía razón. Esto empeoraba a pasos agigantados y sus entrañas le decían que algo iba realmente mal. Con la voz llena de urgencia habló.

—Rob, noquéale en cuanto te sea posible. Las mujeres van a intentar esquivarnos y no tengo la más mínima intención de facilitarles una salida digna. Hoy no.

—Tú mandas —contestó este.

Peter salió de su esquina en la que se había quedado hablando con Jared sobre la escapada de Mere, tratando de sosegarle, para ubicarse a espaldas de Rob. Colocó sus inmensas manazas en el desnudo cuello de su amigo e inició un suave masaje pero ralentizó su deambular en cuanto la rigidez invadió el descubierto torso, paralizándolas en cuanto las palabras lanzadas por Rob llegaron a su oído.

—No… me… toques.

Peter apretó la boca pero no se amilanó. Retomó el suave movimiento e inclinó la cabeza para hablarle muy cerca por detrás.

—Necesitas calentarte para la pelea, así que te tocaré lo que me… dé… la… gana.

Eso inflamó al hombre más menudo que se giró bruscamente, logrando lo que con sus palabras de rechazo no había conseguido. Apartar esas cálidas manos que dolían al sentirlas, que dolían demasiado.

—Eres un completo cabronazo, Peter. Ya me cansé de jugar a tus endemoniados jueguecitos.

Con una de sus manos empujó el inmenso pecho de Peter mientras farfullaba con rabia un *apártate de mi camino, amigo. Ya tienes lo que querías.* Sin una mirada atrás Rob se alejó de la inmensa y oscura figura que ni siquiera parpadeaba.

Los oponentes se apartaron de sus respectivas esquinas y entonces Rob apreció el tamaño considerable de su contrincante. Pidió por que el inmenso tamaño fuera en consonancia con una escasa agilidad y abundante torpeza. El presentador y árbitro de la contienda llamó a ambos luchadores, quienes se acercaron hasta quedar de frente, casi rozándose. Los silbidos y palabras soeces les llegaban en todas direcciones.

—El cabrón es enorme —comentó Peter con un tinte de preocupación en la voz.

—No importa. Lo despachará en seguida, con el cabreo que tiene encima... —Doyle se volvió hacia su hermano menor— gracias a ti. ¿Lo hiciste a propósito?

La mirada de su hermano contestó lo que ya sabía de antemano.

VII

A dos palmos de su rostro, apareció un agujero negro. Con la vista siguió el curso del negro cañón hasta la firme mano que sujetaba el arma dirigida a su cara. A su espalda escuchó el golpe al cerrarse la puerta del coqueto balcón que acababan de abandonar huyendo de su marido. La inmensa sorpresa la impidió continuar. Aún a gatas dudó si levantarse pero optó por quedarse paralizada. Ni aunque hubiera querido se habría podido mover de su sitio.

—Levántate, zorra.

Apartó la vista del oscilante cañón y la fijó en el hombre que la ¡acababa de insultar sin conocerla de nada! Tenía que ser un error.

—Me llamo Julia Brears y creo que se ha confundido de person...

El helado cañón quedó pegado a su frente. Un nudo se le formó en la garganta. Enorme. Otro en medio del estómago y el cuerpo comenzó a pesarle. Se sintió lejana, ajena a lo que estaba ocurriendo, como si su cerebro se negara a admitir lo que sus ojos no podían dejar de percibir. Durante diez segundos nada se escuchó salvo el tronar que provenía de la sala que habían abandonado. Tenía que hablar. Alguien tenía que...

A su espalda se escuchó un tembloroso y agitado *alto o los defenestro a todos con mi potente arma,* seguido de estruendosas y burlescas carcajadas masculinas. Cerró los ojos, apretándolos. Al pensar en alguien se refería a cualquiera menos a la tambaleante, acalorada y alcoholizada viuda. Desesperada con la beoda viuda Orren, lanzó una diminuta plegaria para que callara, hasta que sintió que era girada sobre su eje, quedando su espalda pegada al enorme pecho del hombre que le sacaba al menos media cabeza de altura. La imagen que se abrió antes sus ojos tras alzar los párpados, era la de una mujer de cierta edad, embriagada y rechoncha, rodeada de tres hombres, que sujetaba una inmensa, decorada y pesada arma con el cañón dirigido al suelo debido a su excesivo peso. Toda enrojecida, apretaba los labios y parecía que estaba incubando un huevo al haberse colocado medio en cuclillas para tratar de mantener su frágil equilibrio. La más ebria con el arma más grande... Típico. Casi se echó a llorar de impotencia pero se limitó a jurar por lo bajo.

—Ese arma es decorativa, vieja estúpida —el ronco tono del hombre que la sostenía era tan despectivo que por un momento Julia presintió su intención de girar el arma que permanecía apoyada contra su cuello en dirección a la viuda y sin un segundo pensamiento, disparar para librarse de la mujer, como si de un molesto mosquito se tratara. Sintió terror pero habló serena.

—Por favor, por favor. Está bebida y no sabe lo que hace.

La contestación resultó extraña.

—Es molesta y no me sirve para mis juegos.

Dios santo, el hombre no estaba muy cuerdo, ¿qué juegos? Julia mantenía el rostro ligeramente inclinado hacia su derecha obligada por la presión del arma, por lo que escuchó únicamente el deslizamiento de algo, el subsiguiente rebote contra una dura superficie y una inculta voz masculina anunciando *la vieja loca cayó redonda al suelo*.

Volvió la mirada al igual que todo el mundo y se topó con el bulto de la viuda estirada en toda su corta extensión todavía aferrada al arma como si de un escudo se tratara o si su vida le fuera en ello. ¡Le había dado un patatús! Julia no respiró hasta que uno de los hombres ubicados junto a la tirada figura confirmó que era un desmayo sin más. Como había previsto, el cañón de la oscura arma se orientó en dirección a la figura inconsciente. Volvió el rostro hacia su captor.

—Está bien, por favor, no... no dispare. ¿Qué quiere? ¿Dinero?

Los claros ojos del hombre brillaron como enloquecidos en el marco de un apuesto rostro. La entrada estaba completamente desierta. ¿Cómo era posible con el gentío que inundaba apenas una hora antes el edificio? A su lado no se escuchaba un solo ruido, salvo el que hacía el repugnante hombre al respirar y una horrible risilla en contestación a su lógica pregunta. ¿Qué podían querer si no era dinero...?

Desconocía cuántos acólitos las rodeaban en total, pero por el rabillo del ojo le pareció ver el movimiento de una delgada figura femenina que se ocultaba, sin hacer ruido, tras un hermoso biombo junto a la puerta de entrada al edificio.

—Vamos a dar un paseo tú y yo. Las otras no me interesan. Son inútiles.

El hombre se giró hacia el resto. Supo que iba a ordenar que se deshicieran de ellas, sin un mínimo resquicio de duda ni remordimiento. Su corazón casi paró de latir. Esos helados ojos de nuevo clavados en ella hablaban de crueldad enfermiza.

—¡No! Escuche, se lo suplico. Si las deja encerradas yo haré lo que me pida, sin pelear, sin oponer resistencia, si las deja vivir. Si las deja... —las palabras se le estaban atragantando y se maldijo. Por Dios, no podía fallar. No ahora. Estaba aterrada pero debía hablar, debía convencerlo, por las mujeres que quería y consideraba su familia.

Les llegó un tremendo escándalo del patio interior dónde continuaba la diversión, dónde estaba su marido. Si pudiera entretener al hombre que la apuntaba, hacer que siguiera hablando... quizá... Un brutal agarrón de su brazo la hizo gemir de dolor.

—¿Te duele? —la sonrisa que exhibía en los labios casi la hizo vomitar.

Se volvió hacia sus hombres.

—En cuanto hayamos salido de aquí, degolladlas a todas.

No. No podía haber escuchado eso.

—¡No!

La furia que sintió hacia el hombre que creía que la vida de las mujeres que adoraba nada valía, la enloqueció. No pensó, no ideó, simplemente reaccionó. Se abalanzó sobre él y con toda la fuerza que pudo reunir le mordió el brazo que sujetaba el arma, mientras cerca escuchaba el forcejeo y gritos de las demás. Sintió la tensión en el brazo, pero el hombre no reaccionó sino que pareció absorber el dolor como si lo disfrutara. Una mano enganchó su cabellera y tiró de ella arrancando algún mechón.

—No debiste... hacer... eso, puta —se giró hacia los hombres—. Aseguraos de que las puertas están bien selladas, sobre todo la principal, antes de prender fuego al lugar.

Pese a estar sujeta y el horrible dolor que sentía en la cabeza logró girarse. Las rodeaban al menos cinco hombres, la viuda Orren permanecía desmayada en el suelo, boca abajo, tras haber recibido un buen empujón, y Mere, Jules y la abuela habían sido atadas con las manos a la espalda. Entonces lo entendió. Nadie circulaba ni se movía por la zona porque habían atrancado todas las entradas con gruesos tablones de madera. Un par de hombres estaban rociando el suelo y las paredes con un líquido de penetrante olor. ¡Habían perdido la razón! Había muchas personas en el interior, incluido su Doyle, Peter...

El hombre que la sujetaba dio su última orden.

—Y antes de matar a las mujeres... —la sonrisa en los labios masculinos mientras la miraba a ella directamente, le causó un escalofrío— cortadles la lengua. Hablan demasiado.

Se iba a ahogar del miedo que sentía pero le dio igual el dolor, le dio igual que la matara ya que no la separarían de ellas. Tenían que avisar de lo que se proponían hacer, tenía que... Alcanzó a darle un golpe en la cara antes de recibir un veloz y brutal puñetazo en el rostro que la atontó, que la mareó perdiendo las fuerzas. Sintió como si se moviera pero no era posible. Escuchaba en la lejanía los gritos de Mere, de Jules, pidiendo que la soltaran, que no se la llevaran, pero no las entendía. ¿A quién se llevaban? Sentía algo húmedo moverse por su cara pero era tan raro. Se deslizaba hacia arriba como si la acarrearan boca abajo. A ella... se referían, a ella. Se retorció, intentó de nuevo soltarse pero sintió un agudo dolor en el cráneo y todo desapareció, en medio de un resplandor dorado, llameante.

VIII

La ágil patada de Rob golpeó en pleno esternón al gigante que apenas había logrado alcanzar una sola vez a su oponente. El dicho se había cumplido a la perfección. Gran tamaño compensado con extrema torpeza y lentitud. Doyle casi escuchaba la sonrisa de satisfacción de Peter a su lado. Miró su reloj. Veinte segundos y el contrario quedó tendido en el suelo, inmóvil.

Ya podían ir en busca de las mujeres y estaría encantado de poner a su descarriada señora los puntos sobre las íes de una vez por todas. Se viró hacia su hermano, pero el rostro de Peter se tensó y frunció el ceño sin apartar la mirada de Rob, que permanecía a la espera de que su contrincante siguiera tendido en la lona. Sin separar la vista de su mejor amigo, su hermano menor habló suavemente:

—¿No huele raro, hermano?

El olfato de Pete jamás fallaba. En ese mismo instante apreciaron que pequeños grupos de personas se apelotonaban en las escasas salidas del local empujando insistentemente las cerradas puertas, hasta que se alejaron entre gritos y exclamaciones de alarma. Por la rendija inferior comenzaba a filtrarse espeso humo.

Se le nubló la mente. ¡Diablos! su mujer estaba ahí fuera. Indefensa. Echó a correr, seguido de cerca por Peter, hacia la balconada por la que había desaparecido su atolondrada unos pocos minutos antes. Se notaba el incremento de calor. Las personas intentaban alejarse y caían en sus desesperadas carreras por escapar del humo, de lo que intuían que era peligroso y que estaba al otro lado de la puerta. Se pisoteaban tratando de huir, hasta que la gran mayoría se agrupó en el centro de la sala, en el cuadrilátero. Desde su posición algo más elevada observó como Liam, Rob y Jared los organizaban en grupos ayudados por los hombres de Sorenson. Este apareció a su lado, de la nada. Maldito hombre…

—¡Qué diablos está ocurriendo!

—¡Sé lo mismo que tú, Brandon! —esos extraños ojos verdosos lo miraron con una frialdad pasmosa en semejante situación— alguien ha provocado fuego al otro lado.

—¿¡Quién!?

—¡Da igual ahora! Hemos de conseguir abrir alguna de estas malditas puertas.

—¿Y la gente?

Empujando con ambas palmas la cerrada puerta Sorenson permanecía imperturbable. La puerta cedió levemente pero se negó a abrirse.

—Estarán a salvo. Bajo el ring hay una salida que da a los sótanos y que llega hasta el exterior. Mis hombres saben lo que hacen.

Llevaba razón. Cada vez permanecía un menor número de gente apelotonada y la histeria parecía haber dado paso a la prisa. El ambiente de la zona, a pesar de su amplitud comenzaba a llenarse de plomizo humo. Sorenson se volvió hacia ellos.

—¡Ayudadme! Quizá entre los tres podamos derribarla.

Tensaron los músculos para forzar el recio portón que se les resistía. Otro empujón empleando todas sus fuerzas, pero nada. Un crujido surgió de su derecha. La puerta que daba a la balconada contigua se abrió de golpe y a trasluz apareció una delgada figura de mediana altura que blandía un hacha en sus manos. Una figura femenina, con manchas de hollín en cara y manos. Doyle y Pete se tensaron, preparados para pelear.

—¿Elora? ¿Qué haces aquí fuera? —la incrédula voz de Sorenson se dirigió a la mujer a la que le dio un ataque de tos. Respiró el aire algo menos viciado del interior de la sala y habló con la voz ligeramente rasposa.

—Han sido ellos, Marcus. Los Bray. Te dije que debimos pararlos antes, aunque fuera sin pruebas. En cuanto me di cuenta de que Rupert no iba a pelear hoy, dejé el salón de lucha. Algo tramaban ya que en caso contrario jamás hubiera perdido la ocasión de destrozar a otro hombre. No tardó en aparecer con su gente y sellaron todas las salidas —le dio un nuevo ataque de tos, encogiéndose sobre sí misma hasta que el hombre al que se dirigía, con delicadeza, la enderezó—. Yo me escondí tras el biombo pero se la llevaron y no pude descubrir mi posición. No pude. Se llevaron a una de las mujeres. Las demás están fuera, algo atontadas tras inhalar un poco de humo.

—¿El fuego?

—Se está extendiendo con rapidez. Tenemos que salir antes de quedar atrapados.

Doyle parecía no poder seguir el hilo de la conversación tras escuchar que Bray se había llevado a una de las mujeres. A una de ellas. Su corazón lo supo antes de preguntar.

—¿A cuál de ellas se llevaron? —su voz le sonó forzada.

Nunca sintió tanto miedo de escuchar una maldita respuesta. Los oscuros ojos de la mujer se clavaron, pesarosos, en los suyos. Directos. Claros.

—A la alta y pelirroja. Lo lamento mucho pero no podía hacer nada si quería ayudar a las otras. Peleó con furia, intentó impedirlo pero la golpearon. A las demás las ataron y un hombre quedó atrás para rematarlas —alzó el hacha cuyo filo goteaba sangre fresca— ya no matará a nadie más.

El suave rostro femenino se volvió a su espalda. La humareda era cada vez mayor.

—¡Debemos salir al exterior!

Por un segundo dirigieron las miradas hacia el centro de la sala, tras otear cada espacio, cada rincón con la mirada. A Sorenson no le fue suficiente. Se adentró en la sala y recorrió toda su extensión alzando los faldones de las mesas y retirando sillas de los lugares en los que intuyó que se podía ocultar alguien desmayado. Nadie quedaba a la vista por lo que Sorenson retornó, veloz, hacia ellos, mientras hablaba.

—Saldrán en unos minutos por el lateral del edificio, a unos doscientos metros. Es una vía de escape muy útil que ya hemos empleado en un par de ocasiones evitando alguna redada.

No volvieron la vista atrás de nuevo. Cruzaron la puerta entre toses, tras la mujer que se tambaleaba ligeramente, hasta salir al frío exterior. Tendidas en el suelo estaban Mere, Jules, la abuela y la otra mujer que había dado el llamativo espectáculo. Esta última parecía plácidamente dormida o desmayada. Desde luego no mostraba ninguna palidez cercana a la muerte.

—¡Doyle! Se la han llevado. Un hombre alto, moreno y de ojos azules. Sin más. Dijo… —las palabras de Mere comenzaban a romperse— que nosotras no le interesábamos. Julia dijo…, Julia le dijo…

Se acercó a ella y abrazó a la diminuta mujer que parecía trastornada. Para su desconcierto observó como Sorenson se acercaba a Jules y con suma suavidad alzaba su rostro, comenzando a limpiar las manchas de hollín mientras le susurraba que todo estaba bien, que él la cuidaría. El reflejo de las llamas comenzaba a extenderse reflejándose en los cuerpos que miraban el edificio como hipnotizados.

—Debemos salir de aquí antes de que llegue la policía. Todo arderá con rapidez —adelantó Sorenson con tranquilidad

—No sin mi mujer.

—Aquí no la encontrarás, Brandon —respondió casi con desesperación Sorenson—. Si fue Rupert Bray quien se la llevó…

—Lo fue —la femenina voz de la mujer no dejaba lugar a duda alguna.

—…conocemos sus escondrijos. Llevamos vigilándole meses y tengo a gente infiltrada en su clan.

—¿Por qué? —insistió Doyle, pero solo recibió silencio— ¿¡Por qué!?

Se acercó hasta quedar a dos palmos del rostro del hombre que había aborrecido durante media vida, que en cuanto vio que cargaba contra él, Sorenson se incorporó rápidamente alejándose de Jules.

—Tiene a mi mujer y por todos los diablos que la voy a recuperar esta maldita noche —estaba perdiendo los nervios a marchas forzadas, pero iban a necesitar la ayuda del jodido hombre que lo miraba con unos ojos repletos de piedad—. ¡No me mires así! ¡Ella estará bien! ¿Me oyes? Tiene que estar bien…

Sorenson solo suspiró y volvió a aproximarse a Jules, como si esa simple acción lo calmara.

Se escucharon pisadas a la carrera. Liam, seguido de Rob y Jared se acercaron faltos de aliento. El primero bramó en cuanto vio la figura del hombre que odiaba con toda su alma, lanzándose como una furia sobre Sorenson, pero para sorpresa de todos, fue la mujer que les había ayudado quien se interpuso en su camino, parando el trayecto del golpe.

—¡Para! Él no es cómo crees. No lo es. Lo que ocurrió con tu hermano Jimmy... lo hizo para salvarlos a los dos...

—¡Elora, cállate! —vociferó Sorenson, pero la mujer no le atendió.

—No le dejaron otra salida y ya ha sufrido... no, ya sufre lo suficiente sin necesidad de que le culpen, de que le odien por lo que no tuvo más remedio que hacer.

Liam se volvió enfurecido hacia Sorenson.

—¡De qué diablos está hablando!

—¡De nada, maldita sea! De nada que importe ahora.

La mujer le miró con ojos suplicantes.

—Díselo, Marcus.

Sorenson se separó de Jules negando con la cabeza y dejando entre las femeninas manos el pañuelo que había empleado para limpiarla. Por un breve instante su mirada se cruzó con la de Jared, territorial, hasta que este ocupó raudo el lugar que había quedado libre junto a la desorientada Jules. Doyle se adelantó hasta situarse entre Sorenson y Liam.

—Creo que tienes mucho que narrar, Sorenson, pero antes necesito tu ayuda para encontrar a mi mujer. No soy un hombre que pida ayuda fácilmente, pero por ella..., por favor...

Pese a llevar tantos años aborreciendo al hombre situado frente a él, no le costó un ápice pedir su apoyo. Toda la ayuda que necesitara. Haría lo que fuera, incluso suplicar por ella. Esperó tenso la contestación del hombre que no tenía por qué colaborar, que podía darles la espalda y desentenderse de lo que ocurría. El gesto afirmativo de Sorenson lo sintió en todo su cuerpo. Había una maldita esperanza de encontrar a su mujer y la iba a aprovechar porque era sencillo. Tan sencillo como saber que no podía vivir sin ella.

IX

Estaba helada. Tanto, que por un segundo creyó estar de vuelta en su viejo cuarto, tratando de entrar en calor con su todavía más estropeado y desgastado abrigo, tras extenderlo sobre el lecho para que le diera algo de calidez. Pero la superficie en la que estaba tumbada no era blanda, sino tremendamente dura, fría y áspera. Irregular. Sin duda alguna una rarísima sensación. Y le dolía la cabeza a morir y eso que jamás había sufrido de jaquecas, salvo tras escuchar demasiado tiempo el incesante parloteo de su madrastra y sus hermanastras sobre ropas, sombreros, zapatos, seres fantasmagóricos y cotilleos de esa alta sociedad que tanto adoraban y ella aborrecía con todo su ser. ¿Se habría desmayado y caído redonda en la cocina de casa? Hizo memoria. Su último recuerdo mínimamente vívido era llegar a casa después de que el engendro con el que estaba prometida se hubiera empeñado en llevarlas de vuelta a ella y a Jules e intentado hablar con su padre. ¡Irreverente descarado!

Se decidió a abrir los ojos y parpadeó. ¡Esta no era su destartalada cocina! Los cerró con fuerza para abrir en seguida los ojos. Se miró a sí misma y levantó los pies tras alzarse algo las apelotonadas faldas. ¡Y esa no era su ropa y los zapatos eran nuevos y carecían de agujeros o remiendos!

Oh…, Ohhh… Se le ocurrieron dos posibilidades, a cual más inquietante. Se había colado en una de esas realidades alternativas de las que hablaba su madrastra y en ella ¡era rica! O bien… ¡estaba en prisión!

A su izquierda sonó un ruidillo alarmante, parecido a un gemido dolorido. Agarrándose su cargada cabeza con ambas manos, descubrió que tenía un chichón del tamaño de una pelota. Intentó enderezarse pero hubo de valerse de una de sus extremidades superiores para conseguir un mínimo apoyo hasta lograr incorporarse en un ángulo lo suficientemente recto como para dejar de ver el sucio techo. Con uno de sus ojos abiertos, el más próximo al extraño sonido, enfocó con dificultad. ¡Era una presa! Y… ¡tenía un compañero de celda!

Un camarada en la desgracia, sucio, desarrapado y que presentaba ciertamente muy mal aspecto. Con la cabeza bombeándole como si algo le palpitara entre los ojos, gateó hacia la sentada figura con la encorvada espalda contra la rocosa pared. Por un fugaz segundo una extraña imagen le vino a la cabeza. La sensación de escapar de algo a cuatro patas para dar contra una cosa negra y redonda y nada más. Solo un escalofrío de aprensión recorrió su cuerpo.

Alargó el dedo índice y toqueteó al dormido o desmayado, y esperaba que vivo, señor que no había dado muestra alguna de reconocimiento o intento de contactar con ella. ¿Y si era un asesino? ¡Y si *ella* era una asesina! y por eso estaba presa e incomunicada salvo con su cohabitante de celda, hecha un completo adefesio y con un soberano huevo en la cabeza. ¿Se habría resistido al arresto?

Le entraron ganas de llorar a moco tendido. ¿Cómo era posible olvidarse de algo tan importante?

Una oscilación, apenas apreciable, en el embarrado zapato derecho del hombre con el que tendría que hablar tarde o temprano, llamó su atención. Al menos estaba vivo. Toqueteó por segunda vez con su dedito. Con algo más de ímpetu.

—¿Señor?

Nada.

—¿Está usted bien?

¡Pregunta tonta, Julia! Si estaba completamente ido.

—Soy Julia Brears y creo que han podido cometer una pequeña equivocación —¿le estaría escuchando?—. Verá usted, creo que me han metido en la cárcel de hombres. Quizá sea por mi altura, pero es evidente que soy del otro género y…

Otro gemido y unas palabras susurradas muy, muy bajito.

—¿Cómo dice?

Más balbuceos sin sentido por lo que se acercó otro poquito más. El hombre parecía inofensivo y con pocas ganas de pelear y… olía fatal. Le dio una arcada involuntaria por lo que maldijo mentalmente la sensibilidad de su olfato tras repetirse una pequeña sucesión de náuseas. El hombre alzó el rostro y Julia contuvo la respiración de golpe. Dios santo, le habían golpeado salvajemente, dejándolo desfigurado pese a resultar evidente que se trataba de un hombre de cierta edad.

Centrada en él, no había inspeccionado el lugar en el que había despertado y debió hacerlo en cuanto recuperó el sentido. En realidad no parecía una prisión sino más bien un destartalado cuarto, iluminado únicamente por antorchas encendidas colocadas en tres esquinas de la desnuda habitación. Ni un mísero mueble rompía esa frialdad, ese vacío. Ellos eran los únicos ocupantes. Las paredes lisas y descuidadas hablaban de poco uso y las manchas de humedad dispersas en las paredes, de la cercanía de una fuente de agua, puede que un río o un riachuelo, y que posiblemente se hallaran bajo el nivel del mar.

No. No estaban en una prisión, no tenía la más remota idea de lo que ocurría y ello la descolocaba completamente. Si tan solo recibiera algún dato del hombre que a su lado parecía querer recobrar el sentido sin conseguirlo del todo.

La puerta parecía robusta y de hierro, con traviesas horizontales ancladas con robustos y roñosos tornillos. Imposible de forzar. La angustia iba ganando terreno en su interior. Repentinamente se sintió observada desde el otro lado de la puerta, a través del visor ubicado en su parte superior por el que le pareció captar movimiento entre los barrotes que lo atravesaban. Pese a la oscuridad que reinaba en la parte exterior podría asegurar que alguien estaba parado observándoles, estudiándoles, como si estuviera decidiendo si merecía la pena hacerse notar o hablar o ayudar. No podía dejar escapar esa oportunidad.

—Por favor, ¿podría decirme dónde estamos?

Llegó un susurro de ropa al rozar con metal pero nada que se asemejara a una voz humana.

—Por favor…

—Ellos vendrán en unos minutos y si me descubren me mataran.

Su corazón pegó un salto en su pecho y dio gracias en silencio. Una voz de mujer, algo cascada pero nítida, pese al temblor que la cubría. Debía lograr que los ayudara. Su instinto le decía que la mujer que los observaba deseaba auxiliarles pero estaba atemorizada.

—Ayúdenos, por favor. Este hombre está herido.

—No puedo. No ahora.

—¿Por qué?

—Después, cuando ellos se hayan ido y antes de que llegue *él*.

—¿Quién es él?

—Más tarde.

—¡No! No se vaya, por favor. Por favor…

No serviría seguir hablando ya que los suaves pasos se alejaban de la puerta para su total desesperación.

X

Era terco el maldito. Apretaba los labios y no parecía dispuesto a soltar más detalles de los necesarios. Cerrado en banda y pese a las ganas que comenzaba a sentir de partirle la cara, Doyle no podía dejar de admirar su maldita firmeza y entereza.

Tras escapar del incendio y del lugar con el tiempo justo para que la policía y las brigadas de bomberos no les descubrieran, se habían dirigido a un edificio cercano, bien protegido y cercado, extenso pero sin pretensiones, donde se encontraba instalado el negocio de Sorenson, o al menos eso dio a entender. Que el hombre nadaba en la abundancia y que sus hombres le eran fieles, resultaba una obviedad. Nada más llegar, las órdenes impartidas por Sorenson se habían cumplido a rajatabla. Ni protestas, ni preguntas, ni dudas de tipo alguno, por lo que Doyle comenzó a sospechar que quizá el lobo pudiera no ser tan fiero como lo pintaban.

Habían adelantado una misiva a John para que no se preocupara por la pequeña Mere, y Jared, con ayuda de tres hombres de Sorenson, había acompañado, tras acallar numerosas protestas, a las extenuadas mujeres a sus respectivas casas a fin de que se asearan. Lo suficiente como para prepararse para una noche llena de tensión y preocupación por la mujer que había sido arrancada a la fuerza de sus brazos.

Cinco grupos de hombres habían sido enviados en diferentes direcciones para localizar el lugar al que habían trasladado a su mujer, y Sorenson les había dado una hora para que volvieran con información fresca y veraz. La determinación en los rostros de todos ellos aligeró una pizca su desesperación. Por su parte, otros tantos hombres habían partido, bajo la guía de Marsden, en apoyo de los anteriores.

Había concedido una hora de plazo sin lanzarse de cabeza a la guarida principal de los Bray, pero ni un minuto más. Y todos, absolutamente todos habían mostrado su acuerdo y su respeto a tal decisión. Esa hora se emplearía en reunir datos, en cuadrar planes y en tratar de no perder la maldita cabeza al imaginar por lo que podría estar pasando la mujer que adoraba. La sensación de impotencia era tal, la angustia, la necesidad de recorrer Londres, casa por casa, en busca de lo que era suyo, que no sabía si iba a poder resistir. La femenina voz le distrajo de sus abrumadores pensamientos.

—Si no hablas tú, lo haré yo, Marcus. Creo que ha llegado el momento.

La totalidad de los presentes dirigieron la mirada hacia la obcecada y aguerrida mujer a la que únicamente tenían que agradecer y que no parecía temer en absoluto a Sorenson.

—Me llamo Elora Robbins y tengo... —paró brevemente y aspiró como si lo necesitara para sacar fuerzas de flaqueza— ...tenía una hermana gemela, Claire... —sonrió levemente, sus ojos perdidos en un lejano recuerdo— ...la pequeña por unos minutos de diferencia. La vida nos iba bien. Ambas nos casamos con dos buenos hombres. Yo tuve a mis gemelos, pero mi marido... —cuadró los delgados hombros y continuó— ...murió. Hace un año, en Navidad, mi hermana y su esposo desaparecieron de camino a su casa, sin dejar rastro, como si jamás hubieran existido, como si hubieran sido un velado fragmento de nuestra imaginación. Todas las puertas que tocamos pidiendo ayuda, nos fueron cerradas. A nadie le importaba, salvo a aquellos que los amábamos. Nadie estaba dispuesto a perder tiempo con una desaparición más, por lo que gastamos todos nuestros ahorros en contratar a un detective.

La mujer que hablaba con melancólica voz estaba agotada, física y mentalmente, y a pesar de ello no se sometía a nada ni a nadie. Era fuerte.

—Al principio este no conseguía datos, ni pistas, ni ayuda. Nadie hablaba hasta que un día nos mandó una nota. Alguien le había dado la descripción de un luchador. El desconcierto fue inmenso.

—¿Por qué?

—Porque era mi cuñado. Esa descripción era la de Patrick, mi cuñado. Indagamos algo más y descubrimos que existía un circuito de peleas clandestinas. La siguiente nota que recibimos del detective fue para indicarnos que había conseguido infiltrarse e identificar a los hombres que creía responsables del secuestro…

Calló repentinamente como si todavía le resultara difícil comprender lo que había pasado. Doyle preguntó con tanta delicadeza como pudo.

—¿Qué ocurrió?

—Su cadáver apareció al día siguiente flotando en los muelles. Mi desesperación fue tal, la sensación de haber perdido irremediablemente a mi gemela que…

Por primera vez Sorenson intervino.

—Elora, no tienes por qué…

—Ya lo sé, pero lo tengo tan enterrado dentro que estoy muriendo poco a poco y no puedo permitirlo. No puedo, por mis niños, por vosotros, por el simple hecho de acabar con ellos, con los hombres que mataron a mi hermana y al hombre que quería.

Un par de aspiraciones bruscas fueron algunas de las reacciones a lo dicho, otras fueron el mero silencio, otras ira concentrada y en todas, admiración por la entereza de esa mujer.

—Mi esposo era un buen hombre. Me vio hundida y quiso devolverme lo que había perdido, pero lo mataron. Fue a luchar por mí, por nuestros hijos y… no volvió.

Las palabras se le atragantaban. Mantenía la vista fija en algún lugar que no era en el que se encontraba, con las manos entrelazadas, los nudillos blancos y la tez tan pálida. Sorenson se aproximó a ella, puso una mano que se veía enorme en su pequeño hombro y tomó la palabra.

—Llevamos meses tras los Bray. A raíz de una paliza que recibió uno de los luchadores, le prohibí que participara en la siguiente tanda de luchas. Perdió la razón, como si su vida y todo su mundo le fuera en ello, y así era. Ofreció todo lo que tenía, incluso a sí mismo para que se le permitiera continuar peleando.

—¿Por qué esa insistencia?

—Por su mujer.

—¿A qué te refieres?

—Si no peleaba mataban a su mujer.

El aturdimiento se plasmó en los rostros que callaban pero una imagen apareció en la mente de Doyle. La imagen de una desgraciada mujer.

—¿Estaba su mujer embarazada?

Sorenson viró bruscamente en su dirección.

—¿Cómo demonios lo sabes?

Doyle suspiró.

—Hace poco descubrimos en…

Un fuerte golpe en la puerta interrumpió la explicación. Quién llamaba no esperó a recibir contestación ya que sencillamente abrió, asomando tras ella un rostro de expresión despierta, joven, vivaz, que apenas habría alcanzado los veinte años.

—Jefe, creemos tener localizado el lugar donde la han llevado. En el muelle Norte, en el centro del viejo territorio de los Drake. La incursión no va a ser fácil, pero un punto a nuestro favor es que disponemos de gente en el interior.

Doyle sintió la adrenalina recorrer por todo su cuerpo de forma brutal. Cruzó miradas con Peter y ambos se levantaron seguidos de Rob y de los restantes hombres. Les era familiar el nombre de los Drake. Había llegado la hora.

XI

La presión causada por el terror había aumentado y con ella los intentos de espabilar a su compañero de infortunio. De clavarle el índice había pasado a la segunda fase, soplarle. Sin resultado. La tercera fase, darle pequeños y continuos sopapos en la cara parecía estar dando mejor fruto. Los cargados ojos finalmente se descubrieron y deambularon hasta recaer en ella, fijos, observándola. La desorientación precedió a la alarma y esta a la conmoción. Después llegó la consternación y las ahogadas palabras.

—¿Señora Brandon?

¡Madre mía! Menuda conmoción tenía el pobre hombre y ¿de qué diantre conocía a los hermanos Brandon?

—¿Me conoce?

Pese a lo nublado de la mirada reconoció la expresión de pasmo en el herido rostro.

—La secuestré ayer y su marido me cobijó en su hogar.

Conmocionado y loco. De inmediato dejó de darle golpecitos tranquilizadores. Era ella quien debiera ser consolada ya que ¡estaba en un manicomio!

Se escucharon pisadas y suaves golpes de algo contra las paredes, como si deslizaran algún objeto metálico por ellas, rozándolas según se acercaban. Seguramente los celadores.

—Viene... el diablo.

Pobre hombre. Estaba chalado. Se levantó para aparentar la estabilidad mental que la caracterizaba. Era evidente que se había cometido un craso error, como cuando a Mere la detuvieron el año pasado y pasó unas angustiosas horas encerrada con la inquietante compañía de mujeres dedicadas al oficio más antiguo del mundo.

Daría su nombre y solicitaría que avisaran a su padre o a Mere o incluso a su insistente y metete prometido. Eso es lo que haría, y seguro que la escucharían. Volvió la mirada en dirección al viejillo que se había encogido rodeando sus rodillas con los escuálidos brazos y había comenzado a balancearse de forma rítmica, tarareando lo que comenzaba a sonar como ¡una plegaría tras otra! Un pequeño nudo se le formó en el estómago. Intentaría ayudar a su compañero de celda.

El chirriante sonido se había detenido frente a su puerta. La escasa lumbre no evitó que su atención se grabara en una especie de tubo metálico negro que asomó entre los delgados barrotes verticales que sellaban el visor de la puerta. Asombrada pensó que era una pequeña tubería de metal por lo que acercó un paso. El nudo del estómago se convirtió en horror, en asfixia, en la impresión de tener que estar soñando. Era eso. Tenía que tratarse de un sueño, de una pesadilla de la que despertaría en cualquier momento. Cerró los ojos y se pellizcó el trasero. Los abrió lentamente. Cerró de nuevo más fuerte y se pellizcó con sendas manos, contó hasta cinco y los reabrió.

El brillante y distintivo cañón del arma seguía ubicado entre los barrotes, apuntándola de lleno. No... podía... ser. No era un sueño del que pudiera escapar y reír de su prolífica imaginación. No era una pesadilla. Era la realidad y no tenía la más remota idea de cómo había llegado a este punto. Encerrada en un manicomio, en medio de una apestosa celda, aterrada, apabullada y sola. Sin nadie a quién pedir ayuda.

*****

Capítulo 12

I

Aborrecía la sensación que le causaba su hermano en ocasiones, la mirada que sentía sobre su cuerpo cuando estaban los dos solos. Él no era imbécil, ni ignoraba lo que ocurría a su alrededor. Notaba el desprecio en sus ojos, el asco en su expresión, pero Roland no lo entendía, no entendía su necesidad de causar dolor, de matar, de desgarrar, la hermosa viscosidad de la sangre deslizándose por sus manos, su dulzón y embriagador olor, el color más bello del mundo, cada vez más oscuro, más espeso al salir de un cuerpo destrozado. Las imágenes en su mente, las posibilidades, tantas posibilidades, le estimulaban. Casi tanto como de sus juegos gozaba de la frialdad que rodeaba a su hermano ya desde niños y disfrutaba cuando las maquinaciones de esa perversa mente las dirigía hacia otros. Ansiaba presenciar la expresión del rostro de Roland cuando se lo dijera. Había conseguido lo que más deseaba. La tenían en sus manos.

No comprendía la ofuscación de su hermano porque ella no era hermosa como tantas otras que había tenido y desdeñado. Su sangre sí sería hermosa, mucho más que ella. Estaba seguro. Su boca se resecó momentáneamente con las posibilidades que ella le brindaría, pero no era para él. De momento.

Iba a romper una regla sagrada pero la noticia lo valía. El santuario de Roland siempre le causó malestar, intriga, escalofríos y morbo. Su templo dedicado a ella, con sus… trofeos. Casi olió su propia excitación. Un estremecimiento le recorrió el cuerpo antes de golpear con los nudillos la puerta de doble hoja que encerraba y ocultaba a ojos de los intrusos los aposentos de su hermano. Puntualmente le pudría esa maldita servidumbre, pero no sabría qué hacer sin él. Se guardó su ira dentro impidiendo que surgiera. Su hermano lo era todo para el clan, para él. Por eso no había cortado el cuello de la mujer que Roland había escogido. La única razón...

Le había costado dejarla custodiada por otros, pero el ansia por informar a su hermano y contemplar de primera mano su expresión, había vencido a su cautela. Giró el pomo y entró encontrándose rodeado de penumbra. Las sombras lo envolvían perfilando suavemente los escasos muebles, hasta que su mirada quedó fija en la enorme y desnuda figura de su hermano, de pie, la espalda apoyada contra la helada pared. Era una de esas ocasiones en que su hermano provocaba un frío desquiciante en el pecho.

—No dije que entraras.

No se movía. Ni un músculo pero era tan engañosa su quietud.

Movió los pies, inquieto, separándolos levemente pese a conocer de la capacidad de reacción de su hermano, pese a saber que si quería, lo mataría en un segundo. Supo que sus siguientes palabras eran vitales.

—Tenemos a Julia Brears, hermano.

La mano apareció de la nada en su garganta, cortando el flujo del aire. La hosca pared a su espalda. El musculoso cuerpo de su hermano cortándole la salida.

—Una vez te dije que no la nombraras.

Trató de responder, pero apretaba demasiado. Sujetó ese brutal brazo con ambas manos para tratar de aflojarlo, pero no servía. Era decisión de Roland. Por un breve instante creyó que ahí mismo acabaría todo. En manos de su hermano. Le gustaba la idea hasta que sintió de nuevo el flujo de aire entrar en su cuerpo. La bocanada raspó su garganta, provocando que tosiera, que se encorvara, pero Roland lo empujó de nuevo contra la pared, recibiendo un golpe en la cabeza al impactar contra ella. Debía explicar, debía hablar…

—El plan resultó… —tosió suavemente hasta notar la dura mano de su hermano presionar contra su pecho— como dijo el viejo banquero. Ellas estaban allí.

—¿Las demás? —preguntó Roland.

—Muertas.

—Bien. Romper sus lazos con ellas era importante. ¿Lo sabe?

—No. Peleó y tuvimos que dejarla inconsciente...

La presión aumentó considerablemente, comprimiéndole el pecho.

—…pero está bien.

La fuerza ejercida por su hermano se mantuvo unos segundos eternos hasta que sintió que poco a poco aflojaba.

—¿El lugar?

—Calcinado hasta los cimientos.

—Bien. Sorenson es inteligente. Captará el mensaje —los duros ojos de Roland se hundieron en su rostro—. ¿Qué sabemos del bebé?

—Se lo llevó Brandon…

La inusual mueca en el marcado perfil de Roland transmitió su desagrado.

—Disponemos de cuatro días para entregar el paquete. El plazo se acorta ya que el traslado de presos es dentro de diez días. Lo único que no podemos comprar es la fecha del traslado. Si no entregamos al recién nacido no conseguiremos el último voto de la junta directiva y eso no es una opción. Necesitamos el dinero para hacer frente a los últimos sobornos.

—¿Y si le entregamos otro bebé?

La oscura cabeza de su hermano se inclinó de manera apenas ostensible, autorizando la salida ofertada por Rupert.

—Haz lo que sea necesario.

Tenía vía libre. En cuanto entregaran al niño dispondrían del último voto para obtener lo que necesitaban. En sus manos, para obrar como quisieran. Él estaría libre después de tanto tiempo encarcelado. Se harían con la ciudad. Se relamió los labios. Se regodeó en las posibilidades. Tantas mujeres, tanto dolor, tanto poder.

La tensión en el brazo de Roland indicó que la respuesta a la siguiente pregunta que iba a formular era importante para él.

—¿Dónde está ella?

—En tierra de padre.

—¿Quién la vigila?

—Un par de hombres y Brenna.

La presión en su cuello apareció de nuevo, de la nada. Un error. Había cometido un maldito error y no sabía cuál. En cuanto el rostro de su hermano se transformó, llenándose de ira, lo supo.

II

El cañón del arma que la apuntaba tembló ligeramente y desvió su trayectoria en dirección al trémulo hombre que permanecía encogido canturreando suavemente, balanceándose, en su propio mundo, protegido por su mente. Supo en cuanto se movió que iba a hacer una locura, una completa locura, pero sus pies actuaron con una fuerza irresistible. Se interpuso en la mortal trayectoria del arma, alzando las manos hacia su verdugo, suplicantes, mientras cerraba los ojos y susurraba un *por favor*.

El siguiente sonido fue el de un cerrojo al descorrerse y el chirrido del portón al ser empujado desde el exterior. Tragó saliva y contuvo la respiración. Abrió los ojos hasta que casi se le salieron de sus cuencas orbitales. Lo que apareció ante su asombrada mirada era lo último que hubiera esperado ver en el lúgubre agujero en el que estaban. El celador más hermoso del mundo y que para colmo era una mujer. No podía ser. Tratando de pasar desapercibida, ubicó una de sus manos a su espalda y se dio de nuevo un fuerte pellizco en la nalga izquierda, pero la escena no desapareció de su reducida franja de visión, como mucho se definió algo más al aproximarse la mujer en su dirección.

La voz femenina era tan sensual como su exótico aspecto. Una melena rubia, con tonos llamativos y variados, brillante, que ella hubiera pagado cualquier cosa por tener, un cutis sin una imperfección y ¡sin una peca! Esbelta y al mismo tiempo voluptuosa, pero no grandota, ni ancha, ni pesada como ella.

—Así que eres tú.

Esas palabras la descuadraron completamente y no supo cómo responder. La mujer se aproximó sosteniendo el arma de forma visible, amenazadora y con inquietante tranquilidad dio dos vueltas a su alrededor. La miraba como si no entendiera algo, como si estuviera tratando de descifrar un verdadero misterio. Julia se lanzó aunque la mujer pareciera una absoluta trastornada y hablara carente de sentido.

—¿Es usted la… la mujer de antes?

El ceño fruncido contestó sin necesidad de respuesta alguna. No lo era. Dio un pasito hacia ella, pero el movimiento oscilante y raudo del arma la detuvo de golpe, congelada en su sitio. Tenía que insistir ya que algo, quizá su atrofiado instinto, le indicaba que debían darse prisa.

—¿Podría ayudarnos? ¿Dónde estamos? ¿Es un manicomio? —se mordió el labio inferior al apreciar que el bello rostro de la mujer se contraía. Ya había metido la pata una vez más—. No quiero decir que usted esté majaret…, quiero decir, un poco ida. Solo trataba de decir que si es otra paciente podríamos ayudarnos mutuamente. Para salir de aquí, quiero decir, hace frío y me agradaría volver a casa con mi padre.

Las carcajadas que brotaron le dieron un susto mortal. Tal susto que la vejiga casi se le aflojó. Encogido en el suelo, el anciano comenzó a gemir.

—¿Tú padre?

Dios, era la conversación más extraña de su vida. Superaba incluso las que tenía últimamente con el mastodonte.

—Sí, a mi casa y me gustaría llevarme a mi compañero de celda. Está en mal estado.

La mujer ladeó la cabeza como si recordara que se encontraba ante un complejo puzzle a desentrañar y la recorrió con la mirada antes de hablar.

—Él no sabe que estás loca.

¿Loca?¿Pero de qué diantre hablaba esta mujer? ¡Si la loca era *ella*! ¿Y quién era *él*? Lo primero era lo primero.

—Yo *no* estoy loca, señora. Solo quiero ir a casa. Con mi padre y mi madrastra.

Los negros ojos de la mujer parecieron reír y disfrutar con sus palabras.

—Eso es imposible ya que están muertos… —la seguridad con que esa mujer habló le causó un estremecimiento— y Roland te quiere para él.

Solo cabía una explicación lógica y serena. Estaba rodeada de dementes.

—Perdone, señora. Pero yo no conozco a ningún Roland.

—Eso ya lo sé. Pero él a ti, sí, y te quiere para él.

La conversación no iba nada, pero nada bien. El tono de voz de la mujer le ofreció una clarividente y gloriosa idea.

—¿Y no podría quedárselo usted? Por la manera en que habla de él, parece tenerle cierto afecto. Podría dejarme ir y así desaparecería de su vista.

Los negros ojos de la mujer se dilataron como si fuera una idea jamás contemplada con anterioridad.

—Si lo hiciera me mataría.

Julia habló atropelladamente.

—No tendría por qué enterarse, ¿no cree?

Comenzaba a plantar la duda en la atrofiada mente de la mujer. Lo notaba. Era el camino correcto si deseaba salir de ese infierno.

—Yo no quiero a ese tal Roland y…

La descarriada mirada de la hermosa mujer fue de total incomprensión, como si no entendiera que alguien pudiera rechazar al hombre del que hablaban, como si se sintiera totalmente ofendida por el repudio frontal que acababa de escuchar.

—Hablamos de *Roland Bray*.

Julia se petrificó entera. Los pies se le tornaron helados de repente como si el suelo de la desnuda celda se hubiera convertido en un helado lago y ella estuviera en pie sobre el líquido lecho, descalza. El frío ascendió, lentamente, llenándola entera, discurriendo por sus venas. Ni siquiera pudo tragar saliva. Roland Bray era uno de los hermanos Bray. El nuevo caso de Rob, el que le estaba dando tantos problemas. ¡Piensa, piensa, Julia! Por favor… Buscaban al otro hermano por asesinato, al que había estado en la cárcel, se llamaba…, no recordaba su nombre y algo acerca de un testigo preparado para que hablara ¡Quizá era el viejillo que le acompañaba en la celda! Miró a la mujer que seguía extasiada observándola como si fuera un bicho raro. Se tiró de cabeza sabiendo lo que se jugaba. Demasiado.

—Creí que Roland Bray ya tenía a otra mujer. Eso es lo que se rumorea.

Los brillantes ojos de la mujer se entrecerraron.

—¿Quién lo dice?

—¿Es usted esa mujer?

En dos pasos se había ubicado a su lado, furiosa. El arma apuntando, sin muestra alguna de agitación, a su cabeza.

—¡*Quién* lo dice!

Por Dios… Comenzó a transpirar. Se le estaba escapando de las manos la conversación.

—La… policía.

De forma incomprensible, la respuesta pareció tranquilizar a la mujer por lo que una tonta flojera comenzó a invadir el cuerpo de Julia. Algo extraño se reflejó en los ojos de la mujer, como una especie de ansia, de anhelo.

—¿Lo dice acaso por mi querido inspector Norris?

¡Conocía a Rob! ¡La mujer conocía a Rob!

—¿Puede?

—Pero ellos apenas saben lo que ocurre… —la desgarradora risa de la mujer alertaba de su desequilibrio— aunque ahora estará de papeleo hasta el cuello el pobrecito. Me gustaba ese hombre con su hermosa sonrisa, pero es al otro al que quiero ver rendido.

Una opresión apareció en el pecho de Julia. Solo podía estar refiriéndose a un hombre.

—¿A quién?

—Su compañero, el de la hermosa cicatriz. Lo quiero humillado a mis pies después de darse cuenta de su gran ignorancia. Idiotas. No hilaban nada, las peleas, las mujeres, los niños, el banco, los chantajes…

Las carcajadas brotaron de nuevo, descontroladas y el corazón de Julia aleteó desesperado. Debía salir como fuera de ahí o estaban acabados. La negra mirada se clavó en ella.

—Pobrecita, tan perdida en un mundo que desconoces. Un mundo en el que Roland es el rey y yo debiera ser su reina... —el desnudo desprecio inundó su oscura mirada— no tú. Jamás una ramera como tú, tan grande, tan fea, tan burda.

No la entendía, por Dios... No entendía nada ¡y no era burda! Solo sincera. Presentía que debía seguirle la corriente o estaban perdidos. Ella y el anciano que había dejado de moverse, que escuchaba en silencio. Siguió el camino trazado por la mujer que, para su desconcierto, parecía conocerla.

—Sabemos lo del banco y todo lo que ocurre con los niños.

Repentinamente la mujer se volvió furiosa hacia el anciano que pareció encogerse más, si ello era posible, mientras le gritaba desaforada si había sido él, si él había hablado de más. Con inmensa malicia le golpeó en la cadera con el pie, con tremenda fuerza, provocando un quejido ahogado del hombre que Julia sintió dentro, muy adentro. Era un anciano, un frágil y desamparado anciano. Nadie debería golpear a un mayor. *Nadie*. Sintió furia hacia la mujer que no respetaba nada, ni siquiera la edad. Se acercó dos pasos al anciano que se había vuelto de costado intentando protegerse, para así pillar desprevenida a la mujer que mantenía su atención en él, pero, incluso inmersa en su locura, estaba alerta a cualquier movimiento. Se la veía exaltada y a punto de perder los nervios.

—Es imposible que sepáis lo de los mocosos. Solo ellos y yo lo sabemos.

Su mente circulaba a mil por hora. Inventar algo en esa situación era tan difícil, tan precario, pero si quería escapar no quedaba otra opción. Debía hacerlo. Se obligó a recordar lo que había leído, todo lo que había leído a lo largo de su vida e inventar algo que fuera compatible con lo que acababa de escuchar.

—Tenéis un chivato en el interior.

El arma apareció a un palmo de su cara. Tan cerca que el aroma de la grasa que desprendía saturó su olfato.

—¿Quién?

La iba a matar, la iba a matar y no sabría lo que era ser feliz, no podría despedirse, no podría... Aspiró profundamente. Pelearía. Pelearía con lo que fuera. Con su mente, con uñas y dientes, con todo.

—No me lo dijeron, pero al parecer alguien habló y os siguen la pista.

La mujer comenzó a pasearse agitada, blandiendo el arma mientras balbuceaba atropelladamente.

—Nadie lo sabe. Nadie, nadie… —daba vueltas incansable por la celda, arrastrando su falda por el sucio piso, levantando una fina capa de polvo y volviendo hacia ellos la encendida mirada, una y otra vez—. Él solo confía en mí, me ama y tendré a su hijo. Esas mujeres solo son vasijas, vasijas para obtener dinero y sacarlo de su confinamiento. Los compradores nada dirían. Perderían todo. Nunca hablarán y los padres están muertos. Cuando nacen los hijos, los padres mueren. Duran lo que Rupert quiere, nunca más —una macabra sonrisa iluminó el bello rostro, tornándolo más siniestro mientras hablaba casi canturreando—. Muertos, muertos y fríos. Rupert se encarga de ellos.

Ocurrió de repente. Sin previo aviso. Tan veloz. El anciano estiró las piernas de golpe trabándolas con los imparables pies de la mujer que tropezó cayendo al suelo de forma aparatosa, de costado, sin soltar el arma, lanzando un rugido furioso. El *ahora* que gritó el anciano la hizo reaccionar instintivamente, lanzándose con todo su peso sobre el tendido cuerpo que intentaba incorporarse. Sintió el metal al alcance de la mano, el frío metal mientras sujetaba el cañón peleando con la mujer. Rodaron y la mujer chilló. El anciano le había aferrado del cabello e intentaba golpear su hermosa cabeza contra el duro suelo, pero era tan fuerte y se resistía, por lo que por un aterrador momento creyó que no podrían con ella, que no…

El arma detonó justo después de escucharse un golpe seco. El silencio lo rodeó todo. Ni siquiera percibía sus forzadas respiraciones o los latidos de su corazón que retumbaban en sus tímpanos. Solo escuchó un sonido ahogado que provenía de la mujer. Un sonido que no olvidaría jamás.

El anciano tiró del revuelto vestido de la mujer y al no reaccionar esta a la presión ejercida, alejó la flácida mano femenina de la manga de la destrozada camisa del anciano que todavía parecía aferrar. Dios santo, la había matado, la había matado. Miró extrañada la brillante arma que ahora sostenía y se giró hacia el anciano con los ojos aterrados, implorantes. Necesitaba saber si la había…, si había…

No reconoció su propia voz. Baja, rasposa, temblorosa. Débil.

—¿La he matado?

Los claros ojos del anciano la miraron llenos de sorpresa y tristeza.

—Debemos salir de aquí.

—¿La maté?

Las viejas rodillas crujieron al enderezarse. Era gracioso. Un pensamiento surgió en su mente. Las cosas en las que uno se fija cuando está traumatizado. El sonido de los viejos huesos de un hombre que no conocía, la falta de movimiento en una tela, la extrema palidez de una mano… Notó posarse sobre su espalda una huesuda mano y unas roncas palabras que repetían que debían salir antes de que alguien descubriera lo ocurrido. Como si fuera tan sencillo dejarla atrás cuando su instinto le pedía a gritos lo contrario. Sintió que era agarrada por debajo del brazo e incorporada. Le maravilló la fuerza oculta en el anciano.

Huir. Debían escapar antes de que dieran la alarma. A casa.

Con cautela, como si le inundara el miedo a que ella despertara de repente, el anciano se agachó para rebuscar entre las ropas de la mujer las llaves que abrían la oxidada cerradura. Con un juego de llavines colgando de la mano mientras con la otra no se soltaba de Julia, se aproximaron a la puerta, dejando tras de sí el cuerpo inconsciente de la mujer, pero no habían terminado de alcanzar la puerta cuando les llegó la voz de otra mujer. Más suave y ondulada, silenciosa, intentando no llamar la atención.

—Yo les ayudaré, pero hemos de apresurarnos. Ellos no tardarán en llegar.

Con un vuelco de la llave, la sólida puerta de abrió y en el quicio apareció la esbelta figura de una joven. No la reconocían, salvo por la breve conversación de hacia horas.

—¿Quién es usted?

—Da igual. Lo único que necesitan saber es que he dado aviso de que la trajeron aquí, pero apenas disponemos de tiempo. Él ya sabrá que está aquí. En estos momentos solamente dos hombres vigilan la casa en el interior y otro hace guardia en la entrada principal. Si conseguimos despistarlos, lograremos salir por una de las ventanas traseras. Cerca tengo un carro para movernos.

—¿Por qué hace esto?

La joven mirada se endureció.

—Porque una vez alguien hizo lo mismo por mí. Es mi única forma de agradecerlo.

El tono de voz indicó que no seguiría dando explicaciones y eso le valía a Julia. Algún día trataría de pagárselo.

—Gracias.

La sorpresa inundó el joven y al mismo tiempo experimentado rostro. Se movieron lentamente entre las sombras. La casa era amplia, sin movimiento, y no se cruzaron con los hombres, quienes no parecían poner demasiado empeño en realizar rondas o prestar atención a lo que ocurría a su alrededor, como si creyeran que al estar los prisioneros encerrados bajo llave, no tendrían forma humana de escapar. Los observaron de refilón mientras permanecían sentados en uno de los cuartos del piso bajo, bebiendo y hablando, ignorantes de que estaban a punto de perder a sus cautivos, riendo mientras esperaban algo que parecían aguardar con ansia, *la diversión*. Reiteraban esa palabra entre muecas desagradables y repugnantes comentarios. Un ligero temblor le recorrió la espalda.

Cruzado el umbral de la cocina, el resto discurrió sin incidentes a pesar del miedo de llamar la atención, de hacer algún ruido, de tirar algo al suelo o incluso de tropezar. Se deslizaron por la ventana del piso bajo, descolgándose uno seguido del otro, adentrándose en la oscuridad de la noche y dejando sus pisadas como únicos testigos mudos de su sigilosa escapada. Lo habían conseguido. Eran libres.

III

El viejo territorio de los Drake estaba ubicado en una de las zonas más conflictivas de la ciudad, en pleno East End. Las sucias y abandonadas callejas al norte del río hablaban de pobreza, carencias, desesperación y alta concentración de criminalidad. Una zona en la que se asentaron los hugonotes, dando paso con el transcurso del tiempo al masivo asentamiento de inmigrantes de origen irlandés y judío, proclives al comercio. Pero la zona no era la más indicada para prosperar y mucho menos para que las familias se acomodaran a la espera de un entorno seguro para sus hijos. Los comercios sufrían continuos asaltos, los robos en las casas eran el pan de cada día y el hecho de que el río estuviera a un paso fomentaba el tráfico ilegal de mercancías, los asaltos en las oscuras calles y la escasa presencia policial.

Las noticias de la gente de Sorenson eran lo suficientemente claras como para considerar que el edificio situado en la calle Burr, a dos callejas de distancia de los muelles al norte del Támesis, era el lugar al que habían llevado a su mujer. El edificio nada de especial tenía, mostrando la característica estructura de ladrillo propia de la zona. Tres pisos, con la entrada principal situada al frente, a la que había que ascender por media docena de escalones del mismo material. Un fornido hombre hacía guardia, pero nada indicaba que los estuvieran esperando. Ni movimiento, ni una especial protección del lugar, ni ajetreo de personas.

Las palmas de las manos le ardían de la necesidad de actuar cuanto antes. Si la habían tocado aunque fuera un mechón de pelo… Se sentía a punto de explotar y le costaba deslindar la rabia y el odio hacia quien se la había llevado, de su propio enfado hacia su insensata y entrometida mujer. Sintió el corazón bombear incontrolado. No podía haberle ocurrido nada. Era tan sencillo como eso. Otra opción era impensable.

Estaban esperando la maldita señal para entrar. Se encontraban preparados para partir del edificio de Sorenson cuando llegó la nota, confirmando la llegada de su Julia al lugar frente al que en ese momento estaba apostado, completamente desquiciado. La pobre caligrafía era definida, curvada, parecía de mujer y les urgía a actuar. Si debían hacer algo, recalcaba que lo hicieran cuanto antes ya que apenas dispondrían de tiempo antes de que se la desplazaran de lugar. Fue escuchar el contenido de la nota y salir disparado a caballo.

Que los demás hicieran lo que les diera la gana. Él iba en busca de su maldito corazón. De camino escuchó el golpeteo de los cascos siguiéndole. Peter, Rob y Liam. No necesitó girarse para comprobarlo. Lo sintió en los huesos. En el lugar se les unieron Sorenson y la mujer que se negó a quedar atrás, Elora. Tras ellos llegaron Marsden y otro hombre de Sorenson. Si acudían más podría desencadenarse una maldita guerra entre los Bray y Sorenson y por el aspecto de este último poco le faltaba para estallar y dar rienda suelta a su furia.

—¿Cuál será la señal? —indagó Doyle, dirigiéndose al hombre que había consentido en ayudarles.

—Un pañuelo rojo en una de las ventanas.

—¿Cómo lo sabes?

—El rojo significa vía libre. El negro, una extracción.

—Diablos, como no te expliques… —refunfuñó Liam.

Los ojos verdosos de Sorenson chocaron con el color ámbar de Liam.

—No creo que quieras una explicación detallada ahora.

—No. Ahora que lo dices, no, pero no me importaría tenerla más tarde, amigo. Me lo debes.

Sorenson apretó los labios mientras continuaba observando el edificio frente a ellos, pero el tono de Liam no daba pie a discusiones. Asintió con dificultad.

Se abrió una pequeña rendija en una de las ventanas del tercer piso y un pequeño pañuelo color granate, quedó colgando del cerrado marco. Se adelantó dos pasos pero una mano tiró de su chaqueta hacia atrás hasta devolverlo al lugar que acababa de dejar, contra la pared, un musculoso brazo cruzado contra su pecho. Peter.

—Maldita sea, hermano. Si te lanzas como una fiera, sin pensar, y dan la alarma, podrían matarla ¿entiendes? Y de nada serviría todo esto, de nada. ¡Piensa con la jodida cabeza!

¡Pensar! Le costaba tanto pensar… ¿Acaso no lo entendían? Solo quería tenerla de nuevo entre sus brazos, sentirla pegada a él, besarla, amarla, hablar con ella, reír con ella, echarse en el lecho y olerla. Los tres. Ellos y su bebé.

Se iba a asfixiar de la angustia. Apartó de su camino el brazo de su hermano, tras asentir levemente. Le costaba respirar. Tenía razón el condenado, pero él no se jugaba el perder a la mujer que se había adueñado de su corazón, él no temía no volver a verla, no le aterraba entrar en esa maldita casa y encontrarla, que pudiera estar herida o… Peter tomó la palabra mientras pasaba por su espalda una de sus inmensas manos tratando de reconfortarle.

—En cuanto la mujer que está dentro llame la atención del gorila de la entrada, me acerco y lo dejo inconsciente. En cuanto tenga vía libre os haré una señal. Al menos dos tendrán que permanecer fuera vigilando por si se acerca alguien, e impedir que entren.

Mientras hablaba se acomodaba con toda la naturalidad del mundo los cuchillos que acostumbraba a llevar encima.

—Voy contigo.

Rob se colocó al lado de Peter, tras hablar, hombro con hombro y cruzaron una mirada indefinible, hasta que el primero comentó algo sobre que la situación entre ellos no cambiaba el hecho de que lo seguiría hasta el infierno en una pelea. El primero en apartar la vista del otro fue Rob.

—No.

La rubia cabeza se volvió bruscamente hacia el inmenso hombre que permanecía con la mirada fija en él, incluso después de hablar. Rob apretó los labios y se tensó preparado para rebatir lo que fuera y cuanto fuera necesario.

—Entraré contigo, Peter, así que déjate de bobadas.

—Dije que no.

—No dejaré que entres solo.

Seguían hombro con hombro, las miradas enfrentadas, casi susurrando. La puerta principal del edificio se entreabrió y el hombre que la guardaba sin excesiva vigilancia, les dio la espalda. Peter empujó ligeramente a Rob presionando la mano contra su pecho, ordenándole que se quedara donde estaba si no quería buscarse un problema con él, y aprovechó la distracción de este para lanzarse a la carrera, subir los escalones de un salto, adentrándose en la casa tras dar al hombre que seguía hablando con alguien en el interior, un brutal empujón. La puerta se cerró de golpe tras Peter y así permaneció unos interminables minutos en los que Rob no pudo respirar, no pudo pensar.

Le había dejado atrás el maldito cabezón.

La entrada se abrió de nuevo en unos minutos y por ella escapó una temblorosa joven, vestida con raídas ropas y el pelo desgreñado. Mostraba un semblante extremadamente pálido y asustado. Sin un gesto dubitativo la joven se lanzó corriendo en su dirección, cruzando la despejada calzada iluminada únicamente por la luna llena.

Doyle no aguantó más. Echó a correr hasta alcanzar a medio camino a la mujer, cruzándose con ella y alcanzó a vislumbrar sus oscuros y asustados ojos. Nada más. Lo que le interesaba estaba en esa casa, en su interior, no fuera de ella. Tardó dos malditos segundos en asir el pomo de la puerta pero esta se reabrió de golpe, surgiendo de nuevo su hermano menor, asiendo en la mano uno de sus cuchillos, ensangrentado. Por la expresión rabiosa del rostro de Peter supo que Rob había seguido sus pasos, tras ignorar la orden del primero. Peter se dirigió a él, tranquilo, calmo, impactante en cierta forma.

—No está. Escaparon hace algo menos de una hora.

Doyle quedó callado, paralizado hasta que recibió un brusco empellón de su crispado hermano, de vuelta al exterior del edificio, mientras este repetía insistentemente que ella ya no estaba en el interior, que según la muchacha habían escapado con su ayuda y que debían irse, que en cualquier momento aparecerían más hombres. Que había recorrido la casa y en su interior había únicamente dos hombres que había dejado inconscientes, tras hablar lo suficiente.

¡No le importaba! ¡Solo quería tenerla de vuelta! Sintió ganas de gritar, de maldecir, de borrar de un plumazo el maldito miedo que le invadía, haciéndole sentirse fuera de control.

Peter apenas le dejó pensar. Lo aferró del brazo y lo arrastró con él, obligándole a subir en su montura como si presintiera que era la única manera de que se alejara del lugar donde ella había estado cautiva.

El viaje hasta su casa apenas lo apreció. Pasó en un suspiro. Su mente veía solamente ese rostro precioso cubierto de pecas, esa sonrisa que le rompía por dentro, su voz, su calor… No supo cómo, pero Burrowers le desprendió de su calada chaqueta y depositó un vaso de whisky que bebió de un trago. Tras observarle atentamente, el mayordomo rellenó el vaso hasta el borde. La joven que había huido de la casa estaba sentada con otro vaso repleto de un líquido ámbar en sus delgadas manos. Ni siquiera se había dado cuenta de que la llevaron con ellos. Se sentó frente a ella, con engañosa calma y escuchó la respuesta a la pregunta de Sorenson, la pregunta que temía, sobre lo ocurrido. Saltó sin pensar porque necesitaba saber y porque la muchacha no se decidía a responder.

—¿Dónde está mi mujer?

—En su casa.

Eso lo enloqueció.

—¡Esta es su casa!

En cuanto vio el temor reflejarse en los oscuros y redondos ojos, supo que la había asustado. Se frotó el rostro con ambas manos, para tranquilizarse. Pero le era tan difícil controlar sus emociones.

—Lo siento, lo siento mucho, pero aquí no está y si la ayudó a escapar necesito encontrarla ¿entiende? Necesito saber que está a salvo.

—Los dejé cerca de la iglesia de St. Martin. Insistieron en quedarse en ese lugar y yo me volví. No podía quedarme o levantaría sospechas.

Su cerebro se quedó con dos palabras: ¿los? ¿insistieron?

—¿Quiénes insistieron?

—Eran dos. Un anciano que llevaba un par de días prisionero y una mujer a la que trajeron hoy inconsciente, pero que recuperó más tarde el sentido. No parecían conocerse y ella insistía en que los dejará allí para volver a casa.

—No puede ser. Su casa… ¡es esta!

La mujer tragó saliva retirándose levemente hacia atrás. Doyle se desesperó. De un saltó se irguió acercándose a la encendida chimenea hasta sentirse de nuevo lo suficientemente aplacado y poder continuar con la estúpida conversación que le quitaba tiempo de búsqueda, tiempo para encontrarla y no dejarla alejarse de nuevo. Bruscamente se giró en dirección a la mujer.

—Lo siento, señora, pero lo que dice carece de sentido. Mi mujer vendría a casa, me encontraría. Lo que nos está diciendo no tiene sentido alguno.

—Apenas pudimos hablar y quizá entendí mal o no presté atención.

La pobre muchacha parecía a punto de echarse a llorar y él jamás había hecho sollozar a una mujer. Se sintió horrorizado pero le costaba tanto controlar la ansiedad por desconocer dónde diablos estaba escondida su esquiva mujer.

—Habló de sus padres…

Suficiente. La mujer estaba atontada o él había perdido la chaveta de camino a casa. Una oleada de irritación, de ardiente cólera le subió hasta la cabeza tras recorrerle el cuerpo entero.

—¡Sus padres están muertos! ¡Mu… er… tos!

Los ojos de la muchacha le miraban desorbitados hasta que susurró.

—Pues ella no lo sabe.

Nunca se había sentido tan cercano a sacudir a una mujer. A esta le resbalarían bellotas, seguro. Peter y Sorenson se acercaron y el primero se ubicó entre ambos. Entre la joven y él. No sabía si para asegurar el bienestar de la tonta de baba o para impedirle a él lanzarse en plancha hacia ella. Su mujer estaba perdida y la mujer divagaba sobre no sé qué de sus padres. ¡Joder! Estaba al límite de su paciencia…, al límite.

—¿No está cerca de la iglesia de St. Martin, la vieja casa de los Brears?

La suave voz de Rob se filtró lentamente en su cerebro, abriéndose paso con dificultad. A cuatro manzanas.

No habló, no miró a su alrededor. Como una bala se lanzó hacia la entrada, agarró su grueso pero calado abrigo y salió en busca de lo que le había sido arrebatado, mientras escuchaba a su espalda el alboroto formado con su brusca partida. Si ella estaba allí…, si lo estaba…

IV

—Tendrás que eliminar al marido.

Se acercaban a la casa tras esperar a que Roland se acicalara para ella. La primera ocasión en que se tomaba semejantes molestias por una puta. No lo entendía. Las mujeres valían para fornicar con ellas y después rajarlas. Nada más.

—Brenna no se arriesgaría a contrariarte —insistió Rupert—. Nadie lo haría, hermano.

Desde que habían partido ni una mísera sílaba había emergido de boca de Roland, aunque tampoco podía afirmarse que hablara sin necesidad. Le había preguntado lo que había hecho mal, en qué se había equivocado e insistido de camino, pero en contestación solo había obtenido un fugaz gesto de menosprecio. Nada fuera de lo habitual, pero por primera vez desde que tenía uso de razón, Roland irradiaba agitación. Seguía sin comprenderlo.

V

La casa parecía abandonada y descuidada, había marcas de mediciones en paredes y suelos y faltaba la inmensa mayoría del mobiliario. Estaba desvencijada y su mente mostraba verdadera dificultad para asimilar lo que le rodeaba.

Tras descubrir que no llevaba la llave encima y después de aporrear la puerta intentando no armar excesivo ruido, rodearon la casa hasta alcanzar la entrada trasera, por la que accedieron, al descubrirla, para su inmensa sorpresa, abierta. Los muebles o bien habían desaparecidos o estaban cubiertos por polvorientas y deshilachadas sábanas. El aire del interior se percibía helado, no con una frialdad causada por la lluvia o la nieve propia de la temporada, sino por estar deshabitada. Y eso era imposible, ya que esa misma noche había dormido en su lecho, esa misma mañana había desayunado con la familia en el comedor.

Pretender simular que nada ocurría era ridículo pero no tenía a quien preguntar, ni siquiera sabía la hora, salvo que era noche cerrada, seguramente de madrugada y que el hombre mayor que casi acarreaba junto a ella carecía de fuerza incluso para responder. El anciano, pese a su extrema delgadez, pesaba demasiado por lo que la entrada en la casa fue torpe e incómoda. Se sentía el decaimiento en el silencio del hombre y la flojera que comenzaba a cubrir poco a poco su ligera musculatura, dificultaba su avance. Estaba perdiendo las pocas fuerzas que le quedaban y con ello arrastraba el resto del vigor que procuraba reservar Julia.

No podrían subir los escalones, por lo que se desvió hacia el saloncito. Dos de los tres tresillos que llenaban la estancia permanecían en su lugar, pero no el que solía emplear su padre para echar sus cabezaditas. Por alguna extraña razón su corazón pegó un tonto vuelco, pero se obligó a rechazar la desazonadora sensación. Seguramente les buscaban y por eso la casa estaba vacía. Eso mismo, solo cabía esa explicación. Quizá llevaban tratando de localizarles un par de días y su familia se había refugiado en casa del tío Jonas hasta recibir noticias.

Lo único que sabía seguro era que estaba demasiado agotada como para pensar, para moverse, y que no podía salir en busca de ayuda, abandonando al hombre sin cuyo auxilio jamás hubiera conseguido escapar. Con desmañados movimientos encendió un candelabro y consiguió tender al anciano en uno de los sillones y cubrirle con la sábana tras doblarla hasta alcanzar el tamaño adecuado. A continuación se desprendió de sus mojados zapatos y se sentó con la mirada perdida en el infinito. Tan agotada que los pensamientos se le desperdigaban poco a poco hasta dejar la mente en blanco. Se tocó la cabeza. Le dolía y el chichón seguía en el mismo lugar.

Dejó la lumbre encendida ya que le provocaba cierta hogareña tranquilidad. Se tumbó con dificultad y se tapó con su propia sábana. Ni siquiera se desvistió. Por la mañana decidiría qué hacer. Ahora necesitaba dormir, necesitaba olvidar los tenebrosos ojos de la mujer que había dejado atrás, ese rostro lívido, sin expresión.

Cerró fuerte, muy fuerte los ojos pero no pudo retener una solitaria lágrima.

VI

Había pisadas en la nieve y se dirigían en dirección a la parte trasera de la antigua casona de su mujer. Dos juegos de pisadas, un par de mujer y las otras, más grandes, de hombre. Escuchó el chasquido al desenfundar un puñal a su lado y el martilleo de un arma al otro.

—¿Crees que serán de ella? —musitó Liam, a su espalda.

Dios, eso esperaba.

—¿Las otras pisadas?

Liam no esperaba respuesta. Simplemente exponía con voz suave lo que le inquietaba. Siempre era así. Él callaba y su mejor amigo hablaba por los dos, preguntaba sin esperar contestación y en cierta forma calmaba sus nervios.

—Doyle, y si…

—No lo digas.

—Hermano...

—No. Está viva y está ahí dentro.

Escuchó el profundo suspirar de Liam pero se negó a plantearse otra posibilidad que no fuera encontrarla. Su mirada se encontró con la de su mejor amigo, la preocupación en su rostro, en los ojos color ámbar. Dios, a veces odiaba tener un amigo que era capaz de leerte el pensamiento…

—Entremos —la suave voz del hombre que le sostendría si se derrumbaba, junto con su hermano, flotó a su espalda y una cálida mano se apoyó en su hombro. Lo primero que percibió fue el glacial aire, las gélidas corrientes que recorrían la mansión.

—Liam y yo recorreremos el piso bajo. Vosotros los superiores.

No perdieron el tiempo. Peter y Rob se encaminaron en la dirección indicada mientras Liam le mostraba con una breve señal que él se encargaría de la cocina, la pequeña despensa y el polvoriento sótano. La frialdad que se respiraba en la casa pareció filtrarse por su cuerpo y con ella un miedo que casi le paralizó. ¿Y si no la encontraba? Si hubiera alguien, habrían encendido alguna chimenea. Hacía demasiado frío. Ningún resplandor se filtraba por las rendijas. Completa oscuridad, hasta que una suave ondulación, como la causada por el reflejo de una llama al titilar, se coló por el lateral de su visión. Tan tenue que casi lo dejó pasar. En otra ocasión quizá, hoy no.

Su corazón se aceleró cada vez más al acercarle los precavidos pasos al saloncito donde había sido asesinado el padre de Julia. Esa condenada habitación le inquietaba y, no podía explicarlo, pero sentía que ella estaba allí. La manilla estaba gélida pero el interior de la habitación no tanto. Presentía que estaba ocupada por alguien a pesar de la falta de movimiento, la falta de ruido y de lumbre, salvo por la suave iluminación del candelabro de cinco brazos recubierto de consumidas velas que apenas alcanzaba a perfilar los dos bultos que llenaban los únicos sillones que la policía había dejado atrás. Intentaban apartar el frío con las sábanas empleadas para guardar el mobiliario del polvo, pero incluso a esa distancia se apreciaba que tiritaban sin control pese a aparentar estar descansando.

Por debajo de una de las telas sobresalía un pedazo de raso color oscuro, cuyo color era imposible precisar. Verde quizá. Aguantó la respiración hasta que sus pasos le llevaron hasta allí, pasando de largo junto al primer cuerpo. Alargó la mano. Necesitaba ver, necesitaba confirmar que, oculta bajo la doblada sábana, quien trataba de protegerse del frío era su mujer.

La angustia parecía contenerle, la sensación de ansia por alzar la tela y de pavor por el temor a que no fuera ella la persona tendida en el sillón. Casi se mareó. La garganta se le constriñó totalmente y las ganas de gritar, de sacudirla, le invadieron de tal forma que no supo cómo pudo controlarse. No lo supo.

Estaba dormida… y viva, su cuerpo pareció aflojarse completamente y no podía apartar los ojos de la plácida forma que le había dado el mayor susto y causado el mayor cabreo de su jodida vida. ¡Estaba furioso! Acercó la mano a la ladeada y relajada cabeza y acarició un mechón cuando escuchó el suave sollozo. Estaba soñando y no era agradable lo que su mujer estaba viviendo en sus propios sueños. No lo era. La expresión de ese precioso rostro parecía a punto de romper a llorar. Retiró lentamente la sábana para no despertarla y ella se encogió para alejar la frialdad que la tela que la cubría había mantenido lejos. Más tarde tendría ocasión de reñirla, sacudirla, darle una tunda y amarla con desesperación.

Deslizó los brazos bajo el cuerpo de su mujer y la alzó entre sus brazos. El chillido casi lo dejó sordo y el forcejeó del enfurecido cuerpecillo que se negaba a soltar y que había despertado de golpe, concentró toda su atención hasta que sintió un golpetazo con algo blandengue y mullido en su espalda. Los pulmones de su mujer funcionaban a pleno rendimiento mientras le ordenaba que la soltara de inmediato o se las tendría que ver con la policía, y a su espalda la cascada y temblorosa voz de un hombre le gritaba que quitara las manos de encima de la señora o le mordería.

—¡Mujer, estate quieta!

La quietud duró un segundo, no más y los exorbitantes chillidos, patadas e intentos de morder se sucedieron con una rapidez asombrosa. Demonios, su mujer era una pequeña fiera y el hombre que le seguía golpeando con el cojín un verdadero e insistente pesado.

Con un brazo rodeó completamente el suave cuerpo de su Julia y la alzó en volandas, inmovilizándola y seguramente enfureciéndola, pero esos pequeños puños tendían a dar dónde más dolía. Con el otro arrancó de las manos el pequeño almohadón que trataba de emplear como inservible arma el tambaleante anciano que parecía dispuesto a dar la vida por su mujer. Una patada en la espinilla remató su desesperación y rompió las barreras de su descomunal enfado. Hasta él mismo se asombró de su propio rugido.

—¡Quietos los dos!

El blandito cuerpo de su mujer quedó desfondado y colgando de su brazo al tiempo que trataba de girarse en su dirección e intentaba reconocerle en la penumbra. El hombre quedó tieso como un enclenque palo.

—¿Doyle Brandon?

¿Doyle Brandon? ¿Eso era lo que se le ocurría a su mujer? ¿Nada de perdona, mi amor por darte un susto de muerte, por ser una insensata inconsciente y, por… ¡no obedecerte!? Estaba tan rabioso que las palabras se le atascaron en la boca.

—¿Qué haces aquí, Doyle Brandon?

La gota que colmó el vaso de su limitada paciencia. La sacudió levemente para ver si entraba algo de sesera en esa revoltosa cabecita y al hombre lo apuntó con el dedo mientras le ordenaba que se sentara bien calladito si no quería terminar amordazado o inconsciente. Este obedeció al instante. Hombre inteligente. Desvió la cara hacia la de ella que estudiaba su perfil con la boca abierta.

—Julia, no me provoques que me falta nada para explotar.

Los enormes ojos castaños lo miraban ¡alucinados!, como si no lo reconocieran o no entendieran qué hacía en la habitación.

VII

Le había dado un susto de muerte y encima ¡era él… el ofendido! Como no la soltara de inmediato le iba a dar de nuevo una bien dirigida patada al primer lugar que alcanzara a golpear. La estaba espachurrando los pechos con su enorme brazo, entre otras cosas, y ya los tenía, de por sí, bastante despanzurrados con ese alucinante, estrechísimo y descocado vestido que llevaba puesto aunque estuviera algo sucio y desgarrado. Y no sabía muy bien por qué estaba pensando todas esas bobadas cuando acababa de escapar con su anciano amigo de no sabía muy bien dónde o de quién, salvo que era una bellísima mujer la que los había mantenido secuestrados, la cual parecía conocerla, hablaba en clave y a la que ¡seguramente había matado!

Se echó a llorar como una boba totalmente descontrolada y el fuerte brazo que la mantenía sujeta se fue relajando suavemente. Se sentía incapaz de parar de llorar, hipidos incluidos, y sentía la rigidez apoderarse de nuevo del enorme cuerpo colocado a su espalda mientras la depositaba suavemente en el suelo. Intentó hablar entre sollozos, moqueos y algún que otro graznido.

—Creo que la maté. A la hermosa mujer con la pistola. Se disparó sin querer, creo.

Los lloros redoblaron en fuerza.

—Cielo.

¿Por qué demonios la llamaba cielo Doyle Brandon, si se aborrecían?

Ya está, ahora lo entendía. Le había desquiciado los nervios del todo y no sabía muy bien cómo dirigirse a ella ¡a una asesina! Debía explicarse. Miró de reojillo hacia el anciano que seguía cumpliendo al dedillo la orden dada por el mastodonte. No movía ni un músculo. Ni parpadeaba.

—Me desperté en un cuarto con... —se dio cuenta de que no sabía el nombre del anciano y de nuevo le entraron ganas de llorar. Era un completo desastre— el señor ese.

—¿Con Hamilton? —preguntó su prometido.

¿De qué hablaba el mastodonte?

—¿Quién es Hamilton?

Los transparentes ojos se agrandaron, de repente.

—Julia, cielo...

—¡No me llames cielo, Doyle Brandon! No está bien que te tomes libertades.

Los ojos varoniles se agrandaron otro poco más. Se estaba enfadando, si el ceño cada vez más fruncido era una buena indicación de su estado anímico.

—Mujer, me tomaré las libertades que me de la gana, que para eso eres mi mujer.

Puf, pues sí que fantaseaba el hombre.

—En tus sueños, Doyle Brandon.

El berrido que lanzó el mastodonte fue impresionante. Sus oídos pitaron y el anciano encogió las piernas. La sujetó por la cintura y se la llevó con él hasta que quedaron sentados en el sillón, ella colocada en su regazo, los rostros casi a la misma altura. Ciertamente que se estaba tomando libertades ¡con una mano en su trasero! Con los deditos trató de separarla de su mullida parte posterior pero parecía una tenaza la endemoniada.

—No deberías toquetearme mis partes... —bajó la voz para que el expectante anciano no la escuchara— privadas.

—De privadas, nada de nada. Son de los dos.

Vaaale. El hombre chocheaba. Diantre, así tan de cerca era impresionantemente apuesto, pero seguía sujetándola donde no debía posar esa manaza. Suspiró tratando de aguantar la protesta que se agolpaba contra sus labios. Por ahora, y solo por mantener una quebradiza tregua, lo soportaría estoicamente. Como una dama.

Esos ojos plateados le recorrían el rostro de una manera tan, tan extraña. Cómo si la hubiera echado en falta desesperadamente y necesitara llenar su memoria con su forma. Se acercaba lentamente, se acercaba...

¡Se acercaba a ella! Los carnosos labios se posaron sobre los suyos mientras la otra mano se curvaba alrededor de su nuca manteniéndola quieta. La estaba besando con rabia, con furia, con exasperación, le estaba ¡metiendo la lengua en la boca hasta chocar con la suya! Un golpe de calor la llenó entera mientras esa cálida lengua jugaba con la suya. Madre mía… sentía que… sentía…

El carraspeo la devolvió a la realidad. Pese a la mano que permanecía sujetándola, echó la cabeza hacia atrás pero no consiguió separarse ya que él imitó su movimiento, pegado a ella como si no se planteara la posibilidad de desligarse de nuevo.

—¡Doyle, déjala respirar, hombre!

Escuchar otra voz de hombre y el contenido de sus palabras la pusieron roja como la grana, actuando de revulsivo para reaccionar. Presionó una de sus manos en el enorme pecho masculino y empujó levemente. Nada. Otro empellón más fuerte y funcionó. Pero no antes de que le pegara un ligero mordisco en el labio inferior que le provocó un ligero escalofrío. Y el muy descarado rió suavemente debido a su más que apreciable reacción.

—¡No puedes hacer eso, Doyle Brandon!

—Querida, esta conversación ya la hemos mantenido antes.

—De eso nada. ¡Me acordaría!

Las cejas masculinas se alzaron.

—Cielo, estoy teniendo mucha paciencia. ¿Me obedecerás de ahora en adelante?

Pero ¿de qué hablaba?

—De eso nada —apretó los puños e intentó levantarse pero las manazas del mastodonte no la dejaron moverse ni un milímetro—. No tengo por qué obedecerte ¡No eres mi marido!

Ahora sí que los plateados ojos se agigantaron.

—Vaya si lo soy.

—De eso nada.

—¡Llevamos casados casi tres semanas!

—No en mi mundo.

Los carnosos labios masculinos casi ni se apreciaban de lo enfurruñado que se le veía.

—Julia….

—Señorita Brears para ti.

—¡Julia! —berreó de nuevo su prometido mientras se atrevía a ¡darle una palmada en el trasero!

A su espalda se escuchó una profunda voz que reconoció de inmediato, Peter Brandon.

—Julia, por favor, dime una cosa ¿qué fecha es hoy?

No solo estaba atontado el mastodonte, sino todos los demás y mientras tanto, su propia familia desaparecida en combate. Menudo espanto de día.

—El diecisiete de…, no, la madrugada del dieciocho de enero.

La ausencia de sonido, de movimiento, fue chocante, sobre todo en el hombre que todavía la mantenía firmemente sujeta. Dos inmensas manos se alzaron y rodearon su carita y notó que una frente se presionaba contra la suya mientras el hombre que la agarraba susurraba un desesperado *por Dios, Julia...* El tono le recordó a un mausoleo que solía visitar de niña. El hermoso rostro se separó del de ella y los ojos quedaron pegados a los suyos.

—Cielo, hoy es cinco de febrero.

¡Eso no era posible!

VIII

—Me pillaron por sorpresa. Jamás les hubiera permitido escapar, Roland, y lo sabes, pero el anciano se lanzó sobre mí cuando entré para asegurarme de que estaban bien sujetos.

Ya no estaba su elegida. No lo estaba y la necesidad de castigar por el fallo era perentoria. No apartaba la azul mirada de la viciosa mujer que haría lo que él deseara. Todas eran iguales, lascivas perras en celo. Le cansaban. Aún más la mujer que trataba de excusarse mientras presionaba un paño contra su nuca.

—Ella dijo que estaban al tanto de lo de los bebés y dijo que tenemos un chivato en el interior.

No, no era posible ya que solamente ellos tres y padre sabían del verdadero plan. Por su mente pasó la oscura imagen de otro hombre. El duque. También Saxton estaba al tanto, pero que hablara carecía de sentido. Ese hombre estaba dispuesto a entregar su fortuna y su organización a cambio de que le pusieran en bandeja al estúpido policía, por lo que jamás los delataría. Nunca lo haría. Su obsesión era tan honda como desmesurada.

—¿Descubriste dónde esconde el maletín? —preguntó a la mujer que no apartaba la mirada del suelo, simulando arrepentimiento.

Ignorante hembra. Los negros ojos femeninos se elevaron hasta alcanzar los suyos, pero de inmediato apartó la mirada. Rupert se impacientó.

—¡Habla, zorra!

La hermosa cabeza de Brenna se giró bruscamente encarándose con Rupert antes de contestar.

—Hamilton repetía constantemente que no lo tenía él. Que el otro banquero lo llevaba siempre encima.

—Mintió.

—No lo creo, Roland. Si supiera dónde está hubiera hablado, puedo asegurártelo.

—¿Como me aseguraste que no escaparían? Nos tomamos demasiadas molestias para que creyeran que eras la puta de Thompson y lograr capturar al viejo. Para nada. Cuando matamos al viejo Brears no tenía cerca el maletín. Dime, Brenna, ¿qué puede significar eso?

Se acercó lenta y sinuosamente a ella, mientras esta tragaba saliva ostentosamente.

—¿Que se lo quitó otra persona antes de que los matarais?

—Que desperdicio malgastar esa innata inteligencia —una caricia con un dedo, tan insólita como yerma, recorrió el exótico rostro—. Has fracasado y mi gente nunca me falla.

—No, Roland, te juro que…

—¡Calla!

La oscura cabeza se inclinó desparramando la espesa y brillante melena a su alrededor, esperando su represalia. Roland indicó a su hermano con un casi inapreciable gesto que lo dejaba en sus manos. El afilado cuchillo apareció de la nada.

IX

Su hogar. Al menos eso le había comunicado el grandote insistentemente en el camino de ida desde su casa, a su otra nueva casa. Bueno, a su hogar o quizá a su ya estrenado... ¡lo que fuera! El abrazo que le dieron una madura y rellena señora y un hombrecillo bajito, canoso y con ojillos azules relataban sentimientos compartidos, cariño, respeto e inmenso alivio.

Su pecho se comprimió incontrolable, ¿la querían en esta casa? La manera en que la recibieron, en que la despojaron del abrigo de Doyle, con tanto mimo... con tanto... ¡La trataban de señora! Su supuesto marido no le quitaba la vista de encima aunque no paraba de dar vueltas por el hermoso salón donde la había obligado a aposentarse, tras acomodarla y arroparla en un blandito sillón. La observaba, apartaba la mirada luego, pero esos ojos transparentes se trababan durante más y más tiempo en su osado escote como si una fuerza incontenible los devolviera a ese descubierto lugar. Sentía unas ganas irresistibles de colocarse un cojín, pero hubiera resultado un tanto ridículo y no habría podido explicarlo sin parecer una completa atontada. Notaba los colores avanzar sinuosos por sus mofletes y odiaba que eso le ocurriera. Recorrió con la mirada cada detalle de la habitación para distraerse de la inmensa figura que no paraba quieta, tratando de encontrar algún hueco, algún punto mínimamente familiar, pero todo le era ajeno. Le era conocido pero no familiar. Faltaba esa intimidad que se adquiere con el paso del tiempo. Era una hermosa habitación, acogedora, pero ella deseaba volver a su casa, con su padre, a lo que le era familiar aunque también fuese frío y distante. Le fue imposible parar la frase:

—¿Puedo volver a mi casa?

Los pasos se detuvieron a dos metros de ella por lo que alzó la mirada y lo que vio la dejó impotente para seguir hablando. Una mirada transparente llena de dolor, un fiero dolor causado por sus palabras, pero no podía remediarlo. No le conocía aunque fuera su marido. Bueno supuestamente le conocía en el bíblico sentido de la palabra. Qué horror... ¡la había visto desnuda! Y, ¡ella a él, no! Bueno, sí, pero ¡no se acordaba! por lo que no contaba.

—No.

Madre mía. El sonido de la profunda voz no admitía ni una hila de contradicción. ¿Sería así su matrimonio? ¿Él mandaba y ella debía obedecer? Menudo tostón. Por muy impresionante que fuera su marido la idea no le agradaba para nada.

—¿Estás seguro de que estamos casados?

—¡Sí!

Vaaale. Su supuesto marido tenía mal genio. Sus conversaciones debían ser la mar de cortitas y aburridas.

—¿Nos llevamos bien?

—¡Sí!

—¿Seguro?

El gruñido se escuchó por toda la habitación al tiempo que las fuertes manos del mastodonte se alzaban e internaban en su negro y espeso cabello en un signo de completa desesperación. Lo que sin duda recordaba era que su supuesto marido tenía muy, muy poca paciencia.

—Es por saber, no por otra cosa. ¿Puedo preguntarte algo?

—¿Más?

—¡Si no me has contestado apenas a alguna preguntilla de nada!

Los plateados ojos se achicaron. Vaya, tenía las pestañas más largas, mucho más largas y curvadas que…

—¿Y bien?

Bien ¿qué? Oh, la pregunta.

—Se me olvidó lo que quería preguntar.

—¡Doctor!

El mismo hombre entrado en años, alto y desgarbado, con la ropa colocada a destiempo, que le había examinado con sumo cuidado la cabeza en varias ocasiones, sobre todo su ya algo desinflado chichón, retornó a la sala y su prometido, bueno, marido, se dirigió ansioso a él casi farfullando.

—Se olvida de cosas dentro de su actual olvido. Me preocupa.

Eso no era cierto, no se olvidaba. Era él quien la distraía.

—Es por tus pestañas —susurró suave apenas alcanzando a escucharla ambos hombres.

—Y habla sin sentido —exasperado, Doyle alzó los brazos— necesito que la examine de nuevo.

Los delgadillos hombros del doctor decayeron visiblemente.

—¿Otra vez? Ya la he examinado en dos ocasiones.

—La cabeza solamente.

—Es que el golpe lo recibió en la cabeza, señor Brandon.

—Entera. Quiero que la examine enterita —el mastodonte se volvió hacia ella— Julia, desnúdate.

Sus oídos habían malinterpretado las palabras emanadas del grandote. ¿Era eso o el golpe la había trastornado? Le había parecido escuchar algo de desnudarse.

—Julia, desnúdate.

—¡Ni en un millón de años!

Su supuesto marido la observaba como si no entendiera su negativa.

—Ya te he visto desnuda muchas veces.

—¡Eso lo dices tú!

—Cielo, llevamos casados tres semanas… —Julia se cruzó de brazos, terca indicando a las claras que se podía olvidar de convencerla con esa teoría— y tienes una preciosa marca de nacimiento en el interior del muslo derecho y en la cadera un diminuto lunar.

Se tapó los oídos con ambas manos. Si no lo escuchaba, quizá desapareciera de su vista y con él su horripilante apuro. Gracias al cielo, el buen doctor intervino, tras toser aparatosamente, distrayendo al bruto de su detallada descripción.

—Señor Brandon, debe entender algo. Para ella, ustedes no están casados.

El rugido surgió furioso.

—Pero, ¡lo estamos!

El buen doctor reculó un par de pasitos, alzando las manos de manera apaciguadora, al igual que si se encontrara ante un peligroso e imprevisible salvaje.

—Lo sé, lo sé, pero en la mente de su mujer lo ocurrido durante estas últimas semanas no ha pasado, por lo que no recuerda haber estado íntimamente… —el médico carraspeó incómodo— en el sentido íntimo ligada a usted. Más o menos, algo así. Debe darle tiempo hasta que recupere la memoria.

El mastodonte parecía haber recibido la peor noticia de su vida.

—¿Cuánto?

—No le podría decir. Un par de días, una semana, dos…

—Me lo está poniendo muy difícil, doctor, y hoy ha sido un día realmente malo. ¿Cómo hemos de proceder para que mi mujer recupere la memoria?

—Mi consejo es paciencia… —el bufido de su marido la dejó pasmada— y actuar conforme a la manera en la que solían conducirse durante el matrimonio. Hacer actividades en común, compartir, cosas propias de una pareja.

—En otras palabras, vida de casados —la sonrisa en la faz de su supuesto marido no auguraba nada bueno mientras conducía al amable doctor a la salida—. Le agradezco el consejo, doctor, y le aseguro que lo seguiremos al pie de la letra mi mujer y yo.

¡La estaban ignorando! La puerta se cerró y los relucientes ojos de su marido se clavaron en ella, en sus labios y en su escote. Tragó su inexistente saliva. Su mente no reconocía esa ardiente mirada. Sus entrañas… sí.

X

Llevaban un buen rato en silencio tras la espantada del médico al escuchar el berrido de Doyle en el salón contiguo. Amnesia por trauma o algo parecido era lo que había diagnosticado el doctor. Pobre Doyle, su mujer no se acordaba de él, al menos en su actual condición de esposo. Lo recordaba como prometido y si no recordaba mal, en su accidentada fase de compromiso estaban siempre a la greña. Ella le huía, le aborrecía, y le enfurecía varias veces al día, dejándolo totalmente desquiciado de los nervios.

Al parecer, como él hacía con el otro hermano Brandon. Se negaba a dejarse amedrentar por la mole, mientras este se paseaba de aquí para allá en el tibio despacho. La imagen que mostraban debía ser estrafalaria. Un búfalo gigantesco bufando y correteando por el espacio disponible, y él, sentado en el sillón, sin perder su famosa calma y sin la más mínima intención de hacer caso de los gruñidos, protestas susurradas, reniegos, y miradas inflamadas de esos ojos negros que no le quitaban la vista de encima. Intuía que su admirable calma estaba sacando de quicio a la mole. Que se fastidiara.

Preveía que Peter, aprovechando que habían quedado a solas, en cualquier momento entraría a la carga con la intención de tratar todos los asuntos que pendían entre los dos, y entonces…

—No debiste hacerlo.

Demonios, lo conocía mejor que a sí mismo. No tenía la más mínima intención de contestarle. Los fuertes pasos se paralizaron a su izquierda, muy cerca.

—¿Ya estamos otra vez actuando como un niño? —las pisadas se reanudaron hasta que la figura quedó frente a él, estática, tensa, enorme, cruzada de brazos—. ¿Te comió la lengua el gato?

¡Cabronazo! Tenía que emplear la misma frase que le había dicho en…, cuando… Respiró profundamente. Aguantaría impasible el previsible chaparrón hasta que llegaran los demás, rogando en su fuero interno que no tardaran en demasía tras recibir el aviso de que habían recuperado a Julia. Se inclinó indolente hasta descansar la espalda en el recto respaldo del sillón, cruzó los brazos, separó las piernas en una clara indicación de su célebre terquedad y dirigió la mirada, claramente retadora, hacia los negros ojos que ¡estaban clavados en su entrepierna!

¡Así no podía discutir! Y si cerraba las piernas se vería como una señal de debilidad, de incomodidad o de vergüenza y se negaba a dar su brazo a torcer. ¡Se negaba! No era él quien había huido escaldado de aquella maldita habitación. Tensó los muslos dominando su instinto de cruzarlos.

—No tengo… nada… que hablar. Ya lo dijiste tú todo el otro día.

La negra mirada ascendió lentamente recorriéndole con todo el descaro del mundo. Comenzaba a sentir un calor sofocante en la nuca.

—Vaya, vaya, eso del hombre que al parecer iba a esperar a que yo estuviera preparado.

Odiaba que volviera las tornas.

—Cambié de opinión, y no hace falta ser sarcástico.

Por el rabillo del ojo observó que Peter cerraba los puños reteniendo la explosión de ira. Los negros ojos se entornaron.

—¿Mentiste?

—No importa ya.

—Sí importa, canijo. Importa mucho.

—¿Por qué?

La tensión colmó el enorme cuerpo de Peter reaccionando a la pregunta como si se preparara a hacer frente a un asalto, como si no hubiera medido la mera posibilidad de que le hicieran esa jodida pregunta en ese momento o quizá nunca. El mutismo que siguió a la pregunta fue extremadamente tirante, hasta que Peter pegó un brusco giro. Las pisadas se reanudaron en dirección a la puerta. Huía de nuevo el muy cabrón. La opresión que sintió en su garganta fue incluso peor a todo lo sentido con anterioridad. Todo había acabado entre ellos definitivamente y no sabía si podría vivir sabiéndolo, cuando su corazón luchaba contra ello, cuando su corazón se moría por el maldito hombre que se alejaba de nuevo de él. Se inclinó apoyando los codos contra sus rodillas, incapaz de decir una condenada palabra que impidiera su marcha.

Se escuchó el chasquido de un pestillo. Levantó la vista y abrió los ojos como platos. Su corazón comenzó a galopar desbocado. Peter los había encerrado en la jodida habitación. Pausadamente, este guardó en el bolsillo de su pantalón la pequeña llave empleada para trabar el acceso al cuarto desde la amplia entrada a la casa y se encaminó a la puerta que enlazaba con el saloncito, repitiendo la acción previa. La selló impidiendo que alguien entrara por ambas puertas y el chasquido retumbó como una condena perpetua. En ningún momento titubeó ni paró la fluidez de sus movimientos evidenciando una intención planeada de antemano. Tampoco le miró, pese a que tenía que sentir su inquietud, su sorpresa y su aprensión.

El sudor brotó por todo su cuerpo. ¿Qué diablos? Se levantó de golpe como un rayo, por si acaso, aunque de poco serviría con la mole si este se empeñaba en que nadie saliera o entrara al cuarto. Sentía el pulso latir en su sien a mil por hora y las manos y muslos agarrotados. Los músculos de la espalda tan rígidos que los sentía a punto de rasgar.

—¿Qué diablos haces?

Demonios, ¿era esa su voz? Los negros ojos se pegaron a los suyos, candentes, desafiándole a que dijera algo, a que se atreviera. Algo estaba fraguando esa inquisitiva y aguda mente por lo que se acercó a la puerta, dando un par de pasos pero el condenado se interpuso. Su mirada se le desvió por puro reflejo, sin disimulo hacia la otra puerta.

—No lo hagas.

—¿El qué?

—Tratar de escapar.

Reculó un pasito, bordeando el sillón y Peter avanzó dos. Dios, lo estaba acorralando contra la esquina del cuarto.

—No te acerques, Peter.

Le ignoró descaradamente dando otros dos malditos pasos hasta quedar a menos de cinco metros de distancia. Casi podía oler esa mezcla de cuero y aroma tan especial que emanaba de él. Su mente le repetía insistente que no reculara, pero sus traicioneros pies lo encajonaron algo más en la endiablada esquina, incapaz de escapar o escurrirse por cualquiera de los lados si no quería rozar o tocar a Peter. Lo cual era una nefasta idea. Maldita sea, le temblaban las piernas.

No tenía solución ni remedio. Él mismo se estaba acorralando en la esquina aunque ello le viniera como anillo al dedo para sus largamente diseñados planes. Odiaba que no le contestara, lo odiaba, y el muy canijo lo hacía a propósito.

Lo tenía dónde quería, frente a él, encajonado en la esquina entre el mueble bar y un butacón demasiado grande como para que saltara por encima, aunque tal y como lo miraba espantado, no descartaba cualquier posibilidad. Tensó todos los músculos del cuerpo preparándose. La sangre le bullía por las venas como siempre que se acercaba demasiado a él. Solo con él le ocurría. Una sensación pesada y profunda se asentó en su pecho. Lo volvía loco con su humor, su ternura, su paciencia, su infatigable lealtad, su insensatez, el maldito cabeza de chorlito.

Estaba a punto de iniciar algo que hasta comenzar no sabría si sería capaz de terminar. Lo único de lo que tenía certeza era que se lo debía al hombre que lo miraba con suspicacia y algo más que no podía precisar en la azul mirada.

—La otra noche salí de aquella habitación porque…

—No quiero saberlo.

No podía darle pie a no escuchar. No podía en esta ocasión.

—Sí quieres saberlo…

—No.

—Que sí.

La espalda contra la pared y con las manos en las firmes caderas, no cedía un ápice el muy terco. Pero con su tesón no podría. Rob siempre había transigido en su lucha de voluntades porque le quería y ambos lo sabían desde hacía demasiado tiempo como para ignorarlo.

De nuevo se preparó para hablar avanzando otro paso. Diablos, ya lo había hecho de nuevo el canijo. Ese gesto lo perdía totalmente. Se había humedecido los resecos labios. Sintió la sangre dirigirse como atontada a su maldito miembro y este presionar contra su tensa bragueta. Aspiró profundamente para relajarse, para sosegarse, para que se le relajara… ¡Maldición! Si no paraba con la maldita lengua no podría controlar a su ingrato y traidor cuerpo.

—¡No hagas eso! —los azulones ojos lo miraban ofuscados— ya sabes…

Apuntó con un tembloroso índice a sus labios

—No, Peter, no sé y ¡no te acerques!

—Si dejas de hacer lo de la lengua, me quedaré aquí plantado.

—¿¡Qué lengua!?

—No te… humedezcas… los labios con la puñetera lengua ¡por Dios! —ya asomaba la maldita punta de nuevo—. ¡No lo… repitas! Me distrae el movimiento.

Los azulones iris se deslizaron hacia abajo, hacia donde su condenado miembro se negaba rotundamente a obedecer. De inmediato ascendieron de nuevo, el rostro rojo como un grullo. Gracias al cielo, por primera vez en su vida Rob fue prudente y dejó pasar lo evidente sin hacer comentario alguno.

Las palabras, la explicación que tenía preparada en su mente, que había memorizado, que había repetido una y otra vez, pugnaba por salir. En su mente siempre iba como la seda, fluido, Rob entendía su ansiedad y lo arreglaban, se acercaban de nuevo y era todo tan sencillo. Pero en su mente esos ojos azulones no le miraban retadores, ni obstinados, ni el apuesto rostro aparecía enrojecido tras darse cuenta de la reacción del cuerpo de Pete a su proximidad, ni se mojaba los labios con la lengua, provocando en él ansia por aplastarse contra el hombre más menudo y dejarse llevar hacia el desastre o hacia lo que deseaba. En la realidad era una condenada pesadilla. Las palabras atascadas en el paladar, su cuerpo totalmente descentrado, las manos sudando, hormigueando, la camisa pegada al cuerpo y su espalda…, su maldita espalda ardiendo de tensión. Los segundos pasaban y la explicación seguía bloqueada en su pecho, rodeada por muros que sentía inquebrantables.

—Van a llegar en cualquier momento, Peter, —Rob avanzó un paso hacia la entrada—. Voy a abrir la puerta.

—¡No!

Del bote Rob volvió a su lugar, completamente rígido.

—Espera, Rob, espera un segundo —aspiró profundamente de pura necesidad antes de jugárselo todo—. Me fui de aquel cuarto…, me fui porque de pronto me encontré de nuevo encerrado en aquella celda… —alzó las manos desesperado porque le entendiera, porque se diera cuenta de que aquella terrible sensación pudo con todo lo demás— de nuevo prisionero, roto por dentro, sin poder moverme, las manos acariciándome… Me fui porque no podía relacionar esa sensación contigo ¿entiendes? Porque eres lo único bueno que me ha ocurrido desde entonces y lo único que me permite olvidar todo aquello.

Se atrevió a mirarle directamente y lo que vio en esos ojos azulones fue sorpresa. Una inmensa sorpresa, pero también un matiz de comprensión, de amor, de todo lo que temió no volver a ver emerger en esa mirada. Y leyó esperanza. La endiablada esperanza que a él le faltaba.

—Me fui porque me sentí incapaz de enfrentarme a ello. Creí que contigo…, creí...

Se iba a acercar a él, Rob iba a aproximarse porque el hombre que lo miraba fijamente sentía la impulsiva necesidad de ayudar, de comprender y en parte él temía eso. Era lo que más pavor le causaba. Un acercamiento y un nuevo rechazo por su parte que rompiera del todo la extraña, profunda, íntima y hermosa relación que siempre los había unido. Por eso levantó suavemente ambas manos.

—No, espera a que termine.

No siguió hasta asegurar su atención.

—Esos años, los años que estuve prisionero me marcaron, Rob. Me cuesta soportar el contacto, las manos de otros sobre mi cuerpo porque me recuerda la impotencia de no poder luchar. Mi mente vuelve a esa maldita prisión y me congelo. Contigo la otra noche y por primera vez, pensé que podría expresar todo lo que siento dentro, todo lo que tengo dentro, pero cuando sentí frío en mi desnuda espalda, me encontré de nuevo allí y si no hubiera salido del cuarto creo que habría perdido la cabeza. No puedo asociarte con todo aquello ¿entiendes?

Los profundos ojos oscuros mostraban dolor y pesar, hondo pesar y miedo, un miedo que solo al otro hombre mostraba.

—No puedo.

Esa negra mirada lo dejó sin respiración. Los fuertes hombros parecieron relajarse repentinamente, aliviados tras descargarse de un peso insoportable. Con un movimiento suave, templado se desprendió de la chaqueta hasta quedar en mangas de camisa. No tardó en dirigir las manos hacia la elegante botonadura sin apartar un segundo los ojos del hombre que le observaba demasiado embebido en sus gráciles y fluidos movimientos como para emitir un sonido. Susurró sin dejar de contemplar a Peter, cuya camisa ya estaba a medio desabrochar dejando a la vista el impresionante pecho.

—¿Qué haces, Peter?

—Lo que debí hacer hace tiempo.

La clara camisa cayó al suelo pero las dos figuras permanecieron paralizadas la una frente a la otra. Rob se adelantó un paso y fue a preguntar, pero no dispuso de ocasión al comenzar a girarse Peter hasta quedar la inmensa espalda orientada a él.

Dios mío. Su mente se quedó en blanco y apretó los puños, arañándose las palmas con sus cortas uñas. El cuerpo invadido por la ira, por la rabia, la sensación de dolor rayó lo físico. Apretó los dientes mientras sus ojos recorrían la enorme y marcada extensión del hombre que quería. Sintió deseos de despedazar a quien había causado el daño que tenía ante sus ojos.

*****

Capítulo 13

Lo habían marcado a fuego. A Peter. Ahora comprendía la razón por la que jamás se desprendía de la camisa o que en las pocas ocasiones en que la tenía desatada nunca orientara la espalda hacia terceros o se cubriera presuroso el musculoso torso. Como al ganado. Como si fuera propiedad de otra persona, de ella..., de la maldita demente que si tuviera en ese instante frente a él, perdería la cabeza y con ella su capacidad por sentir piedad o empatía por otro ser humano.

La vista la mantenía obsesivamente fija en las palabras que parecían desafiarle, encarándose con él. Dolorosas. Grabadas en la piel, arqueadas, en la parte superior de la ancha espalda.

Siempre serás mío

No conseguía cerrar los ojos ni alejarse de ellas y los segundos parecían convertirse en minutos, el calor tornarse frío, la conmoción en rabia y esta en dolor. Lo que había pasado Peter, lo que debía haber sentido en el instante en que lo torturaron o ahora mismo, descubriendo ante otra persona, aunque se tratara de él, el dolor, la rabia que había ocultado durante años, lo que había escondido solo para sí mismo...

—Dios, Pete, ¿qué te hicieron?

—Quería que recordara toda mi vida a quién pertenecía. Lo repetía siempre, que sería suyo hasta que muriera, que nadie me amaría en cuanto lo viera, que les daría asco..., que...

El nudo en la garganta al escuchar al hombre que jamás se había rendido ante nada, claudicar falto de fuerzas, avergonzado, le impidió casi respirar.

—No digas eso, Pete. No es así y nunca lo será.

La rabia que Peter había almacenado en el interior durante demasiados años pareció estallar incontrolable. Se giró como una verdadera furia, el rostro pétreo, los puños apretados, el torso tan tenso que parecía de piedra y no de carne.

—¿Es que no lo ves? ¡La llevaré conmigo siempre! ¡Nunca podré librarme de ella! Nunca.

—No digas eso.

En lugar de calmarle las palabras parecieron enojarle todavía más.

—¿Acaso estás ciego, Rob? Dime, ¿acaso lo estás? ¿No ves lo que me hizo? ¡Logró lo que quería!

No iba a permitirlo, no dejaría que se hundiera en ese pozo oscuro que lo reclamaba. Le habían robado parte de su vida, pero por Dios que no permitiría que le quitaran su futuro.

—No. Lo logrará si tú la dejas, amigo. Solo si tú la dejas, y yo no te lo permitiré porque te quiero. Es sencillo, Pete, —se aproximó dos pasos tan solo— no me importa que estés marcado, no me importa que tengas demonios en tu interior, ni me importa que seas un ogro mandón que trata de organizarme la vida, ni que dudes o que te cueste tanto compartir lo que sientes que en ocasiones parezca que careces de sentimientos, porque eres lo que quiero. Siempre lo has sido, aunque me aterre la idea y te juro que a veces... Si la dejas ganar incluso después de muerta, nos habrá vencido a los dos y yo no lo puedo permitir.

Los negros ojos lo miraron casi con odio. Como si no terminara de comprender.

—¿Cómo puedes soportarlo? —susurró Peter con esa profunda voz.

—¿El qué?

—Ver lo que me hizo. Saber... lo que me hizo.

—Porque te veo a ti, condenado terco, no lo que ella quiso que vieran otros al marcarte la espalda. Veo tu terquedad, tu bondad, tu lealtad y sobre todo, leo en tus ojos qué es lo que más temes.

La expresión de esa mirada le indicaba todo el tumulto de sentimientos que ardían en el interior del hombre al que parecía que nada asustaba, que nada arredraba, pero que él conocía demasiado profundamente como para confiarse o dejarse engañar. Los ojos negros, inundados de dolor o quizá de temor, se abrieron esperando lo que fuera a decir.

—Temes que te rechace por aquello contra lo que no pudiste luchar, por creerte sucio, manchado... o corrompido.

Supo que había acertado en cuanto el inmenso cuerpo se envaró repentinamente. Se acercó otro paso y por primera vez en su vida Peter se echó atrás.

—Te quiero.

Un paso más hacia atrás, distanciándose. La desesperación al ver el gesto de Peter pareció arrancarle el corazón del maldito pecho. No podía dejar que se escondiera en su miedo, no podía...

—Y no es cierto que haya dejado de esperarte. Mentí. Nunca dejaría de esperar...

Los negros ojos acariciaron su rostro lentamente, estudiándole, húmedos de lágrimas retenidas a fuerza de puro tesón, pero tan duros. Los muros agrietándose lentamente. Si tenía que esperar una eternidad lo haría, si tenía que sufrir por los dos lo haría, porque no tenía otra opción. No la tenía. No con el hombre que seguía callado, inamovible, todavía tenso, pero con la mirada perdida en la suya.

—Tampoco podría amar a otra persona. Hiciste que eso fuera imposible.

Por favor… Seguía sin emitir un sonido y el miedo comenzaba a filtrarse poco a poco en la seguridad que sentía inquebrantable hasta el momento. Si no conseguía llegar hasta él, si Peter le rechazaba… Se acercó otro paso y otro, hasta quedar a un par de metros de distancia. Tan cerca y al tiempo, tan lejano.

—Iremos despacio, pero no permitiré que ella gane, Pete.

—¿Y Saxton?

—¡Saxton que se vaya al cuerno!

Por primera vez una pincelada de humor se filtró en los oscuros y brillantes ojos.

—Además, está encerrado, vigilado, y a estas horas bastante tendrá con pelear con sus compañeros de celda por un mendrugo de pan como para que nos preocupemos por él.

—¿No te repele?

—Pues claro. Saxton estaba enfermo, obsesionado y me miraba…

—No.

—No ¿qué?

—Que esté marcado para toda mi vida.

Maldita sea. En tres zancadas barrió el espacio entre ellos hasta que sus cuerpos casi chocaron. Alzó la cara hasta alcanzar a captar la sorprendida y honesta mirada, pero no había reculado de nuevo. Gracias a los cielos, no había retrocedido por lo que su pecho pareció desprenderse del maldito peso que se había apoderado de él desde el instante en que Peter le había mostrado su espalda.

—Gírate, Peter.

Los músculos del cuerpo se tensaron sin moverse por lo que apoyó con extrema suavidad una de sus manos en los desnudos pectorales. Las miradas quedaron trabadas. Azul y negra. Esperanzada y aterrada.

—Confía en mí, Peter…, por favor.

Por un breve segundo creyó que no lo haría, que su temor le impediría hacer lo que le pedía. Que perderían toda oportunidad de sincerarse completamente, de apartar los malditos demonios que se colarían siempre entre ellos, vetando sus sentimientos. Le dio tal vuelco el pecho, sintió tanto calor al sentir el repentino relajo en el enorme pecho contra el que todavía apoyaba las palmas de sus manos que casi dejó salir de su garganta un maldito grito de agradecimiento. Peter seguía tenso mientras comenzaba a volverse lentamente mostrándole la inmensa y marcada espalda.

Memorizó cada letra, cada cicatriz, cada marca que cruzaba la piel, las señales de latigazos, sin hablar, sin respirar apenas, pero se dejó guiar por lo que sentía. Dirigió las yemas de los dedos de su mano derecha hacia la maldita frase y las presionó con gentileza contra la primera palabra. *Siempre*. No pensó, sencillamente habló.

—Eres un hombre libre para elegir, Pete. Siempre lo fuiste y siempre lo serás. Conmigo, siempre lo serás.

Suavemente, con extrema dulzura comenzó el recorrido de cada una de las letras con la yema de su dedo índice hasta que sintió la paulatina relajación del desvestido torso.

—No me importa que ella te grabara la espalda. Me importas tú y te querría aunque midieras metro y medio y me desquiciaras los nervios —sonrió levemente tras hablar, pausando el recorrido del dedo hasta que quedó quieto en las dos últimas palabras, *serás mío*.

—No, espera, eso ya lo haces.

Los amplios hombros expuestos a su mirada se sacudieron levemente por lo que deslizó el dedo por la columna hacia abajo, lentamente, disfrutando del íntimo momento, hasta llegar a la parte trasera del pantalón y posar la mano en la fuerte cadera. Ahí la dejó estar. Quieta. La inmensa figura inició el giro en dirección a él y le pareció hermoso, sencillamente hermoso, lo que vio. Sonreía. La sonrisa pícara que curvaba los carnosos labios del hombre que finalmente estaba relajado y que lo miraba intensamente, inclinado hacia abajo, le devolvió la ilusión.

—Eres un mal hablado, canijo.

—Es culpa tuya.

—No lo dudo, canijo. No lo dudo.

Le costó no reaccionar dando un maldito salto de dicha, hasta chocar contra el techo, cuando sintió una de sus inmensas manazas curvarse contra su mejilla y el áspero pulgar acariciar con dulzura su pómulo. Le costó no mandar todo al infierno y devorar esos labios que ya conocía o rodear con sus brazos ese inmenso cuerpo que parecía hecho para amoldarse al suyo. Le costó media vida y unas cuantas canas controlar la necesidad de empujar, de insistir, de hablar, de amar.

—Lento pero seguro. Iremos lento, sin prisas, y cuando estemos preparados para lo que llegue, lo sabremos. Por favor, Peter…

La palma de la mano detuvo su movimiento y los negros ojos se cerraron por un segundo. Un momento que a él le pareció interminable. Cuando se abrieron Rob leyó en ellos que había tomado una decisión. Una determinación que guiaría la vida de ambos en adelante y que necesitaba saber pero le atemorizaba escuchar de esos labios separados por escasos centímetros.

—Nunca pude negarte aquello que quieres ¿verdad, canijo?

Casi perdió el sentido, los nervios y la maldita razón al oír la apacible respuesta pero la sonrisa más sentida de su vida se instaló en sus labios.

Los claros ojos recorrieron el pecho que permanecía desnudo.

—Nunca —en ese mismo instante el pomo de la puerta giró repetidamente y un suave toque llegó del exterior. Con una de sus manos cubrió la de Peter—. Cúbrete antes de que entren.

Le resultó imposible continuar al notar su rostro rodeado por las cálidas manos de Peter y sentirle inclinarse hasta posar sus carnosos labios en los suyos, con una suavidad desconocida hasta entonces. Un delicado roce de labios que jamás habría asociado con el enérgico, complejo e introvertido hombre que tenía en su interior demasiada ternura y pesar para expresar. Estaba atrapado y se sentía en paz consigo mismo. El sacrificio para no tocarlo, para no recorrer ese torso expuesto y besarle como le pedía el cuerpo era difícil de explicar, pero si necesitaba seguridad se la daría, si quería confianza la tendría, y si lo que buscaba era tiempo para habituarse a sus caricias, no le faltaría. Mientras tanto él se dejaría acariciar, besar y amar siguiendo el ritmo marcado por el hombre que acababa de separar sus labios con una sonrisa. Una sonrisa que le apasionaba.

—Te costó no acariciarme ¿verdad, canijo?

El extraño ruido en forma de gañido que le salió únicamente sirvió para que la sonrisa de Pete se ensanchara alcanzando su oscura mirada. Le conocía el maldito como si residiera en su mente. Siempre había sido franco y no iba a cambiar ahora.

—Un verdadero horror pero lo vale. Esto lo vale.

Una fuerte mano se retiró lentamente de su faz, pero la otra quedó atrás unos segundos hasta que Pete clavó la repentinamente seria mirada en la suya.

—Lo vale.

Los mismos labios que se habían apartado casi golpearon de nuevo contra los suyos en un gesto brusco y al tiempo tierno y amoroso, tan propio de Pete que sintió tanto en un puñetero segundo que le fue imposible hablar ni emitir sonido alguno, por lo que se decidió por lo segundo más íntimo para hacer. Aferró con sus manos los faldones de la camisa que Peter se había colocado tras asirla del suelo y comenzó a abotonársela, las yemas rozando el pecho sin llegar a posarse, sin llegar a tocar, sintiendo su calor. Percibía la negra mirada clavada en él, en su cara, recorriéndola en sus labios pero no se distrajo. Abotonada la fina camisa, dirigió las manos hacia la cintura del pantalón para desabrocharla e introducir la camisa pero la brusca aspiración de Pete provocó que parara el movimiento de sus manos. Supo que si insistía no saldrían de la calurosa habitación. Sus dedos paralizados en la cinturilla, fueron cubiertos por los de su mejor amigo.

—Joder, canijo. Si sigues adelante, no pararemos esta vez...

La sola ida de lo que podría ocurrir entre ellos le encrespó el vello del cuerpo, se sintió arder de anticipación, de duda, de miedo y de abrupta pasión. El deseo de mandar todo al demonio y continuar le asaltó con tal fuerza que apretó con fuerza la cinturilla, sintiendo la inmediata tensión del firme vientre de Peter bajo el dorso de sus dedos. Supo que le estaba dejando decidir, que si continuaba no habría vuelta atrás y saldrían de esa habitación como amantes.

Sí. Dios... sí. Aferró con más fuerza la cinturilla y sintió el duro vientre tensarse aún más. La palabra estaba bordeando sus labios, pero una imagen brotó clara en su mente. La rigidez en el cuerpo de Peter la última vez que estuvieron juntos. Le estaba dejando decidir, porque él era así y si optaba por seguir adelante Peter jamás se echaría atrás, pero eso no significaba que estuvieran preparados, porque no lo estaban.

No tenía la más remota idea de qué hacer, y aunque entre ellos nada estaría de más, ni prohibido o desechado, la inseguridad marcaría esa maldita primera vez y los miedos y la precipitación acabarían no por estropear, pero sí quizá por empañar, lo que debiera ser hermoso y único.

—Tenemos todo el tiempo del mundo, todo el que necesitemos y además... —no pensaba avergonzarse de su más que evidente ignorancia— no tengo ni la más remota idea de qué hacer. O sea, sí sé qué..., bueno más o menos sé qué se hace con otro cuerpo, de hombre quiero decir, más grande que el mío y duro. ¡No duro, duro... ya sabes qué! si no… —un ruidillo bajo y profundo llamó su atención—. ¿Te estás riendo de mí?

Los apretados labios y la firmeza con que sus dedos cubrían los suyos todavía agarrados al negro pantalón, denotaban que se estaba aguantando a duras penas la risa. Genial, él hablando de sus inseguridades y la mole, carcajeándose.

—No —la ahogada voz fue seguida de una risilla contagiosa.

—¡Te estás riendo!

—¿Un poco?

Soltó el pantalón, tras lanzar una palmada a los dedos que se quedaron en el lugar y se cruzó de brazos.

—No te apures, canijo. Yo te enseñaré todo lo que quieras con clases prácticas incluidas.

Sería… cabronazo. El bufido que le iba a soltar fue interrumpido por otro de esos besos secos y repentinos contra sus labios. Algo le decía que el gesto iba a ser algo habitual entre ellos. Y le chiflaba.

Se escuchaba tumulto al otro lado de la puerta, voces preocupadas e inquietas de mujeres y hombres. Se fue a girar, pero no antes de que al oído la mole le susurrara un *no te apures, canijo, practicaremos en abundancia... tu y yo, a solas,* que lo dejó flojo y con sudores repentinos ¿Cómo era posible que con solo una frase se le fuera la cabeza? Tenía que ejercitar su laxo autocontrol. Eso mismo. El pomo de la puerta que daba al cuarto contiguo también giraba insistente por lo que se decidió a abrirlo una vez se había asegurado que Peter estaba presentable y con las ropas en su sitio.

Abrió la puerta topándose con Doyle y tras él con su momentáneamente olvidadiza mujer, la pequeña Mere y John, su marido. Desde el otro lado de la habitación oyó cómo Peter desbloqueaba la puerta que daba a la entrada de la casa.

—Pero, ¿¡qué diablos estabais haciendo!?

Un pequeño escalofrío le recorrió el cuerpo. Si supieran…

II

Mere seguía negándose a soltarla, sentada a su lado mientras lanzaba aviesas miradas de soslayo hacia su marido quien exhibía indicios de estar completa e irremediablemente furioso. Era tan evidente el ánimo que mostraba John que Julia no aguantó la intriga.

—¿Qué le pasa?

—Le dio un buen berrinche hace una hora cuando me descubrió un enano moratón apenas visible en un muslo. Con decir que quiso verlo mejor con lupa. El empecinamiento y la tozudez son sus mejores amigos en estos momentos.

Las palabras llegaron nítidamente a oídos de John.

—Enana, no me enfades más de lo que ya estoy.

—Eso sería imposible —comentó Mere antes de girarse hacia Julia— parece él el embarazado con sus fulminantes cambios de humor.

—¡Mere! No me busques las cosquillas.

—Y solo por interesarnos en el caso, por ayudar e investigar como buenas samaritanas que somos.

—¿¡Buenas samaritanas!? ¡Os podrían haber dañado!

La enorme figura que acababa de erguirse como si se tratara de un muelle cuyos enganches se habían desgastado, consiguió lo que Julia intentaba lograr desde que Mere había llegado a la casa. Que soltara su firme amarre de ella. Con milagrosa presteza Mere se atrincheró detrás del tresillo que hasta hacía un segundo ocupaban ambas y se colocó las manitas en las caderas, combativa. John parecía dudar si gritarle, ignorarla, lanzarse en tromba en su busca o rendirse agotado.

Julia decidió intervenir para que Mere no ardiera repentinamente como consecuencia de la llameante mirada de su enorme marido quien vocalizó en su dirección un *ya hablaremos en casa largo y tendido tú y yo,* recibiendo en respuesta un retador *no tengo nada que hablar contigo, marido,* que únicamente logró que a John le rechinaran los blancos dientes. Ahora que lo pensaba, las miradas que le dirigía su mastodonte no es que fueran más alentadoras que las que recibía Mere y lo malo era que desconocía la razón de su enfado. ¡Ella nada malo había hecho, al menos que recordara! Decidió templar los ánimos con su seguramente portentosa mediación.

—Solo intentábamos ayudar.

Eso llamó la inmediata atención de Doyle.

—¿Ahora te acuerdas, esposa?

Le seguía chirriando el epíteto. Lucía raro. No, más que a raro, lo de esposa le sonaba a chanza.

—No, sigo sin memoria, al menos la reciente. No me acuerdo de nada, ni siquiera de nuestra supuesta boda, pero es lógico.

—¿¡Lógico!?

—Ajá.

—Y dime, mujer, ¿es también lógico que cuatro mujeres se lancen de cabeza, sin contar con el beneplácito de sus maridos o padres o familia o quien sea, a adentrarse en la peor zona de Londres para ver unas peleas clandestinas de la peor calaña, lograr que las secuestren y…, y…

Vaya. El mastodonte no acertaba a terminar la frase. Quizá necesitaba un empujoncito.

—¿Y?

—¡Y que casi las maten!

Confirmado. Su presunto esposo tenía un genio de mil pares de demonios. No pensaba reconocerlo ni bajo tortura ante su supuesto esposo, pero lo que acababa de indicar muy bien podría ser propio de ellas.

—¿Eso hicimos?

—Sí.

—¿Seguro?

—¡Julia!

—No es que lo dude, ya que pareces tan seguro de ello, pero… sí.

—¿Sí qué?

—Que es lógico.

Dios mío. Su supuesto esposo estaba rojo, no, estaba casi morado a causa de un próximo berrinche y ¡la miraba a ella! ¡Ni que ella fuera la causante de su mal humor! Decidido. Hasta que no viera con sus propios ojos la partida de matrimonio, no se rendiría.

—Quiero que… te… estés… quietecita y calladita, mientras te vigilo —Julia fue a hablar pero un dedo le indicó que ni se le ocurriera, por lo que, por el momento, decidió colaborar pese a no estar del todo conforme con el curso de la conversación—. Ahí sentadita y sin mover un dedo.

Movió el pie solo por la sensación maravillosa de llevarle la contraria al mastodonte hasta que el meneo se frenó de sopetón al intuir el rotundo peligro en los transparentes y entrecerrados ojos y escuchar el profundo gruñido que emanó del grandote. ¡No podía estar casada con ese engendro!

La entrada al cuarto se abrió de golpe dando paso a la abuela y a Norris, quienes anunciaron que el doctor estaba terminando de atender al señor Hamilton, el cual bajaría en seguida a reunirse con ellos. Le costó un par de segundos recordar que el señor Hamilton era el viejito que había huido con ella. La abuela se acercó y depositó un suave beso en su coronilla, y Edmund apretujó suavemente su mano antes de acomodarse en el tresillo ubicado frente al suyo. Mere se arriesgó y salió de su parapeto hasta tomar de nuevo asiento junto a ella. Por un instante deseó ser Jules, quien había tenido que permanecer en casa tranquilizando a sus apurados abuelos. Al menos a ella nadie le estaría riñendo ¡por hacer lo correcto! o eso recalcaba con insistencia Mere. La apacible y sosegada Jules, hasta hace unos días en que, según Mere, un intrigante pirata con pendiente había sido capaz de desquiciarla completamente ¡y ella no lo había presenciado! Bueno, no exactamente, más bien no se acordaba, pero el fastidioso resultado era el mismo. Perderse la inigualable imagen de otear a una desmelenada Jules.

Paseó la mirada por los presentes. Estaba de nuevo el Club del Crimen al completo, salvo Jules y los hermanos de Mere quienes desde el ataque a Clive habían estado apoyando a su grupo policial con la investigación de los hermanos Bray. Uno de los mayores disgustos recibidos fue saber que el superintendente había resultado herido en una reyerta al caer en una trampa. Le agradaba mucho ese hombre, con su directa manera de proceder y su natural nobleza y hubiera sentido profundamente su pérdida.

Se arrellanó en su asiento a la expectativa y a la espera de que llegara su compañero de infortunio. Por lo adelantado por Norris, el anciano estaba ligeramente deshidratado y vapuleado, pero sin presentar lesiones de consideración. Una suave corriente de aire anunció su llegada y el hombre que entró en el saloncito nada tenía que ver con el encogido y aterrorizado anciano que había compartido confinamiento con ella. Aseado y con ropa recién estrenada parecía lo más lejano a la imagen que tenía guardada en su mente. Con cautela observó a los reunidos y en seguida enfiló hacia ella, como si el mero acercamiento lo hiciera sentirse algo más protegido. Mientras se acomodaba en una de las sillas colocadas junto a uno de los tresillos, de espaldas a la encendida chimenea, Doyle ordenó que le trajeran algo de alimento.

—¿Cuánto tiempo estuve retenido?

—Tres días.

Los claros ojillos reflejaron alarma.

—¿El superintendente? Por Dios, vi cómo le alcanzaba con el arma.

—Herido pero vivo. La bala le rozó el cráneo dejándole inconsciente hasta que lo encontramos. Ya está casi recuperado.

El suspiro de alivio surgió en cuanto escuchó las palabras de Doyle.

—Me preguntaban una y otra vez por lo que había descubierto, por lo que sabía, sin descanso. Hora tras hora. Me golpeaban y…

Una fuerte mano cubrió su delgado hombro, apretándoselo.

—Ya pasó —dijo en voz baja Peter—. Tranquilo, puede hablar con libertad, que aquí nadie le hará daño. ¿Quién le interrogaba?

—Brenna Bray. En cuanto llegamos a la casa donde supuestamente íbamos a estar ocultos y resguardados, se giró y la reconocí de inmediato. La mujer de Roland Bray, despiadada y loca. Mató al joven agente con tanta frialdad. ¿Cómo fue posible?

Doyle tomó la palabra, interrumpiéndole.

—Nos tendieron una trampa. Brenna Bray, usurpando la identidad de Marianne Blair, nos dio una dirección en la que nos esperaban para eliminarlos, pero les salió mal. Allí atrapamos a un par de hombres de Bray de los que hemos obtenido algo de información y salvamos a la pequeña Rose.

Por la extraña mirada de Hamilton resultó evidente que le llamó poderosamente la atención la referencia a la pequeña.

—¿Un bebé? ¿Encontraron un bebé?

—Sí, una recién nacida.

—¿La madre?

Los plateados ojos de Doyle se entrecerraron.

—No logramos salvarla. ¿Cómo sabe que la madre estaba allí?

Los viejos hombros se encorvaron, agarrotados, hasta que se irguió de nuevo.

—El primer día me mantuvieron atado en una habitación a oscuras. No sabría decir la ubicación. Tras salir de la casa a punta de pistola, anduvimos un trecho, pero no tardaron en unirse a nosotros tres hombres de Bray. Me golpearon y me dejaron inconsciente. Desperté amarrado en un cuarto adyacente a otro en el que se reunían mis captores. Creían que estaba dormido o sin sentido…

—…y escuchó lo que hablaban —terminó por él Rob.

—Sí.

—¿Qué está ocurriendo, Hamilton?

—¿Qué es lo que saben?

—Por los datos reunidos y que hemos tratado de encajar sabemos que los Bray son peligrosos, que consiguieron hacer pasar a uno de los suyos por una testigo protegida para llegar a usted con la finalidad de descubrir la localización… —por un segundo el rostro de Doyle se volvió hacia Julia, tenso, cerrado en banda— de la información recopilada por mi suegro —la exclamación de sorpresa de Julia era esperada, por lo que Doyle se dirigió a ella—. Tu padre estaba al tanto de lo ocurrido, cariño, pero ahora no puedo explicártelo. No ahora. Te prometo que después, a solas, hablaremos de ello.

—Me estás asustando.

Su mano acarició la pecosa carita que se alzaba confiada hacia él. Dios… ¿Cómo iba a poder romperle de nuevo el corazón a su mujer? Maldijo el destino, maldijo la maldita pesadilla que estaba reviviendo, pero sobre todo, maldijo a los hermanos que tanto daño habían causado. Con el pulgar acarició el labio inferior de su mujer y algo en su mirada le indicó que ella rememoraba algo de esa intimidad. La pelirroja cabecita asintió lentamente, confiando en él y causando en su pecho una inmensa opresión.

—Gracias —se inclinó y rozó suavemente sus labios antes de volverse de nuevo hacia Hamilton.

—Sabíamos que uno de los hermanos participaba en las luchas clandestinas e intentamos atraparle si peleaba, pero de nuevo estaban al tanto de que intentaríamos algo. Calcinaron el lugar y se llevaron a mi mujer al mismo lugar en el que le tenían a usted retenido.

Los claros ojos del hombre se agacharon y la ronca voz surgió temblorosa.

—Fue culpa mía. Yo les dije lo de las peleas y que ellas estarían allí. No paraban de golpearme, una y otra vez y otra —alzó los claros ojos, implorantes—. Lamento tanto que por mi culpa su mujer pasara por todo eso.

Las dos miradas se enfrentaron desconociendo el anciano cómo iba a reaccionar Doyle.

—También gracias a usted escaparon, Hamilton, y por ello le estoy agradecido.

La sorpresa y el descanso inundaron la vieja mirada, la cual se volvió hacia Julia intercambiando ambos una mirada de complicidad y una cálida sonrisa. Doyle retomó la explicación.

—Estamos al tanto del control por parte de los Bray del Banco Nacional Provincial, sabemos que en unos días van a emitir una inmensa cantidad de dinero para hacerse con los bajos fondos y que se dedican al chantaje, a la corrupción, fomentan el juego ilegal, la prostitución, el pillaje y el asesinato. Conocemos que planean algo grande, verdaderamente grande, pero desconocemos qué puede ser. En el agujero que asaltamos descubrimos el cuerpo de dos mujeres jóvenes y un bebé y solo la pequeña sobrevivió. Y de alguna forma está relacionado con las peleas. Como puede ver, no hemos conseguido demasiado.

El anciano aspiró hondo antes de relatar lo que fuera que había descubierto.

—Son los bebés. Lo que buscan son los bebés. En cuanto las mujeres paren las eliminan. Ya no les sirven de nada ¿saben?

—¿Para qué?

—Trafican con los bebés y después chantajean a las personas que los compran. Al principio no entendía de qué hablaban porque hacían referencia continuamente a los "paquetes". Sobre todo hablaban del último paquete que les habían arrancado de las manos y de que se les acababa el plazo para la entrega. Quizá se trate del bebé que ha comentado que rescataron de los Bray.

—Dios santo.

—No tienen escrúpulos. Retienen a las madres, asegurándose recién nacidos para vender y coaccionan a los padres, obligándoles a luchar en las peleas clandestinas, sirviendo de carnaza para Rupert y su obsesión con las peleas. En cuanto dan a luz se las entregan a este pero no dijeron para qué y me alegro de que no llegaran a hacerlo. Hablaron por lo menos de quince parejas en el último año y medio.

—¡Quince!

—Sí. Rieron, ¿saben?, como animales cuando hablaron de una de las parejas. Se burlaron de ellos, sin piedad. El marido intentó rescatar a su mujer enfrentándose a Rupert y este lo torturó durante tres días delante de su esposa hasta que murió destrozado. Se carcajearon diciendo que ella había muerto de pena al ver sufrir a su marido. Claire. Nunca olvidaré ese nombre —la voz se le entrecortó en ese momento, angustiada.

—¿Claire Robbins?

—¿Cómo lo sabe? —el asombro brilló en los ojillos de Hamilton.

—Por su hermana, Elora Robbins. La busca desde que desapareció.

—Lo lamento tanto. Su hermana sufrió lo que nadie debiera sufrir, perderlo todo y ver cómo torturan a la persona que amas.

—¿Su bebé?

—Lo vendieron a un matrimonio que no podía engendrar.

—¿Llegaron a nombrarlos?

—Uno de ellos mencionó a un tal comandante Wandsworth. A él se refirieron en relación a la entrega del último paquete.

—De acuerdo. Tendremos que informar a Clive para que investiguen si en el padrón de la ciudad o en el ejército les consta alguien con ese nombre —comentó Doyle— Hamilton, usted investigó a los Bray y es quien mejor los conoce, ¿qué demonios se proponen?

El anciano calló unos segundos, como si recapitulara.

—Con los datos de que disponemos, mi teoría es la siguiente: los Bray controlan parte de la ciudad, pero no toda. Mantienen una guerra abierta con los Thompson, pero en los últimos tiempos están adquiriendo poder, quieren hacerse con los bajos fondos y creo que ahí nos adentramos en el secuestro y venta de infantes. Seleccionan a mujeres de la alta sociedad, incapaces de engendrar, casadas con hombres muy bien posicionados pero obsesionados con tener descendencia, los abordan y ofrecen en venta a bebés sanos, recién nacidos. Lo planifican al dedillo. En sus filas tienen en concreto a un par de médicos sin escrúpulos que falsifican partidas de nacimiento y matronas cuyas declaraciones de asistencia en nacimientos apartan cualquier tipo de sospecha —el anciano respiró profundamente antes de continuar—. Recopilé nombres, fechas e incluso documentos, pero se los hice llegar a Andrew Brears. Hasta ahora desconocía la manera en que conseguían a los bebés. Después perdí la pista al tener que ocultarme.

—De ahí que secuestren a jóvenes embarazadas —intervino Mere.

—No solo a jóvenes embarazadas... —incidió Rob, con tono frío— sino seguramente a mujeres jóvenes seleccionadas de antemano, por lo que es de prever que sus rasgos físicos se asemejen a los de los padres no biológicos. Pero hay algo que no termina de encajar.

El ceño fruncido de Rob indicaba su desconcierto.

—¿Qué? —insistió Doyle al quedar este un rato callado.

—Clive llevaba la investigación de los cuerpos que aparecieron destrozados en el Támesis. Llegó a relacionarlos con la desaparición de parejas en todos los casos, ya que varios fueron denunciados por las familias, pero, si no me equivoco, no en todas las ocasiones las muchachas estaban encintas. No siempre, y eso descuadraba a Clive.

—¿Estás seguro? —indagó Peter, situado a su lado.

—Casi seguro. Me centré en el caso de los Bray sin saber que estaba relacionado con el asunto que investigaba Clive, pero hablamos en más de una ocasión del tema. Podría jurar que él lo mencionó porque el dato rompía ligeramente el patrón de desapariciones.

Doyle se aproximó a la chimenea dando la espalda al agradable calor.

—Tendremos que hablar con él para confirmarlo.

Repentinamente Julia se volvió hacia el anciano.

—Señor Hamilton, ¿está seguro de que hablaron del último paquete y no de otro paquete?

Este dudó un segundo.

—Lo estoy.

Doyle se giró hacia su mujer.

—¿En qué piensas, cielo?

—Que si hablaban del último, aquello que sea lo que planean los Bray tiene que estar a punto de ocurrir. Si no nos equivocamos y venden a los bebés para después chantajear a los padres, necesitan algo del hombre que les va a comprar al último bebé.

Doyle terminó la frase por ella:

—Por lo que debemos localizar al comandante Wandsworth cuanto antes y evitar aquello que planean.

El anciano Hamilton habló de nuevo, rápidamente, como si temiera olvidar la información que iba a facilitar.

—Hay algo más, y mis viejos huesos me dicen que tiene importancia.

Peter apoyó suavemente la mano en la encorvada espalda.

—¿A qué se refiere?

—Antes de esconderme de los hermanos Bray me hicieron llegar una nota firmada por un tal Adam Cudler en la que se ofrecía a darme información a cambio de dinero. Información sobre lo que planeaban los Bray.

—¿Solo eso?

—No tengo más. Solo el nombre y el hecho de que trabajaba como celador. Lo repitió en dos ocasiones como si fuera importante, pero desconozco el motivo. A estas alturas quizá esté muerto o desaparecido, pero algo en la manera en que estaba redactada la nota me llamó la atención y creo que vale la pena indagar.

Rob intervino con cara de preocupación.

—Está bien. Cuanta más información tengamos, mejor. Esperemos que a Clive le suenen los malditos nombres —la clara mirada quedó clavada un segundo en las llamas de la chimenea, mientras trataba de destensar los músculos rígidos del cuello—. No sé, tengo un mal presentimiento.

El codazo le llegó de su derecha, del lugar que ocupaba Peter, provocándole un ligero sobresalto.

—No empecemos con los malos augurios.

—¿Y qué quieres que haga si me hormiguean las orejas?

Peter entrecerró lo ojos.

—¿Qué tienen que ver tus orejas con todo esto?

—Que cuando me arden es una mala señal. Y en estos momentos me están bombe… an… do de calor.

—Eso es por lo de antes.

—¡No es por eso!

La curiosidad le pudo a Julia.

—¿Qué es lo de antes?

—¡Nada!

Los bufidos emitidos al unísono centraron la atención de todos en el sofocado rostro de Rob y en la cara de pillo de Peter. Con un gesto medio de resignación, medio de desesperación, Doyle se acercó al centro en el cual permanecían sentados los demás.

—Conviene que descansemos todos. Clive sigue recuperándose en su casa, pero supongo que estará aburrido hasta un grado nunca alcanzado anteriormente, desesperado por retomar la investigación y volviendo loco a quien le esté atendiendo en estos momentos. Si os parece bien, a primera hora daré orden de que le avisen que tenemos intención de visitarle alrededor del mediodía.

En ese punto intervino John con una voz grave y serena dirigida claramente a su pequeña mujer quien se negaba rotundamente a devolverle la mirada.

—Doyle, no nos tengas en cuenta para la visita ya que mi señora esposa embarazada y yo tenemos cosas que discutir y no podremos asistir. Os rogaría que después alguien se pasara por casa o enviara una nota para ponernos al día.

La expresión enfurruñada de Mere indicaba bien a las claras su parecer, pero pareció tragarse las palabras que pugnaban por surgir al observar de soslayo la furibunda expresión en el rostro de su marido.

—Claro —respondió Doyle sin atisbo de duda— yo mismo me pasaré para poneros al tanto.

—Y los ancianos dejaremos vía libre a la juventud —anunció el viejo Norris—. Solo estorbaríamos. Esperaremos ansiosos vuestras noticias junto con John y Mere.

La abuela asintió mostrando su conformidad con la idea lanzada por Norris. Se fueron levantando poco a poco tras despedirse y dirigirse a sus respectivos domicilios demostrando el agotamiento que les invadía a todos, hasta quedar únicamente en la entrada de la mansión Doyle con expresión de anticipación y Julia con rostro de empecinamiento.

—¿Subimos a la alcoba, cielo? Después de todo estamos casados y el doctor te ha recetado vida matrimonial en toda la extensión de la palabra y nadie mejor que tu marido para….

—No me llamo cielo y quiero ver nuestra partida de matrimonio.

La boca abierta y el repentino enrojecimiento de su presunto esposo incluso a ella le impresionaron. Parecía a puntito de darle un golpe de calor.

III

El jefe los había convocado. Sin aviso previo. Sin rumores que le hubieran preparado para enfrentarse a Roland Bray, al hielo, como era conocido entre su gente. Ocho subjefes de zona, elegidos a dedo por este y que únicamente respondían ante él, ubicados alrededor de una mesa ovalada en uno de los muchos clubs que regentaba el clan Bray, mientras aguardaban ansiosos la llegada de los hermanos. Una familia a la que él mismo pertenecía desde los diez años.

No había conocido otra cosa desde que era un crío, aunque a veces y cada vez con más frecuencia soñara con la libertad, la deseada e inalcanzable libertad. El extenso mar y el horizonte, el lejano horizonte en el que poder desaparecer para siempre. Lejos de una vida que aborrecía.

Hacia un mes aproximadamente lo había arriesgado todo al enviar la maldita nota al viejo. A Hamilton. Todo, y no había servido para nada salvo para darse cuenta de que no podía seguir adelante, que no podía ayudar a los hermanos Bray a que lograran lo que buscaban. Si Hamilton hubiera acudido a la condenada cita le hubiera relatado lo de los contactos con los fenianos, las entregas de dinero para la compra de los explosivos, la distracción planeada para lograr la complicada huida de prisión. Ahora no sabía a quién acudir en busca de ayuda para pararles.

Por ella. Por lo que Rupert le hizo sufrir acabaría con él aunque se lo llevara consigo al infierno. Al infierno que ambos merecían por la vida que habían llevado y por el daño que habían ocasionado.

La puerta de la sala, elegantemente decorada con cuadros de grandes dimensiones, recargados y ostentosos, con antiguos muebles esparcidos y ubicados al detalle en la amplia estancia, se abrió con suavidad. Con esa engañosa gracia propia del hombre que la empujaba y que todos los reunidos en la sala temían más que a la propia muerte.

Quedaban tres días para la operación y sabía que parte de la atención de los hermanos iba a recaer en él. Intuía que sospechaban de él, pero eran demasiados años en la familia, comandando parte del clan para desecharlo o matarlo sin una mirada atrás, y eso jugaba a su favor. Si no conseguía mantener el maldito engaño no saldría vivo de esa habitación y su jodida muerte de nada serviría. Lo más irónico resultaría su inutilidad en arrastrar con él a la muerte a Rupert.

Tragó saliva y un sudor frío le recubrió el cuerpo. Roland había traído consigo a los malditos perros. Lentamente, con esa repugnante delicadeza en su manera de moverse, tomó asiento en la cabecera de la mesa, con Rupert en pie a su lado. Apenas se escuchaba un suspiro, todos los ojos fijos en el hombre cuya crueldad se había convertido en una leyenda para los otros clanes y en una maldición para todos aquellos sobre los que mandaba. La grave voz surgió tan helada y sin vida como siempre.

—Me agrada que todos estemos reunidos, que la familia se encuentre de nuevo, pero sobre todo, me da placer verte a ti, mi querido Adam.

Se podía dar por muerto.

IV

—¡No necesito que me vigiles!

—Podrías tropezar, caerte y darte un nuevo golpe en la cabeza, Clive. O abrirte los puntos.

—Ya, pero no eres mi madre y no necesitaba que enviaras a una de tus cocineras, a un lacayo, a tres sirvientes y a tu ayuda de cámara. Me manejo perfectamente solo, aunque he de admitir que la crema de calabaza de ayer noche estaba… ¿Qué es esa mueca?

—¡Qué mueca!

—La que acabas de hacer.

—Es por la herida de tu cabeza. Ves cosas raras.

—¡De eso, nada! Has hecho tu mueca de extrema satisfacción.

El suspiro le llegó desde el otro lado del despacho, de la enorme figura que para su desesperación no le había dejado a sol ni a sombra desde que lo habían herido. De los nervios, así le estaba poniendo Ross con su terquedad, insistencia y obsesión por su salud. Hasta tal punto que permanecer unos días más inconsciente no le hubiera importado demasiado si no fuera por las ganas de echar el lazo a esos jodidos hermanos.

—Claro amigo.

—Me estás dando la razón ¡como a un crío!

—¿Tú crees? —preguntó Ross con ironía.

Diablos, le sacaba de quicio con su inquebrantable templanza. No entendía cómo podían ser amigos íntimos, salvo que lo eran desde hacía demasiados años como para recordar el origen de su extraña amistad. En cuanto lo hirieron y la noticia se extendió en el cuerpo de policía, su mejor amigo no tardó en adueñarse de la descontrolada situación. Ross Torchwell no tenía remedio. Adoraba mandar, organizar, y si el foco de atención era la desastrosa vida de un buen amigo, Ross era muy capaz hasta de salivar del gusto al imaginar las mil maneras de poder mangonearle. Suspiró profundo antes de contraatacar.

—Sí lo creo, Ross, y también pienso…

—Menos pensar y más descansar.

Decidió ignorarle porque las ansias de atacarle comenzaban a desbordar su paciencia.

—… que es hora de que…

La puerta se abrió de improviso ¡sin que ningún alma caritativa pidiera permiso para entrar! ¡Podía haber estado desnudo! O peor… De acuerdo, no se le ocurría nada peor, en estos momentos. Su casa y su vida habían sido invadidas sin su consentimiento por su mejor amigo y parte de su mangoneante personal. Desde que había recobrado el conocimiento había agotado todas las protestas, gritos y enfados sin que le hubieran servido en absoluto de nada. Nigel, el joven lacayo que andaba revoloteando todo el día a su alrededor, imaginaba que siguiendo al dedillo las severas instrucciones de Ross, lo ignoró y se dirigió en línea recta hacia este, entregándole una pequeña nota con una caligrafía que le pareció reconocer. La escritura de Rob. Se acercó raudo hacia Ross y quedó a la espera de que dijera algo, pero conociéndole callaba solo para fastidiarle.

—¿Es para mí? Parece la letra de Rob.

Los extraños ojos de su mejor amigo, uno tan negro que no se distinguía la pupila y otro de un ámbar tan claro que la pupila destacaba a distancia causando en quien los miraba un tremendo impacto, se alzaron velados hacia él.

—Eso parece, de tu buen amigo Norris.

Extendió la mano para que se la entregara y por un segundo la enorme mano pareció a punto de aplastar el fino sobre cerrado. No entendía qué demonios le pasaba a Ross en cuanto mencionaba, aunque fuera de pasada, a Robert Norris. Parecía culparle de su percance y eso no tenía sentido. En absoluto. Era un hombre adulto y él solito había decidido meterse de lleno en la investigación de los Bray. Así se lo había dicho, repetido hasta la saciedad y recalcado en cada ocasión que surgía, pero si alguien le ganaba incluso a él en terquedad, ese era Ross. El superintendente Ross Torchwell. Y al muy tozudo se le había metido en la cabeza que por culpa de Rob Norris casi lo matan.

Se alejó un par de pasos hasta caer sentado en su sillón favorito. Le costó un poco abrir el sobre y con una ligera vena maquiavélica casi disfrutó de la impaciencia que comenzó a emanar del enorme cuerpo sentado frente a él.

—¿Y bien?

Las tornas se habían vuelto ¡al fin! Una sonrisa casi se le escapó descontrolada.

—Sí, estoy bien. Muy bien, cada vez mejor. Sobre todo con las cremas que me prepara la señora Otis, y además…

—¡Clive!

Tratando de parecer completamente inocente alzó la mirada topándose con el ceño fruncido de su mejor amigo.

—¿Mande?

—¿Qué dice la nota?

—¿Esta?

—No, Clive, la que acabo de masticar y tragar para que no te enteres que acaba de llegar.

—¿Te interesa?

Silencio enfurruñado. Dios, estaba disfrutando del perrengue de Ross. Eran pocas, realmente muy pocas las ocasiones en las que perdía sus famosos templados nervios. Salvo cuando se trataba de Norris. Entonces la templanza se evaporaba. Un verdadero misterio de la naturaleza.

—Es de Rob Norris y la última vez me pareció oírte decir con mucha efusividad que no querías volver a escuchar ese nombre o tendríamos problemas.

—Eso fue ayer.

—¿Y?

—Hoy es hoy.

—Amigo mío, eres voluble.

—No lo soy. Soy flexible —gruñó Ross.

—De eso nada ¿a que sí es voluble?

La pregunta se la dirigió al asombrado lacayo que no perdía de vista la absurda conversación. Pobre muchacho, quizá no debería haberle metido en el jaleo por la extrema palidez que se apoderó de su rostro. La salida llegó de su tenso señor, tras comunicarle que Edmund Norris y los Brandon tenían intención de hacerles una corta visita mañana.

—Puedes salir, Nigel, y comenta a la señora Otis que esta noche me quedaré a dormir en el cuarto de invitados pese a las enconadas protestas del superintendente Stevens. Por el momento y hasta nueva orden, permaneceremos en su casa. Mañana tenemos una importante reunión con unas visitas mañaneras. Indíquele que nos prepare algo ligero para cenar y que esperaremos aquí mismo.

El muchacho pareció evaporarse de la rapidez con que se movió. Clive perdió todas las fuerzas acumuladas al escuchar la frase. Estaba demasiado agotado como para discutir interminablemente.

—¿Puedo convencerte para que te vayas a tu gigantesca, cómoda y calentita casa?

El enorme corpachón de Ross se repantingó en el sillón, se cruzó de brazos y piernas y cerró los ojos apoyando la cabeza contra el blando respaldo. Un susurro con esa voz grave y profunda llegó a sus oídos.

—Puedes intentarlo.

Por un efímero instante hubiera jurado que la iba a agarrar y subirla en volandas por las escaleras hasta el cuarto, pero algo debió entrever en su azorado rostro que lo paró, lanzando en su lugar un suspiro de desgastada paciencia y la pregunta más extraña del mundo.

—¿Qué quieres saber?

¿¡Saber!? ¿Cómo decirle al hombre que la miraba expectante que necesitaba saberlo todo pero que al mismo tiempo le daba miedo descubrir la razón de su desconcertante matrimonio? ¿Y si no la amaba? ¿Y si hubo alguna razón que los obligó a casarse? Pero sobre todo, ese angustioso silencio acerca de su padre. Ese posponer el tema hasta que quedaran solos. Ya lo estaban y pese a ello se sentía incapaz de preguntar porque presentía que lo que iba a escuchar si indagaba le iba a doler profundamente. Se mordió el labio inferior tratando de aguantar dentro la pregunta, esa duda que no conseguía acallar.

—Está muerto ¿verdad?

Los plateados ojos se abrieron enormes, rasgados, en reacción a la pregunta que no esperaba que fuera tan directa. El asentimiento de la hermosa cabeza la paralizó, dejándose caer, tras dar unos pasos hacia atrás, en los escalones de la solitaria y majestuosa escalinata que conducía al primer piso de la mansión. No se dio cuenta del movimiento, pero repentinamente se vio envuelta en una tremenda calidez a su alrededor, alejando el terrible frío que la iba llenando. Su marido se había sentado en el escalón superior, la había rodeado con los brazos y los muslos hasta izarla y sentarla en su regazo.

—Mi corazón lo sabía y no sé por qué, simplemente lo sabía.

Los brazos que la cercaban se apretaron y la ronca voz masculina no calló ningún detalle, la despedida, las cartas, los acallados sentimientos de su padre, el hecho de que no hubieran capturado aun a los culpables. Tanta información, deseos y vivencias olvidadas. El tiempo pasó rápido. Para cuando Doyle terminó de hablar su mirada se clavó en la extraña danza que parecían bailar sus entrelazados dedos, como si se tratara de un gesto tan íntimo y habitual entre ellos que ni siquiera le había llamado la atención hasta ese momento. Le restaba saber algo demasiado importante como para dejarlo pasar.

—¿Por qué nos casamos?

—¿La verdad?

Centró su mirada en la transparente de su marido y el fogonazo de una vívida estampa atravesó veloz su mente. Parpadeó antes de atreverse a preguntar.

—¿Jugamos al ajedrez… desnudos?

Se notó roja como la grana y tragó saliva. Dios mío, también reconocía la caliente sonrisa de su marido. La reconocía y le daba la bienvenida.

—Entre otras cosas, cielo.

Lo presentía pero necesitaba confirmarlo.

—¿Nos amamos?

La plateada mirada brilló.

—Muchísimo.

Decía la verdad. El hombre que la abrazaba hablaba con tanta calidez y sinceridad que sintió nacer en sus labios una suave y paulatina sonrisa.

—Surgen en mi mente, de repente, imágenes fugaces e íntimas pero no me acuerdo, Doyle. No consigo retenerlas.

—Yo lo haré por los dos, amor. Yo recordaré por los dos.

—Todo lo que me he perdido…

—Lo recordarás. En cualquier momento, cielo.

—¿Y si no lo hago?

El terror a no recordar jamás el pasado la sofocó. El nudo en la garganta le impidió hablar, pero sus ojos dijeron lo que sentía al hombre que no apartaba la mirada.

—Crearemos otros recuerdos. Hermosos e íntimos. Nuestros. Y el día que recuperes la memoria será más que bienvenido.

—¿Y si no…?

El beso le detuvo. Las palabras se le atragantaron junto con la presión de los carnosos labios que a su cuerpo le eran tan familiares. Si tan solo pudiera recordar…

Un reguero de pequeños y livianos besos contra sus labios y amorosas caricias le recorrieron las manos, los antebrazos, los hombros y la espalda. Separó los labios porque necesitaba que él supiera lo que sentía.

—Te conozco, marido. Conozco tu olor, conozco tu sabor, la suavidad de tus manos y el calor que desprendes y sobre todo conozco tus ojos y la forma en que me miras. Te conozco, mi corazón te reconoce aunque mi mente no recuerde salvo pequeñas formas, pequeñas imágenes que llegan veloces y desaparecen con mayor rapidez.

Los transparentes ojos seguían quietos en la profundidad de su mirada, sin hablar pero expresando tanto. Le llegaba lo que intentaba decirle, que confiaba en él instintivamente. Estaba llegando a su destino.

—No necesito una partida de matrimonio para saber lo que ya tengo delante. Un hombre que creo que me ama y al que intuyo que quiero. Lo que un corazón siente, esa especie de opresión al tenerte cerca, ese calor que me envuelve, no engaña ¿verdad?

—No, amor. No engaña.

Se giró lentamente sobre el regazo de su marido hasta quedar de costado y colocar su pequeña mano sobre su apuesto rostro y sonrió.

—Vayamos arriba, a nuestro dormitorio.

Sintió la sorpresa modelar los fuertes rasgos bajo la palma de su mano.

—Me gustaría comenzar a crear nuevos recuerdos, marido mío.

El masculino cuello se convulsionó al tragar.

—Dios, mujer.

Con suavidad se alzó dejando a su esposo quieto, sentado sobre el escalón, mirándola embobado. Extendió el brazo acercando la mano, quedando a la espera de que él diera el siguiente paso. Y lo dio. Sin dudar. Aferró con su cálida mano la suya más pequeña y posó un suave beso en sus labios antes de comenzar a subir los escalones, las cinturas enlazadas con sus brazos, juntos, muy juntos, al igual que cualquier pareja que se amara profundamente. En busca de recuerdos para una nueva vida en común.

VI

Apenas se lo podía creer. La tensa reunión de los cabecillas de las ramas del clan con los hermanos había servido para atar cabos en relación a la operación organizada para dentro de tres días. Los contactos con los fenianos eran robustos. Esos cabronazos irlandeses la iban a armar. El intento de liberar a sus cabecillas encerrados en prisión se iba a saldar con un gran derramamiento de sangre. Su obsesión sin medida por liberar a sus hombres atraería toda la atención de guardas y policía y distraería las miradas de lo que verdaderamente estaba ocurriendo en el ala opuesta a la inmensa prisión que guardaba entre sus muros a aquellos a los que los hermanos buscaban. Ni queriendo habría podido buscar mejor salida.

Llevaba razón. Los hermanos sospechaban de él, pero eso era algo esperado. Lo inesperado era el trabajo que le habían encargado para aseverar si les era fiel. Cabrones endiosados. Fidelidad… Exigían fidelidad como si fuera algo obvio.

La ira le invadió. La lealtad era algo que debía ganarse, jamás forzarse, porque terminaba por volverse en tu contra. No se ganaba con el terror, ni con la persuasión, sino con la confianza. Y ellos perdieron la suya cuando Rupert se apropió y mató a la mujer que él quería. Al fin había llegado su hora.

Observó de reojo a los tres hombres que los hermanos habían asignado para que ejecutaran bajo su dirección el asesinato que le habían encargado. Eran pura fuerza y poca inteligencia, salvo uno de ellos, el mismo que no le quitaba la vista de encima. Uno de los pocos que gozaban del beneplácito de Roland Bray. Miles O´Keefe.

En cuanto mataran al superintendente, O´Keefe trataría de acabar con él. Esa era su misión, no ayudarle a él con el asesinato de Stevens. Y lo curioso era que no le preocupaba en exceso, siempre que destrozara los planes de los Bray por el camino. La orden había sido clara. Dentro de tres noches, exactamente unas horas antes del ataque planeado por los Bray, debían allanar el domicilio de Clive Stevens, asesinarlo en plena noche, y dar un anónimo chivatazo informando a la policía de que uno de los suyos había caído. Con ello los hermanos pretendían que cundiera la confusión y que gran parte de los esfuerzos policiales recayeran en la investigación de la muerte del policía. La distracción.

Con las tres sombras que le habían asignado los hermanos tendría que seguir los pasos previstos para evitar levantar sospechas, pero no acabaría con el hombre que parecía estar incomodando a los Bray. No. Alguien así merecía vivir y no que le rajaran la garganta de lado a lado como a un perro, en su lecho, sin posibilidad de defensa. Él se encargaría de todo.

VII

Su marido era un hombre increíblemente hermoso. Más de lo que jamás pudo imaginar, y se estaba poniendo nerviosa con cada capa de ropa de la que se desprendía delante de ella. Nerviosa, colorada y sofocada.

Dios… mío. Se estaba desnudando con toda la naturalidad y familiaridad de una íntima convivencia ¡que ella no recordaba! Si su cintura era casi más estrecha que la de ella aunque los hombros fueran inmensos y la altura descomunal. No estaba preparada. Se tendría que haber mordido la lengua varias veces, antes de hablar a destiempo y no lanzarse ya desplumada de un salto a la cazuela para una cocción lenta. Tal y como había ido la cosa ¡ella misma se había arrancado el plumaje!, solita y sin ayuda. Debería haber correteado con la lengua fuera hasta estar plenamente segura de que querían que la devoraran y por la llameante mirada transparente de su marido, no había duda de que estaba deseando hincarle el diente, ya que se estaba relamiendo con antelación. Relamiendo y casi babeando de anticipación.

Un escalofrío le recorrió el cuerpo. Se le había ido la cabeza con lo de los nuevos recuerdos. Había sonado tan bonito en ese momento, en la aséptica escalinata donde podían ser interrumpidos en cualquier momento. Ahora le estaba entrando el tembleque, a solas y en su caluroso dormitorio. ¡Ella quería su olvidada memoria antes de formar nuevos recuerdos!

Descalzo, con los negros y prietos pantalones como única vestimenta, Doyle se aproximó a la cómoda para dejar los gemelos sobre una pequeña bandejita de plata, y se inclinó para desabrocharse los pantalones y deslizarlos hasta que cayeron al suelo. Sus globos oculares casi se le salieron de la impresión. A la vez. Los dos. Su marido tenía el trasero más bonito que había visto en su vida aunque tampoco es que hubiera visto otros aparte del propio. Redondo, musculoso, suave y rosado. Una borrosa imagen de su mano sobre uno de esos redondos glúteos le secó la boca.

—Te oigo pensar desde aquí, mujer.

—Es que… —el carraspeo de la garganta casi la atragantó— te estás desnudando.

—Claro, como todas las noches desde que nos casamos.

—¿Seguro?

—Ajá.

—¿No tendrías que ponerte un camisón o algo?

Se volvió lentamente hacia ella con las oscuras cejas enarcadas y sus ojos bajaron de sopetón hacia esa cosa, colocada entre los musculosos muslos de su esposo. Esa cosa grande. Muy grande. Desproporcionadamente grande, que se movía. Alzó la mirada chocando con la clara y enternecida de Doyle, y la bajó de nuevo. Ni aunque quisiera podría evitarlo… ¡Se estaba agrandando!

—Puedes tocar todo lo que quieras, cielo.

—¿Tocar?

—Ajá. Con absoluta libertad. Cuanto gustes.

—Pero…

Su marido se fue acercando lentamente a ella hasta que se vio obligada a levantar la vista.

—Te gusta tocarme, cielo, desde el primer día.

Las palabras se le trabaron, paralizadas en la punta de la lengua.

—Y a mí me vuelve loco tocarte y besarte… —inclinó la cabeza hasta posar sus labios en los de ella, sin apenas presión— y amarte hasta caer agotados, que me envuelvas con tus piernas, sentirlas rodeándome y urgiéndome, tensas de placer… —la carnosa boca estaba junto a su oído, sin tocarlo, el aliento cálido rozándola— mientras nos besamos hasta que siento que me aprietas cada vez más en tu interior, en ese calor por el que mataría.

Dios… santo. Se estaba asfixiando de calor con tanta ropa. La estaba seduciendo con su voz, con sus palabras, y ella se estaba derritiendo completamente. Respiraba con dificultad como si su cuerpo reconociera a la perfección lo que él le estaba susurrando. La estaba volviendo loca. Al carajo. La cazuela tenía cada vez mejor aspecto.

VIII

Estaba haciendo un esfuerzo soberano para no desnudarla, tenderla en la cama y hundirse en ella hasta el fondo, para que su cuerpo no reaccionara a su proximidad, pero sin un puñetero resultado ya que el condenado amigo que tenía entre las piernas ya se estaba despertando a desmesurada velocidad. En cuanto notó sobre él esa mirada que lo desquiciaba, esa mirada entre ansiosa, curiosa y desvergonzada que conocía tan bien, supo que estaba perdido. Irremediablemente perdido. Y necesitaba lograr que ella perdiera de nuevo todas sus vergüenzas, sus malditas ideas preconcebidas y sus miedos porque si no lo lograba, no sabía si iba a ser capaz de parar esa maldita noche, no sabía si iba a poder responder a un posible no a amarse esa noche. Necesitaba su contacto, su calor, su sabor en su boca, la tersura de su piel contra su propia aspereza. Su mujer le hacía perder la maldita cabeza y por eso comenzó a susurrarle al oído, suavemente, despertando el deseo que sabía que ella sentía por él. Sin asustarla, sin presionarla, dejándola dar el siguiente paso. Tenía que relajarla.

Sintió las yemas de los pequeños dedos en su espalda, apretando, mientras le seguía hablando y besando bajo el lóbulo de la oreja, en todos sus puntos sensibles.

Jugaba con ventaja e iba a aprovecharla. Por todos los diablos que iba a aprovechar toda aquella ventaja de que dispusiera, sin pudor alguno. Mientras seguía con el reguero de besos por la curvada y sedosa mandíbula y el cuello, comenzó a desabrocharle el vestido, los lazos y los diminutos botones hasta romper los últimos de un maldito tirón, perdida gran parte de su paciencia. No iba a soportar mucho más la espera, no con la necesidad que tenía de ella.

Demonios, el olor de su mujer le hacía perder la razón, y esos labios… Dios, esos labios que le chiflaba mordisquear. No supo cómo lo consiguió pero la desnudó, y sentir la extensión de sus cuerpos, sudorosos, pegados, las curvas de las caderas de su mujer, la plenitud de sus pechos, llenos, redondos, aplastados contra su propio pecho casi lo perdió. El uno contra el otro, besándose con ansiedad, la rodeó por la cintura, separando sus muslos con sus manos hasta colocarlos alrededor de su cintura, donde le encantaba sentirlos. Su calor contra él, contra su vientre.

En tres pasos llegó al borde del lecho, llevándola con él y se sentó, sorprendido de no haber caído al suelo de culo debido a la rapidez, a la codicia por tenerla de nuevo. Necesitaba acariciar sus pechos, necesitaba… todo. La necesitaba a ella. La alzó con una mano colocada en su cintura y la otra la dirigió a su calor, al sexo protegido por el rojo vello que apartó lentamente, dejando abierto el camino a sus dedos, adentrándose en ella, abriéndola para él. Por la ondulación de sus caderas, el ritmo que ella marcaba sin darse cuenta, supo que estaba preparada. Suavemente, resistiendo las ansias de empujar, la penetró un poco, solo un poco, hasta que se acomodó a la invasión. Notó los muslos presionar contra su cadera al entrar, pero no dejó de acariciarla entre las piernas, insistente, hasta que sintió de nuevo que se relajaba. El sudor comenzó a cubrirle de la intensidad con que estaba tratando de controlarse.

Se mordió el labio inferior y tensó los muslos para centrar parte de las sensaciones en otro lugar, lejos de su ingle, de su maldito miembro que parecía a punto de estallar.

—Dios, Julia. No puedo esperar mucho más.

Una suave ondulación de las caderas femeninas casi lo hizo renunciar a la suavidad, al control. Desesperado se dejó caer de espaldas contra el colchón arrastrándola con él y con el impulso se adentró un poco más. De inmediato sintió la opresión sobre su miembro provocando que alzara las caderas contra ella, sintiendo que su calor lo envolvía aún más, provocando un gemido en la boca que estaba besando, que estaba devorando. Un gemido de placer. Asió las preciosas caderas y la alzó algo para dejarla caer de nuevo contra él, entrando otro poco más y otro poco hasta que sintió la presión de su cadera contra la suya. Totalmente envuelto por ella, se sintió en el lugar al que pertenecía. Con ella. En ella.

—Donde pertenezco… —susurró contra su boca— en ti, amor.

El ritmo comenzó a incrementarse hasta llenarla por completo, dejándola que marcara el mismo pero sin soltar esas curvadas caderas, apretándolas ansioso. Sentía sus propias caderas moverse en contraposición al ritmo de ella, casi golpeándolas, arrancando gemidos de ambos. La sensación era enloquecedora, asfixiante y plena. Lo envolvía y lo apretaba con ese calor que lo enloquecía. Cada vez más y más hasta hacerlo perder la cabeza y arrastrarla con él a sentir… Simplemente a sentir.

IX

—No me suena —respondió con firmeza Clive a su pregunta acerca de la identidad del comandante Wandsworth.

—¿No ha surgido en el curso de la investigación en relación con los Bray?

—Nunca antes. Desde que Hamilton facilitó el nombre de Cudler mis hombres han indagado sin descanso y sin resultado. Ya no sabemos por qué maldito camino tirar.

Llevaban una condenada hora en el domicilio de Clive, dando vueltas al maldito tema y nada. Como tomara una taza más de té, le iba a dar un ataque de nervios y a tirar la tetera por la jodida ventana, delante de su mujer, de Liam, de su hermano y amigos.

Cuando llegaron de visita les estaban esperando. Los hicieron pasar a la sencilla y cómoda habitación que encajaba a la perfección con el dueño de la casa. Grabados de marinas en color dispuestos en las paredes, viejos pero confortables sillones y una alfombra algo desgastada por el paso de personas, ofrecían un aspecto placentero y algo hogareño. El aspecto de Clive era saludable. Quizá había adelgazado algo afilando sus rasgos faciales, pero ello nada restaba a su aspecto juvenil acentuado por sus pómulos surcados de claras pecas. Cada vez que lo miraba le chocaba el contraste ente la aniñada cara y los grises ojos que habían sido testigos de demasiado. Una mirada tan experimentada.

Junto con Clive les esperaba un hombre que ya conocían de su maldito encontronazo con Saxton. Un hombre inquietante y una mirada sobrecogedora de la que era difícil apartar la vista. Por un momento estuvo a punto de soltar una risa cuando uno tras otro se quedaron alelados con las miradas fijas en esos extraños iris, hasta que Clive les dijo que no se preocuparan, que Torchwell ya estaba acostumbrado a llamar la atención y que en el fondo, a su avanzada edad, le encantaba ser el centro de atención. El gruñido de su amigo indicó que eran buenos amigos, muy buenos amigos.

—Daré orden de que investiguen al tal comandante Wandsworth. Por la graduación tiene que pertenecer al ejército o a la policía —su gris mirada se volvió hacia el altísimo hombre que permanecía vigilante cerca de la puerta.

Diablos. Torchwell de alguna extraña manera le recordaba a Peter. Emanaba de él un aura de inmenso peligro pese a su calma apariencia. No era un hombre que le agradara tener de enemigo. Y parecía leerle el pensamiento a Stevens ya que sin que pronunciara este palabra alguna, supo lo que preguntaba.

—No me consta ningún comandante con ese apellido en la ciudad. ¿Podría ser de otra localidad?

No se les había ocurrido, por lo que Liam contestó con sinceridad tras cruzar miradas con él.

—Podría ser. No nos lo habíamos planteado.

Torchwell asintió sin moverse del lugar que había ocupado desde el inicio de la reunión entre Clive y Rob, casi como si actuara de muro entre ambos hombres, y habló con una entonación que centraba en él todas las miradas.

—Quizá lo que voy a decir les interese. Hace dos meses en nuestra comisaría comenzamos a detectar movimientos extraños en la comunidad irlandesa. Gran parte de los irlandeses residentes en la ciudad viven en la zona que nos toca controlar. En una de nuestras redadas requisamos explosivos almacenados en uno de sus escondrijos, pero no conseguimos que hablaran. Son gente dura, muy dura. Viven por y para su comunidad, su tierra y sus creencias. Al ala dura de esa gente los denominamos los fenianos, un término que odian por creerlo despectivo.

—¿Qué tiene que ver eso con los Bray?

—Del seguimiento efectuado a uno de los cabecillas de los fenianos descubrimos que tenía contactos con el clan de los Bray.

—¿Por qué? —indagó Doyle.

—Lo desconocemos. Desde que supe que a Clive le interesaba el tema, he asignado un grupo de hombres a que lo investigaran. Hace dos meses aproximadamente y por razones ajenas al caso de los Bray detuvimos a dos de los cabecillas de la comunidad irlandesa e ingresaron en prisión preventiva. Están a la espera de ser juzgados.

—¿Qué querrían los irlandeses de los Bray?

—Quizá la pregunta sea ¿qué querrían los Bray de los irlandeses?

Clive se volvió hacia Torchwell.

—¿Por qué lo dices?

Torchwell suspiró descontento.

—Algo se está cociendo y nos va a estallar en la cara si no nos movemos.

—Entonces, hagámoslo —insinuó Rob.

La dispar mirada de Torchwell ardió repentinamente hasta que Clive contestó, adelantándose a lo que fuera a decir su amigo.

—Mañana mismo me reincorporaré al trabajo y ordenaré que…

—De eso nada.

Todos quedaron callados con la seca intervención de Torchwell. Stevens ni se inmutó.

—…se emita una orden de búsqueda de Adam Cudler en la ciudad y que se…

—No lo harás, Clive.

—…indague en el ejército por si consta unido a filas como comandante.

—¡Clive! —al superintendente Torchwell parecía estar agotándosele la paciencia.

—¿¡Qué!?

Y también a Clive.

—Que no… estás… en… condiciones…

—Y eso quien lo dice, ¿tú?

—No. El doctor hace tres horas cuando te ha examinado.

Clive casi balbuceó sin saber qué contestar mientras su amigo ponía una inmensa cara de total satisfacción.

—Al cuerno con el médico. No me quedaré quieto sin hacer nada.

El rostro de Torchwell enrojeció levemente y Doyle podría jurar que no era algo habitual en el hombre por la mirada entre asombrada y alucinada de Stevens. El tenso cuerpo de Torchwell se relajó, pero se veía a la legua que más que una relajación propia de una rendición era una relajación en preparación de una próxima y esperada e incluso deseada confrontación. Pobre Stevens. Le iba a caer una buena en cuanto ellos desaparecieran del mapa. Y por la expresión taciturna de Clive no se iba a dejar apabullar sin una buena pelea por su parte. Vaticinaba la llegada de problemas. Se olía en el aire. Al menos disponían de nuevas pistas a las que aferrarse.

*****

Capítulo 14

I

Más de tres semanas casada y ni un mísero recuerdo brotaba atesorado en su mente, salvo breves retazos que se filtraban repentinamente y formaban imágenes en sus retinas. La última había sido la de un anciano, no…, más bien un desmadejado y raquítico viejecillo que al parecer había oficiado su boda y quien, según la humorística versión ofrecida por su marido, no la había casado consigo mismo por los pelos y a él lo había besado con sorprendente efusión.

Lo que al parecer permanecía inalterado en el tiempo era la capacidad del Club para adentrarse en problemas con una frecuencia desconcertante. Y dicha cualidad se había pegado a su reciente marido, hermano y acompañantes. Más concretamente al pobre Clive quien mostraba todavía secuelas del disparo en la cabeza en forma de leves jaquecas y del golpetazo en la espalda al chocar contra la pared como consecuencia del impacto recibido. La reunión en el domicilio de Clive, el día anterior, había discurrido como tristemente preveían. No le sonaba el tal comandante Wandsworth. La investigación en relación a Adam Cudler no había dado fruto alguno y como había adelantado Rob, por lo menos en tres casos, en las parejas secuestradas la mujer no estaba embarazada.

Le había impresionado el superintendente Torchwell. Mucho. Dejando aparte lo obvio, que toda mujer apreciaría a primera vista, era directo, preciso, su mirada brillaba llena de inteligencia y le encantaba la manera en que interaccionaba con Clive. Le complacería tanto dar con la endemoniada mujer que los había enredado hasta tal punto que todos habían caído de cabeza en su trampa y sufrido por ello. La misma que había herido a Clive.

Estiró los agarrotados músculos de su cuello para quedar de nuevo en la misma posición que antes. Había desperdiciado una hora revolviendo entre sus enseres para ver si daba con algo, con algún objeto familiar que abriera un fragmento de su memoria y al que siguiera el resto de manera encadenada. Ni siquiera el vestido de novia había servido para algo. Suspiró desesperada hasta que sus ojos se dirigieron de nuevo hacia el mayor y más bendito de los regalos que había recibido en su vida aparte de su marido. Se encontraba junto al ventanal de su habitación completamente embobada deslizando su relajada mirada por el rostro, las manitas, los piececitos del delicado y sonrosado bebé que la había enamorado con su dulce mirada y hermosos balbuceos. Doyle le había relatado lo que había ocurrido la noche que salvaron al pequeño trocito de vida que dormía plácidamente tendida en la blanda cunita ubicada a su lado, respirando con ese diminuto pecho, los sedosos puñitos relajados y la boquita entreabierta. Era tan bonita y la necesidad de protegerla tan poderosa que por un instante se sintió la mujer más aguerrida del mundo. Su hija. Su preciosa hija.

—¿Es cierto?

El sobresalto al escuchar a su espalda la voz de Lizzie, casi la hizo desmayarse. No la había oído acercarse, ni la puerta abrirse, ni los ligeros pasos adentrarse en su habitación. Una sensación inquietante se coló en su pecho y una horrible premonición la acompañó, pero no pudo precisarla, ni identificarla. Se sintió acorralada, sin saber la exacta razón para ello. Apretó los puños para detener el suave temblor que le recorrió el cuerpo y se levantó con cautela. Llena de desconfianza se colocó entre el bebé que protegería ante todo y una de las mujeres que más dolor le había provocado en su vida, gratuitamente, por el mero hecho de poder causarlo. Por el simple placer de humillarla.

Nunca había entendido la razón por la que sus hermanastras la odiaban. Desde el primer momento en que posaron sus ojos en ella, la despreciaron por no ser hermosa, por desentonar a su lado, se rieron de ella por ser diferente, y eso dolía tanto. La humillaban y la culpaban por alejar a sus pretendientes, sin pensar que quizá ella ansiaba tanto como ellas ser feliz, encontrar a un hombre que la amara y apreciara por lo que era, una buena mujer. Solo eso. Amar y ser amada.

No poder recordar el estado en el que se encontraba la relación con sus hermanas…, con sus hermanastras, al perder la memoria, la volvía tan insegura.

Lentamente avanzó un paso distanciándose del lugar que ocupaba frente a la ventana, alejándose de su pequeño bebé, y se volvió hacia Lizzie, atrayendo hacia ella su atención. No entendía esa repentina necesidad de aislar a la pequeña Rose de su hermana, de separar a ambas cuanto fuera posible, pero ahí estaba. Lizzie seguía siendo tan hermosa como siempre pese al rictus de amargura que nunca llegaba a desaparecer completamente de sus labios.

—Dime, ¿es cierto? —repitió Lizzie y una sombra de incertidumbre velaba su mirada. Una fría sombra.

—¿A qué te refieres?

—¿No recuerdas lo ocurrido desde antes de la boda?

Sin poder impedirlo, Julia dirigió la mirada hacia el lugar por el que había entrado Lizzie.

—¿Dónde está Emma?

—Ocupada.

El ahogo que anegaba su pecho aumentó al sentir la tensión en el cuerpo de Lizzie.

—¿En qué?

—No es asunto tuyo. Veo que es cierto lo que dicen.

Fue a contestar, a hablar, pero no tuvo oportunidad al brotar la intimidante voz de su hermanastra.

—Debiste morir tú, no ellos.

Fue escuchar esas palabras y el pequeño resquicio de esperanza que todavía guardaba en su pecho desapareció. Ese tonto e inútil deseo de que la quisieran un poco, tan solo un poco, se rompió en mil pedazos estallando en su pecho. Dolió tanto que el inmenso nudo atrapado en su garganta impidió lo que su destrozado corazón le pedía a gritos. Derrumbarse. Un suave gorjeo a su espalda le recordó lo que por un instante había olvidado, que ahora tenía demasiado que perder y un mundo, una familia por lo que luchar.

—Siempre desentonaste. Siempre. Y él te adoraba. Sin ti padre nos hubiera amado como merecíamos, hubiera hecho cuanto queríamos, pero ahí estabas tú, desarrapada y tan parecida a tu madre, como un maldito fantasma que no le permitía dejar atrás su anterior vida. Madre te odiaba porque le impedías que olvidara.

El nudo de su cuello se retorció al darse cuenta del placer que sentía Lizzie al hacerle daño, al destrozarla.

—Te aborrezco ¿sabes? Tan grande, tan fea, y conseguiste lo que yo siempre quise tener. ¿Cómo es posible?

Se sentía incapaz de hablar. Completamente muda. Una sombra de locura rozaba la superficie de esos azules ojos que no apartaban la vista de ella.

—Un marido rico y… —una agria risa rompió la seca frase— hermoso. Un bebé precioso —la rabiosa mirada quedó prendada un angustioso segundo de la cunita en la que reposaba Rose y el terror resurgió en su pecho—. Un cuñado, amigos, un personal que parece adorarte. ¿Cómo los engañaste?

Lizzie parecía esperar una respuesta que ella no podía dar.

—Pero no durará…

La esbelta figura de su hermanastra se aproximó con un lento balanceo y ella no vaciló. No permitiría que esa mujer tocara a su bebé. Por su mente pasó la posibilidad de gritar pidiendo ayuda, pero la desechó. No con su bebé en el mismo cuarto en el que podría brotar una pelea. Nunca se arriesgaría tanto.

—No te acerques, Lizzie.

Los azules ojos brillaron desquiciados.

—¿Qué temes, que te arrebate a ese trocito de carne que tratas de esconder? ¿Para qué la querría? —el brillo se acrecentó—. Dime, Julia, ¿sufrirías si la perdieses? ¿Lo harías?

Por Dios, estaba trastornada. Sentía la furia, el rencor y el odio emanar de la perfecta y fría figura que parecía encerrar tanto rechazo en su interior.

—¿Te dolería perder cuanto tienes?

Alivio. Descanso. Protección y refugio. Todo eso y más fue lo que sintió al percibir de reojo la inmensa figura de su marido que con sorprendente sigilo cruzaba el umbral de su habitación, pasando completamente desapercibido a la enconada mujer que mantenía su atención fija en ella, de manera obsesiva.

—Contesta, Julia, ¿qué sentirías si te dijera que vas a morir y tu bebé no llegará a conocerte, que tu marido te olvidará en un abrir y cerrar de ojos porque sencillamente no vales lo suficiente, porque…?

Seguía sin intuir la presencia de Doyle cada vez más cerca, a su espalda. La expresión de su marido parecía el rostro de un desconocido. Retorcido de ira, los iris más plateados que nunca. Tan helados y al tiempo tan ardientes de furia que por un instante temió que golpeara a la mujer que seguía lanzando venenosas palabras sin descanso. Venenosas y dañinas. Quedó estático tras Lizzie hasta que se inclinó lentamente hacia ella y susurró algo a su oído, por detrás. Ni queriendo podría olvidar la expresión en la faz de su hermanastra al escuchar las palabras que a ella inundaron de una extraña mezcla de sentimientos. Asombro, sensación de protección, seguridad y también un resquicio de angustia que persistía en una pequeña parte de su corazón. Como si alejarlas a ellas, a sus hermanastras, supusiera romper con el pasado, quebrar la posibilidad de que en el fondo, muy en el fondo sus hermanas no la desdeñaran. ¿Cómo explicarlo a su marido, quien solo veía el odio y la intención de dañar en las crueles palabras que había escuchado? No podía, porque a veces ni siquiera ella comprendía esa necesidad.

El profundo sonido que surgió del pecho de Doyle pareció retumbar en la habitación pese a que las palabras fueron dichas en un tono suave, definido, tajante.

—Amenaza de nuevo a mi mujer o a mi hija y no saldrás entera de esta habitación.

Demacrada. Esa fue la palabra que le vino a la mente al observar la reacción de Lizzie al rudo sonido cercano a su oído y la lividez fue a peor con las palabras que siguieron, afiladas, rabiosas e imposibles de malinterpretar.

—Tenéis dos días para abandonar nuestro hogar, y créeme, zorra, no os echo a patadas de inmediato por ella, por mi mujer, porque pese a todo, una pequeña parte de ella os quiere —casi se palpaba la tremenda contención que su marido estaba ejercitando sobre si mismo—. *Dos días.* Y ahora, sal de inmediato de nuestro maldito cuarto antes de que pierda la razón y recuerde lo que acabo de escuchar brotando de tus repugnantes labios.

Por un segundo Lizzie pareció quedar paralizada.

—Ya.

La última palabra de Doyle fue el detonante para que su hermanastra apretara los labios y con la mirada llena de puro rencor dirigida a ella, se alejara del hombre que no le dejaba otra opción. No tardó en salir dejándolos solos.

Desde el lugar que ocupaba Doyle dudó. Con los transparentes ojos fijos en ella, no parecía saber cómo reaccionar, como si esperara que ella lo rechazara o recriminara sus palabras o actitud. Rígido, con esos hermosos ojos, vacilantes. No podía permitirlo. Sin apartar su mirada de esos iris, se acercó hasta quedar pegada a él y suavemente le agarró las solapas de la chaqueta aún húmeda y fría de la calle.

—Gracias.

Mágico. El cambio que esa simple palabra obró en el hombre que seguía mirándola expectante fue mágico. Los labios de su marido temblaron levemente, dejando paso la tensión al alivio. Los preciosos ojos brillaron dando vía libre a la comprensión, a la certeza de que había actuado bien, siguiendo los dictados de su instinto, pese a saber que quizá a ella le dolería.

—Lo siento tanto, cielo. Sé que esa pequeña esperanza todavía estaba aquí... —la inmensa palma quedó presionada contra el lugar que ocupaba su corazón— escondida y yo acabo de destrozarla con mis...

—No. Tú no. Ella —con su propia mano presionó la de su marido agarrándola con fuerza—. Si hubiera sido solo yo, un insulto más, un rechazo más no es nada nuevo, pero no permitiría que a nuestro bebé le hicieran lo mismo. Nunca, y por eso, marido, te quiero. Tanto que a veces da miedo ¿sabes?

La suave sonrisa que apareció en los carnosos labios de su marido le dio a entender que la comprendía perfectamente. Un hermoso sonido emanó de la cunita que ella había tratado de proteger.

—¿Estás segura?

—Lo estoy. Completamente. Pero no olvidarán, Doyle. Ellas no me perdonarán, nunca lo harán. ¿Y si…?

El inmenso cuerpo se relajó totalmente junto a ella, mirándola desde su altura, hasta que posó uno de sus dedos en sus labios, silenciándola.

—Las tendré vigiladas hasta que salgan definitivamente de esta casa y no volveremos a verlas. Nunca dejaré que vuelvan a hacerte daño, amor. Jamás. No me pidas que lo haga.

El dolor en el pecho desapareció junto con la decisión que habían tomado. Por ella, por Rose, por su nueva familia.

—No lo haré.

La suave caricia en su mejilla parecía querer grabar sus rasgos con el tacto de esa mano, hasta que un dulce sonido distrajo a su marido, provocando que se volviera ligeramente en dirección al ventanal. Un maravilloso sonido.

—Creo que nuestra hija aprueba lo que acabo de hacer, esposa.

Tras darle un beso en la comisura del labio y colocar un suelto mechón tras su oreja con dulzura, la inmensa figura se asomó al pequeño lecho, inclinándose para coger entre sus brazos a su bebé. Adoraba la manera en que esas enormes manos sujetaban a la pequeña Rose, como si se tratara del mayor tesoro para él, delicado y tan querido. Apenas ocupaba una pequeña parte de la inmensa extensión de ese pecho y a ella parecía encantarle que le diera suaves palmaditas en la diminuta espalda y que rozara la pelusilla que cubría la pequeña cabecita con sus labios.

Una inmensa opresión se centró en su pecho. Dios santo, los quería tanto que siguió su instinto acercándose a ellos, envolviéndolos con sus brazos, oliendo la mezcla de su olor, masculino, fuerte y el de su pequeñita, a dulce de galleta y talco.

Sobre la pequeña cabecita unieron sus labios, sosegados, una vez y otra, suavemente. Labio contra labio. Conocidos, amados. Unidos. Su hogar. Sus amores.

Sentía la cabeza palpitando incansable y conocer lo que estaba por venir solamente servía para empeorar la creciente sensación. Le habían dejado solo unos minutos y si no terminaba de vestirse, la enorme y tensa figura de Ross era capaz de echar la puerta abajo para asegurarse de que no había caído redondo del esfuerzo por vestirse y sentirse humano de nuevo. No lo reconocería pero estaba realmente cansado. Hasta los párpados le pesaban.

Con lentitud recorrió con la yema del dedo la cicatriz de la herida que poco había faltado para que acabara con él. Unos centímetros hacia su izquierda y no lo hubiera contado. Gracias a sus reflejos, que por una vez había respondido correctamente a su habitualmente torpe percepción, no estaba criando malvas. Acercó el rostro al estrecho y algo envejecido espejo. Le quedaría un feo recuerdo para siempre en forma de irregular cicatriz anclada en su sien derecha.

A las damas no les agradaría. Resopló. Total, siempre era Ross el que acaparaba todas las ansiosas y acaloradas miradas femeninas. Él, con sus pecas y aniñado rostro recibía como mucho un par de miradas interesadas de soslayo hasta que aparecía la asombrosa figura y rostro de su mejor amigo. Entonces sus posibilidades se reducían a cero. Sonrió con algo de picardía. Quizá la cicatriz atrajera alguna mirada de más de alguna hermosa damisela que lograra fastidiar a Ross. El cabrón estaba demasiado acostumbrado a ser el más guapo y deseado del baile.

—Como no salgas en dos segundos, entro yo estés vestido o como Dios te trajo al mundo.

Demonios, era un mandón.

—¡Ya salgo!

—¿Vestido?

—No, en paños menores, ¡no te digo! Total, todo el mundo me ha visto el trasero a estas alturas.

Una bronca risa llegó desde el otro lado de la puerta. Al menos parecía estar de buen humor, aunque eso podía cambiar en cualquier momento, en cuanto le llevara la contraria. Pensándolo bien, seguro que terminaban cabreados al final del día. Últimamente Ross parecía echar pestes y su objetivo preferido era provocarle a él. Nada fuera de lo normal desde que la primera y espantosa visión al recuperar la consciencia tras ser herido, habían sido los extraños ojos de su mejor amigo, clavados en él como retándole a volver al mundo de los vivos, a fuerza de puro tesón.

La suave corriente al abrirse de sopetón la puerta del cuarto arrastró consigo la grave voz de Ross.

—Demonios, Ross… —ojeó el reloj ubicado sobre el destartalado mueble que se negaba a retirar de su cuarto, pero fue incapaz de distinguir a esa distancia las agujas que marcaban la hora— tres minutos.

—¿Hum?

—Ese es el tiempo que has aguantado fuera para que terminara de vestirme. Tres minutos.

El resoplido de impaciencia no tardó en llegar.

—Tardas mucho y nos espera tu amiguito Norris en el despacho. Además, ni que fueras una debutante que acude a su primer baile de temporada —la dispar mirada de Ross, quedó fija en algún punto en su pecho.

Maldición.

—Clive, te has atado mal la camisa.

Le iba a dar un ataque de nervios en cualquier momento. Se miró al espejo y este le devolvió su imagen ligeramente desenfocada.

—Además, por mucho que te mires las pecas en el espejo no van a desaparecer. Vas a seguir igual de feo que siempre.

—Ja, ja, ja. Muy gracioso.

La altísima y algo borrosa forma de su mejor amigo se reflejó tras él en el espejo mientras terminaba de acomodarse la chaqueta oscura. Alzó la vista mientras se recolocaba la camisa y la enfrentó a la curiosa mirada que, sobre su hombro, parecía recorrerle para asegurarse de que todo estaba en su sitio correctamente colocado. Tenía que desviar su atención. Intuía que el muy terco comenzaba a sospechar que algo no iba bien, pero antes se dejaría cortar la lengua que admitir que durante los últimos meses había perdido algo de vista. Al menos si entrecerraba los ojos, percibía con claridad las imágenes, pero Ross era demasiado perceptivo como para pasar por alto las extrañas muecas que mostraba al tratar de forzar la vista. Estaba comenzando a ponerle a prueba el muy…

—¿Me vas a dar la charla de nuevo? —preguntó a la presencia que sentía casi intimidante a su espalda.

—¿Serviría de algo más que no sea malgastar saliva?

—Si me dieras motivos suficientes y lógicos para dejar la investigación, puede que te escuchara, pero únicamente en lo referente a extremar las precauciones. Apartarme del caso es impensable y más teniendo en cuenta que alguien debe entrevistar a Julia en relación a la muerte de su padre.

Las arqueadas cejas de Ross denotaron pura curiosidad.

—Tenía pendiente hablar con ella ya que me niego a que esa mujer pase por ese mal trago con otro policía que le resulte desconocido, pero con su boda de por medio, la emboscada en la casa y mi herida, no he tenido ocasión. El tiempo se nos echa encima.

—¿No dijiste que había perdido la memoria?

—Retazos de memoria. Sea como fuere, he de hablar con ella y cuanto antes. Ya he mandado aviso a su hogar para avisar de mi llegada.

Apretó los dientes esperando el estallido.

—¿Cuándo?

—Justo después de hablar con Rob.

El ligero revuelo a su espalda fue inmediato.

—¡A ti la herida te ha revuelto el cerebro! ¡Puedes sufrir una recaída!

Se negaba a discutir por enésima vez.

—Si mi cerebro no ha explotado ya, no creo que lo vaya a hacer… —soltó una risilla— y menos después de ver tu fea cara al despertar del golpe.

Esperó una nueva protesta, un berrido e incluso un grito, pero lo que sintió fue un suave roce sobre su hombro al que no dio importancia. En ocasiones el espacio personal era un concepto desconocido para Ross y tampoco se giró. Permaneció con la vista clavada en su propia y distorsionada imagen hasta que el silencio pareció empequeñecer la ya de por sí menuda habitación. Esta no tardó en llenarse con la bronca y baja voz de su mejor amigo.

—Me preocupas.

Casi, casi sonrió.

—Eso no es nada nuevo.

El grave tono de voz de Ross no pareció impregnarse de su buen humor. Si cabe lo sintió oscurecerse, junto con los rayos de luz que iluminaban el cuarto, cada vez más apagado.

—Te dejarás arrastrar de nuevo y quizá esta vez…

Suspiró agotado. Había perdido la cuenta de las veces que habían mantenido la misma conversación, las mismas palabras, en diferente orden, con distinta entonación, a gritos incluso pero el mismo significado. Inalterable.

—No es porque sean mis amigos, Ross, ni por cabrearte o llevarte la contraria, y lo sabes aunque te niegues a admitirlo. Las familias de esos hombres muertos a golpes merecen respuestas, Julia necesita saber lo que ocurrió con su padre, con su madrastra y el lugar de los Bray es la cárcel, y lo sabes. Son mala gente y los quiero presos y si eso significa ponerme en peligro nuevamente, lo haré porque es mi jodido deber.

Seguían sin mover un músculo. Cada uno en su posición. Con un impulso se volvió, reaccionando Ross dando un par de pasos hacia atrás, distanciándose un poco.

—Dime que tú no harías lo mismo. Hazlo si puedes.

—Maldita sea, pecoso. Me conoces demasiado para mi propio bien, pero yo no...

Calló de repente.

—¿Qué?

—Nada.

—Venga ya, ¿qué ibas a decir?

—Iré contigo.

Eso no lo esperaba.

—¡Ni hablar!

Ross se cuadró como cuando estaban en el mismo regimiento e iban de incursión. Tenso, preparado para luchar.

—Voy contigo a casa de los Brandon o tiro de rango e impido que te reincorpores al trabajo. Tú eliges.

No se lo podía creer...

—No fastidies, Ross. ¿Y qué les digo para explicar tu presencia? ¿Qué no puedo vivir sin mi mejor amiguito y que voy a todas partes con él? ¿Qué eres mi sombra? —casi, casi dio un zapatazo en el suelo de la rabieta que estaba a punto de darle—. A ver genio, dime, ¿qué diablos les digo?

—¿Qué me quieres y no puedes vivir sin mí?

Lleno de pasmo, observó la sonrisilla afectada que curvaba los labios de su amigo.

—Eres idiota, un completo y engreído idiota.

—Puede, pecoso pero aún así, iré contigo —sentenció Ross como si le estuviera anunciando lo más lógico y sensato del universo.

—¿Y si te digo que no?

—Tiraré de rango y asumiré yo la investigación.

Boqueó como un pez fuera del agua.

—¿Te vas a ahogar del pasmo, pecoso?

Cerró la boca de un golpetazo.

—No lo harías.

El enorme cuerpo de Ross se inclinó levemente en su dirección.

—Pruébame.

Vaya si lo haría el muy condenado. Tenía esa endemoniada mirada que él identificaba al momento y que indicaba que llegaría hasta el final, por encima de todo. Y tanto que lo conocía. No habría forma de sacarle información o que se echara atrás si él no quería, por lo que resignado y tras apuñalarle con la mirada asintió, murmuró un insultante *eres como una vieja mula*, apenas perceptible, y con el puño cerrado le dio un suave golpe en el inmenso y fornido hombro que permanecía a su alcance, lo suficiente como para verle con claridad. Era su extraña manera de decirle que por esta vez daría su brazo a torcer, que le quería aunque no se lo mereciera, sobre todo por su obsesiva terquedad, y que dejara de preocuparse de una puñetera vez, que parecía su madre o su esposa y no su mejor amigo. La jocosa idea hizo que brotara una sonrisilla en su boca. El hermoso rostro de Ross se relajó y algo extraño cruzó por esos impresionantes ojos. Algo indefinible que no estaba seguro de poder averiguar.

Se encogió de hombros, olvidándolo junto con la leve inquietud que le causó, porque tratar de descifrar al hombre más complejo que había conocido en su puta vida suponía un desgaste de energía que sabía inútil, si él no quería que lo comprendieran. Con un suave golpe en la hombrera de la chaqueta de su mejor amigo, le indicó el camino a la puerta de la habitación, a la que se dirigieron acompañados de un cómodo silencio, para bajar hacia la planta baja en la que les esperaba Rob Norris junto con uno de sus hombres llamado Wilkes, pero antes debía asegurarse de una cosa. De reojillo observó intranquilo la mueca en los labios de su amigo. La antesala al más que previsible altercado con Rob. Debía evitarlo como fuera.

—Jura que te comportarás.

—Yo siempre me comporto como el caballero que soy.

Casi se atragantó del descaro que exhibía Ross sin una pizca de desvergüenza pero, para no variar, la mirada de advertencia que le lanzó no le afectó en absoluto.

—Será en tus sueños —inclinó la cabeza hacia el hombre que bajaba con felina fluidez los escalones mientras que él parecía bajarlos a trompicones. A veces odiaba sus cortas piernas—. ¿Algún día me explicarás por qué sientes ese irracional rechazo hacia Rob?

—¿Algún día me explicarás por qué lo arriesgas todo cuando te lo pide?

El ceño fruncido no auguraba nada bueno y menos una sosegada y provechosa reunión. La ácida y sarcástica pregunta le sorprendió ya que no era así, él no lo veía así.

—¡Eso no es así!

—Lo es.

—¡No lo es!

El gruñido brotó de la garganta de su mejor amigo, a su lado.

—Dos veces.

¿Eh? Le reventaban sus bien asentados esquemas cada vez que cambiaba la conversación en curso sin avisarle y lo dejaba completamente estancado tratando de leer su expresión. Justamente como en ese momento. Con el transcurso del tiempo había llegado a pensar que lo hacía a propósito para despistarle, descentrarle y mangonearle en sus momentos bajos y para empeorar el caso, sus expresiones eran imposibles de interpretar cuando se cerraba a cal y canto.

—Esas son las ocasiones en que gracias a ellos te has metido en líos. En la primera acudí al rescate al jodido burdel y en el segundo, en el segundo casi te matan y…

Ross calló como si le resultara imposible seguir el curso de la frase, dejándole desconcertado con el tono que había adquirido su voz, por lo que decidió detenerse de golpe en el penúltimo escalón obligando a su mejor amigo a que parara si deseaba seguir con la conversación. También odiaba que pese a la diferencia de altura de los escalones en los que ambos permanecían erguidos, habiendo quedado quieto él en el superior, Ross lo superara en estatura.

Toda la culpa la tenían sus malditas piernas. Había sacado las piernas de su padre y las pecas junto con el cabello rojizo de su madre. Gracias a los hados no había heredado nada de su abuela Clotilde. Bueno, quizá su desastrosa visión.

Se dio cuenta de que Ross lo miraba ensimismado, sabiendo que su mente se había desviado hacia derroteros insospechados.

—¿Ya estamos en las nubes de nuevo, pecoso?

—No.

—Querrás decir que sí.

—Me agotas la paciencia.

—Tampoco es que tengas mucha.

Se alejaba o le lanzaba una patada, por lo que optó, en su lugar, por descender de un salto los dos escalones que restaban para pisar el firme suelo de la entrada a su casa, tras bufarle en contestación a su atontada afirmación. Se adelantó a Ross y enfiló hacia su despacho, escuchando tras de sí el mosqueante sonido de la profunda risa de su mejor amigo. A veces lo estrangularía. Un día iba a coger carrerilla y abalanzarse sobre su persona para demostrarle que podía con él, que podía sorprenderle, aunque en la triste realidad no fuera así ni por asomo, pero es que a veces soñar despierto aligeraba el alma y el buen humor. Simplemente para darle un buen susto. Eso... El susto de su vida. Y los cerdos vuelan...

Suspiró antes de abrir la puerta a la discusión que se avecinaba sin poder evitarlo, pero no sin antes lanzar una huraña mirada de advertencia a su mejor amigo. Le importaba un carajo que Ross no soportara a Rob porque esa inquina no tenía razón de ser. Era irracional y si algo no encajaba con Ross era eso mismo, una conducta completamente disparatada.

Debía ser la edad y las rarezas propias de ella.

III

Empezaba mal la reunión ya que a Clive le acompañaba el engreído ese que siempre lo ojeaba con mirada aviesa y que lo desconcertaba porque no sabía muy bien la razón de su enconamiento. Lo que tenía claro era que el origen estaba en el hombre que lo antecedía y que, gracias a los cielos, parecía estar recuperándose a pasos agigantados.

Mucha suerte. Habían sido afortunados porque poco había faltado para una desgracia. La cicatriz en el rostro de Clive destacaba a distancia. Pálida y enrojecida, aún cicatrizando. Realmente muy poco. Clive estrechó su mano extendida mientras el otro, Torchwell, ni siquiera se le acercó. Simplemente se ubicó con la espalda contra la pared, en el lugar idóneo para controlar la habitación en su totalidad. Sintió a Wilkes tensarse a su vera por estar en presencia de dos superintendentes, pero sobre todo ante la amenazadora presencia de Torchwell.

—Ya veo que estás mejor, amigo —le lanzó a Clive.

La sonrisa en la cara pecosa lo hizo parecer más joven y desenfadado.

—Quita las ligeras jaquecas y estaría como una verdadera rosa.

—Todo llegará, amigo. Un poco de paciencia.

Desde el otro lado del despacho surgió una grave voz.

—Cualidad que no le caracteriza.

Clive se giró como una tromba hacia Torchwell.

—La promesa, recuerda la promesa.

—Que no hice, si no recuerdo mal.

Los dos hombres parecían hablar en clave, hasta que Stevens farfulló un quedo *diablos* y se volvió de nuevo hacia él.

—Tenía pensado pasar por casa de los Brandon más tarde para hablar con Julia —al fondo se escuchó una aclaración que se pareció a un *teníamos pensado* a la que Clive hizo caso omiso—. ¿Qué te trae por aquí?

—¿Recuerdas a los hombres que atrapamos en el agujero de los Bray?

—Sí.

—Conocen a Adam Cudler.

Eso agudizó los sentidos de los dos hombres que lo observaban atentamente, pero ambos callaron a la espera de la continuación.

—Es uno de los hombres de confianza de los Bray.

Clive y Torchwell se miraron un breve instante hasta que este último preguntó, con voz cortante.

—¿Otra posible trampa?

Exactamente lo mismo que había pensado él.

—Puede, pero no lo sabremos hasta dar con él y hacerlo no va a ser fácil.

IV

—Podemos dejarlo para otra ocasión.

La profunda voz de su marido la sacó de su ensimismamiento. Dejarlo. En parte desearía hacerlo, pero por otra ansiaba que atraparan a los asesinos de su padre. Le costaba tanto referirse o pensar en ello. Tres pares de ojos a cada cual más azorado permanecían fijos en ella, inquietos por su inesperada distracción.

—No. Necesito saber.

Sus ojos castaños se pegaron a los grises logrando que el pecoso cutis de Clive Stevens se arrebolara y tragara en rápida sucesión. Sentado frente a ella con las manos en las rodillas parecía a punto de enfrentarse a un pelotón de fusilamiento.

—Apenas disponemos de datos de lo que pudo ocurrir, Julia, pero estoy convencido de que alguien del interior tomó parte en el crimen.

¿Del interior?

—No te entiendo.

Clive continuó.

—Tus hermanastras y la criada no han facilitado datos, salvo una pista que ha llevado a un callejón sin salida.

—¿Cuál?

—¿Sabes si se veía la criada con algún pretendiente?

Por su mente circuló la silenciosa e imprecisa figura de un hombre.

—Creo que sí.

—¿Lo recuerdas con claridad?

Suspiró. Si se fijara más en los detalles, en las personas, y no tanto en sus libros.

—No, lo siento.

Nada dijo pero la contrariedad se plasmó en el agradable rostro de Clive.

—Cierre los ojos, señora.

La profunda voz del inmenso y hermoso hombre colocado a la derecha de Clive, las rodillas rozándose, la sobresaltó. Tenía una hermosa voz, relajante y apaciguadora. Atrayente. Desconcertada miró a Doyle un segundo y apreció la misma confusión en su semblante, pero algo le impulsó a seguir las indicaciones de ese hombre, Ross Torchwell, pese a escuchar un *¿qué diantre haces, Ross?* lanzado por Clive, seguido de un suave mascullar del primero.

—Relaje el cuerpo y respire con tranquilidad, señora, y trate de recordar la última vez que vio a ese hombre. Con tranquilidad, sin forzar el recuerdo. Deje que este venga.

Dios santo, la voz era cautivadora, de una manera tan extraña y atrayente.

Cerró los ojos y respiró profundamente. La cocina de su hogar. No, de su antiguo hogar, con la mesa de pulida y marcada madera en el mismo centro. Sonrió. Un leve resquicio de olor a manteca derretida, harina de maíz, fruta fresca y tabaco de pipa, fuerte pero muy familiar. Ella iba en busca de algo para saciar la sed, intentando desechar la pereza, calentar agua y preparar un té, aunque era tarde, casi medianoche.

Creía estar a solas pero un exiguo ruido la distrajo. Dos figuras estaban en la puerta y esta permanecía entreabierta dejando entrar un frío cortante del exterior.

La menuda y redonda figura de Bridget se perfilaba a la luz de la luna y la de un candelabro posado en la mesita cercana a la entrada. Hablaba con otra persona a la que no alcanzaba a ver, únicamente a escuchar. Tenía un deje ronco, rasgado, en el hablar. Se alejó dos pasos para no interrumpir y salir de la cocina cuando el hombre se acercó a Bridget. Alto, moreno, bien formado y apuesto, con unos ojos claros que clavó en los suyos, directamente, mientras se inclinaba para besar los labios de Bridget.

Su corazón se desbocó. Exactamente del mismo modo en que ocurrió aquel día. Esa brillante mirada, fija en ella, sin apartarla, al tiempo que besaba a otra mujer le causó desazón. Abrió los ojos con el recuerdo lejano de huir, de necesitar alejarse de esos ojos que la observaban como si fuera a ella a quien besaba. No se volvió a repetir.

—Lo vi en una ocasión y me miró…, me miró… —se retorció las manos hasta que la calidez de la piel de su marido al envolverlas con la suya, la tranquilizó.

—¿Podrías describirlo?

—Muy alto, quizá de la altura de Doyle… —su mirada se desvió levemente hacia Torchwell— pero no tanto como el superintendente. Moreno, el cabello muy oscuro y liso, corto. Rasgos apuestos. Sin vello facial y ojos muy claros. Seguramente azules.

Según se adentraba en la descripción, la rigidez se iba apoderando del cuerpo de Clive, lentamente, hasta que no pudo aguantar la incertidumbre.

—¿Qué ocurre?

—Creo que el hombre que viste, Julia, era Roland Bray.

V

Que Stevens estuviera acompañado dificultaba la entrada a la vieja casa y llevar a cabo su plan. Maldita sea, tendría que organizar todo al dedillo pero era difícil, sobre todo con el depravado de O´Keefe controlando cada unos de sus pasos y movimientos.

Desconocía de dónde había salido el hombre que no dejaba al superintendente a sol ni a sombra desde que había resultado herido, pero era intuitivo el muy puñetero. Mantenían vigilada la casa pero en más de una ocasión esos putos e inquietantes ojos se habían desviado hacía las sombras que los cobijaban envueltos en oscuridad. Casi como si los oliera.

No le gustaba el rumbo que estaba tomando la maldita situación. No con el endiablado invitado de Stevens de por medio. Lo había investigado y un pequeño nudo de alarma se le había asentado en las tripas y ahí se había quedado desde entonces. Con ese hombre estaban en la cuerda floja porque era imprevisible, extremadamente inteligente, aún más peligroso, y era amigo íntimo del hombre al que había decidido relatar el horror que se les venía a todos encima. Su historial hablaba por sí mismo. Otro endiablado polizonte y de los buenos. El peor al que uno se podía enfrentar.

La calleja ya estaba completamente oscura y las dos ventanas que daban a la calle en el primer piso y la de la cocina en la planta baja estaban encendidas, vislumbrándose de tanto en tanto el paso de una figura al trasluz. Únicamente quedaba esperar la hora convenida. A su espalda escuchó el movimiento impaciente de los pies de uno de los hombres que los hermanos le habían asignado. Torpe y ruidoso. Los demás se unirían a la fiesta en un par de horas.

Los criados abandonaban la casa a las once. Puntualmente. Ese era el momento de sorprenderlos. Él iría a por Stevens junto con O´Keefe aunque no le gustaba la idea. Conocía de sobra las preferencias de este por el pelo rojo, ya fuera de hembra o de macho, por lo que tendría que atarle en corto. Muy en corto. Los otros emboscarían al peligroso, al que provocaba escalofríos con esa mirada, y conforme al plan que había trazado se reunirían después en el cuarto de Stevens.

Le faltaban un par de detalles pero eran nimios. Lo complicado vendría después, cuando los hombres que lo acompañaban se dieran cuenta de que los estaba traicionando, que rompía las reglas de los Bray, pero no disponía de más tiempo si quería que todo se fuera al demonio.

Un día. Ese era el tiempo del que disponía para poner en antecedentes a Stevens, para que diera la alarma, movilizara a su gente y de una condenada vez Rupert Bray terminara dónde debía. Pudriéndose en prisión lo que le restaba de vida. Solo entonces descansaría, solo entonces ella estaría vengada. Mañana por la noche comenzaría el ataque conjunto y el tiempo discurría veloz, cada vez más.

Calculaba que restaban tres horas para la señalada, las once de la noche. Permanecerían a la espera hasta que se apagaran las luces del primer piso. No había resultado complicado conseguir una copia de la llave de la casa del policía. Un amable y aterrado vecino se la había entregado sin que fuera necesaria demasiada violencia. Solo un poquito de dolor. Sonrió levemente hasta que se dio cuenta del cosquilleo de placer que comenzó a recorrer su cuerpo. Esa vida había terminado para él. Cuando todo finalizara estaría bajo tierra o rumbo al norte, lejos de la odiada ciudad. La sangre correría. La cuestión era a quién salpicaría.

VI

Apartó la oscura colcha y sopesó la posibilidad de colocarse la camisa del pijama, pero sentía calor. La manta le abrigaría y le agradaba sentir la frescura de las sábanas, su suave tacto. Si pudiera vaciar la mente y dejar de pensar unos minutos, un par de minutos para relajarse y poder conciliar el sueño. Apartó las zapatillas y se tendió boca arriba, destapado. Desde que recuperó la consciencia no había dormido bien. Se despertaba continuamente con el pecho martilleando, apretando dientes y puños, pero incapaz de recordar el sueño que le había hecho desvelarse.

La tranquilidad de saber que Ross ocupaba la habitación de invitados junto a la suya no mermaba su agobio y no sabía la razón, pero no había conseguido deshacerse de una fea corazonada. Se incorporó para apagar las velas del candelabro y alcanzó las sábanas arrebujándose bajo ellas, volviéndose de costado con un brazo bajo la almohada. Mañana tratarían de arreglar el enredo que parecía enmarañarse más cada hora que transcurría. Se obligó a relajar los músculos y progresivamente sintió la pesadez invadir lentamente su cuerpo.

VII

Encendió otro cirio y lo ubicó cerca de los demás, sobre la estrecha mesa cubierta de papeles y notas manuscritas con su ilegible caligrafía. Mañana continuaría la caza de Cudler, del tal Wandsworth, y Clive se incorporaría al trabajo. Apretó los labios descontento. Le había tenido que tocar como mejor amigo el hombre más empecinado, atolondrado e insensato del cuerpo de policía, que no solo no dudaba en saltar al río sino que era el primero que se lanzaba de cabeza. Si pudiera meterle algo de sensatez en esa roja cabeza se evitaría unos cuantos disgustos.

Se irguió porque necesitaba estirar las piernas, necesitaba…, no sabía lo que necesitaba para deshacerse de esa condenada opresión en el pecho. Aspiró profundamente junto al cristal de la ventana, la vista clavada de nuevo es esa jodida esquina. Todas las noches desde que ocupaba esta habitación seguía la misma rutina. Tras cenar algo ligero, despedir a los criados y escuchar los refunfuños de Clive se adentraba cada uno en su habitación, escuchaba los suaves movimientos del atolondrado en la habitación contigua hasta que los dejaba de percibir, y se aposentaba junta a la ventana, observando. Incansable. Su instinto jamás le había fallado y este le marcó la necesidad de quedarse junto a Clive y de que algo o alguien los acechaba.

No se permitiría pasar de nuevo por lo mismo. Hace unos días su equilibrado mundo se derrumbó cuando llegó la nota que todavía guardaba, arrugada y destrozada, anunciándole que su mejor amigo estaba herido grave. Dios, perdió la cabeza. No ocurriría de nuevo. No si podía impedirlo. Se avecinaba algo, desconocía el qué, pero no lo pillaría desprevenido o sin luchar.

Agudizó el oído. Un crujido ¿estaría Clive soñando de nuevo? Noche tras noche su mejor amigo despertaba tras una pesadilla, se movía por el cuarto e incluso bajaba a la cocina para retornar después al lecho. La primera noche, tras despertar, había escuchado a través del tabique que los separaba palabras sueltas, gemidos estrangulados y el repentino remover de ropas, por lo que se levantó bruscamente y se encaminó al cuarto de Clive. Tragó el nudo que se le había formado en el cuello. Con esa roja cabeza aún vendada que contrastaba con la blancura del lecho, se retorcía inquieto en la cama al tiempo que él, en pie junto al lecho de su mejor amigo, se sentía incapaz de moverse. Silencioso, tras reaccionar, consiguió calmarle sentándose al borde y posando una mano sobre su costado. Logró calmarle, poco a poco, sin llegar a despertarle.

Otro crujido y una extraña voz al otro lado del tabique. Maldita sea, no sonaba a Clive. Intrusos.

VIII

Otra vez despertó sobresaltado. Salvo que la sensación variaba en esta ocasión. No sentía angustia sino que intuía peligro. Abrió los ojos aún pesados del sueño hasta que lo sintió en la nuca.

¡Maldición! El filo curvado de un arma apoyado contra su indefensa nuca. Maldijo para sus adentros sus preferencias a la hora de dormir, tendido boca abajo. Sintió la corriente de aire en la desnuda espalda y percibió que estaba destapado, quizá por él mismo durante el sueño, aunque intuyó que quien sostenía el arma le había descubierto. Contuvo la respiración porque estaba jodidamente atrapado en esa posición. Movió ligeramente la mano colocada bajo la almohada.

—No te muevas.

Giró un poco la cabeza pero solo alcanzó a ver una enorme sombra a su lado, inclinada sobre él. Le pareció escuchar un susurró cerca de la entreabierta puerta de la habitación. Dios, Ross. También en peligro.

—Llevo esperando este momento mucho tiempo, superintendente. Mucho. Conocer al hombre que se ha convertido en una espina en el costado de los hermanos.

¿De qué infiernos hablaba? Tensó los músculos para sorprenderle. No permitiría que cogieran a Ross por sorpresa. Puede que con él lo hubieran logrado pero no con Ross. El filo desapareció para sentir de inmediato la afilada punta del cuchillo contra su yugular, presionando.

—¿De verdad quieres pelear, chico? —sintió el cálido aliento acercarse hasta rozar su oído—. No te lo aconsejo. No con O´Keefe presente, quien está deseando enseñarte buenos modales.

Una repugnante risa llegó del fondo de la habitación. Otra, brotó cercana a la anterior. Tres. Eran tres hombres, pero ¿cómo demonios habían entrado en su habitación? Su cerebro ardía de la rapidez con que las ideas se apilaban buscando una salida, pero una parte no dejaba de lado lo que podría estar ocurriendo en la habitación de al lado.

—¿Qué queréis?

—A ti, o quizá sea más correcto decir que los Bray te quieren.

Una vez más esa risa macabra al otro lado de la habitación.

—¿Para qué?

Un golpe en la espalda hizo que callara.

—No haces tú las preguntas sino ellos, cuando los tengas delante.

Si creían que iba a ir sin pelear estaban locos.

—Y… un… cuerno.

El peso de una mano cayó sobre su espalda apretándole contra el colchón.

—¿Cómo dices, chico?

—Lo que acabas de oír, imbécil.

La mano ascendió hasta cubrir su nuca tras apartar el cuchillo y apretó su cabeza contra la almohada. Sintió la punta del cuchillo recorrer su espalda, lentamente hasta que se detuvo en medio de las paletillas y presionó. De nuevo sintió la voz, cerca, muy cerca.

—Yo no estaría tan seguro de eso, chico —el cuchillo se separó de la piel y el hombre se volvió hacía uno de los hombres ocultos entre las sombras, al otro lado— O´Keefe, ocúpate de él mientras los demás traen al otro.

No, no, no. Dejó de importarle todo, salvo avisar a Ross, ponerle sobre aviso. Se giró como una exhalación apartando de un golpe el brazo que lo mantenía contra la almohada y lanzó un grito. El nombre de Ross. El cabrón no lo esperaba por lo que no reaccionó al brutal empujón que lo lanzó a un lado. Consiguió ponerse de rodillas para lanzarse hacia el otro lado del lecho, en busca de su arma pero un tremendo topetazo lo hizo caer de nuevo, boca abajo, prisionero, cortando de golpe el grito de aviso. No sabía si era el mismo u otro, pero el inmenso cuerpo de un hombre lo mantenía contra el colchón.

—Vaya, vaya, el muchacho quiere divertirse...

Dios, era otro y estaba cerca. Se había sentado a horcajadas sobre él, las rodillas reteniendo sus brazos contra el costado y las piernas enredadas en el revoltijo de sábanas. Atrapado. Notó de nuevo una mano deslizarse hasta alcanzar su cabeza y darle un buen empujón, con saña, con intención de causar dolor, mientras la otra parecía recorrerle la espalda, lentamente. ¿Qué demonios...?

—Tan suave. Me vuelven loco las pieles de los pelirrojos. Mis preferidos.

Un tarado. Maldita sea, le había tocado el tarado de turno.

—Nos vamos a divertir tú y yo.

El tono de voz, aterciopelada e insana, le puso el vello de punta.

IX

Un grito cortado a medias. Su instinto fue el de proteger. No pensar ni idear, solo ayudar a su mejor amigo. Se lanzó hacia la puerta en el mismo instante en que se abría hacia adentro, saltándose de sus goznes y dos imponentes figuras la cruzaron rápidamente. Llevaban armas pero él también y no esperaban lucha. Alzó la pistola, firme y disparó contra el pecho del primero dando en su mismo centro. Un gruñido ahogado y el animal cayó desplomado en medio del cuarto, pero en seguida el que lo precedía lo sobrepasó y se abalanzó sobre él, golpeándole el brazo que sostenía la humeante pistola, provocando que la soltara. Giraron en círculo con sendos cuchillos en cada mano. Recorrió con la mirada al hombre que tenía la intención de quitarle de en medio. Su expresión no engañaba. Era grande, casi tanto como él, estaba en plena forma y por la manera en que manejaba el cuchillo estaba acostumbrado a utilizarlo.

El metal rasgó el aire, alcanzando casi su vientre. Su golpe tampoco alcanzó la carne de su oponente. No podía dejar de pensar en que debía matarlo para llegar hasta Clive cuanto antes y eso le distraía. Debía concentrarse en la maldita pelea o estaban acabados. Supo el momento en que el otro dejó el costado desprotegido. Lo vio al instante y lo aprovechó. El movimiento en arco del cuchillo que sujetaba su asaltante con la otra mano siguió el impulso inicial, incontenible, dejando libre el camino hacia el pecho y lo utilizó. Apenas hubo tiempo de pensar. Solo actuar. Notó hundirse la hoja del arma en el costado, limpiamente, abriendo su recorrido hasta alcanzar el corazón, el parpadeo de sorpresa, la incapacidad de sentir dolor al momento por la adrenalina, y el velo cubrir el brillo de los ojos que lo miraban a un palmo de los suyos, sabiendo que estaba muerto y que había perdido la pelea. Sintió la calidez de la sangre fluir, cubriendo el mango del cuchillo, empapando su blanca camisola, el distintivo olor a muerte.

El cuerpo cayó a sus pies, y sin otro pensamiento que no fuera acudir en ayuda de Clive, fríamente, limpió el arma en la ropa del caído, eliminando la resbalosa viscosidad que lo cubría. Se encaminó silencioso hacia la puerta, tras asir el arma que guardaba en la mesilla de noche, recoger la que había caído al suelo y salió al oscuro pasillo. Se detuvo a escuchar. Nada en el resto de la casa. Lo único que percibían sus sentidos eran los sonidos estrangulados que llegaban de la habitación de Clive.

Se la iba a jugar pero no tenía otra opción. Su ventaja era que los que ocupaban el interior de la habitación esperaban a los dos hombres que le habían atacado, no a él. Giró el pomo de la puerta hasta abrirla y la empujó de una patada, sosteniendo un arma en cada mano. La ira al ver lo que ocurría dentro de la habitación casi le hizo mandar todo al diablo y disparar.

—Vaya, vaya, pero, ¿a quién tenemos aquí? a nuestro querido superintendente Torchwell.

Tenso, localizó el sonido de la chillona voz al fondo del cuarto, cerca de la ventana. Otra forma le apuntaba al pecho a unos tres metros a su izquierda, mientras que en el lecho... ¡Hijos de puta! El cabrón que quedaba tenía a Clive apresado contra el lecho, boca abajo, sentado sobre él, sobre sus muslos, logrando restringir sus movimientos con extrema eficacia, las rodillas presionando los brazos, impidiéndole moverse ni siquiera una pizca. Una mano rodeaba su nuca, bloqueando la cabeza ladeada hacia él, y la otra... La otra formaba dibujos en su espalda, casi disfrutándolo con la punta de un curvo puñal. Se sintió arder de rabia, de odio hacia el animal que se atrevía a tocarle, a impedirle moverse. Su mirada se cruzó con la gris que conocía mejor que la suya y leyó tanto en esos familiares iris pero sobre todo la súplica de que no hiciera una jodida locura. Clive le pedía demasiado.

—Si lo hace, su amigo estará muerto en un segundo atravesado por una certera cuchillada.

Respiró con ansia, manteniendo la posición del arma apuntando al hombre colocado sobre Clive, directa a su condenada cabeza. Sopesó las posibilidades con cuidado, hasta que un sofocado sonido de protesta le llegó desde la cama. Lo que vio casi le hizo perder la calma. El cabronazo al que iba a destrozar en cuanto pudiera había introducido la punta del cuchillo bajo la cinturilla del pantalón del pijama de Clive, rompiéndola y dejando al descubierto la parte superior de sus glúteos para acariciar a continuación la piel con el dorso de los dedos. Dio un paso hacia ellos, imposible de controlar, la sangre agolpándose en todo su cuerpo. Dios, le parecía ver todo rojo.

—¡O´Keefe!

El muy cabrón ignoró el aviso del otro hombre, el que parecía el cabecilla, descubriendo otro poco más de carne. Pese al arma que sabía que le apuntaba, poco le faltó para mandar todo al diablo, llegar a las dos figuras, rodearle el cuello con las manos desnudas y apretar para que se enterara que tocaba algo prohibido, algo que... Apretó con fuerza la empuñadura de las armas para ralentizar el ansia de destrozar la cabeza de ese enfermo.

—Tiene una piel tan suave.

Ese hombre jugaba con fuego y estaba a punto de quemarse. El índice de su mano derecha presionó el gatillo sin llegar a dispararlo. El sonido de la voz pausó el sutil movimiento.

—No tenemos tiempo para tus degenerados juegos, O´Keefe. Los hermanos esperan que le llevemos a Stevens así que déjate de historias y haz que se vista.

La frase se le congeló en la mente, formándole un nudo en el estómago.

—No lo sacaréis de aquí.

—¡Cállate, Ross!

El que se había atrevido a tocar a Clive lo sacó fuera de la cama a tirones con el pantalón del pijama trabado en las caderas, lo bajó y sujetó por una de sus manos, dejando expuesta a la enfermiza mirada del tal O´Keefe el bien formado cuerpo de su mejor amigo. Le dio otro fuerte empellón en la desnuda espalda dejando una marca.

La furia tensionó la totalidad de su cuerpo. Las iba a pagar una tras otra, por cada empujón, por cada mirada lasciva, por cada palabra. Tan pronto pillara desprevenido al otro, al que le apuntaba con el arma, la situación se iría al maldito infierno porque antes muerto que permitir que se lo llevaran con ellos, que lo entregaran a los Bray. Se tensó al ver aproximarse a él al jefe del grupo, mientras de reojo no apartaba la atención de Clive, quien se negaba en redondo a quitarse el pantalón del pijama para vestirse. Joder, no le extrañaba que se negara por la torva y lasciva mirada con que O´Keefe le recorría de arriba abajo, pero no era el maldito momento de sentir vergüenza.

La oscura figura, vestida toda de negro, se acercó hasta que los cañones de sus armas casi rozaron su pecho. Las miradas se cruzaron y un singular brillo se reflejó en la mirada. Un gesto que no podía ser. El hombre lo repitió. Lo captó al momento, por lo que se preparó.

X

—Agradece que te doy a elegir, bonito.

Jamás en su vida se había sentido asqueado al sentirse observado, pero el hombre que sostenía el cuchillo en alto, recorriéndole con la mirada, le hacía sentirse sucio.

No le agradaba el cambio de tornas. El que le había pillado desprevenido mientras dormía se había acercado a Ross y parecían hablar. Por un segundo había creído que Ross iba a mandar todo al diablo y atacar. Intentar transmitir con la mirada que no lo hiciera, que esperara cuando él mismo deseaba contraatacar le había supuesto el mayor esfuerzo de su vida. La situación pintaba mal. No, fatal. El enfermo que tenía frente a él, no dejaba de relamerse los repugnantes labios mientras lo recorría de la cabeza a los pies. Y un cuerno. No se iba a desnudar delante del tipejo.

—Pues elijo no desnudarme, imbécil.

Su reacción fue fulminante. Le cruzó la cara con el dorso de la mano que no empuñaba el arma, partiéndole el labio. Del tremendo golpe reculó un par de pasos pero a continuación, sin haber recobrado el equilibrio, escuchó un sordo disparo que casi le paró el corazón de la impresión y sintió algo rociar la parte delantera de su cuerpo, salpicándole. Algo húmedo.

Sus ojos no parecían ser capaces de absorber lo ocurrido hasta que una inmensa manaza le aferró la mandíbula, se la giró suavemente para inspeccionar la herida y la grave voz que iba unida al cuerpo de su mejor amigo le espetaba un rabioso *la próxima vez que te digan que te desnudes, lo haces y punto.* Sin más.

Ross se volvió tras pasar por encima del cadáver del hombre que hasta hacía un segundo lo estaba amenazando y al que había rajado el cuello de lado a lado, sin una mirada atrás, dejándole con la boca abierta y rezando por que lo que sentía cubrir su cuerpo y su rostro no fuera la sangre del malnacido tirado a sus pies.

Movió la cabeza en dirección al otro hombre. El que apuntaba a Ross con el arma. Igualmente muerto, de un disparo en la frente. Por un breve segundo, se sintió un inútil. Lo único que había hecho era negarse a desnudarse. Fue a lanzar un gemido pero un trapo húmedo golpeó el centro de su pecho.

—Límpiate.

Demonios. Ross parecía furioso y lo miraba como si todas las desgracias del universo hubieran sido causadas por él.

—¡Y súbete el pantalón de una puta vez!

Abrió la boca mientras sujetaba con firmeza la suelta y desgarrada cinturilla pero la cerró de nuevo al ver el gesto conminatorio del bruto. Comenzaba a cansarse de su descarriada mala suerte. Ya estaba harto de que lo hirieran, de que lo atacaran, de que lo observaran como si fuera un jugoso trozo de carne y sobre todo, de que lo mandaran. Y ante todo, nadie le iba a callar después de una noche de pesadilla.

—¿Por qué diablos me gritas?

El avance de Ross se cortó de golpe.

—¿¡Que por qué…!?

Con un brusco resoplido y mascullando, Ross se volvió hacia el único hombre que había sobrevivido, hacia el hombre que los había ayudado de forma completamente inesperada, apuntándole con las armas. Una a la cabeza. Otra al centro del pecho. Genial. Terco desconfiado.

—Habla ¿por qué nos has ayudado?

Mientras limpiaba los rastros que le cubrían tratando de apartar de su mente la sensación de saber lo que estaba retirando de su piel, fijó la mirada en la figura que alzaba ambas manos en señal de rendición, las palmas orientadas hacia Ross.

—¿*Por qué* nos has ayudado?

Antes de hablar, este los miró atentamente a ambos.

—La razón es personal.

Clive se aproximó quedando a la altura de Ross.

—¿Quién eres?

—Alguien que desea ayudar a atrapar a los hermanos.

—¿A los Bray?

—¿Acaso existen otros?

Ross relajó levemente la sujeción de las pistolas.

—Te escuchamos.

El hombre frunció el ceño para hablar a continuación:

—Hace medio año recibí la orden de los Bray de que debía buscar trabajo como celador.

—Por todos los diablos… ¡eres Adam Cudler! —barbotó Clive.

La sorprendida mirada de este se dirigió hacia Clive.

—¿Cómo lo sabes?

—Tiene sentido. Hamilton nos relató tu intento de contactar con él y comentó que trabajabas de celador. Llevamos buscándote desde entonces —paró un segundo cuadrando información— ¿por qué le mandaste la nota?

Cudler apretó los finos labios.

—Para tratar de evitar lo que está a punto de estallarnos a todos delante de las narices.

—Sigue —insistió Ross.

—Supongo que estaréis al tanto del férreo control de los Bray del Banco Provincial a través del chantaje por la venta de los bebés.

—Lo estamos.

—¿Conocéis la finalidad de la ingente cantidad de dinero que han estado emitiendo el último mes?

—¿Aparte de adueñarse de los bajos fondos? Poco más. Conseguimos rescatar en una de las casas de los Bray a un bebé que iban a vender a un tal comandante

Wandsworth, por lo que esperamos haber fastidiado en alguna medida sus planes. Pese a intentar localizar a ese hombre, la búsqueda ha resultado totalmente ineficaz.

Cudler negó con la cabeza.

—Os equivocáis de lleno. No existe un comandante con tal apellido. Mañana por la noche los Bray van a asaltar la prisión de Wandsworth.

Dios, Clive casi se atragantó. Si en ese momento le pincharan con un alfiler no sangraría.

Wandsworth. La prisión Wandsworth. El comandante de la prisión de Wandsworth... Había errado desde el principio con el nombre. Adam Cudler siguió sin apenas darles tiempo a reaccionar.

—Para completar el plan los Bray debían entregar ese bebé al comandante de la prisión de Wandsworth, un tal Wrengler.

—¿Por qué dices lo de completar? —indagó Ross.

—Porque con ese bebé mataban dos pájaros de un tiro.

—¿Cómo?

—El hermano del comandante Wrengler es miembro de la junta directiva del Banco Nacional Provincial. Con la entrega de ese bebé compraban el único voto indeciso a la hora de autorizar la última emisión de papel moneda. Y por otro lado, facilitaría el asalto a la prisión ya que se agenciaban la cooperación del hermano, del tal Wrengler. Era ahora o nunca.

Las miradas lucían asombradas.

—Lo dices como si los Bray no tuvieran más opción que atacar.

—Y no la tienen. En dos días está previsto el traslado de Albus Drake a otra prisión.

Ross comenzó a pasear como un león enjaulado, tras pedir a Cudler que siguiera.

—El hecho de que salvarais al bebé no significa que no le hayan entregado otro. De una u otra manera los hermanos siempre logran lo que buscan —una mueca desagradable cruzó el rostro de Cudler—. En pago por el bebé entregado, el comandante de Wandsworth debía asegurarse de que un número de hombres inferior al habitual se encargaran de la vigilancia de un par de alas de la cárcel. Nadie protestaría. No en contra del jefe, y si alguien apreciaba que algo no iba bien, siempre se podía achacar a un ligero error en la fijación de los turnos de los celadores. Con ello dispondrían de una mayor posibilidad de éxito en lograr lo que se proponen.

Casi les dio miedo indagar más.

—¿Qué se proponen?

—Han facilitado explosivos en grandes cantidades a los irlandeses para que estos organicen un intento de fuga de dos de sus cabecillas, encerrados recientemente en el ala este de la prisión.

—¿Los fenianos? —indagó Ross.

Una fugaz mirada de reconocimiento pasó por los ojos de Cudler.

—Los mismos.

—Pero, ¿por qué? No tiene sentido que se mezclen en sus asuntos. Son dos mundos separados y nunca antes se habían entrelazado.

—Y no lo hacen. Sencillamente los usarán como mera distracción.

—¿Para qué?

—Para ocultar lo que ocurra al mismo tiempo en el ala oeste de la prisión, ubicada en el extremo opuesto a aquella que harán estallar los irlandeses.

Calló como si esperara una nueva pregunta pero los dos hombres le miraban con tal expresión que continuó hablando.

—Mientras todo el personal esté demasiado ocupado en sofocar los incendios ocasionados por las explosiones al otro lado del complejo, en tratar de frustrar el intento de fuga y contener a los reclusos del ala este, dos presos escaparán y nadie se dará cuenta. Ni un alma, salvo aquellos que lo planearon y ejecutaron al detalle. Para cuando alguien lo haga habrán pasado varias horas y quizá incluso días.

—¿Quiénes? —la tensa voz de Ross no dejaba lugar a duda acerca de qué preguntaba.

—Albus Drake.

—¿El viejo cabecilla del clan Drake?

—Y padre de los hermanos Bray.

Los juramentos brotaron a la vez de Clive y Ross, quedando tenso el primero y mesándose el cabello el segundo hasta que se volvió brusco hacia Cudler.

—¿El segundo?

—El hijo del duque de Saxton.

—Dios santo.

El susurro de Ross pareció sacar a Clive de su asombro ya que en dos zancadas se acercó al armario, agarró la ropa que tenía al alcance y comenzó a vestirse a gran velocidad al tiempo que pedía a Ross que hiciera lo mismo. Este no se hizo de rogar. Se encaminó con la misma velocidad al cuarto contiguo, dejándolo a solas con el hombre que al final había dado señales de vida por su cuenta.

—¿Qué vamos a hacer? —indagó Cudler.

Clive alzó la mirada un instante mientras terminaba de colocarse la chaqueta.

—Avisar a Rob Norris y a los Brandon de los verdaderos planes de los hermanos y dar parte a la policía. La prioridad es evitar la explosión y en…

—Explosiones.

—¿Qué?

—En plural —sentenció Cudler—, los fenianos disponen de explosivos suficientes para hundir media prisión y parte de los alrededores.

—Maldita sea, las bajas podrían ser incontables. Tendremos que evacuar a los residentes de la zona y disponemos de veinticuatro horas.

—O menos…

XI

Tras quedar bien alimentada y relajada dejaron a la pequeña Rose en la cunita colocada en la habitación ya habilitada como su cuarto, separada de la de ellos por una simple puerta. Había descubierto que la relajación de la pequeña siempre iba acompañada por la de su pelirroja. Lo que nadie había anticipado era que aquello que obraba el milagro de adormilar a la diminuta personita que ya comenzaba a mostrar su carácter, era que él canturreara mientras frotaba su suave tripita. Jamás admitiría que esa costumbre le agradaba a él tanto o más que a su pequeña.

Tras echar una última ojeada al cuarto y asegurarse de la tranquila respiración de Rose, cerró la puerta quedándose a solas con su mujer. Le volvía loco observar su rutina antes de dormir. Lentamente se desvestía y doblaba con sumo cuidado la ropa como si fuera un bien preciado que debiera cuidar. Algún día le preguntaría al respecto.

Sonrió con picardía. Julia ya no dudaba antes de desnudarse ante él y le apasionaba esa naturalidad en su mujer. El siguiente paso siempre era el mismo. Se ataba la roja cabellera en lo alto de la cabeza, cruzada con dos ganchos de esos propios de mujeres, quedando su cabellera desordenada y salvaje, algún mechón colgando y se lavaba con una húmeda y pequeña toalla de lino. Primero la cara, suavemente y después el largo cuello, los pecosos brazos, el abundante pecho. Llegada esa fase él ya lo veía todo rojo y se encontraba totalmente inflamado. De la cabeza a los pies. Como ahora.

Su esposa se inclinó suavemente para mojarse la nuca y alcanzar el camisón dejado a su alcance, pero no llegó a cogerlo ya que él agarró esa mano, desviándola y la giró en su dirección. Dios santo, era la mujer más hermosa. Llena de curvas generosas y rosada piel que eran regalos para los ojos, para sus ojos. Esa hermosa sonrisa al mirarle terminó de descontrolarlo.

—Me vuelves loco.

La traviesa risilla viajó directa a su tensa entrepierna. Cualquier sonido, gemido, murmullo, de esa mujer le producía el mismo efecto.

—Me chifla enloquecerte, marido y aún más, tocarte.

A la brusca aspiración al sentir la mano de Julia sobre su abultado miembro le siguió un dolorido gemido al sentir que la mano apartaba el pantalón y lo aferraba con fuerza. Dios, su esposa lo iba a matar y si continuaba con las caricias no iba a durar ni un asalto. La muy brujilla variaba el ritmo. Rápido, casi doloroso, y de repente lo ralentizaba obligándole a ondular sus caderas contra su mano. No supo cómo, pero para cuando su cerebro alcanzó a captar algo que no fuera el desesperante placer en sus ingles o el sabor de ella en su boca, las curvas apretadas contra su pecho, todavía cubierto por la desabrochada camisa, estaba tendido en el lecho, recorriéndola con la mirada y ¡con los brazos inmovilizados sobre su cabeza! ¡La muy brujilla le había atado las muñecas a los postes de la cabecera del lecho!

Su desbocado corazón botó alocado al apreciar la pícara sonrisa de su hembra. Arrodillada junto a su cadera, completamente desnuda, la melena recogida, se inclinó hacia él, rozando su pecho con el suyo y los rojos labios rozando su oreja susurrando. Su miembro vibró con vida propia y por inercia sus caderas se alzaron en dirección a ella. Diablos, necesitaba el contacto.

—En cierta ocasión, marido mío, me retaste a sorprenderte y dejarte acorralado. Prometiste que si lo conseguía siempre me escucharías.

La sonrisilla toda satisfecha que asomaba a los labios de su pelirroja le puso la piel de gallina. Por todo el cuerpo.

—¿Te vale con esto?

Al tiempo que le preguntaba, rodeó con la mano izquierda su palpitante miembro y apoyó la derecha contra su cadera. Se le acercó de nuevo, lo suficiente para que su olor lo rodeara y le susurró al oído un cálido y provocativo *relájate*.

Por todos los infiernos, le pedía lo imposible. Ya le llegaría su momento. Ahora apenas podía hablar o pensar y mucho menos planear un torpe contraataque. Solo podía sentir.

XII

Sabía que se la jugaba, pero valía la pena. Por tenerlo completamente desmadejado y jadeando ante sus propios ojos con los músculos tensos, tan erótico al estar ella completamente desnuda y él a medio vestir, esos ojos transparentes cerrados y los labios entreabiertos, suaves gemidos brotando de ellos con cada caricia. Las caderas empujando contra su mano, casi con desesperación. Incrementó el ritmo hasta alcanzar un tempo casi frenético mientras él repetía su nombre. No pudo evitar acercarse a él sin romper el ritmo. Incansable. Lo besó con la misma desesperación con que el alzaba las firmes caderas, devorando esos carnosos labios, mordiéndolos suavemente hasta que él cogió el testigo.

Esta noche ella mandaba. Separó los labios de los masculinos, bruscamente, provocando que él la siguiera hasta que los agarres impidieron su avance.

—Dios, suéltame, Julia.

—No.

—Sí.

Apretó la mano alrededor de la carne y soltó arrancando un juramento de su marido. Esos brillantes ojos plateados estaban abiertos, clavados en los suyos, el sudor cubriéndole entero. Alzó su pierna izquierda y quedó colocada sobre él, sendas manos contra sus caderas, impidiéndole el movimiento.

—Julia, estás jugando con fuego.

—No me importa quemarme.

—Julia…

Se acercó a él, pero no llegó a besarle en los labios sino que se dirigió al fuerte cuello depositando suaves besos hasta alcanzar el esternón. Sentía el suave temblor en el poderoso cuerpo tendido bajo el de ella. Seguramente podría soltarse pero no lo hacía. Por ella. Porque así lo quería ella. Lentamente fue bajando dejando un reguero de livianos besos y mordiscos hasta llegar a su enrojecido y duro miembro recibiendo en

473

respuesta un *por favor* pero lo ignoró pegando un pequeño mordisco a la suave piel que cubría la cadera. Un fuerte juramento.

Se deslizó hasta quedar tumbada sobre él, sus caderas presionando las varoniles, el grueso miembro entre los dos, sus muslos entre los abiertos de él y empujó con todo su cuerpo, soltando toda su ansiedad, toda su pasión, una y otra vez, volcando todo su peso sobre él hasta que los sintió. La extrema rigidez unida al suave temblor. El calor líquido entre los dos cuerpos. Dios, amaba a su marido con todas sus fuerzas. Apoyada la cabeza ladeada sobre su amplio pecho esperó a que los fuertes y enloquecidos latidos que retumbaban en la superficie del mismo se espaciaran y discurrieran más lentos para alzar la cabeza. Esa transparente mirada no se apartaba de ella.

—Nunca dejarás de sorprenderme, mujer...

Juraría que la sonrisa que mostró a su señor esposo era la más satisfecha de su corta vida.

—...y la revancha será dulce, cielo. Muy dulce.

Solo de imaginar las posibilidades, la boca se le hizo agua y el resto del cuerpo pareció fundirse contra el de Doyle. Como si fueran uno.

XIII

En escasa media hora estaban los tres descabalgando frente a la mansión Brandon. Perdieron otros preciosos cinco minutos en lograr que les abrieran la verja que daba acceso a los jardines de la regia mansión. El guarda mostró cautela al observar a Cudler pero el hecho de que ellos lo acompañaran surtió efecto. Un despeinado Burrowers le indicó el ya conocido camino al despacho de Doyle y salió en busca del hombre, pero la impaciencia se estaba adueñando de ellos.

La intención de subir él mismo a aporrear la puerta del dueño de la casa circulaba cada vez con más fuerza por su desesperada mente, y por los paseos que daba Ross recorriendo la habitación, la idea tampoco andaba muy alejada de sus pensamientos. El único que parecía tomarse la situación con honroso humor británico era Cudler, parado frente al mueble que guardaba los licores con cara de ensoñación.

La partida de casa de Clive había resultado tan repentina que los cadáveres se habían quedado en el lugar, a la espera de que dieran aviso de su existencia tras asentar las evidentes prioridades. Como había lanzado Ross con honesta brutalidad, no iba a salir a la carrera.

La puerta se abrió y las corpulentas figuras de los Brandon cruzaron el marco, no esperando para preguntar qué demonios ocurría.

Pedían sinceridad y concreción. Eso mismo les facilitaría. Señalando a Cudler, comenzó.

—Este hombre es Adam Cudler. Junto con cuatro secuaces de los Bray han asaltado mi hogar hace aproximadamente una hora. Sus órdenes eran llevarme con ellos... —las atónitas miradas de los hombres que se habían quedado clavados en el lugar, completamente rígidos, no perdían pormenor alguno de la información relatada— pero nos ha ayudado. Sin él puede que no estuviéramos ante vosotros ahora mismo.

Los negros ojos de Peter Brandon se entrecerraron cautelosos por lo que optó por facilitar más datos.

—Ahora no importa el motivo sino tratar de detener a los Bray.

Doyle se adelantó un paso.

—¿Qué significa eso?

—Van a asaltar la prisión de Wandsworth.

—¿¡Qué!?

No sabía muy bien cómo repetir las frases adelantadas por Adam Cudler por lo que se decantó por la claridad, sin frases superfluas que dulcificaran el golpe. Este iba a ser duro de tragar. Lo relató absolutamente todo, tal y como había ocurrido. La palidez que lentamente se fue adueñando del rostro de Peter Brandon casi asustaba. Unida a una extrema rigidez era difícil precisar la reacción de semejante hombre a las crudas noticias, aunque imaginaba lo que estaba pensando. Presentía en quién estaba pensando. El bronco murmullo pronunciando el nombre de Rob Norris no le pilló por sorpresa y la expresión de comprensión en los ojos de Doyle tampoco. Si Saxton salía de prisión...

XIV

Al otro lado de la ciudad la inmensa construcción de dura piedra que contenía en su interior a los hombres más perturbados y peligrosos del país separados de la población, se mostraba inexpugnable salvo para los hombres que, amparándose en las sombras, en los trazados y estudiados planes que habían diezmado al personal que vigilaba el extenso perímetro, iban a dar inicio al asalto esa misma noche. Disponían de unos veinte minutos hasta la hora fijada. Los irlandeses no se echarían atrás. Jamás lo harían si la suerte que corrían sus cabecillas era la muerte por traición. Morirían en el intento y eso les beneficiaba. Cuanto más daño, cuanto más destrozo causado, mayores eran las posibilidades de pasar desapercibidos. Rupert se quedaría dirigiendo el escape de padre y de Saxton de prisión. Él tenía otros planes para esa noche.

Nada, absolutamente nada, los entorpecería y por ello lo había organizado con extremo cuidado. Había llegado el momento de que todas las piezas encajaran.

*****

Capítulo 15

Llevaban a lo sumo media hora reunidos, distribuyendo las tareas y a la espera de que su hermano apareciera acompañado de Rob, de que el mensaje enviado a Liam diera frutos y su apacible figura atravesara la puerta de entrada. El enorme corpachón de su mejor amigo siempre le calmaba los nervios.

Parte de la discusión se había centrado sobre la conveniencia de informar a John Aitor y a sus cuñados sobre la actual situación, pero en la decisión ganó peso el conocer que el primero iba a ser padre. Si podían evitarlo no arriesgarían la vida de un hombre posibilitando con ello dejar a una criatura huérfana. Tendrían que contentarse con lo que tenían entre manos.

Se giró para observar a los hombres que rodeaban la amplia mesa sobre la que habían extendido un mapa de la ciudad. En él tenían previsto señalar los locales, negocios y tugurios que regentaban los Bray y para ello habían remitido una nota urgente a Marcus Sorenson, quien llevaba meses a la caza de los hermanos Bray. Su mejor y única fuente de datos, en estos momentos. Ross Torchwell tenía una mente a tener en consideración. Era un estratega nato. Planeaba con fiereza, pero lo realmente curioso era la manera en que sus ideas eran complementadas por el hombre ubicado junto a él, hombro con hombro. Clive lo atemperaba. Respiraban familiaridad y un pasado en común. Resultaba asombroso observar ambas mentes trabajar al unísono. Sonrió. No le extrañaba que Stevens y Torchwell fueran los únicos hombres que habían alcanzado el grado de superintendentes en la treintena. No le extrañaba en absoluto.

Por la mañana iba a dar inicio el mayor número de redadas coordinadas que había conocido la ciudad de Londres. Planeaban entrar y barrer los negocios de los Bray, detener a los miembros de la junta directiva del Banco Nacional Provincial y destituir al comandante de la prisión de Wandsworth junto con todos aquellos que hubieran colaborado con él o callado al conocer lo que ocurría entre los muros de la prisión. Limpiarían de una vez por todas parte de la ciudad y apartarían de la civilización a unas cuantas ratas.

A sus oídos llegó el ruido de la llegada de una persona. Por el profundo deje en el arrastrar de palabras, Sorenson acababa de entrar en la mansión. Dos segundos más tarde la tensa y musculosa figura les saludaba, tan cortante y preciso como siempre, sin tontas florituras. Dios, si alguien le hubiera adelantado que en el futuro iba a trabajar junto a ese hombre le habría arrancado la cabeza por la simple mención.

Apenas había comenzado este a deslizar sus verdosos ojos por el amplio mapa cuando Burrowers anunció la llegada de su hermano. Cinco segundos después Peter entraba junto con Rob en la habitación. En seguida apareció Liam. Al posar sus ojos en la figura de su empecinado mejor amigo, una pizca de la tensión que invadía su cuerpo desapareció. A su izquierda sintió la leve rigidez que surcó el cuerpo de Torchwell con la aparición de Rob, pero dejó de prestar atención a la curiosa reacción tan pronto se aproximaron. En mayor o menor medida todos estaban preocupados y cierta tirantez cortaba el ambiente.

—Me alegro de que estemos todos.

Observó a cada uno con atención y prosiguió, tras ubicarse Liam a su izquierda.

—Disponemos de esta noche y mañana para impedir el ataque a la prisión y que logren sacar a Drake y a Saxton del interior de esos muros.

Hubiera pagado una fortuna por no tener que presenciar de nuevo el efecto que el segundo nombre provocaba en su hermano y en Rob. Desde el otro lado del despacho surgió una tenue pero diáfana voz.

—Como celador estuve asignado al corredor de Martin Saxton. Los Bray tienen hombres infiltrados en todas partes. En un par de ocasiones lo acompañé a sus encuentros con los Bray y estuve…

La sosegada y algo aflautada voz de Cudler se fue difuminando al girarse el resto de los hombres en su dirección como una jauría hambrienta. Peter se aproximó un paso en su dirección.

—¿Cuántas veces se reunieron?

—Lo desconozco. Yo presencié únicamente dos.

Rob se colocó a la par de Peter, sin apartar la mirada del hombre que disponía de los datos que a ellos les faltaban.

—Necesito… Necesitamos que nos relates al detalle lo que viste, lo que oíste…

—Era como observar una partida de ajedrez. Movían sus piezas teniendo en mente sus movimientos futuros. Son extremadamente peligrosos los dos. Negociaban.

—¿El qué?

—Los términos de un acuerdo.

—¿Cuál?

—Saxton debía entregar a los Bray lo que llamaba su círculo, sus muchachos, y a cambio estos lo sacarían de prisión aprovechando la huida de Albus Drake.

—¿Eso es todo?

—No. Hablaban de eso como si fuera la guinda del pastel. Lo realmente importante surgió en la última reunión. Hasta que llegara el asalto a prisión, Saxton protegería al viejo Drake de los miembros del clan Thompson que compartían ala de prisión con ellos y a cambio… —los oscuros ojos de Cudler se posaron en la rígida figura de Rob. A su lado Peter se enderezó— los Bray entregarían un solo hombre a Martin Saxton.

Rob tragó saliva y se volvió lentamente hacia Peter, la azulona mirada clavada en la negra de este. Cudler siguió hablando, intrigado por el intercambio.

—Solo sé que se refería a ese hombre como su juguete y lo hacía de una manera enfermiza. Sea quien sea ese hombre, Saxton no cejará hasta tenerle en sus garras.

Su mirada clavada en Rob y después en la de Peter parecía indagar, parecía querer confirmar que el hombre que buscaba Saxton estaba plantado ante él, pero no se atrevió a ir más allá. Tarde o temprano lo sabría. Era cuestión de esperar.

II

Se respiraba intranquilidad y no sabía la razón. Sus compañeros, ya avezados en las tareas de custodia, vigilancia e interminables rondas cruzaban inquietas miradas pero se negaban a pronunciar palabra alguna al respecto, y no iba a ser él, el novato de turno recién llegado, quien metiera la pata hasta el fondo.

La noche era fría y la luna apenas iluminaba los muros de la prisión. Noche cerrada. Sus preferidas, aunque sus compañeros no terminaran de entenderlo. Algo en la oscuridad le hacía sentirse protegido al evitar que otros alcanzaran a delinear su forma entre las sombras. A pesar de ello, un mal agüero circulaba en el área que los celadores empleaban para cambiarse y descansar entre los interminables turnos. Al más veterano, Morens, le había chocado el reducido número de compañeros al entrar en la sala y así lo había expuesto en voz alta, pero a esas horas de la noche resultaba un tanto complicado poner de manifiesto una posible irregularidad a los jefes. Acudir a sus hogares y despertarlos era sencillamente impensable. El resultado era menos hombres para cubrir las rondas nocturnas. Mayor rapidez y como consecuencia, menor eficacia, al limitarse la vigilancia al área interior de la prisión dejando de lado el perímetro exterior.

Su atención se centró en la hora que marcaba el reloj. Era tarde. La hora de las brujas. Sonrió al pensar en su esposa. Le aterraba todo lo referente a los espíritus, hechicería y esas cosas que tanto atraían a las mujeres. Solo llevaban un año de casados, el mejor de su vida. Él tenía los pies sobre el suelo y debía ganarse el salario por lo que se encaminó al centro de mando desde el que surgían cuatro secciones, cada una de las cuales se extendía en dirección a las diferentes alas que formaban la prisión.

Esa noche le tocaba la ronda en el ala este, la que más le agradaba. Los irlandeses eran ruidosos, melancólicos y les agradaba canturrear. Cada noche sonaban entre los sólidos muros que los retenían bellas melodías. Solistas unas veces, con acompañamiento otras, pero siempre agradables al oído hasta que algún preso harto de tanto ruido soltaba algún crudo improperio. Ese momento daba lugar a gruñidos, amenazas, y finalmente un apacible silencio seguido de ronquidos para todos los gustos, entremezclados con cuchicheos de compañeros de celdas contiguas. Todo un asentado protocolo carcelario.

Inició la ronda a la espera de que estallara el primer cántico, pero esa noche incluso los presos parecían captar el inquietante y tenebroso aire que recorría todos los pasillos. Sobrepasó el lugar que limitaba su ronda nocturna y se volvió andando sobre sus propios pasos en medio del pesado silencio.

Entonces la calma se convirtió en horror. Alcanzó a ver de soslayo el potente fogonazo y escuchar el ruido que le destrozó los tímpanos. Nada más salvo caer brutalmente al empedrado y duro suelo.

III

El juramento de Peter no se hizo esperar llenando la habitación de tensión. Nadie habló durante los segundos que siguieron hasta que una desconcertante vibración recorrió la habitación junto al eco de un potente y lejano ruido.

—¿Qué diablos?

Sin perder tiempo salieron del cuarto y se acercaron a la puerta de entrada a la mansión donde se habían reunido Burrowers, Marsden y un par de hombres. El extraño ruido había cesado y desaparecido, como si sus tímpanos les hubieran jugado una mala pasada, pero la extraña iluminación que se apreciaba en el horizonte, más allá de los tejados de las mansiones próximas a la suya no vaticinaba buenas noticias. Su instinto avisaba y su mente comenzaba a visualizar lo acaecido al otro lado de la ciudad, en el lugar del que manaba la anaranjada y resplandeciente luz. Justo en medio del lugar donde se izaba la monstruosa prisión de Wandsworth. La grave y templada voz de Ross Torchwell brotó a su espalda.

—Los Bray han adelantado el ataque.

En el piso superior el estruendo que llegó a través de la entreabierta ventana sobresaltó a la pequeña Rose quien comenzó a lloriquear. Las dos se habían quedado tendidas en la cama a la espera de que Doyle retornara a su lado. Rose estaba a punto de dormirse con la nana que le estaba canturreando su marido cuando le reclamó Burrowers. Alguien le esperaba abajo, en el despacho. Y era realmente urgente. No hizo falta que el mayordomo lo dijera en voz alta para hacerse entender. Un opresor nudo se le había instalado en el estómago por alguna extraña razón desde el anuncio y por lo visto su pequeña sentía lo mismo, agitándose y mordisqueándose con las rosadas encías los diminutos puñitos, entre babeantes quejas.

La puerta del cuarto se abrió bruscamente, sobresaltándolas. Se irguió hasta quedar sentada en el lecho, rodeando con sus brazos a Rose. Doyle se dirigió a grandes pasos hacia el armario y agarró uno de sus abrigos, una bufanda y un par de gruesos guantes.

—¿Doyle?

Le impresionó la reacción de su marido quien dejó a un lado la ropa de abrigo y cerró el armario con engañosa calma apoyando las abiertas palmas de sus manos contra las cerradas puertas del mueble, inclinando la cabeza ligeramente como si un inmenso peso cubriera sus hombros. Repitió su nombre llena de inquietud. Por un instante creyó que Doyle no la había escuchado o que la iba a ignorar pero se giró y aplastó la inmensa espalda contra el armario. Así permaneció unos segundos, contemplándolas pero no tardó en acercarse al lecho y sentarse al borde, a su lado. Acarició la cabecita del bebé y a ella le besó en la comisura del labio, de tal manera que le encogió el corazón. Algo iba horriblemente mal.

—Cielo, necesito que te quedes en casa con nuestra pequeña y no salgas de ella.

—¿Qué ha…?

La besó suavemente de nuevo, acallando su pregunta.

—Creemos que han asaltado la prisión de Wandsworth.

El asombro casi le impidió preguntar.

—¿El fuerte ruido de hace un rato?

—Sí.

—¿Los Bray?

Doyle apretó furioso los labios. Solo quedaba ayudar a su marido en la medida en que le fuera posible y si necesitaba que se quedara en casa con su bebé, eso le daría.

—Te estaré esperando en casa con nuestra hija cuando vuelvas. Tan solo prométeme que tendrás cuidado.

Esa confianza ciega que brillaba en los redondos ojos de su esposa a veces lo abrumaba, pero facilitaba tanto hacer una promesa que tenía toda la intención del mundo de cumplir.

—Sabes que lo haré, amor, —miró a las dos mujeres que lo tenían completamente atrapado y posó dos suaves besos en ellas— dormid un poco si podéis. La noche será larga y tenemos que actuar rápido.

—¿Habrá heridos?

—Muchos.

—Dios mío.

—Me esperan abajo los demás, Julia. Cuando vuelva hablaremos con tranquilidad. Mientras tanto en la casa se quedarán Marsden, Burrowers y el personal, pero intentad descansar.

La dubitativa mirada de Julia mostraba lo que él ya sabía. Que no conciliaría el sueño hasta tenerlo de vuelta, sano y salvo. Y lo entendía demasiado bien porque una parte de él se quedaría con ellas en esa habitación. Sonrió suavemente. Le había tocado en suerte una hembra testaruda, protectora y hermosa. Aspiró profundamente la mezcla de olores que asociaba al hogar y se levantó, tras darles un último beso, para encaminarse hacia la puerta sin mirar atrás, porque si lo hacía…, si lo hacía, quizá sus fuerzas flaquearan. No podía echarse atrás y quedarse pese a sentir en su espalda esa mirada. Por mucho que lo deseara. Cerró con suavidad la puerta tras de sí.

En la entrada a la mansión se habían reunido todos, fuertemente abrigados ya que había comenzado a lloviznar. Ello dificultaría las tareas de rescate pero puede que ayudara a evitar la rápida propagación de los previsibles incendios. Dios, eso era ser demasiado optimista. Dio rápidamente un par de indicaciones a Burrowers y a Marsden, dirigiéndose rápido hacia los caballos ya ensillados y preparados para partir.

Su intención era separarse en cuanto cruzaran la verja de entrada a la mansión. Clive y Ross acudirían a comisaría a dar parte de la información recabada, acompañados de Adam Cudler. Desde allí podrían organizar la ayuda necesaria o cuando menos disponible a esas horas de la noche y tomarían declaración al celador, quedando este bajo protección.

Liam, Peter, Rob y él partirían derechos a la condenada prisión y en el lugar, tras apreciar la situación decidirían cómo actuar. Sorenson reuniría a todos sus hombres para auxiliar a los heridos en las explosiones. Desconocían a estas alturas el número de fallecidos, pero estuvieron todos de acuerdo en que era mejor prevenir que lamentar más tarde el hecho de no haber agrupado con toda la celeridad posible el mayor número de hombres. No cruzaron palabra tras subir en las monturas. Sencillamente bifurcaron sus caminos en las diferentes direcciones acordadas.

Cerca de la mansión imperaba la tranquilidad y las familias permanecían en sus hogares, ignorantes del desastre ocurrido. El sonido había retumbado lo suficiente como para llamar la atención, pero puede que, bien entrada la noche, no tanto como para despertar a los habitantes de esa zona de la ciudad. Lo que resultaba evidente según se iban acercando a la prisión de Wandsworth era que las explosiones habían sido formidables. En las entradas de los edificios comenzaban a agruparse curiosos que alzaban los temerosos rostros hacia el anaranjado cielo, tras haber despertado con el estruendo.

A tres calles de distancia del edificio comenzaron a darse cuenta de que iban a topar con una escena dantesca. En la carretera y aledaños enormes cascotes y piedras de diferentes tamaños cubrían el suelo. Una ligera humareda cada vez más espesa los fue engullendo hasta que no tuvieron más opción que parar las monturas y descabalgar.

La edificación de esa zona de la ciudad era antigua, la estructura debilitada por la humedad que filtraba el cercano río por lo que difícilmente podían aguantar el daño provocado por las explosiones.

Se vieron de repente en medio de un campo de batalla. Los gemidos, los gritos pidiendo auxilio les llegaban por todos lados, los incendios se había extendido a las viejas casas cercanas a los muros de la prisión, que habían caído completamente derruidos. Había transcurrido, como mucho, media hora y nadie, absolutamente nadie, había acudido aún en ayuda de los heridos.

—Dios…

La rasgada voz brotó de Rob, ante la imagen de un hombre surgido del humo con la cara ensangrentada que llevaba en brazos a una mujer vestida con un destrozado camisón. Andaba sin prestar atención a sus alrededores, apretando contra su pecho con desesperación el pequeño cuerpo de la mujer. Al verlos se paró de golpe. Les preguntó con la voz cascada si habían visto a su mujer, que había acudido a la cocina a beber agua y que le estaría esperando en el lecho.

Dios santo…, la cargaba en brazos y no se daba cuenta. Se aproximaron al hombre cuando estalló de nuevo. Sintió un golpe que lo derribó a varios metros de distancia. Trozos de madera ardiendo y pedruscos llovieron a su alrededor. Se encogió sobre sí mismo y se tapó la cabeza con los brazos hasta que dejaron de caer restos. Le llegó la angustiada voz de Liam preguntando si estaban todos enteros. Entre gruñidos y algún quejido por los golpes recibidos contestaron. Todos salvo el hombre que hasta hacia un segundo deambulaba con el cuerpo de su fallecida mujer entre sus brazos. A unos tres metros de distancia había caído de bruces sobre el delgado y frágil cuerpo de ella, atravesado por un madero y con una extraña sonrisa en los labios, como si al fin hubiera logrado lo que su corazón necesitaba con anhelo, reunirse con ella. La maldita y al tiempo sobrecogedora imagen lo enfureció tanto. Miró a su alrededor. Tantas vidas destrozadas. Se volvió hacia su hermano y amigos. A sus oídos llegaban los penosos gritos de la gente atrapada entre los restos de sus hogares. Los lloros. Tantos gemidos, tanto dolor…

—Puede que estallen más bombas pero… —recorrió con la vista lo que el humo permitía ver— no tenemos opción. Tampoco podemos esperar a que lleguen los refuerzos si queremos evitar la huida de Drake y Saxton.

—Lo mejor es dividirnos en parejas —propuso Peter—. Alguien tiene que entrar en esa jodida prisión y los demás auxiliar a la gente atrapada entre los escombros.

—Yo entraré.

Peter fulminó con la mirada a Rob.

—Joder, Rob, es Saxton.

—¿Crees que no lo sé? —desesperado Rob se frotó el rostro—. No huiré de ese hombre. No lo haré y si de una vez por todas lo detenemos…

La expresión de su rostro mostraba su hartazgo. No estaba dispuesto a que ese hombre rigiera el rumbo de su vida y no admitiría discusión al respecto, y en parte era comprensible, pensó Doyle.

—De acuerdo. Liam y yo trataremos de salvar a cuantos podamos y tan pronto lleguen los refuerzos entraremos a buscaros.

Peter asintió antes de que Doyle se acercara a él. Le colocó la mano en el lateral del cuello y observó esos negros ojos que tanto habían vivido y que sin el hombre con el que iba a adentrarse en una maldita cárcel, se apagarían lentamente hasta morir.

—Ten cuidado, hermano.

Una suave sonrisa curvó los labios de Pete.

—Siempre.

Sin otra palabras Rob y Peter se volvieron al unísono y desaparecieron entre el espeso humo, alejándose de ellos. Mientras lo hacían rezó una plegaria por ellos, que volvieran del maldito infierno al que se dirigían. Enteros.

Una fuerte mano se posó en su hombro izquierdo. Liam.

—Vamos, grandullón —los dedos apretaron con firmeza— saben cuidarse.

Se giró hacia la familiar figura de su mejor amigo.

—Lo sé, pero hablamos de Martin Saxton.

Un suave empellón lo impulsó a concentrarse. A su alrededor deambulaban heridos. Perdidos, desorientados, destrozados. No tenían tiempo de pensar si querían salvar vidas. Tras una última mirada a las dos formas que desaparecían entre el espeso humo, siguió a Liam hacía los desgarradores gritos que lo llenaban todo a su alrededor.

IV

—¡Le estoy diciendo, señor, que han atacado la prisión de Wandsworth! Los fenianos y los Bray han…

Las palabras dando explicaciones habían dado paso a la desesperación ante la actitud del corto de entendederas que a Clive le había tocado en suerte como superior, y finalmente a los alaridos. El simple hecho de que Clive perdiera los nervios evidenciaba la ineptitud del estirado imbécil, al que habían nombrado debido a las influencias de su aristocrático padre. No se lo podía creer. Le miraba con ojos vidriosos como si él solito se hubiera comido a bocados una tonelada de opio, el idiota inepto. Diablos, estaba a un suspiro de soltarle un buen puñetazo en los morros y adiós a su carrera en la policía, pero con cada segundo que pasaba le parecía más y más atractiva la idea. Era sencillo. Tan sencillo como mover el culo y dar tres claras órdenes. Movilizar a todo el personal policial y sanitario mandando aviso a sus hogares, enviar a los agentes de servicio al lugar del desastre y sobre todo, escuchar, filtrar la información y proceder de una puñetera vez. No podía más. Avanzó un paso en dirección al enclenque y patidifuso pajarillo que no hacía más que boquear aire y cerró la mano preparándose para atizarle, pero un firme agarre de su camisa a su espalda se lo impidió, Ross. La grave y profunda voz llamó la alelada atención del inútil enclenque que permanecía en pie con inservibles papeles entre las manos.

—Orren, tienes exactamente diez segundos para reaccionar, escapar del limbo en el que pareces haber quedado atrapado junto con la información que acabamos de traer, o lo haré yo por ti.

Los ojos de besugo parpadearon al escuchar la ronca voz de Ross siguiendo un tartamudeo incomprensible.

—Pero lo que decís…

—¿Estás sordo?

El hombre parecía incapaz de seguir el hilo de una conversación mínimamente comprensible. Ross insistió.

—Dime, Orren, ¿tienes problemas de oído?

Este se estiró ofendido.

—¿Por qué lo dices?

—Porque las calles se están llenando de personas que han despertado del estruendo causado por las jodidas explosiones.

Un incómodo silencio llenó el despacho de Orren Clark. Duró cinco segundos. Ross se inclinó ligeramente en su dirección y habló lentamente con cierto deje de las tierras altas de sus ancestros, que denotaba la tensión que solo los muy allegados descifrarían en su habla.

—En este instante tomo el mando de la comisaría, en presencia del superintendente Stevens, por motivo de fuerza mayor —directamente se dirigió al hombre que simplemente abrió los ojos y se desinfló sin emitir una sola protesta, casi como si la decisión lo aliviara. Ross se volvió momentáneamente a Clive— reúne a todos los hombres en la sala de reuniones. En tres minutos que estén preparados para recibir órdenes.

Clive asintió tras cruzar sus miradas. Al fin algo comenzaba a funcionar en esa endemoniada noche.

Los muros del ala este estaban destrozados dejando a la vista numerosas celdas ya vacantes. En otras se apreciaban los tendidos cuerpos de los presos que no habían podido escapar a la explosión, la gran mayoría heridos e inconscientes, otros muertos. Eso significaba que muchos internos habrían huido mezclándose entre la gente y que antes de volver a residir entre esos muros, pelearían a muerte.

Posó la mirada en la figura que avanzaba a su altura, desapareciendo en ocasiones de su vista por las bocanadas de espeso humo. Su meta estaba al otro lado de la prisión, pero ignoraban el número de hombres que los Bray habrían desplegado, la forma que habrían empleado para organizar la vía de escape y la ubicación concreta de las celdas de Drake y Saxton. Todo en su contra. Y lo peor, conocer el maldito riesgo que corría al haber permitido que Rob lo acompañara. De reojo lo miró y sopesó por un breve instante cometer una locura, pero supo que si lo hacía el hombre al que quería jamás se lo perdonaría.

—¿Qué armas llevas?

Los azulones ojos le observaron desconcertados.

—¿Qué?

—Las armas ¿cuántas llevas encima?

—La pistola y…

—¿Y?

—…la porra.

¡Maldita sea!

—Genial, canijo. Le puedes dar un buen leñazo a Saxton cuando te esté acechando en la oscuridad.

El rubio ceño se encrespó de inmediato.

—¡No tengo más!

Le iba a recordar esta puñetera situación toda su vida, hasta que ambos fueran dos ancianos con cachavas, achacosos y cascarrabias. Gracias al cielo, hombre precavido vale por dos. Él llevaba encima un arsenal tan variado como para armar a toda una guarnición, por lo que extrajo dos dagas y una pistola de pequeño tamaño pero lo suficientemente potente para tumbar a un hombre a escasa distancia. Los redondos ojos de Rob lo recorrieron con la mirada.

—Tú eres un arsenal andante, amigo mío.

—Por lo cual deberías dar gracias, canijo —alzó la ceja y miró directamente dentro de esos hermosos ojos azules— pero ya hablaremos en casa de lo que considero una buena retribución por mis servicios.

Enarcó las cejas, de forma impúdica, provocando que Rob se pusiera color grana.

—De eso nada.

—Oh, sí. Me debes una.

Iba a seguir pero por el rabillo del ojo percibió movimientos a la derecha de Rob. Por todos los... Un hombre joven con el uniforme de la prisión. Un celador y se acercaba con las manos en alto y la cara completamente ensangrentada, como consecuencia de una fea herida visible en el cuero cabelludo. De ambos oídos brotaban hilillos de sangre y cojeaba resintiéndose del lado derecho. El hombre se tambaleó dando un traspié antes de llegar a ellos y cayó de bruces con un suave quejido. Se lanzaron hacia él y trataron de incorporarle, pero con un brusco movimiento intentó apartarles. Los creía sus enemigos. Rob posó una de sus manos en el desfondado hombro del hombre.

—Somos policías, tranquilo. No le haremos daño.

Las cortas pestañas del hombre aletearon, los ojos aterrados. Nada dijo, como si nada hubiera escuchado.

—Joder, creo que no te ha oído, Rob.

Peter alzó ambas manos para que las viera, manteniéndolas en todo momento a la vista del hombre que debía estar desconcertado pero era lo suficientemente resistente como para salir de un brutal ataque a la prisión en la que trabajaba. Peter vocalizó lentamente y con claridad la palabra *policías*, tras señalar con su mano sus propios labios, apreciándose de inmediato la relajación en el cuerpo del herido.

Lo siguiente que brotó de labios de Peter fue una pregunta, clara y directa. *Qué demonios ha ocurrido.* Los redondos ojos del joven se velaron momentáneamente.

—Fue un instante —su cara se crispó y sus ojos se llenaron de pavor y de lágrimas retenidas— no oigo nada. Nada... ¡Dios!, no consigo escuchar lo que digo. Por favor.

Comenzaba a hiperventilar, tragando con desesperación, como si las vías respiratorias se le hubieran atorado de golpe, sus manos aferrando con desesperación el antebrazo de Rob hasta que este se vio obligado a sujetarle firmemente el rostro, cruzando sus miradas. Necesitaban que se tranquilizara. Intentaban que los entendiera pero era difícil. Rob habló con la mirada del joven fija en sus labios.

—Necesitamos saber qué ha ocurrido. Por favor…

La voz fluyó extraña, descontrolada, tras asentir.

—Hacía la ronda. Los hombres estaban inquietos porque se habían equivocado con la fijación de los turnos. Muy pocos para tanto trabajo.

Paró un segundo hasta que Peter tocó su hombro llamando su atención, pidiéndole que siguiera.

—Me dirigía hacia el ala de los irlandeses cuando algo me golpeó de lleno y me hizo caer. Recuerdo el ruido y la explosión me atontó. La cabeza…, la cabeza casi me estalló. Después de eso solo consigo escuchar un maldito zumbido. Hay tantos muertos. ¿Qué demonios ha pasado?

Peter de nuevo le tocó para que lo mirara directamente.

—Han atacado la prisión.

Los asustados ojos del hombre se llenaron de rabia.

—¿Por qué?

La pregunta apenas se escuchó.

—Un intento de huida.

—No le he entendido. Dios mío…

Se vio su impotencia en su joven mirada antes de que se tapara el rostro con las ennegrecidas manos. Peter se las apartó para vocalizar de nuevo, más lentamente.

—Dos presos intentarán fugarse esta noche y debemos impedirlo. Necesitamos conocer cuanto antes la ubicación de las celdas de esos internos.

El hombre tomó aire y les preguntó con una vocecilla apenas perceptible de quiénes se trataba. Cuando escuchó los nombres palideció, mostrando lo que opinaba de ellos. En pocas palabras les transmitió el lugar donde pasaban las horas en dos celdas contiguas al fondo del ala oeste, las de los extremadamente peligrosos, y les dijo que tuvieran cuidado con ese hombre, con Saxton, ya que estaba sencillamente loco. Como si no lo hubieran apreciado ya de primera mano… La negra mirada se cruzó con la azulada hasta que Rob habló despacio.

—No podemos dejarlo aquí, Peter. Si un preso suelto se cruza con él lo rematará y…

—Lo sé… —el enorme corpachón de Peter se irguió arrastrando con él el agotado y casi inconsciente cuerpo del joven celador—. Espérame aquí sin moverte. Uno de los dos debe quedarse vigilando para que ningún otro preso pase de este punto y llegue al grueso de la población —se pasó la mano por el pelo en un evidente gesto de agobio—. Joder, Rob, júrame que no te moverás hasta que vuelva.

Una suave sonrisa curvó los labios de este.

—¿A dónde iba a ir yo, sin ti?

Lo sabía. Muy dentro sabía que Rob le esperaría, pero no siempre las cosas salían como uno ansiaba y el maldito agujero que notaba en la boca del estómago le ahogaba.

—No tardaré.

Aferró con fuerza el brazo del celador y dijo todo lo que tenía que decir con la mirada, todo lo que necesitaba expresar al hombre que lo observaba con los ojos entrecerrados por el polvo y el humo, antes de girarse y alejarse en la dirección contraria. Lentamente al principio, costándole un verdadero esfuerzo alejarse de la solitaria figura. Rápidamente, tras avanzar un par de pasos e inmovilizar al hombre que arrastraba casi inconsciente para afianzar su peso. Algo en su fuero interno le impulsaba a correr y por nada del mundo iba a acallar ese instinto.

VI

Que esperaran y que sabrían el momento de intervenir. Esas eran las pautas indicadas por el jefe Bray. Las palmas de las manos le hervían de ansiedad tras largas jornadas vigilando la puta casa de un polizonte. Cuatro hombres desperdiciando su preciado talento a la espera de que algo gordo ocurriera, en cuyo caso debían seguir los pasos del lindo rubito al que espiaban, esperar el momento en que quedara a solas, emboscarle y llevarlo al lugar indicado. En un principio se lo tomó a broma pero la aterradora mirada de Roland Bray acalló la mínima protesta y con ello salvó el pescuezo. Todo lo que deba ocurrir será en la prisión de Wandsworth, había anunciado con esa calma que helaba la sangre en las venas.

Entonces había pensado que el jefe estaba loco. Sin remedio. Hasta hacía escasamente una hora en que había estallado el infierno, todas las órdenes que estaban cumpliendo le habían parecido una soberana ridiculez. Ocultos en las sombras de la casa contigua a la de los Norris, tras liquidar a la familia que la habitaba, todo había discurrido como había vaticinado el jefe. Una primera fase plena de aburrimiento. La llegada de un viejo que tenía todas las trazas de ser el padre del policía al que no mataron porque no interesaba ser descubiertos. Poco después la salida del viejo. Momento que habían aprovechado para recorrer la vieja casa por si fuera necesario secuestrar al hijo en su hogar, en último extremo. La llegada del objetivo lo decepcionó. No sabía qué esperar del hombre que tanto revuelo estaba causando, al que no debían tocar un pelo de más y por el que alguien había pagado una verdadera fortuna. Había resultado ser un hombre corriente. Rubio, de altura algo superior a la media y de ojos claros. Cuestión diferente era el otro, el que siempre le acompañaba, el de la cicatriz. Ese no le gustaba y presentía que les iba a causar serios problemas si no conseguían separarles. Lo olía y su olfato no fallaba.

Siguiendo a rajatabla las órdenes recibidas, ocultos, habían esperado y esperado, horas, días. Había llegado a dudar que fuera a ocurrir ese algo, ese incidente que supuestamente dispararía los acontecimientos. Nunca dudaría de nuevo. Ni vacilaría.

Hacía una hora les habían desconcertado las explosiones, el humo se había extendido por el cielo de la ciudad tornándolo anaranjado y el objetivo, así como el hombre de la cicatriz, habían salido disparados de la casa tras haber llegado el segundo como un huracán en busca del primero. Los habían seguido a una mansión de ricachones en la zona buena de la ciudad y poco después les habían acechado hasta llegar al lugar donde estaba ubicada la prisión de Wandsworth. Con las prisas y el terror que se estaba apoderando de la ciudad no se habían dado cuenta del grupo de hombres que los perseguía. La escena que los recibió era caótica y hermosa a partes iguales. El caos era bello y la mente de su jefe era prodigiosa.

Ya era hora de que alguien golpeara a las fuerzas del orden en el mismo centro de su baluarte más querido. La jodida prisión de Wandsworth, conocida entre las bandas como el infierno. Les costaría superar el golpe. Un infierno ahora derruido. Entre el humo, los deliciosos gritos y el ruido ensordecedor, el grupo de hombres que había salido de la mansión había tomado caminos diferentes. Los que a ellos les interesaban se habían adentrado en los muros de la prisión, los dos solos, sin apoyo y con ello habían sentenciado su propio destino. En diez minutos tenían intención de asaltarlos pero algo inesperado facilitó su tarea. Los hados estaban de su parte. Los dos hombres se habían separado, y todo por un estúpido celador malherido al que él no habría dudado en rematar.

Casi lanzó una carcajada al viento. La diosa fortuna les acompañaba esta noche. A veinte metros de distancia escuchó la conversación que cruzaron, no toda pero sí retazos, como para intuir que debían apresurarse ya que el peligroso no tardaría en retornar junto al llamado Robert Norris. Esperaron un par de minutos y dio la silenciosa orden. Desde los cinco costados cercarían al rubio. Entre las espesas bocanadas de humo le costaría captarles hasta tenerlos literalmente encima. Le encantaba el acecho, la sorpresa, y sobre todo la recompensa por el trabajo bien hecho. Rápido y limpio. El plan era sencillo.

Al unísono los cinco se movieron hacia su solitaria presa.

VII

La actividad era febril en comisaría. La reunión, tras dejar de lado al torpe idiota que hasta hacía un rato estaba al mando, había discurrido como la seda. Tres grupos de hombres, una vez recibidas las órdenes claras y firmes de Ross, se dirigían a cumplirlas sin un atisbo de duda. Estaban al corriente de lo ocurrido y sabían que disponían de poco tiempo si querían salvar vidas. Dos agentes especializados en plasmar denuncias se habían aislado en una sala, con Cudler, bajo la estricta supervisión y protección de otro par de agentes. Había trascendido la importancia de mantener a salvo al testigo si querían desmantelar la banda de los Bray, pero una maldita corazonada no le dejaba respirar tranquilo. Algo no terminaba de encajar. Algo que le erizaba la piel.

—Clive, tú conmigo.

Eso no lo esperaba. Creía que se uniría al resto de los agentes y acudiría a la prisión.

—Creí que…

—No. Sigues convaleciente y no te expondré a más riesgos.

¿Pero de qué diablos hablaba?

—¡Estoy sano!

El inspector que hacía las veces de ayudante de Ross, paseaba la mirada de uno a otro, como hipnotizado con el cruzado intercambio. Eran las únicas tres almas que habían quedado atrás, en la cargada atmósfera de la sala de reuniones ¿Cómo demonios se llamaba el hombre? Tultz… o puede que Toltzen. Tantzen. Vaya con el golpetazo en la sien. Lo había atontado. Carraspeó para llamar la atención del buen hombre.

—Agente Tultz, le agradecería…

—Es Trent, señor.

—Por supuesto. Perdone, es el leñazo en la frente —de reojillo cazó el asomo de sonrisilla en Ross. Carraspeó de nuevo— inspector, ¿podría dejarme un momento a solas con el superintendente?

Los oscuros y vivaces ojillos del hombre se orientaron hacia Ross quien tardó lo que le pareció un rato interminable en asentir algo reacio. El hombre no perdió más tiempo en seguir la indicación y desaparecer, cerrando tras de sí la puerta de la sala y él no tardó en refunfuñar exasperado.

—No me quedaré aquí mirando el infinito.

—Lo harás.

—Y un cuerno. Aquí no hago nada. Al menos allí me sentiré útil.

—Hasta que te desmayes del agotamiento...

—¡Jamás me he desmayado!

Una endemoniada sonrisa curvó los labios de Ross.

—Si no recuerdo mal, hace diez años en cierta casa de dudosa reputación...

—¡Aquello no cuenta!

Ross sabía que si lanzaba la risilla que tenía atorada en algún lugar de su cuello su mejor amigo no le hablaría en una semana hasta que olvidara la razón de su infantil enfado y comenzara de nuevo a parlotear como si nada.

Pero es que su rostro había adquirido un tono aún más rojo que el de su pelo. Dios, le encantaba hacerle enrojecer y nada como el incidente de cuando acudieron a la casa de citas y aquel hombre... Apretó los labios logrando que Clive entrecerrara los ojos. Entonces se le ocurrió. Un buen motivo para que se quedara y que el pecoso creía que nadie había percibido.

—No puedes ir tal y como estás en estos momentos.

—¡Te dije que estoy plenamente sano!

—No lo dudo, pero también estás cegato como un murciélago.

Bruscamente Clive aspiró, inflando el ancho pecho para expulsar luego el aire acumulado, como uno de esos globos aerostáticos de los que todo el mundo hablaba.

—Dime, si te atreves a hacerlo, que ves a la perfección.

Abrió la boca pero solo un balbuceo surgió. Incapaz de mentir, como siempre y menos a él.

—Con cierta edad todo empeora.

Soltó la carcajada porque a veces las ocurrencias del pecoso no tenían desperdicio.

—Claro, Matusalén. ¿Y bien?

—De bien, nada. Preferiría estar de camino a prisión con los hombres y no escuchando la lectura del día.

Diablos. Tenía salida para todo, el condenado.

—Bajo mi responsabilidad, te quedas aquí.

El aniñado rostro de su mejor amigo se arrugó de forma apreciable con la empecinada mueca que se asentó en él.

—Pues estoy apañado, porque tienes más rango que yo.

—Nunca mejor dicho.

Clive abrió de nuevo la boca para hablar pero la cerró en seguida.

—Muy bien, de acuerdo.

Las defensas de Ross se alzaron al máximo, en ebullición.

—¿Así, sin más?

—Es lo que querías ¿no?

Ross se cruzó de brazos.

—Pero no así.

—Así, ¿cómo?

—Sin pelear.

Los grises ojos parpadearon. Tres veces. Y con razón, diablos. Lo que acababa de decir carecía del más mínimo sentido común. Respiró tratando de serenarse, pero es que desde que habían herido a Clive, su mente se había trastocado algo, un poquito de nada y no parecía haber vuelto todavía a su estado natural de concentrada calma. Al menos la parte en que le costaba alejarse del pecoso, como si de ocurrir justamente eso le fuera a pasar algo malo.

—Ross, empezarías a preocuparme si no supiera que eres la templanza y el raciocinio personificado en un cuerpo grandote. Cero pasión y ausencia de debilidades junto con frío y mordaz juicio, —por alguna extraña razón el comentario de Clive le hirió— por ello asumiré que ha sido un lapsus momentáneo.

Él no era así. No era frío y menos con... Se dio cuenta, para su sorpresa que no escuchaba lo que Clive decía. Le habían sorprendido demasiado sus palabras. ¿De verdad lo veía como una máquina, sin sentimientos? Volvió a la realidad en cuanto escuchó las siguientes palabras del pecoso.

—Me quedaré aquí y ayudaré en la vigilancia de Cudler. También coordinaré la llegada de efectivos. Ya habrá llegado la noticia del ataque a los hogares y los hombres comenzarán a llegar a oleadas. ¿Te satisface eso?

¿Qué? Quedó con la dispar mirada fija en los grises e inquietos iris de su mejor amigo. ¿Qué demonios le estaba pasando? No conseguía reaccionar.

—Ross…

Lo consideraba frío.

—¡Ross!

Sin sentimientos. Dios, si supiera. Sintió la calidez de una mano sobre su brazo, apretando con fuerza. Respiró profundamente y alzó la vista hasta alcanzar la de Clive que desprendía confusión.

—Amigo, me estás asustando.

Alejó el brazo del incitante contacto.

—Solo pensaba.

—¿En qué?

Casi, casi lanzó una agria carcajada

En lo que jamás estarás preparado para escuchar, pecoso.

VIII

Esta noche cambiaría el curso de su torcido camino. Meses planeando con extremo cuidado y esperando, en medio de la rutina, que llegara el ansiado momento. Acababa de llegar. Las explosiones habían sacudido los cimientos de su celda. Desde ese instante la cuenta atrás había dado inicio. Con la mirada clavada en la puerta de hierro calculaba que restaban dos minutos para la llegada de Rupert Bray y los celadores infiltrados en la cárcel. La ruta de escape era sencilla porque eso era lo que se conseguía con dinero. Todo. Absolutamente todo. Nada como tener un par de colegas en el Banco Provincial para dar inicio a una operación que, de proceder y ejecutar con cabeza y cautela, no tendría parangón en la historia criminal de la ciudad. Se sintió satisfecho, orgulloso. Hablarían de ellos durante siglos. Como debía ser.

Una vez libre, llegaría la venganza hacía los que lo metieron entre estos muros. El control de su organización, con ramales que se extendían insidiosos por todo el país, quedaría en manos de los Bray a cambio de una sola cosa. Un solo hombre. Un escalofrío le recorrió el cuerpo. Una viciosa sonrisa marcó sus labios sintiendo pura excitación. Al fin. Su hermoso juguete.

Una sombra surcó la rendija inferior de la puerta de su celda y de inmediato escuchó el áspero sonido de la llave al girar en la roñada cerradura. La reconocible silueta de Rupert Bray, ocultando parcialmente a la de su padre, Albus Drake, se mostró en la oscuridad ante sus ojos. En su mano portaba una pistola que extendió en su dirección y un afilado y estilizado puñal en la otra, así como un juego de oscura ropa. Asió todo y no tardó en desechar los sucios ropajes que había vestido demasiado tiempo para sentir la agradable sensación sobre su cuerpo del tacto y el olor de vestiduras limpias. Sus ojos enfocaron en dirección a los del hombre que había cumplido con su palabra.

—¿Ha funcionado?

—Como la seda. Ocurrió lo esperado, Cudler dio el chivatazo al maldito Stevens, por lo que han reaccionado de inmediato —los claros ojos de Bray brillaron en la oscuridad—. ¿Cómo lo supiste? que no esperarían a los refuerzos.

—Los conozco —una apenas apreciable sonrisilla asomó a los labios de Saxton—. Divide y conquistaras. En cuanto Cudler expusiera nuestro supuesto plan, tratarían de organizar un contraataque, pero al' cogerles por sorpresa el asalto antes de lo previsto, no dispondrían del tiempo necesario. Lo lógico era que uno o dos acudieran a avisar a la policía y por ello, por si mi juguete era el elegido para ello, hemos apostado a nuestros hombres en comisaría. Matar a Cudler no será complicado ya que esperan su llegada y saben qué hacer. La única diferencia es si en comisaría secuestrarán a Norris o matarán a Stevens. Eso depende de la dichosa fortuna. El resto acudirá a nuestros brazos, de cabeza a una preciosa trampa.

La mirada apreciativa de Rupert Bray recorrió a Saxton de la cabeza a los pies.

—Quédate con nosotros en la ciudad. Nos haremos con los restantes clanes y nadie nos parará.

—No me interesa la ciudad. Me quedo por algo y después desapareceré.

—¿Tu organización?

—Es vuestra. Como acordamos.

Un breve silencio se asentó entre ambos hombres.

—De acuerdo —Bray se apartó del marco de la puerta de la celda dejando salir al que permanecía en el interior—. Uno de mis hombres ha confirmado que Robert Norris ha cruzado los muros de la prisión hace veinte minutos. Mis hombres llevan días vigilando las casas de los Brandon, de Norris y de Stevens. Como habías predicho llegaron cinco. Stevens y otro hombre se dirigieron a la policía.

—¿Quién?

—Un policía. Torchwell. Un mal enemigo.

—¿Los demás?

—Doyle Brandon y su mano derecha. Tu hombre y el de la cicatriz.

Le sorprendió la repentina rigidez que se instaló en el bien formado cuerpo de Saxton al escuchar las últimas palabras pronunciadas.

—¿Conoces a este último?

—Oh, sí…

—¿Qué tienes planeado?

—Un hermoso juego —los claros ojos de Saxton relucieron ansiosos—. En cuanto se separen habrá llegado el momento —por un instante pareció dudar—. Dijiste cinco, ¿quién es el quinto?

Rupert Bray frunció el ceño en un gesto extraño en él, de preocupación, y ello disparó todas las alarmas en la mente de Saxton.

—Un hijo de puta peligroso que ha metido sus narices en demasiadas ocasiones en nuestros asuntos, Marcus Sorenson. A partir de esta noche no lo hará más.

—Bien.

—No disponemos de mucho tiempo, por lo que hemos de movernos.

Saxton se volvió hacia el anciano que ni una palabra había pronunciado mientras se producía el intercambio, pero eso no significaba que esa temible e insidiosa mente no hubiera captado hasta el más mínimo fragmento. Meses en compañía del viejo le había enseñado algo: que había convivido con el hombre más peligroso que había conocido en su vida.

Estrecharon sus manos. Una extraña idea le vino a la cabeza observando la semejanza física entre los dos hombres situados a un par de metros de él. Uno de avanzada edad, el otro en la plenitud de su vida. De tal palo… tal astilla.

—El tiempo se nos echa encima —insistió Rupert.

—¿Y Roland?

—Ha seguido su camino conforme a vuestro plan. El punto de reunión es el señalado en el embarcadero para sacar ambos paquetes de la ciudad dejando atrás su rastro.

Saxton se envaró.

—No le llames… paquete. No lo es.

Rupert se volvió sorprendido ante el ligero tono demente que había adquirido el sonido de la voz de Saxton. Exactamente el mismo que flotaba en el aire cuando Roland mencionaba a su elegida. No le agradaba, ya que esa ansia nublaba la razón. Asintió porque no valía la pena discutir. Ante una obsesión enfermiza era mejor apartarse y lo había aprendido con su hermano, a base de palos.

Al unísono se encaminaron al lugar y momento que Saxton llevaba saboreando en su mente durante meses con desesperación y codicia. En minutos lo tendría entre sus manos, y su sombra… Su sombra enloquecería al perder ante sus propios ojos, sin poder evitarlo, lo que él ganaría. Lo que los dos deseaban.

IX

No estaba muy segura de la hora que era, pero la noche seguía siendo cerrada. Quizá las dos o las tres de la madrugada. En pie junto al ventanal de su cuarto, le resultaba imposible apartar la mirada del hermoso y al tiempo terrorífico resplandor que brillaba a lo lejos, sobre los bajos tejados de las construcciones.

Su pequeña, al fin, se había quedado dormida entre arrumacos y un suave canturreo con el que había tratado de imitar la hermosa voz de su marido. Pero los sucesivos gallos lanzados, hasta el punto de que su pequeñuela había llegado a articular lo que podría jurar que era una carcajada incontenible al escucharla, la habían acallado. Lo suyo definitivamente no era cantar, sino contar cuentos copiando voces, y los hermosos ojos de su niña parecían iluminarse cuando imitaba el maullido de un gato o el rebuzno de un burro. Ese sonido sí que le surgía logrado, y a Rose le chiflaba.

Se infló llena de satisfacción hasta que algo la desconcertó. Era una sensación desagradable. Extremadamente inquietante, conocida y temida. Por la rendija de la puerta de entrada a la habitación se perfilaron dos sombras. Alguien se había parado al otro lado.

Ocurrió sin previo aviso. La oleada de recuerdos llegó como una marejada, brutal. El miedo la paralizó, implacable y los recuerdos que poco a poco había conseguido almacenar, sumergidos entre brumas se tornaron diáfanos, claros, lejos de la neblina que los envolvía. El despiste del anciano párroco que había consagrado su matrimonio, su noche de bodas. Dios mío, su maravillosa noche de bodas con el gigantesco diminuto, los besos, las caricias, la pasión y el amor. La asombrosa compenetración con un hombre que había creído aborrecer. La muerte de su padre…

Tragó una bocanada de aire y se acercó a su pequeña, empapándose en su dulzura. Dios santo. Su padre y Abby, su madrastra. Su extraño secuestro y la huida con el anciano que la había ayudado, Hamilton. Tantos acontecimientos vividos en tan poco tiempo… La congoja anudó su garganta como un asfixiante lazo corredizo, cada vez más ajustado. Las cartas de su padre y la paz que le habían proporcionado junto con la rabia por no tenerlo con ella. El rechazo de sus hermanastras.

Dio dos pasos vacilantes y se sentó en la butaca ubicada junto a la cuna ya que las piernas no parecían ser capaces de sostenerla. Temblaba y una fina capa de sudor comenzó a cubrirla. El movimiento en el corredor se repitió. No permitiría que ocurriera de nuevo. No en su nuevo hogar, por lo que se enderezó algo temblorosa y se acercó a la puerta. La sombra bajo la puerta había desaparecido. Abrió esta con lentitud y asomó la cabeza. Nadie, pero su instinto le avisaba que lo que fuera que acechaba estaba cerca. Volvió la cabeza hacia el interior de la habitación donde su pequeña descansaba justo en el mismo momento en el que un susurro extraño llegó del fondo del pasillo, de una de las habitaciones que permanecerían ocupadas hasta mañana. Las de sus hermanastras.

*****

Capítulo 16

I

Le lloriqueaban los ojos del humo, del calor y de la maldita tensión por esperar la vuelta de Peter. Sentía que le faltaba algo. Había noqueado a tres hombres vestidos de presos que habían alcanzado el punto que él ocupaba, el mismo que limitaba con la población, el que no debían rebasar por nada del mundo. Flexionó el puño. Maldita sea, el último tenía una mandíbula de roca que le había hecho polvo los nudillos y un buen derechazo que le había dejado tocadas al menos un par de costillas.

A ver si de una vez… Contuvo la errática respiración. Entre el calor y la humareda había atisbado movimiento en varios puntos. Al frente y en los flancos. Su pecho se constriñó repentinamente. Lo estaban acorralando. Sujetó con firmeza la empuñadura del arma pese al dolor en los despellejados nudillos. Eran cinco y no vestían trajes de preso. ¿Qué diablos estaba pasando?

No le dio tiempo a reaccionar. De su derecha llegó una patada que le golpeó el lateral de la cadera causándole un dolor brutal. Disparó el arma pero falló al perder con el golpe la fijación del objetivo. Separó la espalda de la pared contra la que le habían cercado y se lanzó sobre el que tenía más cerca. Lanzó todos los puñetazos y los golpes que pudo, chocando contra la carne de sus atacantes mientras se preguntaba por qué no caía el golpe de gracia. Parecían divertirse con él los cabrones. Recibió un puñetazo en pleno vientre que le hizo doblarse para alcanzar a ver una rodilla acercarse a él a inmensa velocidad, hacia su cara. Solo tuvo tiempo de girarla hasta que el impacto le dio en el pómulo, tirándolo hacia atrás quedando en el suelo encogido del dolor. Escuchó en la lejanía las malditas risas.

Los hijos de puta se reían de él, que con su rubio cabello podría pasar por una mujer, que ningún hombre tenía ese pelo ondulado. Se carcajeaban y lo seguían golpeando. Trató de incorporarse pero una mano lo agarró del pelo, enganchándolo, y una boca se acercó a su oído susurrando.

—Es hora de ir con el comprador, niño bonito.

¿De qué hablaba?

—¿Qué…?

El cabronazo le dio una palmadita en la dolorida mejilla.

—Pobrecillo… —se giró hacia el resto— desconoce lo que le espera —con rapidez se volvió de nuevo hacia él— pronto lo descubrirás.

Le apuntaron con las armas tras erguirse pese al dolor en el vientre. Si iba a morir, no lo haría como un cobarde sino peleando, y jamás lo abatirían de rodillas, suplicando. Recorrieron tres corredores y doblaron un par de esquinas, cruzándose con varios presos que se apartaron al verles acercarse. Nada tenía sentido ya que se adentraban en las entrañas de la prisión en lugar de dirigirse a las salidas más cercanas. En un par de ocasiones trató de memorizar el camino pero los pasillos se asemejaban demasiado y giraron varias veces. Lo único que tenía meridianamente claro era que se dirigían al oeste.

Por el paso ágil de los animales que le rodeaban presintió que se acercaban a donde fuera que se encaminaban. Bordearon un último saliente, llegando a un largo corredor en penumbra, en cuyo fondo había una verja de hierro que cubría todo el espacio para continuar al otro lado del estrecho pasillo en línea recta. Cerca de los negros barrotes dos formas masculinas se confundían con las rectas y delgadas formas de estos y una de ellas… No podía ser. Le era familiar. El corazón pareció hundírsele en el pecho, latiendo descompasado. Reconocería esa silueta hasta en el infierno. Saxton…

Lanzó un duro puñetazo al hombre que tenía más cerca. No se entregaría a ese enfermo sin luchar. Antes muerto. El gruñido del cabronazo le impulsó a golpearle en la parte interna de la rodilla, logrando que se doblara. Aprovechó el momento para abalanzarse contra el que le flanqueaba al otro lado, para encontrar aire y sentir un terrible dolor en el costado. Se tragó el dolor, el grito, el aire que se le agolpó en el pecho y respondió con rabia, con inmenso coraje e ira. El puñetazo golpeó por segunda vez su inflamado pómulo pero se sintió extrañamente vigorizado. No podía permitir rendirse porque entonces estaría acabado.

Tiempo. Necesitaba lograr algo más de tiempo para que Peter lo encontrara, porque lo haría. Tarde o temprano lo haría y entre los dos… Un musculoso brazo le rodeó el cuello, apretando. Intentó golpear con las piernas mientras de reojo observaba acercarse al hombre que le asqueaba, con una extraña sonrisa en los labios. Disparó la pierna hacia atrás y dio de lleno en el hombre que lo tenía aferrado pero sin lograr más que un audible gruñido y un fuerte bofetón en la sien que lo atontó ligeramente. Después llenó el silencio esa maldita voz, ese sonido que paralizaba su cuerpo.

—Mi querido Robert. Te he echado tanto en falta todos estos meses, pero no te preocupes… —la voluminosa figura de Saxton se acercó hasta quedar a unos centímetros. El mismo rostro apuesto, los mismos ojos con esa mirada perturbada que lo recorrían hasta quedar fijos en su hinchado rostro. Chasqueó la lengua descontento y con el dedo índice recorrió suave el contorno de su rostro. Con una suavidad que le puso el vello en punta— al fin estamos de nuevo juntos. Como debe ser. Solo nos falta un detalle para que todo sea perfecto y no tardará en llegar.

No necesitó decir más para que entendiera el espeluznante significado, abriendo los ojos de manera incontrolable.

—Eres inteligente, mi juguete. Me agrada que me entiendas sin necesidad de palabras.

Hijo de mala madre. Peter. Esperaban a Peter.

—Como le hagas daño te mataré, ¿entiendes?... ¡Te mataré!

Una alocada carcajada retumbó en el corredor.

—¿Matarle? —otras ristra de risas golpeó su oído—. No lo entiendes, mi juguete. Jamás le mataría. Es mi sombra. Guardo algo peor para él, peor que la propia muerte. Le regalaré el infierno en vida.

II

Le costaba dar los pasos por el hermoso pasillo, pero necesitaba saber lo que estaba ocurriendo. Tenía que quitarse ese maldito peso del pecho. Las puertas que daban al pasillo estaban cerradas salvo la última que permanecía ligeramente entornada. Se le hizo interminable el recorrer los escasos metros que le quedaban hasta quedar parada en el umbral de la habitación donde se acomodaba Emma. Notaba las manos heladas pero aún así extendió la mano hasta empujar la entreabierta puerta, dándole un leve impulso, provocando un suave chirrido al quedar la entrada despejada. La habitación estaba envuelta en oscuridad y vacía. ¿Habría sido Lizzie y no Emma quien se había quedado quieta al otro lado de su puerta? Dio un par de pasos más, ubicándose en el centro de la acogedora habitación, tratando de captar las formas pese a la penumbra que la rodeaba. Los baúles estaban a medio llenar y las pertenencias de su hermanastra se encontraban desperdigadas por el cuarto. En medio del lecho se encontraba la ropa interior doblada y diferentes vestidos cubrían las sillas que amueblaban la habitación. Estaban preparando el equipaje para abandonar la mansión como había ordenado Doyle. Contrastaba tanto el inmenso desorden y el absoluto silencio que la rodeaba.

Puede que ambas estuvieran en el cuarto adyacente, organizando la partida de Lizzie por lo que se dirigió a la puerta que separaba ambas estancias, unidas a su vez por una pequeña salita dispuesta para los invitados. Si no hubiera sido por el leve brillo de la metálica cerradura habría seguido su camino. Ignorante y dispuesta a dar un último adiós a quienes, pese a todo, había considerado su familia. Sus pasos se congelaron y las órdenes dadas por su cerebro a los músculos no respondieron. Dios mío… El viejo y gastado maletín de su padre, dejado de lado, como un desecho en el vacío armario que hasta hacía unas pocas horas ocupaban los vestidos de Emma. Lo reconocería en cualquier parte. Tanto como rememoraba a su padre, una parte de ella siempre lo vería en su mente agarrado a ese desgastado y usado maletín. El mismo que había desaparecido de la habitación en que murió y que todos buscaban desesperados ya que contenía información suficiente para enviar a la horca a los hermanos Bray. Por un breve instante su mente se rebeló contra la mera idea que comenzaba a filtrarse en ella, insidiosa y temible. Se sentía incapaz de mover una fracción de su cuerpo.

—No debiste descubrirlo…

La respiración se le congeló en la garganta. Su cuerpo actuó por impulso. Se giró en dirección a la aterciopelada voz que surgió desde el otro lado del cuarto y que había accedido por la misma puerta a la que se dirigía ella. La pregunta pugnaba por salir de sus labios.

—¿Por qué…?

—¿Por qué tengo el maletín de padre? ¿Por qué no lo dije? ¿Por qué no he terminado de empacar las maletas? —un extraño brillo apareció en los ojos de Emma y una burda mueca se plasmó en su rostro—. Pobre Julia, tan perdida en la oscuridad y el desconcierto. Tan simplona.

Emma la miraba con compasión como si de verdad lamentara rebajarse a dar explicaciones a estas alturas.

—¿Por qué tienes su maletín?

—¿Tú por qué crees, Julia?

¿Cómo podía? ¿Cómo se atrevía a burlarse? Avanzó un paso en dirección a Emma, enfureciéndose hasta que esta alzó una de sus manos indicándola que parara.

—Tranquila, querida, es muy sencillo. Tan sencillo que no comprendo como nadie se ha dado cuenta antes.

El estilizado cuerpo de su hermanastra se balanceó ligeramente en su dirección, centrando en ella toda su atención y habló en voz baja, de confidente.

—Se lo arrebaté a padre mientras dormía indefenso en nuestro hogar minutos antes de que muriera. Tan descuidado por dejarlo al alcance de mi mano y tan inocente al dormir cerca de mí. Su confianza lo mató, ¿sabes? Su credulidad y amor por la familia. Estúpido… —Emma frunció el ceño, rabiosa—. Nos descubrió y creyó que yo lo dejaría por él, por madre, por vosotras. Iluso… No entendió que él es toda mi vida.

Julia creyó que se desmayaba. La impresión, el golpe de calor, el ahogo y la furia que la invadió. El impulso de golpear, abalanzarse y gritar… Gritar tan alto que todos los habitantes de Londres la escucharan. Olvidó todo lo que ocurría en el exterior, su mente saturada con la imagen de su plácido y agotado padre, tendido en su sillón, cansado y envejecido, y las ganas de llorar, de maldecir, de destrozar, la desbordaron.

—Pobre Julia.

El tono empleado por Emma fue de pura maldad. Sin camuflar, dejando a la vista el negro corazón de una mujer llena de odio. Una suave corriente se deslizó al interior de la opresiva estancia. Y con ella, otra voz.

—No puede ser. Dime que es mentira, Emma.

Ninguna de las dos esperaba la irrupción de Lizzie en la habitación y mucho menos su queda y temblorosa pregunta, dirigida a Emma. A la vez se giraron hacia la tiesa figura que permanecía en el marco de la puerta.

—Por favor, Emma, dime que no es cierto, dime que no mataste a padre y… —las palabras brotaban entrecortadas de labios de Lizzie, ahogadas, faltas de fuerza— a nuestra madre. No puede ser ¿verdad? Estabas de visita en Bromley. Te vieron…

Emma se acercó un paso en dirección a su hermana, que había surgido a su espalda, retrocediendo Lizzie un paso en sentido contrario.

—Te sorprendería lo sencillo que resulta localizar a alguien que se te parece tanto como para hacerse pasar por ti sin levantar sospechas, Lizzie, y por unos pocos puñados de libras…

—No.

—¡Despierta, Lizzie! No fui yo quien mató a padre, aunque si él me lo hubiera pedido, lo habría hecho sin dudar. Tampoco le paré… —el sonido era firme, sin vacilación— pero debes entenderlo, hermana. Él me lo pidió. Me pidió que silenciara a madre mientras se ocupaba de padre, pero ella no quiso creerme cuando le relaté lo que iba a pasar, cuando le dije que era lo mejor. Se empeñó en avisar, en bajar las escaleras e impedir lo que nadie podía frenar. Traté de pararla pero me apartó de un empujón y entonces…

El bello e impresionado rostro de Lizzie no apartaba la mirada del de su hermana rebuscando en él a la familia que no reconocía. Un susurro en forma de pregunta surgió de la atorada garganta mientras Julia sentía estar viviendo una pesadilla.

—¿Qué hiciste, Emma? Qué hiciste, por Dios.

—De repente madre estaba en el suelo y sangraba. Sangre por todas partes, en la alfombra, salpicando la colcha de flores —lanzó una maniática risilla que estremeció a Julia— de amapolas.

Julia cruzó fugazmente la vista con Lizzie, quien lanzó un ahogado sollozo.

—¿Emma?

—Murió entre amapolas.

El sollozo escapó de la constreñida garganta de Lizzie sofocado por la rápida sucesión de palabras que surgían incontenibles de Emma.

—Así estaba bien ¿no crees? Abajo estaba él esperándome y tuve que dejarla aunque la tapé con las flores que llenaban la colcha. Con las amapolas.

Con desesperación Lizzie se dirigió hacia Emma, extendiendo una mano en su dirección, como si temiera que su hermana pudiera desaparecer en el fino aire.

—Emma, tenemos que acudir a la policía y contar lo que...

—¡No!

Lizzie dio un par de pasos tambaleantes en su dirección.

—Sí. No estás bien y puedes recibir ayuda. Yo estaré contigo, hermana.

La velada mirada de incomprensión que se reflejaba en los ojos de Emma se tornó furiosa en un instante demostrando la locura que sus palabras habían adelantado.

—Dije… que… no. Él me espera abajo.

—¡Dios santo, Emma! ¡Ya no estamos en nuestro hogar, sino en el de Julia!

—Lo sé y él me está esperando abajo.

Julia aspiró bruscamente. ¿Abajo? Se encaminó a la salida de la habitación, la sangre corriendo a gran velocidad por sus venas, las manos heladas y el miedo apoderándose de ella. ¿Él? No era posible. No lo era… La casa era segura, con medidas de seguridad, verjas, personal rodeándola y Doyle había dejado a Marsden y a un par de hombres vigilando. También estaba el servicio y… su bebé. Dios mío, su Rose estaba sola en el cuarto, dormidita. Los latidos de su corazón estallaron, sin control. Apretó el paso.

—¿A dónde crees que vas, Julia?

Ya tenía la mano sujetando el pomo de la puerta pero algo extraño, ajeno y aterrador en el sonido de la frase, la obligó a volverse. Lentamente. El negro y brillante cañón de un arma la encañonaba, firme, sin un mínimo temblor que anunciara una leve duda en quien lo empuñaba.

—Por Dios, Emma ¿Qué haces?

La demente mirada se abrió ligeramente.

—¿No es evidente?

Quieta en medio de las dos, Emma lanzó una estremecedora risilla hasta que Lizzie dio un paso inesperado en su dirección, estallando el arma que sujetaba en la otra mano Emma. El ruido, el humo, el grito de sorpresa y de dolor, la frialdad de esta, el cuerpo de Lizzie cayendo lentamente al mullido suelo, quedando tendida de espaldas en él, como una desmadejada muñeca quedó grabado en las retinas de Julia. Su instinto fue lanzarse en ayuda de Lizzie, pero un suave meneo de la muñeca en la mano que permanecía sujetando con dureza el arma, lo impidió. Por favor, ambas podían escuchar la agónica y trabajosa respiración de Lizzie, pero Emma no se movía, ni se lamentaba, sencillamente miraba el cuerpo caído de su hermana como si lo ocurrido hubiera sido inevitable. Como si ella se lo hubiera buscado al no escucharla.

—Va a morir, Emma, por favor…

—Lo sé.

—Déjame acercarme a ella. Prometo hacer lo que digas —escuchaba la respiración fatigada y los suaves gemidos de la mujer que tanto dolor le había causado, pero nadie…, nadie merecía terminar así. Nadie, si podía evitarlo…—. Solo déjame ir a su lado.

Por primera vez el arma tembló.

—Por favor, Emma.

Un casi inapreciable movimiento de la hermosa cabeza y la relajación del brazo que mantenía erguida el arma, dieron el permiso que las palabras no hicieron. Dios mío… La oscura sangre cubría todo el frente del vestido y la palidez comenzaba a apoderarse del tenso, aterrado, y al tiempo frágil rostro de la mujer cuya mirada quedó clavada en la suya. Impresionada. Dolorida. Traicionada.

Sin perder tiempo se arrodilló al lado de Lizzie, junto a su cabeza. Se sentó y la colocó con todo el cuidado que pudo en su regazo. Sentía la resbaladiza sangre mojar sus manos, extenderse por el suelo, pero era su hermana. Pese al dolor, la tristeza y el despecho no la dejaría morir sola. Jamás. Aferró una de sus manos con la suya y notó el débil apretón. Tan debilitado. Con la otra le acarició el hermoso rostro.

—Lo… siento, Julia.

—¿Por qué?

—Por el…daño. Debí… darme cuenta. Debí…

La miraba tan asustada. Quería seguir, trataba de respirar, pero no podía. La fuerza la abandonaba y un hilillo de sangre apareció en la comisura de sus labios. Las ganas de llorar eran tan fuertes que se mordió los labios hasta hacerse sangre al ver una hermosa vida apagarse ante ella.

—No tienes nada por lo que pedir perdón, hermana. Nada…

El nudo, el maldito nudo en su cuello la obligó a callar.

—Gra… cias, hermana…

Le sonrió sin llegar a saber si Lizzie la veía, si entendería que con esa sonrisa perdonaba todo el daño y la tristeza causada. El apretón de su mano se aflojó y el pecho cubierto de sangre quedó quieto. Completamente. La había entendido…

—Levántate.

Tanta frialdad. ¿Cómo no se habían dado cuenta? Alzó la mirada para fijarla en la desconocida que de nuevo apuntaba el arma en su dirección. Ni un mero atisbo de dolor o de arrepentimiento se reflejaba en esa voraz mirada. Solo voluntad.

—Levántate, salvo que prefieras unirte a ella.

Con extrema suavidad desplazó de nuevo el cuerpo de Lizzie hasta quedar tumbado con las dos manos cruzadas sobre el vientre y le acarició por última vez la mejilla. Lo que jamás pudo hacer en vida… Su cerebro comenzó a pensar, a la desesperada, en su hija y en las personas que quería desconocedoras del drama que se estaba desarrollando a tan solo unos metros.

—Vete de aquí, Emma. No te detendré, pero en cualquier momento aparecerá Burrowers o alguno de los hombres y entonces nada haré para que escapes, ¿me oyes? Nada.

La desagradable y rencorosa carcajada la asustó.

—Todavía no lo entiendes.

La desazón invadió su cuerpo.

—No vendrá nadie.

—¿De qué hablas?

—Me encargué de que nadie nos molestara. En estos momentos la droga que eché en el cuenco de la sopa ya habrá surtido sus efectos.

—¿Droga?

—Sí querida —Emma se aproximó unos pasos hasta quedar a unos centímetros, el arma aún sujeta en su mano, y darle unos suaves y lastimosos golpecitos en la mejilla— En estos momentos estarán incapacitados salvo para deambular por el hermoso mundo de los sueños.

No se lo podía creer.

—¿Por qué?

—¿Por qué no te drogué o por qué lo hice con el resto?

Parecía estar disfrutando, con la mirada brillante y una sonrisa en los labios. No le importaba que el cuerpo de su hermana estuviera a un par de metros, muerto, o que tarde o temprano la descubrieran. Parecía regodearse con el momento, en sorprenderla a ella. Le daba igual la razón, el porqué, solo quería proteger a los que quería de esa mujer capaz de asesinar con la mayor indiferencia y frialdad a su propia hermana. Se tragó su angustia, sus malditas lágrimas y le siguió el repugnante juego hasta que su marido llegara. Hasta que su familia llegara.

III

Habían conseguido sacar de entre los restos a tres familias cuando comenzaron a sonar las campanas que anunciaban la inminente llegada de las brigadas de bomberos. Con dificultad habían organizado grupos de personas para auxiliar a heridos y moribundos. Los hombres se habían distribuido en grupos de tres, adentrándose entre los escombros y lo habían logrado, rescatar a dos criaturas de entre los brazos de su madre aunque esta no había resistido el derrumbe de su hogar. Todo parecía ir bien hasta que una de las malditas casas se deshizo literalmente en pedazos sobre los hombres que habían entrado a ayudar. Los sacaron pero a un alto coste, al perder a uno de ellos. Las tareas se ralentizaron al decidir apuntalar con tablas, vigas y todo aquello que sirviera, las debilitadas estructuras.

Estaba sujetando un par de tablones y el polvo que se desprendía del piso superior cayendo sobre su rostro, con Liam al otro lado de la ruina en que se había convertido el saloncito de la pequeña casa, cuando lo sintió. Angustia repentina. Tan intensa que por un segundo soltó el amarre de la viga que impedía que el piso superior se desplomara sobre ellos.

—¡Doyle!

Se sintió un poco mareado.

—¡Doyle! ¡Joder, amigo, no sueltes la puta viga!

La brusca voz de Liam lo devolvió a la realidad. ¿Qué diablos? Sentía la asustada mirada ámbar de Liam sobre él.

—¿Doyle?

Maldita sea. La sensación de opresión, de intranquilidad persistía. Tan intensa que le retorcía las entrañas.

—Algo va mal.

Los ojos de Liam casi se salieron de sus órbitas.

—¡No me digas!

—¡No esto!

La boca de Liam se abrió para contestar, pero la cerró de golpe cambiando de idea.

—En casa… Algo va mal en casa.

—¿Por qué lo dices?

—Lo siento en las entrañas, amigo, no puedo explicarlo, pero…

La comprensiva mirada de Liam lo sosegó al no necesitar explicarse con él. Observó como su mejor amigo tensaba los potentes músculos, presionando el par de vigas que rodeaba con su cuerpo y separaba las piernas preparándose para algo. Lo intuía… Intuía lo que planeaba el maldito

—Envía a otro, amigo, y ve en busca de tu mujer y tu hija.

—No. No te dejaré aquí.

—Lo harás, porque si lo que sientes es cierto, no te perdonarás jamás no haber seguido tus instintos.

—Liam…

—¡Hazlo, idiota! Yo estoy bien… —alzó los ojillos ámbar hacia la unión de las vigas con el endeble piso superior al que habían accedido un par de hombres tras escuchar los gemidos de una familia atrapada entre las ruinas— estaré bien.

—No puedo.

—Puedes y lo harás. Por mí y por ti. Porque si no lo haces y algo malo ha ocurrido, bueno, algo peor de lo que tenemos entre manos, no nos lo perdonaremos jamás ni tú, ni yo.

—Dios…

—Ve.

Dios, quería a ese hombre con todo su corazón. Bruto, terco, malhablado y el alma más hermosa que había conocido jamás envuelta en un duro paquete irlandés. Dijo lo que sencillamente le salió del alma.

—Ni se te ocurra morirte mientras no estoy porque te seguiré hasta las puertas del infierno, ¿me oyes, testarudo irlandés?

—Puertas del cielo, so idiota. Los irlandeses vamos al cielo —Liam lanzó una risa tan propia de él que el pecho de Doyle dio un vuelco— derechitos a las hermosas cantinas del cielo.

—Volveré.

—Lo sé y estaré esperando, pero ella es lo importante. Si fuera mi Cooky ya estaría corriendo veloz en su busca, amigo mío —sus miradas se cruzaron—. Ve… ¡Ve!

Afianzó la viga que sujetaba y se aseguró de que aguantaría lo suficiente para que otro hombre se colocara en su posición. Entre las motas de polvo lanzó una última mirada al terco gigante que no había dudado en apoyarle toda su vida. Casi lanzó la carcajada mezclada con lágrimas y gratitud. Envuelto en polvo, sangre, dolor y miedo Liam le había guiñado un ojo. Sonrió porque no pudo evitarlo antes de dirigir una mirada al suelo del piso superior, y le dio la espalda tirándose al suelo para reptar hasta la salida, lentamente, raspándose los costados, el torso, y dejando una parte de sí tras él… con el mejor amigo que había tenido y tendría en su condenada vida.

IV

Era imposible localizar a Doyle y a Liam entre el jodido tumulto de gente, y la noción de urgencia, de haber errado profundamente al dejar a Rob solo se acrecentaba según pasaban los lentos minutos.

—¡Hermano!

Su cabeza se giró por inercia hacia el lugar de donde procedía la acuciante llamada. Doyle estaba organizando un grupo de hombres dándoles rápidas instrucciones, pero no veía a Liam a su lado. Cargando con el inanimado cuerpo del joven celador lo dejó en manos de una mujer que se identificó como enfermera. Quedaba en buenas manos.

—¿Y Liam?

Los angustiados ojos de su hermano se volvieron hacia las ruinas de una casa que tenía todo el aspecto de ir a derrumbarse en cualquier momento.

—Dos hombres acaban de entrar para apuntalar y sacar a quienes quedan dentro. Liam se quedó a la espera de ayuda.

La tensa forma de hablar de su hermano denotaba lo mucho que le desagradaba no estar ahí, pero había algo más… algo que se leía entre líneas.

—¿Qué ocurre, Doyle?

—Algo malo ocurre en casa, Pete. Con Julia. Lo siento en los huesos.

Esas sensaciones que de tanto en tanto recorrían a su hermano le ponían el vello de punta, pero había aprendido a hacerles caso y jamás minimizar su impacto.

—¿A qué esperas, entonces?

—No puedo dejar a Liam. He de asegurarme que recibe ayuda.

No entendía esa demora en su hermano ya que el auxilio iba en camino.

—¿Qué demonios te pasa?

—Maldita sea, Pete, no es solo Julia y mi pequeña o nuestra gente. Tengo un jodido mal presentimiento. Como si todo esto… —extendió las manos indicando a su alrededor— fuera una cortina que oculta otra cosa en el negro fondo, y no puedo…, No puedo dejar de sentir que si me alejo algo malo ocurrirá y si permanezco aquí, mi mujer…

—Vete.

Doyle se giró hacia él sorprendido.

—Ya me has oído. Ve a casa, asegúrate de que todo está en orden y vuelve. Las brigadas de bomberos están llegando y cada vez hay más ayuda. Si tu mente no está aquí es mejor que vayas donde la tienes y eso es con tu mujer.

—Algo se nos escapa y no me gusta. El ataque se adelantó por alguna razón, hermano.

—Lo sé.

Doyle rebuscó en los alrededores de la zona que ocupaban.

—¿Y Rob?

—Se quedó atrás.

—Joder. ¡Maldita sea, Pete! Si Saxton escapa…

Una fuerte mano se posó en su tenso hombro y le dio un firme empujón.

—Te esperaremos aquí. Todos.

Una inquieta sonrisa asomó a los labios de su hermano. Entrecerró los transparentes ojos y se alejó un paso en dirección contraria pero se volvió un segundo hacia Peter, lanzando un *cuida de todos hasta que vuelva, hermano.* Peter asintió serio. Esa era su maldita intención. Sin perder un instante pasó veloz junto al joven celador que se dejaba curar entre los cálidos y suaves brazos de la mujer que limpiaba su cara. Cruzó las desoladas ruinas, captando lejanas y debilitadas voces que le urgían a parar y auxiliar, pero Rob estaba solo y debía localizarlo cuanto antes. Debía asegurarse de que estaba bien por lo que echó a correr como nunca, apenas viendo donde pisaba, los lugares contra los que se apoyaba. No tenía tiempo que perder.

Lo supo sin necesidad de verlo. Lo sintió antes de alcanzar a comprender. No debió dejarlo solo. No debió hacerlo por mucho que Rob se empeñara. Su instinto le previno y lo ignoró. El lugar dónde Rob había jurado esperar estaba vacío. Desquiciado recorrió gran parte de la prisión acabando con cuatro jodidos presos que se cruzaron en su camino tratando de demorarle. Como si alguien de carne y hueso pudiera pararle mientras buscaba al hombre que lo era todo para él. Estaba perdiendo la cordura cuando le llegó el suave eco de una conversación. Varios hombres hablaban, entrecortadamente y creyó reconocer en uno de ellos un familiar sonido. El vuelco del estómago casi lo hizo vomitar del alivio hasta que se fue aproximando y la aprensión, el miedo comenzó a adueñarse otra vez de él.

El maldito corredor no tenía salida por este lado ya que lo taponaba con gran efectividad un oxidado enrejado. Enfiló en línea recta, veloz, apenas tocando el suelo, cogiendo cada vez más velocidad hacia la maldita verja que lo separaba de los gritos que alcanzaba a escuchar cada vez más definidos con cada paso que acortaba la distancia. Su pulso comenzó a latir enloquecido, su corazón a martillear al distinguir claramente entre todas las voces una que conocía como la propia, cada grito, cada gruñido, cada sílaba, cada gemido de dolor. Su cuerpo chocó brutalmente contra las rejas que lo separaban de la jodida escena al otro lado del maldito muro imposible de franquear.

La imagen quedó grabada en su mente. Para siempre. Cinco hombres que aunque tardara toda una vida mataría con sus propias manos y él, Rob, sujeto entre dos de ellos por los brazos, incapaz de moverse. Otro a su espalda, afianzándole el cuello por detrás, apretándoselo de forma salvaje, acallando sus gruñidos e impidiéndole doblarse pese al tremendo golpe que acababa de recibir en el vientre y los otros dos apartados a un lado. Sonriendo al contemplar la escena. Dios… Los que disfrutaban viendo pelear con furia al hombre que… La maldita voz que todavía guardaba en la memoria, en la oscuridad, muy hondo, manó al igual que un turbio torrente, como si el ansia hubiera aplastado a la razón tras esperar demasiado tiempo este momento. Mordaz. Provocadora. Saxton. El malnacido ni siquiera se dignó mirarle.

—Te esperábamos, mi sombra, pero tardaste demasiado, y ahora me tendré que conformar con mi… juguete. No me agrada esperar y por ello me he entretenido algo con él, lo suficiente para divertirme.

Perdió la razón. Aferró los malditos barrotes, arañándose las manos, empujando con todo su cuerpo, desesperado, golpeando los hierros en medio de las dementes carcajadas del hombre que odiaba por encima de todo. Peleo, gritó, intentó alcanzarlos entre las varas de hierro desgarrando la camisa, casi, casi rozándolos con las puntas de los dedos, sabiendo que no lo lograría, y eso... lo estaba matando. Simplemente matándolo. Tenían al hombre que quería atrapado y nada podía hacer.

Clavó la mirada en el rostro de Rob. Por favor…, golpeado, inflamado. La cara ensangrentada. Notaba las malditas lágrimas de desesperación recorrer sus mejillas, surcando la suciedad y el polvo pegado a ellas mientras observaba a ese cabrón malnacido acercarse a Rob, acariciar con la yema de su dedo índice su labio inferior, captando un rastro de sangre para después introducírselo en su propia boca.

—Tan dulce.

Paró de respirar mientras las palabras surgieron descontroladas, roncas, rozando la súplica.

—Llévame a mí.

Rob se revolvió pese a la sujeción y le dio tiempo a lanzar un grito desgarrador, un *no* ahogado en la rabia, antes de que uno de los hombres que lo sujetaban le cubriera la boca con brutalidad. Trató de soltarse pero el amarre era compacto y esos azulados ojos… Dios santo. Esos hermosos ojos lo miraban extraviados, rogando, casi hablando. Cerró los suyos para no ver, para no escuchar el maldito ruego que inundaba esa mirada. Rob no lo entendía. No podía permitir que le hicieran lo mismo que a él, porque sencillamente perdería la razón. Saber lo que sufriría, lo que Saxton destrozaría, lo enloquecería. Él ya había pasado por ello y por el hombre que amaba daría eso y más. Daría la vida, daría su cordura. Lo que jamás podrían arrancarle sería su amor por él y

Saxton lo sabía. Ese animal intuía lo que ambos sentían y le atraía la posibilidad de destrozarlos, rompiendo a uno de ellos. Solo necesitaba que lo eligiera a él. Solo eso. Saxton enarcó una de sus cejas, inquiriendo.

—¿Me has oído, Saxton? Haré lo que quieras. Si me llevas a mí, no opondré resistencia —Dios, casi no podía hablar del maldito nudo que sentía en la garganta—. Te doy mi palabra.

Los maliciosos ojos claros de Saxton brillaban, desquiciados.

—¿Lo juras?

—Sí. Si lo dejas marchar ahora.

Enfrentadas las miradas, de fondo oía las apagadas protestas de Rob, luchando contra quienes le impedían hablar, gritar o maldecir.

Saxton entornó los ojos y por un breve segundo los clavó en Rob. No. No lo mires… A mí. Mírame a mí.

—Cuanto quieras. Haré lo que quieras. No escaparé.

Una enfermiza sonrisa curvó esos delgados y crueles labios y una extraña mueca deformó la apuesta cara.

—Demasiado tarde.

No.

—¡No! ¡No lo es! —sacudió los malditos barrotes— ¡Por favor! Por favor, tan solo, escúchame.

—Despídete de tu amigo, sombra, o mejor dicho, saluda a mi hermoso juguete… —se aproximó dos pasos hasta que la camisa que lo cubría rozó la mano de Peter que se abría paso entre las barras de hierro y se inclinó levemente, susurrando— no lo volverás a ver. Nunca.

—¡No!... ¡Te mataré, hijo de puta! Te mataré si le pones la mano encima.

Sentía su respiración forzada, surgir a trompicones, incontrolable. El calor y el sudor frío. Helado por dentro.

—¿Cómo?, sombra, dime. A partir de esta noche jamás lo verás de nuevo… —Saxton le desafiaba, le provocaba acercándose hasta rozarlo— y haré más que ponerle la mano encima y lo sabes ¿verdad?

Se ahogaba. Por Dios que se ahogaba.

—Lo sabes porque haré lo que tú mismo deseas —Saxton se volvió saboreando el momento, hacia sus hombres—. Lleváoslo de aquí.

Con una enfermiza sonrisa en los labios se giró de nuevo hacia Peter.

—Esto lo causaste tú, mi oscura sombra. Nunca lo olvides. Cuando hayas perdido la razón… —la repugnante voz de Saxton bajó de tono convirtiéndose en un sibilante susurro, como el de una víbora— recuerda que tú me lo presentaste, tú me lo regalaste, tú lo perdiste… —agarraba los barrotes con tanta fuerza, con la mirada clavada en Rob y los hombres que lo sujetaban quienes, pese a la orden lanzada por Saxton, no habían dado un paso, con su atención fija en las frases que pronunciaba clavándose a fuego en su cerebro, que por un instante le pareció que iba a conseguir doblarlos y alcanzarlos. Saxton continuó— …y yo lo gané.

Los negros y rotos ojos se pegaron a los claros y perversos. No podía romper las barras pero sí hacer un juramento.

—No pararé hasta encontraros y te mataré, con mis propias manos.

—Y será demasiado tarde para él. Para entonces lo habré roto del todo. Haré con él lo que no conseguí contigo, mi oscura sombra —esa apuesta cara se inclinó levemente como si fuera a relatarle el mayor secreto del universo— lo destrozaré y disfrutaré cada minuto, cada segundo.

Tenía razón. El maldito tenía razón. Iba a perder la razón. En ese mismo instante Rob pegó un fuerte tirón liberándose de su agarre, cogiendo de sorpresa a los hombres que lo rodeaban. Gritando su nombre lanzó un puñetazo al que tenía más cerca y por un segundo su corazón pareció dispararse del pecho. Quiso gritar. *Escapa. Lejos…* Pero no lo hizo, por él. Justo en el mismo momento en que los azulones ojos de Rob se abrieron enormes, perdieron su brillo y la intención de seguir luchando desapareció de ellos, sintió la frialdad del cañón de un arma a diez centímetros de su rostro y escuchó las palabras de Saxton, la advertencia que lanzaba hacia Rob. *Hazlo y él morirá ante tus ojos.* Rob quedó completamente paralizado y en esa milésima de segundo Peter supo que no habría salida para ellos. Estaban atrapados a los dos lados de un muro sin poder alcanzar al otro. Separados.

Saxton forzó un gesto en dirección a uno de los hombres y Rob cayó al suelo, inconsciente. El tremendo golpe recibido en la cabeza lo había noqueado. Cerró los ojos porque era eso o morir en vida, observando el cuerpo desmayado del hombre que amaba siendo arrastrado por los secuaces de Saxton al tiempo que el que lo cargaba susurraba a Saxton que la marea no tardaría en descender, que debían apresurarse. Ni siquiera procesó el áspero grito de Saxton ordenando que callara, furioso. Concentró toda su atención, toda su ira, su desesperación en el helado y áspero tacto de los barrotes, en su rudeza, mientras escuchaba el deslizar de un cuerpo por el suelo. Saxton se acercó una vez más.

—Míralo, Brandon, porque será la última vez que lo veas.

Lo hizo porque lo contrario era impensable. Uno de los hombres de Saxton, al que previamente había golpeado Rob, lo acarreaba sin esfuerzo colgado al hombro, los rubios mechones desmadejados al igual que sus inertes extremidades. Nunca antes había sentido semejante terror. Un terror contra el que no se puede pelear, sino dejar fluir al compás de la errática respiración. Pánico a no verlo de nuevo. Pavor a lo que sería de ellos si no se reencontraban. Terror a una vida sin él, a que lo destrozaran lejos de aquellos que le querían, lejos de él.

—Os encontraré.

Saxton permaneció un instante inmóvil, acariciando la culata del arma que portaba en la mano apuntándole a la frente y supo que estaba decidiendo si disparar, si valía la pena la diversión de la caza, de la persecución, de saber tras sus talones a un depredador. En el silencio se escucharon dos simples palabras brotar jocosas de boca del hombre que odiaba más que a la muerte, al tiempo que comenzaba a alejarse tras el grupo de hombres, dándole la espalda. *Lo dudo.*

Lentamente, ante sus ojos llenos de malditas lágrimas que retiró de un manotazo para poder ver hasta el último minuto, hasta el último recodo del pasillo las formas de los hombres alejándose a paso lento con su preciada carga, apoyó la frente contra las rejas, contra la dura prisión que le había impedido recuperar lo que más quería. Sin darse apenas cuenta, se deslizó hasta quedar aún sujeto a los barrotes, de rodillas en el duro y desapacible suelo.

No sentía nada salvo dolor. Tanto dolor… Escuchaba profundos y ahogados sollozos, de alguien no acostumbrado a llorar, de alguien que se guardaba dentro el dolor, de alguien que lo había perdido todo. Desgarradores. Suyos.

V

Había enviado a casi todos sus hombres a la zona del desastre y las explosiones y se disponía a seguirlos.

—Intuyes problemas.

En ocasiones la menuda mujer que lo observaba desde la esquina del despacho mientras mantenía la cara oculta entre las sombras, le dejaba perplejo. Se conocían demasiado a fondo como para andar con subterfugios y confiaban instintivamente el uno en el otro. Su mano derecha y la mujer más mandona y empecinada del universo.

Hacía un par de días que no hablaba con ella y lo lamentó. Llevaba tanto tiempo sin perder la esperanza de encontrar a su hermana, que recibir la noticia de su muerte había sido duro y él la había ignorado. Ahora, no sabía cómo tocar el tema.

—Vete a casa, Elora. Aquí poco puedes hacer.

—Dejé a los niños con sus abuelos, por lo que solo me espera una casa fría y vacía. Prefiero ayudar.

—Elora, no tengo tiempo que perder.

Los oscuros ojos bordeados de espesas pestañas se viraron en su dirección y creyó leer en ellos dolor, abandono. Debía dejarse de bobadas. Elora Robbins estaba hecha de hierro y roca. Dura y resistente como pocos. Su mano derecha en un embrutecido mundo de hombres.

—¿Os habéis asegurado de que Jules Sullivan está a salvo?

—Por supuesto, Marcus.

¿Escuchaba ironía en la ronca y femenina voz? Algo le ocurría a esa silenciosa mujer y no conseguía descifrarlo, enfureciéndole. Se mostraba rara y retraída y no era propio de ella. Jamás en ella. Se sintió molesto porque la situación llamaba a la calma y no a la histeria o a la confusión, y ella actuaba de manera extraña. Eso le irritó profundamente.

—No tengo tiempo que perder, muchacha.

—Por supuesto…

Tras una mirada de enfado enfiló hacia la puerta con dos de sus hombres, pero la suave y femenina voz le detuvo una vez más.

—Algo ocurre en el abandonado embarcadero entre Greenwich y…

—¡Maldita sea, Elora! ¡Hoy, no!

—Pero…

La leve inquietud de la suave voz femenina logró que reculara pero solo un poco.

—Envía a dos hombres y que informen si es lo que quieres. Pero no más de dos. Los restantes que acudan a ayudar en cuanto lleguen de sus casas. De inmediato —parecía distraída y eso no era propio de ella— ¿Elora?

—Te he escuchado y así se hará.

Parecía resignada y agotada. Una fugaz imagen de esos redondos ojos al escuchar la noticia de la muerte de su hermana lo sacudió. No merecía sufrir más y si él podía y estaba en sus manos, lo impediría. Por ello en parte se negaba a que los acompañara esa noche ya que únicamente les rodearía el dolor y la desgracia.

—Vete a casa, Elora. O mejor, ve a buscar a tus pequeños. Quizá estén asustados.

Los oscuros mechones sueltos envolvieron el redondo rostro al inclinar ella la cabeza. No tenía tiempo para perder.

—Mañana hablaremos.

Mientras salía del cuarto le pareció escuchar un suave murmullo.

Si dispones de tiempo para escuchar... Endemoniada mujer. ¿Acaso no se daba cuenta de que no era el momento?

VI

¿Cómo decirle lo que se negaba a escuchar? Desde que había conocido a esa hermosa joven de la alta sociedad, Jules Sullivan, Marcus ya no tenía tiempo de hablar, de comentar el estado de los negocios, incluso de mirarla. No le preguntaba por sus pequeños, ni jugaba con ellos. No conseguía apartar la opresión de su tonto pecho cada vez que él le volvía esa ancha espalda, dejándola atrás.

Apretó la mandíbula. Sus pequeños estaban seguros y ella tenía mucho que hacer y poco tiempo. Las tripas le decían que las noticias que les habían llegado en la zona sur del río, de los roídos y abandonados embarcaderos que nadie utilizaba hacía años, eran importantes. Lo suficiente como para indagar e incluso echar un pequeño vistazo. Una pícara mueca apareció en su sonrosado rostro. Marcus nada había dicho sobre que no acompañara a los hombres. Iría con Sampson y Lucas. Con su incesante y jugosa cháchara los dos marineros retirados la entretendrían como siempre, y quizá, tan solo quizá, desviara su mente de la tristeza que la embargaba últimamente.

—Jefa, ¿nos vamos? Ya hemos preparado el carro y unas mantas que la noche es fría.

A veces los hombres parecían leer su estado de ánimo y nunca fallaban. Como una familia.

*****

Capítulo 17

I

—Estás actuando de manera un tanto peculiar y me quedo corto con la descripción. ¿Qué demonios te pasa, Ross?

Sus músculos quedaron paralizados. Ni él mismo sabía lo que le estaba ocurriendo salvo que sentía fuego líquido recorrer sus venas.

Esto tenía que parar. Aquí y ahora.

—Nada, pecoso, en serio. Simplemente me preocupas.

—¿Yo? —Clive bufó y enseñó los dientes, como un crío pequeño y travieso provocando un bote en su jodido corazón—. Si soy indestructible, como nuestra reina, pero sin corona ni moño. Siendo pelirrojo no me pegan.

Sonrío al escuchar a su mejor amigo porque otra reacción no era viable.

—Si te prometo que en cuanto pueda me haré unos anteojos, ¿dejarás de actuar como una estricta y gruñona niñera?

Las rojizas cejas bailotearon provocadoras logrando lo que buscaba. Una segunda sonrisa acompañada de algo de relajación en Ross.

—Trato hecho, pecoso.

La fuerte y curtida mano de Clive se extendió en su dirección y quedó quieta, abierta, hasta que Ross se dio cuenta de que su intención era sellar el trato con un apretón de manos. Lo hizo maldiciendo en su interior la zozobra que ese contacto le causaba. Un tirón en el brazo lo sacó de su ensimismamiento.

—Vamos. Estarán tomando declaración a Cudler en la sala del fondo y no quiero perderme el glorioso momento.

Lo siguió con intención de asegurarse de que todo discurría como debía y marchar en seguida hacia la zona del desastre para prestar ayuda. Necesitarían todas las manos disponibles. Se aproximaron por el largo pasillo, pero sintió extrañeza al no escuchar un solo ruido filtrarse por la fina puerta que bloqueaba la entrada a una de las salas de interrogatorios. El sonido y los murmullos siempre la atravesaban. No dispuso de tiempo para dar la alerta. Y aunque hubiera podido, casi todos los hombres estaban de camino a la prisión. Alcanzó a poner la mano en el hombro de Clive justo antes de que abriera de golpe la maldita puerta, pero llegó tarde. Llegaron tarde. La imagen que enfrentó su mirada fue sorpresiva. Dos de sus agentes se encontraban tirados en el frío suelo, muertos, otro estaba en pie, a un lado, al mismo tiempo que otro apuntaba con un arma en dirección a la cabeza de Adam Cudler y parecía presto a apretar el jodido gatillo. Su irrupción en la sala lo impidió.

El movimiento fue increíblemente veloz. Cambió la trayectoria de la pistola hasta orientarla en dirección a ellos. Dejó de pensar liberando los músculos de su cuerpo, dejándolos reaccionar. Libres. Empujó hacia un lado a Clive haciendo que trastabillara apartándole de la trayectoria del disparo. Sonó el estallido y saltaron esquirlas de madera del marco de la puerta que rozaron su mejilla izquierda.

Infiltrados. En comisaría. Una pequeña parte de él lo esperaba ya que le habían llegado noticias de que los clanes conocían de antemano sus movimientos y las redadas programadas. Fijó la vista en los condenados traidores y maldijo en voz alta. No eran nuevos en el cuerpo sino que llevaban meses trabajando bajo sus órdenes.

Su cuerpo reaccionó cogiendo por sorpresa al agente, atravesando con su cuchillo el antebrazo del hombre que había vuelto de nuevo el arma para rematar a Cudler. Para asegurar su maldito cometido. Parte de su atención permanecía en la pelea que se desarrollaba en el fondo de la habitación en la que Clive estaba dejando volar su mal humor y frustraciones.

Dos pasos fueron suficientes para alcanzar al hombre que se apretaba el brazo contra su pecho tras dejar caer el arma. Cudler tragaba bocanadas de aire, de forma errática. A su espalda el rápido escarceo entre el pecoso y el hombre que restaba, se había silenciado al dejarlo inconsciente Clive de un potente puñetazo.

Debía apaciguarse antes de… Al diablo. Agarró del cabello al agente y lo sentó bruscamente en la silla contraria a aquella en la que permanecía Cudler, petrificado. No sintió lástima, ni tuvo cuidado con el jodido traidor. Aferró el mango del cuchillo que aún atravesaba el brazo y lo extrajo, sin darle tiempo a pensar o suplicar. El aullido reverberó entre las cuatro paredes al tiempo que limpiaba la hoja con la rasgada manga del uniforme del traidor, agarraba su herido brazo y lo colocaba de golpe sobre la mesa, a la vista de todos. Sangraba pero no a borbotones. Perfecto para sonsacar la información que necesitaban.

—¿Quién os ha comprado?

Los vidriosos ojos del hombre lo miraron llenos de dolor, en el momento exacto en que Clive tomaba asiento junto a Cudler, dejando al otro agente a la vista y desplomado en el duro suelo. Algo en la mirada del hombre al posarse en Clive le agitó las entrañas.

—¿Por qué lo miras de esa manera?

—No lo hago.

Con toda la intención apretó la herida, manchándose de sangre. Una fina capa de sudor cubrió el rostro del agente y tembló incontrolablemente.

—Ross…

La suave voz de Clive quedó grabada en su memoria pero lo ignoró. Si querían información de inmediato uno de ellos no podía apiadarse del hombre y la tarea era suya. El pecoso no podría hacerlo. Él sí.

—No repetiré la pregunta.

Presionó de nuevo.

—¡Está bien! Está… bien. Trabajamos para…

—Sabemos para quién trabajáis y que la orden era matar a Cudler. Lo que quiero saber ahora es por qué has reaccionado al ver al superintendente Stevens. Tienes diez segundos antes de que pierda la poca paciencia que me queda.

Pese a la extrema palidez el arrugado rostro del agente enrojeció, bajando la cara como si se sintiera de repente avergonzado.

—Era nuestro objetivo.

—¿A qué te refieres?

—Los Bray lo han marcado.

Se sintió perdido, enfurecido y rabioso. Marcado por los hermanos. Una maldita condena a muerte que significaba que cada uno de los miembros de la familia Bray buscaría la manera de matar al pecoso para escalar puestos en la jerarquía familiar. Respiró lentamente tras escuchar la brusca aspiración de Clive y Cudler.

—¿Por qué?

—Ha llegado a incomodarles y…

—¿Qué más?

—Rupert Bray personalmente ha dado la orden.

Maldita sea. Notó movimiento a su derecha hasta sentir la calidez del cuerpo de Clive acercarse y ubicarse a su lado. No comprendía cómo podía estar tan calmado.

—¿Cuáles eran tus órdenes?

El hombre apretó los labios.

—Me matarán si hablo…

—Lo harán aunque no hables… —respondió suavemente Clive— porque carecen de principios, pero eso ya lo sabes, ¿no es cierto?

La grisácea mirada no se apartaba del rostro del agente cuyo labio inferior comenzó a temblar. Clive continuó.

—En tu interior eres policía así que actúa como tal. Ayúdanos a pararles.

El agente se derrumbó como una criatura ante sus ojos. En un instante, con unas pocas palabras elegidas que reavivaron los pocos escrúpulos que ese hombre aún guardaba en su interior.

—No quise…

—Ya no importan las razones ni el tiempo o las consecuencias. En el fondo es tan sencillo como hacer lo correcto y no mirar atrás. Cumplir la promesa que hiciste el día que te convertiste en policía y juraste proteger y servir, así que… —la profunda voz no dudaba— hazlo.

Un ronco sollozo brotó de la garganta del agente mientras con un hilillo de voz y aferrado a su sangrante antebrazo comenzaba a hablar entre temblores. Debían asesinar a Cudler contando con que la comisaría quedara diezmada en número al acudir todos sus agentes a la zona de las explosiones. No debían permitir que declarara. Después las órdenes consistían en matar al superintendente Stevens, llevando el cuerpo ante Bray o secuestrar a otro hombre. A un joven inspector y llevarlo al lugar indicado. A ese no debían tocarlo o herirlo. Antes de que prosiguiera Ross supo a quién se refería. Rob Norris. Lo que no imaginaron jamás era lo que pretendía el otro hermano Bray. A quién pretendía. Lo que relató el traidor les impactó.

Dejaron a Cudler bajo la custodia de tres agentes que el traidor identificó como limpios, y sin mirar atrás salieron de las dependencias policiales en dirección a la mansión Brandon. Debían llegar a tiempo o perderían a Julia para siempre.

II

Los pasos hicieron crujir la madera del último escalón. Conocía perfectamente el sonido. Tan cercano al dormitorio donde descansaba su pequeña que los latidos de su pecho enloquecieron. Notaba los sentidos tan alertas y tensos que le daba igual que alguien se acercara provocando esa enfermiza sonrisa en el rostro de Emma. Solo le preocupaba su pequeña y que no recordaran que estaba allí, acurrucada. Tan indefensa. Por favor, que no despertara.

—Ya llega. Viene a buscarme para llevarme con él —Emma permanecía con la extraviada mirada clavada en la puerta de la habitación, ansiosa—. Puede que no te mate aunque en alguna ocasión te ha mencionado ¿sabías eso? —soltó una espeluznante risilla—. No, claro… ¿cómo ibas a saberlo? Creo que, en el fondo, le haces gracia.

No quería admitirlo pero presentía quién se acercaba.

—¿Vale la pena, Emma? Tanto dolor, perder a tu familia, a tu hermana.

La furia ardió en esos ojos que desbordaban obsesión.

—¡No lo entiendes! Él vino por Bridget, pero en cuanto posó sus ojos en mí, olvidó a todas las demás. Me ama y cuando se entere de la noticia querrá casarse conmigo. Estoy segura de ello, en cuanto lo sepa.

¿Cómo era posible que nadie hubiera apreciado la locura que invadía a Emma? La escasa luz que les permitía distinguir las formas disminuyó. La corpulenta figura se perfiló con el contorno de la suave luz que se filtraba desde el amplio corredor obstaculizándola. Era alto, musculoso y reconocible. El recuerdo de su imagen lo tenía tan reciente, de la reunión celebrada hacía unos días con Ross Torchwell y Clive. Lo asociaba a la cocina de su casa y a Bridget, pero no a Emma. Jamás a esta. Era el mismo hombre que le causó desazón. El hombre que asesinó a su indefenso padre.

La invadió tanto odio que la respiración se le tornó entrecortada y agitada, la vista fija en el hombre que permanecía a contraluz con el rostro oculto en la sombra.

—Creí que no vendrías a por mí, Roland. Por un momento me preocupaste.

Julia aguantó la respiración. Era él.

—Hiciste bien, querida.

Emma se relajó visiblemente.

—Lo sé. Cumplí a rajatabla lo que pediste, porque me quieres ¿verdad?

El fino vello que cubría los antebrazos de Julia se erizó. Parecía que hablara una criatura reclamando el beneplácito de un progenitor. Bray entró en la habitación, empequeñeciéndola con su tamaño hasta acercarse a Emma y retirarle con una de sus manos el arma, mientras con la otra le acariciaba la suave mejilla. Lentamente.

—No, querida. Me entendiste mal —la sonrisa que apareció en su faz era fría, sin sentimiento alguno. Dura—. Hiciste bien en preocuparte.

Escuchó la brusca aspiración de aire y el incontenible lamento femenino pero no esperó ni miró atrás. No podía. No con Rose en la otra habitación. Se lanzó en dirección a la puerta y corrió. Tan rápido como se lo permitió la rigidez de su propio cuerpo. Resbaló en el pasillo. Tres pasos y conseguiría entrar a por su pequeña. Dos pasos más, tan solo un paso. Por favor…

Si él le bloqueaba la entrada la habitación no disponía de otra salida y quedaría atrapada en el cuarto pero la destrozaría dejar atrás a su bebé. No podía hacerlo. Desesperada agarró al pequeño y cálido bulto que pareció comprender su miedo ya que abrió esos maravillosos ojitos pero no emitió ni un pequeño sonido. Como si ella también sintiera el peligro que desprendía la figura que de un momento a otro…

Con el corazón en la garganta se volvió con presteza hacia la puerta y se asomó porque no disponía de otra posibilidad. Si él estaba ahí… Se tragó como buenamente pudo el terror y los gritos que pugnaban por salir pero un ahogado sollozo se le escapó. No miró. Prefirió no mirar y acudir veloz en busca de ayuda. Quizá Emma mintió para asustarla. Quizá Marsden o Burrowers permanecían alerta y podrían ayudarlas. Socorrerlas. Descendió los escalones, lentamente pese a la necesidad que sentía de correr, de volar escaleras abajo, pero no quería llamar su atención. No podía atraer la atención de ese hombre hacia ellas.

—Julia…

El golpeteo del pecho se incrementó con violencia. Le seguía y parecía disfrutarlo. Angustiada se adentró en la cocina y los vio. Uno de los hombres aún permanecía sentado a la mesa. Los platos con su contenido todavía humeante. Los demás estaban desmayados en el suelo, como si se hubieran dado cuenta brevemente de lo que ocurría pero hubieran carecido del tiempo suficiente para reaccionar antes de perder el sentido. Los vasos, medio vacíos.

—Julia…

¡Cállate! Llevó su propia mano hacia su boca. En su mente el grito había retumbado tan alto, con tal brusquedad y pavor que temió por un instante haberlo voceado.

—No podrás escapar de la casa, querida. Las salidas están trabadas.

Le temblaban las manos ¿o era su cuerpo entero? No importaba. Debía centrarse en lo primordial. Huir. Debía escapar con su pequeña. Tiró del pomo de la recia puerta de la cocina que daba al patio lateral exterior pero no giraba ni conseguía moverlo. Lo sacudía pero se resistía. La necesidad de llorar la asaltó con tremenda fuerza. Los pasos se acercaban a ella. Incansables, acortando distancias. Ya estaba al otro lado de la entrada de acceso a la cocina.

Esconderse. Debía esconder a su pequeña. Agachada, acarició suavemente la mejilla de su niña mientras aguantaba la respiración. No emitir ni un ruido.

—Querida, no tenemos demasiado tiempo y nos esperan en casa.

Por Dios, ¿qué rábanos hablaba ese hombre!

—Dime, querida, ¿sientes afecto por lo que tienes en brazos?

Se le heló la respiración.

—¿Lo tienes?

Se mantuvo paralizada bajo el mantel que cubría la mesa de la cocina, con la mirada clavada en los lustrosos zapatos negros que habían aparecido junto a esta. No tenían salida.

—Dispones de cinco segundos para decidirte, querida mía. Sales de debajo de esa mesa voluntariamente salvando con ello la vida de lo que proteges con tanta desesperación o te saco yo y ese pedacito de carne inservible que tratas de ocultar, no saldrá jamás respirando de esta cocina.

Por primera vez su pequeña emitió un suave gorjeo, tan suave que creyó haberlo imaginado hasta que con la nublada mirada se dio cuenta de que la causa había sido su propia lágrima rodando por la carita de su Rose, tras caer sobre ella. Si algo le ocurriera a su hija…

—Dos segundos.

Se arrastró hacia el otro lado de la mesa y emergió, tras borrarse con la manga del vestido esas lágrimas. No permitiría que ese hombre la viera derrumbarse. Nunca. Debía velar por la vida de su pequeña y haría cuanto fuera necesario para salvaguardarla.

—Me gusta tu capacidad de apreciar lo importante, Julia. Esa es una de las razones…

Alto, apuesto y tan frío que provocó en ella un instantáneo rechazo. Sus ojos carecían de vida y calidez. Helados. Retorcidos.

—¿Qué quieres de mi?

Una sonrisa, que la estremeció de pura repulsa, apareció en los labios masculinos.

—Todo. Lo quiero todo de ti.

—¿Eras tú?

Las oscuras cejas masculinas se elevaron, interrogando.

—En mi cuarto, por las noches. Al otro lado de la puerta. ¿Eras tú?

No terminaba de entenderlo. Esa obsesión.

—Lo era. Te observaba de cerca y te elegí hace tiempo, Julia. ¿No te alegras?

Por favor. Ni queriendo podría contestar lo que el hombre deseaba.

—Haré lo que quieras, pero antes…

Las palabras se le quedaron atascadas en la laringe. Si no cumplía su palabra en relación a su bebé pelearía como una leona por ella y él lo tenía que intuir al mirarla. Su expresión y su cuerpo hablaban por ella.

—Sin juegos.

Julia asintió temblorosa y se acercó al cuerpo de la señora Pitt, tendido en el suelo. Se agachó lentamente y con delicadeza dejó al pequeño bultito que adoraba junto al calor que desprendía la generosa y dulce mujer. Protegida. Su pequeña seguía sin emitir un solo sonido como si entendiera lo que arriesgaban en ese momento. Tan callada… Se decía que los recién nacidos no ven hasta pasado un tiempo pero no era así. No lo era. Su bebé la miró fijamente y sonrió. La sonrisa más hermosa del mundo para ella, para una madre que la ha de dejar atrás para salvarla.

Te veré pronto, mi amor… Una última caricia en esa preciosa cabecita fue lo que logró antes de sentir un doloroso tirón en su recogido cabello obligándola a levantarse y la grave voz de Roland Bray susurrar junto a su oído un *suficiente, llegó la hora.*

III

Caminaba sin rumbo tras recorrer los jodidos laberintos que conformaban el edificio. Ningún camino tenía salida. Se topaba con paredes reventadas o corredores derrumbados. Todo cubierto por una fina capa de polvo y muerte. Olía a muerte.

Se lo habían llevado. Ante sus propios ojos. Y no había sido capaz de protegerle, de cumplir la palabra que hizo ante el mismo hombre que se lo había llevado. Las ganas de llorar como un crío casi reventaron en su pecho. La necesidad de soltar lo que llevaba dentro. Era tan idiota. Ni un sencillo mapa del edificio. Había acudido a la desesperada, sin preparación, sin protección ni un mínimo de precaución. Como simples novatos sin experiencia. Nunca se lo perdonaría, tampoco lo merecía.

—¿Brandon?

En toda su vida olvidaría la expresión en los claros ojos de Rob. Grabada a fuego en su mente como lo estaban sus cicatrices en su espalda. Dios, se lo merecía todo.

—¡Brandon!

Lo escuchó en la lejanía, al igual que la otra voz, la que gritaba su nombre de pila pero no disponía de tiempo. No se dejaría entretener ya que debía encontrarlo, debía… Una pesada mano se colocó en su hombro sin permiso, por lo que agarró la fuerte muñeca para afianzar a quien se atrevía a demorarle, pero por una vez, su distracción le hizo fallar y sintió un empujón que únicamente sirvió para que no liquidara de un golpe al que se había atrevido a pararle. El giro lo enfrentó a la otra persona y reconoció de inmediato los ojos verdeazulados y la cabeza rapada. Sorenson codo con codo junto a Liam. El mundo se había vuelto loco y él se encontraba justo en medio.

—¿Y Rob?

Su mundo se hundió. Sin remedio. Se apoyó contra un muro medio derruido con una de sus manos e intentó contestar pero no surgían las palabras. Escuchaba los ruidos, las voces, los gritos pero no los sentía. No sentía nada.

Liam se colocó a su lado, silencioso, como si intuyera lo que había ocurrido. Sorenson desviaba la avispada mirada del uno al otro. Liam insistió.

—Peter, ¿dónde está Rob?

Cargó su peso en la pared porque en caso contrario…

—Se lo llevaron.

Liam abrió la boca pero la cerró de nuevo, mirándolo con fijeza.

—Saxton. Se lo llevó Saxton.

Habló con precisión y rapidez hasta que tras barrer el lugar con la mirada apreció que su hermano mayor no estaba con su mejor amigo. Doyle, al menos, había seguido sus instintos. La clara mirada de Liam se pegó a la suya.

—¿Dónde han llevado a Rob?

—No lo sé. Traté de seguirles pero no había salida. Me provocó. Me esperaba. Creo que nos esperaban a los dos. De alguna forma sabían que íbamos a venir y lo disfrutó.

—¿Cómo?

—Lo desconozco, Liam, pero Saxton lo sabía. Estoy completamente seguro. Tengo que matarle antes de que…

Se atragantaba. No podía pensar en lo que Rob estaría pasando porque si lo hacía sería incapaz de razonar. La respiración se le disparó simplemente con pronunciar el odiado nombre, le hervía la sangre. El corpachón del irlandés se enderezó, se acercó y rodeó su tenso rostro con ambas manos hasta obligarle a cruzar miradas.

—Está bien, muchacho. Está bien. Lo encontraremos. Vayamos en busca de Doyle y...

—Y yo reuniré a todos los hombres de los que dispongo para que se lancen en busca de información. Un grupo numeroso desplazándose y alejándose como ratas del desastre, no pasará desapercibido y menos en esta ciudad.

Dios, Sorenson era rápido. Un gesto fue suficiente para poner en marcha todo un entramado de actividad. En voz queda y segura transmitió una serie de órdenes a uno de sus hombres que no se apartaba de su lado. Desde ese momento hasta encaminarse a su hogar, en un amplio carruaje propiedad del hombre al que agradecería toda su vida el apoyo prestado, apenas transcurrió un cuarto de hora.

IV

Doyle no conseguía acallar el miedo que le invadía. Discurría en sentido contrario a las oleadas de personas que cargadas con mantas y otros utensilios se acercaban desinteresadamente a auxiliar. Casi atropelló a una pareja pero siguió adelante.

No podía parar. Percibía lamentos pero debía seguir adelante. La lluvia arreció empapándole. Llevaba razón. Todo se había torcido en unas pocas horas. Saltó del caballo tras traspasar la verja de entrada que estaba abierta y ninguno de sus hombres a la vista. Con el frío y la humedad recubriéndolo todo, él sentía calor, tanto calor. La sangre le circulaba a gran velocidad por el cuerpo, ensordeciéndole.

Demasiado silencio... Rodeó la casa tan rápido que hubiera jurado que la había circundado en dos ocasiones. La inmensa puerta de la entrada estaba cerrada a cal y canto pero al igual que la verja exterior, la entrada lateral aparecía entreabierta, con una suave luz alumbrando el interior de la cocina y colándose por la estrecha rendija.

Aferró con desesperación el arma que no había soltado desde que se dio cuenta de que algo no iba bien y en la otra empuñó uno de los cuchillos forjados por Pete. Traspasó la puerta y apretó los puños. La casa permanecía en silencio y a oscuras. Un mutismo desquiciante roto únicamente por el chisporroteo del fuego que permanecía ardiendo en la amplia chimenea y las calmas respiraciones de su personal, tirados sobre las baldosas del suelo, pero también otro sonido que reconocería en cualquier parte. En cualquier lugar. El suave lamento de su pequeña.

Ansioso recorrió con avidez la cocina, sus esquinas, los lugares más sombríos, las figuras que permanecían caídas en el suelo, pero estas eran demasiado voluminosas, demasiado… Sonó de nuevo un arrullo al otro lado del caído cuerpo de la señora Pitt. Se acercó precipitadamente y sobrepasó de un salto la forma que le impedía ver más allá. No le importaba nada más, salvo llegar a ella y protegerla. El cuerpo se le agarrotó. Su pequeña permanecía despierta cerca del calor que le brindaba el redondeado cuerpo de la señora Pitt, pero ella no estaba. Su Julia no estaba con su bebé y jamás la hubiera abandonado por voluntad propia. Con sus manos rodeó el cuerpecito y la pelona cabeza, apretándola con ansia contra su pecho. Con desesperanza.

—Tranquila, mi pequeña. Ya he llegado, mi amor.

Ni siquiera se dio cuenta del momento en que comenzó a tararear la tonta nana a trompicones. Apenas surgía debido al nudo en su cuello.

—La encontraremos, cielo, encontraremos a tu madre.

Con su pequeña en brazos tomó el pulso a la mujer que había estado a su servicio tantos años que sintió que había fallado al protegerla. Marsden y Burrowers y dos de sus hombres permanecían igualmente inconscientes pero vivos. Ascendió el pequeño escalón que daba a la recepción de la casa en el instante en que escuchó ruido de pisadas a su espalda, en la impenetrable oscuridad. Un susurro llegó a sus oídos.

—Somos nosotros, Brandon.

Respiró profundamente, ¡Dios! Clive y Torchwell. No tenía tiempo de hablar. No ahora, desconociendo si su mujer permanecía dentro de la casa. Si algo le había ocurrido… No. No podía pensar en eso. Las había dejado atrás creyéndolas a salvo. Sus piernas casi flaquearon. Clive comenzó a hablar junto a él, con Torchwell parado a su lado.

—Ha sido Roland Bray, Doyle. Está obsesionado con Julia.

Su cerebro no había podido filtrar correctamente la frase. No era posible. Stevens continuó.

—Se aprovechó de la muchacha Bridget para infiltrarse en el hogar de Julia y poder vigilar a su padre. Su intención era localizar a George Hamilton a través de Brears pero se fijó en tu mujer y dejó a un lado sus planes. Al menos temporalmente.

La explicación se detuvo y él necesitaba saber. Debía conocer a qué se enfrentaba.

—Sigue.

—El hombre que lo ha delatado no sabe la razón por la que mataron a Andrew Brears y a su mujer, pero está convencido que fue Roland Bray y yo estoy de acuerdo. Solo alguien desde el interior pudo hacerlo. Sin forzar la entrada, ni gritos, ni forcejeo alguno. Es la única explicación.

—¿Y el maletín?

—Quizá nunca lo sepamos.

—¿A dónde se la han podido llevar?

—No lo sé, amigo.

—No puedo… —miró al pequeño bultito que se estaba durmiendo entre sus brazos— no podemos perderla. No puedo.

—La encontraremos.

—No puedo dejarla en manos de ese demente, pero dónde buscar…

Una firme manaza cayó en su hombro y unos ojos grises le miraron con intranquilidad.

—Quizá Sorenson haya recibido algún chivatazo, alguien ha tenido que ver algo. Puede que sigan en la casa.

Paró al escuchar la frase. No. Su Julia no estaba en la casa. Sus ojos se posaron en su adormilada pequeña.

—Jamás hubiera dejado abandonada a nuestra pequeña.

No necesitó dar más explicaciones.

—Conviene revisar la mansión. Alguien dejó inconsciente al personal sin emplear violencia —propuso Clive antes de volverse hacia Doyle— ¿Quién más estaba en la mansión?

¡Maldita sea, las hermanastras!

—Protégela con… tu… vida.

No dudó ni se planteó dejar que otro se le adelantará. Con extrema suavidad dejó a su pequeña entre los rígidos brazos de Clive quién incapaz de reaccionar a tiempo, los extendió por reflejo aferrando al pequeño bultito con increíble torpeza y farfullando entre dientes que *ni se les ocurriera dejarlo solo con ella, que nunca, jamás en su vida había sujetado una cosa, o sea, una personita tan pequeña y que le temblequeaban un poco las piernas. Que no era, para nada, buena idea dejarle a cargo de…*

A Clive se le atascaron las siguientes palabras al enfrentar las miradas que le lanzaron los dos hombres que a la par comenzaron a ascender los amplios escalones. Lo dejaron atrás, con su frágil carga, susurrando un gangoso y enternecedor *hola, pequeña, soy yo, es decir, ejem... el tío Clive. Pero, mira que pucheros más... ¡Anda!... no tienes dientes.*

Al lado de Doyle brotó un bufido de Torchwell mientras sacudía la cabeza con gesto de resignación y alzaba los ojos al techo. No tardó en recuperar la concentración. En cuanto sus cabezas asomaron a lo alto de la escalinata se habían convertido en cazadores. El pasillo mostraba el aspecto de siempre salvo por las torcidas alfombras que cubrían el suelo, desplazadas de su lugar. Alguien había tratado de huir.

Con un gesto de entendimiento se separaron. Cada uno recorrería una hilera de habitaciones. Cuatro a cada lado y una última al fondo. Sin contar las que no estaban habitadas. Por primera vez en su vida se lamentó por el hecho de no residir en una casita de un piso y dos habitaciones a lo sumo, sin sombras o recovecos que facilitaran el esconderse y emboscar.

Su habitación estaba al otro lado y Torchwell se ocuparía. Las dos primeras que repasó presentaban el mismo aspecto que el que había dejado atrás ese mismo día. No perdió más tiempo del necesario. Al salir desvió la mirada hacia el fondo del corredor, hacia las habitaciones que ocupaban las hermanastras y su instinto le compelió a encaminarse hasta allí. La puerta estaba entreabierta por lo que con la punta del pie la empujó pero algo atoraba la pesada puerta desde el interior. A su mente le vino la imagen de su mujer, tendida en el suelo. Apretó los labios, el arma que asía con fuerza y se coló por el hueco hacia el interior.

Su pecho dio un horrible vuelco al fijar los ojos en la figura caída en el suelo. Con la oscuridad creyó reconocer la cabellera de su mujer y el mundo se paró a su alrededor. Completamente. Su propio miedo confundía su visión. Latió de nuevo, lentamente, recuperando su paso, al filtrarse una suave luz desde el pasillo. Ross habría iluminado uno de los candelabros. Solo entonces la maldita imaginación dio paso a la realidad. Era Emma. Emma Brears y la mancha cuyos bordes mostraban un tono algo más oscuro no engañaba. La habían apuñalado en el vientre y en el costado. Dolorosa manera de morir. Quién lo había hecho había actuado con saña para abandonarla después a su suerte. A su espalda penetró Torchwell en la habitación.

—Hay una mujer muerta en la segunda habitación, de un disparo en el pecho.

No era Julia. Lo habría sabido. Muy hondo lo habría notado. Se sentía incapaz de verificarlo por sí mismo. Jamás imaginó que algo llegara a aterrarle. No a él. Había estado tan equivocado. Antes de preguntar aquello que lo mataría de haber ocurrido y no haber podido evitar, el hombre que rodeaba el cuerpo de Emma y se arrodillaba junto a ella, habló.

—No es tu mujer, amigo. No lo es. Si no me equivoco es una de sus hermanastras… —enfocó la dispar mirada en el femenino cuerpo desmadejado a sus pies— y esta es la otra.

¿Qué demonios había ocurrido? Torchwell ya se estaba haciendo una clara idea y la compartió.

—El disparo ha sido a bocajarro por lo que solo ha podido ser alguien cercano del que no esperaba un ataque sorpresivo y me inclino por su propia hermana.

—Pero, ¿por qué?

Los sorprendió a ambos. La agónica aspiración de aire y el doloroso gemido. Pero sobre todo les inquietaron las palabras que surgieron de los labios ensangrentados.

—Necesito… verle. ¿Dónde…?

Se acercó para colocarse junto con Ross, al lado de Emma y presionaron las heridas que sangraban lentamente. Tan despacio. No serviría de nada salvo retrasar unos segundos o escasos minutos su muerte y ambos lo sabían pero no podían quedarse quietos y no hacer algo. Simplemente no podían.

—¿Quién ha sido, Emma?

Los turbios y moribundos iris se clavaron en su rostro.

—Creí que me quería y que amaría a mi bebé pero…

La tos la interrumpió. Dios, estaba sufriendo.

—¿Dónde está Julia?

Lo miró nuevamente y por un instante una mirada de inmenso odio se reflejó en su mirada.

—Ella me lo… quitó. Ella. Le iba a dar mi regalo a él pero no tuve… tiempo.

Joder, la mujer estaba perdiendo las fuerzas y necesitaban saber. Necesitaba encontrar a su mujer y el único lazo del que disponía estaba comenzando a desvariar.

—Se lo quité a padre para entregárselo a él y no… lo sabe —una extraña mirada de súplica inundó esos ojos obsesionados—. ¿Se lo daréis, lo haréis si os digo dónde lo escondí? Si padre no hubiese descubierto… nosotros…

Dios, estaba perdiendo la vida ante sus propios ojos.

—Lo haré. Pero dime dónde está.

La mujer trató de elevar una de sus manos pero fue incapaz.

—En… mi… habitación.

¡De qué diablos hablaba! Le estaba a punto de dar un ataque de nervios. Sintió un peso en su brazo, pidiéndole cautela y puede que algo de paciencia. Torchwell. ¡No lo entendía! ¡Tenían a su mujer!

—El… maletín. En… mi… habitación.

—Se lo llevaremos, Emma pero debemos saber a dónde. Le diremos que es tu regalo. Para él.

La suave voz de Torchwell pareció funcionar. Emma ralentizó su respiración y fue a hablar pero su pecho se elevó, tosió e intentó hablar forzando el debilitado cuerpo que apenas le respondía. Como si no decir lo que se le atoraba llevando al límite sus destrozados pulmones, fuera impensable.

—Muelle… viejo. Muelle…

Parpadeó una y otra vez hasta que le faltaron fuerzas para abrir una última vez los ojos. Muerta. Había muerto ante sus propios ojos. Y su mujer permanecía desaparecida.

V

Lo que creía una noche sin fuste se estaba convirtiendo a pasos descomunales en un maldito problema. Todo había rodado como la seda durante la primera hora. En el carro la habían entretenido con sus juegos de palabras y ácido humor. Disfrutaba tanto de sus historias y anécdotas que el rato se le había pasado sin apenas darse cuenta. Las doce millas que habían viajado hasta la zona sureste de la ciudad en la que hacía una década descargaban la inmensa mayoría de la mercancía como consecuencia del mayor calado en esa zona del Támesis, habían estado plagadas de un constante y ameno cotorreo. Para que luego dijeran que las mujeres eran las chismosas.

Transcurrida la siguiente media hora tras dar un paseo a pie por la descuidada y abandonada zona, el ambiente que se respiraba había dado un giro brusco. La marea estaba subiendo, y a la luz de la luna comenzaba a perfilarse el fangoso fondo en el que sobresalían los restos de barcos de mediano tamaño que en otra época pertenecieron a pescadores que seguramente dejaron su vida y sus sueños entre los podridos maderos cubiertos de verdín.

Su olfato no la había engañado. Desde hacía un par de días circulaba el extraño rumor de que alguien adinerado se había apropiado de las parcelas que ocupaban la orilla sur del río y los viejos embarcaderos en los que nadie paraba ya. Si únicamente se hubiera tratado de una de las inservibles parcelas, no le hubiera llamado la atención, pero se trataba de toda la zona que circundaba el viejo muelle, de camino a Greenwich y eso se salía de lo normal.

Marcus. Frunció el suave ceño. Ni siquiera la había permitido explicarse. Hasta en tres ocasiones había intentado hablar con él del tema pero de nada había servido. Absolutamente de nada. Se sintió tan ignorada, y lo que jamás hubiera imaginado que le ocurriría con ese hombre, se sintió despreciada. Miró sus propias manos y aflojó el agarre sobre la húmeda roca que los separaba del destartalado embarcadero contra el que estaba amarrado un pequeño barco de vapor, semejante a los que surcaban el río trasladando trabajadores de las pequeñas localidades situadas al este de Londres hacia el mismo centro de la ciudad.

Habían permanecido un rato a la espera porque ella se había empeñado. Después de unos minutos quietos y ateridos de frío los hombres habían comenzado a refunfuñar diciendo que el idiota que les había adelantado el soplo se las vería con ellos por hacerles perder su valioso tiempo. Cada medio minuto surgía un nuevo quejido debido a la humedad o sus cansados huesos, hasta que les había pegado un sonoro bufido. A buena hora. Diez minutos más tarde habían tenido que esconderse apresuradamente con la llegada del barco. Tras amarrar en el destrozado muelle con extrema suavidad, el silencio había invadido la noche.

Poco después los acontecimientos se habían precipitado. Dos carruajes que tenían todo el aspecto de haberse adquirido recientemente pararon y de ellos surgieron siete hombres. Dos rondando la treintena, e incluso a esa distancia se apreciaba que eran apuestos, un tercero que se parecía demasiado a uno de los anteriores como para no estar emparentados y un anciano que pese a su pesado andar desprendía autoridad, o quizá lo que provocaba fuera miedo. Los demás eran puro músculo. Pero no fue eso lo que acicateó su preocupación e hizo que las alarmas de su cerebro tintinearan desesperadas. Del interior del segundo coche de caballos sacaron dos bultos. Uno vestía faldas y el otro pantalón. Una pareja y por la forma en que los cargaban estaban inconscientes. Al diablo con pasar una noche tranquila y esperar que nada fuera de lo normal enturbiara su ya despejado buen humor.

—Jefa, creo que son los hermanos Bray.

Pensándolo mejor puede que la noche hubiera mejorado a pasos agigantados. Dio gracias a quien escuchara, allá a lo lejos, sus palabras. Quizá su hermana velara por ellos. Había caído del cielo en medio de su regazo la oportunidad de parar a esos animales y con ello su oportunidad de vengarse de los hombres que mataron sin un asomo de piedad a su hermana gemela. Por su mente pasó fugaz la imagen del hombre que hubiera deseado tener a su lado y las de sus niños, protegidos entre los amorosos brazos de sus abuelos. No se podía tener siempre todo lo que uno deseaba y la vida se lo había demostrado a baquetazos en demasiadas ocasiones como para esperar que ocurriera lo imposible. Suspiró suavemente antes de hablar.

—Muy bien. Esto es lo que vamos a hacer…

—Jefa, ocurre algo.

Asomó la cabeza con precaución por el borde superior de la roca. Los hombres salían del barco, andando con cuidado por el destartalado embarcadero. Todos menos el anciano y uno de los hombres quienes seguramente se habrían quedado vigilando. El resto montó en los coches y enfilaron de nuevo el camino que los había traído al lugar que ahora abandonaban.

—¿Qué diablos está pasando?

Ojalá lo supiera.

—No importa ahora. Debemos ayudar a ese hombre y a la mujer.

—¡Cómo! Solo somos tres.

Buena y precisa pregunta pero en su mente ya se estaba configurando un buen plan.

—Poned las armas a punto.

—Jefa, no es… buena… idea —murmujeó el viejo Lucas al tiempo que fruncía las blanquecinas cejas—. El jefe se enfadará y mucho.

—Ya se le pasará.

—No jefa. Se le pasará contigo, pero a nosotros nos despellejará vivos por no haberte impedido hacer lo que sea que está planeando esa imaginativa mente. Y el jefe tiene muy mal genio.

Mientras hablaba, Sampson asentía de tal forma que parecía que se le iban a descoyuntar las vértebras del cuello

—¿Y si nada hacemos y esas dos personas mueren o se las llevan, como ocurrió… con ella?

Los dos pares de viejos y enternecidos ojillos de los dos ancianos y curtidos marineros a los que quería como si fueran unos tíos tan cercanos que más se asemejaban a figuras paternas, se posaron en ella. No necesitaron preguntar para saber a quién se refería. La habían visto sufrir y apagarse a lo largo de los años con la angustiosa búsqueda de su hermana como para no saber a quién se refería.

—¿Qué quieres que hagamos, niña?

Les sonrió.

—Gracias, viejos.

Las medio desdentadas sonrisas que recibió en respuesta aliviaron un poco la inquietud y la aprensión que la invadían.

—Eso sí, niña. Promete que intercederás por nosotros con el jefe.

—Prometido.

VI

Oscuridad y un suave balanceo que le estaba descomponiendo el estómago era lo único que se le ocurría como descripción detallada de su…, lo que fuera, estado, malestar, apuro. La peor situación en la que se había encontrado inmersa. Bueno, quizá no la peor, pero sin duda nefasta. Y para colmo, se ponía a divagar. También se escuchaba un desconcertante y constante crujir, y el olor. Ese olor húmedo al que no estaba acostumbrada. Y cierto regustillo a… pescado crudo. ¿Estaría en una lonja dedicada a la salazón?

Le habían cubierto la cabeza con una capucha y rodeado con un abrigo que le quedaba inmenso y le sobraba por todos los lados. Atada de pies y manos y firmemente amordazada. Trataba de gritar con los músculos del cuello y garganta pero se asemejaba a una vaca parturienta jadeante y agotada del supremo esfuerzo. Amordazada y haciendo el ridículo. Propio de ella.

Sobre su cabeza crujió la madera al compás de los pasos de alguien pesado, pero cerca sonó un ruido tan extraño como el que ella acababa de emitir solo que del otro género. Masculino. A unos cinco metros, frente al lugar que ocupaba aposentada sobre su mullido trasero. Afinó el oído. Definitivamente masculino y… resollando. Mugió con la garganta, desesperada. Le contestó otro ruido indefinible y próximo a ella. Repitió el suyo y le devolvieron, una vez más, el saludo.

Se detuvo un instante ¡Por favor!... ¡Era lo más ridículo que había hecho en su accidentada vida! ¿Y si se trataba realmente de un animal y estaba perdiendo fuerzas en conversar con un atontado buey?

Trató de tensar las muñecas como le había enseñado Marsden. El truco era la presión firme y constante, le había informado. Lo que había pasado por alto era el doloroso roce y el escozor.

—¿Homa?

Detuvo al momento el funcionamiento de todo músculo corporal. El buey acababa de decir algo.

—¿Hay ien ahí?

No se lo podía creer. Otra persona. El alivio fue tal que pasó por alto el evidente y defectuoso habla. Puede que quien intentaba hablar tuviera adormecida la lengua con el constante balanceo. Sonó un chasquido de lengua. Había acertado con el diagnóstico. El hombre tenía la lengua mareada. Otro ruido desconocido como de taconeo y un segundo chasquido bocal.

—¿Hay alguien ahí?

Su corazón bombeo a tal ritmo que pensó que estallaría allí mismo. Reconocería esa hermosa voz en cualquier rincón. ¡Era Rob! Estalló como una boba atolondrada y se puso a llorar logrando que brotaran de su persona los sonidos más humillantes de toda su vida.

—¿Es usted humano?

¡Sí! Intentó con todas sus fuerzas contestar, hacerse entender, proyectar sus pensamientos pero lo único que consiguió de Rob, en respuesta fue un *joder, es una vaca.*

VII

Lanzó una maldición que se hubo de escuchar en toda la casa y por el grito de Clive que llegó desde el piso bajo preguntando si todo iba bien, así fue. El condenado maletín había estado todo el tiempo bajo su techo. Delante de sus narices.

—No podías saberlo, Brandon.

Lo sabía. Sabía eso, pero el hecho de que podrían no haber llegado al punto en que se encontraban ahora de haber empleado toda la información que tenían entre sus manos, le pudría por dentro.

—Con esto podremos mandarlos a la cárcel de por vida, incluso al infierno.

Se escuchaban murmullos de conversaciones que llegaban del piso bajo. Estaban recobrando la conciencia. Entregó todos los papeles que agarraba entre sus manos a Torchwell, quien los introdujo en el desgastado maletín, antes de dirigirse a él.

—Eran amantes.

—¿De qué hablas?

—De Emma Brears y Roland Bray.

—¿Por qué lo dices?

—No lo digo yo sino que lo hizo ella, antes de morir. El padre los descubrió. Creo que Andrew Brears descubrió que eran amantes y le dio un ultimátum: *déjale o...* Lo que el padre no imaginó fue que eligiera al amante por encima de su familia.

Doyle continuó.

—Y esa fue la razón por la que los asesinó. No podía permitir que lo descubrieran e indagáramos en el motivo por el que se había infiltrado en la casa. No podía permitir que las preguntas se centraran en el hombre que buscaba, George Hamilton y en lo que sabía de su organización.

—Los asesinatos fueron una manera de desviar la atención de la policía y de que George Hamilton saliera del agujero en el que estaba escondido.

—Y funcionó.

—Sí. Una jodida jugada maestra —la mirada dispar de Torchwell brilló— Bray es un hombre peligroso y lo que es peor, extremadamente inteligente.

—Y tiene a mi mujer.

La frase surgió apagada. Torchwell avanzó dos pasos en su dirección.

—Vayamos abajo. Mandaremos a alguien en busca de Marcus Sorenson. Ese hombre lleva demasiado tiempo tras los Bray como para no estar al tanto de lo que ocurre en su organización.Antes de llegar a la jamba de la puerta, le llegó la grave voz del superintendente.

—¿Qué hacemos con ellas?

—No irán a ningún lado y en estos momentos he de recuperar a mi mujer. El tiempo corre en nuestra contra.

—Está bien. Yo me encargaré.

Observó con agradecimiento a Ross Torchwell. Llevaban recorrida media escalinata cuando la puerta de entrada se abrió de golpe golpeando la pared de uno de los lados. Maldita sea. Peter cruzaba la entrada cubierto de mugre y el rostro retorcido de pura angustia, seguido a corta distancia por Liam. La maldita cicatriz le daba una aspecto inhumano y la mirada…, esa mirada le recordó la de un animal enjaulado y envuelto en pura desesperación. Los negros ojos recorrieron la estancia y se pararon en él.

—Se lo han llevado, hermano.

Sin necesidad de que hablara más Doyle supo lo que significaba. Saxton lo había logrado. Todo encajó. Absolutamente todo. Una maldita trampa desde el principio para que acudieran a prisión. Saxton los conocía y sabía que acudirían a ayudar dejando sus hogares desprotegidos. De esa manera podrían llevarse a su Julia. La otra finalidad también la habían logrado. Había capturado a Rob. Desde el mismo momento en que se enteraron de que los Bray y Saxton se traían algo entre manos debieron…, debieron…, ¡joder! debieron pararse y no reaccionar en cuanto Cudler les pegó el chivatazo. Pero el hombre fue sincero, de eso no había duda. Maldita sea, no les traicionó porque fue Cudler el engañado por los Bray. Lo emplearon de cebo y todos cayeron en sus redes como recién nacidos. Al estallar las explosiones esa misma noche, sorprendiéndoles, todo se aceleró empujando el instinto arraigado en ellos de proteger, de cuidar. Rob y Peter cayeron en la encerrona y él se apartó de su mujer y su pequeña dejando vía libre al hombre que se la había arrebatado; y lo que era todavía peor, había recibido y dado la bienvenida voluntariamente en su hogar a la traidora, a Emma. Se sintió estúpido, furioso, dolido y engañado, pero ante todo, estaba aterrado de no encontrarla, de no verla de nuevo. Unos fuertes brazos lo envolvieron en un duro abrazo. Peter.

—¿Qué podemos hacer?

Detrás de la figura de su hermano apareció la inmensa figura de Sorenson. Imperturbable, pero se le notaba cabreado. Por alguna extraña razón, percibió que su enfado era intenso y profundo. A su lado, algo atrasado, emergió de la cocina la figura de Clive quien no parecía dispuesto a soltar a su pequeña, mientras tarareaba una curiosa melodía; y tras él, Marsden con el rostro algo descompuesto. Peter les relató lo vivido en ese infierno, paso a paso, con el rostro tenso y el sufrimiento reflejado en el hermoso rostro. Lo que había sentido al ver cómo le arrebataban a Rob, la provocación enfermiza de Saxton. Lo dicho por sus hombres, la presencia de Rupert Bray y la del viejo Drake.

—Repite eso.

La ronca y repentina voz de Sorenson los desconcertó. La urgencia se reflejaba en el sonido y en su súbita postura tensa. Todos se giraron hacía él.

—Repite… las últimas… palabras.

Joder, el hombre era peligroso, pero Peter no reaccionó ante una amenaza sino ante un compañero. Se acercó dos pasos percibiendo la importancia de la pregunta.

—El hombre dijo que la marea no tardaría en descender por lo que debían apresurarse. Con esas exactas palabras.

Peter aguantó la respiración. Presentía que Sorenson había olfateado un rastro. No sabía cómo pero podría asegurarlo.

—¡Condenada mujer!

Eso no se lo esperaba nadie. La tremenda explosión de ira. Las miradas se dirigieron enfiladas y sorprendidas hacia el hombre que había comenzado a pasearse por el espacio que la presencia de los demás le permitía. Se pasaba las manos por la sombreada cabeza una y otra vez.

—Elora. Esa mujer va a terminar conmigo cualquiera de estos días. ¿Veis esto? —apuntaba a su cráneo— si tuviera pelo o lo dejara crecer estaría canoso en su totalidad de la preocupación que me causa esa endemoniada, desobediente y metete mujer.

—¿Tu mujer?

Los ojos verde azulados se abrieron alucinados.

—¡Mi mano derecha!

Dios, no había quien siguiera el curso del pensamiento del hombre. ¿Elora Robbins era su mano derecha? Doyle se lanzó a preguntar.

—¿De qué estás…?

—Sé dónde los han llevado.

Su pecho se expandió como un muelle, rodeado de exclamaciones. La estrangulada voz de Peter no se hizo esperar.

—¿Dónde?

—Al viejo muelle al oeste de Greenwich, en la orilla sur del río, —los observó a todos—, no hay tiempo para explicaciones ahora. Necesito que confiéis en mí —las cautelosas miradas se clavaron el él— no solo arriesgáis vosotros. También yo.

Clive se adelantó un paso.

—Esa mujer…

Sorenson sencillamente asintió antes de proseguir.

—Debemos salir cuanto antes.

Todos formaron un círculo. Torchwell, Sorenson, Pete, Liam y él. Clive se escurrió hasta colocarse junto a Ross. Todas las miradas se centraron en el hermoso y dormido bebé que todavía abrazaba como si de un tesoro se tratara. Era un buen hombre.

Lentamente Doyle se le aproximó y con tanta suavidad como pudo emplear para no despertar a su pequeña, la sujetó bajo la cabecita como le había enseñado su mujer y la apretó contra su pecho. Peter le acarició la sonrosada mejilla.

—Debemos apresurarnos. La marea ya estará subiendo.

Deshizo el círculo y se acercó al lugar que ocupaban sin emitir un sonido Burrowers, Marsden y la señora Pitt. Detrás se ubicaban el resto de sus hombres. Estaban avergonzados y no había razón para ello.

—Lo sentimos tanto, señor. Fue culpa nuestra que se llevaran a nuestra señora. No supimos protegerla.

No dijo nada, tras escuchar lo confesado por Burrowers. No contestó. Las acciones hablaban más alto y claro que las propias palabras. Se posicionó frente a la señora Pitt y le entregó suavemente a su hija, tras posar un beso en la pelona cabecita.

—Confío en todos y cada uno de ustedes… —los recorrió con la mirada, uno tras otro— con mi vida, con la de mi familia, con la de mi hija. Siempre lo hice y no he dejado de confiar.

No apartaba la vista de los bondadosos ojos de la mujer que casi lo había criado y que se llenaron de lágrimas, al coger entre sus maternales brazos a la pequeña. Los demás formaron un protector círculo alrededor de las dos mujeres. Acarició de nuevo esa carita y le dio la espalda mientras Sorenson impartía órdenes. Uno de los hombres debía apresurarse y acudir a una dirección en concreto y relatar a la gente allí reunida lo que había ocurrido. Que ellos sabrían qué hacer y cómo actuar pero que no olvidara decirles que llevaran al "Stella May" con la tripulación al completo al muelle principal de Rotherhithe. Que una vez trasladadas las indicaciones, simplemente les siguiera la corriente. En cuanto terminó salieron por la puerta en busca de las personas que trataban de arrebatar de su lado. Lo pelearían a muerte.

VIII

—Al jefe no le gustará…

Había perdido la cuenta de las veces en que había escuchado las… mismas… palabras.

—Ya. Pero el jefe no está aquí.

—Pero no tardará, jefa.

—¡Eso no lo sabemos!

Diantre, se le estaba agotando la paciencia y eso jamás le pasaba a ella.

—Sí lo sabemos, jefa. En cuanto el viejo Sampson de la alarma, mandará a todo el ejército al rescate.

—Eso no ocurrirá, Lucas. Saldremos de esta sin necesidad de ayuda si actuamos con lógica y astucia.

—Sí, jefa.

—Muy bien.

—No, jefa. Me refiero a qué ocurrirá. El jefe se pondrá fu… ri… o… so.

Se puso en jarras. Diminuta frente al viejo y curtido marinero.

—No tenemos tiempo de debatir, Lucas. La marea está subiendo y mis tripas me dicen que debemos rescatarlos ya.

Los vívidos ojillos se dirigieron a su vientre y suspiró rendido. El esfuerzo para camuflar la desvergonzada sonrisilla al saberse ganadora de la discusión, resultó agotador.

—Tenemos a dos hombres del bando contrario dentro del barco.

Desde la distancia a la que se mantenía se apreciaba claramente que el que era pura masa muscular iba y venía por cubierta, siguiendo un mismo y lento andar constante. El anciano no estaba a la vista.

—Vamos.

El juramento a su espalda le llegó nítido al igual que los pasos siguiéndola. Se aproximaron aprovechando cualquier objeto que sirviera para resguardarse. Escuchó el choque de algo metálico contra una roca. Lucas había sacado las armas. Ella deslizó la pequeña mano dentro del bolsillo que siempre ocultaban sus faldas y asió la pequeña pistola. En el otro lado el bulto que formaba el puñal la reconfortó. En más de una ocasión le habían servido para escapar de un buen embrollo. Giró el rostro oteando los alrededores y avanzó con ánimo hacia los rotos tablones que los llevarían hasta el barco de vapor y hacia las personas a las que se proponían ayudar. No cabía la derrota.

*****

Capítulo 18

I

Diez minutos de forcejeo por su parte y de asombrosas imprecaciones subidas de tono por parte de Rob fue, en resumidas cuentas, lo que había sucedido, grosso modo, durante los últimos diez minutos. Sin olvidar las periódicas preguntas del hijo de Norris sobre si el que estaba cerca de él estaba amordazado. Entre resuellos indagaba si también le habían secuestrado o si era enemigo de Saxton, si le dolía tanto como a él la cabeza, pero sobre todo, farfullaba entre dientes que esperaba no estar hablando con una vaca.

Seguía con la mordaza bien trabada sobre su boca, pero al menos las cuerdas que rodeaban sus muñecas comenzaban a aflojarse. Paró de sopetón al escuchar como si un pesado fardo hubiera caído sobre el techo que los cubría. El estómago ya se le había asentado pero le dio un nuevo vuelco con el ruido y la retahíla de maldiciones de Rob. Con la capucha sobre la cabeza no podía ver lo que la rodeaba y era una sensación angustiosa.

Sus oídos escucharon con claridad una conversación. Por las voces eran dos hombres y una mujer joven. Otro ruido fuerte, un ligero forcejeo y un portazo cerca, muy cerca de ellos. Podría jurar que estaba ocurriendo en la habitación de al lado. Una cascada voz parecía estar reprendiendo como un angustiado padre a un hijo descarriado, repitiendo una y otra vez que al jefe no le iba a gustar lo que acababan de hacer, que se iba a enfurecer. Una suave pero firme voz femenina le chistó sin pudor alguno, acallando de golpe la avejentada voz de varón.

Los pasos se acercaban y con la cercanía del sonido se fueron apagando sus forcejeos con la soga. Escuchó perfectamente cómo crujía la puerta al girar en sus goznes, como si se lamentara el verse obligada a abrirse a su avanzada edad.

Le arrancaron la capucha de golpe y cerró los ojos con el brusco movimiento. Unos metros más allá escuchó otra exclamación de sorpresa y un nombre lanzado en voz alta por Rob, *Elora*

Abrió los párpados y su mirada cayó en una mujer de aspecto nada destacable, común, con el rostro redondeado, bordeado por oscuro cabello y de baja estatura, con un cuerpo redondo y generoso pero con unos ojos oscuros tan vivos, llenos de picardía y valentía que le agradó de inmediato.

—Creo, señora, que me la va a deber una segunda vez.

El sonido de su voz era hermoso. No la abrazó y apretujó contra su pecho porque seguía amarrada y amordazada.

—Debemos apresurarnos ya que volverán enseguida para partir con la marea. Dejaron atrás dos hombres. A uno lo dejamos inconsciente. El otro está encerrado en la bodega.

La mujer siguió explicando con claridad cómo habían llegado a dar con ellos mientras, sacaba un afilado cuchillo y rasgaba las sogas que rodeaban sus muñecas. Ella aprovechó ese momento para grabar en sus retinas lo que la rodeaba. Ocupaban una especie de alargada cabina, oscura, con curvados listones de madera que sobresalían en las paredes y un ventanuco redondo y sucio por el que podría salir un hombre no demasiado grueso. Al otro lado total y tenebrosa oscuridad. Las dos miradas femeninas chocaron. Tras retirar el paño de su boca y desentumecer lo suficiente la mandíbula, barboteó aquello que brotó de su mente.

—Gracias.

Dios mío, la mujer que los había rescatado tenía una hermosa sonrisa, llena de hoyuelos pero esta no terminaba de alcanzar esos profundos y oscuros ojos. Parecía una mujer en cierto modo triste.

Una segunda exclamación brotó al otro lado de lo que decidió que parecía ser el casco herrumbroso de un barco. Claro, ahora entendía el balanceo. Y su mareo recurrente. Rob se le acercó en dos zancadas, la alzó y la abrazó. Fuerte, como siempre imaginó que sería el abrazo de un hermano y así lo sintió.

—¿Cómo…?

Era largo de explicar y no era el momento por la mirada acelerada que les lanzaba el viejillo desdentado vestido de marinero que no apartaba la vista de Elora. Esta se ubicó en el mismo lugar que había ocupado ella hasta hacía unos segundos.

—Tendréis que atarme.

No había podido escuchar correctamente por la mordaza que aún le obstruía unos de sus oídos. No. En el brutal silencio únicamente se escuchó la ansiosa y desesperada protesta del viejillo, atrayendo la mirada de Elora, quien no dudó en dirigirse a él con una serena mirada. Casi suplicante.

—Sí. Si creen que solo él ha huido tendréis más posibilidades de escapar ya que se lanzaran a la búsqueda de una persona. Preguntarán por un hombre en solitario, viejo amigo. Casi hay pleamar y estarán a punto de llegar. No se darán cuenta del cambio hasta pasadas unas horas y para entonces... —una suave y triste sonrisa curvó los femeninos labios— ya habrá llegado el ejército.

El anciano miraba a Elora con inmensa ternura y miedo por ella.

—Muchacha, no me lo pidas, por favor.

Una pequeña mano se alzó lentamente y acarició la arrugada cara del viejillo que la inclinó para facilitar el contacto.

—Os regalaré tiempo.

—Arriesgando la vida, muchacha.

—Puede, viejo, pero salvaremos a dos. Es un buen canje en mi cuenta particular.

Estaba presenciando algo muy personal y que iba contra todo en lo que ella creía. Contra todo lo que le habían enseñado. No podía permitir que una mujer arriesgara su vida por ella. No dormiría jamás de nuevo.

—No.

—No.

Tanto Rob como ella contestaron al unísono. Sin dudar. Elora los observó asombrada pero no tardó en hablar sosegadamente.

—Es la única salida viable. El viaje será largo. En esta zona apenas hay tránsito fluvial por lo que querrán mezclarse cuanto antes con otros barcos. No se les ocurrirá verificar la identidad de su prisionera ni se plantearán la posibilidad de un cambiazo. Intentarán alejarse de Londres y pararán en Gravesend, Margate o en Ramsgate. Seguramente en esta última, por ser un importante puerto donde mezclarse con otros barcos, pasajeros y viajeros. Hasta ese momento tendremos tiempo.

—¿Y si te descubren?

—Me arriesgaré.

La mente de Julia comenzó a circular a toda velocidad.

—No te dejaremos aquí, Elora. No puedo hacerlo.

La duda comenzaba a filtrarse en esa oscura mirada.

—Dadme otra opción, entonces.

En un segundo se les ocurrió. Lo leyó en la mirada de Rob quien comenzó a plantear una segunda opción con rapidez.

—Apilaremos a tu espalda todo lo que encontremos. Los hombres que dejaron ahí tirada a Julia no recordarán cómo estaban colocadas las cajas y cuerdas que nos rodean. No habrán prestado atención. Tu hombre deberá salir y localizar a Sorenson, a Doyle y relatar a Peter Brandon lo que vamos a hacer. Me ocultaré entre las cajas, aparejos y cuerdas, bajo las lonas. Cerca. Lo único de lo que estoy seguro es que no te dejaré sola —los azulados ojos se volvieron hacia Julia pese a que esta ya comenzaba a negar con la cabeza, intuyendo lo que él iba a decir a continuación— Sí, escúchame, Julia. Debemos aprovechar la ocasión y saldrás por esa maldita puerta sin mirar atrás, ¿me oyes? Si he de pelear, y seguramente así será, no puedo distraerme. No puedo y necesitamos que Doyle y Peter sepan dónde estamos.

Tenía razón. Sabía que lo que decía Rob tenía toda la lógica del mundo, pero dejarles le aterraba. La mera posibilidad de no volver a verles… La súplica mezclada con exasperación en esa mirada la obligó a asentir finalmente.

Llevaron a cabo su plan con presteza escuchando de fondo las protestas enconadas y súplicas del viejo, que pese a todo se esforzaba por apilar los útiles desperdigados por el suelo contra la curvada pared. Para cuando terminaron se habían cambiado los vestidos sin importar la evidente diferencia de tamaño entre ambas, apañándoselas como pudieron y Elora había ocupado su lugar, en el suelo. El viejo Lucas terminó de colocar alrededor de Rob las lonas y maderos dejando un par de rendijas para que pudiera observar parte de lo que ocurría a su alrededor. Armado, este se encogió hasta hacerse invisible al ojo de aquél que entrara. Las sogas rasgadas de Rob las dejaron tiradas en el mismo suelo que había ocupado al igual que la mordaza y la maldita capucha. Únicamente cabía rezar y esperar que no se les ocurriera comprobar el estado de su prisionera.

Suerte. La ronca palabra les llegó desde los bultos amontonados en el piso. La iban a necesitar. Todos ellos. El anciano extendió la callosa mano en dirección a Elora, acariciándole el oscuro cabello y susurrando un *ve con Dios, hija*, antes de cubrirla con la roída tela y el abrigo, para asir de inmediato la mano de Julia, con sorprendente fuerza, mientras su cascada garganta trataba de tragar la poca saliva que le quedaba. Se le veía tan asustado.

—Vamos, muchacha.

Con una última mirada atrás asegurándose de que nada desentonaba, salieron del asfixiante lugar.

A lo lejos ya apreció que algo no iba bien. El inútil que había dejado apostado atrás, vigilando, no aparecía por ningún sitio y realmente no lo imaginaba manteniendo una inteligente conversación con Albus. Pese a todo seguía costándole llamar a ese hombre, padre. A su derecha se movía silencioso Rupert. No le necesitaba ya, pero le permitiría permanecer con ellos hasta que cometiera un error, y tarde o temprano lo haría. Inexorablemente ocurriría. Saxton acababa de facilitarles los últimos detalles e información de su suculenta organización. Una verdadera mina de oro. La mente de ese hombre era digna de aprecio. Una pena que estuviera embarrada por su obsesión por el policía. Una verdadera lástima.

Estaban a punto de adentrarse en el viejo muelle cuando le asaltó la sensación. Su hombre ya debería haber asomado la cabeza.

—No está.

Las palabras brotaron de boca de Saxton en el exacto momento en que aceleró el paso y avistaron el encogido bulto sobre la cubierta del barco. Él no se encolerizaba ya que la ira solamente nublaba el buen juicio y daba lugar a errores, pero si ella no estaba donde había dado orden de que permaneciera vigilada, rodarían cabezas. Más de una.

Por un instante lamentó no haber traído a los perros consigo. Cruzaron con cautela la endeble pasarela de tablones. Albus seguía sin dar señales de vida y era la hora convenida para zarpar. Pleamar. Con un breve gesto se separaron. Él y Saxton en dirección a popa, Rupert a proa. El barco era de mediano calado por lo que lo recorrerían en poco tiempo. Lo justo para asegurarse de que todo discurría como debía y zarpar. Lo primordial era asegurarse de que ella seguía prisionera. Lo demás carecía de importancia.

III

—¿Cómo diablos sabes el lugar exacto? —indagó Doyle.

—Me lo dijo ella antes de que la mandara callar.

Un suave juramento del hombre que extremadamente tenso no apartaba la mirada del frente, del río que se extendía interminable, era lo último que esperaba escuchar.

—¿La mandaste…?

No terminó la pregunta dirigida a Sorenson al recibir la mirada verdeazulada más venenosa de su vida. Entre Marcus y esa mujer había historia y tenía todo el aspecto de ser turbulenta, por decirlo suavemente.

La organización había resultado asombrosa al igual que una máquina perfectamente engrasada. Habían subido a un barco en el muelle indicado por Sorenson donde los esperaba su capitán y una amplia tripulación para recibir instrucciones. Estas fueron claras. Poner rumbo a toda máquina hacia los abandonados muelles para alcanzarlos antes de que la pleamar llegara al máximo. En el lugar estaría amarrado un barco. En esencia el plan era sencillo. Acercarse lo suficiente para preguntar si requerían ayuda, por si tenían alguna vía de agua, y cerrarles la salida al río. Después… abordar. No tenían otra elección.

No tardaría mucho en amanecer. Lo único que sabía seguro es que recuperaría a su mujer o no saldría con vida del intento. Y por la empecinada mirada de Sorenson, su intención se asemejaba bastante a la suya. A su espalda escuchaba conversar a Clive con el primer oficial, interviniendo de tanto en tanto Torchwell. Estaban disponiendo la distribución de los hombres para el ataque. Los trozos de conversación que escuchaba le agradaban ya que haría lo mismo. La corpulenta figura de Peter se perfilaba contra la proa. Se había negado a entrar en la cabina pese al frío, la suave llovizna que calaba hasta los huesos y la eterna humedad. Dios, su hermano parecía a punto de romperse y el temía lo que pudiera ocurrir de ser así. Dudaba que Peter se diera cuenta en esos momentos. Estaba tan inmóvil que inquietaba. En ese estado era extremadamente peligroso y todos lo notaban. Lo percibían sin necesidad de observarlo. Quizá por ello Liam no se separaba más de tres metros de él y el resto no osaba aproximarse.

—Nos acercamos a la zona.

La tranquila voz del capitán al timón, daba aviso para que se colocaran en sus lugares. Las charlas cesaron y Clive asomó la cabeza por la ventanilla del lado de la cabina informando a Peter y a Liam quienes no tardaron en unirse a ellos. Se mascaba la tensión y se respiraba el miedo a perder aquello que te mantenía vivo y cuerdo.

A partir de ese momento y salvo el suave oleaje golpeando el casco, únicamente se escuchó el espeluznante sonido de las armas al ser revisadas y preparadas. Y un quedo rezo en boca del irlandés que, en silencio, todos compartieron.

IV

Apenas habían salido del cubículo donde habían dejado a Elora y Rob cuando escucharon el golpetazo. Después otro y otro más hasta que perdieron la cuenta. Se les había acabado el tiempo. Desesperados miraron a su alrededor. Habían ascendido por una escalerilla de madera, la única entrada a la zona del casco del barco y habían ido a parar a un pasillo al que accedían dos puertas de madera rotas a cada lado. Al fondo otra escalerilla ascendente que daba a la cabina. La situación era mala, siendo realmente optimistas, y los tablones crujían como si se quejaran del peso que estaban soportando.

La nudosa mano del viejo marinero la agarró del hombro, empujándola con presteza hacia una de las puertas. Su respiración sonaba ahogada. La cruzaron y cerró la entrada tras de sí. Olía a madera húmeda, a salitre y a cerrado. No se usaba el espacio desde hacía años por la sensación resbalosa que cubrió sus dedos al rozar una de las paredes. La oscuridad era total. La sensación de congoja fue aplastante.

—Ahora debe callar, muchacha y colocarse detras de mí.

La amplia y algo encorvada espalda del anciano se colocó delante de ella. Dios santo, tenía intención de pelear y de parar a quien tratara de cruzar esa frágil puerta. Se leía en esa espalda doblada por los años y el cansancio que lo haría sin dudar un segundo. Un asfixiante nudo de agradecimiento le atenazó la garganta al observar cómo el anciano separaba las piernas y se posicionaba.

Escuchó desde el interior el crujido de los escalones situados al fondo del pasillo y los pesados pasos que se acercaban. Ella apenas veía a dos palmos de su nariz pero sintió el desplazamiento del cuerpo del viejo Lucas, dando un paso hacia la puerta y colocarse contra ella, empleando el peso de su cuerpo de tope. Por la rendija inferior de la puerta se filtró una suave luz, seguramente de algún farolillo o quizá de una antorcha. A su mente sobrevino la idea de que el fuego y los barcos no hacían buenas migas. Odiaba las cosas que se le ocurrían cuando estaba aterrada.

Los pasos cruzaron por delante del pequeño camarote. Firmes. A diferente ritmo pero pesados. Julia tragó con la reseca garganta e instintivamente apoyó la palma de su mano contra la rígida espalda del hombre que permanecía inclinado con el peso de su cuerpo contra la cerrada madera. Alguien habló con rapidez lo que impidió entender las palabras pronunciadas, pero era lo de menos. Reconocía esa maldita voz. Era Roland Bray. Al otro no terminaba de ubicarlo, pero la imaginación y un mínimo de sentido común le indicaba que solo podía ser Saxton. Martin Saxton. Cuando viera que Rob no estaba donde se esperaba… Un escalofrío incontenible la recorrió.

Aguantaron con la respiración atorada un rato que le pareció eterno hasta que el sonido de los gritos les alcanzó de lleno.

V

—¡Ah del barco!

Lentamente se habían aproximado hasta colocarse de lado contra el barco de mediano tamaño a una distancia no superior al de una estrecha pasarela. La maniobra la habían efectuado con naturalidad, como si se tratara de ofrecer la ayuda que todo mercante está obligado a dar de apreciar problemas en otro buque. El capitán y el primer oficial no perdieron la sangre fría en ningún momento. Lentamente se fueron acercando tras descolgar las defensas a babor. Todo debía parecer rutinario. Escuchó la sosegada pregunta del primer oficial.

—¿Algún problema a bordo? ¿Necesitan ayuda?

La respuesta no se hizo esperar.

—Todo en orden, Stella May. Un marinero que se ha sentido indispuesto y lo hemos desembarcado. Gracias por el interés, pero tenemos prisa y debemos zarpar de inmediato con la marea.

Estaban preparados y encogidos tras la baranda de cubierta que daba a babor. Listos y armados. Ellos y la mitad de la tripulación. Uno de sus marineros ya había indicado con un gesto el número de hombres posicionados en la cubierta del otro barco. Cuatro. Bien. Apretó el arma y alzó el puño para lanzar la señal pero se le adelantó el maldito ruido, seguido de inmediato por otro semejante. El inconfundible sonido de disparos. Lanzó la señal que todos esperaban y se levantaron al unísono, disparando al mismo tiempo. Sin pensárselo. Arriesgaban demasiado si dudaban. Comenzaba el enfrentamiento.

Satisfacción fue lo que sintió al entrar en la pequeña bodega. Ella seguía allí. Quieta y envuelta en su abrigo negro, impregnándolo con su olor como un trofeo más para gozar de él. Justo al lado del armario en el que había guardado los demás regalos, todos para ella. Los que le mostraría más adelante. Para que apreciara su inmenso poder. El resto eran contingencias colaterales que se podrían resolver tarde o temprano. Claro que no para el hombre que estaba en pie a su lado y que había empalidecido hasta que su rostro se volvió de un tono casi cadavérico. Saxton parecía presto a estallar, y en su interior deseó por un breve instante observar cómo ese hombre perdía las formas. Los claros y velados ojos no se apartaban del lugar en el que debía estar amarrado el hombre que lo obsesionaba. El rubio que tantos problemas les había causado. Saxton recorría la estancia deteniéndose constantemente en ella, en su elegida y eso no le agradaba.

—No cumpliste… tú… parte, Bray.

La voz del hijo del duque rezumaba rabia. Intuía que Saxton lo iba a culpar de la huida de su prisionero por lo que desenfundó su arma y la apuntó directamente a la cabeza de este en el exacto momento en el que Saxton dirigía la suya hacia la femenina y encogida figura. La yema del dedo dejó de presionar el gatillo ya que se arriesgaba a quedarse sin lo que deseaba. No la perdería ahora. No después de encontrarla y obtenerla.

—Dispara y morirás.

—¡No cumpliste tu trato! ¡Teníais que entregármelo!

—Baja el arma, Saxton.

—Meses encerrado, pensando únicamente en él.

—Baja… la… pistola.

Maldita sea, el hombre estaba perdiendo los nervios. El arma temblaba en su mano y no podía permitirse perder a la mujer que había elegido para él.

—Bájala. Él no puede estar lejos. Lo rastrearemos.

Saxton se acercó un paso hacia ella.

—Lo encontraremos. Siempre cumplo mi palabra, Saxton.

Otro paso. La necesidad de disparar era apremiante. Casi demasiado como para resistirla. Repentinamente los nublados ojos del hombre que lo miraba con inmensa furia brillaron y de nuevo recorrieron el lugar. Al detalle. Algo ocurría, algo que a él se le había pasado por alto. Saxton bajó el arma y lo miró frunciendo el ceño. Planeaba algo. Se había dado cuenta de algún detalle de extrema importancia. Sin un mínimo de contención por el arma que ahora apuntaba a su pecho, Saxton se aproximó a él, aferró el cañón del arma con su propia mano y susurró en su cara, el cálido aliento rozándole el rostro.

—Dispara si quieres, Bray, pero con ello nada lograrás salvo perder lo que tanto te costó conseguir. Igual que a mí.

—¿De qué demonios hablas?

—¿No es evidente?

El gesto indicaba la femenina figura que permanecía encogida a unos pasos de distancia. No entendía lo que Saxton insinuaba.

—No es ella.

Volvió la mirada hacia el lugar que ocupaba su elegida.

—Estás loco.

—Mi juguete jamás dejaría atrás a una mujer. Nunca. Sigue en el barco y ella no es tú elegida.

Su pecho se expandió lleno de duda. Se lamió los labios y sujetó con fuerza el arma. Por un segundo sopesó la posibilidad de apretar el gatillo. Un segundo delicioso. Dudó. Tenía razón, el bulto era más menudo de lo que debiera. Su elegida era alta y regia. No se lo pensó. En dos pasos recorrió la distancia y se agachó arrancando la capucha que cubría la femenina cabeza. Cabello oscuro, no rojo. Ojos redondos, no rasgados. Rostro redondo, no ovalado. Lo único que llegó a reconocer fue la retadora mirada y la falta de miedo o intención de suplicar

Le pudo la ira. Esa rabia que jamás dejaba suelta y que dirigió el impulso de su mano hasta cruzar el rostro desafiante que no apartaba la retadora mirada. Con el gemido de la impostora llegó el ruido y el movimiento a su izquierda. A su lado. También la fría sensación del cañón de un arma presionar contra su sien. El maldito policía. Saxton llevaba razón. Lo conocía bien ya que se había quedado atrás para proteger a una maldita desconocida. Oculto hasta verse obligado a actuar.

—Tócala de nuevo y te salto los sesos, hijo de puta.

El rubio no bromeaba. Por ello se obligó a mantenerse quieto en el lugar. En tablas. Se encontraba en tablas con el hombre ya que la mujer permanecía atada y caída de costado como consecuencia del golpe con el dorso de la mano. Quizá inconsciente.

Sabiendo su espalda cubierta con la presencia de Saxton, se distanció un poco de los dos prisioneros pese al arma que le apuntaba directamente. Ellos le dirían dónde estaba su elegida si deseaban seguir viviendo. Pero antes, con su mano libre empujó veloz la que temblaba extendida hacia su sien, estallando dos disparos al mismo tiempo. Uno cerca de su oído, causando un dolor que recibió como se recibe a un amigo de toda la vida. El otro, que llegó por detrás, desde el lugar que ocupaba Saxton, destrozó la caja de madera situada junto al tenso rostro del policía quien alzó los azules ojos hasta fijarlos en un punto ubicado tras él, en la musculosa forma del hombre que lo miraba con enfermiza intensidad. Disfrutó de la perdida mirada en los ojos del policía. Todavía más del temor que de golpe invadió esos claros ojos.

VII

Casi se echó a llorar. Un disparo. Había sonado un disparo. No. Habían sido dos.

Demasiado rápido, todo había sucedido tan rápido. El susurro apenas perceptible del anciano le hizo sentirse algo menos sola.

—Quédate ahí atrás muchacha y por los clavos de Cristo, no hagas ruido alguno.

¿¡Cómo quería que hiciera ruido!? Si ni saliva parecía tener del miedo. Los segundos se les hicieron interminables hasta que otro grupo de presurosos pasos pasaron por delante de la puerta. Los agudos ojos del viejillo se giraron hacia ella aunque en la penumbra apenas los alcanzara a ver.

—Llegó el momento, muchacha.

¿El momento? ¿¡El momento de qué!?

—Llegó la hora de salir y buscar ayuda…

¡Por Dios! Si salía de esta jamás se metería en más líos, haría caso de todos los consejos y dejaría de leer ya que fomentaba su ya de por si sobreexcitada imaginación. Bueno, quizá no llegara a tanto, pero dejaría de meterse en líos. Intencionadamente, al menos. Una vez que ayudaran a Rob y Elora. Se volvió hacia el viejo Lucas y lo miró implorante.

—No.

Hizo un puchero.

—Es una maldita locura, muchacha.

Decidió lanzarse con toda la artillería.

—No podemos abandonarlos a su suerte y ambos lo sabemos. No podrías vivir sabiendo que la dejaste atrás, y yo, sencillamente se lo debo al hombre que es más que un amigo. Al igual que a Elora. No podemos dejarlos atrás.

El arrugado marinero lanzó una suave imprecación y suspiró rendido, provocando casi con el imaginativo juramento que ella lanzara una tonta risa. La arrugada y fuerte mano se extendió en su dirección y ella la aferró como el enfermo que ve llegar al galeno tras horas de sufrimiento. Iban a cometer una locura pero carecían de elección. Supo, en cuanto salió de ese maldito casco, que no podría abandonarlos y el viejo marinero también.

VIII

Sintió agotamiento, asco, y tanto rechazo hacia el hombre que no apartaba su mirada de él. Saxton. Apretó con ansiedad la culata del arma. Temblaba ligeramente.

—Hola de nuevo, mi precioso juguete. Deberías saber a estas alturas que jamás podrás librarte de mí.

El sonido de los dos disparos lanzados en rápida sucesión retumbó en el espacio, como si hubiera un extraño eco en el silencio. A espaldas de Saxton la puerta se abrió de golpe perfilándose la fornida figura de Rupert Bray.

—¿Qué coño ha ocurrido?

Junto a él estaba Albus Drake, quien con asombrosa rapidez fijó la especulativa mirada en la mujer que permanecía tirada en el suelo. Los angulosos rasgos y fornida figura se asemejaban demasiado a las de sus hijos como para pasar de largo el evidente parentesco.

—¿Quién es?

La rasposa voz de Albus Drake causaba escalofríos.

—No importa.

La fría mirada del viejo cayó en Roland quién pareció encogerse levemente.

—No es nadie importante, padre.

—Muéstrame su cara, deseo verla —nadie se movió— ¡Ahora!

Los dos hermanos al unísono se movieron obedeciendo hasta que el cuchillo que empuñaba Rob en la otra mano se giró hacia la figura de Albus Drake. Eso los detuvo. Momentáneamente. La reacción del viejo le puso el vello de punta a Rob. Sonrió como si le fuera indiferente que el filo de un arma le apuntara directamente. Los dedos que sujetaban el mango se tensaron, en reacción a esa risa macabra. No podía permitir que se acercaran a Elora.

—Ni un paso, o por Dios, que lo lanzo.

La mueca se acrecentó. Diablos, el viejo no estaba en sus cabales. Sentía todas las miradas sobre él, rodeándole, esperando un descuido. Los hermanos. El viejo. Y… Saxton. No se lo daría.

A sus pies la pequeña figura se revolvió en el exacto instante en que un atronador sonido como el de dos pelotones de hombres al chocar en plena contienda hubiera estallado unos pisos por encima de sus cabezas. Habían llegado. No sabía cómo pero Peter y Doyle habían llegado. El alivio que sintió fue tal que sus dedos aflojaron, casi perdiendo el agarre del arma. Debía aguantar. Tan solo un poco más. Lo suficiente para que llegaran a ellos.

—¿Dónde está ella?

Rob sonrió antes de contestar a la pregunta lanzada por Roland Bray.

—Ya no importa, Bray. A estas horas estará lejos, con su marido.

El arma que agarraba Roland Bray tembló.

—Mientes.

—No lo…

Un suave movimiento en la entrada del habitáculo llamó su atención. Dios… ¡No se lo podía creer! Si le pinchaban en ese jodido momento, seguro que no sangraba de la impresión. Doyle iba a tener que meter algo de sesera en la cabecita de su mujer, en la terca cabecita de la insensata e imprudente mujer que había aparecido en el hueco de la puerta sosteniendo en alto una pistola y un cuchillo de grandes dimensiones, con una expresión tan empecinada que le recordó al propio Doyle.

Trató de pensar, de centrar la atención de los hombres en él, de evitar que se giraran, sobre todo Roland Bray, quien mostraba todas las señales de falta de cordura que cabría esperar en un desequilibrado. Cualquier cosa menos que se dieran cuenta de la presencia de las dos figuras que se habían posicionado a sus espaldas. Tenía que ocurrírsele lo que fuera, ahora mismo. Necesitaba tiempo para distraerlos.

—Quietos o les vuelo la capa... —un suave carraspeo femenino interrumpió la frase iniciada por Julia— la *tapa* de los sesos. A todos. Con pelo incluido. Bueno, no a la vez, pero lo intentaré y además el viejo Lucas donde pone el ojo, pone la bala —se volvió hacia el viejo que temblaba más que ella— ¿a que sí, viejo?

Rob gimió. La suave voz de Julia apenas había vocalizado de los nervios y a duras penas se le había entendido debido al tembleque de su cuerpo. La imagen resultaba demencial. Un avejentado hombre con una gorra de marinero, desdentado y encorvado y ella con un vestido que le estaba justo y a punto de reventar, que le quedaba a la altura de los tobillos, enseñando los dientes al grupo de hombres que como un grupo de perros salvajes se habían vuelto al escuchar la desastrosa amenaza. Todos salvo Saxton. Estaban acabados. Julia se balanceó ligeramente. Madre de Dios, se proponía algo. Podría jurarlo. Algo que, si no erraba, los iba a sorprender a todos.

—¿Son ustedes los Bray, verdad?

Nadie contestó y tampoco aflojaron los agarres de sus armas.

IX

Lo que iba a hacer era una verdadera locura pero se le acababa de ocurrir. Cuando estaba desquiciada de los nervios era cuando su mente funcionaba a doble velocidad. Al revés que todo el mundo. Al ver a los dos hermanos tan parecidos le vino a la cabeza la idea. El hecho de que no se quisieran, el hecho de que uno de ellos hubiera traicionado al otro para lograr sus fines...

—¿Fue su propio hermano, sabe?

Las miradas se llenaron de sorpresa y no le extrañaba. Debían pensar que estaba como para encerrar, con vigilancia y sin contacto con otros seres humanos.

Sobre sus cabezas les llegaba el sonido de la escaramuza y aquí abajo estaban atrapados. Completamente. No debía pensar en él..., en su marido porque entonces no se atrevería a llevar adelante lo que se proponía y lo esencial era ganar tiempo como buenamente pudiera...

La única vía posible era enfrentarlos.

Y ella disponía de un arma para ello. Se dirigió directamente a Rupert Bray, quien permanecía próximo a su hermano. La fijación de sus posiciones era curiosa. Elora se había enderezado hasta quedar sentada y ocupaba el espacio libre junto a Rob.

Saxton se había colocado a un lado sin perder de vista a Rob pero alejado de los Bray, como si en cierto modo intuyera que no era buena idea permanecer junto a ellos. Albus Drake centraba su atención en Elora, pero permanecía cerca de sus hijos. Rupert a un lado de su padre y Roland al otro, a cierta distancia del lugar que ocupaban ellos junto a la quebradiza puerta. Los sonidos de la pelea cada vez se escuchaban más cercanos.

Un poco más de tiempo, solo necesitaba eso. Agradeció haber recuperado la memoria y el hecho de estar casada con un hombre que lo compartía todo, absolutamente todo, con ella. Clavó su mirada en la de Rupert Bray antes de comenzar a hablar.

—Fue su hermano Roland quien ordenó la muerte de su amante, de Juliet Moore —los azules ojos de Rupert se abrieron al escuchar las suaves palabras—. Nunca lo imaginó ¿verdad? Que el hombre que le arrebató a la mujer que quería, en realidad era el más cercano a usted —paró un instante para retomar lo que debía decir—. Se lo ordenó a Brenna Bray y esta no dudó en asesinarla. Incluso lo disfrutó. Sufrió, ¿sabe usted? Ella sufrió mucho.

Una pesada manta de incomprensión nubló la mirada de Rupert.

—No…

—Sí, la propia Brenna me lo confirmó.

Lentamente la tensa figura de Rupert se giró hacia su hermano pero este no le prestó atención. Para su inmensa sorpresa, una retorcida sonrisa cubrió la boca de Roland y una torva mirada de apreciación emergió en sus labios. Roland habló dirigiéndose a su hermano pero sin apartar la mirada de ella.

—Inteligente además de hermosa. Elegí bien, ¿no crees, Rupert?

Se asemejó a un extraño y macabro baile. A Rupert no le dio tiempo a protegerse antes de recibir de su propio hermano un tiro en la cabeza a una distancia de escasas pulgadas. Ella alcanzó a ver la expresión perpleja de Rupert y después rojo. La salpicadura, tan roja y oscura.

Rob y Saxton se abalanzaron el uno contra el otro al igual que el viejo Lucas y Albus Drake. Roland se le acercó lentamente con la mirada fija en ella, apenas afectándole lo que ocurría a su alrededor, lo que había hecho. Asesinar a sangre fría a su propio hermano. Como Emma. Obcecado, se encaminó hacia ella. Un grito se le trabó en la garganta al alcanzar a ver a Elora encaramarse de un salto en la inmensa espalda de Roland Bray. Fue tan… rápido. Con uno de sus brazos esta le rodeó el cuello y con el otro le arañó el rostro, con fiereza. Le estorbaba el maldito vestido pero nada impidió su avance. Ella aprovechó el momento. No lo pensó. Sencillamente actuó por instinto. Recorrió los tres pasos que le separaban de Bray, volteó el arma en su propia mano sin pensar en el riesgo que corría, alzó el brazo todo lo alto que se lo permitió el condenado vestido y lo bajó con toda la fuerza que pudo imprimirle, a gran velocidad.

Crujió. El cráneo de Roland Bray se quebró como la cáscara de una nuez. El sonido le revolvió las tripas y al tiempo la hizo sentir tal alivio que casi se desmaya en el sitio. Lo siguiente le pareció que discurría con extrema lentitud. La escena central parecía no evolucionar y a su alrededor la pelea se desarrollaba a gran velocidad. A inmensa e incontrolable velocidad, pero su atención y la de Elora no se apartaban del hombre que con el rostro aturdido y esa mueca todavía clavada en su faz, balbuceó un espeluznante *siempre mía* mientras caía arrodillado al suelo y se desplomaba hacia adelante con la inercia causada por el peso de Elora que permanecía aferrada a su espalda.

Dios, lo había matado del leñazo que le había dado a un lado de la cabeza. Soltó el arma de la impresión quedando al alcance de Elora, quien no tardo en cogerla con una mano y a ella con la otra para arrastrarla fuera del casco, tropezando con las malditas faldas, para pedir ayuda y chocar de frente con un gigantesco y ensangrentado Marcus Sorenson. Un enfurecido Marcus Sorenson. Un enrabietado hombre que miraba a la pequeña y valiente mujer que les había salvado la vida con toda la ira del universo concentrada.

X

No conseguía zafarse del hijo de puta ni esquivarlo. El hombro le ardía pero no disponía de tiempo para mirárselo. Puede que hubiera recibido una cuchillada o un disparo, no estaba seguro. Sentía adormecida la zona y dio gracias por ello. Percibía por el rabillo del ojo la lucha que mantenía el viejo Lucas contra Albus Drake, escuchaba sus respiraciones y el repetido sonido de los golpes entrecruzados, pero no podía apartar la mirada de Saxton. Si lo hacía no saldría vivo de ese agujero. El maldito era ágil y luchaba con fiereza, como si peleara por algo más que por su vida. Le estaba costando aguantar sus embestidas al estar rodeados de útiles marinos y sogas, sin contar con el escaso espacio para maniobrar.

Apenas le dio tiempo a reaccionar y apartar el lateral del rostro. ¡Maldita sea!, quería dejarlo inconsciente. El puño le alcanzó de refilón en el lateral del rostro y sintió que el dolor comenzaba a fluir junto con la sangre.

—No saldrás de aquí y no llegarán a tiempo. Él no llegará a tiempo. No esta vez.

Odiaba su voz ¡Dios!, la odiaba a muerte. Las palabras de Saxton surgieron entrecortadas y algo de alivio le llenó. Su enemigo estaba cansado y por la expresión de su rostro comenzaba a enfadarse. No le creyó un oponente lo suficientemente fuerte, pero desconocía que alguien que peleaba mejor que él le había enseñado un par de trucos.

—No apostaría tu vida en ello, hijo de puta.

Se deslizó hacia su derecha tras apartar con la punta del pie un tablón carcomido, pero Saxton copió su movimiento en sentido contrario. Le cerraba continuamente la vía de escape.

La intensidad de la pelea más allá de la puerta se percibía cada vez con más fuerza. Ganaban terreno lentamente y su corazón le decía que Peter se acercaba, por mucho que Saxton tratara de convencerle de lo contrario. No conocía a Peter pese al tiempo que lo mantuvieron cautivo. Su nobleza, su tozudez, su inquebrantable lealtad y amor por aquellos que consideraba su familia. Su resistencia.

—Lo mataré y tú lo sabes ¿verdad?

Un nudo de temor le invadió las entrañas. Giraban en semicírculos sin apartar la mirada el uno del otro y con las armas apuntando al pecho contrario..

—No podrás. ¡Nunca podrás con Peter!

Una mueca retorcida tornó cruel el altivo rostro de Saxton.

—Te sorprendería conocer lo poco que vale una vida en esta ciudad. Una cuchillada de pasada, un choque de carruajes, una cena con ingredientes inesperados en un restaurante… ¿Quieres que siga, mi juguete?

—¡No me llames eso, cabrón!

—No deberías hablarme así, muchacho, me desagrada; y créeme, no quieres disgustarme.

—¡Vete al cuerno!

Una soez carcajada casi le hizo perder los estribos.

—Tienes fuego, mi juguete. Me gusta. Tanto como me gustará ver sufrir a la sombra cuando asuma que eres mío.

—¡Estás enfermo!

Un brillo de locura inundó la clara mirada de Saxton en cuanto escuchó sus palabras. Iba a atacar. Un fuerte golpe al otro lado de la puerta aceleró su reacción en el momento exacto en que desde el fondo del casco una brusca aspiración acompañada del sonido de un cuerpo al golpear el suelo desvió su atención de Saxton. Necesitaba saber que el viejo Lucas no había caído en la pelea, pero no pudo ir más allá y girar el rostro. La sensación de un cuerpo a su espalda y el filo de un maldito cuchillo bajo su barbilla le coartó todo movimiento. ¡Dios! Estaba acabado. La sonrisa en los labios de Martin Saxton hablaba de enfermiza satisfacción. De victoria. El pulso de Albus Drake no temblaba y por un segundo creyó que le rajaría la garganta.

—Es… mío.

La fría voz de Saxton no daba pie a discusión y la contestación del padre de los Bray no tardó en surgir junto a su oído, erizándole el vello de la nuca.

—Nos ha causado demasiadas molestias. Es una debilidad, Saxton, y no merece respirar. Se nos acaba el tiempo.

La tensión invadió el cuerpo del hombre que frente a ellos no apartaba la mirada de Drake.

—Eso lo decidiré yo.

—Podría degollarle y nada podrías hacer para evitarlo.

—Puede pero tampoco saldrías vivo de aquí, Drake. Es… mío. No lo repetiré de nuevo.

Fue a hablar, a decir que estaba allí y que nadie iba a matarle, que estaba harto de todo. Cogió aire para hacerlo pero la punta del cuchillo rasgo su piel. El cañón del arma de Saxton dejó de apuntarle a él para apuntar a la frente del cabeza del clan de los Bray. Las miradas de dos de los hombres más sádicos que había conocido en su vida enfrentaron sus voluntades y Saxton ganó. Lo sintió en la relajación de la presión del filo de la hoja contra su cuello, en la disminución de la tensión en el brazo que lo rodeaba y en el paso atrás del cuerpo ubicado a su espalda.

—Está bien. Nuestros caminos se separan, Saxton pero no perderé la oportunidad.

¿La oportunidad? ¿De qué? ¡Dios! Ese hombre estaba loco. El estallido lo sintió brutal provocando que soltara el arma que todavía aferraba en una de sus manos. Se le aflojaron las piernas y se sintió caer al suelo, mareado. La saña con que lo había golpeado en la sien y en el costado le cortó la respiración y únicamente le dio tiempo de ver el cuerpo de Albus Drake pasar por encima de él, mientras permanecía encogido en el suelo. Las náuseas le invadieron y un sonido sordo le llenó los oídos. Le llegaba un lejano murmullo, quizá una tensa conversación pero era incapaz de descifrar lo que decían. Necesitaba respirar hondo para acallar la necesidad de vomitar y poder incorporarse. En esa posición estaba en desventaja pero no conseguía hilar los pensamientos. No era capaz. Peter llegaría. Sí. En cualquier momento y acabarían con Saxton, pero su cerebro parecía incapaz de lanzar órdenes a sus extremidades. El torso le ardía y la cabeza le daba vueltas. Con la bilis ascendiendo por su garganta trató de izarse pero algo duro lo aplastó contra el suelo. Con fuerza. Encogió las piernas pero una dura patada le impidió el movimiento de autoprotección.

Una sombra cerraba el paso a la luz que se filtraba por la ventana que daba al lateral del casco. Su otra vía de escape. La puerta, el ventanuco lo suficientemente ancho como para que lo sorteara un hombre y había sido incapaz de librarse. Por un segundo sintió ganas de gritar con desgarro.

Unas duras manos le aferraron de la pechera de la camisa para incorporarlo y apoyarlo contra un montón de sogas. La sombra era Saxton. Poco a poco recuperaba el sentido. Sentía las piernas de su enemigo a ambos lados de su cuerpo, cercándole, al haberse agachado hasta colocarse a horcajadas sobre él. Percibía sus rasgos y esos ojos recorriéndole el rostro pero también los sonidos cada vez más cercanos y una voz, inconfundible, al otro lado de la puerta, Peter. El brusco movimiento de la cabeza de Saxton al girarse hacía la puerta casi provocó que lanzara una carcajada. Habían ganado, una vez más. Trató de alzar el brazo para empujarlo lejos de él pero el muy cabrón lo aplastó contra el suelo. Pese a ello luchó, con todas sus fuerzas y con sus palabras.

—Te dije que él vendría.

Unos dedos rodearon su mandíbula con crueldad evitando que torciera el rostro para esquivarlo y el frío toque del metal del cañón de la pistola, quedó pegado a su sien. El mareo comenzaba a desaparecer con lentitud permitiéndole percibir todo aquello que les rodeaba. El olor a serrín, a humedad, el odiado aroma que desprendía Saxton, el hedor a humanidad, a cerrado y a la maldita sangre. Quizá la suya, quizá la de Lucas. El rostro de Saxton se aproximó al suyo apenas dejándole espacio para respirar. Le asfixiaba y le asqueaba tenerlo tan cerca. Sintió sus dedos perfilar el lado del rostro que permanecía intacto. Un impacto en la puerta y el sonido de voces masculinas y femeninas entremezclándose de una extraña manera le tranquilizó. Con la mano que mantenía libre presionó el pecho de Saxton pero costaba ejercer presión. El cañón del arma presionó con fuerza contra su carne a modo de aviso. Costaba evitar las náuseas por el brutal golpe o por la sensación de sentir esa mano acariciándole el rostro, como si se tratara de un amante.

—No… me… toques.

El rostro de Saxton se acercó más, rozando con sus labios su mejilla. Puede que lo matara de la rabia al sentirse acorralado, pero no callaría. No esta vez.

—Fallaste, de nuevo. Acaba de llegar.

Notó la tensión en los muslos que le rodeaban, en el leve temblor del cañón del arma y en la dureza de esos dedos al intuir de quién hablaba. Esos repugnantes labios le rozaron la comisura de la boca y se abrieron para susurrarle al oído. Las malditas palabras lo llenaron de ira, de dolor, de desesperación, de asco, y lo supo. Supo que no atraparían a Saxton, que escaparía como el maldito cabronazo que era para encontrarse en algún otro momento y lugar bajo sus condiciones. Siempre con la ventaja a su favor como el cobarde que era. Entonces pelearían a muerte y uno de los dos no saldría con vida.

El rostro se le volteó con dureza dando contra las sogas que sobresalían del montón contra el que su espalda se apoyaba. Otro maldito puñetazo, casi en el mismo lugar que el anterior, pero algo más suave. Saxton no quería que perdiera el conocimiento de golpe. La oscuridad le cercó con rapidez pero no antes de sentir el roce de unos labios contra los suyos y escuchar en la lejanía un angustioso *pronto nos reuniremos de nuevo, mi juguete. Muy pronto…*

XI

Julia hizo lo que le salió por instinto. Escondió a Elora a su espalda desconcertando completamente al hermoso hombre que se había quedado con la boca abierta. Hasta que Marcus Sorenson les rugió.

—Señora, apártese.

—No. Se lo debo a ella.

—¡Apártese!

Alucinada observó como el bestia ese ¡les apuntaba con el arma!

—Cuánto tiempo, Marcus.

A ellas no. No las encañonaba a ellas. Apuntaba a Albus Drake, quien había surgido a su espalda y lucía parte del rostro cubierto de sangre fresca. Esos negros ojos no se apartaban del hombre más joven.

—¿Qué tal tu preciosa hermana, muchacho?

Sorenson apretó los carnosos labios y sus asombrosos ojos centellearon.

—Lejos, hijo de puta.

—Qué pena pero acabo de conocer a otra hermosa muchacha. Elora, creo que se llama. ¿Es tuya?

—Olvídalo.

—¿Acaso lo has olvidado, muchacho? Me lo debes.

—No… te debo… nada, cabrón enfermizo.

Los ojos del viejo se clavaron en Elora.

—La quiero a ella.

Los ojos de Sorenson se entornaron peligrosamente y habló en voz baja pero clara. Mortal.

—Elora, colocaos a mi espalda las dos. Ya.

Obedecieron al instante mientras Sorenson no apartaba el arma en dirección al hombre que no dejaba de sonreír como si considerara un juego lo que estaba ocurriendo. Un juego entretenido pese a la sangre, los gritos y el miedo. Los dos hombres no se movían, centrada la atención entre sí. Un suave *salid de aquí* de Sorenson, las impulsó a avanzar hacia la salida, pero parte de su mente permanecía en el interior de ese casco, con Rob y Saxton a los que había dejado atrás, luchando. Se sentía flotar en una nube de desconcierto. Se sentía desorientada y sorprendida. Se conocían. Sorenson y Drake se conocían.

El rugido llegó de su espalda y su corazón se paró al sentirse alzada por unos brazos, pero el olor… Dios santo, ese olor era el del hogar. Y esos brazos, los de su marido. La apretaba tan fuerte que apenas podía respirar, pero todo se le olvidó en ese instante. El miedo, la sensación de soledad, de angustia. Había ido en su busca. Por ella, y la había encontrado. Sus labios chocaron y todo a su alrededor desapareció. Las peleas, los enfrentamientos, los gritos, la tensión. Solo sentía esos labios calientes y carnosos sobre los suyos. Presionar una y otra vez, separarlos y recorrer su boca. No era el momento, pero le daba igual. No supo el tiempo que permanecieron besándose. Las frentes quedaron unidas, los alientos entremezclándose, tan juntos que ni un resquicio de aire cabía entre ellos. Una de las enormes manos la sujetaba en el aire por el trasero, la otra la sostenía por la nuca, y se sintió tan cómoda. Segura.

—Me vas a matar, mujer. Júrame que no volverás a separarte de mí. Nunca.

Iba a contestar pero era difícil con esos labios a dos centímetros de los suyos. Con esa boca tragándose sus palabras con pura desesperación. Le pareció percibir y ver de reojo a Peter pasar por su lado como una flecha, la grave voz de Sorenson lanzar una retahíla de palabras malsonantes en contestación a algo que había murmurado Elora, la desagradable risa de Albus Drake y el sonido de un potente puñetazo seguido de un cuerpo al caer desplomado al suelo. Como si ocurriera en la lejanía, lejos de la amorosa protección que le daban los brazos y el cuerpo de su marido.

Y una maldición, algo más allá. En el agujero del que acababan de escapar. Eso fue lo que hizo que se separaran. El grito de Peter.

—Quédate aquí, amor —los transparentes ojos que dudó volver a ver se fijaron en Sorenson, después en Elora y finalmente en el anciano caído en el suelo y le entregó un arma preparada para disparar. En seguida se agachó hasta quedar junto a Albus Drake y le amarró ambas manos a la espalda, con dureza—. Vigílalo, Julia, y dispara a matar si fuera necesario… —le acarició suavemente la pecosa mejilla— no dudes.

—No lo haré.

Encañonó al repugnante hombre que permanecía en el suelo y extendió la mano que rápidamente agarró Elora, observando como uno tras otro, su marido y Sorenson se adentraban en ese lugar en que quedaron Rob y Saxton. Apenas transcurrieron unos minutos cuando de la ratonera en la que habían estado amarrados, surgió Sorenson con cara de pocos amigos, cargando el cuerpo del viejo Lucas. La expresión de su rostro era tan seria que lanzó una plegaria por el viejo marinero. Una sencilla plegaria a quien pudiera escucharla por un anciano que le había salvado la vida. Elora apretó su mano con dureza al observar la escena y un suave sollozo escapó de su garganta.

Pero fue lo que apareció a continuación lo que paró los acelerados latidos de su corazón. Peter cargando en brazos a Rob, el cual mostraba una fea herida en un hombro y tenía el rostro completamente ensangrentado. Tan pálido que la asustó. A Saxton no se le veía por ningún lado. Tampoco preguntó. Le bastaba con saberlos a todos ellos vivos aunque estuvieran heridos.

Sorenson y Peter pasaron de largo a grandes zancadas, seguidos de Doyle, quien la agarró de la mano que tenía libre arrastrándola con él. Sin pensárselo dos veces enganchó el arma al cinturón del vestido y aferró con su otra mano a Elora, casi con desesperación, negándose a soltarla por nada del mundo. No volvería a dejar atrás a esa mujer en toda su vida. Le debía demasiado. Unidas de las manos dejaron atrás el dolor y el miedo. La oscuridad.

Una brisa fresca y limpia inundó sus fosas nasales al acceder al exterior. El movimiento de los hombres a su alrededor era incesante al igual que los gritos, las órdenes y la constante llegada de personas. Alguien la separó de Elora y se angustió. Por un segundo creyó palpar de nuevo ese miedo a que le quitaran a sus amigos, a sus seres queridos, pero al sentir a su alrededor los brazos de su marido, los desbocados latidos de su corazón se ralentizaron. Poco a poco. Temía hablar o preguntar. Alzó la mirada y esos hermosos ojos le dijeron lo que necesitaba saber para no perder la razón. Su pequeña.

—Está a salvo, amor. Protegida y entre aquellos que la aman. Igual que la dejaste cuando no pudiste hacer otra cosa para salvarla.

—¿Y si…?

La yema de un dedo se apoyó contra sus labios.

—No. Protegiste a nuestra pequeña como lo haría una madre. Te quiero más de lo que jamás pude imaginar que amaría a alguien y te doy las gracias, mi amor. Gracias.

El nudo en su pecho y en su garganta apretó tanto que una lágrima solitaria escapó. El mismo y suave dedo que la había acallado paró su discurrir por su mejilla con tanta dulzura que no supo responder, ni hablar, ni expresar todo aquello que sentía agolpándose dentro de ella. Los carnosos labios de su marido se posaron sobre los suyos. Tiernos.

—Vamos a casa, amor.

Respiró profundamente y apretó contra su mejilla la inmensa mano del hombre que amaba. A casa. Su sonrisa fue acompasada por la del hombre que la miraba con un mundo de amor en su mirada.

*****

EPÍLOGO

I

—¿Ha despertado?

—Hace un rato.

Peter se giró con el rostro cansado tras responderle, pero en seguida se viró de nuevo hacia la figura que permanecía hundida en el mullido colchón, con el hombro cubierto por una gruesa venda y un generoso moratón a un lado de la frente. Un principio de barba oscurecía el mentón de su hermano menor dándole cierto aspecto anguloso, pero desprendía tranquilidad y en parte Doyle lo entendía. Recuperar a quien has creído perder, a quien amas y necesitas a tu lado para sobrevivir. Lo comprendía demasiado bien.

Pensó en su esposa, a la que había dejado un momento con su pequeña. Su instinto le decía que sus dos mujeres necesitaban un momento a solas para reencontrarse y reconciliarse con la idea de estar otra vez juntas. Él no tardaría en unirse a ellas pero antes debía comprobar el estado de Rob y de su hermano. Liam había vuelto a su hogar con su familia, tras recibir demasiados abrazos para su salud mental, según había comentado con temblorosa y emocionada voz. Ellos habían ofrecido su hogar a Elora Robbins, aunque antes de hablar, Julia había dudado un segundo al percatarse de que las aletas de la nariz de Sorenson se encrespaban al escuchar el contenido de la invitación, casi como si le fueran a arrebatar algo precioso y único cuyo lugar estaba a su lado.

Elora no se había dado cuenta de la reacción del hombre y Doyle dudaba que ni tan siquiera el propio Sorenson lo hubiera hecho. La menuda mujer había agradecido la oferta, pero fue clara al indicar que prefería confirmar el estado ya estable del viejo Lucas pese a haber recibido una cuchillada y que lo que de verdad necesitaba en esos momentos era estar con sus pequeños para acariciarlos, olerlos y tumbarse a su lado. Sencillamente, verlos de nuevo. Le agradaba inmensamente esa mujer. Valiente y única como su Julia. Y por el abrazo asfixiante que le dio su mujer y que recibió en respuesta de Elora, el sentimiento era recíproco. Dos mujeres de armas tomar. Únicas e impredecibles. Aguerridas.

Tuvo que tragarse la risilla al ver la manera en que Elora ignoró descaradamente a Sorenson al cruzar con toda la dignidad del mundo delante de él para dirigirse a la puerta de salida, rumbo a su hogar, y la repentina carrera que obligó a efectuar a Sorenson para alcanzarla antes de que ascendiera al coche de caballos alzándose las faldas casi hasta las rodillas. El gruñido del hombre ubicado tras ella, que trataba de volverlas a su decoroso lugar, a punto estuvo de encabritar a los atados animales. Los enormes y rígidos hombros del corpulento hombre denotaban su enfado, en parte por la negativa de ella a tener en cuenta la opinión que él se había apresurado a trasladar en voz alta y mandona, pero también por las palabras que había dejado Elora tras de si, en el sentido de que ella había tenido la razón desde el principio y que le dejara las faldas en paz. Que ella se las agenciaba muy bien sola, sin el mangoneo de hombres. La conversación de esos dos en el carruaje que estaba listo para partir iba a ser interesante, por decirlo suavemente.

Clive y Ross habían desaparecido hacía un buen rato tras despedirse de ellos y asegurarles que les tendrían al tanto de las novedades. Las endiabladas novedades que les iban a quitar el maldito sueño. No en relación a Roland Bray y Albus Drake, padre e hijo, ya que no tardarían en dar de nuevo con sus huesos en prisión para dar buena cuenta de sus pecados tras una merecida condena a muerte, sino en relación al paradero desconocido de Martin Saxton. El exhaustivo rastreo iniciado tras el rescate no había dado resultado alguno, el maldito había desaparecido en medio de la oscuridad, pero algo en su interior le avisaba que tarde o temprano retornaría a sus vidas convirtiéndolas, de nuevo en un infierno. La información recopilada por el padre de Julia sobre la organización de los hermanos Bray y que habían ojeado con rapidez Clive y Ross, valía su peso en oro. Pruebas de asesinatos, chantajes, amenazas, secuestros. Todo el abanico de delitos que se podían cometer, a cual más espeluznante. Y lo peor, lo que habían descubierto posicionados como en un altar, en el maldito barco en el que casi escapan llevándose a su mujer y a Rob. Dispuestas en jarras, guardadas y conservadas habían descubierto las manos seccionadas de al menos siete mujeres. El joven agente al que le tocó en suerte revisar el casco del barco tardaría un tiempo en borrar de su mente la atroz imagen y todavía más en asentar su estómago. Bray se había negado a dar explicación alguna salvo a ella. *A su elegida.* Doyle perdía la razón cada vez que alguien repetía lo que ese hombre decía, la manera en que se refería a su esposa, pero eso ocurriría por encima de su cadáver, por lo que imaginaba que se quedarían toda su vida con las ganas de entender o quizá de asomarse al abismo que era la enfermiza mente de Roland Bray, aunque dudaba que eso pudiera llegar a ser posible.

Dirigió de nuevo la mirada hacia el hombre que respiraba en el lecho, dormido y en paz consigo mismo, con las líneas de la cara relajadas y el revuelto cabello rubio completamente desordenado. Tenía buen color pese al morado a un lado del rostro. El viejo Norris no tardaría en llegar para asegurarse de que su hijo estaba vivo y en casa.

Doyle frunció el ceño al rememorar lo ocurrido. No habían encontrado rastro de Saxton. Para cuando Peter entró en el maldito casco, Rob estaba inconsciente en el suelo y la escotilla ubicada sobre la línea de flotación, desplegada. El malnacido había desaparecido. Una vez más había escapado y estaba libre. En algún lugar, agazapado, no tardaría en emerger al acecho.

—¿Comentó antes de dormirse lo que ocurrió allí dentro?

—Algo.

Por la manera en que Pete presionó los brazos del sillón que ocupaba junto a la cama, Doyle supo que no le iba a agradar la respuesta. Que no le iba a gustar en absoluto.

—Pelearon y creo que Saxton le dijo algo, pero se ha cerrado en banda. Peter volvió el hermoso rostro, mirando fijamente a Doyle antes de hablar.

—Creo que Rob lo habría matado de haber podido sin pensárselo dos veces, hermano.

Doyle arqueó las cejas no alcanzando a comprender lo que quería decir su hermano menor.

—Si hubiera sido yo no habría dudado entre capturar o matar, Doyle. No lo hubiera hecho. Sencillamente el cabrón no habría escapado con vida, pero Rob… No está en su carácter matar a sangre fría. No es hombre que se tome a la ligera una muerte; pero Saxton, ese hijo de puta le está carcomiendo por dentro. Lentamente. Si permito que lo mate temo que no solo acabará con ese canalla sino que una parte de él se perderá también por el camino y entonces, Saxton habrá ganado —los oscuros ojos irradiaban pesar y cólera.

—No tiene elección, Pete. Saxton no parará.

—Lo sé y por eso he de encontrarlo antes de que él nos encuentre.

—¿Qué vas a hacer, hermano?

—Proteger al hombre que quiero.

Con tranquilidad Doyle se aproximó al butacón que ocupaba su hermano y apoyó su mano en su hombro.

—Me tienes para lo que quieras, hermano.

Los negros ojos se izaron para clavarse en los plateados. Decía todo lo que sentía dentro.

—Siempre.

Era hora de dejarlos solos y acudir en busca de su señora esposa. Con suavidad depositó la palma de su mano contra la áspera mejilla de Peter, susurró un suave *descansa, hermano y cuida al canijo,* y se encaminó con decisión hacía la puerta. Sentía la urgente y apremiante necesidad de asegurarse que Julia y su pequeña estaban sanas y salvas y no metidas hasta su precioso cuello en un nuevo jaleo. Salió de la cálida estancia al pasillo para toparse de frente con un sigiloso Marsden.

—¡Jefe!

¡Diablos! ¿Qué demonios hacia el hombre a esas horas en medio del oscuro pasillo? Cualquier día le iba a dar un ataque al corazón con los sustos que recibía de su personal.

—¿Qué haces ahí parado, hombre?

—Vigilar, jefe.

—¿A quién?

—A su esposa y a la pequeña, jefe.

—Pero si estoy yo, Marsden.

—Ya, jefe pero cuatro ojos ven más que dos y la pequeña puede escurrirse por cualquier sitio al ser tan chiquita y la señora tiene mucha facilidad para meterse en líos por lo que…

—Marsden…

—…hemos decidido organizar severos turnos de vigilancia y seguimiento y más cosas de esas y asegurarnos de que…

—¡Marsden!

—…no las perdemos de nuevo de vista, que el susto ha sido gordo y…

—¡MARSDEN!

Por Dios, ya estaba con sus gestos el hombre.

—¡No te santigües!

—Perdón, jefe, pero es que me trae buena suerte y quizá se le pegue algo a usted que creo que lo va a necesitar con sus dos mujeres.

Fue a pegar un rugido pero pensándolo mejor….

—Está bien. Santíguate todo lo que quieras, pero vete a casa, por todos los diablos, que prometo que, al menos esta noche, no se me va a escurrir ninguna de las dos por entre los dedos.

—¿Ni siquiera la pequeña?

—No.

—Es tan pequeñita.

—¡Ninguna de las dos!

—Vale, jefe, —el hombre se inclinó ligeramente en plan conspiratorio— mañana le toca el turno a Mason pero seremos discretos, jefe. No queremos que las jefas nos den esquinazo.

—Por Dios, si mi hija ¡no llega al mes de vida!

—Ya, jefe, pero nunca se sabe, con esos ojillos que lo miran a uno fijamente...

Optó por volverse hacia su habitación, agotada la paciencia, dejando al hombre tras de sí, con su retahíla de palabras en la boca. Si no veía a su mujer en un minuto explotaba.

II

—Os he escuchado...

Se estaba adormilando recostado en la butaca, en el límite ese en el que ya no te das cuenta de que te duermes, cuando escuchó las suaves palabras de Rob. No dijo nada a la espera de que él siguiera hablando.

—Tienes razón ¿sabes? Lo hubiera matado si hubiera podido. Lo habría hecho y puede que me hubiera costado una parte... No lo sé, Pete. Lo que sí sé es que uno de los dos terminará muerto y no estoy dispuesto a ser yo. No lo estoy. Ese hombre no me robará mi futuro.

Peter se levantó de la butaca, quedando erguido junto a la cama.

—Hazme sitio.

Un segundo de silencio fue el recibimiento a su petición y duró exactamente eso.

—¿Qué?

Rob le miraba con los ojos abiertos y el ceño levemente fruncido.

—Échate a un lado.

Las cejas se elevaron otro poco más.

—¿Para qué?

Un repentino e inesperado tono rosado cubrió las mejillas de Peter, descolocando completamente al hombre que medio incorporado en el lecho, comenzaba a sentir una suave sonrisa curvar su boca.

—Te estás sonrosando, Pete.

—No.

—Cada vez más.

—Yo no… me… pongo rojo.

—Eso díselo a tu cara. Puede que te haga caso.

—Muy gracioso.

Con un fluido movimiento Rob se deslizó hacia un lado de la ancha cama, dejando espacio para el inmenso corpachón que se colocó a su lado sobre las sábanas.

—No muerdo… —Rob soltó una pícara risilla al apreciar la rigidez en el cuerpo de Peter tendido a su lado— salvo que me lo pidas, claro.

Poco a poco Pete se fue relajando hasta quedar hundido en el colchón, ligeramente girado hacia Rob.

—Creí que te había perdido y…

Un cálido dedo impidió que continuara al posarse sobre los labios de Peter.

—Lo sé, Pete. Lo sé.

—Sin ti no podría seguir adelante… —en esta ocasión Peter sujetó la mano que trató de hacerle callar— no, déjame, Rob. Necesito decirlo. Cuando vi en aquel corredor como te llevaban con ellos, con Saxton y no pude impedirlo, me quedé helado. Los hubiera matado a todos … —la negra mirada se alzó del lugar donde la tenía fija, en sus propios puños cerrados— y creo que lo hubiera disfrutado. Me asusté de lo que sentía.

—Si hubieras sido tú, yo también.

—No. No lo entiendes. Me asuste de la intensidad de lo que siento por ti —el colchón se movió con el desplazamiento del peso de Rob al acercarse. Dos fuertes manos rodearon el hermoso y dolido rostro—. Me aterra perder lo único que me hace querer vivir y sé que Saxton no parará hasta separarnos —expresaban tanto esos ojos negros que otros consideraban insensibles.

—No lo permitiremos.

—Faltó poco, canijo. Faltó poco.

—Pero no lo logró y no lo hará.

La rubia cabeza quedó recostada en la almohada, tras acomodarse bajo las sábanas y las mantas. A su lado Peter recostó la espalda en la misma almohada y quedó tumbado a su lado. En un par de segundos un pesado brazo se cruzó sobre el firme vientre de Peter y Rob murmuró algo que el primero no alcanzó a comprender. Se deslizó hacia abajo hasta quedar tendido de costado al nivel de Rob y le pegó un suave toque en el brazo con su mano. Necesitaba saber lo que había dicho. Por alguna extraña razón su corazón así lo pedía. Los párpados entrecerrados se abrieron y esos hermosos ojos azulados le miraron de frente, somnolientos y cálidos. Sonrió y repitió lo que había susurrado

—Dije… que te amo.

La fuerte mano apretó el brazo que rodeaba su enorme cuerpo.

—Lo sé. Ojalá todo fuera más sencillo.

Una apenas perceptible sonrisa ensanchó la boca de Rob, quien de nuevo había cerrado los ojos, agotado.

—Entonces no seríamos nosotros.

Un suave suspiro sonó en la habitación seguido del movimiento de ropas y del contacto de labio contra labio, fugaz y tierno, hasta que la grave voz de Peter brotó juguetona.

—Todavía me debes una buena por armarte en prisión.

—¡De eso nada!

—Oh sí, un trato es un trato entre caballeros y recuerda, la contraprestación debe estar siempre en consonancia con el servicio dado. Incluso mejorarlo. Me debes la vida, por tanto tendrás que esmerarte.

Una ronca y adormilada risa seguida del sonido de un lento y tierno beso fue la única contestación hasta que un cómodo silencio roto únicamente por el par de respiraciones terminó por llenar la habitación. Pasaron los minutos hasta que todo sonido desapareció. Solo una frase dicha en voz baja lo rompió. *Yo también te amo, canijo. Siempre lo haré.* Un suave ronquido fue la respuesta.

III

Eran hermosas. Las dos. Su mujer y su hija. Lo que habían pasado le había hecho entender lo frágil y rápido que se puede perder lo que se atesora, que se debe

572

aprovechar cada momento como si fuera el último, y eso pretendía hacer. Dar gracias por lo que la vida le había regalado.

Dios, le encantaba escuchar a su mujer contar cuentos, pero no iba a ser él el primero en carcajearse con los sonidos que emitía. Podría jurar que antes lo haría su pequeñuela. Dicho y hecho. Un balido renqueante de su esposa y ese precioso gorjeo de su hijita seguido de la cantarina risa de su mujer. Sintió tal opresión en el pecho que por un vergonzoso segundo pensó que se iba a desmayar de la emoción; y a ver cómo explicaba que se había caído redondo al piso al escuchar la risa de sus dos mujeres. Total, desde que se había casado, había perdido completamente las vergüenzas.

—Hola, esposo. Tu hija se está riendo de mí.

—¿Por qué será?

Joder, la sonrisa de su esposa le nublaba el cerebro y a su diminuto lo descontrolaba completamente. En cada ocasión. En cuanto ese hoyuelo aparecía y los suaves labios se curvaban.

Se acercó a los dos figuras, la pequeñita en brazos y protegida por Julia. Se besaron suavemente y se encaminaron abrazados hacia el cuarto de su pequeña. La tendieron en la cuna y no tardaron esos ojitos en cerrarse. Era una bendición de criatura. Dormía, comía, sonreía y encandilaba a todos a su alrededor, sobre todo a Marsden, aunque el hombre lo negara rotundamente pese a perseguirla por todas las esquinas por si echaba a andar, según sus propias palabras. Suspiró. El día que echara de verdad a caminar, le iba a causar un trauma al hombre y al resto de su personal. Una suave y pequeña mano rodeó la suya.

—¿Pasaste a ver a Rob?

Sonrió a su esposa. Lo conocía demasiado bien.

—Ahora descansa. El golpe ha sido fuerte y aunque no lo reconozca ninguno de ellos, aún tienen el miedo metido en el cuerpo. Lo sé de primera mano —notó un ligero apretón en la suya.

Su mujer comenzó a desnudarse y él a contemplarla extasiado mientras seguían hablando.

—¿Y tu hermano?

—Le quiere ¿sabes? —no había hablado del tema de Peter y Rob con Julia y sintió la necesidad imperiosa de hacerlo— como nos queremos nosotros.

Su mujer se le acercó y posó una mano en su rostro, seria.

—Entonces son afortunados. Los dos.

La amaba más que a su vida. Sintió la pérdida del calor de Julia al aproximarse ella al lecho. Estuvo a punto de impedirlo, de sujetarla y besarla hasta que quedaran los dos sin fuerzas pero esperaba su reacción en cuanto lo descubriera, escondido bajo las sábanas. Estaba deseando ver su precioso rostro.

El sonido de la colcha al ser retirado se paralizó y una suave exclamación de puro gozo llenó el cuarto.

—Lo encontraste entre tus libros…

—Para ti.

—Pero es una joya. Hay tan pocos y están prohibidos.

—Ellos se lo pierden.

Se acercó pausadamente hasta colocarse a la espalda de su mujer quien ansiosa, ojeaba la hermosa encuadernación del libro. Con sumo cuidado lo abrió como lo haría un amante de la lectura y lanzó una risilla, dando la vuelta al libro entre sus manos, girándolo del derecho y después del revés. Lentamente, casi con dulzura. Su mujer volteó ligeramente la cabeza en su dirección.

—Esto es anatómicamente imposible ¿no?

La abrazó por detrás, enlazando su cintura con sendos brazos y besó el lateral del cuello.

—Podríamos probar a ver si lo es —pasó una página mientras ella sujetaba el pesado libro con ambas manos. Parecía acariciarlo como hacía con él. Con suavidad Julia lo cerró y lo abrazó contra su pecho. Él copió su movimiento rodeándola con sus brazos—. Tenemos toda la vida para hacerlo, mujer. Quizá cuando tengamos nietos hayamos agotado todas las posibilidades varias veces.

Su Julia soltó el Kamasutra con cuidado de no estropearlo, dejándolo sobre el lecho, tras pasar el dedo por el desgastado lomo y se volvió para mirarlo directamente.

—Eso me encantaría, marido, —de frente, besó esos dulces labios que lo volvían loco—. Gracias.

Alzó la cara tras escuchar una palabra tan sencilla y que encerraba un mundo por sí sola en labios de su mujer, para observarla directamente desde su altura. Ella le daba las gracias.

—Por amarme.

Dios… Ella no terminaba de verlo por lo que las palabras fluyeron con tanta facilidad como le resultaba amarla, como le resultaba desear pasar el resto de su vida junto a ella. Se sentó sobre el borde de la cama, con ella en su regazo y lo hizo. Se lo dijo con un nudo en su garganta.

—No amor, gracias a ti… por corresponderme.

FIN

Toda mi vida he disfrutado leyendo, pero la curiosidad por crear personajes y mundos rodeados de intriga, amor y misterio provocó que diera mis primeros y titubeantes pasos en el mundo de las letras. El resultado fue el primer capítulo de *Amor entre acertijos,* pero la vida hizo que terminara en un cajón, olvidado. Años más tarde y rodeada de un mundo que nada tiene que ver con la literatura, removiendo papeles y viejos recuerdos reaparecieron esas viejas hojas manuscritas.

Retomé una aventura que me ha llevado, casi sin darme cuenta de tanto como he disfrutado, a encontrarme inmersa en la escritura de la tercera novela de la saga del Club del Crimen.

Descubro que cada día que me apasiona más escribir y gozar de la asombrosa libertad de crear sin límites. Me encantaría que quien se aventure a leer mis novelas, las disfrute tanto como yo al escribirlas.